ALLES, WAS WIR *nicht* WUSSTEN

WEITERE TITEL VON CATHERINE HOKIN

IN DEUTSCHER SPRACHE

Alles, was wir nicht wussten

IN ENGLISCHER SPRACHE

HANNI WINTER-SERIE

The Commandant's Daughter

The Pilot's Girl

The Girl in the Photo

Her Last Promise

AUSSERDEM

The Children We Lost

The Secretary

The Lost Mother

What Only We Know

The Fortunate Ones

CATHERINE HOKIN

ALLES, WAS WIR *nicht* WUSSTEN

Übersetzt von Angelika Lauriel

bookouture

Die Originalausgabe erschien 2020 unter dem Titel
„What Only We Know"
bei Storyfire Ltd. trading als Bookouture.

Deutsche Erstausgabe herausgegeben von Bookouture, 2024
1. Auflage Januar 2024

Ein Imprint von Storyfire Ltd.
Carmelite House
50 Victoria Embankment
London EC4Y 0DZ

deutschland.bookouture.com

ISBN: 978-1-83525-210-9
eBook ISBN: 978-1-83525-209-3

Für meine Familie, auf Erden und anderswo

PROLOG

10. JULI 1971

Das Salz tanzte in der Luft und prickelte auf ihren Lippen. Gerade dämmerte der Morgen herauf. Rotgolden und zartrosa leuchtende Wolken wie aus Zuckerwatte wanderten über den Himmel und verhießen einen hitzeflirrenden Tag.

Sie betrat den Strand und ließ das starke Gefälle das Tempo ihrer Schritte bestimmen, setzte einen Fuß vor den anderen. Der Kies knirschte unter ihren nackten Sohlen, bis der Untergrund weicher wurde, die Steinchen in Sand übergingen und winzige Wellen ihre Fesseln küssten.

Die Sonne stieg wie ein entflogener Luftballon über den Horizont herauf.

Sie lief darauf zu, glitt wie ein Schiff durch das Wasser. Knietief, Finger umspielend. Als es ihre Brust erreichte, ging sie auf Zehenspitzen weiter. Die Wellen wisperten an ihren Schultern, der Sog war hier stärker als am Ufer. Sie ließ sich von ihnen emporheben und schloss bereitwillig die Augen. Die Möwen verstummten. Nichts als ein Gurgeln hörte sie, so rein wie Lotties Kichern.

Sie trieb im Wasser, und das sanfte Wogen wurde stärker, das Wasser dichter. Es durchtränkte ihr Haar und sammelte sich schwer in den Glockenärmeln ihrer Strickjacke. Sie spürte, wie der Grund unter ihren Füßen davonglitt. Spürte plötzlich kalte Wirbel an der Haut kribbeln, die ihr verrieten, dass jetzt der Moment umzukehren war. Wenn sie es wollte.

Sie öffnete die Augen.

Am Himmel blühten Kornblumen auf. Schon bald würde das Hotel erwachen. Sie würden es bemerken und Fragen stellen. Danach ... nun, auf das, was danach geschah, hatte sie keinen Einfluss mehr. Sie hatte nur den einen Wunsch: dass er las, was sie ihm geschrieben hatte; dass er tat, worum sie ihn gebeten hatte.

Der Sog wurde jetzt hungrig, die Strömung stärker. Das Wasser zog an ihren Armen, beschwerte ihre Finger, legte sich wie eine Decke um ihre Beine.

Ein Mensch musste schon für meine Fehler bezahlen. Es soll niemand mehr dafür bezahlen müssen.

Sie ließ den Kopf nach hinten sinken, der Himmel verschwand. Die Welt war viel zu lang in Schieflage gewesen. Es war endlich Zeit, das Gleichgewicht wieder herzustellen.

TEIL I

KAPITEL 1

LIESE

BERLIN, SEPTEMBER 1936

Nicht einmal ein Fingerbreit Abstand war zwischen den beiden. Paul hatte die Augen geschlossen, sein Kinn ruhte auf Margarethes Locken. Sie barg den Kopf an seiner Brust und hatte die Arme um seine Schultern geschlungen.

Liese stellte sich vor, wie sich ihr Vater diese Pose ausgedacht und sich in Gedanken schon die Bildunterschrift ausgemalt hatte: *Paul und Margarethe Elfmann – das Modegenie und seine wunderschöne Muse.* Zwei völlig regungslose Gestalten, die ein Ganzes bildeten.

Was für ein Glückspilz du bist! Umgeben von so viel Liebe aufzuwachsen, so eine perfekte Familie zu haben. Das sagten alle – die Näherinnen, die mit verträumten Augen Margarethe um ihre Schuhe mit den Samtschleifen beneideten. Manchmal stellte sich Liese vor, sie würde ihre Illusionen zerstören, indem sie ihnen klarmachte, wie unangenehm es war, für immer in der Rolle der Zuschauerin gefangen zu sein. Aber letztendlich war es einfacher, nichts zu sagen.

Die Sekunden zogen sich in die Länge, das Schweigen

wurde erdrückend. Liese warf einen Blick auf die Uhr: fast drei. Sie versuchte, die Zeiger kraft ihres Willens zu beschleunigen. Endlich sprang die winzige goldene Spitze an die richtige Stelle; wie aufs Stichwort pochte es an der Tür, und die Elfmanns strebten auseinander wie ein sich lösender Knoten. Sie flüsterten sich etwas zu, aber so leise, dass Liese es nicht verstehen konnte.

Margarethe löste sich als erste und nahm wieder die wohlgestaltete Haltung eines Modells an. Sie ging an Liese vorbei, ohne ihre Tochter anzuschauen. Liese ließ sie ziehen. Margarethe war nie grausam gegenüber ihrer Tochter – zumindest nicht absichtlich. Wenn sie Liese bemerkte, war sie zu ihr genauso liebenswürdig wie zu allen anderen. Margarethes Leben hatte sich immer nur um sie selbst gedreht, und das würde auch so bleiben. Höchstens ihrem geliebten Paul schenkte sie noch Beachtung. Die restliche Welt lag irgendwo am Rande ihrer Aufmerksamkeit. Jahrelang hatte Liese sich geweigert, das zu akzeptieren. Sie hatte sich an den Glauben geklammert, dass sich eines Tages, wenn sie erst älter wäre und Margarethe bei ihren Ausflügen in Cafés und zum Einkaufen begleiten könnte, endlich die feste Bindung zu ihrer Mutter herausbilden würde, nach der sie sich sehnte. Doch als Margarethe den fünfzehnten Geburtstag ihrer Tochter genauso gedankenlos vergessen hatte wie ihren fünften, hatte Liese beschlossen, die Hoffnung, ihre Mutter würde ihre distanzierte Haltung ändern, fahren zu lassen. Jetzt, im Alter von sechzehn Jahren, begriff sie endlich die engen Grenzen ihrer Mutter: Ein im Kinderzimmer verstautes Kind, das für ein Küsschen dankbar war, war die eine Sache. Eine Tochter, deren Körpergröße und Kurven die Vorstellung von »Sie kann keinen Tag älter als dreißig sein« als Lüge enttarnten, dagegen eine ganz andere.

Ich werde einmal eine bessere Mutter sein. Ich werde genau so sein, wie sich meine Tochter mich wünscht.

Liese sah zu, wie sich ihre Mutter davonschlich, und wandte sich wieder ihrem Vater zu.

In Pauls Augen lag Sehnsucht, seine Hand ruhte noch dort, wo seine Frau sich erhoben hatte, und in seinem Kopf musste noch immer die Erinnerung an ihre Begegnung ablaufen.

Liese wartete.

Paul blinzelte, seufzte, wurde aktiv. Bald war es so weit. Nur noch eine Stunde, bis der Salon seine verhängten Türen öffnete und die Herbst/Winter-Kollektion 1936 ihren Siegeszug antrat. Oder auch nicht.

Wie jedes Mal war die Hektik der Vorbereitungen für die Schau nervenaufreibend gewesen, die Angst vor einem Flop trotz der vorausgegangenen, erfolgreichen Jahre geradezu mit Händen greifbar. Liese stellte sich vor, die Gedanken, die in Pauls Kopf wirbelten, fielen wie ein Kartenhaus zusammen. Würden die Schnitte überraschen? Die Farben begeistern? Spielte Haus Elfmann immer noch ganz oben mit? Jede Saison die gleichen Sorgen – und nun noch eine Sorge mehr.

Liese betrachtete die Namen, die an den wackligen Stühlen festgesteckt waren. Helena Stahl, die amazonenhafte Werbechefin des Modehauses, hatte recht: Die Plätze waren einigen unpassenden und unwillkommenen Gesichtern zugewiesen worden.

Agnes Gerlach, das selbsternannte Sprachrohr des Verbandes Deutsche Frauenkultur (einer Organisation, die Helena als »beige gekleidete Schabracken ohne jegliches Gespür für Mode« herabwürdigte), hatte schon seit zwei Jahren um eine Einladung zu einer Elfmann-Modenschau gebettelt. Helena hatte sie gut gelaunt zwei Jahre lang zappeln lassen. Und Paul hatte auch nicht mehr Zeit für Agnes: Er nahm ihre laut geäußerten Ansichten über die »vulgären« Deutschen, die »die französische Mode nachäfften«, persönlich. Dieser Tage jedoch musste selbst das Deutsche Modeinstitut nach der Pfeife der neuen Parteiherren tanzen. Und das hieß, dass sämtliche Modehäuser des Landes, die allesamt unter dem Schirm des DMI agierten, das Lied der Partei singen mussten, ob es Paul nun gefiel oder nicht. Die *Schabracken* hatten Aufwind und *Vulgarität* war der Vorwurf, den jeder Salon fürchtete. Agnes hatte einen Platz in der ersten Reihe gefordert. Pauls Übellaunigkeit hatte geradezu tragische Ausmaße angenommen.

Liese ging die restlichen Namen durch, während sie darauf wartete, dass ihr Vater sich wieder beruhigte.

Agnes Gerlach war neben Frau Goebbels platziert worden. Dass eine der wichtigsten Damen des Dritten Reichs einen Prominentenplatz erhalten hatte, war nichts Ungewöhnliches, wenn man bedachte, wie viele Kleidungsstücke sie üblicherweise erwarb. Ihre Bitte um einen weiteren Platz hatte für Ungemach gesorgt. Dieses Mal hatte Frau Goebbels ihren kleinen, zornigen Ehemann mit dabei. Liese konnte sich nicht vorstellen, was der Reichspropagandaminister auf einer Modenschau wollte. Abgesehen von den Einkäufern und Chefs der Rechnungsstellen der wichtigsten Bekleidungsgeschäfte waren nur selten Männer mit von der Partie. Heute allerdings standen auf vielen der steifen, cremefarbenen Karten Titel, die mit »Ober-« und »Gruppen-« begannen. Es waren Männer, die, so klagte Helena, in ihren schwarzen Uniformen den Zuschauern die gute Laune verderben würden. Liese hatte noch nie eine Schau erlebt, bei der das Haus Elfmann so wenig Einfluss auf die Gästeliste gehabt hatte. Und nicht nur auf die Liste.

Sie hob ein Programmheft hoch, während Paul imaginäre Staubflusen von den mit Kerzen beleuchteten Spiegeln wischte. Die Partei hatte auf die Sprache, die der Modesalon benutzte, einen ebenso starken Druck ausgeübt wie auf die Auswahl des Publikums. Die neuen Richtlinien, die festlegten, wie deutsche Kollektionen benannt werden durften, hatten Helena genauso erzürnt wie die Platzvergabe. Berlin, nicht Paris, galt nun als das Zentrum der Modewelt – zumindest in den Augen der Partei. *Hauptmode* war deshalb die vorgeschriebene Bezeichnung, anstelle von *Haute Couture*, *schick* und nicht *chic* galt als schicklich. Niemandem gingen diese eckigen Wörter leicht über die Zunge, aber wie von oben angeordnet, standen sie im Programm. Neue Gesichter und neue Wörter: kleine Änderungen, aber doch ausreichend, um darüber zu stolpern. Die Anspannung rieselte durch das Gebäude wie Sand durch ein Stundenglas.

Endlich hatte Paul aufgehört, herumzuwuseln. Er stand mit erhobenen Händen mitten im Raum. Liese reckte den Hals, als er dreimal schnell hintereinander in die Hände klatschte. Ganz gleich, wie oft sie schon Teil davon gewesen war – die Rituale der Schauen hatten ihren Zauber nie verloren. In Ermangelung eines Sohnes war Liese die Erbin des Salons, und sie war ihrem Vater seit ihrem achten Lebensjahr auf Schritt und Tritt gefolgt, hing an seinen Lippen und wollte nichts weiter, als ihn zu beeindrucken und jedes noch so kleine Detail des Geschäfts zu verstehen. Beim letzten Klatschen öffnete sich die Tür. Zwei der jüngsten Näherinnen eilten herein. Sie sahen in ihren weißen Overalls wie Schaumzuckermäuse aus. Sie blieben stehen, eine zu Pauls rechter Seite, die andere links, in den bebenden Händen kristallene Parfümzerstäuber. Liese kribbelte es in der Nase. Ein Krümmen des Fingers, und sie sprühten, entließen den Duft in wohldosierten Sprühstößen aus den Flaschen. Der Duftnebel hing wie Chiffon in der Luft. Ihr Vater folgte den Mädchen, die von einer Ecke zur nächsten huschten, mit dem Blick.

Alles drehte sich um die beiden jährlichen Kollektionen des Salons. Die Riten, die das Haus befolgte, erreichten jeweils beim Präsentieren der neuen Kollektion ihren Höhepunkt. Jede einzelne Entscheidung und jeder Moment waren von großer Tragweite – ob es um die Dauer der Umarmungen des Eigentümers, die Zahl der Blumen pro Vase oder die Reihenfolge der präsentierten Kombinationen ging. Und jede Schau hatte nicht nur ein eigenes, sorgfältig ausgewogenes Thema, sondern auch ihren einzigartigen Duft. Paul nannte ihn den Vorhangöffner, den Gaumenschmeichler. Einige Dinge blieben stets gleich: Frühling/Sommer sollten süß, blumig oder zitronig duften, Herbst/Winter nach schweren Gewürzen. Mehr Details waren nur Paul und den Parfümeuren bekannt.

»Versteht das Publikum das, Papa? Wie das Parfüm mit den Kleidern interagiert?«

»Nicht so wie wir.«

Wir. Lieses Haut prickelte.

»Aber wenn wir diesen Schritt ausfallen lassen würden, würde sich alles dumpf anfühlen, und unsere Schau würde nicht funktionieren. Warum?«

»So ist es nun mal im Theater.«

Ein Kopfnicken. Er war zu angespannt, um zu lächeln. Wie sonst hätte sie auch antworten sollen? Andere Kinder wuchsen mit Märchen und Kinderreimen auf; Lieses Zauberland sah wie die Nähereien und Verkaufsräume aus, in denen sie laufen und sprechen gelernt hatte.

Du konntest die Wörter »Satin« und »Seide« aussprechen, bevor du Mutter und Vater sagen konntest. Bezaubernd, aber wohl kaum überraschend. Minnie Elfmann, ihre schmerzlich vermisste Großmutter, hatte diese Anekdote den Familiengeschichten hinzugefügt und nie die Traurigkeit darin wahrgenommen, die Liese empfand, wenn sie sie hörte. Minnie war Lieses Leuchtgestalt gewesen, eine Vision in Federboas und mit hüftlangen Perlenketten, bewundert und nie unnahbar. Aber auch nie *Großmama*.

»Minnie, meine Süße, einfach Minnie. Das ist doch viel leichter für kleine Münder.«

»Und für alte Gesichter.« Margarethes soufflierte Bemerkungen waren immer wohlgesetzt.

Mutter und Gattin umkreisten einander, seit Paul Margarethe bei der Moderation einer Schau in einem Pariser Modesalon entdeckt und sogleich mit nach Berlin gebracht hatte. Jegliche Freundlichkeit zwischen den beiden Frauen wurde für die Öffentlichkeit aufgespart.

»Sie ist eifersüchtig wie eine Katze!«

Das hatten sie beide gezischt.

Als Liese älter wurde und sich an die Streitereien gewöhnt hatte, wurde ihr auch die Wurzel des Wettstreits klar: Es ging nur um ihren Vater und sein ständiges Bedürfnis, im Mittelpunkt zu stehen. Aber nun spielte es keine Rolle mehr, wer als Erste die Krallen ausfuhr und einen Treffer landete. Minnies Leuchten war vor vier Jahren einfach erloschen. Sie starb, bevor etwas so Schäbiges wie das Alter sie in die Klauen bekam, und sie hatte eine Lücke hinterlassen, die zu füllen Liese höchstens mit Mühe gelang. Nun gab es keine Minnie mehr, die sie mit Küssen überhäufte, und niemand sonst war dazu geneigt. Auch Großpapa Nathan lebte in Wirklichkeit nicht mehr, obwohl er so streng war, dass man seine Gegenwart kaum übersehen konnte. Nach Minnies Tod hatte er sich wie ein Eremit in seine baufällige Villa zurückgezogen, nicht mehr in der Lage, das Modehaus zu betreten, das er mit Hilfe ihrer Begabung gegründet hatte. Die Großeltern hatte Liese also verloren, und weder Paul noch Margarethe konnten mit Geschwistern aufwarten. Was Margarethes Eltern betraf — sie waren irgendwo im ländlichen Elsass an der deutsch-französischen Grenze verschwunden. Ihre elegante Tochter hatte ihre dörfliche Herkunft schon vor langer Zeit abgelegt.

»Dann sind wir eben nur eine kleine Familie – na und? In Berlin weiß jeder, wer wir sind.«

Das war ein weiterer von Pauls Sprüchen. Als ob durch die Bewunderung des Publikums ihre weitläufige Villa im Bergmannkiez weniger vor Leere widerhallen würde.

Was für eine perfekte Familie. Liese wünschte, sie könnte sie auch sehen.

Sie hatte sich in den lärmerfüllten Häusern ihrer Freundinnen umgeschaut, so oft sie die Gelegenheit dazu hatte. Sie hatte Bücher verschlungen, die von dem erzählten, wonach sie sich sehnte. Geschichten über Schwestern, die Geheimnisse miteinander teilten, und deren leidenschaftliches Gezänk in tränenreich vorgebrachten Schwüren endete. Über deren hübsche Köpfe Mütter mit einem großen Herzen und einem gemütlichen Schoß wachten, und die von ihren Vätern verwöhnt wurden, deren Taschen von Süßigkeiten ausgebeult waren.

Keine dieser Geschichten ähnelte ihrem eigenen Leben mit einer Mutter und einem Vater, die völlig um sich selbst kreisten und ihre Tochter nur als Teil des Geschäfts wahrnahmen. Zum Geschäft gehörte auch Onkel Otto, der der Cheftechniker des Salons war und gar kein echter Onkel. Und Michael, Ottos Sohn, der zwei Jahre älter als sie und ein Zwischending zwischen Bruder, Freund und ernsthaftem Ärgernis war. Sobald sie angefangen hatte zu laufen, hatte Liese sich an Michaels Fersen geheftet. Sie hatte ihn bewundert, und er sie, und ihre geschäftstüchtigen Eltern waren für das Band zwischen ihnen sehr dankbar gewesen. Michaels Hand, die ihre hielt, war zu Lieses Ankerpunkt in der Welt geworden. Sein verschmitztes Lächeln hatte immer Abenteuer versprochen. Sie hatten zusammen Höhlen gebaut, die Küchen unsicher gemacht und im Garten nach vergrabenen Schätzen gesucht. Der Michael, mit dem sie aufgewachsen war, konnte sie mit einem Blick zum Kichern bringen und aus dem Nichts eine Geschichte erfinden. Michaels »Stell dir mal vor ...« war der Lieblingssatz ihrer Kindheit geworden. Mit zwölf, auch noch mit vierzehn Jahren hätte Liese gesagt, sie beide kannten sich in- und auswendig, und alles war strahlender, wenn sie es miteinander teilten. Aber jetzt lief sein Leben in eine andere Richtung als ihres und führte ihn an Orte, zu denen sie ihm nicht folgen mochte. An manchen Tagen umgab sie die Einsamkeit wie eine zweite Haut.

»Was riechst du?« Paul betrachtete sie stirnrunzelnd, und Liese zwang sich zurück in die Gegenwart.

»Mach die Augen zu. Denk an das, was wir geübt haben. Atme tief ein. Sag mir, welche Duftnoten du wahrnimmst. Dann setz sie zusammen und erzähl mir ihre Geschichte.«

Sie tat wie geheißen. Sie ließ das Rückenpolster des Stuhls, die Weichheit des Teppichs und das Trappeln der Schritte von oben ziehen. Sie schloss die Augen und konzentrierte sich auf die Musik des Parfüms.

»Zimt und Nelken.« Ihre Nase kribbelte. »Orange und Lebkuchen.« Sie pickte jede Nuance sorgfältig heraus und verwob sie dann genauso sorgfältig wieder. »Weihnachten.«

Keine Antwort. Das war zu simpel gewesen.

Sie kniff die Augen zusammen. Sie war gut darin. Genauso wie sie gut darin war, zu entscheiden, wie eine Falte verlaufen musste oder an welche Stellen Rüschen passten. Und ausgerechnet heute durfte sie ihren Vater nicht enttäuschen, denn ihr Versagen wäre ein schlechtes Omen.

Sie schnupperte erneut und füllte die Lunge. Durch die Gewürzschichten entblätterte sich eine dichtere Note. Ihre rauchige Schwere erinnerte sie an den Duft, der aus sich öffnenden Kirchentüren drang. Ein Duft, den sie in der Synagoge nie wahrgenommen hatte, in die Großpapa Nathan sie alle mitgenommen hatte, als ihm solche Dinge noch wichtig gewesen waren.

»Weihrauch.«

Mit einem leisen Seufzer ließ ihr Vater den Atem ausströmen.

Liese kehrte in Gedanken zurück in die Nähstuben. Sie beschwor die mit Musselin bedeckten Kostüme herauf und stellte sich vor, sie ginge hindurch und nähme jede Einzelheit wahr. Den dicken Pelzkragen an einem knöchellangen Mantel; Silberborte und Kristallperlen, die die Schultern eines schmalen Mieders schmückten, filigranes, zu Mustern verwobenes Gold. Sie ließ ihre Vorstellung von den Modepuppen weg zu den Büchern wandern, die überall in den Studios lagen: verblasste Fotografien und farbige Bildtafeln mit Darstellungen aus Geschichte und Kunst. Bücher, in die sie sich an ruhigen Nachmittagen stundenlang vertieft hatte.

Ihre Lider öffneten sich. Militärische Schlingenverschlüsse anstelle von Knöpfen, um eine Jacke zu schließen, weiße Muffe, die wie schlafende Kaninchen an edelsteinbesetzten Ketten hingen.

»Nicht weihnachtlich, sondern russisch. Der Kaiserhof. Mädchen auf zugefrorenen Seen und in von Pferden gezogenen Kutschen bei Mitternacht. Besuch der Oper zum *Nussknacker* und Bälle bei Kerzenlicht.«

»Du hast es! Gut gemacht.«

Pauls Lächeln über ihre Klugheit ließ den Raum hell strahlen.

Was stimmte nicht mit ihm? Warum musste er immer alles verderben?

Michael war wie die böse Fee zur anschließenden Feier aufgekreuzt und hatte böse Blicke und Flüche mitgebracht. Liese beobachtete, wie er die Fäuste ballte, und wünschte sich nicht zum ersten Mal, der alte, verschmitzt dreinblickende Michael käme zurück, und nicht diese neue Version, die von *Politikverständnis* durchdrungen war, was auch immer das sein sollte. Jedenfalls bedeutete es keinen Spaß. Er war hager geworden, selbstgefällig und angeberisch. Wenn dieser Abend vorbei wäre, wollte sie ihm das sagen.

Die Schau war ganz und gar zu dem Erfolg geworden, um den alle gebetet hatten. Sogar Minister Goebbels war beim Anblick der Reminiszenzen ans Militär aufgetaut. Als er die

Kollektion als »zeitgemäße Hommage an die Schönheiten Preußens« bezeichnete, war niemand so verrückt, ihn zu korrigieren. Jetzt, zwei Stunden, nachdem das letzte Modell unter Applaus vom Laufsteg gestakst war, floss der Sekt, und das Bestellbuch füllte sich bis zum Rande. Haus Elfmann stieß auf seine Zukunft an; Michael konnte nur mürrisch dreinschauen.

»Wie können die nur so schleimen? Dein Vater sabbert regelrecht, und meiner ist auch nicht besser. Bald werden sie noch das Hakenkreuz tragen.«

Und da wären wir wieder.

Liese gab sich keine Mühe, ihren Seufzer zu unterdrücken. Beim bloßen Anblick einer Uniform oder eines Parteiabzeichens brach der neugesinnte Michael in eine Tirade aus, und zwar mit einer Stimme, die besser auf den Exerzierplatz passte. Sie hätte schneller hinunter zum Empfang laufen müssen, anstatt zuzulassen, dass er sie unverhofft auf der Treppe antraf.

»Kannst du das heute Nacht nicht mal vergessen? Ja, es sind mehr Parteileute und Offiziere, als wir erwartet haben. Aber alle loben die Kleider und benehmen sich vollkommen zivilisiert.«

Wieder fluchte er. Zum Glück konnte Paul ihn auf der gewundenen Treppe nicht hören.

Liese war nicht dumm, auch wenn Michael sich immer mehr so benahm, als wäre sie es. Sie wusste, dass die Nationalsozialisten eine dunkle Seite hatten, die sie noch nicht zeigten. Die Machtergreifung des Führers vor drei Jahren hatte Deutschland, mit den Worten ihres Vaters, für Geschäftsmänner wie ihn zu einem »sichereren und hoffnungsvolleren Ort« gemacht. Sie hatte allerdings auch ganze Banden braun gekleideter Grobiane auf die Straßen gespült, die die Stadt mit beunruhigenden Postern und Plakaten, über die man besser nicht nachdachte, vollklebten.

Während das Regime die Muskeln spielen ließ, wurden die Menschen überall immer nervöser, auch im schwer einzuschüchternden und parteikritischen Berlin. Nicht einmal die Elfmanns waren diesem kalten Wind entgangen, trotz ihres Reichtums und Status.

Liese durfte zu ihrer wachsenden Verblüffung nicht mehr ohne Begleitung irgendwohin gehen. Sie war auch lange vor der Zeit aus der Schule genommen worden, und die Erklärung bestand lediglich in der Aussage: »Es sind schwierige Zeiten.« Freilich störte sie sich daran weniger als an ihrer eingeschränkten Freiheit, im Viktoriapark nach Rehen Ausschau zu halten oder die Eiscafés in der Bergmannstraße zu besuchen. Den Unterricht vermisste sie nicht: Alles, was sie für wichtig hielt, hatte sie im Salon gelernt. Das Zuschneiden der Muster hatte ihre Schnelligkeit im Kopfrechnen verbessert. Sie sprach ein Französisch, das hübsch genug war, um französische Kundinnen zu bezaubern, und ein so klares Englisch, dass die amerikanischen Kundinnen erfreut waren. Schwerer gefallen war ihr allerdings die Trennung von ihren Freundinnen.

Egal, wie viele Einladungen Liese verschickte, niemand kam sie besuchen. Sie hatte gedacht, ihre Klassenkameradinnen müssten genauso eingeschränkt worden sein wie sie selbst, bis sie Christa und Anna Arm in Arm hatte spazieren gehen sehen, während sie selbst allein im Auto gesessen hatte und sich fragte, ob sie sich ihre enge Freundschaft vielleicht nur eingebildet hatte.

Paul war zuversichtlich, dass die derzeitige Stimmung nicht anhalten würde. »Alle Regierungen stürzen in den Anfangsjahren. Zuerst gelangen sie an die Macht, dann sind sie übermütig. Wenn der Führer die Kommunisten und die Kriminellen weggefegt hat, wird er die Auswüchse einhegen. Bis dahin müssen wir weitermachen und zusammenarbeiten. Als was auch immer sich die Vision der Partei für Deutschland entpuppen wird, Kleider gehören immer dazu.«

In Anbetracht des fortdauernden Erfolgs des Salons hielt

Liese den Standpunkt ihres Vaters für sehr vernünftig. Nur Michael spielte ständig den Propheten der Finsternis.

Gerade zappelte er herum und betrachtete eine Gruppe schwarz uniformierter Offiziere, als rechnete er damit, dass sie ihre Waffen hervorziehen und zu schießen anfangen würden. »Er schaut zu viele Räuberfilme«, war Onkel Ottos Entschuldigung. »Er verbringt zu viel Zeit mit dieser beschränkten Gruppe von Hitzköpfen und Kommunisten, die er Freunde nennt«, lautete die ihres Vaters.

Michaels Umgang war das einzige, worüber Liese die Männer je wirklich streiten hörte. Sie wusste, dass Michael Verbindungen zur KPD hatte, der Kommunistischen Partei Deutschlands, die der Führer verboten hatte. Wenn man danach ging, wie Michael seine Abende verbrachte, traf sich diese Gruppierung heutzutage an Straßenecken und in den schlimmsten Spelunken. Er konnte Liese mit den »ehrenhaften Werten« und »ihrem Verständnis der wahren Bedeutung einer Gesellschaft« niederquatschen, wenn sie es zuließ. Er hoffte verzweifelt, dass sie ebenfalls beitreten würde, allerdings war er kein gutes Aushängeschild für die Partei: Nach dem, was Liese beobachtete, saugte das Engagement für die KPD aus allem die Freude heraus. Michaels Sinn für Humor war völlig verschwunden; seine allumfassende Gefolgschaftstreue hatte sogar dazu geführt, dass ihr gemeinsamer Besuch der Olympischen Spiele ruiniert worden war.

Das Debakel der Eröffnungsfeier war inzwischen Wochen her, aber sie kämpfte immer noch darum, ihm zu verzeihen. Auch das würde sie ihm an diesem Abend sagen: Dass die Erinnerung an diesen ruinierten Tag noch so frisch war, dass sie ihn am liebsten schlagen würde.

Seit der Verkündigung, dass die Olympischen Spiele 1936 in Berlin stattfinden sollten, war die freudige Erregung in ganz

Berlin beständig gewachsen. Als der erste August gekommen war, war Liese genauso besessen wie alle anderen.

Der Tag selbst war so verheißungsvoll gewesen. Sobald Paul begriffen hatte, dass ganz Berlin für eine Feier herausgeputzt wurde, auf der er unbedingt gesehen werden wollte, hatte er das Auto vorausgeschickt und zugestimmt, dass die Familie einen Teil der Strecke zu Fuß gehen konnte. Liese und ihre Mutter trugen neue Kleider: Lieses war zitronenfarben, das von Margarethe rosa. Die Röcke waren gefältelt wie ein Tennisrock, und ihre diskusförmigen Taschen waren in den Farben der olympischen Flagge gepaspelt. Die Blicke und Pfiffe, die Margarethe ignorierte, brachten Liese zum Erröten und Paul zum Strahlen. Denn für die Menschen, die sich in den Straßen drängten, leuchteten sie hell wie die Schleifen, die Lisas cremefarbene Schuhe zierten.

Gut, dank Michael wusste sie jetzt, dass Berlins herausgeputzter Zustand nicht von Dauer war, sondern nur ein »berechnender Taschenspielertrick«, wie er es nannte. Und das war irritierend, sie konnte es nicht leugnen. Aber andererseits? Liese hatte sich wie alle anderen von dem Prunk einfangen lassen. Ihr hatte es gefallen, wie jeder Pflasterstein geglänzt hatte und jeder säuberlich geschrubbte Balkon von Stiefmütterchen und Veilchen geschmückt war. Es war schwierig, nicht fröhlich zu sein, als aus den Lautsprechern in der ganzen Wilhelmstraße Musik erklang. Als nirgendwo ein unangenehmes Plakat oder Verbotsschild zu sehen war. Als zum ersten Mal seit zwei Jahren die Zeitungsboxen verschwunden waren, die normalerweise den *Stürmer* zur Schau stellten, dessen hasserfüllte Karikaturen von Männern mit Hakennasen den Blick wie Magnete anzogen. Berlin hatte sich frisch und hoffnungsvoll angefühlt.

Was das Stadion anging, waren die Ausmaße unvorstellbar. »Rund siebzigtausend Quadratmeter und Sitzplätze für hunderttausend Menschen«, so prahlte ihr Führer. Als sie hineinströmten, kam die Sonne heraus und ließ alles funkeln, von dem weiß gekleideten Chor, der am Spielfeld stand, bis zu der riesigen Kupferschale, die auf das Feuer des Fackelträgers wartete. Liese konnte nicht aufhören zu lächeln, und sogar die schwer beeindruckbare Margarethe erklärte, wie großartig es sei.

Michael hatte sich wie immer verspätet und Aufruhr verursacht, als er sich durch die Leute schob und neben sie drängelte. Liese wollte schon einen Streit vom Zaun brechen, da gab er ihr eine Tüte mit ihrem liebsten Schokokonfekt und grinste auf seine typische Michael-Art.

Schon bald musste Liese so sehr über die Witzfiguren lachen, die er sich zur Belustigung der Menschen um sie herum ausdachte, dass ihr die Bauchmuskeln wehtaten, weil sie so dagegen ankämpfen musste, zu laut zu prusten. Sie schob ihren Arm unter den von Michael.

»Das habe ich vermisst. Dass du und ich zusammen Spaß haben, ohne uns zu streiten.«

Er hatte sich ihr lächelnd zugewandt, aber dann war ein Zittern durch die vollbesetzten Ränge gegangen und hatte ihre Aufmerksamkeit gefordert.

»Michael, was passiert da?«

Die Leute stießen einander an und zeigten mit den Händen auf etwas.

Michaels Züge wurden hart.

Die ganze Menge drehte sich um, zum oberen Ende einer langen Flucht von Stufen, wo eine Gestalt stand, die nur als winzige Silhouette zu erkennen war.

Liese fuhr zusammen, als eine Trompete erscholl.

»Was zum Geier!«

Sie biss sich auf die Lippe, als die Rücken in der Reihe vor ihnen sich strafften. Der Trompetenstoß hatte das Stadion in eine Stille versetzt, die sie, wie sie instinktiv wusste, besser nicht störte.

Eine weitere Trompete gesellte sich zur ersten, dann noch eine, bis eine Fanfare erklang. Die Gestalt schritt die Stufen herunter, gefolgt von einer Entourage. Die ganze Arena erhob sich, als würden die Menschen von unsichtbaren Schnüren bewegt, die Arme schossen in die Luft.

Paul grüßte; Margarethe tat es ihm gleich. Liese sprang eine Sekunde zu spät auf die Füße, von der Bewegung der Masse mitgerissen.

Auf allen Rängen erscholl ein rauer Ruf, als hätten die Leute nur auf ein Stichwort gewartet. Drei Noten wie der Dreiklang einer Trommel. Liese nahm ihn auf, ohne nachzudenken, ihre Stimme fügte sich in den dunklen, kehligen Ruf ein.

»Was machst du denn da, verdammt?«

Michael hatte sich nicht bewegt, obwohl Otto ihn hektisch anstupste. Er behielt den Arm starr unten.

»Ernsthaft, Liese, was ist in dich gefahren? Warum schreist du wie ein Parteimädchen ›Heil Hitler‹? Bist du verrückt geworden?«

Trotz des Abgrunds, der zwischen ihnen herangewachsen war, hatte er bisher noch nie so harsch zu ihr gesprochen. Sein Tonfall ließ sie auf einen Schlag klarsehen. Sie sah sich plötzlich durch Michaels Augen, wie sie dastand: steif wie eine Statue und mit einer Leidenschaft brüllend, von der sie beide wussten, dass sie sie gar nicht empfand. Es war kein angenehmes Bild. Sie wollte sich schon entschuldigen, aber da verzog er die Lippen zu einem hämischen Grinsen, und stattdessen versetzte sie: »Was stimmt mit *dir* nicht? Das ist ein höflicher Willkommensgruß. Er hat nichts zu bedeuten.«

Der raue Ruf ging in tosenden Applaus über, als der Führer sich setzte, und in aufbrandende Jubelschreie, als der Fackelträger in Sicht kam.

»Außerdem haben es alle gemacht, ich habe nur mitgemacht.«

»Ach so, dann ist es ja gut. Wenn *es alle machen*, braucht

man sich ja nicht zu sorgen. Ich bin hier der Dumme, nicht du. Und es ist eine Vision, schon klar. Die Großen und Schönen und ihre wohlerzogenen Frauen, unsere verhätschelten Gäste aus Europa und sogar Amerika, alle recken den Arm und rufen den Hitlergruß. Ist es nicht wundervoll, wie sehr ihn alle lieben? Und heute sogar – der Himmel möge uns beistehen – die Juden.«

Liese zuckte zusammen, als der Mann vor ihnen sich umdrehte und mit der Zunge schnalzte. Sie kannte das Muster nur zu gut, dem Michael folgte: Gleich würde er eine Tirade gegen die Partei vom Stapel lassen, die genau seiner geliebten KPD-Lektüre folgte und die er wortgetreu aufsagen konnte, so als hätte er ein Handbuch verschluckt.

Liese war trotz ihres Verhaltens von gerade eben keine Hitler-Anhängerin, aber die Mischung aus Anstecknadeln und Flaggen um sie herum ließ keinen Zweifel, dass ein Großteil der Masse Anhänger waren. Es war nicht der richtige Ort, um seinen Gefühlen freien Lauf zu lassen, ganz gleich, wie aufrichtig sie waren. Sie beugte sich näher zu Michael und senkte die Stimme zu einem Flüstern.

»Ich finde das alles auch nicht gut, wirklich nicht. Aber können wir darüber nicht später diskutieren, zu Hause?«

Es war schon zu spät. Michael hatte längst angefangen und hörte ihr nicht mehr zu.

»Die Nationalsozialistische Partei ist der Feind des arbeitenden Mannes, des Kommunisten und des Juden. Die Befehle der Partei zu befolgen oder ihren Prunk zu feiern, ist ein Akt des Verrats. Niemand darf das vergessen, niemals.«

Der Mann vor ihnen stieß seinen Nachbarn an. Liese sah, wie die beiden die Fäuste ballten.

Warum ist er nur immer so laut?

Sie biss die Zähne zusammen, als der Läufer gerade die Fackel senkte und in der Schale die Flammen aufstoben. Wie wahr Michaels Worte auch sein mochten, heute wollte sie dem Spektakel zuschauen und nicht selbst zum Spektakel werden.

»Michael, bitte nicht schon wieder, nicht hier. Gut, ich habe mich ein bisschen mitreißen lassen. Aber warum musst du mich so belehren? Ich bin es satt, zu hören, wie die Kommunisten die Welt retten werden. Und was die Juden angeht und ihr angebliches *religiöses Erbe* – das bin ich auch satt. Gut, wenn du willst, sei eben Kommunist, sei Jude, wenn es dich glücklich macht. Aber erwarte beides nicht von mir.«

Dabei hätte sie es bewenden lassen, wenn er nicht die Augenbraue hochgezogen hätte.

»Was?«, fauchte sie. »Willst du mir sagen, ich bin wieder Jüdin? Das zu sagen macht es noch nicht wahr, weißt du. Ich gehe nicht zur Synagoge, ich halte keine jüdischen Feiertage ein, ich lebe nicht nach jüdischen Gesetzen. Keiner von uns macht das, dich eingeschlossen. Jedenfalls, als ich es das letzte Mal überprüft habe. Wir sind Deutsche – gute Deutsche, wie jeder andere hier – das ist alles. Na ja, außer dir. Du bist außerdem ein Langweiler.«

Michaels hämisches Grinsen ließ ihr die Augen brennen. »Oh, verzeiht, Prinzessin, habe ich Euren Tag verdorben? So schlecht ist die Partei ja gar nicht. Und Jüdin, du? Was für eine närrische Idee. Wie könnte die Enkelin von Nathan Elfmann jüdisch sein, dessen jüdische Familie vor den Pogromen in Ungarn geflohen ist und deren Vater sein Vermögen mit dem Herstellen jüdischer Kleidung gemacht hat?«

Sie zogen mehr und mehr Aufmerksamkeit auf sich. Selbst Paul sah durch die Reihe zu ihnen.

»Michael, um Himmels willen, sprich leise!«

Vergeudete Atemluft. Er wurde noch lauter.

»Wirklich, wie kann ich nur so dumm sein? Niemand käme auf den Gedanken, dass Elfmann ein jüdischer Name ist. Oder Wasserman. Erinnere mich dran, dass ich das den Universitäten mitteile, bei denen ich mich beworben habe, und die bezüglich unseres Erbes weniger sicher zu sein scheinen als du. Wie großartig muss es sein, in einer solchen Verleugnung zu leben. Demnächst wirst du mir noch erzählen, Jesse Owens ist ein Weißer. Gut, du brauchst keine Kommunistin zu sein. Aber behaupte nicht, du wärst keine Jüdin, als ob es dadurch wahr würde.«

Noch mehr Köpfe drehten sich um, keines der Gesichter war freundlich.

»Michael, das ist nicht der richtige Ort ...«

Es war, als wollte sie einen lostrampelnden Elefanten mit dem erhobenen Zeigefinger aufhalten.

»Wann hast du angefangen, alles hinzunehmen, Liese? Du hast mich früher mit deinen Fragen verrückt gemacht. Was ist passiert? Machst du dir nichts aus den neuen Regeln und den Fesseln unserer Freiheit? Wunderst du dich nicht darüber, dass du nirgendwo mehr allein hingehen darfst? Oder zur Schule?«

»Natürlich, aber Vater sagt ...« Doch Michaels Hand fuhr hoch.

»Spar dir die Mühe, ich kann es mir denken. Er sagt, es ist nur zu deiner Sicherheit, weil die braunen Uniformen vielleicht nicht erkennen, dass du eine *gute Deutsche* bist. Hat er auch gesagt, Hitler würde seine marodierende Armee wieder auf Linie bringen, wenn die Partei erst einmal sicher ist? Das ist Pferdemist. Hitler ist schon seit drei Jahren an der Macht – er ist so sicher wie ein Banksafe. Komm schon, Liese, das weißt du doch besser. Unsere glorreichen neuen Anführer haben nicht viel für Juden übrig und sie werden immer geschickter darin, uns ausfindig zu machen. Warum wollen sie das? Willst du mal raten, oder soll ich es dir sagen? Damit sie uns wegbringen können. Damit sie uns einfach aus unserem Leben entfernen können.«

Die Leute in den Reihen um sie herum hatten angefangen zu murmeln. Otto, der die Stimmung auf den sie umgebenden Plätzen besser als Michael wahrnahm, griff nach dem Arm seines Sohnes. Michael schüttelte ihn ab. Er war so sehr darauf konzentriert, Liese zu überzeugen, dass sie bezweifelte, er nähme außer ihr noch jemanden wahr.

»Was muss ich noch sagen, um dich zu überzeugen, dass Gefahr herannaht? Du musst es doch spüren. Hast du nicht bemerkt, dass heute keine Besoffenen oder Obdachlosen auf den Straßen waren? All dieser Unfug, dass wir ›unter unserer neuen Regierung sicher in unseren Betten‹ wären. Noch mehr Pferdemist. Die Straßen sind leer, weil die Partei alle, die sie nicht mehr zu den Deutschen zählt, aufgreift und in Lager steckt. In Oranienburg ist ein riesiges, gerade mal eine Stunde von der Innenstadt entfernt. Es gibt Gerüchte von Folter und Tod dort.«

Jemand brüllte ihn an, er solle die Klappe halten. Liese zuckte zusammen; Michael bemerkte es nicht.

»Menschen sind verschwunden. Menschen, die ich von den Treffen, zu denen ich gehe, kenne …«

Dann wurden seine Worte von einem Kanonenschuss verschluckt und von dem Zetern tausender Tauben, die in den Himmel aufstiegen. Liese schrie vor Angst auf, als die wild schlagenden Flügel der Vögel die Luft peitschten und ihre grauen Leiber sich zu einer Sturmwolke verdichteten.

Noch mehr Gesichter wandten sich ihnen zu, mehr Menschen begannen zu murren.

»Was soll das, hier so eine Schau abzuziehen?«

Liese hatte ihren Vater noch nie so bleich gesehen.

»Es ist meine Schuld, Herr Elfmann, verzeihen Sie. Ich habe sie aufgeregt.«

Liese erkannte an Michaels Gesichtsausdruck, dass es ihm tatsächlich leidtat. Er versuchte, sich zwischen Paul und Liese zu schieben, aber ein untersetzter Mann aus der Reihe hinter ihnen war schon aufgesprungen.

»Du hast alle mit deinem kommunistischen Dreck aufgeregt. Und dann die hier, greint wie ein Waschweib, und das vor dem Führer. Das ist unpatriotisch, eine Schande. Wenn euer Volk nicht weiß, wie man sich benimmt, solltet ihr nicht hier hereindürfen.«

Euer Volk klang es durch die Reihen, und die Leute applaudierten.

Paul verneigte sich und schob die Hand in die Tasche. »Ich muss um Verzeihung bitten: Jemand hat meine Gäste für den heutigen Tag offenbar schlecht gewählt. Ihre Gefühle beschämen mich ebenso sehr, wie sie Sie richtigerweise aufregen. Ich sorge dafür, dass sie sofort das Stadion verlassen. Sie sehen wie ein Mann von gutem Geschmack aus, mein Herr. Bitte, nehmen Sie meine Karte. Sie müssen morgen zu meinem Salon kommen und etwas Hübsches für Ihre Gattin aussuchen. Wird der Tag damit wieder zu einem besseren?«

Das Strahlen der Frau gab Paul die Sicherheit, dass es funktionieren würde.

Liese sah unverwandt ihren Vater an und wartete auf ein Nicken, mit dem er ihr zeigte, dass das nur eine Scharade war, um das Gesicht zu wahren. In seiner Stimme lag jedoch nichts als Geringschätzung. »Raus mit euch beiden.«

Hilfesuchend sah Liese Otto an, aber sein Gesicht war vollkommen ausdruckslos.

»Zeig keine Reaktion, gib ihm nicht zu erkennen, dass du verletzt bist. Es war mein Fehler, nicht deiner. Und es geht nur ums Geschäft, nicht um dich.« Michaels Hand lag an ihrem Ellbogen, sein Mund war an ihrem Ohr.

Liese schüttelte ihn ab, in ihren Augen schimmerten Tränen, die sie ihm nicht zeigen wollte. Er hatte genug Feingefühl, nichts mehr zu sagen, als sie das Stadion verließen und durch eine Stadt zurückkehrten, die nun nicht mehr schön war.

Letztendlich waren die gesamten Olympischen Spiele, nicht nur der erste Tag, verdorben. Paul und Margarethe hatten mit ihren Events und Empfängen einfach weitergemacht und Liese ins Haus verdammt, als hätte sie die Pest. Aber auch, als sie herausdurfte, war der Glanz dahin gewesen: Michaels Bemerkungen hatten den Glitzer und Glimmer von der Stadt weggewischt. Und was noch schwerer wog: Pauls Zorn über den möglichen Schaden, der dem Ruf des Salons zugefügt worden war, war unversöhnlich. Wenn es nicht um ihre besondere Begabung in Bezug auf Düfte gegangen wäre, hätte Vater auch an diesem Abend der Präsentation wahrscheinlich kein Wort an sie gerichtet, da war sie sicher. Nun hatte er aber die Tür zum einzig wichtigen Bereich ihres Lebens erneut aufgestoßen, und Michaels Stimmungsschwankungen sollten sie nicht wieder zuschlagen.

»Hast du sie danach gefragt? Nach der Schule und dem Ausgangsverbot, meine ich.« Michael grummelte immer noch vor sich hin.

Liese ging zur Treppe und entfernte sich von ihm. »Nein. Mir ist die Schule einerlei. Ich bin froh, dass ich nichts mehr damit am Hut habe.« Sie schüttelte den Kopf, als er die Brauen zusammenzog. »Aber ich habe dir durchaus zugehört, klar? Und auch wenn du das anscheinend nicht glaubst, lese ich Zeitung. Ich weiß, dass es Einschränkungen gibt – dass Juden nicht mehr heiraten können, wen sie möchten; dass sie nicht mehr wählen dürfen. Das gefällt mir auch nicht – natürlich nicht – genauso wenig, wie mir diese furchtbaren Plakate gefallen, die wieder da sind, wie du es vorausgesagt hast. Aber heute Abend will ich nicht über so etwas nachdenken. Außerdem gibt nichts von dem, was passiert, meinem Vater unrecht. Und es heißt schon gar nicht, dass die Politik, für die du stehst, richtig ist. Können wir es jetzt dabei belassen?«

»Du hast mir überhaupt nicht zugehört, sonst würdest du

nicht von *den Juden* reden, als ob sie eine fremde Spezies wären.«

Liese wappnete sich für einen weiteren Tobsuchtsanfall, doch tatsächlich hörte sie nur Betroffenheit in seiner Stimme.

»Ich verstehe das wirklich nicht, Liese. Ob sich dieses Erbe nun als Teil von dir anfühlt oder nicht, du kannst doch nicht leugnen, dass die Familie deines Vaters jüdisch ist, und wahrscheinlich auch die deiner Mutter, wenn man bedenkt, woher sie stammt. Weshalb bestehst du auf der Vorstellung, du würdest dich von all den anderen unterscheiden, die das gleiche Etikett verpasst bekommen haben? Wenn du die Zeitung gelesen hast, hast du auch die Rassendiagramme gesehen: Der geringste Anteil jüdischen Bluts macht dich zur Jüdin, egal, wie gut du es versteckst. Und das bedeutet, dass es im neuen Deutschland der Nationalsozialisten für dich keinen Platz gibt.«

Als Liese später über den Abend nachdachte, wünschte sie, er hätte an dieser Stelle aufgehört. Sie sagte sich, wenn er das getan hätte, hätte sie sich entschuldigt, um den Streit beizulegen; sie hätte ihn überzeugt, wieder zu lächeln und zur Feier zurückzukehren. Doch er hatte es nicht getan, also tat auch sie es nicht.

»Liese, komm schon! Bist du wirklich zu dumm, es zu erkennen?«

Bei dem Wort *dumm* hatten sich ihr die Nackenhaare gesträubt. Es hatte sie davon abgehalten, sich einzugestehen, dass die Diagramme, die die Partei überall hatte abdrucken lassen, ihr sehr wohl Angst machten. Sie hätten jedem Angst gemacht, genau wie die grässlichen Karikaturen von Menschen, die kaum wie Menschen aussahen, und die Familienstammbäume und Diagramme von *arischen* und *nicht-arischen* Großeltern und Eltern, die herangezogen wurden, um den Grad des Jüdischseins festzulegen. Und natürlich hasste sie die Art und Weise, wie in den Zeitungen über Juden geschrieben wurde, als wären sie eine andere Spezies und keine Menschen. Es machte sie krank. An jedem anderen, beliebigen Tag hätte sie es zugegeben. Aber diese Nacht gehörte dem Haus Elfmann und war deshalb der falsche Zeitpunkt für Sorgen. Außerdem hatte Michael sie als *dumm* bezeichnet und es ernst gemeint. Das war eine Grenze, die er nicht hätte überschreiten dürfen.

Liese wirbelte zu ihm herum und spie ihre Frustration in einem Wortschwall hinaus, der, wie sie insgeheim wusste, eher Pauls Denkweise entsprach als ihrer eigenen. »Warum redest du mit mir, als wäre ich eine Idiotin? Wenn hier jemand *dumm* ist, dann du. Schau dich doch um, schau dir die Kundschaft an, die hier ein Vermögen ausgibt. Schau dir an, wie sie uns bewundern. Siehst du es denn nicht? Wir gehören nicht zu den Juden, an denen sich Hitler stört – Akademiker und Intellektuelle oder Verbrecher. Wir schaffen Arbeitsstellen, wir leisten einen wichtigen Beitrag. Die Partei erkennt unseren Wert. Sie würden uns niemals verjagen.«

Sie erwartete, dass er davonmarschieren oder ihr Paroli bieten würde. Stattdessen schrak Michael zurück, als hätte sie ihn geschlagen, und er verzog das Gesicht auf eine Art, wie sie es noch nie gesehen hatte.

»Ich habe dich aufgeregt, entschuldige. Du hast recht: Es war nicht angebracht, wie ich mit dir gesprochen habe. Aber ich kenne dich und glaube nicht, dass du glaubst, was du da sagst. Durch dich spricht Paul, nicht du selbst. Und ich weiß, dass dich meine Belehrungen nerven, dass ich den Zeitpunkt besser wählen sollte. Aber genau das ist das Problem: Ich kann mir den Zeitpunkt nicht aussuchen, weil uns die Zeit davonläuft.« In seiner Stimme klang Kummer mit, der Liese überraschte. »Die Welt, wie wir sie kennen, verschwindet. Vielleicht hast du mit der Schule nichts am Hut, ich aber schon. Und mit der Universität. Und das ist für mich alles passé: Mit meiner Abstammung, mit zwei jüdischen Elternteilen, gibt es keine Einrichtung mehr, zu der ich gehen kann. Wenn Vater nicht diese Arbeit hier hätte und mich weiter unterhalten würde, hätte ich keinen Ort, zu dem ich gehen könnte.« Er hielt inne, als müsse er seine Worte abwägen. »Möchtest du die Wahrheit wissen, die ich noch nie jemandem gesagt habe? Ich habe Angst. Mir gefällt es nicht, wie die Zukunft aussieht, und ich habe Angst.«

Er war wieder der Michael, den Liese kannte, und sie ertrug es nicht, ihn so voller Kummer zu sehen.

»Das wusste ich nicht. Dann tut es mir auch leid. Ich finde es schrecklich, dass wir uns immerzu streiten. Und um ehrlich zu sein, machen mir diese schrecklichen Diagramme auch Angst – und sie ekeln mich. Und ich wusste wirklich nicht, dass dir die Universität so wichtig ist. Ich dachte immer, du willst wie ich hier im Salon arbeiten. Aber uns geht es gut – vielleicht erklären uns die neuen Regeln zu Juden, aber so denkt doch sonst keiner über uns, und es kümmert niemanden. Und außerdem hat dein Vater hier nicht nur eine Arbeit – er leitet das Haus quasi. Wie sagt er immer so schön? ›Haus Elfmann wäre innerhalb einer Woche pleite, wenn ich euch Kindern die Leitung überließe.‹ Du wirst in seine Fußstapfen treten, das weiß ich. Du hast eine großartige Zukunft.«

Ihre kleine Parodie davon, wie Otto ihren Eltern eine Ansage machte, war so perfekt, dass sie erwartete, Michael würde lachen. Stattdessen verzog er das Gesicht.

»Michael, *bitte*! Sei nicht sauer, nicht heute Abend. Ich verspreche, dass ich dir morgen so lange zuhören werde, wie du nur willst.«

Von dem Stockwerk unter ihnen drang plötzlich Applaus herauf. Jemand hatte ein Grammophon hineingetragen. Die Leute zerstreuten sich, suchten Gesprächs- oder Tanzpartner.

»Schau doch mal hin: Alle kommen wunderbar miteinander aus. Sogar Minister Goebbels lächelt. Kannst du dir nicht dieses eine Mal etwas Mühe geben?«

Liese ging ein paar Stufen hinunter und streckte Michael

die Hand entgegen, damit er ihr folgte. Doch er trat einen Schritt zurück.

»Ich schaue sehr wohl hin, Liese. Aber ich kann nicht das Gleiche sehen wie du. Ich will nicht.« Seine Stimme klang gepresst. »Sie lächeln also – und weiter? Eines Tages werden sie aufhören zu lächeln. Komm mit mir zu einem der Treffen. Ich könnte dich Menschen vorstellen, die dir dabei helfen zu begreifen, was wirklich geschieht.«

Eines der Treffen. Damit meinte er die Kommunisten. Ihr Vater hasste sie; er sagte, sie wären die schlimmste Bedrohung von allen. Er würde es ihr nie verzeihen, wenn sie sich unter sie mischte, und sie hatte nicht die Absicht, erneut von ihrem Vater ausgeschlossen zu werden.

Im Erdgeschoss lief eine Schallplatte; die Musik war zuerst langsam und wurde dann schneller. Liese sah nach unten und fing den Blick von André Bardou auf, dem französischen Einkäufer, der heute mit ihr und nicht mit Margarethe geflirtet hatte. Sie war sechzehn, und es fand eine Feier statt. Michaels Befürchtungen mussten warten.

»Das ist ein Empfang, Michael, keine Kundgebung. Ich habe schon eine Ausbildung genossen, danke sehr. Ich brauche keine andere.«

Sie drehte sich auf dem Absatz um zu den Stufen.

»Gut, dann bleib unwissend.« Michaels Ruf war so laut, dass ein oder zwei Gesichter sich nach oben wandten. »Wahrscheinlich ist es so am besten. Ein verwöhntes Kind, das nicht aufhören kann, wie Papi zu denken, zu einem Treffen für Erwachsene mitzunehmen – da würde ich mich sowieso nur zum Narren machen.«

Sie hätte wissen müssen, dass er nicht so leicht nachgeben würde. Ihre Handfläche juckte, als sie herumwirbelte. »Du bist zwei Jahre älter als ich, Michael, nicht zwanzig. Du kannst den großen Mann spielen, solange du willst. Du bist noch lange keiner.«

Aber da war er schon gegangen, und obwohl sie versucht hatte, das letzte Wort zu behalten, hatte er gewonnen. Trotz des charmanten Lächelns und der Komplimente, die Monsieur Bardou ihr verehrte, hatten Michaels Worte beim Weggehen dem Abend jeden Glitzer genommen.

KAPITEL 2

KAREN

ALDERSHOT, SEPTEMBER 1971

Mummy war tot.

Karen hatte sich in ihrer steifen Schuluniform aufs Bett gekauert und klammerte sich an Worte, die jetzt genauso wenig Sinn ergaben wie vor drei Monaten.

Mummy war tot, weil sie ertrunken war. Was auch keinen Sinn ergab. Mummy hasste Schwimmen. Sie ging im Sommer nie zum Strandbad, nicht einmal, um sich ans Ufer zu setzen. Soweit Karen wusste, besaß sie keinen Badeanzug, und überhaupt, wer ging schon um sechs Uhr morgens schwimmen? Mummy bestimmt nicht. Daddy war der Frühaufsteher, der immer Frühstück machte, nicht sie.

Mummy war tot. Das bedeutete, alles, was zu ihr gehört hatte, war tot. Ihr Duft nach Seife und Rosen. Ihre sanfte Stimme. Ihr seidiges, braunes Haar, das sie zu Karens Erleichterung immer natürlich belassen hatte, anstatt es wie all die anderen Mütter in einen Peroxid-gefärbten Helm zu verwandeln. Wie sie sich abends immer aneinander gekuschelt hatten, wenn es Zeit für die Gutenachtgeschichte war. Alles war weg, ihr genommen, als hätte man Karen ein Körperteil gestohlen.

»Am besten machst du dich fertig, Karen.« Vaters durchdringende Stimme dröhnte die Treppe herauf, sie klang viel zu fröhlich. War das alles, was ihr blieb? War mit Mummy auch alle Sanftheit gegangen?

»Du möchtest doch nicht am ersten Tag zu spät kommen.«

Wollte sie das nicht? Hatte er sie gefragt, ob es für sie eine Rolle spielte, nicht zu spät zu kommen? Ob sie überhaupt in diese neue Schule gehen wollte?

Aldershot Country High School for Girls. Der Name klang so streng und beeindruckend. Wahrscheinlich fand Vater sie deshalb so gut.

Karen sah auf ihre säuberlich zugebundenen Schuhe hinunter. Sie war nicht bereit, sich dieser neuen Welt zu stellen; sie wusste nicht, was von ihr darin erwartet wurde. Sie blinzelte eine Träne weg. Zumindest wusste sie mit Sicherheit, dass keiner Tränen sehen wollte.

Vielleicht ging man immer so mit dem Tod um: fertig, zu Staub verfallen, weggewischt. Woher sollte Karen das wissen, wenn sie zum ersten Mal mit ihm in Berührung gekommen war? Vielleicht trugen ja alle solche versteckten Lücken in sich, und das Prinzip »Es heilt am schnellsten, wenn man nicht drüber spricht« würde tatsächlich funktionieren, wenn sie ihm die Zeit gab, die anscheinend alle Wunden heilte. Sie wünschte nur, jemand würde ihr sagen, wie viel Zeit es brauchte, und ob sie es irgendwie beschleunigen konnte.

Noch mehr Tränen flossen und fielen auf ihren granitgrauen Rock. Karen schob den Kopf vor und ließ sie fallen, denn wenn ihr Gesicht rot anlief, weil sie ihre Haut rieb, würde ihr Vater ganz starr werden und so komisch schlucken.

Das Problem war, dass ihre Mutter nicht einfach tot war; sie war vielmehr komplett verschwunden. Vater sprach nicht mehr über sie, und aus dem Haus war alles weggewischt, was mit ihr zu tun hatte. Wenn Karen sie in einem Laden oder in der Bibliothek erwähnte, ja sogar, wenn sie ihrer geschäftigen Nachbarin gegenüber von Mama sprach, die behauptete, ihre beste Freundin gewesen zu sein, senkten die Leute die Stimmen zu einem Flüstern. Es war, also ob sich niemand an sie erinnern wollte außer Karen, die schreckliche Angst hatte, sie zu vergessen.

Sie hatte alles versucht, um das zu verhindern – sie hatte sich im Laden ein Notizbuch gekauft und saß jetzt jeden Abend mit ihrem Stift in der Hand da, um jede Erinnerung aufzuschreiben. Mummy, die im Park an einem Sommernachmittag Ketten aus Gänseblümchen bastelte. Mummy, die ihr an einem Weihnachtsfest vor langer Zeit beigebracht hatte, wie man einen Schneeengel machte. Karen sah sie beide ganz klar vor Augen, wie sie im Gras saßen, wie sie im Schnee lagen, aber es war, als würde man eine Fotografie betrachten, etwas Eingefrorenes. Als wären die Gefühle, die mit den Handlungen verbunden waren, schon verblasst.

Im Flur schlug die Uhr halb acht.

Karen hatte aus der Uhr, die auf ihrem Nachttisch stand, schon vor Jahren die Batterie herausgenommen. Sie war pink, kindisch, und sie hasste diese Uhr. Sie hatte sie gegen eine Digitaluhr austauschen wollen, aber Mummy hatte gesagt, die wären für *große Mädchen*.

Laut Vater bin ich jetzt ja eines.

Karen setzte sich aufrecht hin.

Anstatt sie auszutauschen, konnte sie sie auch kaputtmachen. Sie könnte sie auf den Boden werfen. Oder noch besser, aus dem Fenster, dann würde sie hören, wie das Glas zerbrach. Karen stellte sich vor, wie die Glasscheiben zerbarsten und die Scherben auf den Weg fielen. Es würde so viel Lärm machen, dass das Haus bestimmt vor Entsetzen zusammenbrechen würde.

Innerhalb dieser Wände passierte nie etwas Lauteres als

das Geräusch von Türen, die vorsichtig geschlossen wurden. Jetzt gerade war Vater in der Küche und machte Frühstück. Karen stellte sich vor, wie er ihre Tasse und die Schale bereitstellte und in den Schränken und dem Kühlschrank nach dem Müsli suchte. Obwohl alle Türen offen standen, hörte sie ihn nicht. Er war immer schon wie eine riesige, graue Maus herumgeschlichen. *Mummy mag doch keinen Lärm, nicht?* Er hatte das immer wie eine Erinnerung betont, nicht wie eine Frage. *Besonders, wenn sie Kopfweh hat.*

Mummys Kopfweh. So lange Karen sich erinnern konnte, hatte Mamas Kopfweh den Rhythmus im Haus vorgegeben. An manchen Tagen war es im Haus so still, dass Karen sich einbildete, sie könnte hören, wie die Staubflusen durch die Luft segelten. Sie hatte sich oft gefragt, ob jemand, der draußen vorbeiging, überhaupt dachte, dass drinnen Menschen aus Fleisch und Blut saßen.

Vielleicht ist Mummy deshalb so früh zum Strandbad gegangen, weil sie nach Ruhe gesucht hat.

Doch sooft Karen sich diese Erklärung auch vorsagte, gelang es ihr doch nicht ganz, sie zu glauben. Wenn ihre Mutter ein bisschen Frieden brauchte, warum sollte sie dann zum Strand gehen? Sie waren in Hove gewesen; dort war es ganz egal, ob es früh oder spät war, ob man auf der Straße oder im Park stand, nirgends auf der Welt war es so ruhig wie in Hove. Sogar im Sommer war dort so wenig los wie in diesen Geisterstädten in den Western, die ihr Vater so liebte. Städte, die aus Angst vor einem Angriff menschenleer waren. Am ersten Tag ihrer Woche an der Küste Südenglands hatte Karen noch halb erwartet, dass hinter den Zuckerbäckerhäusern Cowboys auftauchen würden. Wäre es doch nur so gewesen. Hove war düster. Mit großem D und doppelt unterstrichen. *Düster.* Es war kein bisschen, wie Karen sich einen Urlaubsort vorgestellt hätte.

Ganz bestimmt war es nicht der richtige Ort für ein elfjähriges Kind. Das war Karen schon in dem Moment klargeworden, als sie das Auto geparkt hatten. Die öffentlichen Parks vor dem Hotel, die Vater als bezaubernd bezeichnete, waren voller dösender Pensionäre gewesen, die wie faltige Babys auf den Bänken saßen. Das Hotel selbst, das er immer noch als charmant bezeichnete, war baufällig und schmutzig, überall vertrocknete Blumen und Fingerabdrücke in der Farbe an den Wänden. Die Aussicht auf eine ganze Woche dort war schlimmer als eine bevorstehende Mathearbeit gewesen.

Karen hatte an beiden Händen die Finger gekreuzt, als sie die Hotelhalle betreten hatten, und versucht, ihre Mutter mit reiner Willenskraft dazu zu bringen, über den modrigen Geruch die Nase zu rümpfen, Vater beiseitezunehmen und ihm vorzuschlagen, lieber in ein weniger baufälliges Hotel zu wechseln. Oder auch, einen ihrer stillen Heulanfälle zu bekommen, die Karen so sehr hasste, die ihr Vater aber nicht ignorieren konnte und denen er irgendwie ein Ende bereiten musste. Mummy hatte aber nichts von alledem getan. Sie war ihrem Vater die Treppe hinauf gefolgt, ohne auch nur einen Blick auf die braunen Vorhänge vor den Fenster oder auf den orange gemusterten Teppich auf dem Boden zu werfen.

Als Karen sich jetzt, in ihrem farblich perfekt abgestimmten Zimmer in Pink und Creme, daran erinnerte, wurde ihr bewusst, wie eigenartig es gewesen war, dass sie so gar nicht reagiert hatte.

Alles, was hässlich war, hatte Mummy immer gehasst. Sie hatte schöne Stoffe geliebt, vor allem die weichen, Samt zum Beispiel, oder die teuren, die mit Silber oder Gold durchzogen waren. Nichts in ihrem hübschen, kleinen Haus durfte schlicht sein. Die Vorhänge waren mit Gänseblümchen geschmückt, die Kissen gestreift und getupft. Ihre Mutter war eine so hervorragende Schneiderin gewesen, dass sie für die meisten Frauen im Dorf Kleider und Röcke genäht hatte. Mrs Hubbard hatte gesagt, sie sei gut genug, einen eigenen Laden zu eröffnen. Sie hatte auch alle Kleidung für Karen genäht, obwohl Karen sich irgendwann gewünscht hatte, dass es nicht so wäre. Karen hatte sich verzweifelt eine Jeanshose gewünscht oder ein schmal geschnittenes T-Shirt mit Streifen, wie Cathy Creggan sie trug. Sie hatte danach gefragt. Nein, sogar welche *verlangt*.

Noch eine Träne fiel. Sie wünschte sich jetzt, sie hätte lieb gefragt und nicht den Latzrock zerknittert, den Mummy ihr stattdessen angeboten hatte. Sie würde mit Begeisterung ein Dutzend dieser selbst geschneiderten Kleider tragen, wenn ihre Mutter noch da wäre und sie nähen könnte.

Karen blinzelte heftig und fragte sich, ob die Erinnerungen je ohne diese Schmerzen kommen würden. Sie fragte sich, ob sie je die guten aus denjenigen, die sie nicht mehr auftauchen lassen wollte, würde herausfiltern können.

Sie brauchte diese guten Erinnerungen, denn sonst blieb ja nichts mehr. Kein einziges Kleid im Schrank, kein Mantel an der Garderobe. Und es gab kein Foto. Nicht dass es früher viele gegeben hätte.

Mrs Hubbards Haus war voll davon; alle Oberflächen bogen sich unter ihrem Gewicht. Karen hatte mehr Kopfwehtage ihrer Mutter, als sie zählen konnte, in Mrs Hubbards Wohnzimmer damit verbracht, fröhlich die Fotos umzusortieren.

Im Haus der Cartwrights gab es nur zwei Fotos, beide schwarz-weiß und in schlichten Rahmen. Auf dem einen waren Vaters Eltern, die lange vor Karens Geburt gestorben waren. Sie mochte das Bild nicht. Der alte Mann in eintöniger Uniform, der steif eine Frau untergehakt hatte, die den Kopf voller wilder Locken trug, wirkte irgendwie bedrohlich. Auf dem anderen Foto lag sie selbst als schielendes Baby auf einer Decke. Andere Großeltern waren nirgends abgebildet, und es gab kein einziges Foto ihrer Eltern, nicht einmal einen Hochzeits-Schnappschuss. Mrs Hubbard hingegen hatte Bilder von allen Generationen, in immer komplizierteren Rahmen. Als Karen ihren

Vater gefragt hatte, warum das so war, hatte er ihr keine Antwort gegeben; seine übliche Strategie.

Während des Urlaubs in Hove, bei ihrem missglückten Ausflug in die viel spannendere Stadt Brighton, hatte Karen um ein Foto von ihnen dreien gebettelt. Sie war ziemlich sauer geworden, als Mummy sich weigerte, und hatte »eine Szene gemacht«, was laut Vater eine Todsünde war. An dem Tag hatte sie sogar mehrere Szenen gemacht, weil sie sich auch etwas von dem Spaß wünschte, den andere hatten. Vielleicht hatte ihre Mutter deshalb allein zum Strand gehen müssen.

»Noch fünf Minuten, Karen! Das Frühstück wartet.« Vaters Stimme erscholl wie eine Trompete die Treppe herauf.

Was für eine dumme Aussage. Wohin würde es denn verschwinden, wenn sie nicht aufkreuzte? Diese fröhliche Ausgabe ihres Vaters war nicht besser als die mürrische; wenn überhaupt, war sie noch anstrengender. Nicht, dass sie bleiben würde. Wenn Karen zwei Minuten zu spät zum Tisch kam, wäre er gleich wieder bei Regeln und Vorschriften und würde seine Soldatenuniform tragen, wenn auch unsichtbar.

Er meint es nicht so. Er tut nur sein Bestes, um uns alle auf Trab zu halten.

Die Stimme klang so klar, dass Karen sich nach ihrer Mutter umsah.

Das war das Letzte, was sie am Abend beim Ins-Bett-Bringen zu ihr gesagt hatte. Das Letzte, was sie überhaupt gesagt hatte.

Mit dem Rockzipfel tupfte Karen ihr nasses Gesicht trocken und wanderte in ihren Erinnerungen zurück. Das war ihre tägliche Aufgabe, seit dieser schreckliche Mist passiert war und sie versuchte, die verstreuten Bilder zu sortieren.

Sie erinnerte sich, wie sie erschrocken war, als sie zu spät und allein aufgewacht war. Wie sie sich wunderte, warum ihre Mutter nicht neben ihrem Bett saß, ihr über das Haar strich und flüsterte, dass die Welt aufgewacht war und auf sie wartete.

Wie sie sich gefragt hatte, ob das bedeutete, dass ein schlechter Tag, ein Kopfwehtag bevorstand. Und sie erinnerte sich, wie sie sich die Kleidung vom Tag davor angezogen, an die Tür ihrer Eltern geklopft und keine Antwort bekommen hatte. Wie sie die Treppe hinuntergepoltert war und sich gefragt hatte, ob Mummy krank war oder vom Tag davor immer noch Ärger in der Luft lag. Sie erinnerte sich, wie sie in den Frühstücksraum geplatzt war und sich die weißen Gesichter zu ihr umgedreht hatten. Ihr Vater hatte auf einem Sofa gehangen, als hätte jemand die Knochen aus seinem Körper entfernt. Und die Polizistin, die sie in einen separaten Raum führte und mit leeren Händen zurückkam, als Karen nach ihrem Vater schrie. Die sich vergeblich bemühte, seine gebellten Sätze mit ihren Worten zu übertönen. »Nein, ich kann nicht kommen, ruf mich nicht«, das war alles, was Karen verstand.

Danach verschwamm alles; nur das schwarze Kleid, das wie Sackleinen kratzte, stach heraus. Dann die harten Einzelheiten einer Beerdigungsfeier in der Armeekirche der Basis in Aldershot, bei der die Soldaten salutierten, und sie hatte instinktiv gewusst, dass ihre Mutter das gehasst hätte.

Es gab so viele Lücken. Sie musste viel Zeit allein verbracht haben, unterbrochen von einer verschwommenen Woche, die Mrs Hubbard mit endlosem Geplauder und ungegessenen Backwaren füllte. Und der Tag, an dem Vater sie zur Basis zurückgebracht hatte – das konnte Karen nicht vergessen, obwohl sie sich die größte Mühe gab. Vater hatte von Umzug gesprochen und dass das Leben unter den anderen Familien der Militärangehörigen leichter werden könnte als das Leben im Dorf. Er hatte ihr das winzige Haus gezeigt, von dem er dachte, es würde das Cottage ersetzen, in dem sie, wenn sie sich nur genug Mühe gab, ihre Mutter immer noch heraufbeschwören konnte. Karen war weggerannt und hatte geschrien. So laut, dass ein weißgekleideter Sanitäter herbeigelaufen kam. Das war furchtbar gewesen. Aber Vater nicht. Er hatte sie nicht angebrüllt, wie sie erwartet hatte. Er hatte sie festgehalten, versucht, sie zu beruhigen, und ihre Tränen getrocknet. Diese Erinnerung musste sie bewahren. Nicht die an den Krach und den Aufruhr und an das Unbehagen der anderen, sondern an Vaters Güte, als er sie ins Bett brachte und bei ihr blieb, bis sie einschlief. Und als er nicht mit der Wimper zuckte, obwohl sie ihn *Daddy* nannte.

Karen hegte und pflegte diese Erinnerung, doch dann schob sie sie beiseite. Was für einen Sinn hatte es, sich daran festzuhalten, wenn sie nicht einmal mehr sicher war, ob es tatsächlich so gewesen war? Am nächsten Tag war *Vater* wieder zurück, und von einem Umzug war keine Rede mehr. Von nichts war mehr die Rede.

Vater kehrte zurück zu seiner Arbeit und bildete seine Rekruten aus, oder was immer er auch tat, das viele Stunden kostete, und dazu noch Schreibarbeit, die ihn bis in die Nacht hinein beschäftigte. Karen verbrachte ihre Tage mit Mrs Hubbard und der Parade ihrer Enkel, die herein und wieder hinaus marschierten und lieb zu ihr waren, »weil deine Mama tot ist«. Wenn Vater zu Hause war, aber nicht an seinem Schreibtisch im hinteren Zimmer saß, dann versteckten sie sich voreinander, er hinter einem Buch, Karen vor dem Fernseher. Ihnen war jeder Vorwand recht, um jedwede Unterhaltung im Keim zu ersticken.

Die unterste Stufe knarrte und unterbrach den Fluss der Erinnerungen.

»Ich komme.«

Karen schnappte nach ihrem neuen Schulranzen und schickte sich an, hinunterzugehen, bevor Vater heraufkommen oder wieder nach ihr rufen konnte, bevor seine Stimme wieder lauter wurde. Kurz blieb sie auf dem Treppenabsatz stehen und sah sich im Flurspiegel an. Blasses Gesicht, aber nicht gerötet. Sauber gekämmtes Haar, funkelnagelneuer Blazer. Normal.

Miss Larkin, ihre ehemalige Grundschullehrerin, die gebatikte Oberteile und Röcke mit Spiegelsteinchen trug, hatte immer gesagt, normal sei gleichbedeutend mit öde, und das sei das Schlimmste. Karen gab ihr darin nicht recht.

Als sie sich im Spiegel betrachtete, wurde ihr klar, dass normal sogar perfekt klang und genau das war, was sie brauchte: Ein normales Mädchen, das in eine neue Schule voller normaler Mädchen ging, die sie nicht kannten. Neue Gesichter, die ihr die Mutter abkauften, an die Karen sich erinnern wollte. Die freundliche, liebevolle Mutter, die immer da war. Neue Gesichter, die nicht gesehen hatten, wie ihre Mutter vor den anderen Müttern am Eingang der Schule zurückgescheut war. Die später nicht gekichert hatten, als Mutter zuverlässig wie ein Uhrwerk jeden Morgen und jeden Nachmittag dagestanden und Karen lange, nachdem alle anderen Kinder sich längst von ihren Müttern gelöst hatten, bei der Hand genommen hatte. Die nicht wussten, dass Karens Mutter »komische Anwandlungen« hatte. Oder dass Karen die Seltsame war, die Unbeliebte, diejenige, die nie Geburtstag feierte und deshalb auch nie zu Partys ging.

Oder noch besser: neue Gesichter, die sie erst gar nichts Persönliches fragten. Die sie für acht wundervolle Stunden am Tag die unmögliche, undenkbare Tatsache vergessen ließen, dass ihre schöne Mutter nicht still oder abwesend war, sondern dass sie tot war.

KAPITEL 3

LIESE

BERLIN, OKTOBER 1936

»Warum ist der Bursche nie da, wo er sein soll?« Otto ging auf dem Bürgersteig auf und ab, während der Chauffeur wartete.

»Der Verkehr wird dichter, mein Herr. Wenn Sie pünktlich sein wollen ...«

»Schon gut, ich komme. Ich kläre das später mit ihm.«

Otto kletterte auf die Rückbank des Mercedes und fluchte, als er mit dem Fuß am Trittbrett hängen blieb. Die Sitze waren breit, aber trotzdem drängte er Liese in die Ecke. Sein mittleres Alter und ein bequemes Leben hatten dazu geführt, dass sich über seinem Kragen Fettrollen übereinanderlegten und um seine Handgelenke Armbänder abzeichneten. *Er war ein Draufgänger im Krieg, völlig furchtlos. Viel mutiger als ich* – nur ein Cognac zu viel, und Paul wurde zum Geschichtenerzähler.

Als sie Otto nun beobachtete, der sich auf dem sandfarbenen Leder breitmachte, war Liese an das Walross aus Lewis Carrolls *Alice im Spiegelland* erinnert, das über den Austern sabberte.

»Hast du ihn daran erinnert, um welche Zeit wir aufbrechen wollten?«

Ja, und er hat mich daran erinnert, dass er zu einem Treffen der KPD musste, das viel wichtiger war als dieser »Modefirlefanz«, also wieder ein Gespräch, das im Streit geendet hatte.

»Ich habe ihn nicht gefunden. Und vielleicht ist es auch am besten, dass er nicht kommt, wenn man bedenkt, wie er sich in letzter Zeit verhält.«

Liese sagte es leichthin, aber es war ihr todernst. Michael zu einem ihrer Händler mitzunehmen, war riskant, denn er wusste nicht, wann er die Politik außen vor lassen musste.

Otto seufzte, konnte aber nicht widersprechen.

»Dass ihr beide mich begleiten solltet, war als einfache Übung gedacht, aber er verursacht nur Chaos. Ich glaube langsam, dass er nicht für dieses Geschäft gemacht ist. Im Gegensatz zu dir, Fräulein.«

Otto klopfte an die Trennwand, damit der Fahrer wusste, dass er losfahren sollte, und verlagerte sein Gewicht.

»Vielleicht sollte ich mich eher um meinen eigenen Job sorgen als um den von Michael? Wenn du weiter in dieser Schnelligkeit lernst, wie der Laden läuft, wird Paul dir bald diese Arbeit übergeben.«

»Als ob Haus Elfmann ohne seinen *Tausendsassa* auskommen könnte.«

Liese kräuselte die Nase auf die gleiche Weise wie ihr Vater, wenn er den Spitznamen benutzte, der die Kameraden aus den schlammigen Schützengräben heraus in das Geschäft begleitet hatte, das die beiden Seite an Seite führten. *Egal, was wir gebraucht haben – Essen, Wein oder eine Karre, wenn die Füße zu mitgenommen waren, um laufen zu können – Otto der Tausendsassa konnte es schneller besorgen als ein Zauberer.* Heutzutage setzte Otto seine Zauberkunst bei zu langsamen Zulieferern und Werkstätten mit zu vielen Aufträgen ein, und wenn Paul mit mehr als nur einem Hauch Theatralik erklärte, dass »all meine Ideen ohne ihn zu gar nichts führen würden«, widersprach ihm keiner.

»Außerdem will ich, wie du weißt, ja nicht den Salon führen. Ich will die Chefdesignerin sein.«

Ottos Lächeln, das gerade sichtbar geworden war, verschwand gleich wieder.

»Bei deinem Talent zweifle ich nicht, dass du das auch werden wirst. Und es war vorgesehen, dass Michael dir in meiner Position zur Seite steht, aber der Weg, den der Junge gerade einschlägt ... Wenn man bedenkt, dass ich sogar einmal Hoffnungen hegte, du und er könntet mehr als nur Geschäftspartner sein ...«

»Onkel Otto, bitte!«

Mit ihrer erschrockenen Reaktion unterbrach sie den Satz.

Auf Ottos rosaroter Stirn bildeten sich Schweißperlen; Liese mied seinen Blick, als er nach seinem Taschentuch wühlte. Wie hatte er an so etwas überhaupt denken können, wo Michael und sie so aufgezogen worden waren, als wären sie verwandt? Außerdem hatte Michael ein Mädchen, eine Zigaretten rauchende Rothaarige, nach der er sabberte, als wäre sie aus Zucker. Was ihr eigenes, frisch erwachtes Liebesleben betraf ... Die plötzliche Erinnerung an André Bardous lächelnden Mund, die gestohlenen Küsse auf dem Empfang des Salons und die heimlichen, romantischen Stelldicheins, die darauf gefolgt waren, ließen ihr die Röte in die Wangen schießen.

Otto erging sich in Entschuldigungen. »Es tut mir leid. Das war peinlich für dich. Ich werde so etwas nicht mehr sagen. Ich will ihn nur glücklich und geborgen sehen, das ist alles. Er ist so zornig und verloren, und jede Tür, die sich ihm verschließt, macht es schlimmer. Ich liebe den Burschen, wirklich, aber alles, was ich sage, ist falsch. Und dieses Gesindel, mit dem er sich abgibt: Die haben ihm mit ihrem Gerede von Rechten und von Revolution den Kopf verdreht. Seine Mutter wusste immer am besten, wie man ihm beikommen konnte. Wenn sie noch am Leben wäre …«

Otto verfiel in Schweigen, und Liese hatte nicht die geringste Idee, womit sie es ausfüllen sollte.

Als das Auto endlich am Alexanderplatz anhielt, vor einem Kaufhaus, dessen fünf leuchtende Stockwerke den Platz beherrschten, sprang Liese aus dem Wagen, bevor der Chauffeur überhaupt zur Tür kommen konnte. Dann sah sie nach oben und blieb so abrupt stehen, dass Otto beinahe gegen sie stieß. Bis vor wenigen Wochen hatte quer über dem obersten Stockwerk der Namen in großen Lettern gestanden: *Hermann Tietz*. Jetzt war der Schriftzug zu *Hertie* zusammengeschrumpft.

»Ich kann mich einfach nicht an den neuen Namen gewöhnen, egal, wie oft ich ihn sehe.«

»Das solltest du auch nicht müssen; keiner von uns sollte das.« Otto schniefte. »Das älteste Warenhaus Deutschlands so herabzusetzen, ist eine Abscheulichkeit. *Hertie*, das klingt nach billigstem Kabarett.«

Liese unterdrückte ein Kichern und eilte hinein. Zu ihrer Erleichterung hatte sich drinnen nichts verändert. Das Innere des Warenhauses schloss sich um sie wie ein Lieblingskleid.

»Fräulein Elfmann, Herr Wasserman.«

Herr Bruckner, der neue Abteilungsleiter für Damenbekleidung, stand selbstbewusst wie der Chef auf dem Treppenabsatz. In seiner Stimme lag ein bissiger Ton, der die Angestellten strammstehen ließ. Er schlug die Hacken zusammen und neigte den Kopf, kam aber nicht herunter, um sie zu begrüßen.

»Wenn Sie mir bitte in mein Büro folgen.«

Liese runzelte die Stirn und sah, dass Otto das gleiche tat, obwohl er seine Beunruhigung schneller überspielte als sie.

Bruckner war noch neu in dieser Position, aber sicherlich wusste er doch, wie die Abläufe waren? Zuerst ging es durch die Abteilungen für Accessoires, dann gab es im Palmenhof etwas zu trinken. Und erst danach war das Büro an der Reihe, um die Aufträge zu unterzeichnen, die bis dahin besprochen worden waren. »So machen Ehrenmänner Geschäfte«, hatte ihr Vater es ausgedrückt, auf Beziehungen und Anstand basierend. Alle Kaufhäuser in Berlin führten ihre Geschäfte auf die gleiche Weise.

Über ihnen hüstelte Herr Bruckner. »Ich habe noch weitere Termine.«

»Dann dürfen wir Sie nicht aufhalten.«

Otto bedeutete Liese, die Treppe hinaufzugehen, und begann ein Gespräch über die Kälte dieses Oktobers, als wäre alles wie immer.

Bruckner nahm keine Notiz davon, sondern führte sie in einer Schnelligkeit, die jegliche Konversation unterband, zu der hinter den Verkaufsräumen verborgenen Büroflucht. Sie wurden zum Platznehmen aufgefordert, bevor Liese ihren Mantel aufknöpfen konnte, und niemand erschien mit einem Getränketablett. Otto erkundigte sich nach Bruckners Wohlbefinden und wurde erneut ignoriert.

Liese wusste, dass sie wie immer nur dabei war, um zu beobachten, nicht, um sich in das Treffen einzubringen, aber die Unhöflichkeit des Mannes grenzte an Beleidigung. Sie hüstelte und setzte ihr schönstes Lächeln auf.

»Meine Güte, Sie haben es heute aber sehr eilig, Herr Bruckner. Ich bin sicher, Sie wissen, dass wir üblicherweise als Erstes die Taschen- und Schuhabteilung besuchen, um mit den Verkäuferinnen über die Farben und Formen der Saison zu plaudern. Ich hoffe, wir finden dafür noch die Zeit?«

Bruckner wandte sich an Otto, als hätte niemand etwas gesagt.

»Ich bin überrascht, Sie zu sehen, Herr Wasserman. Ich habe in meinem Brief deutlich gemacht, dass Hertie dieses Jahr nicht bei Haus Elfmann einkaufen wird.«

»Welcher Brief?« Liese drehte sich zu Otto um, der ebenfalls durch sie hindurchblickte.

»Ich habe Ihre Korrespondenz erhalten, Herr Bruckner, muss jedoch gestehen, dass ich darin keinen Sinn sehen konnte. Einer unserer wertvollsten Kunden sollte unsere Marke nicht auf Lager nehmen? Da liegt sicherlich ein Irrtum vor? Unsere Prêt-à-porter-Linie war doch immer integraler Bestandteil des Angebots von …«

Die Pause, das Stolpern, das sie implizierte, war nur kurz, aber lang genug, damit Bruckner das Gesicht verzog. Lang genug, damit er bemerkte, falls es ihm nicht sofort aufgefallen war, dass Otto nicht nur gerade den alten Namen des Warenhauses hatte sagen wollten, sondern dass er auch die alte französische Bezeichnung verwendet hatte, um die Mode zu bezeichnen, die die Kunden von der Stange kaufen konnten, anstelle des neuen Begriffs *Konfektion*, den die jetzt gültigen Regeln vorschrieben.

Otto riss sich zusammen, konnte jedoch den Tremor, der seine Stimme zittern ließ, nicht ganz verbergen. »… Angebots von Hertie. Ihre Kundschaft erwartet, uns hier zu finden, Herr Bruckner. Deshalb war ich mir sicher, dass noch ein Gespräch zu führen wäre. Ich fragte mich, ob eine Korrektur der Preise die Dinge vielleicht richtigstellen könnte?«

Bruckner rückte einen Bleistift zurecht, der bereits gerade gelegen hatte. »Ihrer Sorte geht es immer nur ums Geld, nicht wahr?«

Liese wurde klein auf ihrem Stuhl, als Bruckner weitersprach, der Widerhall aus dem Olympiastadium, *euer Volk*, schwang in *Ihre Sorte* zu deutlich mit.

»Es gab keinen Irrtum, Herr Wasserman, nicht von meiner Seite. Und ganz gleich, wie es in der Vergangenheit üblich war, unsere Kunden erwarten *nicht*, Ihre Marke hier vorzufinden. Sie erwarten gediegenere Kleidung. Deutschere.«

Seine Verachtung quälte Liese wie Zahnweh. Mit purer

Willenskraft wollte sie Otto zu einer Erwiderung bringen. Er saß vornübergebeugt da, als wäre er außer Atem, während Bruckner ihn aus halb geöffneten Augen beobachtete.

»Deutscher? Was meinen Sie damit, Herr Bruckner? Dirndl und Blusen mit Puffärmeln?« Dieses Mal sprach Liese mit so schneidender Stimme, dass Bruckner gezwungen war, in ihre Richtung zu blicken. »Sicherlich nicht? Ich weiß, dass Sie noch neu sind, aber können Sie sich die Berliner Frauen wirklich in Trachtenkleidern vorstellen?«

Das war unfreundlich und obendrein dumm; außerdem spielte Liese mit ihrer Replik, wie sie einen Moment zu spät erkannte, Bruckner in die Hände.

»Wie hässlich Sie dieses Wort benutzen. Also ob bescheidene Menschen, die hart für ihr Land arbeiten, irgendwie unter Ihnen stünden. Aber wenn man bedenkt, wer und was Sie sind, warum sollte mich Ihre Haltung da überraschen?«

Er griff nach einem Stapel Blätter und begann, das oberste zu lesen, bevor Liese darüber nachdenken konnte, wie sie sich verteidigen sollte. »Dies ist der Bericht über die jüngst vorgestellte Kollektion Ihres Salons. Er liest sich nicht angenehm. *Peinlich kurze Röcke, rückenfreie Oberteile mit Ausschnitten, die eher zu einem Bordell passen. Grelle Farben, die nicht zur deutschen Farbwahl passen. Die Muster sind für respektable Frauen ungeeignet.*«

Bruckner legte die Notizen hin und verschränkte die Hände. »Mit anderen Worten, eine *französische* Kollektion. Von einem Haus, das uns damit beleidigt, dass es sich als deutsch bezeichnet. Eine Kollektion, Fräulein Elfmann, für die es in unserem Hause keinen Platz gibt.«

Liese verschlug es die Sprache, aber zum Glück hatte Otto sich endlich wieder im Griff. »Herr Bruckner, Fräulein Elfmann hat eine unpassende Bemerkung gemacht und unangemessen unfreundlich gesprochen, aber ich bitte Sie um Nachsicht. Sie ist noch jung und nur ihrem Salon und der Familie verpflichtet. Das ist nichts Schlechtes; ich bin mir sicher, dass Sie mir da zustimmen würden.«

Er schwatzte und biederte sich an. Liese konnte ihm nicht in die Augen schauen.

»Was unsere letzten Schauen angeht – sollte es Kleider geben, auf die diese Beschreibungen zutreffen, die mir zugegebenermaßen wehtun, seien Sie versichert, dass das nicht die Art Bekleidung ist, die Sie erhalten würden. Unsere Schauen zeigen immer auch Einzelstücke, die für Kunden angefertigt werden, die in ihrem Leben, sagen wir, mehr Glamour brauchen. Wenn Sie besondere Anforderungen haben, dann erstellen Sie uns bitte eine Liste. Was Sie auch immer wollen, können wir anfertigen.«

»Gut.«

Zum ersten Mal, seit sie Bruckners Büro betreten hatten, lächelte er. Liese wünschte, er ließe es bleiben. »Ich habe tatsächlich eine Forderung, Herr Wasserman: Lassen Sie Haus Elfmann bei der ADEFA eintragen. Wenn Sie das tun, machen wir weiter Geschäfte wie bisher.«

Otto sackte so sehr in sich zusammen, dass Liese dachte, er würde vom Stuhl rutschen. »Sie wissen, dass das unmöglich ist.«

»Dann sind wir hier fertig.«

Bruckner erhob sich und ging zur Tür. Liese sah zwischen den beiden Männern hin und her, vom Scheitern des Treffens ebenso überrumpelt wie von Ottos Einknicken.

»Warum tun Sie das? Goebbels hat die Kollektion gelobt. Seine Frau hat mindestens zwölf Stücke geordert.«

Bruckner zuckte die Achseln bei Ottos Stottern. »Und doch war es Reichsminister Goebbels, der diesen Bericht verfasst hat. Was seine Gattin tut, ist nicht meine Sache. Ich habe Sie aus unserer Sicht bewertet; Sie haben beschlossen, darüber hinwegzugehen. Und nun warten wichtigere Dinge auf mich.«

Er öffnete die Tür und trommelte leicht mit dem Fuß.

Otto rappelte sich auf und ging schwerfällig wie ein doppelt so alter Mann. Liese folgte ihm. Sie begriff nicht, was geschehen war, nur dass sie und der Salon schwer beleidigt worden waren.

Sie gingen durch den geschäftigen Flur zurück. Niemand lächelte, niemand grüßte. Liese war fast jedem, an dem sie vorbeikamen, bekannt, und doch sah niemand sie an.

Am oberen Ende der Treppe, deren Stufen jetzt nur noch hoch und nicht mehr großartig wirkten, hielt sie Otto auf.

»Ich verstehe nicht, was da gerade passiert ist. Bruckner hat unseren Vertrag storniert und grässliche Dinge gesagt, und du hast es zugelassen. Du hast nicht versucht, ihn umzustimmen. Und was bedeutet ADEFA? Warum bist du so eingebrochen, als er das Wort nannte?«

Otto blickte über die Verkaufstresen, an denen reges Treiben herrschte, hinweg. »Wie genau hätte ich ihn denn umstimmen können? Dieser Bericht hat mir kaum eine Position zum Verhandeln gelassen. Und er hatte recht: Er hatte mir seine Absichten bereits mitgeteilt; ich hatte beschlossen, es nicht zu glauben. Offensichtlich gibt es Sachen, die nicht einmal ich beschaffen kann. Und die ADEFA? Du weißt, was das ist: Das Regulierungswerkzeug für die Bekleidungsindustrie. Das Vehikel der Partei, mit dem die sicherstellen, dass deutsche Mode deutsch ist.«

»Aber die besteht doch schon seit Jahren und war nie ein Thema.«

Als Otto sich ihr zuwandte, war sein Gesicht ausdruckslos. »Du hast recht, die ADEFA ist nicht neu, aber sie hat sich verändert. Du kannst es nur nicht hören. Das *D* steht nicht mehr für *Deutsch,* sondern für *Deutsch-Arisch.* Reinblütige Arier. Keine Juden.«

Lieses Magen verknotete sich. Ottos Worte klangen wie die von Michael.

»Aber Goebbels war doch da. Er hat die ganze Zeit gelächelt.« Als sie es sagte, hörte sie ihre Stimme, die eines Kindes.

Otto stieg die Treppen hinunter. Wo er früher geschritten war, schlurfte er jetzt. »Und schau dir an, was er danach gemacht hat.«

Nach der gedämpften Geräuschkulisse im Warenhaus war der Lärm draußen auf der Straße ein Schock. Liese ging zu langsam in das Gewühl hinein und wurde geschubst. Ein vorbeiziehender Schirm lupfte ihren Hut, ihre schokobraunen Locken fielen ihr auf die Schultern. Ein paar Burschen, die sich an der Ecke herumtrieben, zeigten auf sie und lachten.

»Ins Auto mit dir.« Otto riss die Tür auf.

Die Bande begann zu winken, zu pfeifen und anzügliche Bemerkungen zu rufen, nur weil Liese dunkelhaarig und nicht blond war.

Otto folgte ihr ins Auto, die Hände zu Fäusten geballt, das Gesicht verkniffen. Das Auto fuhr rasch an den rufenden Jungen vorbei. Ihre Gesichter verwischten, aber ihre Armbinden mit dem Hakenkreuz stachen hervor.

Liese kauerte sich auf dem Sitz zusammen und versuchte, sich auf die Bedrohung zu konzentrieren, der der Salon ausgesetzt war. Die Bestellung von Hertie war immer ihre größte, die Konfektionsmode das Rückgrat ihres Hauses gewesen. Wenn Hertie so einfach stornieren konnte ... Was, wenn die anderen Läden folgten ...?

Sie drehte sich zu Otto um, vor Fragen fast platzend. Doch sie konnte nur murmeln: »Was jetzt?«

Er antwortete nicht.

Der Weg zurück zum Hausvogteiplatz und dem Salon mit der Uhr, die wie die strahlende Sonne geformt war, verlief in einer Folge von Bildern, die Liese immer mehr bannten.

Während sie im Hertie gewesen waren, war der Nachmittag in die Abenddämmerung übergegangen, die erleuchteten Straßenlampen verbreiteten ihren gelblichen Schein.

Normalerweise fiel ihr Licht wie eine Decke sanft herab und zeichnete alles weich. Heute strahlten die Laternen wie Scheinwerfer, so streng und starr wie der Blick von Herrn Bruckner.

Liese versuchte, nicht auf die Straßen zu schauen, durch die sie fuhren, aber es war, als hätte Bruckners grausame Kündigung einen Vorhang weggezogen. An den Ecken rotteten sich plötzlich Banden zusammen, mit stolzgeschwellter Brust unter Hakenkreuzen. An den Zeitungskiosken prangten die schwarzbärtigen Monster des *Stürmer*. Farbspritzer formten sich auf verletzlichen, dünnen Scheiben zu Sternen. Lieses Augen waren überanstrengt und taten weh. *Reines Blut, keine Juden*, wirbelte es in ihrem Kopf wie ein aufkommender Sturm.

»Du musst den Salon verkaufen!«

Otto war kaum in Pauls Büro, da begann er schon mit seinem Geschrei. »Ich warne dich seit Monaten, dass der Tag kommt. Tja, jetzt ist es so weit. Wenn du noch länger wartest, verspreche ich dir: Sie werden kommen und ihn sich holen.«

Liese versuchte, ihm hinein zu folgen, aber Otto winkte sie wütend davon. Sie fing die Tür ab, als er sie zuschlug, hielt sie mit dem Zeh einen Spalt breit auf und verbarg sich gerade rechtzeitig im Schatten, um ihren Vater schnaubend auflachen zu hören.

»Du lieber Himmel, bist du jetzt auf Michaels Seite der Barrikaden gewechselt? ›Sie werden kommen und ihn sich holen‹ – hörst du dir eigentlich selbst zu?« Gläser klirrten, eine Flüssigkeit wurde ausgegossen. »Hier, trink etwas. Es sei denn, das ist das eigentliche Problem, und du hast schon gesoffen. Herties neuer Chef muss ein Charakterkopf sein, wenn er dich so aus der Fassung bringt. Was hat er gemacht? Dich im Preis gedrückt? Erzähl mir nicht, der *Tausendsassa* strauchelt.«

»Er hat unseren Vertrag storniert.«

Liese erwartete Schweigen oder einen schockierten

Aufschrei und eine Fragenflut. Stattdessen spielte Paul Herrn Bruckner und mit ihm Otto herunter, wie wenn er eine Fliege verscheuchen würde. »Mach dich nicht lächerlich. Wir sind der größte Zulieferer von Hertie. Abgesehen davon hat er gar nicht die Befugnis.«

Man musste Otto zugutehalten, dass er sich beherrschte. »Goebbels aber schon. Er hat befohlen, unsere Geschäftsbeziehung zu beenden. Unsere Kollektion ist offenbar zu französisch, für Dirnen entworfen, nicht für deutsche Matronen. Und nein, ich will nicht von dir hören, wie charmant der Propagandaminister bei unserer Schau im September war. Ich war ja da. Und ich war heute da. Wir sind erledigt. Sie wollen uns nicht mehr.«

»Nicht wieder dieser Unfug. Hitlers Rachefeldzug gegen die Juden.«

Liese schloss die Augen und beschwor ihren Vater gedanklich, es nicht auszusprechen.

»Ich habe es dir doch schon gesagt: Du und ich und unsere Familien, wir sind anders. Wir sind nicht das Ziel.«

Da war sie: die gleiche gedankenlose Aussage, die sie Michael vorgebetet hatte, und an der sie sich bis heute festgehalten hatte. Liese zwang sich, auf das zu hören, was Otto sagte.

»Anders? Wie kannst du dir das bloß immer noch vorplappern? Ich hätte nie gedacht, dass ich das mal sagen würde, aber du wirst wie dein Vater. Willst du das? So in dein Geschäft vergraben, dass du nicht mehr über deine Nasenspitze hinaussiehst? Er hat dich vernachlässigt, und das Gleiche hat er mit deiner Mutter getan. Er bemerkte erst, dass sie krank war, als es schon zu spät war. Erheb nicht die Hand gegen mich – du weißt, dass es stimmt. All das Geld und das große Haus und der Status, zu dem er sich hochgearbeitet hat, und wo ist er jetzt? Versteckt sich, und seine Schuldgefühle wegen Minnies schmerzhaftem Tod fressen ihn auf. Willst du in seine Fußstapfen treten? Sind Haus Elfmann und dein Ego so wichtig, dass du vergisst, die Welt da draußen zu sehen? Dass du deine Frau und deine Tochter vergisst? Liese ist schon von der Schule ausgeschlossen. Was kommt als nächstes auf sie zu? Und auf Margarethe?«

Paul explodierte.

Liese hörte sein Gebrüll, verstand aber keine einzelnen Wörter. Sie war viel zu sehr damit beschäftigt, Ottos Sätze nacheinander zu erfassen. *Ausgeschlossen?* Sie wusste, das musste sie noch auseinanderklamüsern, aber der Unfug von wegen *Schuldgefühle* schrillte zu laut in ihrem Kopf. Großpapa Nathan war nicht schuldig, sondern zerrissen von Trauer. Und wieso *vernachlässigt?* Wie hätte er Minnie denn vernachlässigen können, wo sie doch der Mittelpunkt seines Lebens gewesen war? *Nicht dass er das je eingestanden hätte, zumindest nicht öffentlich* – und da erkannte sie, was am Ende von ihrer kleinen Wortsammlung übrig blieb: die kurze Pause, die Minnie am Satzende immer gemacht hatte und die Großpapa nie ausgefüllt hatte. So wie er nie für sie Partei ergriffen hatte, wenn es Streit gab. Paul war im Gegensatz dazu immer für Margarethe eingetreten.

Im Büro schrie ihr Vater noch immer herum. »Du hast nicht das Recht, mir vorzuwerfen, ich wäre wie er. Als ob ich jemals etwas täte, das meine Frau in Gefahr brächte!«

Und jetzt wartete Liese in ihrem Schlupfwinkel darauf, zu hören, wie sehr Paul sein einziges Kind wertschätzte und was er alles auf sich nehmen würde, um sie zu schützen.

Doch nichts kam.

Er hat euch vernachlässigt.

Liese verschränkte die Hände, damit sie zu zittern aufhörten, als Ottos Worte zu ihr zurückbrandeten. Konnte man nicht das Gleiche von ihrem Vater sagen? Paul war nicht so reserviert wie Großpapa Nathan; Margarethe war ihm genauso wichtig wie sein Geschäft, wahrscheinlich sogar wichtiger. Aber was war mit ihr, Liese? Wenn sie nicht seine Erbin wäre, würde er sie dann überhaupt wahrnehmen?

Liese streckte die Hände aus und betrachtete die Adern, die sich darauf abzeichneten. Waren Blutlinien, die sich als gefährlich herausstellen konnten, und die Backsteine, aus denen ein Modehaus errichtet war, alles, was sie an dieses Konstrukt band, das sie Familie nannte? Sie grübelte noch immer, da erscholl Ottos Stimme.

»Dann beweis es. Nimm mich dieses Mal ernst und verkaufe.«

Sein Zorn machte einer Müdigkeit Platz, die klang, als stecke sie ihm tief in den Knochen. »Ich weiß, wie erfolgreich wir sind und wie wertvoll wir immer noch erscheinen. Aber das wird nicht anhalten, so sehr du es auch hoffst. Wir haben nicht mehr 1933, mit einem Tag Boykott jüdischer Geschäfte und Haufen zerbrochenen Fensterglases, weil die Partei demonstrieren wollte, wer das Sagen hat. Das ist der Beginn einer Säuberung, und sie wird kontrolliert und organisiert durchgeführt. Geh zu Hertie, dort kannst du es riechen. *Hertie*. Wie ich diesen Namen hasse. Die Gebrüder Tietz wurden so schnell überrannt, dass sie die Übernahme nicht haben kommen sehen. Was brauchst du denn noch an Beweisen? Es ist wie ein Lauffeuer. Weißt du, was mir der Fahrer heute gesagt hat – und ist es nicht ein Warnzeichen, dass wir die Neuigkeiten von unseren Chauffeuren erfahren? Georg Wertheim darf seine eigenen Läden nicht mehr betreten. Wenn er es versucht, wird er verhaftet. Sie haben den Vorstand unter seiner Nase ausgetauscht, und niemand kann dagegen protestieren, denn nach der neuen Logik hatte er als Jude gar nicht das Recht, überhaupt dort zu sitzen. Das ist die neue Wirklichkeit, Paul; das ist unsere neue Welt. Juden können nichts anderes mehr sein als nur noch Juden.«

Liese verstand so langsam, woher Michael seine Leidenschaft hatte: Wenn sie die Augen schloss, hätte jeder von den beiden im Büro brüllen können.

»Und sie sind gut darin, vergiss das nicht. Sie wissen, wie

man die Wahrheit in ihr Gegenteil verkehrt, damit ihre Geschichten verfangen.«

Plötzlich lachte Otto. Es klang so bitter und so wenig nach seinem üblichen Lachen, dass Liese zusammenzuckte.

»Die Wahrheit darüber, wie wir zu den Königen der deutschen Mode geworden sind, ist komplett verdreht worden. Es spielt jetzt keine Rolle mehr, dass die Kleidungsindustrie die einzige Branche war, in der wir arbeiten durften, dass wir unsere Fertigkeiten von der Pike auf erlernt haben, indem wir die schmutzigen Lumpen umgenäht haben, die *gute Deutsche* nicht angerührt hätten. Diese Geschichte wird nicht mehr erzählt. Juden haben es an die Spitze geschafft, weil wir gestohlen haben, weil wir Lügner und Betrüger sind. Also nehmen sie uns jetzt alles weg und lassen *gute Deutsche* damit gedeihen. Noch ein Jahr, und wir sind verschwunden – aus den Warenhäusern, den Schneidereien, der Zulieferung und den Modegeschäften. Sie werden uns regelrecht enteignen – mach dir da keine Illusionen. Sie werden ein Gesetz erfinden, um unseren Ruin zu legalisieren. Und damit werden sie nicht aufhören. Nicht, bevor die deutsche Modeindustrie gesäubert und *rein* ist.«

Seine Stimme wurde plötzlich so leise, dass Liese den Hals recken musste, um ihn noch zu hören. »Paul, ich flehe dich an. Wenn du jetzt verkaufst, können wir weggehen. Wir könnten woanders wieder von vorn beginnen. In Paris oder in London. Oder in Amerika: Dort suchen sie nach Modemachern. Wo immer du hinwillst, ich organisiere es, so wie du mir immer vertraut hast, dass ich es kann. Aber verkaufe. Wenn du es nicht machst, wird es eines nicht sehr fernen Morgens diese Möglichkeit nicht mehr geben.«

Verkaufen.

Das Wort unterbrach den Gefühlsstrudel in Lieses Kopf. Sie wünschte sich so sehr, dass Otto sich irrte, dass »Wir sind anders« stimmte, nur hatte Bruckners Verachtung diese Lüge entlarvt. Aber verkaufen, Berlin verlassen, nicht mehr Haus Elfmann sein? Der Salon war das, was ihnen Kontur verlieh; Lieses Rolle darin verhieß ihr eine Zukunft abseits des viel zu schmalen Pfades von Heirat und Mutterschaft, den ihre soziale Stellung verlangte. Liese konnte sich an keinen Tag erinnern, an dem die Erfordernisse des Geschäfts nicht die Hauptrolle gespielt hatten, und sie wollte es auch nicht. Verkaufen war undenkbar. Verkaufen war unmöglich. Und doch ... Alles weggenommen zu bekommen. Als eine der verkrümmten Gestalten im *Stürmer* gesehen zu werden. Von jedem Teil ihres Lebens ausgeschlossen zu werden. Derart abgestempelt zu werden, war genauso unvorstellbar wie, nicht mehr Haus Elfmann zu sein. Nur dass es vorstellbar geworden war.

Liese klammerte sich am Türpfosten fest, weil die Welt um sie herum schwankte. Michaels Worte kamen ihr wieder in den Sinn: *Es gibt nicht diese und jene Spezies Juden.* Sie schloss die Augen so fest wie ein Kind, das sich etwas zu Weihnachten wünschte, und wollte ihren Vater mit der puren Kraft ihrer Gedanken dazu bringen, dass er es hörte, wie die Welt sich veränderte.

»Nein.«

Pauls Antwort kam zu schnell und zu leicht. Sie schickte Liese durch die Tür ins Büro. Keiner der beiden Männer bemerkte sie; sie waren zu sehr damit beschäftigt, miteinander abzurechnen.

»Die Lage ist schwierig, das will ich dir zugestehen. Aber ich weigere mich zu glauben, dass wir diesem hysterischen Unfug zum Opfer fallen werden. Hitler wird sich wieder beruhigen; wir müssen einfach loyal bleiben und abwarten, bis seine Exzesse vorbei sind. Du hattest ein schwieriges Geschäftstreffen und hast die Nerven verloren, oder vielleicht färbt Michaels Verhalten langsam auf dich ab. Vielleicht bist du urlaubsreif.«

Bei Pauls herablassendem Tonfall hatte Otto die Fäuste

geballt und den Rücken durchgestreckt. Liese erwartete, dass ihr Vater die Verzweiflung seines Freundes erkennen und zurückrudern würde. Das tat er nicht.

»Haus Elfmann ist mein Leben, Otto. Ich dachte, es wäre auch deines. Mein Vater, für den du anscheinend wenig Achtung empfindest, hat dieses Geschäft aus einer Schneiderei aufgebaut. Ich werde es nicht verscherbeln und weglaufen, nur weil ein paar Ladenbesitzer in Schwierigkeiten sind. Vielleicht gab es in den Warenhäusern Tietz und Wertheim Unstimmigkeiten, hast du darüber mal nachgedacht? Wenn ja, fein. Lass die Partei ihre Bürokraten und Geldzähler nur herschicken. Ein Geschäft führen kann jeder. Aber wir tun etwas Besonderes: Wir erschaffen Träume; wir verändern Leben. Das ist keine Aufgabe für uniformierte Griffelspitzer. Der Geschmack ändert sich? Ist das denn nicht die Natur der Mode? Wenn sie weit geschnittene Taillen und gedeckte Farben vollen, dann entwerfen wir eine Linie für sie. Und mit dem Rest machen wir weiter. Es wird immer Damen wie Frau Goebbels geben, die die schönen Dinge des Lebens wollen. Ich werde mit ihr reden und sie bitten, mit ihm zu sprechen. Das geht vorbei. Der Name Elfmann ist unersetzlich; er verkörpert Berlin. Lass dich so sehr einschüchtern, wie du willst – ich werde nicht verkaufen.«

»Dann machst du einen Fehler.« Lieses Stimme erklang so laut, dass sowohl Otto als auch Paul auffuhren.

»Liese, ich sagte dir, dass du draußen warten sollst. Diese Diskussion geht dich nichts an.«

»Ich mache was?« Paul kam langsam um den Schreibtisch herum und schob Ottos beschwichtigende Hände zur Seite.

Liese hielt den Blick starr auf die gestreifte Satintapete gerichtet anstatt auf die zusammengekniffenen Augen ihres Vaters und blieb aufrecht stehen. »Du machst einen Fehler, Papa, und du musst zuhören. Otto hat recht. Die Lage ist nicht nur schwierig, sondern alles bricht auseinander. Wenn wir nichts tun, werden wir alles verlieren, so unvorstellbar das auch klingen mag. Ich war heute dabei, im Warenhaus. Es war grässlich. Bruckner hasst uns.«

»So, tut er das? Und warum genau spielt das für mich eine Rolle?« Paul sprach mit samtiger Stimme, seine Augen sahen aus wie die eines Panthers.

Ein Teil von Liese wollte vor ihm zurückweichen, sich entschuldigen und wieder sein eifriges kleines Mädchen sein. Als sie das nicht tat, nahm Pauls Stimme einen so höhnischen Tonfall an, dass sich ihr der Magen zusammenzog.

»Ach, ich verstehe, wohin das führt. Du meinst, die Ansichten eines *Mitarbeiters* sind wichtiger als meine eigenen. Du denkst, wenn ein Angestellter sagt: ›Spring‹, dann sollte ein Paul Elfmann springen. Bist du neuerdings Kommunistin? Ist es das? Hat Michael dich für seine kleine Bande angeworben? Willst du zusehen, wie mir alles, wofür ich gearbeitet habe, weggenommen und an die *Massen* verteilt wird?«

»Natürlich nicht!« Liese streckte den Rücken durch, fest entschlossen, sich nicht unterkriegen zu lassen. »Ich liebe den Salon genauso sehr wie du. Er ist mein Leben, so wie deines. Ich will ihn nicht verlieren – der Gedanke gruselt mich. Aber du sagst immer, dass wir anders sind, und ich bin mir nicht mehr so sicher, ob das stimmt. Wir sind Juden, Papa. Ob du zustimmst oder nicht, die Partei sagt, wir sind welche. Und wir müssen uns dem stellen, was es bedeutet.«

Du musst dich dem stellen, was es bedeutet. Du musst mein Vater sein: Tu das Richtige, beschütze uns.

Ihr fehlten die Worte, es ihm zu erklären. Als er den Kopf schüttelte und seufzte, wusste sie allerdings, dass das unwichtig war. »Wenn ich bedenke, dass ich solche Hoffnungen in dich gesetzt hatte, dass ich so stolz auf dich war. Vielleicht ist es Zeit, nach einem Nachfolger mit Rückgrat zu suchen, der nicht beim ersten Anschein eines Problems in Panik verfällt und mich enttäuscht.«

Der erste Anschein eines Problems? War er wirklich so verblendet?

»Wann habe ich dich je enttäuscht? Wer hätte härter als ich arbeiten können, um von dir zu lernen? Ich bin hier nicht diejenige, die sich täuscht …«

»Liese, lass es. Ich weiß, du meinst es gut, aber das hilft nicht.«

»Aber ich kann nicht schweigen und nichts tun. Es geht auch um meine Zukunft.«

Doch Otto hatte schon nach ihrem Ellbogen gegriffen, und sie fand sich im Flur wieder, bevor sie das richtige Argument finden konnte.

»Er würde dir nicht zuhören.« Michael. Er musste in das Gebäude gekommen sein, während sie mit ihrem Vater stritt.

Liese drückte gegen die Tür, hielt sie offen und bedeutete ihm zu gehen. »Ich brauche nicht noch eine deiner Predigten.«

Anstatt zu gehen, schlüpfte er neben sie. »Was ist passiert?«

Ein Teil von ihr wollte ihn wegschicken; ein Teil brauchte den alten Michael. Er war schließlich eines der Familienmitglieder von Haus Elfmann. Wenn es irgendjemanden gab, der diesen Schock verstehen konnte, dann doch sicherlich er.

Sie drehte sich zu ihm um, damit sie sichergehen konnte, dass er ihr zuhörte. Vielleicht würden sie gemeinsam einen Weg durch diesen Schlamassel finden, wenn sie aufrichtig war, sich nicht aufs hohe Ross setzte oder ihn wütend machte und dazu brachte, ihr aus Prinzip zu widersprechen.

»Heute war es schrecklich, bei Hertie. Sie wollen keine Geschäfte mehr mit uns machen. Der neue Mann dort hat uns behandelt, als wären wir nutzlos. Und auf dem Heimweg war es, als hätte ich mir die Straßen nie richtig angeschaut. Ich glaube nicht mehr, dass wir anders sind, Michael. Ich war töricht, es überhaupt zu behaupten. Und ich glaube nicht, dass wir in Sicherheit sind. Onkel Otto hat versucht, es Vater zu sagen, und ich habe es auch versucht, aber nein, er hat nicht zugehört. Ich weiß nicht, was es ist – Arroganz oder blinder Glaube an Haus Elfmanns Ansehen. Ich glaube nicht einmal, dass dein Vater weiß, was zu tun ist.«

Sie hielt inne und dachte daran, wie leichthin Bruckner sie beleidigt hatte.

»Es wird noch schlimmer, oder? Vater irrt sich: Kein Jude ist in Sicherheit, oder? Ganz egal, was er erreicht hat. Ganz egal, wie loyal er Deutschland gegenüber ist?«

Michael schüttelte den Kopf.

»Hat Otto also recht, sollten wir weggehen?«

»Das ist die eine Möglichkeit. Woanders von vorn anfangen. Aber Paul muss schnell sein, denn dieses Fenster schließt sich schon. Ausreiseanträge bewilligt zu bekommen, wird immer schwerer und komplizierter, und die Kosten steigen.«

»Du sagtest, das wäre eine Möglichkeit. Was sind die anderen?«

»Du könntest dich uns anschließen und kämpfen. Oder nichts tun, wie dein Vater es will, und vorgeben, es wäre nichts im Anmarsch.«

Liese rieb sich über die Stirn, hinter der Kopfschmerz einsetzte. »Du lässt es so klingen, als hätten wir eine Wahl, aber keiner der Wege, die du vorgeschlagen hast, bietet die Garantie, dass der Salon sicher sein wird – oder wir. Sag mir, dass es noch einen Weg gibt, der das bietet.«

Hinter der Tür versuchte Otto noch immer, Paul zur Vernunft zu bringen.

Michael legte Liese den Arm um die Schultern. Sie wusste schon, dass er nichts hinzuzufügen hatte.

KAPITEL 4

KAREN

ALDERSHOT, AUGUST 1976

> *Basis Frimley, Kadettentraining 09:00 bis 18:00 Uhr. Abendessen in der Messe (Aldershot) 19:00 bis 22:00 Uhr. Mrs Hubbard, wenn nötig, ab 01:30 Uhr verfügbar*

Karen zerknüllte die Notiz und warf sie in den Mülleimer. Warum machte er das immer noch? Schrieb diese lächerlichen Notizen mit einem Zeitplan über seine Tätigkeiten, als ob sie sich nicht denken könnte, wo er war. Es war nicht so, als würden seine Tagesabläufe variieren. Es war nicht so, als würde es sie interessieren.

Hab einen schönen Tag, liebe Karen. Ich habe dir fünf Pfund hingelegt; geh dir was Schönes kaufen.

Das wäre mal eine nette Abwechslung.

Vielleicht sollte sie ihm auch eine Notiz schreiben, in der sie ihren Tag für ihn auflistete: Bett bis irgendwann; herumhängen, bis es Zeit für Pommes ist und doof angeglotzt zu werden; rauchen; Thin Lizzy bei offenen Fenstern voll aufdrehen. Das gäbe ihm genug Einblick in ihr Leben, um sie in Ruhe zu lassen.

Und was sollte dieses »Mrs Hubbard verfügbar«? Warum zum Geier dachte er, das wäre ihr neu? Sie war doch ständig verfügbar und steckte überall ihre Nase rein. Und diese Vorstellung, Karen würde ihre Ferien immer noch bei der Nachbarin verbringen: Wusste er denn nicht, dass diese Posse schon lange Geschichte war? Sechzehn war mit Sicherheit das schlimmste Alter von allen. Man wurde immer noch wie ein Kind behandelt. Und es dauerte immer noch zwei Jahre, bis sie zur Universität gehen und hier weg konnte.

Sie ging zum Küchentisch, der wie jeden Morgen gedeckt war: das Besteck säuberlich angeordnet, die mit Rosen und Bändern gemusterte Schale stand mit der passenden Tasse und Untertasse bereit.

Er gibt sich Mühe – das könntest du anerkennen.

Noch etwas, das sich nicht geändert hatte: Wenn das schlechte Gewissen sie wegen ihres Vaters plagte, dann immer mit der Stimme ihrer Mutter. Karen hatte schon vor langer Zeit aufgehört, sich nach dem Warum zu fragen. Sie konzentrierte sich lieber darauf, es zu ignorieren.

Aber jetzt war sie am Verhungern. Das klumpige Püree und die verkohlten Würstchen gestern Abend waren nicht gerade eine kulinarische Offenbarung ihrer Kochkünste gewesen. Karen ignorierte die bereitstehende Schachtel mit Frühstückszerealien und schob zwei Scheiben Brot in den Toaster. Er hatte auch Orangensaft hingestellt und den angelaufenen Krug und das dazugehörige Glas mit einem Küchentuch abgedeckt. Auch diese ignorierte sie und füllte stattdessen Kaffeegranulat in einen Becher.

So mochte sie das Frühstück; sie schob eine Zigarettenpackung in ihre Jeanstasche und ging in den Garten hinaus.

Es war nicht einmal zehn Uhr und schon zu warm. Vierzig Tage ohne Regen, zwölf, an denen das Thermometer über dreißig Grad geklettert war, und die Wettervorhersage versprach keine Änderung. Das Land war geradezu besessen von der Hitzewelle; die sich ausbreitende Dürre das einzige Gesprächsthema.

Karen pustete Rauchringe über das tote Gras. Es war so trocken, dass ein einziges sorglos hingeworfenes Streichholz es wie ein Signalfeuer in Brand setzen würde. *Damit könnte man den Tag füllen.*

Wenn sie ganz fest pustete, könnte sie womöglich das Feuer die Einfahrt hinuntertanzen lassen, rot, groß und gierig genug, um vielleicht die Schule zu fressen – und mit etwas Glück gleich die ganze Basis.

Und dann würde er mit dir woandershin umziehen, und du würdest auch die letzten, in Spinnweben gefangenen Spuren von ihr verlieren.

Karen drückte ihre Zigarette aus und verfütterte die Reste ihres Toastbrots an einen staubigen Spatz. Sie versuchte, das Brennen in ihren Augen zu ignorieren. »*Weine nicht. Es bringt sie auch nicht zurück.*« Das war anscheinend ein guter Rat – jedenfalls war es der einzige Rat, den sie je bekommen hatte – aber manchmal schlugen die Tränen einfach so zu.

Sie hat sie nicht verdient. Karen blinzelte, bis sie den Garten wieder scharf sehen konnte. *Sie ist weggegangen. Wenn sie noch hier wäre, wäre ich glücklich.*

Diese Stimme hasste sie; das war definitiv ihre eigene. Sie mischte sich immer öfter ein und gab ihr das Gefühl, eine Verräterin zu sein. Es war dieselbe Stimme, die sie auf Mütter und Töchter aufmerksam machte, die gemeinsam einkaufen gingen, über Kaffeetassen hinweg kicherten und in Kinoschlangen anstanden. Dann wollte sie wie ein vierjähriges Mädchen um eine Umarmung betteln.

Karen zündete eine weitere Zigarette an, drückte sie wieder aus und ging in die Küche, um sich mehr Kaffee zu holen, kam mit leeren Händen zurück nach draußen und wusste nicht, ob sie sich setzen oder stehen bleiben oder schreiben sollte. Im Haus schlug die Uhr. Halb elf. Wie konnte ein Tag nur so langsam vergehen? Wie sollte sie noch einen ertragen, der vorbeischlich und den sie nur mit ihren Gedanken füllen konnte?

Karen ließ sich wieder auf den Liegestuhl fallen und ging lustlos ihren Tag durch. Sie hatte bei Whimpy hier in der Nähe eine Schicht, aber erst um fünf. Sie konnte zum Strandbad gehen und schwimmen, bis ihr Kopf ganz leer war. Bloß würde die Hitze die Pools schon wie Suppe aufgeheizt haben, und die fröhlichen Familien, die sich dort tummelten, brächten Karen nur dazu, mit den Zähnen zu knirschen. Normalerweise würde sie Angela anrufen, ihre engste Freundin und die einzige, die mit dieser schwierigem Stimmung umgehen konnte. Aber die war noch mindestens eine Woche außer Reichweite, denn ihre Eltern hatten sie für vierzehn Tage zum Strand mitgenommen und Karen dummerweise nicht eingeladen mitzukommen.

Neue Schule, neue Gesichter, neue Mädchen, die sie nicht für komisch hielten. Ein Neuanfang und ein neuer Freundeskreis. Das war nicht ganz nach Plan verlaufen.

Ihr erster Tag in der Sekundarschule vor fünf langen Jahren kam so lebendig zurück, dass Karen beinahe ihr elfjähriges Ich in der Küchentür sehen konnte. Zu großer Blazer, zu langer Rock. Und so sehr darauf hoffend, jetzt würde alles besser, dass es wehtat.

Army-Kids. Karen hatte sie an jenem traurigen Septembermorgen bereits auf dem Weg zur Schule entdeckt. Sie waren ganz leicht zu erkennen: Sie gingen immer in Gruppen, waren immer laut und verständigten sich in ihrem unverständlichen Geheimcode, um jeden auszuschließen, der unerwünscht war. Sogar die Neuzugänge des Schuljahres, in Uniformen, die genauso übergroß waren wie die von Karen, trugen ein Selbstbewusstsein zur Schau, das Karen einfach nicht heraufbeschwören konnte.

Als vor den Schultoren alle zusammenströmten, verteilten sich die älteren Mädchen in der Menge und nahmen die neuen Mitglieder in ihren Stamm auf. Karen drückte sich am Rand des Schulhofs herum und versuchte, den Gesichtern, die sie wiedererkannte, Namen zuzuweisen, und gleichzeitig hoffte sie, dass die sich nicht an sie erinnern würden. Sie erkannte sonst niemanden aus ihrer Grundschule, der einen Platz in Aldershot County bekommen hatte; allerdings hatte sie vergessen, dass Mädchen von der Armeebasis Aldershot hier sein würden. Mädchen also, die sie bei ihren seltenen Besuchen dort kennengelernt und die ihr abgeschiedenes Dorfleben und ihre allzu schüchterne Mutter seltsam gefunden hatten. Mädchen, die über Karens kindische Kleidung gekichert hatten – als ob Schlaghosen und Blusen mit Karomuster sie mit ihren elf Jahren zu Meisterinnen der Raffinesse gemacht hätten.

Zu ihrer Erleichterung sprach keine von ihnen sie an, als die Klassen sich in Reihen aufstellen sollten. Den restlichen Vormittag eilte Karen in die Räume, die ihr genannt wurden, und umklammerte fest ihren Stundenplan mit der verwirrenden Anzahl von Lehrerinnen, Lehrern und Klassenzimmern, und sie war froh, nur ein kleines Rädchen im Gefüge zu sein. Bis zum Mittagessen hatte sie sich weder verirrt, noch war sie aufgefallen. Sie hatte andere gefunden, denen sie sich anschloss, Namen und Lächeln ausgetauscht. Es schien möglich, den Tag zu überleben. Dann war sie auf den Schulhof gegangen, und das Schubsen hatte begonnen.

Das Mädchen, das zu ihr stolziert kam, ihre Kumpaninnen in einem Block einen Schritt hinter ihr, hatte breite Schultern und engstehende Augen und war sich ihrer Stellung nur allzu sicher. Sie blieb unmittelbar vor Karen abrupt stehen. Beide wurden sofort in den schweren Duft nach kandierten Orangen getaucht, mit dem sich anscheinend die meisten Mädchen an der Schule übergossen hatten. Wie hieß dieses Parfum noch mal? Aqua Manda? Egal, wie es hieß, es stach in Karens Augen, als sie es aus so großer Nähe einatmen musste.

In unbewusster Nachahmung ihrer Mutter kräuselte sie die Nase; ihre Gegenspielerin kniff die Augen zusammen.

»Warum hat sie es getan?«

»Wer? Was?«

Die Fragestellerin tippte Karen, sehr zur Freude ihrer Bande, mit dem Finger an die Stirn. »Deine Mutter, Dummkopf. Warum hat sie sich umgebracht?«

Münder klappten auf; Karens neue Freundinnen schraken zurück. Niemand sah ihr in die Augen.

»Komm schon, lahme Ente, leg 'nen Zahn zu und rück raus. Das war doch deine Mutter, oder? Die sich im Sommer umgebracht hat? Die unten bei Brighton am Strand gefunden wurde wie 'ne Ladung nasser Wäsche?«

Nichts davon ergab Sinn, und gleichzeitig alles. Karen wollte sich die Ohren zuhalten und wegrennen, aber sie spürte, dass sie ihr dann einfach nachlaufen würden. Mit zitternden Knien hielt sie also die Stellung. »Du weißt nicht, was du da sagst. Es war ein Unfall.«

Das heisere Gackern der Mädchen ließ eine Lehrerin herüberblicken. »Ach, ist sie zufällig in ihren Kleidern schwimmen gegangen? Na ja, das ist natürlich was anderes: Dann hat sie sich ja nicht selbst umgebracht, sondern war einfach eine Irre.«

Bei dem Schrei rannte die Lehrerin los, aber da hatte Karen bereits scharlachrote Striemen auf dem feisten Gesicht des Mädchens und einen Bluterguss hinterlassen, der sofort aufblühte.

Sie trat immer noch um sich, als sie ins Büro der Direktorin gezogen wurde. Sie weigerte sich immer noch, etwas zu sagen, als ihr Vater ankam und sich wortreich entschuldigte.

Das leise Gespräch drehte sich um sie. *Vielleicht ist es noch zu früh; sie braucht mehr Zeit zu Hause. Nein, sie braucht*

Routine und Strukturen. Solches Benehmen wird nicht wieder vorkommen.

Erst, als Vater Karen zum Auto führte, fand sie ihre Stimme wieder.

»Ist das wahr? Ist das wahr? Ist Mummy nicht in einem Unfall ertrunken, wie du zu mir gesagt hast? Hat sie sich umgebracht?«

Sie rief es immer wieder, bis er in die Eisen stieg. »Hör auf! Ich kann diese Hysterie nicht brauchen. Deine Mutter ist tot, ist das nicht genug?«

»Nein! Ist es nicht. Sag mir die Wahrheit. Sag mir, dass sie es nicht absichtlich gemacht hat.«

Ihr Vater hatte ihre Hände, mit denen sie nach ihm grabschte, mit solcher Kraft von sich gestoßen, dass ihr der Atem weggeblieben war.

»Nicht, wenn du so bist. Nicht, wenn du schreist. Du bist zu alt, um so die Kontrolle zu verlieren. Warum bist du so egoistisch? Warum kannst du nicht ruhig sein? Warum kannst du nicht brav sein?«

Die gleichen Worte hatte er ihr in Brighton entgegengeschleudert, als sie ihn angebrüllt hatte, er sei öde und alt und spaßfrei. Als ihre Mutter stehen geblieben war und darauf hingewiesen hatte, wie schön die Sonne aufs Wasser schien, und dann wieder Kopfweh bekommen hatte. Am Tag, bevor die Welt aus den Angeln geraten war.

Karen schrumpfte in ihrem Sitz zusammen.

Den restlichen Weg waren sie schweigend gefahren. Karen war sofort in ihr Zimmer gegangen, ohne Aufhebens, ohne Aufforderung. Sie hatte darauf gewartet, dass er heraufkäme und ihre eine Erklärung anböte, die das dumpfe Hämmern in ihrem Kopf wegwischte. *Sie hat getan, was das Mädchen sagte, und ich war schuld daran.* Aber er war nicht gekommen.

Am nächsten Morgen hatte Mrs Hubbard in der Küche

Frühstück gemacht, sich jedem Gespräch verweigert und sie aus der Tür geschoben, damit sie zur Schule ginge.

Als Karen durch das Tor stolperte, gingen alle um sie herum auf Abstand. Es bildete sich ein Kreis, und nur Angela trat zu ihr in die Mitte.

»Meine Mutter nimmt Pillen, damit sie aufhören kann zu heulen«, sagte sie zu Karen.

Darauf hatten sie ihre Freundschaft gegründet, eine Freundschaft, in die nach und nach auch andere Mädchen aufgenommen wurden. Die ruhigen, die lernbegierigen. Sie waren vielleicht nicht die beliebteste Gruppe in der Schule, aber es reichte, um Karen wenigstens den Hauch eines Zugehörigkeitsgefühls zu geben.

Eine Biene flog zu dicht heran. Karen stand auf. Die Sonne schien so hell, dass der Garten verschwunden war.

Sie stürzte zurück ins Haus, aber dort war es nicht kühler. Die Hitze durchdrang alles, hing in den ausgeblichenen Vorhängen und kroch um den plattgetretenen Teppich herum. Vor fünf Jahren, als Vater einen Umzug vorgeschlagen hatte, hatte Karen so geschrien, dass sie krank wurde. Jetzt konnte sie es nicht mehr abwarten zu gehen. Aber nicht mit ihm. Mit ihm wollte sie nirgendwohin.

Karen hatte jede Einzelheit ihrer Kindheit auseinandergepflückt, bis sie zu einer klaffenden Wunde geworden war. Egal, wie tief sie in das Schweigen ihrer Kindheit abstieg, das Ergebnis war jedes Mal das Gleiche: Der Tod ihrer Mutter war Karens Schuld, da war sie sich ganz sicher. Mutter war liebenswürdig gewesen, Karen quengelig und schwierig. Nicht dankbar, nicht perfekt. Sie war nicht die Art Tochter gewesen, die ihre Mutter richtig lieben konnte, sonst würde sie noch leben. Egal, was passierte, Mütter standen zu ihren Kindern – das wusste jeder. Also war Karen nicht die gewesen, die ihre

Mutter sich gewünscht hatte. Aber sie hatte es versucht. Sie hatte zugelassen, dass ihre Mutter sie jeden Tag zu Fuß zur Schule brachte und ihre Hand hielt, obwohl Karen es hasste, so kindlich zu wirken. Sie hatte gelernt, sich über die abgesagten Geburtstagspartys nicht zu beschweren oder über die Ausflüge, die durch Kopfweh ruiniert wurden. Sie war ruhig geblieben, obwohl sie bei all dem Schweigen erst recht losschreien wollte. Also war es definitiv ihre Schuld, aber auch die ihres Vaters. An guten Tagen konnte sie ihrem Vater die größere Schuld zuschreiben.

Karen hatte ihre Mutter geliebt, ihr Vater nicht. Je mehr sie von der Vergangenheit hervorzerrte, desto überzeugter war sie davon. Sie erinnerte sich, wie sie Karten nach Hause brachte, auf denen dick der Kleber trocknete, und krakelig gemalte Bilder, die ihre Mutter zum Lächeln brachten. Sie erinnerte sich, wie sie auf den Knien ihrer Mutter gesessen hatte und nicht verjagt wurde, weil sie »schon zu groß« war. So hatte ihr Vater reagiert, wenn sie bei ihm das Gleiche probierte. Sie hatte immer weiter versucht, so zu sein, wie alle sie haben wollten, auch wenn sie alles falsch gemacht hatte. Ihr Vater strengte sich nicht im Mindesten so an.

Er hatte seine Mutter zum Weinen gebracht, indem er sie zu Abendessen und Tanzveranstaltungen mitschleppte und indem er sie Abend für Abend in der Küche festhielt, um mit ihr zu reden und zu reden, wenn sie doch längst erschöpft war. Er hatte ihr immer wieder »Kopf hoch« gesagt, und es müsse ihr doch besser gehen.

Karen war nicht gut genug gewesen, aber ihr Vater auch nicht. Das fand Karen nicht sehr überraschend. Er war kalt, steif und streng. Gott allein wusste, warum ihre Mutter ihn überhaupt geheiratet hatte und wie sie mit ihm hatte leben können. Nun, Karen konnte das nicht, und sie würde es auch nicht. Noch zwei Jahre – also gar nicht so lang –, nur zwei, und dann würde sie weggehen, zu einer Universität, die so weit weg war wie nur möglich.

Die Hitze ließ die Wände näher rücken. Sie ging zum Fenster, um es zu öffnen, bevor ihr einfiel, dass das ja nicht ging. Ihre Mutter hatte alle Fensterrahmen im Erdgeschoss so übermalt, dass sie sich nicht mehr öffnen ließen. Das war eine eigenartige Marotte gewesen, aber Karen fiel plötzlich ein, dass Vater nicht versucht hatte, sie davon abzubringen. »Was auch immer dir hilft, mein Herz, was auch immer dir hilft.« Diesen Gedanken unterband Karen sofort, denn er warf ein freundliches Licht auf ihn, und sie war nicht in der Stimmung, das zuzulassen.

Vielleicht war es oben kühler.

Das Fenster in ihrem Schlafzimmer öffnete sich nach außen. Sie konnte ihre Staffelei aufstellen und an ein paar Skizzen für ihr Portfolio arbeiten.

Karen füllte einen Krug mit Wasser und Eiswürfeln, die sofort zu schmelzen begannen, und ging die Treppe hinauf. Als sie auf dem mittleren Absatz angekommen war, blieb sie stehen. Vater musste heute Morgen in Eile gewesen sein, denn er hatte seine Schlafzimmertür offen gelassen. Karen blieb auf der Türschwelle stehen. Sie konnte sich nicht mehr erinnern, wann sie zum letzten Mal darin gewesen war. Vielleicht in den Tagen nach Mutters Tod, als niemand auf sie achtete, aber seitdem jedenfalls nicht mehr.

Die Kissen in bunten Farben waren vom Armsessel verschwunden, das Bett war mit präzise gefalteten Ecken gemacht. Die Haarbürste auf dem Garderobentisch lag wie mit dem Lineal gezogen parallel zur Tischkante. Es gab kein einziges Staubkörnchen oder die geringste persönliche Note. Das Zimmer hätte auf einem Rekrutierungsposter abgebildet sein können. Der militärische Minimalismus darin machte Karen schwermütig.

Sie wollte sich gerade umdrehen, da stieg etwas in ihrer Erinnerung auf: das Schmuckkästchen ihrer Mutter. Es hatte immer auf dem Garderobentisch beim Fenster gestanden. Als Karen klein gewesen war, hatte ihre Mutter ihr immer erlaubt, die Fächer und smaragdgrün ausgekleideten Schubladen zu sortieren. Sie erinnerte sich, wie sie Ohrringe neben ihr Gesicht gehalten und den Kopf schiefgelegt hatte, sodass die farbigen Sprengsel vom Spiegel zurückgeworfen wurden. Wie sie sich die Ketten und Armbänder umgelegt und die Arme hochgehalten hatte, als würde sie tanzen. Sie hatte all die hübschen Stücke geliebt, die ihre Mutter nie trug.

Die Hitze brachte seltsame Gedanken hervor; das hatte sie bestimmt nicht richtig in Erinnerung.

Karen vergaß ihr Portfolio, ging zum Garderobentisch und fuhr mit den Fingern über das rot gestrichene Holz.

Zu jedem Weihnachten und jedem Geburtstag hatte Vater für Mutter etwas Neues gekauft. Sie trug alles genau einen Tag lang, danach verschwand es im Schmuckkästchen.

Karen setzte sich auf den gepolsterten Stuhl, und in ihrem Kopf drehten sich die Bilder schneller, als sie sie fassen konnte. Vater war immer so gespannt gewesen, wenn Mutter die Bänder an den Geschenken aufzog; er hatte immer so froh ausgesehen, wenn sie lächelte. Was hatte er immer gesagt? *Habe ich dieses Mal das Richtige? Freust du dich?*

Karen wusste nicht mehr, was ihre Mutter antwortete, und warum er nie etwas sagte, wenn der Schmuck ungetragen liegen blieb. Oder fragte, warum sie alles weggepackt hatte und ignorierte, auch wenn sie wusste, dass es ihn doch verletzen musste. Noch mehr Fragen, auf die es keine Antwort gab.

Wo war das Kästchen jetzt? Karen sah sich in dem leer geräumten Zimmer um, und Wut wallte in ihr auf. Was hatte er damit gemacht? Hatte er es entsorgt, wie all die anderen Dinge?

Mit Wut konnte sie leichter umgehen als mit Verwirrung.

Sie zog die oberste Schublade auf. Darin lag nichts außer säuberlich aufgerollten Socken.

Ohne auf Ordnung zu achten, durchwühlte sie die ganze

Kommode und warf ihren Inhalt hinaus. Die Schubladen landeten auf dem Boden, und heraus kam nichts außer Vater. Von einer Wut getrieben, die sie gar nicht unterdrücken wollte, ging Karen zum Kleiderschrank über. Jacken und Anzüge, die wie ein Regiment in Reih und Glied sortiert waren. Sie schob sie zur Seite und suchte die Ecken ab. Auch wenn das Schmuckkästchen weg war, musste es doch sicherlich etwas geben, das er übersehen hatte, ein winziges Erinnerungsstück. Immer noch nichts.

Karen trat zurück, zerzaust und verschwitzt. Es war nur noch eine Stelle übrig: das lange Regalbrett über der Kleiderstange des Schranks. Sie griff nach dem Stuhl vom Garderobentisch und kletterte hinauf, ließ Hüte und Schals hinuntersegeln. Sie streckte und reckte sich, und da war es – das Schmuckkästchen. Ganz hinten, fast außer Reichweite, begraben. Karen zog es heraus und sprang vom Stuhl.

Sie ließ sich auf dem Boden nieder und öffnete den mit Intarsien geschmückten Deckel. Die Schätze, an die sie sich erinnern konnte, waren alle da, in Sicherheit.

Karen zwang sich, ruhiger zu atmen und die Hände ruhiger zu halten, aus Angst, sie könnte etwas kaputtmachen. Zuerst hob sie die Halterung mit den Ohrringen heraus und fuhr mit den Fingern über die Ketten und Anhänger in den Fächern darunter. Dann nahm Karen so vorsichtig, als wären es die Schalen ausgepusteter Ostereier, ein Teil nach dem anderen heraus. Sie ließ sich Zeit, hielt jedes Stück gegen das Licht und sich an die Haut. Sie war überzeugt, dass sie noch einen Hauch von Parfüm daran erahnen konnte.

Dann legte sie es auf den Teppich zu den anderen, sodass sie einen Kreis um sie herum bildeten, und sortierte sie nach der Farbe, bis nur noch ein einziges Stück übrig war. Ein schweres, ovales Medaillon, auf dessen Deckel ein E – für den Namen ihrer Mutter, Elizabeth – eingraviert war.

Karen hob es hoch, doch der Verschluss blieb an der

Filzauskleidung hängen. Als sie daran zog, löste sich an der einen Ecke das dünne Material ein bisschen. Darunter lag etwas, das wie der Rand eines Stücks Papier aussah. Karen zog es heraus in der Erwartung, eine Quittung oder eine Liste mit dem Inhalt des Schmuckkästchens vorzufinden, da sie ja wusste, wie sehr ihr Vater Ordnung liebte. Es war klein zusammengefaltet, leicht angegilbt und so dünn, dass es in der Mitte ein bisschen einriss, als sie es vorsichtig glatt strich. *Heiratsurkunde* war in schwarzen Buchstaben darauf gedruckt. Karen hatte keine Ahnung, was das bedeutete. Oder eines der anderen, verblassten Worte darunter.

Sie hielt das hauchdünne Blatt Papier gegen das Licht. Unten standen eine Unterschrift und ein Datum, 18. April 1947, neben einem Stempel mit etwas, das wie ein Bär aussah und den Worten *Die Stadt Berlin*. Sie konnte auch etwas erkennen, das wohl Adressen waren. Von der einen war nur noch *Rathaus* zu lesen, aber die andere war noch deutlicher zu erkennen: *Lindenkirche, Homburger Straße*. Und dort in der Mitte, in dunklerer Tinte geschrieben, die mit den Jahren verblasst war, standen zwei Namen: *Andrew Cartwright, Corporal, British Royal Military Police; Liese Elfmann, Schneiderin, Haus Herber*.

Karen las sie noch einmal, aber die Namen blieben gleich. War ihr Vater verheiratet gewesen, bevor er ihre Mutter geheiratet hatte? Mit einer Deutschen? Es war nicht ausgeschlossen, dass er in Deutschland gewesen war; sein Regiment hatte noch immer Truppen dort, soweit sie wusste, und auch wenn nie darüber geredet worden war, wusste Karen, dass er im Krieg gekämpft hatte. Es war nicht schwer, sich ihn in Berlin stationiert oder dort im Kampf vorzustellen. Aber eine andere Frau? Das war schon viel schwieriger.

Karen legte das Papier vorsichtig hin und wandte sich wieder dem Schmuckkästchen zu. Sie brauchte nur einmal daran zu ziehen, und die restliche Verkleidung löste sich.

Dieses Dokument war dicker und blau, und sie wusste genau, was es war. Ein britischer Ausweis. Datiert von 1947 – genau wie das vergilbte Blatt Papier. Er war in zierlicher Handschrift auf eine Mrs Liese Cartwright ausgestellt worden. Als Karen ihn aufschlug, sah ihre Mutter ihr daraus entgegen.

»Wer ist sie?«

Karen schaltete das Flurlicht an, sobald sich die Haustür öffnete. Ihr Vater fuhr erschrocken zusammen.

»Warum bist du noch auf? Es ist schon nach elf Uhr.«

Sie bewegte sich nicht von der unteren Stufe weg, auf der sie gefühlt seit Stunden saß. Sie war sich nicht sicher, ob sie dazu in der Lage wäre.

»Wer ist sie? Ich meine, ich habe das Foto gesehen, also weiß ich, dass es meine Mutter ist, aber der Rest – der Name auf dem Ausweis und dieses Ding hier – ergeben keinen Sinn.« Sie hielt ihm mit den Fingerspitzen das hauchdünne Zertifikat und den Ausweis hin und ließ sie knapp außerhalb seiner Reichweite baumeln.

»Was zum Teufel …« Er machte einen Schritt nach vorn. »Gib mir das.« Die Hand, die er nach den Dokumenten ausstreckte, zitterte.

Er hat Angst. Er handelt, als hätte er alles unter Kontrolle, aber er hat Angst.

Dieses Wissen verlieh ihr Mut. Sie konnte mit festerer Stimme reden als gedacht. »Wer war sie? Meine Mutter, meine ich. Wie war ihr Name? Diese beiden hier passen doch nicht. Liese Elfmann ergibt keinen Sinn, aber Liese Cartwright auch nicht. Der Name meiner Mutter war Elizabeth.«

Und da war er wieder. Er drückte die Brust raus, als wäre er auf einer Militärparade, und sprach sie an, als wäre sie eine seiner unerfahrensten Kadetten.

»Karen, ich weiß nicht, welchen Unsinn du dir da ausmalst,

aber es ist jetzt weder die richtige Zeit noch der richtige Ort. Diese Dinge gehen dich nichts an; du hattest nicht das Recht, sie zu nehmen, und in meinem Haus werde ich solches Verhalten nicht dulden.«

Es hätte vielleicht funktioniert, wenn er nicht so sichtlich ins Schwitzen geraten wäre. Wenn sie seinen pompösen Tonfall nicht schon so oft gehört hätte, dass sie ihm gegenüber taub war.

»Was willst du machen? Mich bestrafen?«

Sie stand auf, damit sie mehr auf gleicher Höhe waren, und streckte ihm das dünne Papier wieder entgegen, aber noch immer außerhalb seiner Reichweite. »Das hier ist auf Deutsch, oder? Ich vermute, es ist eine Heiratsurkunde. Ich grüble schon seit Stunden darüber nach und habe mich gefragt, ob du vorher schon verheiratet gewesen sein kannst. Das schien mir die logischste Erklärung zu sein. Aber wie ist der Ausweis mit Mamas Foto und dem neuen Namen zu erklären? Kannst du mir da weiterhelfen? Ist das die Heiratsurkunde von dir und meiner Mutter? Kannst du mir erklären, wie das einen Sinn ergibt?« Sie hielt inne, um ihm Gelegenheit zur Antwort zu geben, dann zog sie das Papier zurück, als er sie reglos ansah. »Oder weißt du was, egal. Ich nehme es mit in die Bibliothek und suche ein Wörterbuch. Oder noch besser, ich nehme es mit zur Fachschaftsleiterin für Sprachen in der Schule und bitte sie, es zu übersetzen.«

Das riss ihn wieder ins Hier und Jetzt.

»Warum musst du dich immer für die extremste Variante entscheiden? Warum musst du aus allem einen Streit machen?«

Er tobte, sein Gesicht wurde rot; Karen hätte seine nächsten Worte voraussagen können.

»Du bist hysterisch. Ich bespreche nichts mit dir, wenn du so bist.«

»Ach, dein altes Lieblingswort, welche Überraschung. Bin ich aber gar nicht, wenn du genau hinschaust. Ich bin vollkommen ruhig, und ich höre nicht einfach so auf. Ich weiß, dass du dich lieber hinter deinem Schweigen versteckst, aber dieses Mal funktioniert das nicht.«

Sie rechnete nicht damit, dass er die Herausforderung annehmen würde. Sie dachte, er würde sie mit verkniffenem Mund ins Bett schicken, um sich etwas Zeit zu kaufen, damit er am nächsten Morgen mit einer plausiblen Erklärung aufwarten konnte, die er ihr in wohlbemessenem Tonfall bieten würde. Doch die Worte, die jetzt aus seinem Mund purzelten, ließen sie wieder auf die Stufe sinken.

»Na gut, ja, es ist eine Heiratsurkunde und, ja, sie ist von deiner Mutter und mir. Und der Grund, weshalb du den Namen nicht erkennst, ist, dass deine Mutter keine Engländerin war, sondern Deutsche. Sie stammte aus Berlin.«

Die Wut, die Karen den ganzen Tag über genährt hatte, verpuffte.

»Das kann nicht stimmen, das ist lächerlich.«

Sie wartete, er reagierte nicht. Nun tobte *sie*.

»Und wenn das irrsinnigerweise doch stimmt, wieso habe ich nichts davon gewusst?«

»Es schien nie so wichtig zu sein.«

Sie starrte das Passbild an, während ihr Vater reglos dastand.

»Es schien nie wichtig zu sein? Wirklich jetzt? Das ist dein Ernst?«

Er zuckte nicht mit der Wimper; das Visier war unten.

»Okay, dieser Name hier ... Liese ... war das ihrer?«

»Ursprünglich. Ja.«

»Aber warum hat sie ihn geändert?«

Er hatte die Hände hinter dem Rücken verschränkt und sprach in monotonem Tonfall. »Als sie nach England gekommen ist, schien es das Beste. Elizabeth war nach dem Krieg einfacher als Name zu benutzen; es klang englischer. Ein deutscher Name wäre nicht so gut aufgenommen worden.«

Karen sah auf die Dokumente, die sie noch immer festhielt,

und versuchte zu verstehen, wieso seine Worte gleichzeitig vollkommen logisch und doch vollkommen unglaubhaft sein konnten.

»Ich verstehe das nicht. Wie kann sie denn Deutsche gewesen sein? Sie hat sich nie deutsch angehört.« Dann stieg eine Erinnerung auf und bekam eine neue Bedeutung. »Manchmal kippte sie so ein bisschen mit der Stimme. Ich fand das immer so schön. Willst du sagen, das war ihr Akzent? Und manchmal ist sie über ein Wort gestolpert, daran erinnere ich mich auch noch, oder sie hat drum herumgeredet, bis ich das Wort gefunden habe, nach dem sie suchte. Ich dachte einfach, sie wäre müde.«

»Manchmal war das auch der Grund. Als du geboren wurdest, hatte deine Mutter ihren Akzent fast ganz verloren. Sie hatte als Kind Englisch gelernt und später hat sie hart daran gearbeitet, sich nichts mehr anhören zu lasen.«

Karen lehnte sich an das Geländer, weil die Welt sich um sie herum zu drehen begann. »Wieso habe ich nie nach diesen Dingen gefragt?«

Als sie aufblickte, sah sie, dass sein Gesicht weicher geworden war. Kurz dachte sie, er würde sich ihr nähern, nach ihrer Hand greifen. Sie dachte, sie würde es zulassen, wenn er das täte. Aber er blieb stehen, wo er war.

»Damals warst du noch ein Kind, deshalb hast du es nicht hinterfragt. Sie war deine Mutter. Für dich klang sie einfach so. Nach sich selbst.«

Wie kann er so distanziert bleiben? Wieso sieht er nicht, was das gerade mit mir macht?

Ihre Wut meldete sich zurück, Karen ließ es zu. »Und was war 1947, in dem Jahr, das im Ausweis steht? Damals muss sie sich deutscher angehört haben.«

Dieses Mal schwankte ihr Vater leicht, doch seine Stimme blieb fest. »Der Akzent war stärker zu hören, ja. Und die Leute haben nicht immer freundlich reagiert. Deshalb hat sie hart an ihrer Stimme gearbeitet … und hat sich nicht viel unter die Leute gemischt. Ich weiß nicht, was ich dir sonst noch sagen könnte.«

Er versucht, das Gespräch zu beenden. Er will sich wieder aus der Affäre ziehen, wie immer.

Karen streckte den Rücken durch. Sie faltete das Papier zusammen und wischte sich die Hände an den Jeans ab.

»*Sie hat sich nicht viel unter die Leute gemischt.* Tja, das stimmt. Sie hatte keine Freundinnen, oder? Warum? Weil sie sich schämte, dass sie aus Deutschland kam? Darüber habe ich auch früher schon nachgedacht, auch wenn ich dich nie danach gefragt habe. Aber vielleicht kannst du mir jetzt weiterhelfen. Vielleicht kannst du mir verraten, warum meine Mutter, die schön und freundlich war und hätte beliebt sein sollen, immer allein war. Bist du so nett und erklärst mir das?«

Er rammte die Hände in die Taschen.

Karens Magen zog sich so fest zusammen, dass ihre Stimme wie ein Knurren klang. »Sie hat mich jeden Tag zur Schule gebracht, sich aber nie unter die anderen Mütter gemischt. Wenn ihre Kundinnen ihr Schnittmuster und Änderungsaufträge brachten, hat sie sie kaum etwas gefragt, sondern sie immer schnell hinauskomplimentiert. Sie sagte, dass sie die Kleidergröße eines Menschen mit ihrem Augenmaß erkenne, aber das war nicht der Punkt, oder? Hatte sie Angst davor, was die Leute sagen und wie sie sie behandeln würden, auch nach so vielen Jahren noch? War es so lange nach dem Krieg immer noch eine Sünde, Deutsche zu sein?«

Ihr Vater schickte sich an zu gehen. Er setzte die Füße schwer auf, als würde ihn *noch* eine Frage von ihr zur Tür hinaustreiben.

»Nein, das war nicht der Grund, nicht ausschließlich. Sie war schüchtern und mochte das Armeeleben nicht, das ist alles. Sie hat sich unter Soldaten nicht wohlgefühlt.« Er errötete, als Karen ihn mit offenem Mund anstarrte. Das hatte sie noch nie bei ihm gesehen. »Tut mir leid, ich weiß, wie komisch das klingt …«

Seine Stimme zitterte. Jetzt hatte er die Hände aus den Taschen genommen, als wolle er sie endlich doch umarmen. Karen drückte sich gegen die Wand, von ihm weg.

»Sie mochte das Armeeleben und Soldaten nicht? Begreife ich was nicht, oder ist das gar nicht so ein kleines Problem? Wenn man einen heiratet, meine ich, und in der Nähe einer Basis lebt. Wenn sie so empfunden hat, warum hat sie dich dann geheiratet? Und wenn du gewusst hast, dass das Leben, das sie hier erwartete, sie unglücklich macht, warum hast du sie hergebracht?«

Sie hielt inne, damit er antworten konnte, doch er sah sie nur an.

Drängend fuhr sie fort: »Weil du sie gezwungen hast? Hat sie deswegen nie über ihre Familie gesprochen? Gab es deshalb keine Fotos? Weil du sie hierher gezwungen hast, von ihnen weg? Ich wette, sie waren nicht damit einverstanden. Ich wette, das ist der Grund. Du warst ein britischer Soldat und hast sie in ein Land gebracht, in dem sie keine Deutsche sein durfte, und dann auch noch in eine Armeestadt, wo sie die Armee doch hasste. Das kann sie nicht gewollt haben. Also ging es irgendwie um Kontrolle? Ich habe schon davon gehört, von Männern, die so etwas machen. Hat sie dich nicht genug geliebt? Musste sie allein sein, in einem fremden Land isoliert, damit sie bei dir blieb? Hat sie sich deshalb am Ende umgebracht?«

Sie hielt inne, rang nach Luft, ihre Kehle war rau. Das tränenreiche *Bitte hilf mir*, das er hören sollte, konnte sie nicht aussprechen. Die Schmerzen, die sie empfand, waren zu überwältigend.

Ihr Vater sah sie unverwandt an, regte sich nicht, sein Mund stand nutzlos offen. In seinem Gesicht zeichneten sich so großer Schock und solche Sorge ab, dass Karen kurz dachte, er hätte hinter ihre Angst geblickt und ihre Not gesehen. Dann brüllte er los, und sie wusste, er hatte sie überhaupt nicht gesehen.

»Sei still! Für wen hältst du dich, mir solche Fragen zu stellen? Was weißt du schon über das Leben? Diese Theorien sind blanker Unsinn, lächerlich. Du mischst dich in Dinge ein, die nichts mit dir zu tun haben, und das werde ich nicht zulassen. Was deine Mutter war, wie unsere Ehe war, das geht dich nichts an. Diese Ungezogenheit hört sofort aus, junge Dame. Sofort.«

Karen wünschte sich einen Vater; was sie bekommen hatte, war ein Exerzieroffizier. Sie beugte sich vornüber, wand sich und presste sich die Hand auf den Mund, um die Übelkeit zurückzuhalten.

»O Gott, Karen, ich wollte nicht so grob klingen. Ich bin …«

Er hatte erkannt, dass er zu weit gegangen war, irgendwo begriff Karen das. Aber es spielte keine Rolle. Er war nicht schnell genug, um den Fehler wieder gutzumachen. Bevor er noch mehr sagen konnte, riss sie die Kluft, die sich zwischen ihnen zu öffnen drohte, weit auf.

»Es war deine Schuld! Du bist an ihrem Selbstmord genauso schuld wie ich – sogar mehr, wie es sich anhört. Ich hasse dich. Ich werde dich immer hassen. Ich wünschte, du wärst gestorben, nicht sie!«

Sie stürzte die Treppe hinauf in ihr Schlafzimmer und brach in Schluchzer aus, die durchs ganze Haus klangen. Hätte sie nur kurz innegehalten und sich umgeschaut, hätte sie gesehen, dass ihr Vater genauso untröstlich weinte wie sie. Aber sie würdigte ihn keines Blickes.

KAPITEL 5

LIESE

BERLIN, JULI BIS NOVEMBER 1938

Weshalb quälte sie sich so sehr? Weshalb nur?

Es war Juli, mitten in der Sommersaison, und in jedem anderen Jahr wäre das Buch voll mit Terminen zur Anprobe gewesen. Dieses Jahr war eine Seite nach der anderen leer geblieben; die wenigen notierten Bestellungen wirkten wie ungeschickt verteilte Tintenflecke.

Liese blätterte sie durch, wie sie es schon am Abend zuvor und dem davor gemacht hatte. Ein Alltagskleid für Frau Posen. Ein Abendkleid für Frau Kohlmeier. Drei weitere, ebenso knappe Einträge. Keine passend zu den Kleidern geschneiderten Jacken. Keine passenden Hüte oder Handschuhe. Keine perlenbesetzten Capes oder farbigen Chiffontücher für eine ganze Woche. Nur eine Handvoll Bestellungen, und alle in schlichtem Schnitt und mit zurückhaltenden Verzierungen. Haus Elfmanns Kundschaft schrumpfte nicht nur, sondern sie hatte auch Angst, Wohlstand zur Schau zu tragen.

Liese klappte das Buch zu und schaltete das Licht aus. Die

Kontobücher warteten, aber sie ertrug es nicht, hineinzuschauen. Vor zwei Jahren hatte niemand sich Sorgen um die finanzielle Stabilität im Haus Elfmann gemacht, nicht einmal, nachdem Hertie als Kunde weggebrochen war. Es war ausreichend Geld zum Ausgeben da gewesen; und immer noch genug, um es zu ersetzen. Nun fühlte es sich an, als wären es Tage in einem anderen Leben gewesen. Die Banken hatten im April die Kredite zurückgezogen, ihr letzter Geldgeber hatte eilig sein Bedauern ausgedrückt. Liese hatte die Lohnkosten auf ein Minimum gesenkt, trotzdem stiegen die roten Zahlen.

Sie war erschöpft von dem Versuch, das ganze Haus zusammenzuhalten. Zugegeben, sie trug die Last nicht allein, zumindest nicht komplett. Eine Handvoll Näherinnen waren immer noch da und arbeiteten. Otto war auch noch da. Er tat sein Bestes, die Maschine am Laufen zu halten, aber die ADEFA hatte die Branche immer fester in ihrem Klammergriff, und so verbrachte Otto mehr Tage in Zügen und reiste kreuz und quer durchs Land, um Zulieferer zu finden, als er im Salon war.

Was Paul anging ... Liese rieb sich die Augen, die mehr brannten, als es bei einer Achtzehnjährigen der Fall sein sollte. Sein Verhalten war unberechenbar. War er an dem einen Tag verschlossen und kurz angebunden und ließ Geld in dicken, braunen Umschlägen verschwinden, wenn er dachte, sie sähe es nicht, so trat er am nächsten laut und fordernd auf. Er hörte ihr nie zu. Er hatte immer »zu viel zu tun«, um über das *weitere Vorgehen* nachzudenken oder leere Auftragsbücher einzusehen. Er machte jeden wahnsinnig, war anstrengend und daher keine Hilfe.

»Mich setzt ihr am besten als Botschafter ein; du und Otto könnt den Laden leiten.«

Er warf ihnen den Satz hin wie ein Kompliment oder eine reiflich durchdachte Entscheidung. Er weigerte sich zuzugeben, dass er vor der Zukunft genauso große Angst hatte wie sie; er weigerte sich, ihr ins Auge zu blicken. Liese wusste nur zu gut, dass die Ruhe sich wie eine klebrige Masse um Paul legen würde, wenn er auch nur einen kurzen Moment innehalten würde, so wie sie gezwungen war, es zu tun.

Der Salon ging darnieder, Stück für Stück gab er den Geist auf wie eine altersschwache Uhr. In den Geschäftsräumen fehlten die leisen Unterhaltungen, hinter den Kulissen der verstohlene Klatsch. Die Werkstätten waren wie eingefroren. Keine zischenden Bügeleisen, keine klappernden Scheren, keine knarrenden Seilzüge, die Kleider in Musselinhüllen wie Wolken unter der Decke hin und her zogen. In den Vorhangfalten der Umkleidekabinen sammelten sich Staubflusen, und auf den Spiegeln mit Goldrahmen im Vorführraum sprossen trübe Stellen wie Altersflecken. Der Salon bestand nur noch aus Erinnerungen, die man so leicht wie Stecknadeln herausziehen konnte. Die Eingangstür unter der Markise wurde so selten geöffnet, dass die Scharniere ganz steif geworden waren. Ihre letzten Kunden blieben zu Hause und ließen Liese zu sich kommen wie eine Hausiererin, die ihre Muster und Bänder an Hintertüren und Gartenpforten verscherbelte.

»Ich verkaufe nicht.« Pauls wiederholte Weigerung hallte durch die Gänge. Nicht dass jemand sie noch hörte. Nicht dass noch etwas zu verkaufen übrig gewesen wäre, abgesehen von einem Gebäude und einer in Scherben liegenden Idee. Denn Pauls Großartigkeit und Unglauben zum Trotz – die Partei hatte das Unternehmen Elfmann dem Staub gleich gemacht.

Damit sie uns wegbringen können. Damit sie uns aus unserem Leben entfernen können …

Michael hatte recht behalten und war in diesen Tagen mehr denn je im Widerstand zugange. Er tat viel mehr, als sich nur mit seinen Genossen zu treffen, obwohl Liese ihn brauchte. Wenn auch nur, um ihre Ängste mit ihm zu teilen. Sie belämmerte ihn nicht mehr damit: Der Widerstand war wichtiger als

Modefragen, und wie hätte sie ihm seine Entscheidung vorwerfen können? Liese lebte in derselben zersplitterten Realität wie Michael; jeden Morgen fragte sie sich beim Aufstehen, welche Bedeutung Kleider überhaupt noch haben sollten.

Aber ich muss das alles am Laufen halten, denn was soll ich sonst tun?

Sie konnte sich ein Leben ohne den Salon nicht vorstellen. Als Erbin ihres Vaters hatte sie erwartet, außerhalb der engen Rollen zu leben, die die meisten Frauen ihrer Stellung innehatten. Sie hatte sich jedenfalls nie nach dem ausschließlich häuslichen Leben gesehnt, das die Nazis für Frauen als allein glücklich machend erklärten: Haus, Mann, Kinder – sonst nichts. Und selbst wenn sie das inzwischen wollte, so waren die Männer, mit denen sie einst Umgang gehabt hatte, entweder verschwunden oder würden sie mit ihrer Herkunft keines zweiten Blickes würdigen.

Es ist nur noch der Salon geblieben; deshalb muss er am Laufen gehalten werden.

Das sagte sie sich jeden Tag, um aus dem Bett zu kommen, um sich selbst über die Tatsache hinwegzutäuschen, dass der Salon keine Rolle mehr spielte und die Welt, in der sie einst gelebt hatte, zerbarst. Dass ihr jeder Kreis, in den ihr Leben hineingereicht hatte, entglitt. Kundschaft, Arbeiter, die Welt der Mode, auf deren Ursprünge sie nie einen Gedanken verschwendet hatte, bevor die Partei die Regeln von Eigentum und Besitz geändert hatte.

Wie Otto es vorausgesagt hatte, war die Umbenennung von Hertie nur der Anfang gewesen. Man hatte den Juden ein Geschäft nach dem anderen entrissen oder sie diffamiert und ruiniert. Neue Namensschilder von Salons und Geschäften waren an der Tagesordnung. Alte Eigentümer verschwanden, und ihr Erbe, das die Jahre hätte überdauern sollen, wurde gestohlen oder einfach dem Verfall preisgegeben. Menschen, die Liese von Kindesbeinen an vertraut waren, waren über Nacht verschwunden, waren mit ihren Fertigkeiten nach London oder Amerika gegangen, oder woanders hin, wo nicht als Erstes nach der Religion gefragt wurde.

»Wir könnten ihnen folgen. Mit unserem Ruf müssten wir nicht bei null anfangen. Sieh dir nur an, wie gut andere es hinbekommen haben.«

Otto drängte immer weiter; Liese hatte immer weiter gehofft, Paul würde auf ihn hören, auch wenn sie sich nicht mehr länger die Mühe gab, sich in die Diskussionen mit einzubringen. Stattdessen hatte Paul es als Beweis der Unbesiegbarkeit des Hauses Elfmann betrachtet, als ein Modehaus nach dem anderen schloss und als glänzendes, *deutsches* Modehaus wieder eröffnet wurde.

»Sie gehen alle unter, aber wir, wir bleiben bestehen.«

An manchen Tagen fragte sich Liese, ob er langsam verrückt wurde.

Die Uhr auf dem Schreibtisch schlug zehn.

Sie sollte nach Hause gehen. Sie war so müde, müder als sie in den schlaflosen Nächten, die eine Modenschau begleiteten, je gewesen war. Als sie jetzt allein im Dunkeln saß, hätte Liese um diese Tage und ihre anstrengende Geschäftigkeit heulen mögen. Sie waren vorbei. Herbst/Winter 1937 war die letzte Modepräsentation des Salons gewesen, obwohl niemand das geahnt hatte, bis der Tag selbst heraufgedämmert war.

Die Aufregung und die Wochen voller Arbeit waren trotzdem wie immer gewesen. Aber dieses Mal blieben Einladungen unbeantwortet und niemand fragte nach Tickets, nicht einmal Agnes Gerlach. Helena Stahl erzählte es nur niemandem.

»Ich dachte, es wäre in Ordnung so. Schließlich ist es Haus Elfmann; niemand ignoriert uns einfach.«

Durchaus eine vernünftige Annahme, wären da nicht die

Parteimitteilungen gewesen, dass die Leute genau das tun sollten.

Der Schauraum war leer geblieben. Die Kleider, die ihr Debüt erwarteten, blieben unbeachtet in ihren Kokons aus Musselin. Paul hatte geschrien; Otto hatte Briefe geschrieben. Beides wurde ignoriert.

Angesichts der rauer werdenden Stimmung in Berlin drängelten sich die Kundinnen, die entscheiden konnten, wo sie einkaufen gingen, mit Nazifrauen bei Romatzki und Maggy Rouff – Frau Goebbels neuer Lieblingsmodemacherin. Was die Warenhäuser anging, so waren die deutschen Herrn Bruckners Vorbild gefolgt und hatten Haus Elfmann abgestoßen; die internationalen hingegen ließen sich von Hitlers Machtgetöse nervös machen, und man konnte sich nicht auf sie verlassen.

»Du bist die letzte Fliege im Netz. Sie werden dich auch verschlucken – warte nur ab.« Das war Helenas Abschiedsreplik, nachdem Paul ihr schäbigerweise die Schuld an dem Fiasko zugeschoben hatte. Er hatte nicht auf sie gehört.

Liese streckte den steifen Nacken. Sie sollte heimgehen, aber die Leere dort wäre noch schlimmer als diese hier. Ihre Eltern gingen Tag und Nacht immer noch aus, tingelten zu den Empfängen, zu denen sie noch Einladungen erhaschen konnten, Margarete in Pauls Entwürfen, als ob sich noch irgendjemand darum scheren würde. Niemand wartete zu Hause auf sie, niemand, mit dem sie über den Tag sprechen konnte, um ihn ein bisschen erträglicher zu machen.

Liese stoppte den Gedanken, bevor er sich immerzu weiterdrehte. Wenn sie selbstmitleidig wurde, würde sie sich nicht mehr vom Stuhl erheben. Wenn sie sich vorstellte, dass der nächste Tag genauso würde wie dieser, hätte sie nicht mehr die Kraft, ihn anzugehen.

Also nicht nach Hause, aber vielleicht in die Näherei. Die Schneiderinnen kämpften mit dem Kleid, das Paul für Margarethes bevorstehende Geburtstagsfeier in Auftrag gegeben hatte. Der Entwurf hatte Trompetenärmel mit kaskadenartig fallenden Chiffonvolants, die sorgfältigste Arbeit erforderten und Unmengen an Material, das ihr geplündertes Lager kaum noch hergab. Die effektivste Art, sie herzustellen, würde genau die hochkonzentrierte Arbeit erfordern, die Liese erschöpfte und mit der sie sich ein paar Stunden traumlosen Schlaf auf dem Sofa erkaufen konnte.

Sie rieb sich die Hände, um die Finger wieder geschmeidig zu machen, und wollte gerade aufstehen, da öffnete sich die Tür.

Sie hielt sich die Hand über die Augen, weil sie erwartete, dass das Licht eingeschaltet würde. Jemand kam herein, aber der Raum blieb dunkel. Es waren weder die schnellen Schritte von Paul noch das Schlurfen von Otto. Sie waren leichtfüßiger und bestimmter.

Liese zog die Füße an, als eine Gestalt auf den Schreibtisch zuging.

Schubladen wurden aufgezogen, Papier raschelte. Eine Hand schob eine verirrte Haarsträhne zur Seite.

Sie schaltete die Lampe ein. »Was machst du da?«

Michael sah sie ertappt an und fuhr zusammen. Er ließ einen Umschlag fallen, der voller Banknoten war, wie Liese wusste. Einer von vielen Umschlägen, denen sie bisher widerstanden hatte, obwohl sie verführerisch waren.

»Klaust du? Sicher nicht. Du kannst nicht so dringend Geld brauchen, dass du so etwas machen würdest. Wenn etwas nicht stimmt und du verzweifelt bist, warum fragst du nicht einfach?«

Dann drehte er sich mehr ins Licht, und das Geld und was Michael da tat, spielte keine Rolle mehr. Sein Gesicht war blutverschmiert, das linke Auge geschwollen und blau unterlaufen. Er schien ihr Keuchen nicht zu hören und verschwendete keine Zeit auf eine Entschuldigung.

»Ich wusste nicht, ob du mich anhören würdest. Und ich nehme es nicht für mich, sondern für den Widerstand. Dieses Geld ist für Flugblätter und die Kampagne, die wir brauchen, um neue Mitglieder zu finden.« Sein Plädoyer nahm Fahrt auf, er wurde energischer, ging auf die Zehenspitzen. »Wir müssen mehr Menschen wissen lassen, dass es uns gibt und dass wir kämpfen. Wir müssen erreichen, dass die Arbeiter aus den Fabriken auf die Straßen gehen.«

Liese hörte kaum zu; sie konnte den Blick nicht von den Verletzungen in seinem Gesicht abwenden. Sie ging um den Schreibtisch herum und tastete nach seiner dunkler werdenden Wange.

»Was um Himmels willen ist passiert?«

Er wischte ihre ängstliche Hand weg. »Das ist nichts. Wir sind in eine Patrouille geraten. Es gab einen Kampf. Wir sind entkommen. Wenn wir mehr Männer gehabt hätten, hätten sie uns gar nicht erst jagen können. Deshalb brauchen wir mehr Anhänger. Es ist Zeit, dass wir uns mobilisieren, Liese. Wir brauchen nur einen großen Anstoß, damit die Menschen begreifen, was Hitler macht. Dass er seine Kriegsmaschinerie füttert, während die Menschen hungern. Dass Österreich nur der Anfang seines Plans ist und nicht das Ende. Dass wir aktiv werden und ihn aufhalten müssen.«

Er stand da wie ein wachsamer Soldat, und sein unverletztes Auge strahlte.

Beim Anblick der Schnitte und Hämatome in seinem Gesicht lief ein Schock durch Liese. Sie wusste, dass Hitlers Annexion Österreichs im März und die unmenschlichen Maßnahmen, die gegen die Kommunisten und Juden dort durchgeführt worden waren, in Michael ein Feuer entzündet hatten. Es überraschte sie kaum, dass sein Verhalten, sein Glaube, dass ein Aufstand möglich wäre, Gestalt annahm. Sie sympathisierte damit – wie auch nicht? –, aber das bedeutete nicht, dass sie die Gefahr mögen musste, in die seine Aktionen ihn brachten.

»Vergiss das alles. Hast du überhaupt gesehen, in welchem Zustand du bist? Lässt du mich einen Arzt rufen?«

Er schüttelte den Kopf. »Mir geht es gut.« Er nahm den Umschlag, der auf den Schreibtisch gefallen war, wieder an sich. »Ich muss das dorthin bringen, wo es gebraucht wird.«

Seine Augen wirkten wild, er sah sie kaum an. Lieses Magen krampfte, als sie erkannte, wie weit zu gehen er bereit war.

»Du rennst in den Tod.«

Michael griff nach einem zweiten Umschlag und knallte die Schublade zu. Die gleichgültige Art, mit der er ihre Angst ignorierte und sich bediente, ohne einen Gedanken darauf zu verschwenden, wer für seinen Diebstahl zur Rechenschaft gezogen würde, ließ sie plötzlich rotsehen.

»Hast du daran gedacht, dass es jemand bemerken wird, wenn das Geld weg ist? Machst du dir keine Gedanken darüber, wer dafür verantwortlich gemacht wird? Ich verstehe es nicht, Michael: Irgendeine Schneiderin, die in dieser Zeit kaum durchkommt, könnte ihre Arbeit verlieren. Wie passt das zu deinen Prinzipien als jemand, der die Arbeiter liebt?«

Warum traust du mir nicht genug, um mich um Hilfe zu bitten? Warum lässt du mich dir jetzt nicht helfen?, wollte sie eigentlich sagen, aber ihr Stolz ließ es nicht zu.

Michael stopfte das Geld in seine Jackentasche. »Sei nicht so melodramatisch. Es ist noch haufenweise Geld übrig – zu viel, als dass irgendwer merken würde, was ich genommen habe. Und dein Vater kann es entbehren. Der Widerstand braucht es viel dringender als er.«

Es half nicht, dass er recht hatte. Liese war dieser Dummheit plötzlich so überdrüssig. Paul, der Geld versteckte und vorgab, sein Geschäft und sein Land wären gesund. Michael, der glaubte, eine Handvoll Männer und ein paar schlecht gedruckte Flugblätter könnten einen Führer aufhalten, der Österreich überrollt hatte, ohne dass auch nur eine Hand in Protest erhoben worden war. Sie, eine Achtzehnjährige, die dachte, sie könnte ein schwankendes Modehaus vor dem Zusammenbruch bewahren oder dass das überhaupt noch von Belang war.

Ich will nicht mehr, ich bin fertig.

Die Erkenntnis schnürte ihr die Kehle zu. Sie glaubte nicht ans Geschäft. Nicht mit der Leidenschaft von früher, nicht mit einer Leidenschaft wie der seinen. Wie könnte sie auch?

»Nimm es.«

Die Schnelligkeit, mit der ihm die Kinnlade herunterklappte, hätte sie früher zum Lachen gebracht.

»Was mache ich denn? Warum tue ich so, als wären Kleider noch wichtig? Es ist ein Modesalon – das ist nicht das Gleiche wie Familie, egal, wie sehr ich mir vormache, dass es so ist. Früher oder später bricht er zusammen. Also nimm das Geld. Bezahl deine Kampagne und deine Mitgliederwerbung damit. Ich hoffe, es klappt. Wirklich. Und ich hoffe, du wirst nicht erschossen.«

Sie starrte die Verletzungen in seinem Gesicht an und erschauderte bei der Vorstellung von Schlimmerem.

»Hast du darüber nachgedacht, Michael? Verletzt oder getötet zu werden, und was das Otto antun würde? Oder wie es ihn zerbrechen würde, wenn er dich hier stehen sehen könnte. Wie du deine Beute umklammerst wie ein gewöhnlicher Dieb. Anstatt ehrlich zu sein und darum zu bitten. Wenn der Salon untergeht, bist du alles, was ihm bleibt. Bedeutet dir das denn gar nichts?«

Seine Hände zuckten, er lief rot an. Wenn er gesagt hätte, dass es ihm nicht egal war, hätte sie die Schubladen geleert und ihm alles gegeben.

»Nein. Ich kann es nicht einfach sein lassen. Die Sache ist das, was zählt. Die Nazis zu schlagen zählt. Familie kommt da nicht einmal heran. Und wenn ich das erkenne, obwohl ich weiß, wie wichtig ich meinem Vater bin, dann musst du mit den Eltern, mit denen du geschlagen bist, es erst recht erkennen.«

Er streckte die Hand aus. Liese sah ihn an, schwankte bei seinen Worten und fragte sich, ob er noch mehr Geld wollte.

»Komm mit mir.«

»Was?«

»Komm mit mir, Liese. Du hast recht: Das ist alles unwichtig. Wir könnten deinen Verstand und deinen Mut gebrauchen. Ich habe gesehen, wie du gekämpft hast, um das hier zu retten. Stell dir nur vor, was du erreichen könntest, wenn du diese Energie für ein besseres Ziel einsetzt.«

»Ich kann nicht …«

Es war eine automatische Antwort. Sie konnte sehr wohl. Ihre Eltern lebten in einer Fantasiewelt, aber das hieß nicht, dass sie mit ihnen dortbleiben und ihre Illusionen aus einem alten Pflichtgefühl heraus aufrechterhalten musste. Sie könnte jetzt gleich mit Michael weggehen und ein Leben mit mehr Sinn beginnen.

Seine Hand war noch ausgestreckt, sie tat einen Schritt darauf zu.

»Was würde ich machen, wenn ich mitkomme?«

»So vieles! Wir brauchen Leute mit Blick fürs Detail, die vorausdenken und planen können. Du wärst …«

Die ins Schloss knallende Eingangstür unterbrach seinen aufgeregten Wortschwall.

»Wer ist da? Wieso höre ich laute Stimmen?« Otto platzte ins Büro und ließ seine Tasche fallen. »Sagt mir nicht, ihr zwei findet immer noch Gründe, euch zu zanken? Was ist es dieses Mal?«

Liese wich von Michaels ausgestreckter Hand zurück und suchte nach einer Antwort, bevor Michael das Geld erwähnen oder ankündigen konnte, dass sie plante, den Salon zu verlassen und sich dem Widerstand anzuschließen.

»Nichts. Michael hat mich belehrt, ich wollte es nicht hören. Das Übliche.«

Otto hörte ihr nicht zu, er sah seinen Sohn an.

»Was ist passiert? Wer war das? Warst du in einen Kampf verwickelt?«

»Natürlich habe ich gekämpft. Wofür sonst bin ich da?« Michael schaute immer noch Liese an. »Kommst du?«

Sie wollte wirklich Ja sagen. Aber dann blickte sie Otto an und sah, wie alt und hinfällig sein Gesicht wirkte, wenn er seinen Sohn anschaute. Ihre Schultern sanken herunter.

»Ich kann nicht.«

Michaels Fluch ließ Otto zusammenzucken.

Liese versuchte, ihn am Arm festzuhalten, als er vorbeistürmte.

»Du verstehst das nicht. Sie brauchen mich. Ich kann nicht so tun, als wüsste ich das nicht, und sie im Stich lassen.«

Er schüttelte sie ab, rannte zur Tür und knallte sie hinter sich so fest zu, dass die Wände bebten. Otto rang nach Luft.

»Was hat er gemeint? Wohin wolltest du gehen?«

»Nirgends. Es spielt keine Rolle.«

Otto ließ sich auf einen Stuhl fallen. Er sah alt und gebrochen aus und viel zu verletzlich, um ihn im Stich zu lassen.

Liese holte Pauls Cognac und goss ihm großzügig davon ein. »Du bist erschöpft. Bleib ruhig sitzen. Kümmer dich jetzt nicht um Michael. Wo warst du? Du warst ewig weg, und das hat dir offensichtlich nicht gutgetan. Ich dachte, es sollte eine kurze Reise werden, Hamburg und wieder zurück, aber du warst fast zwei Wochen weg.«

Otto leerte das Glas und hielt es ihr zum Auffüllen hin.

»In Hamburg war nichts zu bekommen, also bin ich nach München und Stuttgart gefahren, und noch ein paar Städte dazwischen. Hoffnungslos, überall. Überall wird genauso streng kontrolliert wie in Berlin. Jede Firma, jeder Zulieferer ist mit ADEFA-Aufklebern zugekleistert und hat eine schwarze

Liste mit jüdischen Geschäften, die so dick wie mein Arm ist. Ich konnte kein Nähgarn oder Knöpfe bekommen, geschweige denn Stoff. Wir müssen das Netz weiter auswerfen, vielleicht nach Polen. Das könnte uns am Leben erhalten, bis der französische Einkäufer wiederkommt.

Der französische Einkäufer. André Bardou, unangefochten der wichtigste Trendsetter von Paris. Paul glaubte, dass Bardou immer noch loyal war, und schwor, er würde sie im November mit geöffnetem Scheckbuch besuchen. Früher wäre Liese beim geringsten Anzeichen seines Kommens der Atem weggeblieben, und sie hätte über jede Einzelheit ihrer kurzen Begegnungen voller Schmeicheleien nachgesonnen. Aber inzwischen war sie überzeugt, dass Otto genauso wenig wie sie selbst an diesen letzten Rettungsanker glaubte.

»Du schuftest dich ab, obwohl es nichts bringt. Selbst wenn André uns noch besuchen darf, wir haben ja nicht mehr die Leute oder das Geld, um eine vollständige Kollektion zu verwirklichen. Wenn er überhaupt herkommt, kann er die unverkauften Lagerbestände vom letzten Jahr mitnehmen. Oder auch nicht. Außer ihm haben wir quasi niemanden mehr. Es sind maximal fünf Kleider bestellt worden. Der Stoff, den wir noch haben, reicht dafür aus.«

Die Frage *Und dann?* hing unbeantwortet in der Luft.

»Zeig her.«

Die Erschöpfung ließ Liese ungeschickt werden. Als sie nach dem Auftragsbuch griff, segelte eine Handvoll Reichsmarkscheine zu Boden, die aus den Umschlägen gefallen waren.

»Hat der den Salon bestohlen? Sag die Wahrheit.«

Seine Stimme klang so hoffnungslos.

Liese bückte sich, um die Banknoten aufzuheben, statt seinen Blick zu erwidern. »Nein. Natürlich nicht. Ich habe ihm etwas Geld gegeben. Ich dachte, er findet vielleicht eine bessere Verwendung dafür, als dass ich es fürs Lager verschwende.«

Otto seufzte. »Ich weiß, dass du ihn in Schutz nimmst. Er stiehlt mir schon seit Monaten Geld, für diesen Kampf, dem er wohl sein Leben gewidmet hat. Ich tue, als ob ich es nicht merke. Wenn ich ihn attackiere, wird er gehen, und welche Chance habe ich dann noch, ihn zu beschützen?« Seine Stimme brach, er seufzte. »Er wird mit dem Leben dafür bezahlen. Er ist Jude und Kommunist, und beides verschweigt er nicht. Was denkt er denn, was mit ihnen passieren wird? Wir haben noch nichts von dem gesehen, was noch kommt; noch trägt die Partei Samthandschuhe. Aber das wird nicht so bleiben, jetzt, nachdem sie in Österreich einfach so durchmarschiert sind. Angriffe, Vertreibung, Massenverhaftungen und kein Widerstand. Dort übernehmen sie nicht nur jüdische Geschäfte, sondern sie schnappen sich die Juden.«

Inzwischen weinte er, ohne die Tränen überhaupt zu bemerken.

»Warum hat dein Vater nicht auf mich gehört? Warum ist er nicht weggegangen? Ich hätte gehen sollen; ich hätte Michael hier wegbringen müssen, als er sich zur KPD geschlagen hat, aber wie hätte ich deinen Vater im Stich lassen können? Die beiden haben mich in zwei Teile zerrissen.« Sein Gesicht bestand nur noch aus Knochen und Schatten.

Liese drückte seine Hand, aber sie konnte nichts sagen, um ihn zu beschwichtigen.

»Michael wird getötet werden. Wenn ich nichts unternehme, wenn ich ihn nicht da raushole, dann wird mein Junge das Jahr nicht überleben.

Was dachte sich Paul, wie viele Lügen André noch schlucken würde? Unter dem Tisch zwirbelte Liese ihre Serviette, als ihr Vater die Fragen des Franzosen einfach beiseitewischte.

»Ob die Zeiten schwer geworden sind, seit der Führer in Österreich einmarschiert ist? Für manche vielleicht, aber nicht für Haus Elfmann. Haben Sie anderslautende Gerüchte gehört? Das sind nur unsere Konkurrenten, die uns in Misskredit bringen möchten; Sie wissen ja, wie diese Branche arbeitet. Unsere letzte Schau? Sie war ein solcher Triumph, schade, dass Sie sie verpasst haben.«

Und so fuhr er fort, er stapelte seine Lügen übereinander, bis Liese sicher war, dass sie ersticken würde. Otto hatte den Versuch zu intervenieren aufgegeben, André war immer schweigsamer geworden; Paul gab nicht zu erkennen, dass er etwas davon bemerkt hätte. Geschickt hatte er sich geweigert, irgendetwas zu bemerken, seit sie aus der Novemberkühle in die Wärme des Hotels Adlon getreten waren. Liese hingegen fühlte sich so unbehaglich, dass es fast körperlich wehtat.

All die Jahre, in denen sie das Hotel gefördert hatten, all das Geld, das sie ausgegeben hatten, und dennoch waren sie hier unsichtbar gewesen, in eine Ecke gedrängt, bis André in die Lobby heruntergekommen war und sie gerettet hatte.

Liese war errötet, als sie seine gerunzelte Stirn sah. Paul hatte ihn übertrieben fröhlich begrüßt und war vor André in die Restaurants marschiert, als ob er noch der König wäre. Der Oberkellner, der das Restaurant schon geführt hatte, als Liese noch im Hochstuhl gesessen hatte, geleitete sie zu einem Tisch in einer dunklen Nische. Paul dankte ihm überschwänglich dafür, dass er Privatsphäre für sie schuf. Über die langen Wartezeiten zwischen den Gängen lachte er hinweg und kommentierte den leeren Brotkorb damit, dass das gut für seine Linie wäre. Liese konnte sich nicht recht entscheiden, ob seine Vorstellung mutig oder verblendet war. Nach seinem immer starrer werdenden Lächeln zu urteilen, konnte André das auch nicht.

»Vielleicht sollten wir Kaffee bestellen, um den Wein auszugleichen?« Otto winkte einem Kellner, der zu beschäftigt war, um es zu bemerken.

»Ich kümmere mich darum. Die scheinen hier ziemlich

ausgelastet zu sein.« André erhob sich, verbeugte sich vor Margarethe und warf Liese ein verheißungsvolles Lächeln zu. Er sah so lächerlich gut aus mit seinem dunkelblonden Haar und den blaugrünen Augen, die an einen See erinnerten. Und er war noch genauso entzückt von ihr wie sie von ihm, das legten die Worte, die er ihr zuflüsterte, nahe.

»Ich habe doch gesagt, dass es funktioniert. Ein gutes Essen, ein angenehmes Gespräch. Wir werden seine Bestellung haben, bevor der Cognac kommt.«

»Das ist Wahnsinn, das weißt du doch?«

Paul legte seine Gabel wieder ab, die er mit Schokoladenkuchen beladen hatte, um Margarethe damit zu füttern.

»Wie bitte?«

Früher hätte sie sein kalter Blick gebremst, aber Liese war aus dem Alter des kleinen Mädchens, das versuchte, seinem Vater zu gefallen, längst herausgewachsen. Diese Zeit war vor zwei Jahren in seinem Büro zu Ende gegangen.

»Hast du dir eigentlich selbst zugehört? Haus Elfmann hat keine Probleme? Die letzte Schau war ein Erfolg? Welche Schau? André ist nicht der Narr, als den du ihn behandelst. Er muss wissen, dass wir ein ganzes Jahr lang keine Kollektion hervorgebracht haben, dass wir kaum noch geschäftsfähig sind.«

Sie erwartete einen Zornesausbruch oder zumindest Irritation. Stattdessen zog Paul die Unterlippe ein wie ein Kind, das beim Schwindeln ertappt worden war. Liese schob ihren Dessertteller zur Seite, ihr Magen brannte. Wann würde ihr Vater endlich anfangen, in der Welt zu leben, durch die sie selbst navigieren musste? »Wie hast du ihn überhaupt überzeugen können, nach Berlin zu kommen? Welche Lügen hast du ihm aufgetischt?«

Paul schenkte sich ein neues Glas Wein ein, bevor Otto die Flasche wegnehmen konnte. Sein Gesicht war so rot wie der Hummer, den er verzehrt hatte.

»Werd nicht überheblich, Fräulein! Es ist immer noch mein

Salon, noch hast du mich nicht verdrängt. Und Überzeugungsarbeit war gar nicht nötig. Wir haben ein paar Briefe geschrieben. Er erwähnte die Krankheit, die ihn letzten Winter von Deutschland ferngehalten hatte, und die Sorge um Österreich, die ihn im Frühling abgehalten hat. Er nahm an, dass er unsere Modenschauen verpasst hat. Ich weiß nicht, welche Informationen sie in Frankreich darüber bekommen, wie es hier läuft, also habe ich ihn nicht korrigiert. Keine Überzeugungsarbeit, keine Lügen. Die habe ich nicht gebraucht. Im Gegensatz zu dir respektiert Monsieur Bardou immer noch, wer ich bin.« Er sah nicht nur aus wie ein Kind, sondern hörte sich auch so an.

Margarethe stellte ihr Glas mit einem Knall ab und starrte ihre Tochter an. »Entschuldige dich bei deinem Vater, Fräulein. Ich habe ihn gewarnt, dass ein bisschen Verantwortung dir zu Kopf steigen würde, und das ist der Beweis.«

Ein bisschen Verantwortung. Liese ignorierte sie. Das Lächeln ihres Vaters war so schmierig und selbstzufrieden, dass es ihr schwerfiel, ihn nicht ins Gesicht zu schlagen.

»Und wie hast du es dir vorgestellt, wenn André kommt? Selbst wenn er wie durch ein Wunder nicht bemerkt, dass die Kleider, die wir übrig haben, ein Jahr oder mehr aus der Mode sind, wird er sehen, dass der Salon leer ist. Er wird mit seinen anderen Kunden sprechen. Dir ist doch klar, dass er herausfinden wird, in welcher Lage wir sind?«

Paul wischte ihre Worte genauso leicht beiseite wie Andrés Fragen zuvor.

»Aber das wird er nicht. Hast du nicht gehört, wie ich vorgearbeitet habe? Wenn irgendjemand etwas Schlechtes sagt, schieben wir es auf den Neid, den ich bereits erwähnt habe. Was den Salon angeht: Wir können sagen, dass er renoviert wird, und die Kleider hierher bringen. Du kannst sie aufhübschen, und deine Mutter kann sie präsentieren. Er wird einen Auftrag erteilen, und dann, wenn ich der Partei davon berichte, dass wir noch immer wertvolle internationale Geschäfte machen, wird sie uns bitten, unsere Kollektionen wieder zu präsentieren. Ich habe alles durchdacht; nicht einmal Otto habe ich dafür gebraucht!«

Er verbeugte sich vor dem Tisch und lehnte sich zurück, als erwartete er Applaus.

Otto fixierte weiter sein Weinglas. Margarethe brach in Entzückungsrufe über Pauls Schlauheit aus. Liese fiel keine einzige Antwort ein. Sie wusste nicht, ob sie dankbar dafür sein sollte, dass ihr Vater endlich, wenn auch unnützer Weise, anerkannte, dass das Geschäft in echten Schwierigkeiten war, oder ob sie wegen seiner unverrückbaren Angeberei schreien sollte.

»Ich bin ungern der Überbringer schlechter Nachrichten, aber ich glaube, es stimmt etwas nicht.«

Andrés Rückkehr war eine solch willkommene Abwechslung, dass es einen Moment dauerte, bis Liese seine Worte oder seine gerunzelte Stirn registrierte.

»In der Stadt scheint Aufruhr zu herrschen – anscheinend ein Aufstand in den Straßen –, obwohl das sicher unvorstellbar ist. An den meisten Tischen scheint sich die Nachricht zu verbreiten.«

Otto stand mühsam auf, er musste den gleichen Gedanken wie Liese gehabt haben. Unvorstellbar: Michael und der Protest, den er schon seit dem Sommer angekündigt hatte.

Liese sah sich um in der Erwartung, die wohlgenährten Gäste liefen aus Angst vor Kommunisten mit Schlagstöcken davon. Doch keiner hatte sich bewegt. Die Ober gingen immer noch herum; die Leute lachten. Sie bildete sich ein zu hören, wie man auf eine »lebendige und längst nötige Nacht« anstieß.

»So schlimm kann es nicht sein. Niemand scheint beunruhigt.«

»Warum stürzt Vogel dann herbei, als hätte man ihm Räder unter die Füße geschnallt?«

Der Oberkellner war an ihrem Tisch, bevor Liese auf Ottos

Frage antworten konnte. »Monsieur Bardou, bitte verzeihen Sie, aber Ihre Gäste müssen das Lokal verlassen.«

»Warum?«, brach es aus Liese hervor, bevor André antworten konnte.

Vogel sah sie nicht an. »Es gibt Unruhe.«

»Aber dann ist es sicherer, wenn wir hierbleiben? Es bewegt sich sonst niemand, also vermute ich, dass Sie genau das den anderen Gästen empfehlen?«

Dieses Mal sah Vogel Liese direkt an. Er lächelte nicht und schlug keinen freundlicheren Ton an. Die Erinnerung an Hertie rieselte ihr das Rückgrat hinunter.

»Das geht in Ihrem Fall nicht. Ich habe Ihren Wagen zur Garage bestellt und empfehle Ihnen, sich sofort dorthin zu begeben. Monsieur Bardou, als unser Gast betrifft Sie dieses Problem nicht. Sie sind willkommen zu bleiben oder sich in die Lounge zurückzuziehen, wo der Kaffee auf Sie wartet.« Vogel verbeugte sich und war weg, bevor jemand eine passende Antwort finden konnte.

André sah vom einen zum anderen. »Das verstehe ich nicht. Warum behandelt er Sie derartig unhöflich?«

»Weil wir Juden sind.« Liese zuckte mit den Achseln, als André bei ihrer unverblümten Antwort die Brauen hochzog. Sie ignorierte das erschrockene Keuchen von Margarethe. Was für eine Erleichterung es war, die Worte auszusprechen und nichts zu verlieren, wenn sie fortfuhr.

»Was auch immer da draußen gerade passiert, Herr Vogel sorgt sich offensichtlich mehr um die Gefahr für das Hotel, wenn wir hierbleiben, als um das Risiko, das wir laufen, wenn wir gehen. Willkommen im neuen Deutschland, in dem die Partei Juden hasst. Was bedeutet, dass jeder, der weiter mit der Partei zu tun haben will, ebenfalls Juden hassen muss.« Sie lächelte ihn an, als würde sie noch immer mit ihm flirten. »Haben Sie sich nicht schon denken können, dass wir nicht die liebsten Gäste des Adlon sind? Dieser Tisch steht ja kaum im

Restaurant. Wenn Sie nicht reserviert hätten, bezweifle ich, dass sie uns überhaupt einen Tisch gegeben hätten.«

André errötete. »Nun, ja, natürlich habe ich die Veränderung bemerkt. Ich habe hier mit Ihrem Vater und Otto unzählige Male gegessen; also konnte ich es kaum übersehen. Und in Paris gab es einige beunruhigende Berichte über die schärfer werdende Haltung hier.«

Er wandte sich Paul zu. »Aber Sie haben den ganzen Abend so gesprochen, als wäre alles normal. Als ob all die Geschäftsübernahmen und die fehlenden Leute, nach denen ich gefragt habe, nicht von Belang wären. Ich wusste, dass Ihre Familie jüdisch ist, und sagte, dass ich mir Sorgen mache. Sie haben recht deutlich gesagt, die neuen Regeln spielten keine Rolle, weil Haus Elfmann anders wäre, zu wichtig, um sich damit anzulegen.«

Liese brach in Gelächter aus und konnte nicht antworten, als er sie fragte, weshalb.

Vogel sah herüber und deutete auf die Tür.

»Ich hole die Mäntel. Sich Probleme aufzuladen, indem wir hier sitzen bleiben, wird nicht helfen.« Otto lief schwerfällig los. Paul folgte ihm, den Arm um die blasse, irritiert dreinschauende Margarethe gelegt.

»Lassen Sie mich wenigstens mit zur Garage kommen, um sicher zu sein, dass Sie wohlbehalten losfahren.«

Liese bemerkte, dass André noch immer neben ihr stand und ihr die Hand hinhielt, um ihr aufzuhelfen. Sie ließ sich von ihm durch das Restaurant führen und war dankbar für einen Schutzschild gegen die Blicke, die sich eiskalt anfühlten.

»Dann war nichts von dem, was Ihr Vater sagte, wahr?«

»Nein.«

Liese zog eine knappe Aufstellung über das Vermögen der Firma heraus, als sie durch ein Treppenhaus hinuntergingen, das viel düsterer wirkte als die prachtvolle Treppenflucht in der Lobby.

»Sie haben das Geschäft ganz allein geführt? Sie waren immer schon pfiffig, aber seit ich Sie das letzte Mal gesehen habe, haben Sie sich verändert – sie sind viel selbstbewusster geworden. Es steht Ihnen.«

Sie sah zu ihm auf. Dieses Lächeln, das seine Augenwinkel in Fältchen legte – es ließ sie jedes Mal dahinschmelzen.

Das Treppenhaus war so eng, dass es keine Überraschung war, ihn jedes Mal eng an ihrem Körper zu spüren, als sie um die Kehren gingen. Trotz ihrer mutigen Worte hatte es sie erschüttert, welche Gleichgültigkeit Vogel an den Tag gelegt hatte, als es um ihre Sicherheit ging. Es tröstete sie, Andrés Hand auf ihrer Schulter zu spüren und seinen Arm um ihre Taille. Und als er stehen blieb, ihr Kinn anhob und sie küsste ... Sie hatte gedacht, sie wüsste inzwischen, wie er küsste, aber dies war anders. Vorher waren seine Küsse wie Schmetterlingsflügel gewesen, die sie schwindelig gemacht hatten. Dieser Kuss umspielte sie, drang in sie ein und forderte einen weiteren Kuss, in dem sie nur zu gern versank. Seine Hände bedrängten sie, und die Wand in ihrem Rücken war eiskalt. Sie hätte das Adlon vollkommen vergessen können, doch da klang Pauls drängende Stimme durch das Treppenhaus herauf und zerstörte den Bann.

»Er will uns nicht fahren. Das ist lächerlich.«

Als sie unten ankamen, schäumten ihre Eltern vor Wut.

»Ich versuche die ganze Zeit zu erklären, dass ich nicht kann!« Stefan, ihr Chauffeur, hatte das Gesicht verzogen und kämpfte darum, geduldig zu bleiben. »Die Straßen liegen voller Glasscherben – die Reifen wären innerhalb von Minuten zerfetzt. Das ist keine Ausrede. Ich war dort draußen: Es ist erschreckend.«

»Dann stimmt das, was Andre im Restaurant gehört hat? Es ist ein Aufstand?«

Andrés Hand krabbelte um Lieses Rücken herum, seine Finger legten sich federleicht auf ihre bloße Haut. Sie zwang sich, sich auf die Antwort des Fahrers zu konzentrieren.

»Nein. Ich glaube, so kann man es nicht bezeichnen ...« Stefan zögerte. »Ein Aufstand wäre etwas Ungeplantes und Chaotisches. Was auch immer das da draußen ist, es ist sehr gut organisiert. Es heißt, in der ganzen Stadt werden Läden eingeschlagen und geplündert, aber es sind die Braunhemden und die Jugendbrigaden, die den Schaden anrichten, kein marodierender Mob.«

»Sehen die Angriffe zufällig oder gezielt aus?« Die höhlenartige Garage verschluckte Ottos Stimme beinahe.

Stefan verzog das Gesicht. »Ich bin mir nicht sicher, ich habe nur ein paar Straßen gesehen. Aber wenn das stimmt, was ich gehört habe, dann sind sie ganz gezielt. Nur jüdische Geschäfte sind Ziel der Attacken. Anscheinend sind überall Sterne und üble Sprüche angemalt worden, manche davon auf Schaufenster, die noch ganz waren, als wäre die Farbe eine Markierung für die Angreifer. Und in der ganzen Stadt stehen Synagogen in Flammen. Neben der, an der ich vorbeigekommen bin, standen Feuerwehrmänner. Aber sie haben nur die anderen Gebäude besprenkelt und sich um das brennende gar nicht gekümmert.«

Margarethe begann zu schwanken. Liese streckte instinktiv eine Hand aus, um sie zu beruhigen, aber Paul war schon zur Stelle.

Stefan fuhr fort und berichtete immer hastiger, als wolle er es hinter sich bringen. »Es sind nicht nur die Schläger der SA dort draußen; die Sicherheitspolizei ist auch in den Straßen. Es gibt Gerüchte von Massenverhaftungen und jüdischen Häusern, in die sie eindringen und die Eigentümer herausholen. Sie sehen also, ich kann Sie nicht nach Hause bringen, selbst wenn wir um das zerbrochene Glas herumfahren könnten. Ich glaube nicht, dass Sie dort sicher wären.«

»Hier können wir nicht bleiben.«

Pauls Stimme klang sogar noch dünner als die von Otto. Er

hatte recht: In der Garage war es eisig, und sie war zur Straße offen. Man konnte sich hier nicht sicher fühlen.

André flüsterte Stefan etwas zu, der ihn widerwillig nach draußen führte. Als die beiden Männer zurückkamen, zitterte André.

»Er hat recht, die Straßen sind gefährlich. Sie können das nicht riskieren, und ein neuerlicher Appell ans Hotel ist aussichtslos. Ich habe eine Suite. Darin ist Platz für Sie alle. Wenn wir über die Hintertreppe gehen, wird uns niemand behelligen.«

André sammelte sich. Liese konnte beinahe sehen, wie er sich zusammenriss. »Das muss alles ein Missverständnis sein. Ja, es gibt Aufruhr, aber ich kann nicht glauben, dass die Angriffe wirklich so zielgerichtet sind, wie Sie meinen. Es heißt nicht umsonst, dass am Morgen alles schon viel besser aussieht.«

Niemand hatte die Kraft, ihm zu widersprechen.

Sie trotteten ihm hinterher, dankbar, dass ihnen der gefährliche Heimweg erspart blieb. Als sie Andrés Räumlichkeiten erreichten, ging Liese sofort zum Fenster. Es war schon spät, weit nach Mitternacht, aber der Himmel war noch immer orangefarben wie beim Sonnenuntergang, und die Schwärze darüber hatte eine ungleichmäßige Textur, wie von Farbe, die sich über einen festen Stoff ergossen hatte und sich an manchen Stellen sammelte. Liese stieß den Flügel auf und roch den Rauch in der Luft, holzig und beißend. Plötzlich hatte sie eine Vision von Michael, der bis zum Hals in den Kämpfen steckte, und sie schauderte.

»Machen Sie es zu, kommen Sie weg.« André hatte Gläser und Whisky hervorgeholt.

Liese hielt das Getränk fest, konnte es aber nicht schlucken. Die ölige Flüssigkeit roch wie der Himmel draußen.

André lächelte alle an, als wäre er Gastgeber einer Cocktailparty.

»Zumindest sind Sie jetzt alle in Sicherheit und können diese Nacht gut schlafen. Bis morgen können wir nichts tun. In der Ecke steht ein Radio – warum suche ich uns nicht etwas Musik heraus? Es könnte uns allen helfen zu entspannen.«

Niemand sprach, als André am Rad drehte, vorwärts und rückwärts zwischen den Sendern, die alle die gleiche Mischung aus Volksliedern und Märschen spielten. Niemand beschwerte sich, als er es schließlich aufgab.

Im Raum bildeten sich Lager. Paul und Margarethe, die sofort das Hauptschlafzimmer für sich beansprucht hatten, legten sich auf das größte Sofa und begannen, sich flüsternd zu unterhalten. Stefan, der sichtliches Unbehagen dabei empfand, mit seinen Arbeitgebern einen so intimen Ort zu teilen, fand in einer der schattigen Ecken einen Sessel. Otto streifte im Raum umher, murmelte am Fenster vor sich hin, setzte sich dann und stand wieder auf, bis Liese ganz schwindlig wurde.

»Komm hierher.« André saß auf einem dick gepolsterten Armsessel und gab vor, er wäre groß genug für zwei. Liese zögerte und sah zuerst zu ihren Eltern. Aber sie waren wieder einmal so miteinander beschäftigt, dass sie nicht bemerkten, was sie tat.

André tätschelte erneut auf den Sitz, und sie glitt neben ihn. Er roch nach Gewürzen und Limone. Sie ließ zu, dass er den Arm um sie schob und mit den Lippen ihr Haar berührte.

»Erzähl mir von Paris, André.«

Er zog sie näher zu sich, bis sich ihre Beine in ganzer Länge berührten. Sie lächelte und verschränkte die Finger mit seinen. »Bitte, es wäre eine Ablenkung. Erzähl mir von der Musik und den Nachtclubs und was die Frauen tragen.«

André war ein so guter Erzähler, dass Liese die Zeit und den Ort vergaß. Er ließ sie unter dem sanften Licht von Kandelabern Martinis schlürfen, in rotsamtenen Räumen tanzen, in denen schwer das Parfum hing, barfuß Hand in Hand die

Champs Elysées entlanglaufen. Als sie laute Stimmen hörte, dachte sie, es wäre ein Pariser *Gendarme*.

»Sag mir, dass du das nicht getan hast. Sag mir, es ist nur ein Scherz.« Otto war wieder auf den Beinen und stand über Paul gebeugt da, der mit dem Kopf in die Hände gestützt zusammengesunken auf dem Sofa saß.

»Was ist los?«

Otto antwortete auf Lieses verwirrte Frage, wandte sich aber nicht von Paul ab. »Ich habe versucht, deinem Vater zu erklären, was diese Nacht tatsächlich bedeutet. Dass es ein Schlusspunkt ist, dass wir nicht länger zögern dürfen und aus Berlin hinausmüssen. Er hat mir zugestimmt.«

Liese sprang auf und riss André aus dem träumerischen Zustand, in den er sie beide gelullt hatte.

»Aber das ist doch gut, oder nicht? Warum bist du also so wütend?«

»Sag es ihr, Paul.«

Die Stimme ihres Vaters war so kleinlaut, dass Liese durch das Zimmer zu ihm gehen musste, um ihn zu verstehen.

»Wir haben keine Ausweise. Keine, die wir benutzen können. Als wir sie letzten Monat abgeben sollten, um die neuen mit dem aufgedrückten J zu bekommen, habe ich es nicht gemacht.«

»Warum nicht?«

Paul sackte noch mehr in sich zusammen. Liese spürte, wie ihr Herz hämmerte. »Vater, ich verstehe das nicht. Die Nazis waren sehr deutlich, dass es Pflicht ist. Ich habe die Anweisung gesehen, auf deinem Schreibtisch. Du musst es doch gewusst haben.«

Paul blickte weiter auf seine Hände. »Ich wusste es. Aber ich dachte, ich könnte einen Weg finden, es zu umgehen. Ich habe nicht eingesehen, warum wir abgestempelt werden sollten. Und dann ist gestern noch ein Brief gekommen. Wenn ich sie nicht abgebe, werde ich verhaftet. Wäre ich zu Hause gewesen, als das hier losging …«

Paul unterbrach sich, Margarethe schrie auf.

»Selbst wenn ich irgendwo in Amerika oder Europa einen Fürsprecher finden könnte, der sich für uns verbürgt, glaube ich nicht, dass sie mich jetzt aus dem Land rauslassen, oder zumindest nicht mit dem Geld, das wir brauchen …« Er unterbrach sich und wandte sich Margarethe zu, um sie zu trösten.

Seine Arroganz wird uns ruinieren.

»Was ist los, Liese? Was hat Paul gemacht beziehungsweise nicht gemacht? Was ist das für ein Problem mit den Ausweisen?«

Liese wusste nicht, wo sie anfangen sollte, um die Erniedrigungen zu erklären, die Teil ihres täglichen Lebens geworden waren und die der eleganten Welt, in der André lebte, so fremd waren. Sie war dankbar, dass Otto ihm antwortete, bevor sie einen Versuch machte.

»Wir müssen Deutschland verlassen und das Geschäft in einem Land wieder aufbauen, das sicherer ist. Dafür brauchen wir Papiere, die Paul jetzt nicht hat.« Er wandte sich zu Paul um. »Hör mir zu. Das macht es uns schwerer, aber nicht unmöglich, wenn wir es schlau genug anstellen. Morgen, wenn es wieder ruhiger ist, gehst du zum Amt und gibst die Ausweise ab. Du sagst ihnen, es war ein Versehen, und entschuldigst dich. Das verschafft uns etwas Zeit zum Planen und zum Entscheiden, wohin wir gehen. Nicht nach Amerika – zu kompliziert. Nicht so weit weg. Ich muss nur darüber nachdenken.«

»Na, wenn es näher sein soll, ist das doch einfach.« André war auf den Beinen und schaltete sich in die Unterhaltung ein. »Paris. Sie müssen nach Paris, ist das nicht offensichtlich? Ich habe Liese gerade erzählt, wie wundervoll es dort ist, und wenn Sie wirklich meinen, es ist Zeit zu gehen, welcher Ort wäre dann besser als Paris, um Ihren Salon wieder aufzubauen?«

Endlich hatte André Ottos volle Aufmerksamkeit. »Würden Sie uns unterstützen?«

André strahlte Otto an und verbeugte sich vor Liese. »Aber natürlich. Ich wäre erfreut, Liese meine Stadt zu zeigen. Ich hätte sie um einen Besuch gebeten, ganz gleich ob Sie Berlin verlassen oder nicht.« Er griff nach Lieses Hand und küsste sie. »Das hast du sowieso gewusst.«

Hatte sie nicht. Sie hatte gedacht, sie würden sich nur Geschichten ausdenken. Dann küsste er ihre Hand erneut und streichelte ihr über die Wange. Vielleicht hatte sie es doch schon gewusst.

Otto war sich zumindest plötzlich ganz sicher.

»Das ist eine Lösung, und zwar eine gute. Wir werden gefälschte Ausweise brauchen. Die Pässe abzugeben, ist doch nur eine List, und wir können uns nicht darauf verlassen, dass die Nazis uns neue ausstellen. Aber ich kann Leute finden, die das machen, da bin ich mir sicher.«

Liese entzog Andrés streichelnden Fingern ihre Hand. Sie wollte Ottos Begeisterung teilen und Andrés Versprechungen in wundervollem, romantischem Licht sehen, aber es ging alles zu schnell, um sich real anzufühlen.

»Langsam, Otto. Wie können gefälschte Ausweise eine sinnvolle Idee sein? Wie oft sind Mutter und Vater und auch ich bei den Modenschauen fotografiert worden, und wer weiß, wo sonst noch? Wie viele Behörden kennen uns?« Es lief ihr kalt das Rückgrat hinunter, als die Realität auf sie hereinstürzte, die mit Ottos Plan einherging. »Wir werden erkannt werden, und das weißt du. Und wenn wir mit falschen Papieren erwischt werden – oder du, wenn du versuchst, sie zu kaufen …«

»Es gibt einen Weg; lass mir nur etwas Zeit.«

Liese protestierte weiter, aber Otto hörte nicht zu und André versuchte, sie wieder in die Arme zu ziehen. Sie wand sich heraus; sie fühlte sich in der Rolle der erretteten Jungfrau, die André ihr zugewiesen hatte, nicht wohl. Otto redete noch immer; er klang, als ginge er eine Liste durch.

»Wir müssen weg, das ist das Wichtigste. Das ist der Zusammenbruch, den ich befürchtet habe. Die Partei hat ihren Standpunkt klargemacht. Sie werden die letzten jüdischen Geschäfte einkassieren und die Häuser und das Geld konfiszieren, die sie noch nicht enteignet haben. Eine sichere Passage aus Europa hinaus ist vielleicht nicht möglich, und zusammen wegzugehen könnte gefährlich sein, aber wenn wir nicht weit wegwollen und uns aufteilen, könnte es klappen. Wenn du nicht mit deinen Eltern zusammen bist, stellen vielleicht weniger Menschen den Zusammenhang her, und Michael kennt niemand.« Sein Lächeln war so breit, dass er verrückt wirkte. »So machen wir es.«

Er griff nach Andrés Hand, der zusammenfuhr.

»Sie haben recht: Paris muss es sein. Das können wir sofort durchziehen. Ich werde Paul und Margarethe durch die Schweiz hinausbringen – das ist sicherer für sie. Michael und Liese können mit Ihnen im Zug reisen. Lieses Französisch ist gut, und wir können Ettinger, den Nachnamen ihrer Großeltern, als Deckname benutzen. Sie könnte Ihre Assistentin sein. Und in Paris treffen wir uns alle. Es ist nicht nur eine gute Lösung, sondern es ist perfekt.«

»Langsam. Wer ist denn Michael?« Andrés Lächeln war verschwunden.

Otto zog eine Grimasse, als müsse André es doch wissen. »Mein Sohn. Er ist ein paar Jahre älter als Liese. Er ist ein guter Junge. Er wird ruhig sein und tun, was Sie ihm sagen. Sie könnten ihn als Kaufmann ausgeben, noch in Ausbildung. Im Salon ist Geld, viel Geld. Sie können es nehmen und sicher verwahren, bis wir alle wieder zusammen sind. Wann ist Ihre Abreise geplant?«

André blinzelte und trat zurück. Er sah nicht mehr so begeistert aus. »Nächste Woche am Dienstag. Ich treffe noch andere Kunden und habe Pläne fürs Wochenende. Aber Otto, warten Sie kurz. Dass Liese mit mir kommt, ist die eine Sache. Aber Ihrem Sohn bin ich noch nie begegnet. Und mir war nicht klar, dass Sie sofort meinten. Warum so eilig? Liese, hilf mir mal weiter.«

Das wollte sie, aber sie wartete noch darauf, dass Paul und Margarethe protestierten. Gegen die Gefahr dieses Plans, gegen die Trennung von ihrem einzigen Kind. Sie waren ineinander verschlungen, sahen sie gar nicht an und hörten Otto kaum zu.

André stupste sie am Arm an. »Liese, ich nehme dich sehr gern mit nach Paris. Aber muss es so sein? In dieser Eile? Mit gefälschten Papieren, wie ein Schmuggler, einen Jungen mitnehmen, dem ich nie begegnet bin ...«

Liese löste sich von der Hoffnung, Paul und Margarethe könnten an mehr denken als an sich selbst, und versuchte, sich auf Andrés Fragen und Ottos Forderungen zu konzentrieren. Die Aussicht auf Paris und André war sicher verlockend; davon hatte sie in einem anderen Leben noch geträumt, aber wie sollte sie eine Entscheidung von solcher Tragweite so rasch fällen? Es wäre, als würde man ein Kleid ohne Schnittbogen zuschneiden.

Sie versuchte, klare Gedanken zu fassen.

»Otto, hör zu: Das ist übereilt und zu gefährlich. Selbst wenn du tatsächlich Leute findest, die bereit sind und die Fälschungen machen, könnten wir am Bahnhof geschnappt werden, wenn wir die Fahrkarten kaufen. Und wenn Michael befragt wird, meinst du wirklich, dass er dann den Mund halten wird oder überzeugend Französisch sprechen kann? In diesem Plan sind zu viele Schwachstellen.«

»Das ist meine einzige Chance.«

Otto sah sie an, als wäre sonst niemand im Raum. »Ich muss ihn rausschaffen – das weißt du. Ich hätte schon vor Monaten handeln müssen. Bardou als Deckmann zu benutzen, bringt Michael in Sicherheit, genau wie dich. Schau sie dir nur an.« Er nickte zu Margarethe, die auf Pauls Schoß saß. »Sie werden nie eine Entscheidung treffen, und sie denken nicht an dich dabei. Tu es für mich und für Michael. Er wird gehen, wenn du gehst. Wir werden bald alle wieder zusammen sein, das verspreche ich. Du verlierst nicht deine Familie; du hilfst dabei, sie in Sicherheit zu bringen. Hilfst du mir? Tust du das?«

Sie denken nicht an dich dabei. Es stimmte, und es tat weh.

Otto wollte, dass sie in Sicherheit war.

Sie spürte, wie André ihr wieder den Arm um die Schultern legte. Sie bedeutete ihm etwas, das war offensichtlich. Er hatte gesagt, er hatte vor, sie nach Paris mitzunehmen; er musste auch wollen, dass sie in Sicherheit war. Und wie könnte sie es ertragen, dass Michael etwas zustieße, wenn sie es verhindern konnte?

Sie nickte, und Otto strahlte. Ihre Hände zitterten so sehr, dass sie sie nicht ruhig halten konnte.

»Alles ist gut, reg dich nicht auf.«

Sie regte sich nicht auf. Sie war sich nur bewusst, wie vielen Gefahren diese Entscheidung sie aussetzte, aber André hatte ihre Finger umschlossen und tätschelte sie so sanft, als hielte er ein flatterndes Vögelchen. Dieses Gefühl war zu schön, um es mit einer Widerrede zu verderben. Sie schwieg.

Er senkte die Stimme, sodass Otto ihn nicht hören konnte.

»Er hat Angst, Liese. Ich will nicht vorgeben, zu wissen, was mit seinem Sohn los ist, aber wenn es Otto hilft, sich besser zu fühlen, schadet es ja nicht. Es sind nur Pläne, mehr nicht. Wir müssen sie nicht umsetzen. Morgen wirst du sehen, dass das da draußen gar nichts ist außer einer Schlägerbande und einem Haufen Gerüchte, die außer Kontrolle geraten sind. Du musst nichts tun, was du nicht tun willst. Aber wenn du dich entscheidest zu kommen ...« Er lächelte sein sanftes Lächeln und fuhr mit einem Finger über ihr Handgelenk. »Dann kümmere ich mich um dich, das verspreche ich.«

Noch nie hatte ihr jemand das versprochen. Trotz ihrer

Sorgen, wohin dieser Weg sie alle führen würde, wollte sie so gern glauben, dass er es ernst meinte.

»Was flüstert ihr da? Sie haben doch nicht Ihre Meinung geändert? Sie werden beide rausbringen?«

Da war zu viel Weiß in Ottos Augen; sein Kiefer war angespannt, er hielt den Kopf starr.

André nickte.

Otto zog sich zu einem Armsessel zurück, zog ein Notizbuch heraus und begann zu schreiben.

Draußen war das Schwarz des Himmels in einen Schwefelgelb-Ton übergegangen, und Wolken hatten sich über der Stadt zusammengeballt und verdunkelten die Straßen. Liese fühlte sich wie eine Ausgestoßene auf einer Insel. Sie lehnte sich an André und ließ sich von seinen starken Armen umfangen.

Es wurde still.

Paul und Margarethe standen auf, gingen ins Schlafzimmer und schlossen die Tür. Ottos Kopf sank vor; Stefan schlief schon tief und fest. Liese stellte sich vor, sie spürte die Hitze von dem Feuer, und die Fenster begännen zu schmelzen. Andrés Griff um sie wurde fester.

»Lass mich dir helfen, das alles zu vergessen.«

Wie Seide umfloss sein Atem ihren Nacken. Es bestand kein Zweifel, was er meinte. Liese erschauerte, als seine Lippen seinem Atem folgten. Sie drehte sich um und sah ihn an. »Ich habe das noch nie gemacht.«

Wenn ihre Direktheit ihn verblüffte, zeigte er es nicht. »Möchtest du es heute Nacht machen?«

Sie sah sein Lächeln und seine dunkler werdenden Augen. Die Modelle im Salon sprachen ganz offen über Sex – die meisten von ihnen hatten reiche Freunde, deren Aufmerksamkeiten sie anscheinend liebten. »Mach es richtig und mach es oft, dann gehört er ganz dir, Schätzchen«, hatte Liese von mehr als einem lachenden Mädchen gehört. Sie hätte gern jemanden, der ganz ihr gehörte. Und sie hätte gern, dass dieser Jemand André wäre.

Sie erwiderte sein Lächeln. »Ja, möchte ich.«

Es gab noch eine andere Tür, dahinter lag ein Ankleideraum. Dort stand ein Sofa, das sie willkommen hieß.

Er führte sie gerade genug und ließ sie ihr eigenes Tempo finden. Ihre Münder begegneten sich, ihre Körper verbanden sich. Liese blickte in Augen, die nur sie anschauten, und die Unruhen, die zerstörten Fenster und brennenden Gebäude glitten vor einem einfachen Gedanken davon: *Ich will es.*

Reichskristallnacht. Ein hübscher Name, mit dem die Gewaltorgie, zu der der neunte November geworden war, zugedeckt wurde. Liese erschauderte, als sie hörte, wie die Partei sie getauft hatte.

Seit der Nacht im Adlon waren drei Tage vergangen, aber die Erinnerung an die zerstörten Straßen Berlins ließ sie nachts noch immer auffahren. Die Stunden in Andrés Armen waren zeitlos und viel zu kurz gewesen. Er war langsam und behutsam gewesen, bis sie wollte, dass er es nicht mehr war, und sie hatte lediglich bedauert, dass sie leise sein mussten.

Als der Morgen mit einem dreckigen, rauchverhangenen Himmel hereinbrach, war André hinausgegangen, bevor die anderen aufwachten. Er kam kleinlaut zurück, das Haar dunkel vom Staub. Die Nachrichten waren nicht angenehmer als am Abend zuvor, aber sie konnten nicht riskieren, sich noch länger im Hotel zu verstecken.

Liese hatte Otto und ihre Eltern geweckt. Es war keine Zeit, die Gespräche vom Abend davor noch einmal aufzugreifen. Es war keine Zeit für ein Lebewohl zwischen ihr und André, das über einen längeren Blick und das Versprechen, dass er später anrufen werde, hinausging. Die Elfmanns waren hinter Otto die Flure entlanggehastet, hatten die Geräusche der ins Hotel kommenden Dienstmädchen und draußen eine unheimliche Stille gehört.

Die Szenerie, die sie erwartete, als sie endlich aus der Garage fuhren, übertraf Lieses Befürchtungen; die Zerstörungen waren noch größer, als Stefan ihnen prophezeit hatte. Alle Straßen von Unter den Linden bis Friedrichstraße waren vom Schutt der zerstörten Geschäfte übersät. Auf den Bürgersteigen lagen zerbrochene Lampen und Schaukästen und zerborstene Aktenschränke, deren Inhalt wie Schneeverwehungen umherflog. Jedes Fenster in Sichtweite war zerbrochen, und die Innereien der geplünderten Läden und Büros ergossen sich wie die Gedärme eines geschlachteten Tieres. Eine Straße nach der anderen war gesperrt, und Schlägerbanden trieben sich noch immer herum.

Stefan war gezwungen, langsam um den Tiergarten herum und über die Spree zu fahren, bevor er sie in einem weiten Bogen in die Stadt chauffieren konnte. Der Umweg führte über den weitläufigen Molkenmarkt mit seinen eleganten Geschäften. Es war, als führen sie die Spuren ab, die eine einmarschierende Armee hinterlassen hatte. Überall war geplündert worden, das Kaufhaus Nathan Israel mit seinem hohen Turm aufgebrochen und ausgebrannt. Modepuppen ragten aus den Fensterhöhlen wie verschrumpelte Leichen, und auf der Straße lag Kleidung verstreut wie Wäsche. In der Luft ballte sich der Rauch zu grauen Wolken, die nach Benzin stanken. Die Elfmanns kauerten sich den restlichen Weg zusammen und schwiegen.

Trotz des Chaos rundherum waren die baumgesäumten Alleen des Bergmannkiezes ruhig, und das Haus der Elfmanns war intakt. Das Personal war jedoch verschwunden. Paul und Margarethe suchten Zuflucht im kalten Wohnzimmer, während Liese umherlief, für Feuer sorgte und nach Tee und Gebäck suchte. Stefan und Otto brachen gleich erneut auf, zu Fuß und in alten Mänteln. Doch schneller, als Liese erwartet hatte, stolperten sie wieder herein, zitternd und mit fahlen Gesichtern. Abgesehen von unzähligen Schmierereien an den Hauswänden war Haus Elfmann davongekommen, aber Hunderte von jüdischen Läden und Büros waren zerstört, Dutzende Synagogen abgebrannt. Es ging das Gerücht, jede Stadt in ganz Deutschland hätte die gleiche Geschichte zu berichten. Was die Verhaftungen anbelangte, so waren die Zahlen, die den beiden Männern auf den Straßen zugeraunt worden waren, erschreckend.

Stefan zog sich in sein Quartier zurück; Paul und Margarethe verschwanden in ihrem Schlafzimmer. Otto und Liese saßen über das Radio gebeugt da, drehten am Empfänger, um das Ausmaß der Zerstörung zu erfahren, und teilten das Geld, das Otto aus Pauls Büro geholt hatte, in leicht zu versteckende Bündel auf. Sie verbrachten noch eine Nacht in Sesseln, zu mitgenommen, um an Schlaf zu denken.

Als der nächste Morgen anbrach, erschien Michael auf der Bildfläche, in verdreckten Kleidern und das Gesicht mit blauen Flecken übersät.

»Die Nazis schieben den Juden die Schuld zu. Sie sagen, wir hätten angefangen, und unsere Geschäfte wären runtergebrannt, weil wir marodiert hätten. Ein ganzer Haufen Lügen. Sie haben auf einen Vorwand gewartet, um uns zu zerstören, und dann hat ein schießwütiger Halbstarker mit einem jüdischen Namen in Paris einen Diplomaten der Nazis erschossen und ihnen damit genau das gegeben, was sie wollten. Sie werden uns für den Schaden bezahlen lassen, und wenn wir das nicht können, werden sie alles, was noch steht, konfiszieren.«

»Deshalb habe ich einen Plan, uns alle hier raus…«

»Otto, sei mal kurz leise.«

Liese kauerte vor dem Radio. Anstelle der langweiligen Musik war eine dröhnende Stimme zu hören, die mehrere Ankündigungen machte.

»Als Konsequenz der jüngsten von Juden initiierten Unruhen werden alle jüdischen Firmen konfisziert. Der Aufenthalt auf öffentlichen Plätzen ist Juden untersagt, sie unterliegen einer Ausgangssperre. Für zerstörten Besitz gibt es keine Entschädigungen. Die Juden müssen die Reparaturen der Schäden, die sie verursacht haben, zahlen.«

»Was habe ich euch gesagt?« Nicht die Spur von Genugtuung klang in Michaels Stimme mit.

»Das können die nicht machen …« Ottos Stimme verstummte, als ihm klarwurde, dass sie es gerade gemacht hatten. »Dann war's das. Wir müssen gehen. Wir müssen meinen Plan in die Tat umsetzen.«

»Welchen Plan?«

Liese überließ es Otto, dem schweigenden Michael zu erklären, wie er plante, sie alle nach Frankreich zu schaffen, und ging zu Paul und Margarethe, um ihnen die Nachrichten aus dem Radio zu überbringen. Sie nahmen sie genauso ausdruckslos entgegen, wie sie aus dem Auto geschaut hatten.

Unfähig, noch mehr Enthüllungen zu hören, hatte Liese sich ins Bett fallen lassen, und zum ersten Mal seit der Kristallnacht fiel sie in einen erschöpften Schlaf, der gesegnet traumlos war. Als sie wieder aufwachte und in die Küche stolperte, fand sie dort Michael vor, der zurückgekommen war und den letzten Kaffee aufbrühte. Von Otto keine Spur.

»Er ist wegen der Ausweise unterwegs. Schau mich nicht so an, er ließ mich nicht mitkommen. Er sagte, ein einzelner alter Mann riskiert weniger aufzufallen. Er hält sich immer noch für den Tausendsassa, und was soll ich dagegen tun? Ihm widersprechen? Damit er sich alt und nutzlos fühlt?«

»Nein, natürlich nicht. Du musst ihm vertrauen, wie wir alle. Hat er dir seinen Plan verraten?«

Michael schenkte Liese eine Tasse Kaffee ein, roch an der Milch und zog eine Grimasse.

»Dass wir den Zug nehmen sollen und er meine Eltern

fährt? Ja. Ich wünschte, er hätte es nicht getan. Das ist kein Plan, sondern Wahnsinn. Und egal, ob er die Papiere beschaffen kann oder nicht, ich kann nicht weg. Ich werde hier gebraucht. Ich spiele mit, damit er zufrieden ist, aber ich muss hierbleiben. Und halte mir jetzt bitte keinen Vortrag über die Familie – ich bin nicht sicher, ob ich das ertrage. Ich kann nicht gehen; ich will nicht, dass er geht. Und wenn ich hoffe, dass er die Ausweise nicht bekommt, wo bleibst dann du?«

Liese trank ihre Tasse aus. Sie wusste, dass Michael jedes Wort auch so meinte. Sie wusste auch, dass sie es nicht ertragen würde, sich im Bösen zu verabschieden, wenn sie weggehen würde.

»Du kannst das alles nicht lösen, Michael, und du kannst deinen Vater nicht zurückhalten. Von wem hast du deine Dickköpfigkeit, was meinst du?« Zu ihrer Erleichterung lächelte er schließlich. »Es tut mir leid, dass ich je an deiner Liebe zu ihm gezweifelt habe. Ich weiß, wie wichtig er dir ist. Und ich weiß, wie wichtig dein Anteil im Kampf gegen die Nazis ist, und wie viel es dir bedeutet, für deinen Standpunkt einzustehen. Ich wünschte, das hätte ich dir schon früher gesagt. Und für wie mutig ich dich halte. Wenn ich das sehen kann, sieht Otto es sicherlich auch.«

Als er errötete, ging sie nicht darauf ein.

»Was diesen Plan angeht ... Ich weiß nicht, ob ich daran glaube, dass wir es so machen, oder ob ich es mehr als du überhaupt will, aber wenn meine Eltern weggehen, muss ich auch gehen. Sie werden meine Hilfe brauchen, um alles wieder zum Laufen zu bringen. Keine Sorge – ich werde nicht versuchen, dich zum Mitkommen zu überreden, aber ich werde jedes Possenspiel mitmachen, das nötig ist, um Otto nicht zu beunruhigen. Du würdest sowieso einen lausigen Franzosen abgeben.«

Michael grinste, da öffnete sich die Tür, und Paul stapfte herein, um sich über das fehlende Frühstück zu beklagen.

Es kostete fast den ganzen Tag, ihn und Margarethe zum

Packen zu bewegen, und zwar nur leichtes Gepäck, und ihren Klagen zuzuhören über die Verpflegung, die sie und Michael auftreiben konnten. Es war schon fast vier, als Liese endlich auf die Uhr sah und begriff, dass Otto schon seit Stunden weg war. Michael war unterwegs, um irgendwelche Dinge zu erledigen, über die zu sprechen er sich weigerte, und würde erst am Abend zurück sein. Ihre Eltern hatten sich wieder in ihr mit Kissen gepolstertes Heiligtum zurückgezogen. Liese hatte nichts zu tun und niemanden zum Reden, und sie brauchte eine Beschäftigung, sonst müsste sie einer unangenehmen Wahrheit ins Auge blicken: Sie hatte nichts von André gehört. Der versprochene Anruf war ausgeblieben. Sie hatte sich öfter, als sie sich eingestehen wollte, in der Halle herumgedrückt, die Hand zitternd über den Hörer gehalten und sich gefragt, ob er ihre Nummer verlegt hatte. Jedes Mal war sie abgelenkt worden. Jetzt hatte sie das Haus ganz für sich und nicht mehr die Geduld, sich Entschuldigungen auszudenken.

Ich kümmere mich um dich, das verspreche ich dir.

Diese und all die anderen Worte, die er geflüstert hatte, klangen noch in ihrem Kopf. Aber auch sein Zögern, als er das Tempo des Plans erkannt hatte, und seine Zurückhaltung, als er hörte, dass der Plan Michael beinhaltete.

Ich muss nur seine Stimme hören, das ist alles. Die Arrangements von Dienstag noch einmal durchgehen, damit ich glauben kann, dass es ihm ernst war.

Sie ging in den Flur hinaus und setzte sich an den Telefontisch. André hatte gesagt, er habe an diesem Wochenende viel zu tun, aber vielleicht wusste man im Adlon, wo er überall hinmusste, und vielleicht konnten sie ihr sagen, wann er ungefähr zurück wäre? Vielleicht konnte sie ihn sogar überzeugen, zum Haus zu kommen, um noch ein paar Stunden Zweisamkeit zu erhaschen, bevor alle wieder auftauchten. Von diesem Gedanken gewärmt wählte Liese die Nummer des Hotels. Sie hörte dem Rezeptionisten zu. Sie legte auf. Sie saß immer noch da, als Michael durch die Tür kam.

»Was machst du? Wo ist mein Vater?«

Sie sah ihn ausdruckslos an.

»Liese, wo ist Otto?«

»Ich weiß nicht. Ich glaube, er ist noch nicht zurück. Und …«

Michael sah so entsetzt aus, dass sie den Satz nicht zu Ende führen konnte.

»Es sind Stunden vergangen, fast der ganze Tag. Was stimmt mit dir nicht, um Himmels willen?«

Er ging wieder, bevor sie eine Antwort fand. Wie könnte sie ihm ihren Zustand erklären, wenn sie ihn sich selbst nicht erklären konnte? Sie wusste nicht, ob sie taub, entsetzt oder wütend war. Zu einem bestimmten Zeitpunkt, nachdem sie das Telefon aufgelegt hatte, hatte sie alle drei Emotionen gleichzeitig gespürt, das wusste sie. Taub, als sie hörte, dass André abgereist war. Entsetzt, als sie die Belustigung in der Stimme des Rezeptionisten hörte, der ihren Namen der Liste hinzufügte, auf der er die jungen Frauen notierte, die »unseren so beliebten Monsieur« zu sprechen hofften. Und dann seine Überraschung, dass Monsieur seinen Aufenthalt verkürzt habe und nach Paris zurückgefahren sei, »obwohl er doch so gern hier ist.« Und wütend war sie geworden, als sie begriffen hatte, dass André ein Feigling und sie ein Dummkopf war.

Otto ist nicht da.

Die Bedeutung von Michaels Worten brach plötzlich in ihre Verwirrung hinein und ließ sie aufspringen. Er musste sich irren. Otto musste zurückgekommen sein und hatte sie nur nicht gesehen, weil so regungslos hier gesessen hatte. Er musste irgendwo im Haus sein.

Als Michael mit blassem Gesicht und geröteten Augen wieder zurückkam, hatte sie jedes Zimmer abgesucht.

»Er ist erwischt worden. Die Sicherheitspolizei beobachtet die Fälscher. Schon seit Tagen greifen die ihre Kunden ab.«

Liese hatte das Gefühl, sich übergeben zu müssen. »Wo ist er?«

Michael wankte so stark, dass er kaum stehen konnte. »Soweit ich herausfinden konnte, ist er in dem Lager in Oranienburg, von dem ich dir erzählt hatte. Er ist reich und außerdem Jude. Er ist ein Ziel. Ich muss ihn da herausholen.«

Liese zwang ihn, sich zu setzen, und legte ihm die Hände auf die Schultern, ebenso sehr um sich selbst Halt zu geben wie ihm. »Aber wie sollst du das können? Hat dir jemand offiziell mitgeteilt, dass er dort ist?«

»Nein, aber wenn ich eine Vermisstenmeldung mache und versuche, mehr darüber herauszufinden, was passiert ist, stehen die Chancen gut, dass ich verhaftet werde. Wir arbeiten unter Decknamen, aber wenn es Fotos gibt ... Ich kenne so viele Namen, die die gern hätten, Liese. Ich könnte so viele Leben in Gefahr bringen.« Er griff nach ihren Händen und zog sie auf Stuhl neben sich. »Ich weiß, was sie am Alexanderplatz tun. In der Gestapo-Zentrale. Ich weiß, wie sie sich Informationen beschaffen. Ich bilde mir gern ein, ich wäre ein Soldat, aber ich glaube nicht, dass ich ihren Befragungen standhalten könnte.«

Er begann zu weinen, und Liese erkannte an dem Schmerz, den sie empfand, als sie ihn so sah, dass Andrés Weggehen ihr nicht das Herz gebrochen hatte.

Liese atmete tief ein, zog an Michaels Arm und zwang ihn, sie anzuschauen. »Dank dran, er ist der Tausendsassa. Wir müssen darauf vertrauen, dass er nicht hilflos ist.«

»Was willst du damit sagen?«

Etwas, das ich lieber nicht sagen würde.

Liese wischte eine Träne weg. Als sie sprach, war ihre Stimme aber so fest, wie sie für Michael sein musste. »Etwas, das du schon weißt. Dass du ihn nicht retten kannst, ohne alles noch schlimmer zu machen. Es tut mir leid. Dass Otto weg ist, dass ich das jetzt sagen muss. Aber er wird dir nicht dankbar sein, Michael, wenn du ihn rettest und dabei selbst verletzt wirst oder seinetwegen in Gefahr gerätst. Er wird dir nicht die Spur dankbar sein.« Sie fing ihn auf, als er nach vorne sackte. »Er kommt zurecht. Er ist Otto. Wir müssen daran glauben, dass er zurechtkommt.«

Sie hielt ihn fest, bis seine Tränen versiegten, und wappnete sich mit Gleichgültigkeit für das, was sie als nächstes sagen musste. »Da ist noch etwas …«

Michael blickte kaum auf.

»André Bardou hat Berlin verlassen.«

»Also wird Vaters Plan nicht funktionieren.«

Michael schüttelte sie ab und stand auf. Liese wollte ihm sagen, dass Andrés Abreise noch etwas anderes bedeutete, aber er tigerte mit geballten Fäusten in der Küche herum, und sie wusste nicht, wo sie anfangen sollte.

»Ich denke nicht, nein. Wir müssen hier warten, bis Otto zurückkommt, und uns eine andere Lösung überlegen.«

Er sah sie an, als wollte er sie wieder dumm nennen. »Das könnt ihr nicht. Erkennst du nicht die Gefahr, in der ihr schwebt? Denk doch mal nach: Wenn sie erst einmal Vaters Name wissen, wird es nicht lange dauern, bis sie ihn mit dem Salon und mit Paul in Zusammenhang bringen. Sie sind immer noch blutrünstig, zerstören Besitz, konfiszieren alles, was an Häusern und Vermögen noch übrig ist. Ihr dürft nicht hier sein, wenn sie Haus Elfmann ins Visier nehmen. Und was, wenn dieser Typ Bardou jemandem von Vaters Plänen, euch rauszuschmuggeln, erzählt hat, bevor er abgefahren ist?«

»Das würde er nie!«

»Das weißt du nicht. Du hast eindeutig nicht erwartet, dass er abhauen würde. Du weißt nicht, was sie ihm vielleicht geboten haben, oder was er ihnen zu bieten hat.«

Liese fiel keine Antwort ein, die sie nicht als die Idiotin dastehen ließ, als die Michael sie sicher bezeichnen würde, wenn er die Wahrheit herausfand. Trotzdem verwandelte das die Nacht, die sie mit André verbracht hatte, nicht in etwas, dessen sie sich schämte.

Sie hielt den Kopf gesenkt, weil sie sich nicht sicher war, ob ihr Gesicht dieses Geheimnis verraten würde, und war ausnahmsweise dankbar, dass Michael weitersprach, ohne ihr Zeit zum Antworten zu lassen.

»Aber von reich und jüdisch abgesehen, was für sich genommen uns alle schon in Gefahr bringt – Vater sagte, dass Paul in Gefahr ist, weil er die Pässe nicht abgegeben hat. Wenn die Sicherheitspolizei denkt, dass er abhauen und das restliche Geld mitnehmen will, dann dauert es nicht mehr lange, bis die hier sind. Könnt ihr irgendwo anders hingehen? Wo die Leute euch nicht kennen?«

»In Berlin?« Paul würde auf die Frage entsetzt reagieren. »Nein. Woanders ginge das vielleicht. Aber nicht hier. Geld ist allerdings da, sogar haufenweise. Otto hat es zur Sicherheit aus dem Salon hergebracht. Wenn du mir einen oder zwei Tage Zeit lässt, kann ich außerhalb der Stadt irgendwo auf dem Land vielleicht ein Hotel organisieren. Ich könnte Stefan bitten, uns zu fahren.«

»Wir haben keine Zeit. Bis dahin sind die längst auf dem Weg hierher. Komm, denk nach. Es muss einen sichereren Ort geben als dieses Haus.«

Ein Foto an der Wand zog ihren Blick auf sich, als Michael daran vorbeiging. Minnie in ihrem Rosengarten, in einem Sommer vor vielen Jahren.

»Charlottenburg. Großvaters Haus. Letztes Jahr, als er gestorben ist, haben wir es abgesperrt, aber Vater ist nicht dazu gekommen, es zu verkaufen. Die Schlüssel müssen hier irgendwo sein. Das Grundstück ist groß, und das Haus ist abgelegen. Wir könnten hin, ohne dass es irgendjemand bemerkt.«

»Das bezweifle ich.« Aber Michael setzte sich, und seine Hände wurden wieder ruhiger.

»Für ein paar Tage könnte das aber funktionieren, bis die die Verbindung herstellen.« Er nickte, ebenso für sie wie um sich selbst zu bestärken. »Es ist nicht perfekt, aber damit können wir uns etwas Zeit kaufen, um uns einen besseren Plan zu überlegen, und wenn Vater wieder frei ist, hat er zumindest eine Idee, wohin er kommen kann.«

Er sprang auf. Gemeinsam begannen sie, Lebensmittel aus den Schränken zu holen und die Geldbündel in eine Tasche zu packen.

»Ich fahre euch. Je weniger Menschen wissen, wo ihr seid, desto sicherer seid ihr, und das schließt Stefan mit ein. Ich weiß, dass er seit Jahren bei deiner Familie ist und ihr ihm vertraut, aber niemand ist gegen das, was die Schläger der Partei tun können, gefeit. Es ist ihm gegenüber nicht fair, ihn in diese Gefahr zu bringen. Sag ihm, dass er gehen soll – er wird es verstehen. Und sag Paul und Margarethe, dass wir in einer halben Stunde hier raus müssen. Dieser Umzug ist nur vorübergehend; sie können nur ein paar Tage in Charlottenburg bleiben. Sorg dafür, dass sie das kapieren. Werden sie es verstehen? Werden sie begreifen, dass ihr Leben in Berlin vorbei ist?«

Liese sagte Ja, glaubte aber nicht daran. Paul und Margarethe hatten im Hotel zu Pauls Plänen genickt, aber Liese wusste, dass sie kaum zugehört und seither kein Wort darüber verloren hatten.

Als sie das Schlafzimmer ihrer Eltern betrat, waren die kleinen Taschen, die sie sie zu packen gebeten hatte, noch leer. Als sie ihnen erklärte, dass die erste Station ihrer Reise Charlottenburg sei, wurden sie ganz fahrig. Sie zogen ihre Reisekisten hervor und begannen, über die erste Abendgesellschaft zu sprechen, die sie geben würden, um »das Haus wieder mit Leben zu füllen«. Sie fragten nicht nach Otto; Liese war sich nicht sicher, ob sie seine Abwesenheit überhaupt bemerkt hatten.

Liese starrte aus dem Autofenster, als der Wagen durch dunkle Straßen fuhr, und gab sich alle Mühe, das lächerliche

Geplapper von Paul und Margarethe zu ignorieren. Die Welt hatte irreparablen Schaden genommen und sich verändert, und immer noch machten ihre Eltern weiter – hilflos und verwöhnt und vollkommen selbstbezogen. Sie waren eine genauso schwere Bürde auf ihren Schultern wie zuvor das Geschäft.

Wie lange kann ich diese Last noch tragen?

Zum ersten Mal seit Monaten konnte sie die ehrliche Antwort darauf nicht mehr wegschieben.

KAPITEL 6

KAREN

ALDERSHOT UND BERLIN, MÄRZ 1978

Das Frühstück hätte sie beinahe aufgehalten.

Anstatt des üblichen Orangensafts und der Cerealien hatte Andrew Kaffee und ein Bacon-Sandwich mit Ketchup bereitgestellt. Ihre Pausenbox stand neben ihrem Teller, wie jeden Morgen, aber dieses Mal lag eine Fünf-Pfund-Note anstelle eines Apfels auf dem Deckel.

Karen stellte ihre Tasche ab und machte einen Schritt in die Küche.

Er gibt sich Mühe; du könntest ihm auf halbem Weg entgegenkommen.

Sie war müde; müder, als sie es ihrem Vater gegenüber eingestehen wollte. Die Wochen endlosen Streits hatten ihren Tribut gefordert. Und sie war nervös wegen der Fahrt – auch das wollte sie nicht eingestehen. Außerdem war sie hungrig, und der Speck duftete himmlisch.

Andrew war draußen im Garten; Karen sah, dass er mit dem Vogelbad beschäftigt war.

Wäre es wirklich so schwer, sich zu verabschieden? Ein paar Worte, ein Lächeln?

Sie zögerte, ihre Hand schwebte über dem Sandwich. Noch vor ein paar Monaten hätte sie gesagt, es wäre problemlos möglich. Vor ein paar Monaten hätte sie das Haus mit einem Kopfnicken verlassen können in dem Wissen, dass ihr Vater genauso wenig Interesse daran hatte, sie aufzuhalten, wie sie daran, zu bleiben. Aber jetzt? Nachdem sie beinahe zwei Jahren lang nur Belangloses miteinander gesprochen hatten, hatte Karen angekündigt, dass sie mit ihrem Deutschkurs auf die jährlich stattfindende Klassenfahrt gehen wollte und damit eine Flut an Einwänden losgetreten, die sie nicht mehr hatte stoppen können.

»Warum willst du nach Deutschland?« Er hörte nicht auf, das zu fragen, ließ sie nicht in Ruhe, bis sie ihm eine Antwort gab.

»Weil ich die Deutschprüfung für zusätzliche Punkte fürs Studium mache, und die Fahrt gibt mir Gelegenheit, Deutsch außerhalb des Klassenzimmers zu lernen.«

Mehr als diese knappe Antwort gab sie ihm nicht, egal, wie sehr er drängte. Sie musste reichen, zumal er keinerlei Anzeichen zu erkennen gab, dass er bereit war, die eigentliche Wahrheit – die ihm klar sein musste – anzuerkennen. *Weil ich nach Antworten suche.* Und er hatte wohl kaum ein Recht darauf, in sie zu dringen. Seit jenem Morgen vor über anderthalb Jahren, als sie den Pass gefunden und er ihr Leben erst richtig aufgemischt hatte, hatte Karen ihm deutlich gezeigt, wie die Dinge von da an laufen würden.

»Ich will nicht mit dir sprechen. Ich höre dir nicht zu, wenn du mit mir sprichst.«

Sie war aus dem Zimmer gestürmt, nachdem sie es gesagt hatte, und weigerte sich seitdem, sich mit ihrem Vater im selben Raum aufzuhalten.

Es hatte funktioniert, schließlich hatten sie ja viel Erfahrung damit, nebeneinanderher zu leben. Die Jahre, in denen sie sich gemieden, nicht miteinander gesprochen und sich geweigert hatten, eine gemeinsame Sprache zu finden, hatten sich wie Beton um das Haus gelegt. Karen hatte sich ins Lernen gestürzt, ihre Zuflucht, und es hatte sich bezahlt gemacht. Als die Abschlussprüfungen näherkamen, winkten glatte Einsen und ein Studienplatz an jeder beliebigen Universität, wie die Direktorin strahlend verkündet hatte. Und dieser Ort sollte Manchester sein, zweihundert Meilen weit weg, nicht Reading, wo so viele ihrer Klassenkameradinnen hinwollten. Und sie wollte auch nicht Englisch studieren, um danach hübsch Lehramt zu unterrichten, wie Andrew es sich einst für sie erhofft hatte. Karen hatte eigene Träume, die mit diesem engen Blick auf die Welt nichts zu tun hatten. Sie würde Architektin werden, und zwar eine große. Sie würde Häuser entwerfen, die für Klangwelten, Licht und Lachen gebaut wurden.

Ihre distanzierte Koexistenz war beinahe zu ertragen gewesen. Dann hatte Karen die Klassenfahrt erwähnt, und Andrew war wieder lebendig geworden. Er war so entschlossen gewesen, sie davon abzubringen, dass er ihr in alle Zimmer folgte und geschlossene Türen einfach ignorierte. Und, wie immer, auf sie einredete, anstatt mit ihr.

»Deutschland, okay, ich sehe die Logik darin. Aber warum Berlin? Das ist kaum eine sinnvolle Wahl. Die Stadt ist jetzt komplett isoliert dort im Osten. Du müsstest über wer weiß wie viele Grenzübergänge, und die politische Lage dort ist wirklich nicht stabil. Was hat sich Miss Dennison nur dabei gedacht?«

Karen versuchte, ihn zu ignorieren, aber das klappte nicht, also begann sie zu keifen. »Sie findet, wir sollten das Land richtig verstehen, und das ist unmöglich, wenn man nicht nach Berlin fährt und sieht, wie die Mauer das Land gespalten hat. Was interessiert es dich? Hast du wirklich Sorgen, ein Grenzposten macht uns Probleme, weil wir aus dem Westen kommen, oder ist es die Angst, dass ich meine Wurzeln ausgrabe? Dass die Nachbarn sich wieder erinnern, dass ich keine richtige Engländerin bin, und sich ins Hemd machen?«

Das hatte ihn verstummen lassen, aber ausnahmsweise hatte sie sich nicht sofort abgewandt und deshalb seine Reaktion bemerkt. Er hatte so verloren ausgesehen, dass es ihr den Boden unter den Füßen wegriss.

»Du könntest mir, bevor ich fahre, etwas über die Familie meiner Mutter erzählen, wenn du magst.«

Er hatte den Mund geöffnet und wieder zugeklappt. Das Schweigen dehnte sich aus, bis Karen es nicht mehr ertrug. »Vergiss es. Ich dachte, du wolltest reden, aber stattdessen willst du nur belehren. Warum spielt es immer noch eine Rolle, wer woher kommt? Wir sind seit fast vierzig Jahren mit Deutschland im Frieden – wieso denkst du nicht daran? Wieso kannst du nicht akzeptieren, dass der Krieg lange vorbei ist?«

Und was hatte er noch mal gesagt?

»Du irrst dich. Du irrst dich so sehr. Manche Dinge sind nie vorbei. Der Krieg ist nicht vorbei, und du bist genauso in seinem Fadenkreuz gefangen wie ich.«

Es hatte keinen Sinn ergeben. Und es hatte ihr Angst gemacht. Aber das würde sie nicht zugeben. Seitdem war sie wieder dazu übergegangen, aus dem Zimmer zu stürmen, sooft er die Fahrt zur Sprache brachte. Aber die Angst war geblieben, und der Schmerz in seinem Gesicht, als er diese Dinge zu ihr sagte, machte ihr sogar noch mehr Angst.

Er kam gerade den Gartenweg entlang. Nur noch ein paar Schritte, dann würde er sie sehen. Es würde kein einfacher Abschied werden, sondern ein weiterer Streit, zu dem ihr die Kraft fehlte. Als sie zögerte, sah Andrew sie, hob die Hand und wollte etwas sagen, das Karen aber nicht hören wollte. Sie schnappte sich das Geld und das Sandwich und stürmte zur Tür hinaus.

Sie verbannte die Kanalüberfahrt aus ihrem Kopf. Jeder Zwischenstopp auf ihrem gewundenen Weg von Calais durch Antwerpen und Köln zehrte an den Nerven. Karen wollte in Berlin ankommen. Sie gab ihr Bestes, sich begeistert über die Route zu geben, nur um keine Aufmerksamkeit auf sich zu ziehen. Mit den anderen Mädchen machte sie »Oh« und »Ah«, als sie von dem Busfahrer in pittoresken Stadtzentren abgesetzt wurden, in denen sich die Kirchtürme in den Himmel reckten und mittelalterliche Bauern völlig unbemerkt hätten umhergehen können. Auf kopfsteingepflasterten Plätzen fotografierte sie wie gewünscht die Marktstände, deren penetrante Gerüche Miss Dennison und Miss Grainger – oder Denny und Grunger, wie die Mädchen sie vor langer Zeit getauft hatten – glasige Augen bescherten. Sie saugte die Fakten, mit denen die Lehrerinnen sie fütterten, auf, um sie in den endlosen Fragespielen wieder auszuspucken, die die beiden sich für abends ausgedacht hatten, anstatt die Mädchen allein losziehen zu lassen. Egal, solange die Tage nur vorübergingen.

»Kaum vierzig Jahre seit jenen grässlichen Bombardements, und seht euch an, was für eine großartige Arbeit die Leute geleistet haben. Alles wurde so wunderschön wieder aufgebaut; man sieht kaum die Ausbesserungsstellen.«

Das war Dennys Lieblingssatz, wenn sie ihre Schülerinnen um die architektonischen Sehenswürdigkeiten der einzelnen Tage scheuchte. Bei »Bombardements« senkte sie jedes Mal die Stimme, bei »Ausbesserungsstellen« ging sie hoch, als könnte ihr Lob eine Wiedergutmachung für den Schaden leisten.

Karen – »unsere junge, zukünftige Architektin« – bewunderte folgsam die Stufengiebel, die von Fenstern übersäten Fassaden und die sanft geschwungenen Bögen. Sie waren schön, das konnte man nicht leugnen, aber sie sehnte sich nach etwas, das weniger wie aus dem Märchenbuch aussah. Nach einer Vergangenheit, zu der sie eine Verbindung aufbauen konnte. Dann kamen sie am deutsch-deutschen Grenzübergang Helmstedt an, und all ihre Vorstellungen über das Land wurden in kürzester Zeit aufgemischt.

»Keinen Blödsinn, Mädchen. Ihr steigt nicht aus dem Bus aus. Wenn die ostdeutschen Soldaten beschließen, einzusteigen und eure Ausweise einzeln zu überprüfen, beeilt euch, wenn sie danach fragen. Wenn ihnen etwas nicht passt, können sie uns stundenlang hier aufhalten.«

Karen schaute aus dem Fenster; Grungers ungewöhnlich schriller Tonfall hatte ihre Neugier geweckt. Die materiellen Schäden des Zweiten Weltkriegs waren beseitigt worden, soweit sie es gesehen hatte. Die zerstörten Städte waren zusammengeflickt und wieder aufgebaut worden. Das geschundene deutsche Volk, vermutete sie, musste sich nach dem Angriff, den es durchlebt hatte, nach Ruhe gesehnt haben. Und dann hatten die Sowjets sechzehn Jahre nach Kriegsende den Sektor des Landes, der ihnen zur Verwaltung unterstellt worden war, vom restlichen Deutschland abgeschnitten. Jetzt gab es Deutschland zweimal, durch eine 1.400 Kilometer lange Grenze geteilt: Die Bundesrepublik im Westen und die Deutsche Demokratische Republik, in der die zum Teil immer noch vom Westen kontrollierte Stadt Berlin lag, im Osten. Karen wusste das, denn sie hatte es in der Schule gelernt. Es in der Realität zu sehen, war allerdings etwas ganz anderes.

Nichts an der Grenze wirkte wie aus dem Märchenbuch. Niedrige, fensterlose Kabäuschen kauerten zwischen den Fahrbahnen wie übergewichtige Wachhunde. Rot-weiße Barrieren zerschnitten die Straße, auf beiden Seiten prangten beflaggte Fahnenmasten – Stars and Stripes und Union Jacks, um den Westen in der einen Richtung zu markieren, und über dem Osten flatterten die Banner der DDR mit Hammer und Sichel – etwas höher als im Westen. Und Türme standen da.

Soldaten, die Befehle brüllten. Und sie sah schrecklich viele Gewehre.

»Sie steigen ein!«

Wer auch immer das gerufen hatte, wurde rasch zum Schweigen gebracht.

Die Gewehre baumelten so gleichmütig, als wären es Angeln, von ihren Rücken, und verliehen den jungen Kerlen in ihren ausgebeulten Uniformen die Wirkung von älteren, großtuenden Männern. Sie stellten keinen Augenkontakt her und lächelten auch nicht bei dem leisen Kichern und den errötenden Wangen, die sie begrüßten.

Als der Bus endlich weiterfahren durfte, war die Stimmung bei allen angespannt. Karen kauerte sich in ihren Platz und dachte an ihre schnippischen Worte ihrem Vater gegenüber: Der Krieg ist längst vorbei. Sie starrte aus dem Fenster, als sie mit der Anweisung, nicht anzuhalten, ganz langsam am Stacheldraht und den Wachtürmen vorbeifuhren. Dann war sie in Ostdeutschland und sah sein unverhohlen militärisches Gesicht, und die beklommene Antwort ihres Vaters bekam plötzlich eine ganz neue Tiefe.

Sie spürte diesen Wandel nicht als Einzige. Ein Mädchen nach dem anderen verstummte.

Das kollektive Aufatmen, als der Bus den Checkpoint am Stadtrand von Berlin erreichte, war fast mit Händen greifbar. Hier ging der Grenzübertritt viel schneller. Die Soldaten, die ihnen fröhlich zuwinkten, waren Amerikaner.

»Wir sind durch die sozialistische See gesegelt, Mädchen!« Das Augenzwinkern der Soldaten hatte Grunger ganz schwindlig gemacht. »Und haben die Insel Berlin erreicht. Ein bisschen westlicher Frieden, der sich unter den Roten noch hält.«

Der Bus ratterte weiter, und die Stadt offenbarte sich ihnen in einem eingehegten Wirrwarr, der Karen ans Fenster fesselte.

Sie war eher asketisch als hübsch und von den Säulen und Bögen, die sie erwartet hatte, befreit.

»Keine Sorge, es gibt viele Parks und schönere Gegenden als das, was ihr hier seht.«

Karen war überhaupt nicht besorgt, sondern fasziniert. Als sie tiefer in die Stadt hineinfuhren, sah sie, dass Berlin seinen Anteil zerfallender, ehemals kunstvoller Prachtbauten hatte, aber sie standen im Schatten glatter, glänzender Häuserblocks, die wie auf Hochglanz polierte Zähne in Reihen standen.

»Es sieht alles ein bisschen ... klinisch aus.« Auf den spöttischen Kommentar aus den hinteren Busreihen folgte ein Schnauben, das bis nach vorn zum Busfahrer klang.

Denny lächelte Karen über den Gang zu. »Kümmer dich nicht darum. Deine Klassenkameradinnen sind Snobs, die die Klassik lieben, weil sie denken, das würde von ihnen erwartet. Diese Stadt erfindet sich gerade neu – betrachte sie mit deinen aufgeschlosseneren Augen und genieß es.«

Während sie sprach, zeigte sie auf eine Kunstgalerie, die nur aus Winkeln und Ecken bestand und so wenig nach einer Stätte für alte Meisterwerke aussah, wie Karen es sich niemals hätte vorstellen können. So sehr unterschied sie sich von allem, was sie je gesehen hatte. Teile der Stadt waren noch zerstört; sie sah pockennarbige Fassaden mit Einschusslöchern und grasüberwucherte Stellen, an denen Bomben eingeschlagen waren und die seit dem Krieg noch nicht wieder bebaut worden waren. Andere Teile waren ungeniert modern. Abgesehen von einem löchrigen Glockenturm, der von etwas umgeben war, das an gigantische metallene Bienenwaben erinnerte, war kaum einmal ein Kirchturm zu sehen. Stattdessen wurden alle Blicke magnetisch von einem anderen Bauwerk angezogen: der Mauer.

Sie schlängelte sich furchteinflößend durch die Stadt, eine Betontrennwand, nach oben abgerundet und zweimal so hoch wie die Menschen, die daran vorbeigingen. Sie zerschnitt die

Stadt, sperrte Straßen ab, durchtrennte Ecken, war zu sehen und dann wieder nicht, als hätte ein Kleinkind mit ungeschickten Fingern ihren Verlauf gemalt. Zweimal bog der Busfahrer falsch ab, und da stand sie mitten vor ihnen, durchschnitt einen Park, ragte über einem Spielplatz auf, und Gebäude mit zugemauerten Fenstern hingen wie Krusten zu beiden Seiten daran.

Von dem unprätentiös brutalen, quasi mit erhobener Hand signalisierenden »Hier geht's nicht weiter. Kehren Sie um« war Karen gleichermaßen fasziniert wie eingeschüchtert.

In der ersten Nacht sah sie noch lange, nachdem ihre Schulfreundinnen eingeschlafen waren, aus dem Fenster, wie eine Motte vom Scheinwerferlicht angezogen, das den Zugriff der Mauer auf die Stadt markierte. Auf der einen Seite flackerte Neonlicht, die andere wurde von der Dunkelheit verschluckt. Karen folgte der Linie mit Blicken, so weit sie konnte, und merkte, dass Grunger recht hatte: Berlin, beziehungsweise seine westliche Seite, war vom Rest Westdeutschlands so isoliert wie eine Insel auf dem Ozean. Sein Strahlen gegenüber dem verdunkelten Ostsektor war zu viel. Die Lichter ließen die Stadt überladen wirken, als bemühte sie sich zu sehr. Sie wirkte gleichzeitig verletzlich und dreist.

Sie wirkte wie ein Ort, der seine Geheimnisse nicht leicht preisgeben würde.

Erst an ihrem dritten und letzten Tag hatten die Mädchen ausreichend bewiesen, dass sie in der Lage waren, Berlin ohne Aufsicht zu erkunden.

Zu diesem Zeitpunkt hatte Karen bereits begonnen, Fluchtpläne auszuhecken, weil sie überzeugt gewesen war, für immer vom Bus von einer »wichtigen Sehenswürdigkeit« zur nächsten gefahren zu werden. Ihr war schon ganz schwindlig geworden vom Hin- und Herdrehen und -schauen, weil sie versuchte,

Straßenschilder zu lesen und zu erraten, welche aus dem Blickfeld verschwindende Ecke vielleicht in den Stadtteil hineinführte, den ihre Mutter gekannt hatte. Auf dem Potsdamer Platz konnte sie sich gar nicht auf den wackligen Aussichtspunkt konzentrieren, obwohl die anderen Mädchen aufgeregt auf den Todesstreifen neben der Mauer, die Panzerfallen und die mit Gewehren bewaffneten Wachtposten zeigten. Sie gab sich Mühe, konnte aber das Interesse der anderen nicht teilen, als sie erfuhren, dass die schäbigen Erhöhungen zwischen den Verteidigungsanlagen Hitlers vergrabener Bunker gewesen waren. Die Brache war zu ausgedehnt, die Gebäude in Ostberlin zu weit entfernt, um das Gefühl entstehen zu lassen, dass das einst ein- und dieselbe Stadt gewesen war. Was, wenn ein Teil der Geschichte ihrer Mutter dort drüben lag? Karen stieg schneller als die anderen von der Plattform hinunter, weil sie das Gefühl hatte, dass die bedrohliche Mauer sie umklammerte, ganz persönlich und real.

»Bleibt in Paaren zusammen und passt aufeinander auf!«

Die Mädchen strömten aus dem Bus wie Wasser aus einem geborstenen Damm, und alle Instruktionen ihrer Lehrerinnen, zusammenzubleiben und aufeinander zu achten, waren in der U-Bahn sofort vergessen.

Karen blieb in der Nähe einer Gruppe, die sich zum Kurfürstendamm aufmachte, bis Dennys ängstliche Warnungen aus ihrem Kopf verschwanden. Die Einkaufsmeile war vollgepackt. Um die Schaukästen, die auf den Gehwegen verteilt standen, und die Cafétische, die trotz der kalten Märzluft voll besetzt waren, wogte die Menschenmenge. Karen wurde langsamer, blieb vor einem Theater stehen, als würden dessen Poster sie anziehen. Ihre Klassenkameradinnen riefen ihr zu, sie solle sich beeilen, sie rief zurück, dass sie gleich käme. Innerhalb von Sekunden waren sie im Getümmel verschwunden.

Mit Einkaufstaschen beladene Leute umströmten sie. Aus

den Cafés mit ihren Fassadenfenstern, die fünfmal so groß waren wie alles, was Aldershot zu bieten hatte, hasteten die Kellner ein und aus. Endlich war der Moment da, auf den sie gewartet hatte, aber Karen stand wie angewurzelt auf der Stelle, von der Größe ihres Vorhabens und der mickrigen Menge an Informationen, die sie dazu gesammelt hatte, überwältigt. Plötzlich erschien es ihr unendlich reizvoll, kichernd durch die Einkaufspassagen und Warenhäuser zu stromern und sich heimlich in eine Bar zu schleichen.

Ich darf nicht mehr ich selbst sein, das englische Mädchen im Ausland, das überfordert ist. Ich muss jemand Klügeres sein.

Eines der Cafés, in dem es von Gästen wimmelte, erregte ihre Aufmerksamkeit. Karen beobachtete die Kundschaft, die ein und aus ging. Es waren viele Gruppen oder Paare, aber anders als in den Tea Shops zu Hause saßen auch Frauen ohne Begleitung da, manche mit Büchern, andere schauten einfach zu, wie die Leute vorbeiströmten; und sie wirkten alle völlig entspannt. Als Karen einen leeren Tisch entdeckte, straffte sie die Schultern und ging hin.

»Ich möchte einen Kaffee, bitte.«

Der Kellner schien sie zu verstehen, und mit ihrem wachsenden Selbstbewusstsein folgten ein Aschenbecher und Streichhölzer.

Karen nippte an ihrem Kaffee und zündete sich eine Zigarette an. Niemand kannte sie hier, niemand urteilte. Als der Kellner mit der Rechnung zurückkam, hatte sie schon ihre Karte und die Adressfragmente, die sie von der Heiratsurkunde abgeschrieben hatte, bereitliegen.

»Konnen Sie mir helfen? Ich versuche, Haus Herber zu finden.«

Er zuckte die Achseln.

Karen wühlte in den Resten ihrer Deutschkenntnisse.

»Es ist in Budapest Straße?«

Er grinste. »English?«

Karen nickte.

»Haus Herber kenne ich nicht, aber die Budapester Straße ist dort.« Er zeugte mit dem Finger auf den Glockenturm, die Kaiser-Wilhelm-Gedächtniskirche, wie Karen inzwischen gelernt hatte. »Sind nur ein paar Minuten zu Fuß.«

»Danke. Und wie komme ich dahin?«

Karen schob ihm den Zettel der Adresse der Lindenkirche hin. Er sah sie sich kurz an, dann zog er einen Bleistift hervor und zog eine schwarze Linie, die zwei U-Bahnstationen miteinander verband.

»Das ist nicht so nah. Zum Laufen zu weit. Ist aber nicht interessant, nur ein paar Häuser, nichts Besonderes. Ich kann dir bessere Plätze zeigen.«

Er war sehr attraktiv und nicht an Abfuhren gewöhnt; das erkannte Karen an seiner Überraschung, als sie einfach aufstand, ohne den Köder zu schlucken.

Sie verließ das Café mit federndem Schritt, der ungefähr so lange blieb, wie sie brauchte, um die Budapester Straße zweimal hoch und runter zu gehen. Es gab nichts zu sehen. Der Laden war längst verschwunden; das hätte sie sich auch denken können. Und dann, als sie sich die Augen rieb, um die verräterisch brennenden Tränen aufzuhalten, sah sie endlich etwas: verblasste Buchstaben auf dem Türsturz eines schmalen Gebäudes, die den Namen bildeten, nach dem sie suchte, *Haus Herber*, halb verdeckt von einem größeren Schild. Das Wort *Früher* war in etwas kleinerer Schrift darübergesetzt. Karen konnte sich nicht genau an dieses Wort erinnern, aber es ähnelte dem Wort *Frühling* und sie vermutete, dass es so etwas hieß wie *Ehemals*.

Sie öffnete die Tür, Glöckchen bimmelten.

»Guten Tag. Kann ich Ihnen helfen?«

Karen blieb auf der Schwelle stehen. Sie war unsicher und wusste nur, dass ihr Deutschniveau hier nicht ausreichen würde.

Trotz des modern aussehenden Namenschilds draußen war das Innere von Richters Schneiderei eine in weichem Licht gezeichnete Zeitkapsel. An der einen Wand waren Holzschränke aufgereiht, deren Schubladen von Spulen pastellfarbener Spitze und geringelter Bänder überquollen. Stoffballen füllten die anderen beiden Wände, sortiert in allen Farbschattierungen des Regenbogens. Ein stabil aussehender Tresen, dessen Kante mit Metallziffern versehen war, stand wie ein verlängertes Maßband quer auf dem gewachsten Boden. Karen hatte plötzlich das Bild ihrer Mutter vor Augen, die Stoff darauf ausbreitete und mit ihrer scharfen Schere einen geraden Schnitt vornahm. Sie musste ein Seufzen unterdrücken.

»Sprechen Sie Englisch?«

Die Frau hinter der Theke kam hervor. Sie war in einen hübschen dunkelblauen Rock und eine Bluse gekleidet und viel jünger, als Karen es sich gewünscht hätte.

»Ja. Ein bisschen. Brauchen Sie Stoff oder Utensilien?«

Karen schüttelte den Kopf. »Nein. Ich suche jemanden. Meine Mutter. Ich glaube, sie hat hier gearbeitet, als es noch Haus Herber war. Sie war eine *seamstress*.«

Die Frau runzelte die Stirn.

Karen suchte nach dem Wort, das sie auf der Heiratsurkunde hatte lesen können.

»Schneiderin – *seamstress*? Es war vor langer Zeit – 1947.«

»1947?«

Die Frau stieß einen leisen Pfiff aus, was sie noch jünger wirken ließ. »Sie sagten, Ihre Mutter, aber Sie sind Engländerin?«

»Ja, aber sie war Deutsche, aus Berlin. Ihr Name war Liese Elfmann.«

»1947 ist für mich zu lang her. Aber vielleicht kann meine Großmutter weiterhelfen. Sie hat in den Vierzigern hier gearbeitet, bevor meine Familie das Geschäft übernahm. Sie ist oben.« Die Frau streckte ihr die Hand entgegen. »Hannah Richter.«

Der feste Handschlag verlieh Karen etwas Sicherheit.

»Karen Cartwright.«

Hannah huschte davon und rief: »Oma!« Karen blieb, wo sie war, und lauschte auf die Schritte von oben, das Stimmengemurmel. Sie versuchte, nicht auf das Unmögliche zu hoffen.

Als Hannah wiederkam, brachte sie eine ältere Ausgabe von sich mit.

»Oma kann kein Englisch. Sagen Sie es noch mal, und ich gebe mein Bestes.«

Karen breitete ihre Geschichte aus, und Frau Richter sah sie intensiv an, während Karen übersetzte. Als die alte Frau ihrer Enkelin antwortete, sprach sie viel zu schnell, als dass Karen ihr hätte folgen können.

»Es tut mir leid. Oma hat sie nicht gekannt.«

All diese Worte, nur um Nein zu sagen? Karen versuchte, ihr Lächeln aufrecht zu erhalten. »Danke für Ihre Zeit und dafür, dass Sie es versucht haben.« Sie drehte sich zur Tür um und nickte der alten Dame zu, deren faltiges Gesicht undeutbar war. »Danke. Auf Wiedersehen.«

»Nein, warten Sie – Oma sagt, sie kannte Ihre Mutter selbst nicht. Anscheinend haben viele Mädchen hier gearbeitet, und manche sind nicht lange geblieben. Aber sie hat den Namen erkannt, den Sie genannt haben – Elfmann. Sie erinnert sich an ein Haus Elfmann in Berlin, vor dem Krieg. Es war ein berühmtes … ich kenne das englische Wort dafür nicht; hier heißt es *Modehaus*.«

»*Fashion house* oder *salon*?« Karen blieb beinahe der Atem stehen.

»Ja, das klingt richtig. Salon. Wie die Franzosen es nennen würden. Oma sagte, sie haben Mode für alle gemacht. Der Vater hieß Paul, und es gab eine Tochter, deren Namen Liese war, glaubt sie.«

Karen wäre am liebsten über die Theke gesprungen und hätte sie beide geküsst. »Das muss sie sein! Das muss meine Mutter sein! Wo ist der Salon jetzt? Wie finde ich ihn?«

Sie hielt inne. Die beiden Frauen lächelten nicht.

»Was?«

Plötzlich klang Hannahs Englisch viel gekünstelter. »Das ist unmöglich. Wo es war, ist es nicht mehr.«

»Meinen Sie, es ist wie hier und befindet sich jetzt in anderen Händen? Aber jemand könnte sich noch erinnern. Wie Ihre Großmutter.«

Die alte Dame flüsterte etwas, aber so leise, dass Karen es nicht verstehen konnte.

»Nein. Sie begreifen nicht. Hausvogteiplatz, wo die alten Modehäuser standen, liegt jetzt in Ostberlin. Hinter der Mauer. Da gibt es nichts zu finden und auch keinen, den man fragen kann.«

Die Antwort hatte sie halb erwartet, aber sie erschütterte sie trotzdem.

Karen wollte sich schon entschuldigen und ihre Enttäuschung mit hinausnehmen, aber Hannah war noch nicht fertig. Sie sah ihre Großmutter an, die den Mund zusammenkniff.

»Und, also …«

Etwas veränderte sich. Karen empfand es wie einen Temperaturabfall.

»Familie Elfmann. Sie waren Juden.«

Karen runzelte die Stirn. Hannah hantierte an einem grünen Stoff herum, der als Knäuel auf dem Tresen lag. »Sie wissen sicherlich, dass viele Juden im Krieg ihre Geschäfte verloren haben? Dass viele nicht überlebt haben.«

Viele?

Karen war sich nicht sicher, ob sie dieses Wort wählen würde, um den Holocaust zu beschreiben, wusste aber nicht, wie sie das sagen sollte, ohne anklagend zu klingen. Hannah konnte ihr noch immer nicht in die Augen schauen. Karens

Vater hatte gesagt, dass ihre Mutter Deutsche gewesen war, hatte aber nie erwähnt, dass sie Jüdin war. Vielleicht war das noch ein weiteres Geheimnis.

Karen sprach mit neutraler Stimme weiter. »Meine Mutter hat aber überlebt. Sind Sie sicher, dass die Elfmanns Juden waren?«

Die alte Frau rieb sich über die Nase .

Karen sah sie an. Die Falten im Gesicht der Frau hatten sich noch tiefer eingegraben. Das schattige Innere des Geschäfts fühlte sich nicht mehr bezaubernd an, sondern erstickte Karen geradezu mit einer Geschichte, die sie gar nicht entdecken wollte.

Hannah hüstelte. »Vielleicht war sie eine der ... Glücklichen.«

Der Glücklichen?

Karen hatte noch Dutzende Fragen, aber die alte Frau verschränkte die Arme, und Hannah war sehr entschieden beschäftigt. Karen nickte zum Abschied, huschte auf die Straße hinaus und machte sich auf den Weg zurück zum Ku'damm.

Das Gedränge und Gestoße, das dort herrschte, verwandelte den Gehweg in ein Schlachtfeld. Karen drehte sich, ihr Orientierungssinn geriet ins Wanken. Sie wusste, dass Hannah die Worte ihrer Großmutter abgemildert hatte, aber die Missbilligung von Frau Richter hatte das Klima im Laden trotzdem vergiftet. Ost und West, Kapitalisten und Kommunisten, Juden und Nichtjuden. Berlin war auf zu vielen Ebenen geteilt.

Karen lehnte sich gegen einen Laternenpfahl, der mit Flyern zugekleistert war. Sie schloss die Augen, als die Stadt sich um sie drehte. Wie viele Geheimnisse verbarg jeder Mensch?

Wie viele hatte ihre Mutter verborgen?

. . .

An jedem anderen Tag hätten die verschlafenen Vorstadtstraßen von Wilmersdorf Karen genervt. Aber nach der Verwirrung bei den Richters war sie einfach nur dankbar für die vertraute Ruhe, die der Anblick der Alleen in ihr auslöste, und ihrem Glück, dass ihr zweites Ziel sicher in Westberlin lag.

Vom ersten Moment an, als der Schulausflug angekündigt worden war, hatte sich Karens Leben auf einen einzigen Punkt fokussiert: nach Berlin zu gelangen und das Geheimnis ihrer Mutter zu entschlüsseln. Sie hatte sich mit einem Namen und zwei Adressen in ansonsten völliger Ahnungslosigkeit aufgemacht, als wäre Liese zu entschlüsseln genauso einfach wie ein Kinderpuzzle zu legen. Sie hatte es nicht durchdacht. Sie hatte gedacht, Berlin und die Heimat ihrer Mutter würden sich wie ein roter Teppich vor ihr entrollen, weil sie es sich doch so wünschte. Sie hatte den Stoff im Geschichtsunterricht gut genug gelernt, um die Prüfungen zu bestehen, und doch nie über den echten Krieg, abseits ihrer Bücher, nachgedacht. Die willkürlichen Unterteilungen durch die Mauer hatten sie fasziniert, doch sie hatte kaum mal einen Gedanken daran verschwendet, welche Auswirkungen solch eine brutale Teilung auf die Stadt und die getrennten Menschen darin hatte. Ihr brannten die Wangen wegen der Arroganz in ihrer Haltung. Und noch dazu die verschenkte Chance, weil sie, bevor sie hergekommen war, nicht mit ihrem Vater gesprochen und ihn gedrängt hatte, ihr die Wahrheit über das Leben ihrer Mutter in Berlin zu erzählen.

Die Reue ließ ihre Schritte langsamer werden, und sie sehnte sich nach einer Telefonzelle und danach, seine Stimme zu hören. Aber dann fiel ihr ein, wie die Dinge in Wirklichkeit zwischen ihnen lagen; wie unmöglich eine solche Unterhaltung auf diese große Entfernung wäre, wenn sie sie schon von Angesicht zu Angesicht nicht hinbekommen hatten. Also stolperte sie naiv und ahnungslos durch eine gebrochene Stadt in dem

Versuch, ihre Familie zusammenzuflicken. Es war so paradox, dass es fast schon lachhaft war.

Unversehens fand sie sich vor der Lindenkirche wieder: vor einem solide aussehenden, weißen Gebäude mit einem schlichten Kreuz an der Front und einem Glockenturm, der hinter großen Bäumen mit ausladenden Kronen aufragte. Ein Teil von ihr hoffte, dass die Kirche geschlossen wäre. Dass sie, wenn sie doch offen war, keine Antworten böte. Dann könnte sie nach Hause fahren und weiterhin ihre Wut pflegen und mit einem weiteren Geheimnis füttern, das ihr Vater vor ihr gewahrt hatte, mit einem weiteren Stück ihrer Mutter, das er gestohlen hatte. Ihre Mutter war nicht Elizabeth gewesen, sondern Liese. Sie war keine Engländerin gewesen, sondern Deutsche. Und jetzt war sie offensichtlich auch noch Jüdin gewesen. Um sie herum war eine Geschichte gewoben, die Schatten in sich trug, für die Karen keine Vergleichsgröße kannte. Ihre Mutter war in Wirklichkeit eine völlig fremde Person für Karen.

Sie überquerte den kleinen Vorplatz, im Kopf schon darauf eingestellt, wieder zu gehen, ihre Klassenkameradinnen zu finden und so viel Schnaps wie möglich zu trinken, bevor es jemand bemerkte. Aber die Kirchentür war offen.

Ich gehe rein, bleibe aber nicht länger als eine Minute. Die Kirche ist sicher nicht einladend. Sie ist sicher stickig und abschreckend wie die Kirche zu Hause, auf der Basis.

Karen trat ein und erwartete Dunkelheit und Luft, die zu dick war, um sich darin lauter als flüsternd zu unterhalten. Aber die Wände waren hell, cremefarben, und durch die langen, schmalen Fenster fiel tanzendes Licht in Grün und Blau herein, das ihr den Atem raubte. Sie ließ sich auf einer Bank nieder und beobachtete das tanzende Licht. Es war so still, dass sie die Vögel in den Bäumen draußen singen hörte.

Sie war erschöpft und müde, und in ihrem Kopf herrschte Chaos. Sie zwang sich, den schlichten Altar anzuschauen und versuchte, sich davor einen Bräutigam vorzustellen, der die Hand einer glücklich lächelnden Braut hielt. Als sie die Gesichter ihrer Eltern zu der Uniform und dem weißen Kleid hinzufügte, zerbrach das Trugbild. Tränen, die sie seit Jahren unterdrückt hatte, begannen zu fließen. Und sie hatte nicht mehr genug Energie, es als peinlich zu empfinden.

»Geht es Ihnen gut? Brauchen Sie Hilfe?«

Karen rieb sich über die Augen, aber sie konnte den Tränenfluss nicht mehr abstellen. Die Stimme sprach auf Englisch mit leicht amerikanischem Akzent weiter. »Benötigen Sie Hilfe?«

»Meine Eltern haben hier geheiratet.«

Wenn die Antwort den Mann, der sich auf der anderen Seite des Gangs in die Bank gesetzt hatte, verwunderte, ließ er es sich jedenfalls nicht anhören.

»Und sie sind tot? Weinen Sie deshalb?« Das Taschentuch, das er ihr hinhielt, milderte die Direktheit seiner Frage etwas ab.

»Meine Mutter, ja.« Karen sah den weißen Priesterkragen des Mannes und wusste nicht, ob sie eingestehen sollte, dass es Selbstmord gewesen war. »Sie ist ertrunken.«

»Das tut mir leid. Sind Sie Engländerin?«

Sie nickte.

»Aber Ihre Eltern waren Deutsche und haben deshalb hier geheiratet?«

»Meine Mutter ja, aber mein Vater nicht. Er war britischer Soldat – er war im Krieg hier.« Karen wagte einen Blick ins Gesicht des Mannes. Er hatte sanfte, braune Augen und ein geduldiges Lächeln. Ihre Zunge löste sich.

»Und ich wusste nicht, dass sie aus Berlin stammte. Und sie hatte auch einen anderen Namen als den, den ich kannte. Und jetzt glaube ich, dass sie Jüdin war, was ich auch nicht wusste; aber ich weiß, dass das damals hier gefährlich war. Und jetzt will ich die Wahrheit herausfinden, aber keiner hilft mir. Und ihr Tod war kein Unfall, sondern Selbstmord. Und ich weiß nicht, warum sie es getan hat.«

Eine neue Welle der Tränen unterbrach sie.

»Kommen Sie.«

Der Priester stand auf und hielt ihr die Hand hin. »Was liebt ihr Engländer, wenn um euch herum alles zusammenbricht?«

Karen zog die Nase hoch. »Tee?«

»Genau. Wir trinken Tee. Dann erzählen Sie mir alles in Ruhe, und wir werden sehen, was zu tun ist.«

Sie tranken Tee und aßen einen Haufen Kekse, die zuckersüß und schokoladig waren und Karens Kopfweh ein Ende setzten. Sie redete ohne Punkt und Komma, außer wenn ihre Erinnerungen zu schnell für Pater Christophs hervorragendes Englisch aus ihr hervorstolperten. Als sie fertig war, lehnte sie sich zurück und rechnete mit einer Welle des Mitleids. Seine Antwort klang anders als erwartet.

»All dieser Schmerz, den Sie mit sich herumtragen; empfindet Ihr Vater den auch so tief? Nein, Karen. Warten Sie einen Moment, bevor Sie die Frage abtun und mir sagen, dass es Ihnen egal ist. Vielleicht verdient er die Schuld, die Sie ihm zuweisen. Aber ich frage mich, ob Sie mir zuliebe mal etwas ausprobieren könnten. Können Sie sich Ihren Vater kurz als jemand anderen vorstellen, nicht den Mann, auf den Sie so sauer sind? Können Sie versuchen, sich auszumalen, wie es 1947 für einen jungen englischen Soldaten gewesen sein muss, der eine junge deutsche Frau heiratete? Das stieß sicher nicht nur auf Wohlwollen, meinen Sie nicht auch?«

Die Frage, vielleicht auch die Aufgabe, schien vernünftig genug zu sein. Und ganz sicher hatte sie noch nie aus diesem Blickwinkel über ihre Eltern nachgedacht: Vater hatte auf der Seite der Gewinner, Mutter auf der Seite der Verlierer gestanden. Karen nickte.

»Gut, danke. Aber sie haben geheiratet, also muss es einen

Grund dafür gegeben haben. Wollen wir nicht annehmen, dass es Liebe war?«

Sie war nicht bereit, darauf zu antworten.

Der Priester wartete kurz, ohne sie zu drängen.

»Sie sagten, Sie dachten, Ihr Vater hätte Ihre Mutter kontrolliert. Noch mal: Vielleicht haben Sie recht. Aber wie wäre es, wenn wir auch das aus einem anderen Blickwinkel anschauen? Was, wenn er versucht hat, sich um sie zu kümmern? Wenn sie die Ruhe und Abgeschiedenheit wollte, die Sie für zu eng gehalten haben? Was, wenn sie genau das brauchte?«

Er streckte die Hände aus, als Karen auffahren wollte.

»Ich sage nicht, dass Sie unrecht haben, aber sind Sie sicher, dass Sie recht haben? Das Einzige, worin ich mir sicher bin, ist, dass zu viele Geheimnisse gewahrt worden sind und Ihr Schmerz schrecklich sein muss, mit Recht. Aber was ist mit seinem Schmerz?«

Karen pickte die letzten Krümel von ihrem Teller auf. Dafür war sie nicht hergekommen. Sollte ein Priester nicht Trost spenden, anstatt schwierige Fragen zu stellen? Sie wollte ihn nicht so leicht über ihr Leben und ihre Wunden urteilen lassen.

»Vielleicht hat er sie geliebt, na und? Er hat sie nach England mitgenommen, wo alle Menschen die Deutschen gehasst haben. Er hat sie gezwungen, jemanden zu spielen, der sie nicht war. Das ist doch grausam, oder nicht? Darin liegt doch keine Liebenswürdigkeit.«

Erneut erwischte seine Antwort sie auf dem falschen Fuß.

»Was wissen Sie über den Krieg, Karen? Außer, dass England gewonnen hat?«

»Ich weiß alles darüber. Ich habe es in der Schule gelernt.«

Der Tag hatte sie gelehrt, dass sie kaum etwas wusste. Aber sie war nicht in der Stimmung, das einzugestehen.

Pater Christoph verschränkte seine langen Finger.

»Sie geben mir die gleiche Antwort, die mir ein deutsches Mädchen gäbe, im selben beleidigten Ton. Was haben Sie gelernt, Karen? Eine Liste der Schlachten? Churchills Reden? Haben Sie auch den Teil gelernt, in dem es um die Menschen geht? Wissen Sie, was in Städten wie Dresden und Hamburg, in Coventry und London und, wenn wir fair bleiben wollen, auch hier in Berlin passiert ist?«

»Klar weiß ich das. Sie wurden bombardiert.«

Er sah so enttäuscht aus, dass sie wünschte, sie hätte sich nicht so direkt ausgedrückt.

»Bombardiert. Das ist leicht gesagt, wenn man es nicht selbst erlebt hat. Es war mehr als das. Die Städte waren ausgelöscht, von der Bildfläche radiert worden. 1945, als Ihre Mutter hier war, wie ich vermute, stand kaum noch ein Gebäude – kilometerweit gab es nur Schutt und Dreck. Die Lindenkirche war eine der wenigen Kirchen, die nicht in die Luft gejagt worden waren. Wahrscheinlich haben sie deshalb diese Kirche für die Hochzeit gewählt. Die Leute lebten in Kellern, sie hungerten. Für Frauen war es eine furchtbare Zeit in den Händen der Besatzer. Der Krieg war die Hölle, und als er eigentlich vorbei sein sollte, ging die Hölle weiter. *Sicherheit* hat in einer solchen Welt eine ganz andere Bedeutung, glauben Sie mir. Wenn Ihr Vater Sicherheit bieten konnte, waren die Hochzeit und der Umzug nach England dann nicht etwas ganz und gar anderes? Hört es sich dann nicht eher wie eine Rettung an?«

Sie wusste nicht, was sie erwidern sollte, wie sie ihn überzeugen konnte, dass das einfach nicht stimmte. Er versuchte gerade, die Welt in Grautönen zu malen, dabei war es einfacher, sie in Schwarz und Weiß zu unterteilen. Rettung war so ein lächerliches Märchenwort. Vater gab Befehle; er war kein Ritter mit einem weichen Herzen.

Vielleicht kannst du heute aufstehen, mein Herz, wenigstens für kurz? Karen würde sich so freuen, und ich auch.

Die Erinnerung blitzte so heftig auf, dass Karen davor

zurückwich. Ihre Mutter im Bett, still und steif, wie sie es tagelang sein konnte. Vater auf den Knien, der ihre Hand streichelte. »Und wenn du es nur auf einen Stuhl schaffst.« Wie Karen um die Tür herum gelugt hatte, voller Angst, ihre Mutter würde noch weiter wegdriften. Dann wieder unten, die Schlafzimmertür war zu und Vater rieb sich in der Küche über die Augen, bevor er ein Frühstück bereitete, von dem sie beide wussten, dass sie es nicht essen würden. Und das nicht nur einmal. Karen konnte sich diese Szene über Jahre immer wieder vor Augen rufen, aber sie entschied sich dagegen. Es tat zu weh.

Vater hätte sich mehr Mühe geben müssen und Mutter einfach nicht in Ruhe lassen dürfen.

Pater Christoph fuhr fort. Es war, als könnte er sehen, wie die Gedanken in ihrem Kopf stritten.

»Nichts ist je so eindeutig, wie wir es uns vorstellen, oder wie unser lückenhaftes Gedächtnis es uns vorgaukelt. Sie haben auch gesagt, Ihre Mutter war Jüdin? Das macht das alles noch schwieriger. Haben Sie vom Holocaust gehört?«

Wollte er sie jetzt noch belehren, nachdem er bereits alles auf den Kopf gestellt hatte? Vielleicht hatten sie in der Schule nicht jedes Detail erfahren, aber nur ein Dummkopf hätte noch gar nichts darüber gehört.

Karen runzelte die Stirn. »Natürlich. Sechs Millionen Juden wurden in den Lagern getötet. Jeder weiß das.«

Pater Christophs Tonfall blieb freundlich. »Ja, das stimmt. Diese unvergessliche Zahl, auf die wir all diese Menschen, die ihr Leben verloren, reduziert haben. Ich fürchte, hier in Deutschland ist es sogar noch schlimmer als anderswo. Jedes Kind kann sie aufsagen. Man kann diese Zahl leicht lernen, aber es ist viel schwieriger, die Zahl in menschliche Körper und verlorene Menschenleben umzuwandeln. Denken Sie darüber nach, Karen, überlegen Sie genau: Das Leid, das Sie wegen eines Todes empfinden, aber wer trauert um die Millionen? Es sind nicht genug Menschen übrig.«

Karen schaute aus dem Fenster. Der Tag ging zur Neige, und der Himmel nahm ein tieferes Blau an. Über den Bäumen hatte sich ein Vogelschwarm gesammelt, der als ungleichmäßige Wolke auf und ab flog, bereit, sich zum Schlafen niederzulassen. Sie waren klein, vielleicht Spatzen oder Stare, zu viele, um sie zu zählen. Sie spürte, wie ihre Wangen rot wurden. Sechs Millionen. Er hatte recht: Die Zahl war unvorstellbar. In ihrem Kopf bekam sie nicht mehr Gesichter zusammen als die paar Hundert auf ihrem Schulfoto, und von denen war die Hälfte verschwommen.

Beschämt drehte sie sich wieder zu dem Priester um. »Jemand sagte, meine Mutter wäre eine der Glücklichen gewesen. Glauben Sie das auch?«

Pater Christoph zuckte die Achseln. »Vielleicht ja, vielleicht legt ihr Selbstmord etwas anderes nahe. Wir wissen nicht, welche Narben diejenigen behalten haben, die es überlebten. Über solche Dinge sprechen wir nicht, obwohl die Menschen, die die Befehle erteilt und die Feuer gelegt haben, immer noch unter uns sind. Wir haben nicht ansatzweise die Worte, um darüber zu sprechen. Aber wenn Liese Elfmann die Person war, die Sie zu rekonstruieren versuchen, besteht die Möglichkeit, dass es in ihrer Vergangenheit schreckliche Dinge gab, mit denen sie nicht mehr leben konnte und über die Ihr Vater nicht sprechen kann. Verdient er es, dafür bestraft zu werden?«

Die richtige Antwort lautete Nein, aber unter all ihrem Schmerz konnte Karen sie noch immer nicht finden.

»Sie hat mich verlassen, und er hat sie nicht aufgehalten.«

Der Priester nahm ihre Hand.

»Du trägst ein schweres Kreuz, aber sieh mal: Was, wenn er sie doch aufgehalten hat? Was, wenn sie so lange bei dir geblieben ist, wie sie nur konnte?«

Mutter lag weiß und starr wie Schneewittchen in ihrem Bett. Wie oft hatte Karen Angst gehabt, ihre Mutter würde einfach zu atmen aufhören?

Der Priester umfasste ihre Hände fester, als der Raum sich um sie herum zu drehen begann. »Wie alt war sie, als sie gestorben ist? Wie alt warst du?«

»Es war vor fast sieben Jahren, ich war elf. Sie war einundfünfzig.«

»Sie hat schon viel erlebt, bevor du zur Welt gekommen bist. Bedenke das, wenn du dir selbst die Schuld gibst.«

Das war das Mitleid, auf das sie gewartet hatte, und die Erkenntnis darin warf sie fast um.

»Woher wissen Sie, dass ich mir die Schuld gebe?«

Die Erschöpfung, die über sein Gesicht glitt, war fast unerträglich. »Weil zu viele Leidtragende hierher zur Kirche kommen, zu mir. Sie suchen Antworten. Und alle tragen sie diese Schuld mit sich herum.«

»Und helfen Sie ihnen?«

»Frag mich nicht. Ich …« Ein Klopfen an der Tür lenkte ihn ab. Seine Gesichtszüge wurden wieder gefasst. »Die Abendmesse steht bevor. Möchtest du daran teilnehmen?«

Ein Teil von ihr wollte – sie konnte sich vorstellen, dass sie darin Frieden finden würde, oder zumindest etwas Ruhe, um ihre Fassung wiederzuerlangen. Aber ihre Uhr sagte ihr das Gleiche wie der dunkler werdende Himmel.

»Ich kann nicht. Ich bekomme Probleme, wenn ich zu spät bin.«

»Dann habe ich einen weiteren Rat, wenn du es erträgst, noch einen zu hören.«

Sie nickte. In diesem Moment hätte sie noch viel mehr Ratschläge ertragen.

»Wenn du in der Vergangenheit gräbst, geh behutsam vor. Nimm Rücksicht auf die Lebenden.«

Dann öffnete sich die Tür, dieses Mal ohne vorheriges Anklopfen, und der Priester wurde von den Pflichten für die Mitglieder seiner Gemeinde beansprucht.

Karen schlüpfte durch die Hintertür hinaus und eilte zur U-Bahn. Sie zitterte in der Abendkühle.

In ihrem Waggon herrschte reges Treiben; Karen blendete den Stimmenlärm um sich herum aus. Das Bild von sich selbst, wie sie durch die Schlafzimmertür geguckt hatte, und von ihrem Vater, der sich voller Zärtlichkeit über das Bett gebeugt hatte, hatte andere Erinnerungen wachgerufen, die so zahlreich angeflogen kamen wie die Vögel über den Linden.

War es ihr Vater, der ihre Mutter nachts wachhielt und durch die Küche und das Wohnzimmer schlich, oder war sie es, die sich nicht beruhigen wollte? *Nun komm schon, Liebes. Sie ist nicht da, sie wird nicht antworten.* Diese Worte waren durchs Treppenhaus heraufgeklungen, ohne Sinn zu ergeben. Karen hatte die Erinnerungen unterdrückt, bis sie vergraben waren, aber jetzt zwickten sie wie Brennnesseln. Wer war *sie*, und wieso antwortete sie nicht?

Dann die unangenehmen Samstagabende: Weinte ihre Mutter, weil sie nicht zu den Tanzveranstaltungen gehen wollte, für die sie sich feingemacht hatte, oder weil sie zwar wollte, der Weg bis zur Tür aber zu weit war? Karen hatte sich in ihrer Kindheit an so vieles angepasst und die Dinge nie hinterfragt.

Was, wenn sie so lange bei dir geblieben ist, wie sie nur konnte?

Pater Christoph war weggerufen worden, bevor sie hatte fragen können, was er meinte. Bevor sie die vor langer Zeit heruntergeschluckte Angst hatte herauslassen können, die bei seinen Worten wieder in ihr aufgestiegen war: dass sie eines Tages die Schlafzimmertür öffnen würde, und das Bett wäre leer. Dass die blasse Gestalt verschwunden wäre, die kaum ein Lächeln zustande brachte, wenn Karen sie fragte, ob sie etwas brauchte, eigentlich aber meinte, ob sie *jemanden* brauchte.

Bitte, mein Liebling, iss etwas. Wie oft hatte Vater das gesagt?

Sie werden jeden Tag schlanker – verraten Sie uns Ihr Geheimnis! So hatten ihre Kunden in der Tür geplaudert. Als wäre die schmale Figur ihrer Mutter ein erstrebenswertes Ziel. War es nicht, sondern sie war krank. All diese Tage, als das Gesicht auf dem Kopfkissen wächsern und durchscheinend aussah. Als die Finger, nach denen Karen tastete, nicht mehr Substanz hatten als Zweiglein.

Deshalb hatte ich Angst, sie würde einfach verschwinden, und Vater hatte genauso viel Angst wie ich.

Karen schloss die Augen und hätte am liebsten für sie beide geweint.

Als sie wieder in das Treiben auf dem Kurfürstendamm eintauchte, dröhnte ihr der Kopf.

Die Stadt war erleuchtet, und der nächtliche Verkehr schwoll an, ein Kaleidoskop aus Neonreklame, Kinoleuchtwänden, lauter Musik und den vom Trinken gelösten Stimmen. Karen hastete hindurch; sie sehnte sich nach Schlaf und Flucht vor den widerstreitenden Emotionen, die der Tag ausgelöst hatte. Sie hatte jahrelang gelebt, ohne zu wissen, wer ihre Mutter war, hatte aber immer gedacht, ihren Vater in- und auswendig zu kennen. Jetzt veränderte sogar er sich. Das hatte sie nicht gewollt. Sie hatte einen Plan gehabt und ihn durchgeführt. Sie war nach Berlin gekommen und hatte die Spuren ihrer Mutter gesucht. Sie hatte tatsächlich einen Hinweis auf eine Liese Elfmann aus Fleisch und Blut gefunden, aber jede Antwort führte nur zu einer weiteren Frage.

Karen stolperte; ihr drehte sich der Kopf. Sie hätte nicht herkommen sollen. Sie hätte nicht zu der Schneiderei gehen und sich von einer bösen alten Frau kirre machen lassen dürfen. Sie hätte nicht zulassen sollen, dass der Priester Türen aufstieß, die am besten hätten geschlossen bleiben sollen.

Abrupt blieb sie stehen und beschimpfte den Mann, der in

sie hineinlief, froh um einen Vorwand, Dampf abzulassen. Das war alles so ungerecht. Wenn das hier die Straßen ihrer Mutter waren, wenn Liese Elfmann in dieser Stadt zu dem Menschen geworden war, der sie nun einmal gewesen war, warum war sie dann so schwer aufzuspüren? Nein, es war sogar noch schlimmer.

Karen trat einen Schritt aus dem Trubel hinaus und betrachtete die Passanten. Manche von ihnen sahen aus, als hätten sie vor dreißig Jahren schon hier entlanggehen können. Sie könnten Liese gekannt haben, sie könnten ihr über den Weg gelaufen sein. Aber wenn sie einen von ihnen fragte, wie es damals gewesen war, würde die Zahl der Schatten nur *noch* größer werden. Karen war gekommen, um Antworten zu finden, aber das einzige, was sie vorzuweisen hatte, war eine noch viel schwierigere Frage: Wenn diese Stadt ihre Mutter geformt hatte, warum war sie ihr dann noch mehr entglitten als zuvor?

Frag ihn. Frag deinen Vater.

Diese Anweisung war so laut, dass Karen sich umschaute, um zu sehen, wer gesprochen hatte. Die Menge wogte nichtsahnend weiter um sie herum.

Frag deinen Vater. Versuch es wenigstens.

Es war nicht die Stimme ihrer Mutter, sondern ihre eigene, die wegzuschieben sie sich längst angewöhnt hatte.

Sie schüttelte den Kopf, aber die Stimme kam immer wieder.

Wenn er sich verändert, warum dann nicht auch du?

Karen schloss die Augen, atmete ein und hörte zu. Diese Straßen waren also ein Teil von Lieses Leben gewesen, aber sicher doch auch von Andrews? Auch wenn nur ein Bruchteil dessen, was Pater Christoph zu ihr gesagt hatte, stimmte, schuldete sie ihrem Vater dann nicht die Chance, seiner Tochter eine Antwort zu geben? Schuldete sie nicht sich selbst die Chance, die Art, wie sie mit ihrem Vater zusammenlebte, zu ändern?

Sie öffnete die Augen und reihte sich wieder in den Strom der Menschen ein, um sich von der Menge davontragen zu lassen. Etwas von ihr hatte in dieser Stadt seine Wurzeln, bei diesen Menschen, und ein anderer Teil von ihr war so britisch wie ihr Vater. Sie war nach Berlin gekommen, um die Vergangenheit zu erforschen. Dabei war er der Schlüssel. War es immer gewesen. Sie brauchte ihn als Vater, nicht als Feind. Es war Zeit, erwachsen zu werden und ihm das zu sagen.

TEIL II

KAPITEL 7

LIESE

BERLIN, AUGUST 1939

Sind es wirklich erst neun Monate seit der Kristallnacht? Wie kann das sein?

Es hatte sich so viel verändert, dass es sich nach neun Jahren anfühlte, oder nach neunzig. Liese hatte schon vor Monaten aufgehört, sich im Spiegel anzuschauen. Sie glaubte nicht mehr, dass ihr eine Neunzehnjährige daraus entgegenblicken würde, sie wusste nicht einmal mehr, was neunzehn bedeutete. Sie nahm an, dass sie sich vor langer Zeit ihr jetziges Alter ausgemalt hatte. Sie nahm an, sie hatte es sich mit Partys, Flirts, Küssen und Versprechungen ausgemalt. Vielleicht auch mit einer Handvoll Beziehungen, manche davon passend, manche unpassend, bevor sie dann den magischen »Richtigen« träfe. Wenn sie dieser Tage daran dachte – obwohl sie alles versuchte, es zu vermeiden –, kam ihr der Gedanke, dass es dort draußen irgendwo immer noch Neunzehnjährige gab, die dieses Sternenfunkelleben führten. Die es geschafft hatten, mehr als nur ein Streiflicht darauf zu erhaschen. Mädchen, die die falsche Sorte Männer als Erfahrungen verbuchten und unbeschadet davonkamen. Liese ließ nicht zu, dass ein Gedanke an diese Mädchen sich festsetzte, so wie sie auch keine Reue zuließ, die ihr nicht helfen würde. Es gab viele Dinge, die aus Lieses Leben verschwunden waren, aber die Zeit des Bedauerns darüber war lange vorbei. Außerdem hatte sie das Kind, und wie könnten Partys und Flirts da jemals mithalten?

Liese küsste das Köpfchen ihrer Tochter und legte sie in die Schublade, die sie genauestens nach Splittern abgesucht hatte. Das Kind war perfekt. Selbst Margarethe, die auf Lieses Schwangerschaft mit der Empörung einer Nonne reagiert hatte und vor dem Wort *Großmama* zurückgeschreckt war, als würde Minnie zuhören, hatte die winzige Wange gestreichelt und gesagt, dass die Kleine »zumindest wahrscheinlich hübsch« werde.

Liese legte sich so vorsichtig wie möglich selbst auf das ausgezogene Bett. Die Hebamme war eher effektiv als freundlich gewesen, aber sie war immerhin gekommen, eine Großzügigkeit, für die Liese immer und ewig dankbar sein würde. Der Gedanke, auf Margarethes sprunghafte Fürsorge angewiesen zu sein, hatte sie mehr entsetzt als der Schock des ersten Wehenschmerzes. Da die Krankenhäuser der Stadt für Juden verboten waren, wurden Frau Schenkels Fähigkeiten überbeansprucht. Sie war angekommen, hatte mit einem Auge auf der Uhr Liese auf das einzige gute Bett der Wohnung verfrachtet, das Baby auf die Welt geholt und war dann mit ihrem Lohn wieder davongewackelt. Sie hatten nicht mehr als ein Dutzend Worte gewechselt. Achtundvierzig Stunden später war Liese zu verliebt, um sich an mehr als die Freude der Geburt zu erinnern.

»Ich werde sie Lottie nennen. Das kann man nicht sagen, ohne dabei zu lächeln.«

Liese wartete darauf, dass Michael ein Kompliment für den Namen und seine schnuppernde Trägerin aussprechen würde. Doch er blickte nur unverwandt aus dem schmutzstarrenden

Fenster und nahm von beidem gar keine Notiz. Aber wenigstens war er da. Vor sechs Monaten, als Liese endlich Eins und Eins zusammengezählt und den Grund für ihre ständige Müdigkeit und die Übelkeit nicht länger in etwas anderem gesucht hatte als im Schock über das Tempo, mit dem ihr Leben zusammengebrochen war, waren Michaels Wut und Geringschätzung kaum zu ertragen gewesen.

»Du bist schwanger? Willst du mich veräppeln? Wie konntest du nur so unvorsichtig sein? Weißt du denn gar nichts?«

Offensichtlich hatte sie nichts gewusst. Außer, dass sie André gewollt hatte, und sie weigerte sich, die gemeinsam verbrachte Nacht zu bereuen. Wie könnte sie? Er hatte sie vielleicht hereingelegt und sie alle betrogen, aber was er hinterlassen hatte, war gesegnet. Wenn sie jetzt in den samtigen Augen ihrer Tochter versank, konnte sie sich an den brennenden Himmel und die zerstörten Gebäude, die zu ihrer Zeugung geführt hatten, genauso wenig erinnern wie an die Geburtsschmerzen.

Liese hatte nicht damit gerechnet, dass sie sich so hoffnungslos in ihr Kind verlieben würde. Wenn sie doch nur gewusst hätte, dass sich sofort eine Bindung einstellen und wie tief diese sein würde, wäre die Schwangerschaft vielleicht weniger anstrengend gewesen. Wenn sie, als sie in dem jetzt unwirklich scheinenden Luxus von Charlottenburg ihren Eltern die Schwangerschaft verkündet hatte, geahnt hätte, wie viel schlimmer ihr Leben noch werden würde, hätte sie sich über so etwas Einfaches wie eine Schwangerschaft überhaupt keine Sorgen gemacht.

Liese sah sich in der schäbigen Kammer um, die ihr als Schlaf-, Arbeits- und auch als einziges Wohnzimmer in dieser Wohnung diente, und die sich zu einer zweiten, genauso elenden Kammer öffnete. Zwei Zimmer, das war alles, für drei, jetzt vier Personen, die darin wohnten. Die ganze Wohnung hätte in den schachbrettgefliesten Flur der Villa ihres Großvaters gepasst, und von Sonnenaufgang bis Sonnenuntergang erklangen darin die Beschwerden ihrer Eltern. Nicht nur über die Größe, obwohl das Gejammer immer damit begann, sondern auch über die sich ablösenden Tapeten und die ausgefransten Teppiche. Außerdem natürlich über das unwürdige Teilen des Badezimmers und der Küche mit den Bewohnern der anderen, ebenso armseligen Zimmer. Über die Feuchtigkeit in den Wänden, obwohl Sommer war, und den durch die Fenster hereindrängenden Geruch nach Verfall von den Abfallhaufen, die im Hof vor sich hin rotteten.

Seit dem grässlichen Dezembertag, an dem sie in das heruntergekommene Mietshaus, das jetzt ihr neues Heim war, eingezogen waren, hatte sich nichts geändert. Paul und Margarethe taten einfach nichts, sie machten nicht das Beste aus allem. Sie verhielten sich, als hätte Liese sie aus einer unerklärlichen Laune heraus von Charlottenburg in die Cuxhavener Straße verfrachtet. Als wäre sie diejenige, die ihnen weiche Laken und nach Rosen duftende Seife und all die kleinen Luxusartikel vorenthielt, ohne die sie nicht leben konnten und die ihnen eine »gute Tochter besorgen würde, wenn es ihr wirklich wichtig wäre.«

»Verstehen sie denn nicht, dass sie sich das zum Teil selbst eingebrockt haben? Dass es keinen anderen Zufluchtsort mehr gibt, wenn sie hier Ärger machen?« Michael hatte an jenem ersten Nachmittag im feuchten Flur gestanden, der Schnee in seinem Haar hatte sich verflüssigt und tropfte herunter, und er hatte jeden Muskel angespannt, als wäre er bereit zum Kampf.

»Das ist der Schock. Den Bergmannkiez für Charlottenburg zu verlassen, war das Eine, aber sich dann in einer Wohnung wie dieser wiederzufinden?« Sie hatte ihm mit einem Optimismus zugelächelt, den sie sich nur wünschen konnte. »Sie werden sich wieder beruhigen. Sie werden sich daran gewöhnen. Ich bekomme das schon hin.«

Liese glaubte genauso wenig wie Michael, dass ihre Eltern

sich eingewöhnen würden, aber ihr aufgesetztes Strahlen hatte ihn aus der Tür hinaus und zurück in sein Untergrundleben befördert, das seine Aktivitäten im Widerstand ihm inzwischen aufgezwungen hatten. Sie wusste, dass er einen Streit mit Paul angefangen hätte, wenn er geblieben wäre. Einen Streit, dem Paul aus purer Arroganz nicht aus dem Weg gegangen wäre, und der sie am Ende verschlungen hätte. Michael und sie hatten seit Wochen nur noch gestritten, und der Grund war immer der Gleiche: das selbstsüchtige, gefährliche Verhalten ihrer Eltern. Jedes Mal, wenn er im Haus in Charlottenburg aufgekreuzt war, hatte er mit seinem Herumgerenne die Teppiche plattgetreten. Und ihre Geduld aufs Äußerste strapaziert.

»Hast du ihnen nicht gesagt, dass Charlottenburg nur als Übergangslösung gedacht war? Verstehen sie denn nicht, dass ihr jetzt schon zu lange hier seid?«

Nach der ersten Woche hatte Liese es aufgegeben, darauf zu antworten. Ihre Eltern konnten – oder eher wollten – einfach nichts verstehen. In dem frühmorgendlichen, nervenaufreibenden Durcheinander ihrer Ankunft hatte Liese sie angefleht, leise zu sein. Es war genauso sinnvoll wie ein hungerndes Wickelkind darum zu bitten, mit dem Schreien aufzuhören. Paul wollte sich nicht »einschüchtern« lassen, und Margarethe hatte seiner »Kühnheit« applaudiert. An jenem ersten Tag hatten sie die Läden aufgestoßen, waren in den Garten spaziert und hatten keinen Gedanken daran verschwendet, wer sie vielleicht sehen konnte. Kein Bitten und Betteln bewegte sie dazu, drinnen zu bleiben. Michael hatte so getan, als hätte Liese ihren Wahnsinn nicht bemerkt oder sich nicht genug bemüht, ihn einzuhegen.

»Kannst du sie denn nicht kontrollieren? Demnächst spazieren sie noch die Straße lang und winken den Nachbarn zu. Die Nazis haben den Salon enteignet. Das Haus im Bergmannkiez auch. Sie jagen nach jedem Rest von jüdischem

Wohlstand. Selbst wenn niemand euch verrät, wird es nicht lang dauern, bis sie auf dieses Anwesen kommen.«

»Warum sagst du mir das? *Ich* stecke nicht den Kopf in den Sand und bilde mir immer noch ein, der Stolz von Berlin zu sein. Wenn du meinst, du dringst zu ihnen durch, dann um Himmels willen, tu es.«

Liese war ausgerastet. Michael hatte weiterschwadroniert und ihr nicht zugehört. Die Nähe, die sie in der Nacht von Ottos Verschwinden gefunden hatten, war unter der Last alter Muster wieder verschwunden.

»Die Nazis verschlucken jüdischen Besitz wie hungrige Haie. Wenn du nicht die Stadt verlassen willst, lass mich wenigstens nach einem weniger offensichtlichen Versteck suchen.«

Du, hatte er gesagt.

Sie hätte ihn am liebsten angebrüllt, aber es stritten sich ja schon so viele wütende Stimmen. Liese hätte mit Michaels Überzeugungen vielleicht leben können, aber das bedeutete nicht, dass sie mit den Urteilen leben wollte, die er deswegen über sie fällte. Irgendwann hatte sie die Beherrschung verloren und geschrien, dass »nicht alles Schwarz-Weiß, sondern manchmal Grau mit fließenden Übergängen« war, aber da hatte er sie nur ausdruckslos angesehen. Liese hatte aber versucht, mit Paul und Margarethe zu diskutieren. Sie hatte versucht, sie daran zu erinnern, dass dieser Umzug bloß der erste Schritt war. Sie wollte sie überzeugen, die Koffer wieder zu packen, damit Michael eine andere Stadt oder eine Zuflucht auf dem Land für sie finden konnte. Aber jedes Mal, wenn sie von Weggehen sprach, stürmten sie wie tobsüchtige Kinder durchs Haus.

Michael war immer seltener vorbeigekommen, und Liese konnte es ihm nicht verübeln. Sie wusste, dass er nicht wegblieb, weil sie ihm egal waren – sondern, dass es vielmehr umso deutlicher zeigte, wie wichtig sie ihm waren. Sie wusste, dass er nach einem sichereren Platz für sie alle suchte, und dass sie darauf vertrauen musste, dass er schnell einen fand. Sie wurde immer besser darin, ihre Eltern einfach zu ignorieren, ihre Nerven zu schonen und die Klappe zu halten. In der zweiten Dezemberwoche, als sie noch immer unbehelligt geblieben waren, begann Liese zu glauben, dass Pauls und Margaretes unvernünftiges Verhalten nicht bemerkt worden war. Sie öffnete die restlichen Räume der Villa, nahm die Schutzabdeckungen von den geschnitzten und gepolsterten Möbeln in den Empfangsräumen und schüttelte den Staub aus den Brokat- und Seidenvorhängen. Sie fand genügend silberne Kerzenständer, um das burgunderfarben tapezierte Esszimmer in sanftes Licht zu hüllen und zu Margarethes Entzücken sogar einen Vorrat Kristallbehälter mit immer noch duftendem Badesalz.

Das lange vernachlässigte Haus fühlte sich beinahe wieder wie ein Zuhause an. Und dann pochte es eines Tages wütend an der Haustür.

»Sicherheitspolizei. Öffnen Sie die Tür.«

Auf den Stufen standen vier Männer, alle in der grünen Uniform, die keinen Irrtum zuließ. Der Vorderste, nach seinen Epauletten zu schließen ein Offizier, hielt ein Klemmbrett.

»Sie sind?«

»Liese Elfmann.«

Der Offizier sah von seiner Liste auf. »Sind Sie nicht.«

»Ich verstehe nicht.«

Dieses Mal war sein Blick so durchdringend, dass Liese dagegen ankämpfen musste, sich wegzuducken.

»Sie sind Jüdin. Deshalb heißen Sie Liese *Sara* Elfmann. Wenn Sie sich wie angewiesen hätten registrieren lassen, hätten Sie Ihren jüdischen Namen erhalten und korrekt geantwortet. Gehen Sie zur Seite.«

Er drückte die Tür auf und nickte den anderen Polizisten zu, die auf seinen Befehl hindurchmarschierten.

»Macht das übliche Inventar: Kunstgegenstände, große Möbelstücke, Pelze und andere hochwertige Kleidungsstücke, Vorhänge und Bodenbeläge. Auf allen Stockwerken.«

Er trat in die Eingangshalle ein, während seine Untergebenen ausschwärmten.

»Sind dieser Besitz und sein Inventar angemeldet?«

Liese konnte nicht zum zweiten Mal eingestehen, dass sie nicht verstand. Aber sie würde nicht den Kopf einziehen. »Das ist das Haus meines Großvaters. Es ist nicht an mir, es anzumelden.«

Er zuckte mit der Hand, als wollte er sie schlagen, aber ein Schrei von oben zog seine Aufmerksamkeit auf sich.

»Liese, was ist hier los? Wen hast du da ins Haus gelassen?«

Paul stürmte die Treppe herunter, sein seidener Morgenrock bauschte sich hinter ihm. Er zögerte, als er den Offizier sah, machte aber zu Lieses Verzweiflung keinen Versuch, weniger herrisch aufzutreten.

»Ist dieser Affe, der meine Frau erschreckt hat, einer von Ihren Trotteln?«

Liese rechnete mit einem Boxhieb oder Schlimmerem, doch der Polizist konsultierte einfach erneut sein Klemmbrett. »Sind Sie Paul Israel Elfmann?«

Das bremste Paul aus. Er sank gegen den Treppenpfosten, als er seinen neuen Namen hörte, und der Mund blieb ihm offen stehen. Der Offizier notierte erneut etwas.

»Noch jemand, der nicht weiß, wie Juden jetzt benannt werden. Die Aufforderung zur Registrierung ist klar mitgeteilt worden. Ebenso wie die Notwendigkeit, jeglichen Besitz anzumelden. Trotzdem haben Sie weder Ihre jüdischen Papiere abgeholt noch dieses Besitztum gemeldet. Oder Ihr Geschäft am Hausvogteiplatz beziehungsweise das Haus in der Arndstraße, das Sie bislang besessen haben.«

Bislang, echote es in der Halle.

»Haben Sie vielleicht ein mir unbekanntes Leiden, Regeln zu befolgen?«

Paul sah ihn mit großen Augen an wie ein Kind, das in einem Diktat drei Sätze hinterherhängt.

»Ich versichere Ihnen, dass nichts davon mit Absicht geschehen ist.« Liese war von der Festigkeit in ihrer Stimme überrascht. »Wir haben diese Maßnahmen übersehen, das tut uns leid. Wir werden natürlich alle Auflagen erfüllen, die nötig sind.«

Der Blick des Offiziers wanderte zu ihr, wie ein Suchscheinwerfer. »Ja, das werden Sie. Meine Männer beenden noch die Inventur. Sie werden sie nicht behindern. Sie werden dieses Haus, auf das Sie nicht länger Ansprüche erheben können, bis morgen Nachmittag, fünf Uhr, räumen. Das ist ein großzügiges zeitliches Zugeständnis, glauben Sie mir. Wenn Sie Einwände erheben, werden Sie sofort gehen. Wenn irgendetwas entfernt wird, das aufgelistet ist, werden Sie dafür Strafgelder zahlen. Wenn der Betrag, den das geheim gehaltene Anwesen erzielt, nicht ausreicht, um Ihre Schulden zu begleichen, die Sie als Entschädigung für die Unruhen des vergangenen Monats zu zahlen haben, werden zusätzliche Strafen erhoben.«

Liese hing noch an dem Wort *räumen*.

Als er sich umdrehte, um hinauszugehen, griff sie nach seinem Ärmel. »Aber wohin sollen wir denn gehen?«

Der Schlag schickte sie zu Boden. »Wohin auch immer Ihre Eltern entscheiden.«

Er wischte sich die Hände ab und stieg über sie hinweg, ohne zurückzublicken.

»Cuxhavener Straße 17. Nehmt das hier und legt es dem Blockwart des Gebäudes bis zwölf Uhr mittags vor, sonst weist er die Zimmer anderen zu.«

»Sie waren sehr freundlich. Ich hoffe, Ihre Vorgesetzten wissen Ihre Mühe genauso zu schätzen wie wir.« Der wütende Michael war verschwunden und der Freund, den sie brauchte, sofort wieder da, als sie nach ihm gefragt hatte.

»Lächle, es könnte schlimmer sein. Diese Adresse ist von Charlottenburg aus zu Fuß zu erreichen. In der Zeit, die uns bleibt, können wir drei- oder viermal hin und her laufen, um eure Sachen zu holen. Außerdem liegt es in der Nähe des Tiergartens, also ist vielleicht Grün und etwas Platz drum herum.«

Er hatte die Zimmerzuweisung genommen und Liese genauso entschlossen davongeführt, wie er sie zwei Stunden vorher in das rechteckige Gebäude mit seinen endlosen Reihen von Schaltern und gesichtslosen Angestellten hineingeführt hatte. Ihr Ellbogen, den Michaels Hand hielt, war der einzige Körperteil, der sich fest anfühlte, seit die Sicherheitspolizei am Tag zuvor weggefahren war.

Sie hatte den größten Teil der Nacht gebraucht, ihn aufzustöbern, in Gegenden, die sie normalerweise nie aufsuchen würde, aber jede hochgezogene Augenbraue und verfängliche Anspielung, die auf ihre Fragen folgte, hatte sich als sinnvoll erwiesen. Michael hatte die Angestellte mit dem spitzen Gesicht mit seinem Charme davon überzeugt, dass sie bald heiraten würden und »verzweifelt ein bisschen Privatsphäre brauchten«. Die Frau hatte ihren schmalen Mund zu einem Lachen verzogen, als er auf seine Taschen klopfte und ihr seine gekonnte Nummer vorspielte, in der seine Papiere in der falschen Jacke gelandet waren. Er hatte gezwinkert und geflirtet, sie um Gnade angebettelt und trotz der geringen Aussichten gewonnen. Liese war als Mieterin zweier Zimmer hinausgegangen anstatt des einzigen Zimmers, für das man dankbar sein musste, wie anderen Familien gesagt wurde.

Nicht dass es eine Rolle spielte. Paul war in Wut ausgebrochen, als er von dem Umzug erfuhr, Margarethe in Schluchzen. Sie waren wie Gefangene auf dem Weg zum Schafott durch den Schnee zu ihrer neuen Wohnung gestapft und hatten es Michael überlassen, ihre überfüllten Koffer zu tragen. Sie hatten sich geweigert, an den weiteren Transporttouren teilzunehmen. Jedes Teil, das Liese aus Charlottenburg rettete, war falsch. Jedes Teil, das sie zurücklassen musste, war ein Schatz. Der ganze Tag war ein einziger Albtraum, das einzig Positive, das Liese ihm abgewinnen konnte, war die wiederhergestellte Freundschaft zwischen ihr und Michael. Sie hätte sich vielleicht sogar vor drohenden weiteren Polizeibesuchen sicher gefühlt, hätte Michael nicht, sobald die Elfmanns eingezogen waren, gewollt, dass sie wieder auszogen.

»Ihr könnt nicht bleiben – da geht etwas vor sich, das nicht richtig ist. Abgesehen davon, dass die Nazis diese Gebäude weit überbelegen, sind auch alle Leute außer den Juden aus diesem Block entfernt worden. Dafür muss es einen Grund geben, und der kann nicht gut sein.«

Er hatte recht behalten mit der Überbelegung. Seit die Elfmanns eingezogen waren, wurden jeden Tag mehr Familien in den Wohnblock gestopft; sie alle waren blass und schmuddelig. Paul und Margarethe schraken vor dem Kontakt mit ihren neuen Nachbarn zurück, als berge selbst ein einfaches Kopfnicken Gefahr. Liese suchte hingegen ihre Gesellschaft, weil sie verzweifelt auf Informationen hoffte, die die Veränderungen in der Welt erklären konnten. Sie bahnte sich den Weg um die Kinder herum, die in den Fluren oder dichtgedrängt auf dem Hof spielten, um deren Mütter zu finden. Zuerst war sie zögerlich, weil sie so wenig wusste und ihr nicht klar war, wozu sie sich zählen sollte. Manche der Frauen, die sie traf, waren tatsächlich gläubige Jüdinnen, manche erst vor Kurzem dazu gemacht worden, wie sie selbst. Manche waren reich gewesen und schockiert über ihren tiefen Fall, andere waren arm gewesen und einfach dankbar für ein Dach über dem Kopf. Niemand fragte nach ihrer Geschichte oder war besorgt, als sie sie zu erzählen versuchte, es aber nicht schaffte. Was sie gemeinsam hatten, war wichtiger als das, was sie trennte: Wer auch immer sie bisher gewesen waren – in den Augen der Nazis waren sie jetzt die niedersten Menschen.

Alle hatten sie eine Geschichte von einem verlorenen Zuhause und verlorenen Berufen zu erzählen. Alle, die das Geld, einen Helfer und eine Fahrkarte aus Deutschland hatten aufbringen können, waren weggegangen. Alle, die noch da waren, hatten Angst und konnten nicht benennen, wovor genau. Manche beobachteten sich misstrauisch gegenseitig und versuchten tuschelnd, den zugewiesenen Raum untereinander aufzuteilen. Die anderen ignorierten sie.

Als sich die Wochen bis zu einem im Schnee erstickenden Neujahr zogen und Essen und Brennstoff immer knapper wurden, taten sich einige der Familien zusammen und teilten, was sie konnten. Liese, die von ihren Eltern ausgelaugt war, begann, sich wie in einer Gemeinschaft zu fühlen, was sie beruhigte. Allerdings beruhigte es Michael nicht, dass sie Freundschaften schloss.

»Du gewöhnst dich zu sehr ein. Das darfst du nicht; ihr müsst hier weg. Wenn die Gerüchte stimmen, wird es noch vor dem Jahresende Krieg geben, und das heißt Kürzungen und Rationierungen. Nur Gott weiß, wie es den Juden dann ergehen wird. Euch geht das Geld aus, und ich sehe nicht, dass dein Vater oder deine Mutter sich Arbeit suchen, außer wenn sie jemand dazu zwingt. Und dazu kann es auch kommen. Ihr müsst woandershin, Liese. In Prenzlauer Berg oder in den Wedding, dort ist es einfacher, sich unbemerkt durchzuschlagen, besonders mit den neuen Papieren, die ich für euch alle beschaffen kann.«

So ging es immer weiter, jeden Abend die gleiche Litanei, bis Liese der Kiefer wehtat vom Zähnezusammenbeißen. Sie wollte nicht mit ihm streiten. Sie kannte seinen Beweggrund: Michael hatte Otto nicht vor dem Lager, in dem er immer noch festgehalten wurde, retten können, also musste er alle anderen retten. Sein Drängen waren leicht zu begreifen. Sein Plan ergab auch völlig Sinn, für jeden außer sie selbst. Michael und sein Netzwerk aus KPD-Kontaktpersonen hielten nie still; sie schwärmten durch die Stadt, wechselten den Ort, änderten ihre Namen so leicht, wie man sich einen anderen Mantel überzieht. Lieses um sich selbst kreisende Eltern in ein solch unbeständiges Leben zu verpflanzen, war unmöglich. Und dann, mit ihrer Schwangerschaft, wurde es undenkbar.

Als sie ihren Zustand endlich eingestand, ließ Michaels Wechsel vom übereifrigen Freund zum überbesorgten Vater ihren Geduldsfaden beinahe reißen.

»Ich weiß, das ist nicht ideal, und André war die wohl schlechteste Wahl überhaupt. Danke, dass du das so wortgewaltig ausführst. Und ich bin dankbar für alles, was du getan hast, aber wenn du mir noch ein einziges Mal sagst, das bekomme ich nicht hin, dann ist unsere Freundschaft beendet. Ich bin schwanger, nicht unfähig. Ich habe das Geschäft fast zwei Jahre lang geführt, während du herumgegondelt bist und den Rebellen gespielt hast. Ich habe mich um alle gekümmert, und das kann ich auch jetzt wieder.«

Ihr Streit war lauter geworden und hatte Paul und Margarethe angelockt, die in die gleichen Verurteilungen einstimmten, denen sich Liese verweigerte. Ein Teil von ihr wäre gern weggegangen und hätte sie einfach untergehen oder schwimmen lassen, ohne sich weiter hinunterziehen zu lassen. Aber die Familienbande, so ausgefasert sie auch waren, hatten immer noch genug Kraft. So war sie also geblieben. Sie hatte das Jammern und die Herabsetzungen ihrer Eltern ignoriert und wieder die Verantwortung übernommen.

Die drei konnten sich gegenseitig an die Gurgel gehen, aber sie konnten nicht lange von dem kleiner werdenden Geldvorrat oder Michaels Almosen leben, woher die auch immer kamen. Mode war das Einzige, was Liese kannte, also ging sie wieder zum Hausvogteiplatz, wo die kürzlich eingedeutschte Modeindustrie immer noch florierte, und kam mit einer Arbeit zurück. Sie erzählte nie, was es sie gekostet hatte. Wie weh es getan hatte, an Haus Elfmann vorbeizugehen und den Salon versperrt und vernagelt vorzufinden, die Fenster eingeworfen, das Vordach in Fetzen. Wie schmerzlich es gewesen war, vor den Gebäuden zu stehen, an denen einst große Namen geprangt hatte, für die sie Kürzel in ihre Auftragsbücher geschrieben hatte. Sie waren entfernt worden, und stattdessen standen neue Namen auf den Schildern, die zu dem Deutschland passen sollten, in dem es für Menschen wie sie keinen Platz mehr gab. Sie erzählte nicht, wie tief die Erniedrigung gewesen war, als sie in der Mohrenstraße und der Kronenstraße an Türen klopfte, die sich früher beim Namen Elfmann sofort weit geöffnet hätten, und die ihr nun nach einem Blick auf ihre Papiere vor der Nase zugeschlagen wurden.

Als Liese später den Tag für ihre Eltern Revue passieren ließ, unterschlug sie die Erniedrigungen und machte Paul glauben, dass ihre Fertigkeiten und der gute Ruf des Hauses Elfmann triumphiert hätte. Sie ließ ihn glauben, dass die Elfmanns nicht vergessen waren. Sie konnte ihm das Wort Wohltätigkeit nicht um die Ohren schlagen oder zugeben, dass sie längst ihren ganzen Stolz verloren hatte, als sie endlich eine Stimme beim Wort Elfmann begeistert ausrufen hörte und nicht sehen musste, wie bei der Nennung ihres Namens ausgespuckt wurde.

»Fräulein Elfmann, Sie sind das! Was tun Sie denn bei dieser schrecklichen Kälte im Freien?«

Die in Pelz gehüllte Frau, die aus der Mantelschneiderei kam, mit deren Empfangsdame Liese gerade hatte verhandeln wollen, lächelte über das ganze Gesicht, als hätten sie sich erst am Morgen zuvor im Café getroffen. »Und wieso sind Sie denn wieder da? Wir dachten, Sie wären umgezogen.«

Irena Zahl. Liese bekam ein Lächeln hin, als ihr der Name wieder einfiel. Sie war eine der extravagantesten Kundinnen des Salons gewesen, allerdings auch keinen Moment länger geblieben, als sie musste.

Liese hatte den Mund geöffnet, um irgendetwas Belangloses zu sagen, aber der Tag hatte zu viele alte Wunden aufgerissen.

»Nein, wir sind nicht umgezogen. Wir sind verjagt worden, und man hat uns das Haus, den Salon und alles andere weggenommen. Wir haben kein Geld, also suche ich nach Arbeit, aber ich bin Jüdin, also bekomme ich keine.«

Man musste Frau Zahl zugutehalten, dass sie immerhin errötete. Dann trat sie näher heran, betrachtete Lieses schmales Gesicht und den fleckigen Mantel und zuckte zusammen. »Eine Arbeit? Aber Sie sind doch keine gewöhnliche Näherin, sondern die Erbin von …«

Sie unterbrach sich und hustete, dann schob sie die Ladentür wieder auf. »Sie haben Fertigkeiten, über die jeder Betrieb sich nur freuen könnte. Dieser Ausstellungsraum und der zugehörige Laden gehören jetzt meiner Familie. Ich will Ihnen gegenüber nicht so tun, als wäre das richtig. Lassen Sie mich sehen, was ich tun kann.«

Liese hatte an dem Nachmittag damit angefangen, Mantelsäume und Kragen zu nähen und machte dieselbe für die Augen anstrengende Arbeit fortan so lange, bis ihr Körper zu unförmig geworden war, um an einem Nähtisch zu sitzen.

Und sobald Lottie entwöhnt ist, muss ich wieder hin.

Liese schaute auf das schlafende Kind, das Herz tat ihr beim Gedanken, von ihr wegzugehen, weh, aber zu viele Münder mussten durch ihre Arbeit gestopft werden, als dass sie hätte so tun können, als hätte sie eine andere Wahl.

»Was willst du jetzt machen?« Michael hatte sich vom dunkler werdenden Fenster abgewandt, während Liese sich Sorgen über die Zukunft gemacht und über das Vergangene geärgert hatte. Er hob die Hände hoch, als sie die Stirn runzelte.

»Geh mir nicht gleich an die Gurgel. Ich werde nicht versuchen, dir zu sagen, was du tun sollst, oder dir Befehle erteilen. Das würde ich gar nicht mehr wagen. Du hast bewiesen, dass du stärker bist als die meisten Männer, die ich kenne.«

Sein Lächeln war nur noch ein Schatten des Grinsens, das sein Gesicht immer in das eines Jungen verwandelt hatte. Das war verschwunden, als der Brief eingetroffen war, in dem in einem knappen Satz Ottos Tod mitgeteilt worden war, ohne eine Ursache zu nennen. Oder ihm einen Leichnam zu bieten, über dem er hätte trauern können.

»Ich will nur, dass du in Sicherheit bist, Liese. Aber ich weiß nicht, wie das gehen soll, wenn du in diesen Straßen gefangen bist, die zu sehr einem Ghetto ähneln. Oder wenn ich sehe, wie du davon ausgezehrt wirst, dich um drei Menschen zu kümmern, von denen nur einer wirklich ein Säugling ist, die aber alle drei die Ansprüche eines Säuglings haben.«

Seine Worte waren zu wahr, als dass sie sie hätte zurückweisen können.

Liese hörte, wie ihre Eltern sich auf der anderen Seite der Wand hin und her bewegten. Sie hörte ihr Murmeln, das sich nach und nach wieder zu einem Jammern steigern würde. »Wir haben Hunger. Was essen wir heute? Warum müssen wir so lange warten? Früher haben wir viel früher zu Abend gegessen.« Die täglichen Klagen ihrer Eltern, die die langen Stunden der Näharbeit bei schlechtem Licht, das Zusammenkratzen letzter Groschen aus leeren Geldbeuteln oder auch die Geburt eines Kindes einfach ignorierten. Die sich nur um ihre nie ausreichend gefüllten Bäuche drehten und nichts dafür taten, sie zu füllen. Sie stellte sich vor, wie sie zur Werkstatt zurückginge und Lottie der Obhut ihrer Großeltern überließe, die sie vernachlässigen würden. Es war genauso unvorstellbar wie, dass sie ihr altes Leben wieder zurückbekommen würden.

Als das Lamento darüber lauter wurde, dass es gar nicht nach Essen roch, rührte sich Lottie in ihrer Behelfswiege und begann zu krähen. Das leise Geräusch zupfte an Lieses Herz, als wäre die Nabelschnur zwischen ihnen beiden noch nicht durchtrennt. Niemand war wichtiger als Lottie, und niemandes Bedürfnisse durften über ihre gestellt werden.

»Kannst du Frau Zahl einen Brief von mir bringen?«

Sie konnte sehen, wie Michael mit seinem vorherigen Versprechen, ihr keine Vorschriften zu machen, kämpfte.

»Keine Sorge. Ich werde nicht versuchen, alles zu schaffen. Hier gibt es jetzt wirklich ein Wickelkind, und es wird Zeit, dass alle anderen endlich in Schwung kommen.« Sie nickte in Richtung der halb geöffneten Tür. »Die beiden sind jetzt nicht mehr mein Problem. Es wird Zeit, dass sie anfangen, ihren Beitrag zu leisten.«

Sie streckte die Hand in die notdürftige Wiege und streichelte Lotties Wange. »Wenn sie etwas essen wollen, wenn sie hier wohnen wollen, dann müssen sie aufhören, sich wie königliche Hoheiten zu benehmen, ihr Leben überdenken und anfangen zu arbeiten.«

KAPITEL 8

LIESE

BERLIN, SEPTEMBER 1940 BIS OKTOBER 1941

»Sch, mein Schatz, hab keine Angst.«

Liese legte sich das unruhige Kind an die Schulter und fragte sich, wen ihre Worte mehr beruhigen sollten. Lottie weinte nie, wenn die Sirenen jaulten, und zuckte kaum, wenn die Bomben fielen. Der erste Fliegeralarm in Berlin hatte losgeheult, da war das kleine Mädchen noch kein Jahr alt gewesen. Seither war es ein vertrauter Klang: drei langgezogene, auf- und abschwellende Töne, ein Heulen, ein Klagen. Das sich wiederholende Muster drang Liese bis ins Mark; Lottie konnte es wie ein Lied nachsummen.

»Schau dir die schönen Lichter an.«

Noch eine unnötige Aufforderung. Lottie hatte die Ärmchen ausgestreckt und versuchte, mit den Fingern die roten und grünen Funken einzufangen, die wie Glühwürmchen hinter dem schmutzigen Glas herunterschwebten, und nach den Suchscheinwerfern zu greifen, die silbrige Netze in den Himmel zeichneten. Nicht die nächtlichen Lichter oder der Lärm machten dem kleinen Mädchen Angst, sondern Stille.

Wenn die Überfälle aufhörten, oder in den Pausen zwischen den nächtlichen Angriffen wurden ihre Augen groß, sie begann zu brabbeln und wurde erst wieder ruhig, wenn Liese ihr ins Ohr gurrte oder Quatsch flüsterte. Lottie war ein Kriegskind, ihr kurzes Leben geprägt von dem Lärm und den Grausamkeiten der Kämpfe. Wenn Liese irgendetwas an Lotties Geburt bedauerte, dann war es das.

Zwei Uhr.

Die letzten Splitter der Schrapnellen waren vor zwanzig Minuten auf die Fensterbank geprasselt. Vielleicht käme die Entwarnung früh genug, um wenigstens noch ein kleines bisschen Schlaf zu erhaschen.

Liese legte Lottie in das schmale Klappbett, das sie sich teilten, und begann, beruhigend zu summen, während sie dem Kind die Decke um das zu dünne Bäuchlein schlug.

»Die Fenster und das Gebäude haben wieder einen Angriff überstanden, Glück gehabt.«

Sie begann, alles aufzuzählen, was an dieser Nacht gut war, als Lottie wegen der plötzlichen Stille jammerte. »Und das Verbot für Juden, die Schutzräume zu benutzen, hat uns eine Wanderung durch absolute Dunkelheit erspart, also noch mehr Glück gehabt. Du weißt ja, Mami hasst den Gedanken, unter die Erde zu steigen, noch mehr als irgendeine dumme, alte Bombe, die in die Wohnung kracht.«

Die Entwarnung erklang, und Lottie fielen die Augen zu.

Liese stand leise vom Bett auf und ging die wenigen Schritte zum Fenster. Das Lichterspiel war vorbei, die Straßen lagen wieder in Dunkelheit. Liese erschauerte, als sie hinunter in die sich ausbreitende Schwärze blickte, obwohl es eine warme Nacht war.

Ohne seine Ketten aus Licht war Berlin ein beklemmender Ort. Matt senkte sich die schwere Dunkelheit über die Stadt. Der sanfte Schein der Straßenlampen gehörte der Erinnerung an. Die Straßen und Bürgersteige wurden nur noch durch phosphoreszierende Markierungen angezeigt, die wie Reißzähne aussahen. Streifen für den Bordstein, für Ecken und Kreuzungen, Zickzacklinien für Stufen. Alle Markierungen waren nur hastig ausgeführt und lückenhaft; sie waren Fallen, wenn man zu schnell lief.

In der Verdunkelung behielt nichts seine eigentliche Form. Gebeugte, geschlechtslose Gestalten hasteten aneinander vorbei und grunzten, wenn sie sich berührten. Busse rumpelten vorbei, die Fenster mit dunkler Farbe zu schmalen Schlitzen verengt. Der Krieg hatte aus Berlin eine unterirdische Stadt gemacht. Und eine misstrauische. Selbst bei Tageslicht sprachen die Menschen auf der Straße nur miteinander, wenn sie mussten. Kommunikation fand meistens nur noch mit Kopfnicken und Augenrollen statt. Man beobachtete heimlich und sah dann schnell weg. Das Deutschland, das im Radio und in den Schlagzeilen verherrlicht wurde, mit seinen Paraden unter wehenden Flaggen, konnte Liese nicht entdecken. Dieses andere Deutschland trug den Kopf hoch erhoben und streckte die Schultern durch. Lieses Berlin bestand hingegen nur aus Schatten und enger werdenden Räumen.

Drei Uhr.

Sie hörte Bewegung im Schlafzimmer. Noch eine Stunde, dann würden ihre Eltern aufstehen, aus dem Bett gezwungen, bevor sie dazu bereit waren. Sie würden am alten, ramponierten Tisch sitzen und auf Frühstück warten, einen viel zu langen Weg zu ihrer Arbeit vor sich, die ihr Leben bestimmte.

Ich finde in unseren Werkstätten keine Arbeit für die beiden, es tut mir leid – niemand braucht das Maß an Aufmerksamkeit, das ein Paul Elfmann einfordert.

. . .

Liese war verzweifelt, als sie die erste Zeile von Frau Zahls Antwort auf ihren Brief las. Die zweite Zeile hatte allerdings Hoffnung geweckt: Sie versprach Hilfe dabei, ihre Eltern in einer Uniformfabrik unterzubringen, die verzweifelten Juden gern einen Hungerlohn zahlen würde. Es war ein tiefer Sturz für die beiden, aber Liese, der Lotties hungriges Weinen wehtat, war den Protesten und Tränen ihrer Eltern gegenüber standhaft geblieben. Sie hatte auf die sich schnell vermehrenden Gesetze zur Zwangsarbeit hingewiesen, die jetzt schon Juden in Steinbrüche, auf Baustellen und in den Straßenbau schickten. »Um Arbeit zu machen, die ihr nicht überleben würdet.« Sie hatte darauf bestanden und ihnen Essen vorenthalten, als Aussicht darauf, was ihnen bevorstand, wenn sie nicht hörten. Bis sie keine Argumente mehr hatten.

Nur mit Drohungen hatte sie die Elfmanns aus der Wohnung bekommen und ihnen die schmalen Lohntüten verschafft. Nur mit Drohungen brachte sie sie durch Tage, nach denen sie zu ausgelaugt waren, um Liese noch mit ihrer alten Klagelitanei zu belämmern.

Die Erschöpfung hatte Paul und Margarete in dem einen Jahr seit Kriegsbeginn um zehn Jahre altern lassen. Lichtmangel in der Fabrik hatte ihre Haut gelb werden lassen, und Pauls einst so strahlender Blick war zu einem Blinzeln verkommen. Margarethes Unfähigkeit, eine gerade Linie zu nähen, hatte sie in die feuchten Kartoffelberge verbannt, die als Arbeitsküche durchgingen. Ihre schlanken Finger waren klobig und knotig geworden und sprengten alle Handschuhe, die sie überzuziehen versuchte. Ihre Tage wurden von Achtstundenschichten bestimmt. Dazu der fünf Kilometer lange Weg morgens und abends, den sie schon bald nur noch schlurfend zurücklegten.

Liese hatte versucht, Busfahrkarten für sie zu bekommen, auch wenn sie ihr das nicht glaubten. Aber für Juden gab es keine: »Sie sollten für einen so kurzen Arbeitsweg dankbar sein.« Jeden Tag, wenn sie in ihre ausdruckslosen Gesichter sah, lag ihr der Anblick schwer auf der Seele, und das Schulgefühl stieg sauer in ihr auf. Was hatte sie ihnen da nur angetan? Dann warf sie einen Blick in den leeren Schrank, und ihre Verzweiflung wuchs noch mehr. Ihre Eltern waren gebrochen, und Liese wurde von dem Gewicht ihres Anteils daran niedergedrückt. Wenn ihr Elend aber bedeutete, dass Lottie nur einen kurzen Moment weniger vor Hunger schrie, dann würde sie dieses Kreuz dennoch tragen.

Essen. Der Mangel an Lebensmitteln und der Bedarf daran dominierten jede wache Stunde. Lieses Sammlung an Lebensmittelkarten war ein bunter Fächer und auch genauso nützlich, wenn es darum ging, leere Mägen zu füllen. Die Partei hatte ein straff reguliertes System eingeführt, um sicherzustellen, dass Deutschlands knapper werdende Ressourcen auf bestmögliche Art genutzt wurden: blaue Karten für Fleisch, grüne für Eier, gelbe für Fett, orangefarbene für Brot, rosafarbene für Reis, Tee, Mehl und Haferflocken. Mit diesem System konnten Deutsche eine ausgewogene Ernährung bekommen. Wenn auf die Karten, die Liese in Händen hielt, bloß nicht ein J gedruckt wäre. Wenn nur die Läden für Juden länger geöffnet wären als nur die letzten paar Minuten, bevor die Gitter heruntergelassen wurden. Wenn nur die Rationen, die allen anderen außer den »ehrlichen Deutschen« zugeteilt wurden, ausreichen würden, um ein Lebewesen satt zu bekommen, das größer als eine Maus war.

Liese hatte wie eine Goldsucherin alle Möglichkeiten ausgeschöpft. Lotties Lächeln hatte die Frau des Krämers bezaubert: Wenn Liese frühmorgens zum Laden kam und Lottie kitzelte, sodass sie lachen musste, konnte sie später am Abend, wenn sie wiederkam, eine Tasche mit Gemüse bekommen. Die Frauen, für die Liese nähte, teilten etwas Zucker mit ihr oder brachten ein in Stroh gewickeltes Ei mit. Die Frauen, deren Kinder sie zusammen mit Lottie betreute, während sie in den Fabriken schufteten, taten das Gleiche. Michael tauchte einmal pro Woche oder alle zwei Wochen auf und brachte eine Tüte Äpfel oder einen Streifen Schweinefleisch vorbei, deren Herkunft nicht hinterfragt wurde. Sie war für all das dankbar, aber nichts davon war garantiert.

An manchen Tagen konnte Liese nur eine Handvoll Rüben und eine trockene Scheibe Brot auftreiben, in dem so viel Schrot war, dass sie Angst hatte, Lottie könnte daran ersticken. Sie wurde eine findigere Köchin als die Küchenchefs, deren Speisen sie früher gedankenlos gegessen hatte. Sie wurde Ährenleserin und sammelte Hagebutten, Löwenzahn und Brennnesseln, die sie Salaten und Suppen hinzufügte, die jeder verabscheute und doch herunterschlang.

Egal, was sie tat, es reichte nie. Lotties Augen waren eine Spur zu groß für ihr Gesichtchen, ihre Arme und Beine zu schmal. Als »Hunger« das zweite Wort war, das sie nach »Mama« lernte, sank Liese zu Boden und weinte.

Vier Uhr.

Gleich würde die Schlafzimmertür sich öffnen, und die hungrigen Mäuler würden erscheinen. Ein heißes Getränk würde vielleicht die Illusion eines richtigen Frühstücks vermitteln.

Liese holte die Schachtel Ersatzkaffee, der nach Zichorien schmeckte und verbrannt roch, wenn man ihn aufbrühte, und ging in die schäbige Küche. Es war so früh, dass wenigstens eine der Kochstellen frei sein musste. Im Flur war es bitterkalt; die Kälte des glatten Fußbodens drang wie Eis durch Lieses dünne Schuhsohlen, und die einzige Glühlampe war schon seit Langem kaputt. Es gab keine Milch; nicht dass sie sie jemandem außer Lottie gegeben hätte. Es waren noch eine Kante Brot von gestern und ein winziger Rest mit Rüben gestreckter Marmelade da. Das musste für Paul und Margarethe reichen.

Unter dem Bett, in dem Lottie schlief, war noch ein eingewickeltes Eckchen Käse versteckt, außerdem eine Tüte mit zwei

Äpfeln und zwei Scheibchen Fleisch, das laut Schwur des Schwarzmarkthändlers Kaninchen sein sollte. Diese Beute würde versteckt bleiben, bis ihre Eltern in sicherer Entfernung von der Wohnung waren. Sie hatte Liese ihr letztes Paar Ohrringe gekostet und würde innerhalb von Minuten verspeist sein. Aber es würde Lotties Bäuchlein füllen, ihre Wangen rosig machen und für ein paar Stunden, vielleicht den ganzen Morgen, ihre Hohlwangigkeit vertreiben. Lange genug, um bis zum nächsten Tag durchzuhalten.

»Wo sind sie denn bloß, Püppchen? Es ist fast schon Sperrstunde.«

Lottie sah vom Bett hoch, wo sie mit der Lumpenpuppe, die Liese genäht hatte, komplizierte Sprünge und Drehungen vollführte. Sie lächelte.

»Abendessen?«

Liese hob ihre Tochter hoch und versuchte, nicht darüber nachzudenken, wie leicht sie war: Nach zwei Jahren des Aufwachsens mit stetig knapper werdenden Lebensmitteln war Lottie so leicht wie eine Tüte Federn.

»Mama traurig?«

Liese lächelte und kitzelte Lottie, bis sie wieder lachen konnte. Viel zu lange drinnen zu sein, keinen Zugang zu Spielplätzen oder Parks zu haben, immer nur an Lieses Seite zu sein, weil sonst niemand da war, das alles hatte Lottie viel empfänglicher für die Stimmungen ihrer Mutter gemacht, als ein Kind es sein sollte.

»Nicht traurig, Mäuslein, sondern nur hungrig, wie du. Also Abendessen. Aber du musst mit mir in die Küche kommen, und du musst brav sein. Du darfst den anderen nicht in den Füßen herumstehen oder Essen klauen, das uns nicht gehört. Versprochen?«

»Versprochen.«

Das Gesicht des kleinen Mädchens war feierlich, aber Liese wusste, wie flink ihre Finger waren, wenn die Kleine dachte, niemand würde hinschauen. Sie wusste auch, dass sie Lottie sagen sollte, wie falsch Diebstahl war, und dass alle anderen in ihrem Haus genauso hungrig waren wie sie selbst. Aber es war ihr Kind, das sie nachts schluchzen hörte, wenn ihr leerer Bauch wehtat, es war ihr Kind, dessen tränennasse, eingefallenen Wangen sie jeden Morgen abtrocknen musste. Und so fühlte sie sich zwar schuldig, aber die Worte blieben ungesagt.

Die Küche lag gleich hinter der nächsten Flurbiegung, aber trotzdem war es eine aufwendige Aktion, hinzugelangen. Sie musste die Tasche mit den Lebensmitteln, den Kochtopf und Löffel mitnehmen und alles balancieren, während Lottie unbedingt helfen wollte, und dann musste sie dafür sorgen, dass die Tür hinter ihr abgesperrt war. Liese konnte nichts im gemeinsam genutzten Bereich lassen, weil sie andere Finger fürchtete, die genauso schnell waren wie die von Lottie, und sie konnte die Wohnungstür nicht offen lassen. Wie durch ein Wunder oder weil jemand nicht genau genug hingeschaut hatte, hatten die Elfmanns ihre beiden Zimmer behalten dürfen, während das restliche Gebäude immer voller wurde. Bisher hatte niemand etwas gegen die Elfmanns gesagt. Das hieß aber nicht, dass es dabei blieb. Schließlich waren alle durch die schrecklichen Bedingungen, die sie ertragen mussten, gebrochen und hofften verzweifelt auf etwas Raum und Würde für ihre eigenen Familien.

Dass ihre Eltern zu spät kamen, bedeutete, dass Liese später als sonst kochte, deshalb war die Küche leer. Darin hing der Mief des Essens aus Kohl und Rüben, das die anderen Bewohner zubereitet hatten. Es stank wie auf einem Bauernhof. Sie setzte sich und begann, schnell zu arbeiten. Sie schnitt Möhren und Zwiebeln und die spärlichen Fleischstückchen, um daraus eine dünne Suppe zu kochen. Sie hatte gehofft, das Fleisch würde für zwei Tage reichen. Jetzt, wo die Ernte des

Tages im Topf war, bezweifelte sie, dass es über die vier zu füllenden Teller dieses Abends hinaus reichen würde.

»Hunger, Mama. Püppi auch.«

Lotties Augen waren riesig, ganz auf den kochenden Inhalt des Topfes gerichtet.

Liese gab ihr einen Karottenstift und sagte ihr, sie solle ihn langsam knabbern. Sie versuchte noch danach zu schnappen, als das Mädchen ihn ganz in den Mund steckte und herunterschluckte.

Ihre Rationen waren so klein geworden, dass sie hinten und vorne nicht mehr reichten, während die Restriktionen immer weiter ausgedehnt wurden. Juden durften keinen Fisch, keine Eier und kein Obst mehr bekommen, auch nichts Gebackenes außer Kommissbrot. Liese hatte sich um die Regeln herumgemogelt, so lange es ging, aber dann hatte die Partei ihre neueste Waffe eingesetzt, und die hatte sie besiegt: Juden, die älter als sechs Jahre waren, mussten immer einen gelben Stern sichtbar an der Kleidung tragen. Über Nacht war Liese so unübersehbar geworden wie die Straßenmarkierungen für die Verdunkelung. Die Frau des Krämers, die wachsam auf die Nachbarn schielte, kannte sie nicht mehr. Die Schwarzmarkthehler verdreifachten ihre Preise. Niemand, für den sie nähte, hatte noch etwas über, was er ihr geben konnte.

»Das stinkt, Mama.«

Das Essen war angebrannt, während sie gegrübelt hatte. Liese zog den Topf von der Platte und ignorierte das Brennen, das ihr durch die Hand schoss.

»Wir gehen zurück, Püppchen. Hilf Mami, die Türen zuzumachen.«

Die Wohnung war noch abgesperrt, Paul und Margarethe waren nun so spät dran, das ihr der Hals eng wurde. Neuerdings verschwanden Leute. Neue Familien zogen in die plötzlich leer gewordenen Zimmer, und keiner sagte etwas über die vorherigen. Es gab Gerüchte über Züge, die mit unbekanntem

Ziel die Stadt verließen, über ganze Bezirke, die menschenleer waren. Michael war ständig gereizt. Liese musste weghören, wenn er zu schimpfen begann. Sie war zu sehr davon in Anspruch genommen, sich ums tägliche Überleben zu sorgen, um über Dinge nachzugrübeln, die außerhalb ihrer Kontrolle lagen.

Als die Tür endlich aufging, schöpfte sie sich gerade Suppe und kratzte die angebrannten Stücke in ihren Teller.

Ein paar Minuten später, und wir hätten ihren Anteil essen können.

Sie schaffte es, ihre Eltern zu begrüßen und wünschte sich, sie würde sich schuldbewusster fühlen. Dann sah sie die Tränen, die Margarethes Wangen befleckten, und ihr verging der Appetit.

»Lieber Gott, bitte sagt nicht, dass ihr eure Arbeit verloren habt. Seid ihr deshalb so spät dran? Weil ihr mir nicht unter die Augen treten wolltet?«

Ihre kauernde Haltung ließ sie verstummen. Sie konnte sehen, wie verzweifelt sie waren. Sie wäre gern freundlicher gewesen, aber die Vorstellung, nun auch ohne ihr winziges Gehalt auskommen zu müssen, lag Liese wie ein Stein im Magen. Paul öffnete den Mund, bekam aber nicht heraus, was er sagen wollte. In Lieses Nacken prickelte es.

»Iss die Suppe langsam, Lottie, lass sie abkühlen.«

Das Kind hörte nicht auf sie und arbeitete sich mit dem gewohnt hohen Tempo durch seine Portion.

Liese hielt die Tür auf und winkte ihre Eltern in das Schlafzimmer ihrer Wohnung. Sie standen zu dritt dicht gedrängt darin, und es war deutlich kälter als nebenan, wo der einzige Ofen brannte. Liese sah, wie ihr Atem Muster in der Luft hinterließ. »Was ist los? Was ist passiert?«

Paul hielt ihr einen Umschlag entgegen. Liese sah, dass Margarethe einen identischen in der Hand hatte.

»O nein, nicht das. Das darf nicht sein.«

Jeder Jude wusste, was diese Buchstabenfolge bedeutete: *Umsiedlung*. Ein Wort, das jeder flüsterte und niemand verstand.

»Warum solltet ihr ausgesucht worden sein? Eure Arbeit ist doch wichtig. Soldaten brauchen immer noch Uniformen.«

»Aber keine, die von Juden gemacht sind. Sie entlassen uns alle. Sie haben ausländische Arbeiter hergebracht, aus Polen und Österreich, die genauso gut nähen können wie wir.«

Paul setzte sich schließlich auf das durchhängende Doppelbett und zog Margarethe neben sich. Er knöpfte ihr den Mantel auf und zupfte ihr die zu engen Handschuhe so vorsichtig von den Händen, als wäre sie ein Kind.

Liese senkte den Blick – es war nicht leichter geworden, die Nähe zwischen den beiden mitanzusehen – und öffnete die Umschläge. Sie waren identisch, säuberlich geschrieben, höflich formuliert. Beide trugen im Briefkopf die Zeile, die sie schon erwartet hatte: *Umsiedlungsbescheid*. Mit dem Datum von morgen. Liese wusste nicht, was man ihren Eltern gesagt hatte, wann sie wegmussten, und sie konnte sich nicht vorstellen, sie danach zu fragen.

»Geht zu Tisch. Esst.«

Das musste sie ihnen nicht zweimal sagen.

Liese wartete, bis sie dabei waren, die mittlerweile kalte Suppe zu vertilgen, erst dann faltete sie die Briefe ganz auf. Jeder Umschlag enthielt auf zwei Seiten Anweisungen, die vorbildlich klar formuliert waren. Die genaue Uhrzeit, zu der die Elfmanns sich am Sammelpunkt in der Levetzowstraße einfinden mussten, war oben auf dem ersten Blatt vermerkt. Es folgten die Gegenstände, die sie mitnehmen durften, alphabetisch aufgelistet, als ob irgendjemand noch eine detaillierte Liste von Gegenständen besitzen würde. Zuletzt war die Anzahl der erlaubten Taschen vermerkt und wie diese gekennzeichnet werden mussten, einschließlich der Geld- und Schmuckbörsen, die bei der Ankunft abgegeben werden mussten. Auf der zweiten Seite stand eine Inventarliste mit Lücken, in die jeder Gegenstand und dessen Wert eingetragen werden musste, die in der Wohnung waren. Der Betrag würde »auf die Reisekosten angerechnet, um Unstimmigkeiten auszugleichen.« Das System der Entschädigungen für die Kristallnacht im industriellen Stil.

Liese faltete die Blätter zusammen und versuchte, ruhig zu bleiben, als sie zurück in das Hauptzimmer ging. Lottie spielte mit ihrer Puppe und hörte den Erwachsenen nicht zu. Sie setzte sich an den Tisch und bemerkte plötzlich, dass sie an den Splittern im Holz knibbelte, was sie Lottie immer verbat.

»Hat jemand euch gesagt, wann ihr lossollt?«

»Wir wissen, dass es morgen ist. Darin waren sie präzise. Was den Ort angeht, hat man uns nur Litzmannstadt genannt. Es könnte eine Stadt in Polen sein; da war sich niemand sicher.«

Pauls Stimme war so kraftlos, seine Schultern hingen so schlapp herunter, dass Liese ihn umarmen wollte. Als sie zu ihm ging, um das zu tun, fing Margarethe zu weinen an. Nicht auf die demonstrative, anklagende Weise, an die Liese gewöhnt war, sondern tonlos, mit großen Tränen, die wie Regentropfen an einem leeren Gebäude herunterrannen. Paul zog sie auf die Beine, bedeckte ihr Haar mit Küssen und führte sie ins Schlafzimmer zurück. Liese ging ihnen nach, obwohl keiner von beiden sie darum bat.

»Nicht, meine Liebste, bitte.«

Paul setzte Margarethe auf das Bett und zog sie in die Arme. »Vielleicht wird dieser Umzug gar nicht so schlimm. Keine Sklavenarbeit mehr. Eine richtige Wohnung. Und wir sind zusammen; wir haben unsere Briefe gleichzeitig bekommen, also können wir uns wenigstens darin sicher sein. Was kann schon so schlimm sein, wenn wir nur zusammen sind? Was brauchen wir sonst noch?«

Margarethe schmiegte sich fest an ihn. Paul hielt sie so fest, dass keine Lücke zwischen ihren gebeugten Körpern war.

Keiner hörte das Klopfen an der Tür, das Liese, die blinzeln musste, wieder fortzog.

»Die Bescheide sind an alle Juden gegangen, die noch in den Bekleidungsfirmen in Mitte arbeiten. Wir haben es gerade erst erfahren.« Michael umarmte Liese kurz und beugte sich zu Lottie hinunter, die seine Beine wie ein Schraubstock umarmte. »Hier, du Naseweiß.«

Er zog ein Stück Schokolade aus der Tasche und gab es ihr. Lottie quietschte vergnügt und tanzte zurück zu Püppi und dem Bett. Liese blieb stehen, wo sie war, in seiner schützenden Umarmung. Er roch nach sauberem Regen und frischer Farbe, sie hätte den Geruch stundenlang einatmen mögen.

»Wo sind sie?«

Liese nickte zur Schlafzimmertür. Paul hatte sie zugemacht, nachdem sie hinausgegangen war. Sie fragte sich, wie schnell sie sie wieder vergessen hatten. Sie war froh, dass Michael ihr die Hand drückte und damit ihre lospreschenden Gedanken wieder einfing.

»Ich kann nichts dagegen machen, Liese, leider. Wenn die Namen erst einmal auf einer Liste stehen, wird es zu gefährlich, jemanden verschwinden zu lassen.«

Liese setzte sich hin. Die spärlichen Reste der Suppe, die ihre Eltern zu müde zum Zusammenkratzen gewesen waren, waren steif geworden und rochen scharf. Ihr Bauch revoltierte.

»Du hast dein Bestes getan, und dafür bin ich dankbar. Aber du weißt genauso gut wie ich, dass sie nicht hätten verschwinden können, ob sie nun auf einer Liste stehen oder nicht. Das ständige Umziehen, die Namensänderungen, die Detailgenauigkeit, die ein Leben unterm Radar braucht – dafür haben sie nicht die Geduld oder die Fähigkeit. Sie sind hilflos, waren es immer. Wer weiß, was ohne mich aus ihnen geworden wäre; nicht dass es sie kümmert, was ich für sie aufgegeben habe. Nicht dass sie irgendetwas außer ihnen selbst kümmert.« Sie versuchte, nicht verbittert zu klingen, aber die Zurückweisung ihres Vaters – *was kann schon so schlimm sein, wenn wir nur zusammen sind, was brauchen wir mehr?* – tat weh.

»Und jetzt brauchen sie dich nicht mehr. Du kannst dich verstecken und in Sicherheit bringen.«

Liese sah auf Lottie, die mit schokoverschmiertem Mund eingeschlafen war. Sie wollte ihm glauben, aber was hatte sich wirklich geändert? »Ich weiß nicht, ob das stimmt, Michael, so sehr du es dir auch wünschst. Wie soll ich mich denn mit ihr verstecken? Bei dir ist das etwas anderes. Du kannst dich wie ein Schatten in Berlin bewegen. Wenn ich allein wäre, würde ich sofort mit dir kommen, aber das bin ich nicht. Man kann ein Kind doch nicht in so große Gefahr bringen. Zumindest ich kann das nicht.«

Er umklammerte ihre Hand so fest, dass sie sie ihm nicht entwinden konnte. »*Ich kann nicht* klappt jetzt nicht mehr, und ich hätte es vorher schon nicht zulassen dürfen. Hör mir zu. Paul und Margarethe haben keine andere Wahl: Sie müssen tun, was in den Briefen steht, und weggehen. Sobald sie weg sind, schickt die Gestapo ihre Mannschaften aus. Sie werden die Wohnung ausräumen und sie neu zuweisen. Wenn du noch hier bist, wenn die Soldaten kommen, werden sie dich und Lottie mitnehmen. Du kannst nicht mit ihnen verhandeln. Sie werden sich nur dafür interessieren, dass du Jüdin bist und Wohnraum belegst, den sie als ihren Besitz betrachten, für nichts anderes. Und wenn du nicht da bist, suchen sie weiter. Du bist registriert; sie wissen, dass es dich gibt.«

Liese drehte sich der Kopf bei dem Gedanken an Soldaten oder uniformierte Schläger in der Nähe ihrer Tochter. Aber weglaufen? Abtauchen, zu den »Leuten im Untergrund« stoßen, wie Michael sie nannte, und ein Leben auf der Flucht führen? Lottie Gott weiß welchen Umständen aussetzen, die das mit sich brachte? Es war genauso unvorstellbar wie der Sprung in ein bodenloses Loch. Es gab nur eine Alternative, die sie sich vorstellen konnte, auch wenn es keine war, die ihr gefiel.

»Vielleicht sollte ich tun, was sie wollen, und mit meinen Eltern gehen? Wäre das wirklich so schlimm, Michael? Woanders wieder neu anzufangen? Sicher wäre eine Umsiedlung irgendwohin besser und leichter zu ertragen als dieses Leben von der Hand in den Mund?«

Plötzlich sah er doppelt so alt aus, wie er war. »Du sagst Umsiedlung, als würden sie euch eine Villa auf dem Land anbieten. Du weißt doch, dass das nicht der Fall ist. Was morgen wirklich stattfindet, ist *Deportation*. Wenn du das Wort benutzt, klingt es nicht mehr so freundlich. Diejenige, die morgen von Berlin aus startet, ist die dritte innerhalb eines Monats. Keiner hat von den Menschen, die mit den ersten beiden Transporten weggebracht wurden, je wieder etwas gehört. Der Zielort, den sie nennen, ist jedes Mal derselbe, Litzmannstadt. Aber keiner weiß genau, wo oder was das ist. Außer dass es in Polen liegt. All unsere Berichte besagen, dass die Juden in Ghettos gepfercht werden, in denen …« Er unterbrach sich.

Liese sah zu der geschlossenen Schlafzimmertür und wusste, dass sie nicht mehr hören wollte und ihn gleichzeitig doch zum Weiterreden bringen musste. »Sag es mir. Wenn du willst, dass ich mich in Berlin verstecke und meine Tochter der Gefahr aussetze, die ein Leben als Illegale mit sich bringt, dann musst du mir alles sagen. Ich muss die richtige Wahl treffen.«

Als er weitersprach, redete er zu schnell, als dass Liese ihn hätte unterbrechen können. »Aus dem Osten erreichen uns Gerüchte von Massakern. Von Zügen, die voll aus Deutschland abfahren, aber leer sind, wenn sie ankommen, und keiner weiß, wo die Passagiere sind. Aber andere Gerüchte berichten von tausenden erschossenen Juden, deren Leichen verbrannt oder in Gruben verscharrt werden. Wir hören von Ghettos in Polen, Warschau und Krakau, in denen Hunger und Krankheit wüten. Wo Menschen ohne medizinische Versorgung eingepfercht werden, auch die Kinder und die Alten. Von sogenannten

Arbeitslagern, deren Insassen zum Arbeiten gezwungen werden, bis sie tot sind. Die Nazis schicken uns an Orte, zu denen uns niemand folgen kann, sodass niemand sehen kann, was sie dort tun. Sie töten uns, Liese. Unser Verdacht, was sie vorhaben, ist Realität geworden. Es passiert.«

Weder aus dem Nebenraum noch von dem Bett, auf dem Lottie wie ein Seestern lag, alle Viere von sich gestreckt, drang ein Laut. Von der Straße drang kein Geräusch herein. Die Welt war so still, als hätte sie aufgehört, sich zu drehen. »Du kannst sie nicht retten, Liese. Aber Lottie kannst du retten.«

In ihrem Kopf drehte sich noch immer alles, alles zerfaserte, aber Liese konnte nicht erkennen, welchem Faden sie folgen sollte. Wenn sie hierblieb und die Gestapo kam, würde es keine zweite Chance mehr geben. Wenn sie weglief, müsste sie sich auf ihr Glück verlassen, mehr hatte sie nicht. Egal, was sie tat, ihre Eltern waren verloren. Was sie auch tat, es gab keine Garantie für Lotties Sicherheit, dabei war das ihre einzige Aufgabe. Aber sie konnte es versuchen. Und ihre Eltern hatten einander, was, wie ihr Vater klargestellt hatte, alles war, das sie je gewollt hatten.

Lottie drehte sich im Schlaf um und zog die Puppe dichter an sich. Sie war so klein; sie sah aus, als würde sie in Lieses Tasche passen. Liese ging zum Bett und schlang die Arme um ihre Tochter. Lottie umklammerte sie im Gegenzug wie eine Weinrebe. Sie waren eine Einheit, und das raubte Liese den Atem.

»Nicht heute Nacht.«

Sie schüttelte den Kopf, als Michael widersprechen wollte. »Morgen fahren sie Gott weiß wohin, und sie sind immer noch meine Eltern. Was wir einander auch gewesen sind, ob sie mich nun brauchen oder nicht, die Familie, als die wir uns mal bezeichnet haben, verdient wenigstens das.«

»Danach kommst du mit? Keine Ausflüchte mehr?«

Liese legte sich auf das Kissen und wiegte ihre Tochter.

Sie konnte sich ein Leben ohne ihre Eltern vorstellen, auch wenn es mehr schmerzte, als sie mit Worten ausdrücken konnte. Aber sich eine Welt vorzustellen, die sich nicht um Lottie drehte, war unmöglich. Die Liebe, die sie an ihre Tochter band, war so stark wie Eisen, sie würde allen Herausforderungen, die noch kommen mochten, standhalten.

Sie küsste Lotties weiches Haar und nickte Michael zu.

»Danach komme ich mit.«

KAPITEL 9

LIESE

BERLIN, NOVEMBER 1942 BIS SEPTEMBER 1943

Lebe deine Scheinidentität, gib dein altes Ich auf. Vertraue niemandem. Sei immer auf der Hut.

In dem Jahr seit Pauls und Margarethes »Umsiedlung« und seit Liese mit Lottie im Untergrund lebte, hatten sich die Nazis nur noch entschlossener gezeigt, alle Juden Berlins loszuwerden. Im Leben der beiden gab es niemals Stillstand. Liese hatte innerhalb von zwölf Monaten vier verschiedene Namen getragen und zweifelte nicht daran, dass der fünfte bald folgen würde. Die Zahl der Zimmer, die Lottie und sie bewohnt hatten, war zu groß, um sie noch zu zählen. Michael hatte sie in Kellern, Dachgeschossen, improvisierten Unterkünften in Treptow, Friedrichshain und Prenzlauer Berg untergebracht, seit er Liese weinend und mit Lottie auf dem Arm aus der Cuxhavener Straße weggelockt hatte. Der Anblick ihrer Eltern, die Hand in Hand und aneinander gelehnt davongegangen waren, ohne zurückzuschauen, hatte sie mehr gebrochen, als sie es sich hätte vorstellen können.

»Ich kann nicht. Ich kann sie nicht so ziehen lassen. Was, wenn ich sie nie wiedersehe?«

Sie hatte Lottie Michael in den Arm gedrückt und war den Korridor entlanggelaufen, hatte ihre Eltern angeschrien, sie sollten stehen bleiben, hatte sich Lotties ängstlichem Weinen und Michaels wütenden Rufen gegenüber taub gestellt.

»Ihr müsst hierbleiben, ihr müsst. Ich lasse mir was einfallen, ich verstecke euch.«

»Und dann?« Pauls Gesicht, als er sich ihr zuwandte, war so grau und sah so alt aus, dass Liese ihn für einen Fremden gehalten hätte, wenn er ihr auf der Straße begegnet wäre. »Sie werden uns finden. Und dann zahlst du dafür. Du und Lottie. Damit könnten wir nicht leben.«

»Es wird nicht so kommen, wirklich nicht!«

Als er die Hand ausstreckte und ihr über das Haar strich, dachte Liese, ihr würde das Herz stehen bleiben.

»Wir waren dir keine große Hilfe.« Er schüttelte den Kopf, als sie etwas sagen wollte. »Es ist gut, dass ich der Wahrheit endlich ins Angesicht blicke, auch wenn es zu spät ist, noch etwas gutzumachen. Wir dachten, die Welt würde uns immer gehören, weißt du. Und wir sind für das, was aus ihr geworden ist, nicht gewappnet. Deine Mutter ist mein Lebensinhalt, Liese, und Lottie ist deiner. Lass uns gehen; schütze das, was wirklich wichtig ist.«

Er drehte sich wieder um, bot Margarethe seinen Arm, die sich unterhakte, dann gingen sie davon. Liese hatte nicht mehr gerufen, Paul sah nicht zurück. Als Michael sie vom Boden hochzog, auf den sie gesunken war, wehrte sie sich nicht.

Sie hatte vergessen, wie sie die Wohnung verlassen hatten, auch an die erste Unterkunft, in die er sie geschickt hatte, erinnerte sie sich nicht mehr. Keine der Unterkünfte, zu denen Michael sie seitdem gebracht hatte, lag in Bezirken, die sie kannte, und die meisten der dunklen Straßen blieben ein Geheimnis. Jeder Umzug wurde bei Nacht gemacht, und nicht jede Wohnung war sicher genug, um sie zu verlassen, so sehr Lottie auch darum bettelte, mal rauszugehen. Jeder Tag dämmerte so voller Gefahr herauf, dass Lieses Nerven ständig gespannt waren. Aber wenigstens dämmerten die Tage herauf, das sagte sie sich immer wieder vor. Auch wenn zu viele Tage neue Bedrohungen mit sich brachten, die sie vorher nie gekannt hatte.

»Du darfst niemandem vertrauen und musst stets auf der Hut sein. Die Nazis sind nicht unser einziges Problem. Überall lauern Greifer: jüdische Kollaborateure, Denunzianten. Sie arbeiten für die Gestapo und jagen Untergetauchte. Manche von ihnen sind darin besser als ihre Chefs.«

»Warum tun sie das?«

Michael hatte die Schultern gezuckt, und ihm war sichtlich unwohl bei seiner nichtssagenden Antwort. »Wer weiß. Geld, nehme ich an. Oder damit sie unbehelligt leben können, oder um ihre eigenen Familien vor den Deportationszügen zu retten. Was auch ihre Gründe sind, für ihren Verrat an uns haben sie eine Kugel verdient. Wir haben alle Informationen gesammelt, die wir bekommen konnten. Irgendwann wird abgerechnet. Stella Kübler ist am schlimmsten, aber sie nimmt sich hauptsächlich Männer vor, die dumm genug sind, auf ihr Lächeln und ihre Schmeicheleien hereinzufallen. Die meisten Greifer erkennt man nicht, und da liegt das Problem. Wenn jemand dich zweimal anschaut oder sich dir nähert und so tut, als ob er dich kennt, unterbrich sofort den Augenkontakt und geh weg.«

Es gab so viele Regeln, und sie alle waren, wie Michael insistierte, fürs Überleben gleichermaßen wichtig. Liese, die fest entschlossen war, keinen falschen Schritt zu tun, prägte sie sich alle ein, bis sie in einer endlosen Schleife durch ihren Kopf zogen.

»Wenn möglich, bleib drinnen. Wenn du raus musst, sorg dafür, dass du immer hübsch und sauber aussiehst, egal, wie schwer es ist, an heißes Wasser und Seife zu kommen. Checke die Straßen nach Hauseingängen und Einfahrten ab, in die du verschwinden kannst. Sei selbstbewusst. Sei eine von ihnen. Geh mit hoch erhobenem Kopf und durchgestrecktem Rücken. Trag immer sichtbar eine Ausgabe des *Völkischen Beobachters* mit dir herum. Lauf nicht, außer wenn jemand eine Waffe auf dich richtet, und dann wäre Weglaufen Zeitverschwendung. Du darfst nie ängstlich, schmutzig oder fehl am Platz aussehen. Sieh nie so aus, wie die sich eine Jüdin vorstellen.«

Nicht dass irgendein echter Mensch so aussehen könnte, wenn man die hasserfüllten Karikaturen betrachtete, die die Partei verbreitete. Aber das machte nichts. Haltung, Kleidung, Haut- und Haarfarbe: Alles konnte als Waffe benutzt werden, über alles musste man gründlich nachdenken.

Liese hatte den Stern von ihrem Mantel abgelöst und ihre Locken von Brünett zu Platinblond umgefärbt, bevor sie ihren ersten neuen Namen angenommen hatte. Die Haarfarbe, die sie sich von Michael hatte beschaffen lassen, stank und brannte wie die Stiche eines ganzen Bienenschwarms. Lottie hatte einen Blick auf ihre neue, erblondete Mutter geworfen, und war vor Angst in Tränen ausgebrochen.

»Sie wird sich daran gewöhnen. Es ist sowieso besser, dass ich ihr ähnlicher sehe. Gott sei Dank hat Bardou ihr seine Haut- und Haarfarbe vererbt, sonst hätte ich sie der gleichen Prozedur unterziehen müssen.«

Schließlich war Michael derjenige, der das Mädchen beruhigte und davon überzeugen konnte, dass die neue Mami genauso hübsch war wie die alte. Als das Kind endlich eingeschlafen war, ging er noch einmal raus und kam mit so vielen Flaschen Färbemittel zurück, wie er hatte auftreiben können.

»Das war eine gute Idee. So ziehst du keine Aufmerksamkeit auf dich, und mit blondem Haar sind auch die Papiere leichter zu fälschen. Die meisten unserer brauchbaren Fotos sind von ›echten‹ deutschen Frauen.«

Liese fragte nicht mehr nach den geisterhaften Frauen,

deren Leben sie übernahm. Es waren die Toten; die Ausgebombten und Vermissten – und diejenigen, deren Identität aus nachlässig offen gelassenen Handtaschen gestohlen wurde. Nichts war wichtig außer ihren Namen und den Geburtsorten. Diese Regeln lernte Liese genauso schnell wie alle anderen.

»Wenn du nach deinem Ausweis gefragt wirst, überlege, ob du ihn wirklich vorzeigen musst. Wenn die Polizei abgelenkt ist oder eine ganze Gruppe kontrollieren muss, sag, dass du erst hergezogen bist und dich noch nicht anmelden konntest. Wenn du ihn auf jeden Fall vorzeigen musst, sag dasselbe. Du bist neu hier. Eine Näherin, die gekommen ist, um in der Fabrik zu arbeiten, und noch auf der Suche nach einer Unterkunft. Sag, du bist Witwe und dass dein Mann sein Leben fürs Vaterland geopfert hat. Blinzel ein paar Tränen weg, das funktioniert normalerweise. Wir tauschen die Papiere immer wieder aus, damit die Angaben, die du über deine Herkunft gemacht hast, nicht so lang herhalten müssen, dass sie deine Deckidentität verdächtig erscheinen lassen.«

Michael ging ganz sachlich damit um und schwor, dass die gefälschten Ausweise, die er ihr gab, sicher waren. Er zeigte Liese die einzelnen Komponenten, damit sie sehen konnte, mit welcher Sorgfalt sie erstellt worden waren. Die Blankopapiere, die aus einem Netzwerk gut geschmierter Polizisten stammten, die sorgsam abgelösten Fotografien. Wie der ursprüngliche Stempel von dem alten Ausweis abgelöst wurde, indem man ein hartgekochtes Ei über den Abdruck rollte, um ihn anschließend auf den neuen zu übertragen.

Sobald sie ihren ersten Ausweis hatte, übte Liese, ihn vorzuzeigen und betrachtete sich dabei im Spiegel, bis ihr Gesichtsausdruck normal wirkte. Trotzdem dachte sie, als sie zum ersten Mal kontrolliert wurde, das Herz würde ihr aus der Brust springen, und die Papiere, die sie in ihrer steifen Hand hielt, würden *Lügnerin* und *Jüdin* schreien. Zu guter Letzt sah der Polizist kaum darauf, weil er von Lottie und ihrem breiten Strahlen abgelenkt war. Nur ein Wachmann wandte einen Trick an, von dem noch nicht einmal Michael gehört hatte: Er hatte eine Tüte mit Süßigkeiten und ging in die Knie. »Und wie heißt deine Mama, Süße?«

Liese hatte nicht gewusst, dass ein Mann so erröten konnte, bevor Lottie, den Kopf zur Seite gelegt und die Hand in ihren Schatz vergraben, abgeklärt »Mami« antwortete.

»Aber was ist in ein paar Monaten, wenn sie mehr Wörter sprechen kann? Oder nächstes Jahr, wenn sie ihn fragen kann, warum er das wissen will?«

»Bis dahin ist der Krieg vorbei, mach dir keine Sorgen.«

Seine Standardantwort, die sie nie glaubte.

Michael hatte Hitlers Einmarsch in Russland 1941 und Stalins darauffolgenden Wandel vom Verbündeten zum Feind so behandelt, als wäre die Wendung ein Triumph kommunistischer Außenpolitik. Als wäre, »wenn jeder am richtigen Platz und Schulter an Schulter gegen den Faschismus steht«, das Kriegsende in Sichtweite. Liese konnte allerdings keine Anzeichen dafür erkennen.

Berlin litt unter den Kürzungen, sogar diejenigen, die ihre Rechte behalten hatten, litten. Lebensmittelkarten wurden genauso oft als Heizmittel benutzt wie zum Einkaufen. Die Bombenangriffe der Alliierten fielen etwas milder aus als in den anderen deutschen Städten, deren Ziele immer noch vor allem die Industriebetriebe am Stadtrand waren, aber die Einschläge rückten näher, Häuser wurden zu Schutthaufen, die Bürger Berlins zu Flüchtlingen. Zweimal hatte Michael Lottie und Liese zu einem sicheren Haus gebracht, das dann nur noch aus dem Kellergeschoss bestand, welches noch dazu längst voll belegt war.

Gerüchte waren die einzige Informationsquelle. Michael war Lieses einzige sichere Verbindung zur Außenwelt. In den wenigen Stunden, die Liese zum Nachdenken gehabt hatte, bevor sie untergetaucht war, hatte sie sich die Menschen im

Untergrund als eine Art neue Familie vorgestellt. Kommunisten, Juden – alles Illegale – und Parteihasser, die zusammenarbeiteten, um sich gegenseitig zu unterstützen. Sie hatte sich damit getröstet, dass sie ganz neue Menschen kennenlernen würde, und sich eingeredet, dass sie auf Spielkameraden für ihre einsame Tochter treffen würden. Aber jetzt sagte sie nur etwas, wenn sie musste, und bestach Lottie, gar nicht zu sprechen. Sie war in noch größere Isolation geraten.

Sie durften kein Radio haben. Außer Michael trafen sie niemanden. Die einzigen Nachrichten kamen aus Zeitungen, die mehrere Tage alt waren, und dem bisschen Tratsch, den Michael mitbrachte. Liese war Meisterin darin geworden, aus nichts Spiele zu machen, und Lottie hatte sich schließlich an die Stille gewöhnt. Es brach Liese das Herz, wie gut die Dreijährige inzwischen zu flüstern gelernt hatte.

Keine der Wohnungen, die sie bezogen, fühlte sich wie ein Heim an. Die Möbel waren immer spärlich, die Wände und Schränke immer kahl und leer. Lotties und Lieses Welt war auf die Größe eines Koffers zusammengeschrumpft, und darin war kein Platz für Persönliches. Einzig Püppi überlebte garantiert jede Flucht. Ohne sie bewegte sich Lottie nicht vom Fleck. Sie lebten ohne Farben, und die Farben von draußen lebten vor allem in der Erinnerung. Sie wagten sich selten vor der Abenddämmerung hinaus. Die Familien, die sie durch die Flure schleichen oder auf der anderen Seite der Wände flüstern hörten, blieben unsichtbar. Michael kam stets allein; er führte sie allein von einer Wohnung zur nächsten und sprach nie von Kollegen oder Freunden.

»Wir arbeiten in Zellen. Manchmal zu zweit, manchmal zu dritt, nie mehr. Einer, der schreiben kann, einer, der drucken kann und jemand mit einem Händchen fürs Verteilen, das ist das Ideal. Ich bekomme Listen sicherer Orte, Nachrichten mit der besten Zeit für euch und die anderen, umzuziehen, und Infos, wo man Papiere hinterlegen kann. Ich arbeite unter

Decknamen und frage selbst nie nach Namen. So muss es auch sein. Wenn sie mich schnappen, dann nur mich, niemanden sonst.«

»Fühlst du dich nicht einsam?«

Er verstand die Frage gar nicht. »Wieso? Ich bin zu beschäftigt. Es müssen immer Leute umziehen, es gibt immer Flugblätter in der Stadt zu verteilen. Unser System ist inzwischen so rationell, dass selbst die Nazis neidisch wären. Unsere Agenten haben die Fabriken, die Universitäten und sogar die Post infiltriert. Und du solltest mal sehen, wie wir unsere Materialien tarnen. Der letzte Schwung wurde als Kuchenrezepte getarnt verteilt; die davor waren in Bedienungsanleitungen für Kameras versteckt. Das war meine Idee. Wenn man sie aufschlägt, steht überall die gleiche Nachricht drin: *Hitler kann den Krieg nicht gewinnen, nur noch verlängern. Das deutsche Volk wird seiner Rechte beraubt: Es ist Zeit, für die Freiheit aufzustehen.* Jeder liest sie. Es sind so viele da draußen, die Leute kommen gar nicht daran vorbei.«

Seine Augen leuchteten so wie die des Jungen, den sie vor vier Jahren im Salon beim Stehlen erwischt hatte. Seine Leidenschaft für den Kampf und seine Ideale waren ungebrochen.

Liese beneidete ihn. Sie hätte so gern etwas getan, womit sie ihm keine so große Last wäre. Etwas tun, anstatt einfach nur auf das Ende des Krieges zu warten, aber mit Lottie, die noch so klein war und ganz auf sie angewiesen, fand sie keine Rolle, die sie hätte ausfüllen können.

»Das macht nichts. Lotties Sicherheit ist das Einzige, was jetzt zählt. Wir brauchen unsere Kinder, Liese. Zu viele sind schon verloren. Wenn in ein oder zwei Jahren, wenn sie größer ist, immer noch Krieg herrscht, finden wir etwas, wobei du uns helfen kannst. Mach dir darum jetzt keine Sorgen.«

In jener Nacht passierte es. Angesichts des Gegensatzes zwischen seinem Leben, das vor Aufgaben barst, und ihrem, das sich in den Schatten zu verlieren schien, überkam sie eine Einsamkeit, die ihr die Kehle zuschnürte. Die Sehnsucht nach Jugend und Freiheit verdrängte die stets notwendige Vorsicht. Lottie war ausnahmsweise so satt eingeschlafen, dass sie bestimmt nicht aufwachen würde.

Ihre Vereinigung war ungeplant. Sie kam unerwartet. Sie war willkommen.

Die Hand, die ihre Tränen der Frustration wegwischten, führte zu einer Schulter, an der sie sich ausweinen konnte. Seine Lippen, die tröstende Worte murmelten, kamen näher und flüsterten andere Dinge. Das Tempo zwischen ihnen änderte sich. Auf einen ersten, zögerlichen Kuss folgten suchende Hände und Lippen, die auf Wanderschaft gingen. Als Michael sich plötzlich zurückzog, über seine Augen rieb und mit heiserer Stimme fragte: »Bist du dir sicher?«, da übernahm Liese die Führung.

»Hör auf zu denken, hör auf zu fragen, lass es einfach geschehen.«

Und zum ersten Mal in seinem Leben hörte Michael auf sie.

Die alte Freundschaft, die sich plötzlich auf unbekanntes Gebiet vorwagte – es hätte unbeholfen werden können. Das war es nicht.

»Es fühlt sich an wie nach Hause zu kommen«, flüsterte Michael, als die Sonne durch den dünnen Vorhang am Fenster drang und Lottie sich im Bett bewegte.

Liese hatte sich auf einem Ellbogen abgestützt, betrachtete seine Züge, die die Sonne weichzeichnete, und dachte an das letzte Mal, als ein Gesicht ihr so nahe gewesen war.

»Was auch immer das ist, du wirst mich doch nicht enttäuschen? Ich will keine Versprechen und mache auch selbst keine, solange wir gezwungen sind, so zu leben. Aber ich muss einfach wissen, dass du mich nicht im Stich lässt, wenn ich dich brauche.«

Er zog sie an sich und küsste ihre Zweifel weg, als ihre Körper wieder zusammenfanden. Er küsste sie an der Tür, als er ging, so intensiv, dass Lottie kicherte.

Liese durchlebte die nächsten paar Tage unbeschwerter und weniger von angsteinflößender Einsamkeit geplagt. »Es war nur eine Nacht, keine große Sache.«

Lottie erwiderte das Lächeln ihrer Mutter und spielte weiter.

Nur eine Nacht zwar, aber die hatte sie beide mit ihrer großen Zärtlichkeit überrascht. Und es sollten noch mehr folgen, wenn die Welt bloß lange genug innehielt, um ihnen die Gelegenheit zu geben. Eine Nacht, die sich wenigstens für kurze Zeit zwischen Liese und ihre Angst geschoben hatte, und deren Küsse einen Funken Hoffnung mit sich gebracht hatten.

»Es wird nicht mehr lange dauern, Mäuslein. In ein paar Minuten kommt er.«

Wie oft hatte sie das in den beiden Jahren im Versteck gesagt? Lottie hörte gar nicht mehr hin. Sie sah nicht vom Bett auf, auf dem sie Püppi mit den letzten Krümeln vom Frühstück fütterte. Den letzten Krümeln von allem, eine Extravaganz, die Liese trotz Michaels Versicherungen nervös machte.

»Esst alles auf. Ich bringe für den Zug etwas mit, und dann, wenn ihr im Spreewald ankommt, gibt es so viel zu essen, dass Lottie denken wird, sie hätte jeden Tag Geburtstag!«

Michael hatte Lottie laut lachend im Kreis gewirbelt, ahnungslos, dass das Wort Geburtstag für das Kind keine Bedeutung hatte.

Es hatte keine Möglichkeit gegeben, den Tag zu feiern, also hatte Liese ihn gestrichen, genau wie all die anderen entgangenen Überraschungen, die sie eines Tages nachholen würde. Geburtstagsfeiern, Weihnachten, Eiscreme, ein Haustier. Die Liste der Dinge in ihrem Kopf, die ihrer Meinung nach zur Kindheit ihrer Tochter gehören sollten, wurde immer länger.

»Seid um sechs Uhr bereit.«

Sie war um fünf Uhr schon bereit gewesen, die wenigen Habseligkeiten waren gepackt. Lottie war so an die nächtlichen Fluchten gewöhnt, dass sie im Dunkeln ihr Kleidchen anziehen konnte. Das würden der letzte Namenswechsel und der letzte Umzug sein, das hatte Michael jedenfalls versprochen. »Ein sicherer Ort, um das Kriegsende abzuwarten«, das laut ihm kurz bevorstand.

Also, wo blieb er?

»Warte ab, bis du das Haus siehst, in dem wir wohnen werden. Michael sagt, es ist so groß, dass du ein eigenes Zimmer haben wirst, und es gibt einen Garten und eine Wiese mit Bäumen, zum Spielen. Und ich wette, dort gibt es auch eine Katze; zu jedem großen Landhaus gehört eine Katze.«

Sie plapperte weiter, damit sie keine Panik bekam; sie hielt eine weitere Litanei vor Lottie, die nicht wusste, wie sie darauf reagieren sollte, ihre Puppe fütterte und nicht auf ihre Mutter achtete.

Liese sah zum zwanzigsten Mal nach ihrem Ausweis. Lena Edelmann. Der Name ähnelte mehr ihrem eigenen, für den Fall, dass sich Lottie mit ihren voranschreitenden Sprachfertigkeiten tatsächlich etwas von früher gemerkt hatte. Eine neue Identität als Witwe, die eine Anstellung als Hausmädchen gefunden hatte und aus Berlin wegzog, um auf einem Bauernhof zu arbeiten und ihrer Tochter ein besseres Leben zu ermöglichen. Genauso sinnvoll wie die anderen Legenden, die sie schon angenommen hatte. Zumindest würde diese ihr eine Arbeit und einen Lebenszweck bescheren.

»Es wird für euch beide gut, das verspreche ich.«

Trotz ihrer Worte an ihn in ihrer ersten Nacht machte Michael in letzter Zeit viele Versprechungen. Seit sie eine zweite und dann eine dritte gemeinsame Nacht hatten erhaschen können, seit ihre Beziehung tief genug geworden war, dass sie zu zählen aufgehört hatte. Inzwischen waren sie aber vorsichtiger; sie hatten beide nicht den Wunsch, ihrem Drahtseilakt noch eine Schwangerschaft hinzuzufügen.

»Zumindest noch nicht.«

Michael war errötet, als er das sagte, und hatte wie früher gegrinst, als er Lieses Lächeln sah.

Immer wenn Liese Lottie dabei beobachtete, wie sie allein spielte, stellte sie sich ihr Kind jetzt inmitten von drei Geschwistern vor. Sie beschwor um ihr kleines Mädchen herum die Familie herauf, die sie sich einst gewünscht hatte, und wob Brüder und Schwestern in die Geschichten ein, die sie erzählte. Als Michael sie einmal dabei hörte, übernahm auch er den Traum.

»Das Paar, das euch aufnehmen will, hat ein gutes Herz. Sie haben schon anderen geholfen und wissen, wie sie euch Sicherheit verschaffen. Ihr könnt bei ihnen ein richtiges Leben haben; du kannst Lottie eine echte Kindheit schenken – soweit der Krieg es eben zulässt. Und wenn er vorbei ist, komme ich euch holen. Wir kehren nach Berlin zurück und bauen uns ein Leben auf, zuerst wir drei, dann der Rest. Vielleicht finden wir deine Eltern. Was auch immer passiert, wir fangen als Familie von vorne an. Wenn du willst.«

Er hatte sie so schüchtern angeschaut, sein Gesicht wirkte wie das eines Jungen.

Liese hatte ihn angelächelt und erkannt, dass sie das sogar sehr gern wollte. Es war keine Zeit für mehr Erklärungen gewesen, aber es hatte sich auch so angefühlt, als würde es reichen.

Allerdings sollte heute der erste Schritt passieren, und Michael war nicht da. Er war fast zwei Stunden zu spät, und sonst kam er nie zu spät. Pünktlichkeit war ein Grundsatz, nach dem er lebte; Pünktlichkeit und Zuverlässigkeit waren die beiden Pfeiler des Widerstands.

Liese spürte ein Brennen im Magen. Lieber Gott, bitte lass

ihn nicht bei der letzten Flugblattaktion die Zeit vergessen haben, wie früher. Nicht nach allem, was sie durchgemacht hatten. Sie waren schon zu lang in dieser Wohnung, fast vier Monate. Lang genug, um bemerkt worden zu sein, und dass die alte Dame von gegenüber schon angemerkt hatte, »wie einsam das arme kleine Mädchen sein musste«. Lang genug, dass die Männer, die sich an der schmuddeligen Haustür des Wohnblocks zum Rauchen trafen, sie schon zweimal beäugt hatten. Davon hatte sie Michael nichts erzählt. Er kümmerte sich um ihre Sicherheit, das wusste sie ja. Wenn sie nervös wurde, würde ihn das nur reizen.

Alles war fertig, es blieb nichts mehr zu tun, um sich abzulenken. Lottie war sauber und strahlte in ihrem schönsten Kleidchen, auch wenn es lose schlackerte, obwohl es inzwischen längst richtig sitzen sollte. Michael hatte ihnen einen besseren Koffer besorgt als das schäbige Ding, mit dem sie vorher von Wohnung zu Wohnung gezogen waren. Er hatte für Liese auch einen Hut aufgetrieben, mit dem sie ihr rausgewachsenes Haar verstecken konnte. Es war ein lächerlich aufgeputztes Teil, das mit seinen üppigen Seidenröschen eher zu einer Hochzeit gepasst hätte. Er ließ ihre schlichte blaue Bluse und den Rock schäbig aussehen, würde aber seinen Zweck erfüllen. Schon seit Monaten gab es kein Haarfärbemittel mehr, und Liese sah, wie Lottie es nannte, »gestreift« aus.

Acht Uhr.

Wenn er nicht bald kam, wäre es zu spät. Nach dem Bisschen, das sie von dem Plan wusste, sollten sie und Lottie einen frühen Zug nehmen, bevor die Kontrollen des Tages strenger wurden.

»Ich kann euch nicht begleiten. Selbst mit meinem perfekt einstudierten Hinken zieht jemand wie ich in Zivilkleidung heutzutage zu viele Fragen auf sich. Du fährst mit einer Frau vom Land, die keine Aufmerksamkeit auf sich zieht. Ich übergebe euch ihr.«

Es hatte sie geärgert, dass sie wie ein Päckchen betrachtet wurde, das nicht zu wissen brauchte, was auf dem Adressaufkleber stand. Es hatte sie auch geärgert, dass er ihr keine weiteren Einzelheiten außer dem Namen der Stadt im Spreewald und dem Morgenzug nannte, aber der Widerstand verlangte Geheimhaltung, und der Widerstand gewann immer. Aber wenn der Widerstand ihn an diesem Morgen aufgehalten hatte, konnte er es vergessen, dass sie sich ihre Kommentare noch einmal verkneifen würde.

»Michael kommt.«

Liese atmete heftig aus. Lottie mit ihren geübten Ohren hatte die leisen Schritte vor ihr gehört.

»Komm her, Schatz. Wir müssen schnell sein, wenn wir rechtzeitig am Bahnhof sein wollen.«

Sie wartete auf das übliche, dreimalige Klopfen an der Tür. Nichts. Was hielt ihn auf?

»Was hast du denn gehört, Mäuslein?«

»Füße stapfen.«

Wieso sollte Michael die Treppe heraufkommen, ohne Lärm zu vermeiden? Liese trat einen Schritt von der Tür zurück. »Lottie, ich glaube, das ist nicht Michael. Vielleicht müssen wir …«

Im Korridor schlug eine Tür, dann noch eine, schon näher. Der unverwechselbare Lärm von Stiefeln polterte den Flur entlang.

»Mama tut Lottie weh. Hör auf.«

Liese hatte Lotties Hand so fest umklammert, dass die kleinen Finger violett geworden waren.

»Schnell, krabbel unters Bett.«

Lottie starrte sie an und begann, an ihrer Hand zu lutschen.

»Das ist ein Spiel, Mäuslein. Es wird lustig, ich verspreche es, aber du musst schnell sein.« Ihre Stimme war zu schrill, der Mund zu angespannt. Lottie wimmerte und schob sich ein Stück weit weg.

»Bitte, Lottie, tu, was ich dir sage. Ich verstecke mich mit dir.«

»Machen Sie die Tür auf!«

Lottie sprang wie von der Tarantel gestochen aufs Bett und warf sich auf Püppi.

»Machen Sie die Tür auf!«

Auf dem Tisch lag ein Messer zwischen den Brotkrumen. Liese war nur noch einen Fingerbreit davon entfernt, als das Türschloss nachgab.

Ein Mann in grüner Uniform schritt herein und rieb sich die Hände. Mit einem Blick erfasste er das Zimmer und sie.

Denk an die Regeln.

Nur dass das keine belebte Straße war, wo sie sich verstecken konnte, und Lottie war nicht charmant, sondern verängstigt.

»Papiere.«

Liese stand so aufrecht und still, wie sie konnte. »Stimmt etwas nicht?«

Der Polizist erwiderte ihren Blick einen Moment zu lang.

»Ihre Nachbarn denken das, ja. Sie denken, in diesem Gebäude verstecken sich alle möglichen Leute, die nicht hier sein sollten. Wollen wir hoffen, Sie gehören nicht dazu.« Er streckte die Hand aus. »Papiere.«

Liese zog sie aus der Tasche, langsam und mit gezielten Bewegungen, und betete, dass das grobkörnige Foto seinem gründlichen Blick standhalten würde.

»Warum steht hier ein Koffer?«

Sei höflich, nicht schuldbewusst, lass dich nicht einschüchtern.

»Ich habe eine neue Arbeit als Hausmädchen auf einem Hof im Spreewald gefunden. Wir wollten gerade zum Bahnhof. Ich bin Witwe, mein Mann ist im Kampf für sein Land gestorben.«

Er zuckte nicht mit der Wimper. »Die Adresse des Hofs?«

»Lehde im Kreis Lübbenau.«

Gott sei Dank, dass sie wenigstens diese Information hatte.

Er hielt immer noch ihren Ausweis fest, schaute von dem Bild zu ihr und wieder zurück, wie ein langsam wandernder Suchscheinwerfer.

»Ihre Erlaubnis, Berlin zu verlassen?«

Sie gab sie ihm; sie fühlte sich so labberig an wie ein Stück Stoff.

»Mama.« Lotties Wimmern klang schon bedrohlich nach Weinen.

»Meine Tochter hat Angst; sie ist solches Eindringen nicht gewohnt. Lassen Sie mich sie beruhigen.«

Sie hätte unterwürfiger sein sollen. Die Hand des Polizisten schoss vor und umfasste ihr Handgelenk. »Setzen Sie den Hut ab.«

»Mein Haar ist nicht so sauber, wie ich es gern hätte …«

Er riss ihr das Strohding vom Kopf und warf es auf den Boden. Ihr dunkler Haaransatz und die verschossenen blonden Strähnen waren gut zu sehen.

»Noch eine Lüge. Wie auch Ihre Papiere Lügen sind. Und sicher auch das Märchen von Ihrem heldenhaften Mann. Meinen Sie wirklich, wir lassen uns so leicht hereinlegen? Was sind Sie? Jüdin? Wie lautet Ihr Name? Und verschwenden Sie nicht meine Zeit mit dem, der hier steht.« Ihre fadenscheinigen Papiere folgten dem Hut. Lottie schluchzte und atmete keuchend.

Wehr dich, beschütze sie.

Liese sah ihn so geradeheraus an, wie sie konnte. »Ich weiß nicht, was Sie meinen. Meine Papiere sind vielleicht alt und ein bisschen verschlissen. Aber sie sind echt, das versichere ich Ihnen.«

»Das versichern Sie mir?« Seine Hand lag an ihrem Hals, bevor sie die Bewegung hatte kommen sehen. »Für wie schlau halten Sie sich mit Ihrem gefärbten Haar und dem gestohlenen

Namen?« Er drückte fester zu. »Bleiben Sie bei Ihrer Geschichte, wenn Sie wollen. Ich kann Sie genauso leicht hier töten wie sonst wo. Danach töte ich Ihre Tochter.« Er lockerte den Griff ein bisschen. »Oder vielleicht sollte ich sie zuerst töten?«

Liese hatte noch nie etwas so Angsteinflößendes gesehen wie das träge Lächeln ihres Angreifers.

»Nein! Lassen Sie sie in Ruhe, fassen Sie sie nicht an.«

Er senkte die Hand. »Dann sagen Sie mir Ihren Namen.«

»Liese.« Sie hielt inne. »Liese Sara Elfmann.«

»Also eine Jüdin. Wie aufmerksam Ihre Nachbarn sind. Und das Kind? Ist sein Vater auch Jude?«

»Ihr Vater ist ein Franzose.«

»Also eine Hure, Lügnerin und Jüdin. Was für eine bezaubernde Kombination.«

Im Flur vor der offenen Tür füllte es sich. Gestalten schlichen vorbei, manche weinten.

»Zeit, dass Sie sich dem restlichen Abschaum anschließen. Bewegung.«

Sie zögerte, er zog seine Waffe. Sie sah zum Tisch, aber das Messer lag zu weit weg, und die Waffe war zu nahe. Mit einem Auge auf dem Uniformierten hob Liese den Koffer hoch und streckte die Hand nach Lottie aus. »Komm, Schatz, es ist Zeit zu gehen.«

Aber Lottie rollte sich noch mehr zusammen und rührte sich nicht. »Nein. Mag den nicht. Mag ...«

Liese lief zu ihr und hob sie hoch, bevor der Name fiel. Sie ignorierte die wütenden Tritte des Mädchens.

»Bewegung! Ich wiederhole mich nicht, und ich werde das Kind zuerst erschießen.«

Liese wickelte Lottie in ihren Mantel, als der Hahn klickte. »Wir müssen tun, was er sagt. Du brauchst keine Angst zu haben. Halt Püppi fest.«

Sie folgte der Richtung, die der Pistolenlauf anzeigte, aus

dem Zimmer in den Gang hinaus. Lottie hörte auf, um sich zu treten, als sie die Schlange der Menschen im Flur sah, die langsam die Treppe hinunterwankten. Sie ließ sich gegen Liese sinken, die Lumpenpuppe fest an sich gedrückt, den Daumen im Mund. Liese murmelte beschwichtigend ins Haar ihrer Tochter und fragte sich, für wen sie das tatsächlich machte.

Der Bürgersteig, auf den sie getrieben wurden, war voll, da auch andere Wohnungen mit vorgehaltener Waffe im gleichen Tempo geräumt wurden. Liese suchte die Straße nach einer Stelle ab, zu der sie laufen konnte, um sich zu verstecken, aber jede Ecke und jeder Durchgang waren blockiert.

»Auf die Lastwagen. Männer links, Frauen und Kinder rechts.«

Am Bürgersteigrand standen Uniformierte in einer Reihe, einige von ihnen hielten knurrende Hunde so locker an der Leine, dass die Tiere nach den Mänteln und Röcken schnappen konnten. Lottie kreischte bei dem Gebell und machte sich steif.

»Es sind nur Hunde, sie werden dir nichts tun.«

Die gebleckten Zähne der Biester straften Liese Lügen.

Es war keine Zeit, sich eine beruhigende Geschichte auszudenken, es war keine Zeit, etwas anderes zu tun als das, was ihnen gesagt wurde. Liese drückte Lotties Kopf an ihre Schulter, als sie in den Lastwagen kletterten. Als sie sich hinausbeugte, um zu bitten, dass ihr jemand den Koffer hochreichte, trat ein Soldat ihn weg. Liese weigerte sich, darüber nachzudenken, sie weigerte sich, über irgendetwas anderes nachzudenken als darüber, wie sie dafür sorgen konnte, dass Lottie ruhig blieb und keine Aufmerksamkeit erregte. Sie fand einen Platz und hob Lotties Kinn an, damit sie ihr in die Augen schauen konnte.

»Es ist ein Abenteuer, Mäuslein, das ist alles. Wie in den Märchen, die ich dir immer erzählt habe. Erinnerst du dich an Rotkäppchen und Schneewittchen? Wie mutig sie am Anfang sein mussten, als der Wolf und die Königin so böse waren? Und wie gut es für sie beide am Ende ausgegangen ist?«

Ihre Stimme war zu schrill, und sie redete zu schnell. Sie wunderte sich nicht, als jemand zu ihr sagte, sie solle die Klappe halten.

»Wohin fahren wir?«

Der Laster ruckelte brummend los, niemand antwortete. Die Abdeckplane des Lastwagens war mit einem lauten Knall heruntergelassen worden, sodass das Innere des Fahrzeugs so dunkel wie die Nacht und die Welt draußen wie abgetrennt war. Lottie schluchzte, aber nicht wie ein Kind. Ihre lautlosen Tränen breiteten sich als nasser, größer werdender Fleck an Lieses Halsausschnitt aus.

»Na komm, Schatz. Nichts ist so viele Tränen wert. Ich halte dich. Es wird nichts Schlimmes passieren.«

Noch etwas, das sie nicht garantieren konnte, genauso wenig wie die Versprechen, in die sie ihre Tochter gehüllt hatte, dass sie bald mehr zu essen hätten und nicht mehr in immer andere Häuser weglaufen müssten.

So wie die Versprechungen, die Michael mir gemacht hat? Liese durfte nicht darüber nachdenken. Sie durfte an nichts anderes denken als daran, für Lottie stark zu bleiben.

»Schau mich an, Mäuslein.«

Sie drückte die Nase so dicht an die von Lottie, dass ihr Haar sie wie ein Vorhang umgab. Sie konnte nur Versprechungen anbieten, also würde sie damit weitermachen. »Das ist bald vorbei, und dann bringe ich alles in Ordnung. Wir gehen zu dem großen Haus, wie Michael gesagt hat, und dort gibt es Kuchen, Eiscreme und ein neues Kleid für Püppi. Klingt das gut? Würde dir das gefallen?«

Lottie schluckte und nickte, dann schloss sie die Augen, als Liese sie hin und her wiegte.

Ich kann das nicht. Ich bin erst dreiundzwanzig, ich bin nicht alt genug für das alles. Ich kann es nicht in Ordnung bringen. Liese schluckte ein Schluchzen hinunter. In der Dunkelheit schob sich ein Arm herüber, und Liese ließ ihren Kopf an eine warme, mütterliche Schulter sinken.

Sie gab nach und erlaubte sich ganz kurz zu weinen.

Hertie.

Die Bogen und leuchtenden Fenster waren unverkennbar, auch wenn Liese nur einen kurzen Moment hatte, um sich umzuschauen, als sie Lottie von der Ladefläche hob.

Hertie, das bedeutete Alexanderplatz, und das bedeutete …

»In drei Reihen aufstellen. Geht weiter.«

Der Alexanderplatz. Die Rote Burg. Das Berliner Polizeipräsidium.

Liese drückte ihre übermüdete Tochter an sich und versuchte, nicht zu zittern, als die roten Backsteine und der viereckige Turm über ihnen aufragten. Vielleicht konnte Michael sich denken, wo sie waren, und würde kommen. Dann fiel ihr die Nacht ein, in der Otto verhaftet worden war, und ihr Ratschlag, und sie wusste, es war hoffnungslos. Michael würde sein Leben für sie riskieren, das wusste sie instinktiv, aber er war zu tief in den Widerstand verstrickt, um alles zu riskieren, was auf seine Festnahme folgen würde.

»Umdrehen. Los geht's.«

Sie wurden im Eiltempo durch ein Tor mit Rundbogen gescheucht, das hoch genug war, um eine Kutsche durchzulassen. Liese strauchelte, als das Pflaster in rutschiges Kopfsteinpflaster überging. Lottie klammerte sich wie ein Äffchen an sie. Es gab keine Fluchtmöglichkeit, obwohl sie weiter Ausschau hielt; um sie herum waren zu viele Waffen. Nach knapp einem Dutzend Schritten hatten sie den leeren Hof überquert und gingen durch einen zweiten, engeren Durchgang, der sie in einen Korridor führte, dessen schwere dunkle Holzpaneele das Licht aufsaugten. Wachen marschierten vor den Frauen her und rissen grüne Metalltüren auf, die von beiden Seiten des Flurs abgingen. »Da rein. Da rein.«

Sie zerhackten die Reihe, indem sie die Frauen nach rechts und links stießen. Der Raum, in den Liese geschubst wurde, war dunkel und roch nach ungewaschenen Körpern.

»Komm hier rüber, hier ist ein bisschen Platz.«

Es war eine Zelle. Liese versuchte, weiter an ein *Zimmer* zu denken, konnte das Wort aber nicht einmal in ihrem eigenen Kopf wahren. Geflieste Wände, auf dem Steinboden zusammengerollte Körper, eine Funsel, die einen dünnen, gelben Lichtkreis malte.

Liese folgte der Stimme in die letzte Ecke und glitt in die kleine Lücke, die ihr angeboten worden war. Sie ließ Lottie auf sich liegen. Sie spürte innerhalb von Minuten, wie sich blaue Flecken bildeten.

»Es ist nicht der einfachste Ort, sich mit Kind durchzuschlagen.« Die Stimme der Frau war rau. »Hast du einen Becher?«

»Was? Einen Becher? Nein. Ich habe nichts. Ich hatte einen Koffer, aber …« Liese war zu erschöpft, weiterzusprechen. Als sich ihre Augen an das trübe Licht in der Zelle gewöhnten, nahmen die Figuren darin konkretere Gestalt an. Frauen und eine knappe Handvoll Kinder. Alle waren still. Wenn ihre Augen geschlossen wären, würden sie sich in Leichen verwandeln.

»Nicht.«

Liese keuchte, als eine Hand ihr ans Kinn griff und sie herumzog. Die Frau war jünger, als ihre Stimme geklungen hatte, aber ihr Gesicht war angespannt und ausgemergelt. »Du musst ruhig bleiben und dich darauf konzentrieren, es durchzustehen. Die meisten von uns sind schon seit Tagen hier, deshalb sehen wir so schwach aus. Welcher Tag ist heute?«

»Donnerstag.«

»Das dachte ich mir, auch wenn es hier so wenig Abwechslung gibt, dass ich mir nicht sicher war. Aber das ist jedenfalls gut für dich. Soweit wir es ausmachen konnten, fahren die Transporte immer freitags von hier ab. Du musst also nur eine Nacht überleben. Das ist machbar, nicht?«

Liese nickte schwach.

»Gutes Mädchen.«

Die Frau ließ sie los und wühlte unter ihrem Rock herum. »Hier. Ich habe einen Becher übrig. Frag nicht, woher. Am Mittag bringen sie uns Wasser, und abends meistens noch mal. Und Brot, das immer schon alt ist, aber essbar. Die meisten von uns geben den Kindern ein bisschen von unserem Stück ab.«

Liese veränderte Lotties Lage auf ihrem Schoß. Die Augen des Kinds waren geschlossen, aber sie atmete zu schnell, sie schlief also nicht.

Die Frau streckte die Hand wieder aus, als Liese versuchte, ihrem Kind ins Gesicht zu schauen.

»Lass sie in Ruhe. Du kannst das alles nicht erklären, und für sie ist es egal, ob du es versuchst.«

Diesen Rat nahm Liese zu gern an. »Du hast gesagt, sie bringen uns morgen weg. Wohin?«

Die Frau lehnte sich mit dem Rücken an die kalten Fliesen und stöhnte. »In ein Arbeitslager. Nach den Gerüchten, die ich gehört habe, bevor ich so dumm war, hier zu landen, höchstwahrscheinlich nach Ravensbrück. Das ist nicht so weit weg von der Stadt, und es ist nur für Frauen und Kinder, also ist es vielleicht nicht ganz so schlimm.« Sie nickte zu Lottie. »Du solltest ihrem Beispiel folgen. Mach die Augen zu. Schlaf, wenn du kannst, spar dir deine Kraft auf. Wenn sie wollen, dass du dich bewegst, fackeln sie nicht lang.«

Dann sagte sie nichts mehr zu Liese, und auch zu sonst niemandem.

In der voll belegten Zelle blieb es leise, die Stimmen gingen nie über ein Murmeln hinaus, selbst als das trockene Brot und das trübe Wasser kamen. Liese wisperte Kinderreime in Lotties

Ohr und versuchte, sie mit den vertrauten Melodien von *Schlaf, Kindchen, schlaf* und *Eins, Zwei, Papagei* einzulullen, den Liedern, die Minnie vor langer Zeit für sie gesungen hatte. Lottie blieb still oder gab vor zu schlafen. Liese döste immer wieder ein, von Träumen geplagt, die genauso schlimm waren wie die Realität und immer wieder ihre Eltern zeigten, die weggingen, und Michael, der sie vergaß.

Als die Tür aufgestoßen wurde, fuhr sie wie alle anderen auf.

»Auf die Beine. Wenn euer Name aufgerufen wird, antwortet ihr mit Ja und geht in den Korridor.«

Die Liste wurde so schnell verlesen, dass Liese es beinahe verpasste, als ihre Namen aufgerufen wurden.

»Nass, Mama.« Lottie verzog das Gesichtchen.

»Du kannst nichts dafür, das ist nicht schlimm.«

Liese zog dem Kind das durchweichte Höschen aus und verwandelte ihre Strickjacke in ein Tuch. Lottie hatte sich entsetzt von dem Eimer für alle abgewandt, den Liese in ihrer Verzweiflung benutzt hatte, und Liese hatte es nicht über sich gebracht, das Kind zu zwingen.

»Siehst du, alles ist gut. Wenn wir ankommen, gibt es frische Kleider, ganz sicher.«

Sie war sich mit gar nichts sicher. Der Name Ravensbrück hatte für sie keine Bedeutung. Das Wort *Lager* hatte dagegen zu viele Bedeutungen, über die sie grübeln konnte. Und wenn es um eingeschüchterte Frauen und an sich gedrückte Kinder ging, die man als Bedrohung betrachtete und wegsperren musste – dazu fiel ihr einfach keine sinnvolle Erklärung ein.

»In drei Reihen aufstellen. Vorwärts.«

Es waren die gleichen Befehle wie zuvor, aber von den stolpernden Gefangenen wurde mehr Tempo verlangt als auf dem Weg herein. Die Schlange ging zweimal durch den Korridor und auf den Hof. Es war dunkel, die Sterne leuchteten noch. Man konnte unmöglich erkennen, ob es frühmorgens oder spätnachts war. Am äußeren Tor warteten Lastwagen mit laufenden Motoren. Die Frauen kletterten hinauf und drängten die Kinder zur Eile, als die Wachen um sie herum Befehle brüllten.

Der Weg durch die Stadt war zu schnell, um sich zu orientieren. Der Bahnsteig, auf den sie gedrängt wurden, zu voll, um einen Namen zu erkennen. Der Zug, in den sie gestopft wurden, war so voller Menschen, dass Lottie derart fest an Liese gedrückt wurde, dass sie kaum atmen konnte. Alles ging so schnell vonstatten, dass Liese gar nicht anders konnte, als zu gehorchen. Es gab keine Sitze. Zwischen den Schulter an Schulter stehenden Frauen war kein Platz, sie konnten nicht voneinander abrücken und hielten sich gegenseitig aufrecht. Es gab keine Fenster, die hoch oder breit genug waren, um auch nur einen Streifen Himmel zu erhaschen. In der Luft lag dick der saure Geruch nach Schweiß und der Ammoniakgestank nach Angst.

Liese stemmte die Füße in den Boden und hielt Lottie fest an ihre Schulter gedrückt. Sie schob den Arm so, dass sie ihre Uhr erkennen konnte, und zählte die Stunden, eine, zwei. Der Zug ratterte und spie Rauch aus, der in den Waggon drang und die Frauen mit dreckigen Tupfen befleckte. Als die Lok endlich zitternd zum Stehen kam und die Türen aufsprangen, purzelten die Frauen wie Backsteine hinaus.

»Halt dich fest, Mäuslein. Lass mich nicht los.« Sie hätte es nicht sagen müssen; Lotties Finger krallten sich in Lieses Haut.

Lastwagen standen wartend in einer Reihe. Die Frauen wurden von Soldaten eingekreist, es war unmöglich, sich vom Schwarm zu entfernen. Liese erhaschte einen Blick auf einen wolkenlosen, kornblumenblauen Himmel. Frischer Geruch nach Kiefern ließ ihre Nase kribbeln.

»Vorwärts, in Fünferreihen. Stellt euch auf.«

Fünf dieses Mal, nicht drei. Eine neue Ziffer, um sie aufzumischen. Die Frauen stellten sich in Reihen auf und zählten leise bis fünf. Die Gewehre waren zu nah, um einen Fehler zu riskieren.

»Setzt die Kinder ab. Sagt ihnen, dass sie gehen müssen.«

Liese war allzu sichtbar am Rand der Kolonne gelandet. Sie versuchte, den Platz zu tauschen und sich mehr in die Mitte, einen oder zwei Schritte weiter in Sicherheit, zu schlagen. Ein Gewehrlauf stieß sie voran, bevor sie es schaffte.

»Kinder runter. Wenn ich es noch mal sagen muss, schieße ich.«

»Du hast gehört, was er sagt, Mäuslein. Du musst laufen.«

»Nein. Kann nicht. Zu müde.«

Liese unterdrückte einen Schrei, als der Hahn des Gewehrs gespannt wurde.

»Tu, was ich dir sage. Keine Widerrede.« Die Angst ließ ihre Stimme grob klingen.

Lotties Augen füllten sich mit Tränen. Liese wünschte, sie könnte die Wörter zurücknehmen. Könnte sich hinunterbeugen und sagen, wie leid es ihr tat. Könnte erklären, dass ihre strenge Stimme zu diesem seltsamen Spiel gehörte, das sie alle spielten. Aber die Soldaten riefen, die Kolonne marschierte und sie konnte Liese nur aufrecht halten.

Ich sage es später. Ich werde sie wieder im Arm halten und die Dunkelheit vertreiben, sobald sie in Sicherheit ist.

Die Rufe wurden wieder lauter und schärfer. Sie sollten sich bewegen, schneller. Die Gefangenen wurden über einen kopfsteingepflasterten Weg getrieben, an einer Reihe Häusern mit Balkonen vorbei, hoch auf einen Hügel und in einen Tannenwald, der nach Weihnachten duftete. Sie mussten so schnell marschieren, dass Lottie fast flog, ihr Handgelenk fest in Lieses Hand.

»Augen nach vorne, Mund zu.«

Peitschen knallten neben den Reihen. Lottie stolperte vorwärts, schluchzte nun nicht mehr, zitterte aber am ganzen

Körper. Liese zerrte sie weiter und wagte nicht, zur Seite und nach unten zu schauen.

»Halt!«

Der Untergrund wurde weicher und fühlte sich wie pudriger Sand an. Liese nahm einen Atemzug, der wie frischer Frühlingsregen duftete. Sie hob den Kopf und hätte beinahe gelacht. Die Landschaft sah aus wie auf einer Postkarte, eine Szenerie für die Sommerfrische.

Gleich neben den zusammengetriebenen Frauen erstreckte sich ein See, dessen glatte Oberfläche den blauen Morgenhimmel widerspiegelte. Linden säumten die hohe Mauer, in deren Nähe sie standen, und zeichneten die Metallgatter des Lagers mit samtenem Grün weich. Auf der anderen Seite sah Liese Beete mit roten Blumen, die entlang der wie mit einem Lineal gezogenen Straße mit den Köpfchen wippten.

Sofort kam die Hoffnung zurück. Liese lächelte der zitternden Frau neben sich zu. In den Reihen der eng zusammengedrängten Kolonne wurden noch mehr Köpfe gehoben. Vorsichtig pflanzte sich das Lächeln fort.

Liese lockerte den Griff an Lotties Handgelenk, hielt sie fest und ging leicht in die Knie, damit sie eine Hand um die schmalen Schultern ihrer Tochter legen konnte.

»Lottie, sieh doch nur, wie hübsch. Da sind Blumen und ein See, in dem du vielleicht plantschen darfst.«

Das Flüstern wurde lauter und setzte sich wie kleine Wellen fort.

»Ruhe!«

Es war keine Männerstimme mehr, sondern die einer Frau, scharf und durchdringend.

Voller Erleichterung, in einer Umgebung gelandet zu sein, die hübscher aussah als irgendjemand erwartet hatte, hörte eine der Frauen nicht oder gehorchte nicht schnell genug. Eine Hand schoss vor und schlug fest auf Haut. Eine andere Stimme schrie, der nächste Schlag klang noch fester.

Wachen schwärmten aus und schritten die Reihen entlang. Es waren keine Soldaten, sondern ein Trupp fast identisch aussehender, blonder Frauen, die durch eckige Schiffchen auf den Köpfen und kurze, breitschultrige schwarze Capes über den Mänteln robust und stämmig wirkten. Sie hatten keine Schusswaffen, sondern Peitschen, die sie schwangen. Eine schnitt ganz in der Nähe durch die Luft und ließ Lottie gegen Lieses Beine taumeln.

»Nasen nach vorn.«

Die Wachen teilten die dichte Menge vor sich auf und zwangen ihre wankenden Gefangenen, in engen Reihen durch die Gatter zu gehen. Liese sah, wie ein Mädchen stolperte und ein anderes unter einer festen Faust hinfiel, als es auf ein Knie hinunterging, um zu helfen. Die Luft war plötzlich von Schluchzern und Schlägen und dem misstönenden Schrei »Drecksweiber« erfüllt.

Lotties Hand schoss wieder in die von Liese und klammerte sich fest wie eine Klaue. Liese hätte sie so gern hochgehoben, ihr weißes Gesichtchen an ihrer Schulter geborgen und ein Schutzschild gegen die Grausamkeit dieser bösartigen Sprache geboten.

Als sie den Gattern näherkamen, flammte die Erregung der Wachen auf. Ein paar Schritte weiter vorn wurde eine Wange von einem Peitschenschlag aufgerissen; ein Fußtritt versetzte eine Frau, die aus der Reihe geraten war, wieder zurück. Bei der kleinsten Bewegung, dem kleinsten Zucken, einem zögernden Schritt sprangen sie wie Tiger auf ihre Beute. Es war keine Zeit zum Nachdenken, keine Zeit, etwas anderes zu tun, als in der Reihe zu bleiben und der Flut an Befehlen zu folgen.

Ich bin ja da, ich halte dich.

Liese sandte die Botschaft durch jede Zelle ihres Körpers, die ihre Tochter berührte, und drückte die kleine Hand in ihrer. Lottie antwortete nicht.

Das Tor war jetzt näher; noch ein Dutzend Schritte und sie

wären im Lager. Sie sah die Frauen, die schon hineingegangen waren, die lange Straße zwischen den Barracken entlangmarschieren. Drinnen wurde anscheinend weniger gebrüllt; zumindest waren weniger Aufseherinnen zu sehen. Andere Frauen hatten die Stimmungsänderung hinter den Mauern ebenfalls bemerkt. Die Reihen um Liese wurden ruhiger, folgsamer.

Vielleicht ist es hier nur so schlimm, weil wir so eine dicht gedrängte Menge und alle so nervös sind. Vielleicht wird es einfacher, wenn wir erst mal drinnen sind.

Liese ging langsam weiter. Einige der Wachen hatten die Peitschen gesenkt, weil die Frauen nach und nach aufhörten, sich gegen die Befehle zu wehren. Liese drückte Lotties Hand.

Nur noch ein paar Schritte, dann kann ich dich wieder hochnehmen. Dann bringe ich alles in Ordnung.

Sie näherten sich langsam dem Tor. Noch drei Reihen vor ihnen, dann wären sie drinnen und in Sicherheit.

Liese wollte gerade leicht in die Knie gehen und ein paar geflüsterte Worte riskieren, da spürte sie einen Ruck an ihrem Arm. Lottie war stocksteif stehen geblieben. Was machte sie da? Eine der Wachen stand zu nah bei Liese, als dass sie hätte etwas sagen können. Sie zog Lottie an der Hand, aber das Kind zog heftig zurück, sodass Liese gegen die Frau hinter ihr stieß. Eine Welle lief durch die Reihe.

Wovor hat sie Angst?

Da erkannte sie es. Ein Geruch drang zu ihnen, nach Fleisch, roh und heiß. Hunde. Liese stöhnte. Neben den drei Wachen direkt beim Gatter liefen Hunde hin und her. Die Leinen waren locker und wie am Alexanderplatz so lang, dass die Tiere in Reichweite der Frauen waren. Die Mäuler der Hunde standen offen, der faulige Geruch in der Luft kam von ihrem hechelnden Atem. Kein Wunder, dass die Gefangenen vor ihnen ohne einen Laut in das Lager gegangen waren: Sie waren nicht ruhig geworden, sondern hatten Angst gehabt.

»Mama. Nein. Nicht zu denen.«

Eine Wache drehte sich um und suchte mit Blicken aus verkniffenen Augen nach der Quelle des Geräuschs.

Liese konnte nicht einmal das kleinste Flüstern riskieren. Stattdessen drückte sie Lotties Hand und versuchte, sie vorwärts zu zerren. Sie hoffte, dass die Muskeln und die Zähne der Hunde nicht so sehr auffallen würden, wenn sie schnell genug gingen. Doch Lotties Beine hatten Wurzeln geschlagen. Als Liese noch einmal zog, stolperte sie, und die Hand, in der sie die Puppe hielt, öffnete sich unwillkürlich.

»Püppi!«

Lotties Stimme stieg wie ein Vogel in die Luft. Sie streckte die gespreizten Finger nach ihr aus, aber die Lumpenpuppe war schon weggeflogen und landete dicht vor den Hunden. Der vorderste sprang mit aufgerissenem Maul vor. Fast sah er aus, als grinse er. Er schnappte zu, schüttelte einmal den Kopf, und die Puppe flog erneut durch die Luft. Als sie wieder herunterfiel, sprang ein anderer Hund darauf zu. Püppis Kopf wurde von einem geifernden Maul geschnappt, ihre Füße von einem anderen.

»Nein!«

Das Schweigen der letzten vierundzwanzig Stunden, ja der letzten zwanzig Monate entlud sich in Lieses Schrei. Ihr Schmerz hallte so blank und scharf wie eine Klinge am Seeufer entlang.

»Bring sie zum Schweigen!«

Die Wärterin mit Augen so schwarz wie Ebenholz kam heran.

Liese versuchte es.

Sie legte Lottie die Hände auf den Mund, doch die wehrte sich, biss und schüttelte sie ab.

Die Hunde zerrten, die Puppe zerstob in einer Wolke aus Stofffetzen. Lotties Schrei dröhnte wie Donnerhall.

»Sie ist noch ein Kind. Sie versteht das nicht.«

Aber Lieses Bitte kam gegen das wahnsinnige Bellen der

Hunde nicht an, kam gegen die aufgeregten Rufe der Wärterinnen nicht an, die sich auf ein Ziel eingeschossen hatten.

Die Hand, die nach Lottie griff und sie wegzog, war so groß wie die eines Mannes. Sie war flächig und breit, und vom Mittelfinger zum dicken Handgelenk verlief eine Zickzacknarbe. Sie legte sich um Lotties Hals wie ein Kragen.

Sekunden.

Länger dauerte es nicht. Der Griff, dann das Platschen, mit dem der zerbrochene Körper in den See eintauchte. Und innerhalb von Sekunden brach Lieses Welt hoffnungslos und für immer zusammen.

TEIL III

KAPITEL 10

KAREN

ALDERSHOT, NOVEMBER 1989

Karen zog die Haustür zu; ihre Knie gaben nach, als die Nacht sie umfing.

»Gehen Sie heim, ruhen Sie sich etwas aus. Er ist stabil, wir rechnen vorläufig nicht mit einer Veränderung.«

Heim: Sollte sie dieses Haus so nennen? Ihre Freundinnen bezeichneten die Häuser, in denen sie aufgewachsen waren, immer noch so, ganz egal, wie viele neue Familien und Hypotheken zwischen ihnen und diesem Ort lagen. Karen betrachtete die nichtssagende Farbe und den altmodischen Garderobenständer im Flur, den altersfleckigen Spiegel mit der Staubschicht darauf. In den elf Jahren, seit sie von hier weggegangen war, hatte sich nichts verändert.

»Heim. Zuhause.«

Sie versuchte es. Es klang heute kein bisschen heimeliger als früher. Sie wusste, dass sie ein Hotelzimmer hätte buchen sollen, dass sie kurz hätte nachdenken müssen, bevor sie ins Auto gesprungen war, aber der Gedanke, dass er sterben könnte, hatte sie mit Entsetzen erfüllt. Sie könnte immer noch ins Hotel gehen, aber ein Tag und eine Nacht ohne Schlaf – außer dem bisschen, was in einem Krankenhaussessel möglich war – hatten sie ganz benommen gemacht.

Es war nur ein Haus. Wäre es so schwer, ein paar Stunden darin auszuhalten? Immerhin genug Zeit, um sich wieder zu sammeln und vielleicht ein Bad zu nehmen. Karens Haut kribbelte vorfreudig bei der Vorstellung von heißem Wasser und nach Vanille duftendem Schaum. Trotz der beißenden Novemberluft und der Ankündigung von Schnee in den dunkelgrauen Wolken hatte der aus den Fugen geratene Tag einen feuchten, schmierigen Film auf ihrer Haut hinterlassen. Ihre eilige Fahrt über die Autobahn am frühen Morgen, das überheizte Krankenhaus; der Schock, ihren Vater so hilflos zu sehen, in einem hinten offenen Krankenhauskittel, der seine vertraute Würde mit Schlips und Kragen einfach wegwischte. Also würde sie ein Bad nehmen, um wieder ins Lot zu kommen und ihre Nerven zu beruhigen.

Auf der untersten Treppenstufe fiel Karen ein, dass die Handtücher dünn und die Seife unparfümiert wären. Ihre Schultern spannten sich wieder an.

»Du musst etwas tun, du kannst nicht einfach hier herumstehen.«

Ihre Stimme war heiser von der Nacht, in der sie die ganze Zeit geflüstert hatte. Sie hallte trotzdem wie ein Gewehrschuss durch den Flur und wirbelte Erinnerungen hoch wie trockenes Laub. Hatte sie deshalb laut gesprochen? Um ihre Anwesenheit dem stillen Haus wie einen Stempel aufzudrücken? Um das Haus auf eine Veränderung vorzubereiten? Sie führte sonst nie Selbstgespräche, obwohl sie allein lebte. Sie war nie auch nur ansatzweise versucht.

Karen schauderte und versuchte vergeblich, sich zu überzeugen, dass nur die kühle Luft schuld war.

Was liebt ihr Engländer, wenn um euch herum alles zusam-

menbricht? Pater Christoph. An ihn hatte sie seit Jahren nicht gedacht.

»Und es ist *nicht* seltsam, dass du gerade jetzt an ihn denkst, wo du wieder hier bist. Das hat nichts zu bedeuten.«

Sie spuckte die Wörter aus und folgte ihnen, stellte sich vor, ihre Stimme würde ihr wie ein Kraftfeld den Weg ebnen. Sicher eine Form von Verrücktheit, aber wenigstens eine, die sie sich selbst ausgesucht hatte.

In der Küche hing der saure Geruch von zu lange liegen gebliebenem Abfall. Karen öffnete ein Fenster und begann, die Schränke zu durchsuchen. Kein Tee: halb acht Uhr morgens oder nicht, Tee würde nicht mehr helfen, und außerdem war sie schon so lange auf, dass die Regeln nicht galten. Sie ging auf die Zehenspitzen und fand zur Belohnung die Flasche Whisky, die Andrew immer im Hause hatte, auch wenn er von anderen angenehmen Gewohnheiten nichts hielt. Sie schenkte sich großzügig ein, dann fiel ihr ein, dass sie nicht wusste, wann sie zum letzten Mal gegessen hatte, und sie machte sich auf die Suche.

Im Kühlschrank stand ein Sammelsurium an Frischhalteboxen mit sorgfältig eingeteilten Portionen. Karen entdeckte Käse und ein Glas saure Gurken, geschnittenes Brot unter dem Backofen auf Augenhöhe. Die Küche war, wie immer schon, mit militärischer Präzision geordnet: Die Geschirrtücher hingen säuberlich an den Haken, der Handfeger war fest in die Schaufel gesteckt. Nicht unähnlich ihrer eigenen, immer sauberen Küche, wobei sie bezweifelte, dass Andrew ihr das glauben würde.

»Ist wirklich niemand zu Hause, der sich um ihn kümmern kann?«

»Nicht rund um die Uhr. Ich wünschte, es wäre so, aber meine Mutter ist tot, und ich bin Einzelkind. Außerdem wohne ich in London, und er ist hier sehr glücklich. Er würde nie freiwillig aus Aldershot wegziehen. Und mein Beruf ist herausfordernd. Ich habe natürlich Recht auf Urlaub, den ich auch nehme, aber dann muss ich wieder zurück.«

Der Gutachter hatte den Kopf geschüttelt und über die Prioritäten moderner Frauen geseufzt.

Karen würde nicht nachgeben – das konnte sie nicht. Sie versuchte, die Beziehung zu ihrem Vater sich selbst und den Menschen, die sie kannte, angemessen zu beschreiben; aber ganz sicher würde sie sie nicht diesem Gutachter mit seinen festgefahrenen Vorstellungen enthüllen.

Die Krankenpflegerin hatte gewartet, bis der große Mann wieder weg war, und ihr eine Liste mit Telefonnummern überreicht. »Betreutes Wohnen ist das Beste für ihn. Er wird noch ein paar Wochen hier bleiben, es ist also genug Zeit, alles zu regeln.«

Betreutes Wohnen. Andrew würde »ins Heim ziehen« dazu sagen und jeden ihrer Vorschläge verabscheuen, aber welche Wahl blieb ihnen denn?

Karen versuchte, sich eine Welt vorzustellen, in der sie die hingebungsvolle Tochter für ihren dankbaren Vater spielte, und schenkte sich noch ein Glas ein, um das schlechte Gewissen herunterzuspülen. Das letzte, womit sie gerechnet hatte, war ein schwerer Herzinfarkt, der etwas, das Stents hieß und danach eine lange Rehabilitationszeit nach sich zog. Sicher, ihr Vater war dreiundsiebzig Jahre alt, aber sein militärisches Training hatte ihn fit gehalten, und er hatte immer viel jünger gewirkt, zumindest körperlich.

Die Sonne sickerte blass und kraftlos durch die Fenster. Karen aß ihr letztes Käsetoast, als es hell wurde.

Die Küche war nicht so sauber, wie es zuerst ausgesehen hatte. An der Lampenfassung hing ein Spinnennetz, und auf dem Kochfeld prangten rostige Flecken.

Karen drehte sich um. Sie und ihr Vater spielten so eng abgesteckte Rollen, dass er es hassen würde, wenn sie den Eindruck bekäme, seine hohen Ansprüche hätten ihre Gültigkeit verloren. Na, wenigstens da konnte sie die gute Tochter spielen. Sie fand eine Flasche Chlorreiniger und wappnete ihren müden Körper, um zu putzen. Dann brachte das Desinfektionsmittel plötzlich den Geruch nach Krankenhaus, Schläuchen und durchscheinender, wächserner Haut zurück, und sie schluchzte auf. Die Küche schwankte um sie herum, dehnte sich aus und zog sich wieder zusammen, als würde sie schrumpfen.

Wie war es möglich, dass das Haus sie immer noch so aus der Fassung brachte?

Es sollte ihr gar nichts mehr bedeuten. Es war ja nicht so, als wäre sie regelmäßig zu Besuch gekommen – die Anzahl der Nächte, die sie seit ihrem Auszug hier verbracht hatte, war kaum zweistellig. Karen zählte sie durch, und es war ihr bewusst, dass es beschämend wäre, wenn sie irgendjemandem erzählte, wie selten es gewesen war. Ein paar traurige Weihnachtsfeiern, bis sie Freunde gefunden hatte, deren Familien groß genug waren, um darin einfach aufzugehen. Eine Handvoll Heimfahrten in ihren Tagen an der Uni, meistens aufgrund von Geldmangel. Keine Besuche mehr, seit sie in London im Architekturbüro arbeitete. Sie war ihrem Vater nicht entfremdet – selbst in den dunkelsten Momenten konnte sie sich etwas so Endgültiges nicht vorstellen – aber sie beide hatten ihre Regeln. Sie trafen sich an neutralen Orten zum Essen, in vollgestopften Restaurants in Kensington oder Chelsea, und bis zum dritten Gang ohne Streit durchzuhalten, galt als erfolgreicher Besuch.

»So hätte es nicht kommen sollen.« Sie hörte ihr Teenager-Ich schniefen. »Du hättest es besser machen müssen. Du wolltest freundlicher und ruhiger werden, und du wolltest Brücken bauen. Weißt du nicht mehr? Du wolltest deinen Vater finden und mit seiner Unterstützung den Pfad zu deiner Mutter.«

Es war ein guter Plan gewesen, auf der ganzen Heimreise von Berlin – nachdem Karen erst einmal akzeptiert hatte, dass die Stadt ihr viel zu große Fragen mitgegeben hatte, um sie allein lösen zu können. Pater Christoph hatte ihre Kindheit aus den alten Fugen gelöst und durchgerüttelt, und Karen war mit dem festen Entschluss, nicht wieder in alte Muster zu verfallen, von Deutschland heimgefahren.

Aber schon vor der ersten Hürde hatte sie versagt.

Ihre guten Absichten hatten sich als oberflächlich erwiesen. Mochte diese Erkenntnis ihr jetzt auch wehtun, sie stimmte trotzdem. Sie hatte gar nicht versucht, das Kriegsbeil zu begraben, sondern sich in Stellung gebracht. Sie hatte das getan, was sie früher immer schon getan hatte: ihren Vater auf die Probe gestellt und ihn versagen lassen, während sie ihn voller Verachtung von ihrem hohen Ross herab beobachtete. Sie hatte verletzt reagiert, als er nicht am Schultor stand, um den Reisebus aus Berlin abzupassen, und dann im Wohnzimmer nachlässig ihre Reisetaschen stehen gelassen. Sie vergaß passenderweise, dass sie ihm den Tag ihrer Heimkehr gar nicht erst mitgeteilt hatte – war doch egal, wann, Hauptsache, sie kam wieder. Sie war eingeschnappt über sein fehlendes Interesse und hatte sich lange, bevor er nach Hause kam, in ihr Schlafzimmer verzogen, um erst am nächsten Morgen wieder hervorzukriechen, nachdem er bereits aus dem Haus war.

Karen zuckte zusammen, als sie sich erinnerte, wie sie sich am nächsten Abend auf dem Sofa postiert und ihr bestes Ich-verzeihe-dir-Gesicht aufgesetzt hatte.

Was stimmte nicht mit ihr? Warum war sie nicht zu ihm gelaufen, als er die Tür öffnete, und hatte ihn mit einer Umarmung überrascht? Warum hatte sie sich und ihm eher Angst vor dem Neuanfang gemacht, den sie brauchten? Aus Stolz? Aus Wut? Oder aus Angst vor dem, was er ihr erzählen könnte? Egal, welche Entschuldigung sie damals für ihr Verhalten gehabt hatte, oder welche sie jetzt dafür fand, das Ergebnis war das Gleiche. Anstatt auf ihn zuzugehen, hatte sie abgewartet, und er auch. Der Augenblick ging unter in ihrem Vorwurf

»Also hast du mich nicht einmal vermisst«, dem er ein müdes Händeschütteln gegenüberstellte. Nach zehn gemeinsamen Minuten lief alles wieder in den alten Bahnen. Ein paar Monate später war sie nach Manchester gezogen und redete sich ein, er wäre froh darüber. Kein einziges Mal hatte sie ihn gefragt, ob das stimmte. Jetzt, da Andrew im Krankenhaus lag, spürte sie nur die verschwendete Zeit.

Karen stellte das Glas ab und bemerkte, dass sie weinte.

Sag mir, was du dir wünschst, gib mir wenigstens eine Chance. Mach nicht Schluss, bevor wir überhaupt angefangen haben.

Wie viele Freunde hatten ihr diesen Satz gesagt? Wie oft war sie unfähig gewesen, den Satz »Ich will das gar nicht« auszusprechen?

»Okay, es fällt dir schwer, dich auf eine Beziehung einzulassen. Du hast nur noch nicht den Richtigen getroffen, das ist alles. Wenn du ihn erst triffst, wird alles anders.«

All ihre wohlmeinenden Freundinnen sagten das und wischten ihren Einwand, »Was, wenn ich es nicht kann?«, beiseite, als ob die Sorge, die in diesen Worten lag, nicht berechtigt sein könnte.

Sie hatte es versucht. Joe hatte sie sehr nahe an sich herangelassen und ihn nicht auf die Probe gestellt, jedenfalls nicht, ohne dass er es wusste. Sie hatte sich so sehr gewünscht, dass es mit ihm funktionierte und sie gemeinsam alles schaffen würden. Aber dann hatte sie Panik bekommen und ihn auf Abstand gehalten, und als er sie drängte, ihm die Gründe zu sagen, hatten sie sich getrennt. Er hatte sie sehr verletzt, als sie sich trennten. Er hatte es in seiner Verwirrung und seiner Wut herausgeschrien, als sie davor zurückschreckte, ihre zweijährige Beziehung, in der sie mit ihm das Bett geteilt hatte, zu etwas Festerem zu machen. »Wir sind alle verletzt worden, Karen. Du bist kein Kind mehr. Du kannst dich nicht ewig hinter deiner toten Mutter verstecken.«

»Und, tun Sie das?« Auf diese Frage ihrer Therapeutin fand Karen nie die passende Antwort. Sie hatte lieber die Therapiestunden aufgegeben, so wie sie die Tabletten, die ihr ein Arzt verschrieben hatte, nie abgeholt hatte. Stattdessen hatte sie die Vergangenheit weggesperrt. Die Strategie hatte funktioniert, zumindest für Karen. Sie hatte sie durch die düsteren, erschreckenden Zeiten getragen, in denen Lieses Selbstmord wieder an die Oberfläche gestoßen war und sie beinahe verschlungen hätte.

Ich lasse mich dadurch nicht definieren und nicht traumatisieren.

Das klang zwar glaubhaft – aber sie war immer noch allein, zusammengekauert und in ihren Gedanken gefangen wie ein vernachlässigtes Kind.

»Es reicht.«

Karen sprang auf und räumte den Whisky weg, bevor sie noch rührseliger wurde.

Die Kälte in der Küche kroch ihr bis ins Mark. Sie musste die Kontrolle über den Tag wiedergewinnen, wieder zu sich kommen. Sie ging ins Wohnzimmer, das als einziges vernünftig beheizt werden konnte. Darin hatte sich genauso wenig verändert wie in der Küche. Die Wände brauchten noch immer einen frischen Anstrich. In der Luft hing noch immer der trockene Geruch alter Zeitungen. Das künstliche Kohlenfeuer glomm noch immer viel zu lang, bis die Wärme endlich spürbar wurde.

Karen fuhr mit dem Finger über das Bücherregal, dessen staubiger Inhalt seit Jahren nicht mehr berührt worden war, und warf einen Blick auf die triste Landschaft draußen. Das Haus müsste verkauft werden, um das neue Leben ihres Vaters zu finanzieren. Alles müsste eingepackt werden, und Andrew würde sicher Inventarlisten verlangen. Als er in Pension ging, hatte er erwähnt, er wolle Listen und Ordner mit nach Hause nehmen, um die Ehemaligenvereinigung des Regiments zu managen. Das alles musste sortiert werden. Also noch mehr Gestocher in der Vergangenheit – worauf sie keine Lust verspürte.

In manchen schlaflosen Nächten hatte Karen sich gefragt, warum sie damit aufgehört hatte. Warum hatte sie sich eingeredet, dass die Geschichte ihrer Mutter keine Rolle mehr spielte? Dann fielen ihr schlagartig wieder die Auseinandersetzungen, das Schweigen und die Verwirrung über vergangene Enthüllungen ein, und der Drang, nachzuforschen, verflüchtigte sich wieder.

Wie hatte doch jemand in den ersten, aufregenden Wochen an der Uni gesagt, als sie sich nach zu viel billigem Wein wie erwachsene, wagemutige Menschen gefühlt hatten? »Wie viele Menschen kennen ihre Eltern wirklich? Wie viele würden das überhaupt aushalten?« Karen hatte sich an diese Sätze gehalten, als wären sie eine Lektion über das Leben an sich.

Sie hatte hart gearbeitet, Freundschaften geschlossen und sich gut geschlagen. Sie hatte sich Ziele gesetzt, die sie auch erreichte. Den angestrebten Abschluss in Architektur, eine erste Anstellung in einem Büro in Manchester, ein Umzug nach London und Arbeit in einem Büro, dessen Designs die Cover der Hochglanzmagazine zierten. Karen hatte immer nach vorn geschaut und war dabei stabiler geblieben, als sie selbst erwartet hätte. Und wenn ihr Leben manchmal einsam war und die einzig wahre Liebe darin fehlte, die all ihre Freundinnen und Freunde zu finden schienen, war immer noch genug Gutes darin, womit sie die Lücke überdecken konnte. Sie war glücklich genug; das war mehr, als viele Menschen von sich sagen konnten – mehr, als sie erwartet hatte. Sie hatte nicht vor, die Rückkehr in dieses Haus das alles zunichtemachen zu lassen.

»Und das bedeutet, dass ich nicht hierbleiben kann. Ich werde mir ein Hotelzimmer suchen, ein bisschen schlafen und dann mit dem Packen anfangen.«

Das klang schon zuversichtlicher.

Sie schaltete den Fernseher ein, damit die Leute im Frühstücksfernsehen ihrer neuen Entschlossenheit mit ihren Strahlegesichtern Auftrieb gaben.

»Und nur weil ich schon einmal auf etwas gestoßen bin, heißt das nicht, dass es wieder so sein wird.«

Sie schaute auf den Bildschirm, und jeder Gedanke an ein Hotel und an Umzugskisten verschwand.

»Die Grenzposten wirken verstört, während die Menschenmassen herbeiströmen.«

Karen setzte sich auf die Armlehne des Sessels, als der Reporter gerade begriff, dass er die einmalige Gelegenheit geboten bekam, mit beiden Händen nach der Geschichte zu greifen, und die ganze Wucht der Bedeutung in seine Stimme legte. »In der vergangenen Nacht hat sich der Eiserne Vorhang in Berlin gehoben.«

Die Bilder, die sich auf dem Bildschirm abspielten, waren hypnotisierend und unfassbar. Menschen schwärmten durch die offenen Schlagbäume der Grenzübergänge aus dem Ostsektor hinaus, und auf der Westseite versammelten sich Menschenmassen, um sie mit Blumen und viel zu stark geschüttelten Sektflaschen willkommen zu heißen. Paare führten Freudentänze am Brandenburger Tor auf. Lachende Gestalten kletterten wie Ameisen auf die Mauer.

Karen keuchte, und der Anblick, wie die ostdeutschen Wachtposten die Fotografen anbrüllten, schnürte ihr die Luft ab. Sie wartete auf Schüsse. Aber Wunderkerzen, nicht Suchscheinwerfer, beleuchteten den Beton und das Niemandsland, und die Menschenmenge wuchs weiterhin an.

»Nachdem sie dreißig Jahre fest verrammelt waren, stehen die Tore zwischen Ost und West endlich weit offen.«

Die Reporter berichteten weiter, so gut sie konnten, während ganze Horden in Jeans und Kunstleder um sie wogten, sich Arm in Arm vor die Kameras schoben, als könnten sie die Unwirklichkeit des Augenblicks dadurch real machen.

»Nie wieder Stasi! Nie wieder Geheimnisse!«

Karen ließ den angehaltenen Atem ausströmen. Die Journalisten befürchteten Gefahr und schwenkten mit den Kameras zurück auf die Feiernden, aber Karen hörte immer noch den Gesang. Vom Rand des Bildschirms erscholl er, zu den deplatzierten Soldaten, die durcheinanderliefen, in das Kameralicht blinzelten und plötzlich ängstlich aussahen.

Keine Geheimnisse mehr.

Es klingelte. Karen achtete nicht darauf. Der Briefschlitz klapperte, als die Nachbarin Mrs Hubbard gellend »Huhu« hindurchrief, süchtig nach Neuigkeiten wie eine Wespe nach Zucker. Karen hörte sie nicht. Sie verlor sich völlig im Anblick lang getrennter Menschen, die sich weinend in die Arme fielen. In der Möglichkeit, dass sich Tore öffneten und Geschichten erschlossen.

Da gibt es nichts zu finden und auch keinen, den man fragen kann.

Karen starrte weiter auf den Fernsehschirm, während das Haus sich um sie drehte. Was, wenn das nicht mehr stimmte?

KAPITEL 11

KAREN

ALDERSHOT, DEZEMBER 1989 BIS MÄRZ 1990

Karen hatte sich nie für abergläubisch gehalten, aber die Mauer einstürzen zu sehen, wenn auch vorerst nur ideologisch, ließ sie Ausschau nach Zeichen halten. Sich der Vergangenheit zu stellen, kam ihr plötzlich tapfer vor; es hieß, dass man mit der Welt Schritt hielt.

In den Wochen nach dem Herzinfarkt ihres Vaters war sie ständig zum Krankenhaus gefahren, hin- und hergerissen wischen seiner langsamen Genesung und den sich überschlagenden Nachrichten. Die Berichterstattung faszinierte sie; sie schaltete zwischen den Kanälen hin und her und beobachtete wie gebannt Zementbrocken, die zu Boden fielen, und Berliner, die darüber hinwegschritten. Anstatt sich ein Hotel zu suchen, in dem sie ihren erzwungenen Urlaub verbringen würde, hatte sie beschlossen, das Haus zurückzuerobern, die Räume wieder zu bewohnen und ihre Mutter wieder hereinzulassen.

»Was, wenn sie so lange bei dir geblieben ist, wie sie nur konnte?« Eine Erinnerung nach der anderen kam zurück, und die Karen, die neuen Mut gefasst hatte, vertiefte sich hinein.

Jedes Bild, das sie erhaschte, führte sie zum nächsten. Sie stellte sich vor, einer der Mauerspechte mit ihren Hämmerchen zu sein, über die die Nachrichtenreporter wie besessen berichteten. Sie malte sich aus, dass sie nicht den bröckelnden Beton abschlug, sondern dass sie die Abwesenheit und das Schweigen, die nächtlichen Begegnungen und Tränen wie Schichten ablöste. Sie sah und hörte genauer hin.

»Nun komm schon, Liebes. Sie ist nicht da, sie wird nicht antworten.«

Wie hatte sie nur das Schluchzen in der Stimme ihres Vaters überhören können? Warum hatte sie nie gefragt, wer *sie* war?

Als das Gewicht der vergeudeten Jahre sie immer schwerer niederdrückte, tat Karen endlich das, was ihr Pater Christoph empfohlen hatte: Sie veränderte ihren Blickwinkel auf die Vergangenheit. Das war nicht einfach – die Geschehnisse, die sie heraufbeschwor, hatten vor langer Zeit ihr jeweiliges Narrativ erhalten. Doch sie fing an, und als sie beschloss, dass Andrews Hand auf Lieses Schulter gar nicht beherrschend, sondern beruhigend gewesen war, erkannte sie auch, wie ihre Mutter sich dagegengelehnt hatte. Als sie die Angst vor der starren Gestalt dort im Bett beiseiteschob, erinnerte sie sich wieder an die Sätze »Ich liebe dich; es tut mir leid«, die ihr nach dem Aufwachen ins Haar geflüstert wurden.

Es waren keine Erkenntnisse wie Donnerschläge, nichts ergab mehr Sinn als vorher. Aber der Schmerz wurde kleiner. Karen begriff endlich, dass der Glaubenssatz *Mütter bleiben bei ihren Kindern, egal, was passiert* mit neunundzwanzig vielleicht weniger unverrückbar war, als sie mit elf Jahren geglaubt hatte.

Das Bedürfnis, mit ihrem Vater zu sprechen, nagte an ihr. Sie wollte verzweifelt ihre neue Denkweise mit ihm teilen. Sie wollte, dass er sie sah und sie umarmte, dass er die Geheimnisse ausspuckte und sie beide damit Klarheit finden ließ. Das Pflegepersonal aber, an leidenschaftliche Geständnisse am Krankenbett gewöhnt, hinderte sie daran und schickte sie weg. »Was auch immer ich in Ihren Augen leuchten sehe; er ist nicht bereit dafür. Er hatte eine schwere Operation und ist noch geschwächt. Lassen Sie ihn in Ruhe.«

Selbst wenn Karen gewagt hätte, nicht darauf zu hören, wäre sie gar nicht nahe genug an ihn herangekommen. Andrew war nicht so einsam, wie sie immer gedacht hatte: Sein Freundeskreis war genau so groß wie ihrer. Es saß immer jemand an seinem Bett, wenn sie im Krankenhaus ankam, und las aus der Zeitung oder einem Buch vor oder unterhielt sich leise mit ihm, auch wenn er die meiste Zeit noch ohne Bewusstsein war. Die Besucher waren fast ausschließlich Männer, immer ausgesucht höflich zu Karen, und allesamt standen sie unter Mrs Hubbards Regiment.

»Ich habe für seine ehemaligen Kameraden einen Zeitplan erstellt, damit er nie auf ein bisschen freundschaftliche Gesellschaft verzichten muss, die ihn bei Laune hält. Du musst ja furchtbar viel Arbeit haben, da du immer so eilig ein- und ausfliegst.« Bei den letzten Sätzen schürzte sie die Lippen in einer Nachahmung der Krankenpflegerinnen und tat Karens Aufregung mit einer Handbewegung ab. »Übrigens könntest du mit deiner wertvollen Zeit Nützlicheres anfangen. Zum Beispiel das Haus ausräumen. Ich habe alle Unterlagen für die finanziellen Angelegenheiten, Kontonummern und so weiter; heute Abend bringe ich sie dir vorbei. Und da er schon vermutet hat, dass du in einem solchen Fall nach einer *Einrichtung* suchst, sollst du wissen, dass er The Mountbank favorisiert.«

Karen schlich ohne Gegenwehr davon; sie war sich zu unsicher, wie Mrs Hubbard sie sah, um sich zu verteidigen.

Als sie vorsichtig die perfekt geordneten Unterlagen ihres Vaters durchblätterte, erkannte sie, dass ihre alte Nachbarin recht hatte: Ihr Vater hatte nichts dem Zufall überlassen. Mrs Hubbards spitze Bemerkung, »Warum auch, wo er doch nicht wissen konnte, ob du auf ihn hörst oder nicht«, machte es ihr nicht leichter.

Er hatte Geld angelegt, um mögliche Zahlungslücken zu stopfen, außerdem lagen alle Daten eines Maklers bereit. Alles war genauso detailliert und sachlich geordnet wie seine Urlaubsplanungen früher. Karen wusste auch, ohne danach zu suchen, dass in den Heftern keine Briefe verstaut waren, in denen sich Lieses Vergangenheit verbarg, genauso wenig wie verblassende Fotografien, die nur auf ihre Entdeckung warteten.

Also wollte er sterben, ohne mir irgendetwas zu erklären?

So sehr sie auch versuchte, dagegen anzugehen, die alten Wunden rissen wieder auf.

So war es am Ende eine Erleichterung, als sie auf den Umschlag stieß.

Da ihre Anwesenheit im Krankenhaus nicht notwendig war, war sie zu ihrer Arbeit zurückgekehrt und rief nur für tägliche Updates an. Außerdem fuhr sie jedes Wochenende nach Aldershot. Ihr Vater zeigte langsam Anzeichen von Erholung; ein Käufer fürs Haus tat sich auf, und sie konnte die Dinge nicht länger aufschieben. Karen zwang sich schließlich an einem düsteren Sonntagmorgen, mit dem Packen zu beginnen. Sie arbeitete sich zuerst durch die neutraleren Räume im Erdgeschoss, bevor sie sich dazu durchringen konnte, das Schlafzimmer ihrer Eltern mit den beunruhigenden Erinnerungen darin anzugehen.

In den Schubladen der Küche und des kleinen Schreibtischs im Wohnzimmer fand sie nichts Unerwartetes; und der Schrank im Flur enthielt wenig mehr als Telefonbücher. Sie ging methodisch vor und redete sich überzeugend ein, dass ihr Fokus darauf lag, das Haus auszuräumen. Mit den voranschreitenden Stunden wuchs die Aufgabe dann aber doch zu der Herausforderung an, mit der sie gerechnet hatte, und es fühlte sich immer mehr wie eine Beleidigung an, dass die Vergangenheit sich weiterhin versteckt hielt.

Das angegraute viereckige Ding fiel Karen in den Schoß, als sie eines der letzten Bücher hervorzog, das noch verpackt werden musste, ein unauffälliges und vergilbtes Taschenbuch. Ihr erster Gedanke war *Gott sei Dank*.

Der Umschlag war dünn und unverschlossen, die Lasche zerknittert. Karen rieb sich die Hände, rieb sie erneut und bemerkte dann, dass sie unfähig war, ihn zu öffnen.

Noch eine Sackgasse, flackerte es in ihrem Kopf wie ein Neonlicht.

Erst als plötzliche Krämpfe in ihren Beinen sie auf einen Stuhl zwangen, überwand sie sich dazu, den Inhalt aus dem Umschlag zu ziehen. Zwei Gegenstände steckten darin: Eine Postkarte mit einer grün- und gelbstichigen Straßenszenerie und eine Schwarzweißfotografie, die ihr den Atem raubte.

Zuerst nahm sie die Fotografie in die Hand. Es war das Bild, das ihre Vorstellungskraft vor Jahren in der Kirche in Berlin heraufbeschworen hatte: ihre Eltern, unglaublich jung, am Tag ihrer Hochzeit. Andrew in Uniform, ihre Mutter in einem wadenlangen, hellen Kleid und Hut mit Schleier. Das Paar stand linkisch vor einer schäbiger aussehenden Lindenkirche, einen Schritt hinter den beiden stand ein zweiter Mann. Die drei sahen aus wie Schauspieler in unterschiedlichen Stücken.

Andrew wirkte überglücklich – es gab kein anderes Wort dafür. Er lächelte so breit in die Kamera, als wären all seine Geburtstagswünsche auf einmal wahr geworden; sein scharf gezeichnetes Gesicht strahlte regelrecht. Liese schaute hingegen zu Boden und hielt ihr langstieliges Brautbouquet so hoch, als wollte sie sich am liebsten dahinter verstecken. Ihr im Schatten liegendes Gesicht und die hochgezogenen Schultern ließen sie zugleich verwirrt und verängstigt aussehen. Als würde sie so etwas Einfaches wie fotografiert zu werden, überfordern.

Es setzte Karen zu, ihre Mutter so verunsichert zu sehen, aber nicht Liese trieb ihr die Tränen in die Augen. Der zweite Mann, der ebenso hübsch war wie ihr Vater schlicht, hatte sichtlich ein gebrochenes Herz. Karen erkannte seine Verzweiflung an der Art, wie seine Hand dicht unter Lieses Ellbogen in der Luft zu schweben schien. Es sah aus, als wolle er sie berühren. Verzweiflung sprach auch aus seinem gequälten Lächeln und seinem bittenden Blick, der so hoffnungslos auf der Braut lag. Sein Schmerz war zu intim, um ihn anschauen zu können.

Mit rasendem Herzschlag drehte Karen die Fotografie um und suchte nach einem Namen. Nichts, nicht einmal ein Datum.

Widerstrebend legte sie das Bild zur Seite und nahm die Postkarte. Bei genauerem Hinsehen zeigte sie keine Straße, sondern eher einen Boulevard. Weitläufiger, gepflegter Rasen und saubere, schnurgerade Straßen durchschnitten zwei identische Reihen makelloser Gebäude, die sich bis zu einem stattlichen Paar Türmen hinzogen. Der Effekt war elegant und gezielt prunkvoll. Die Hochzeitstorten-Architektur erinnerte Karen an Gebäude in Moskau, die sie an der Uni studiert hatte.

Die Rückseite der Karte war im Gegensatz zur Fotografie von Schrift bedeckt. *Stalinallee* stand dort. Daneben klebte eine rote Briefmarke, auf der Hammer und Zirkel zu sehen waren, das Staatswappen, an das sie sich vom Grenzübergang erinnerte. Die Aufschrift lautete *Deutsche Demokratische Republik*, und auf dem verschmierten Poststempel war das Jahr 1953 zu lesen. Der gedrängte Text auf der Karte war auf Deutsch, aber abgesehen von der letzten Zeile, für die Karen nach oben lief, um ihr altes Wörterbuch zu holen, war er leicht zu verstehen.

Liebste Liese,

ich bin endlich sesshaft geworden. Mein neues Zuhause ist besser als alles, wovon ich in den Kriegsjahren oder danach hätte träumen können. Du kannst mir jetzt regelmäßig schreiben; alles, was du schickst, wird ankommen. Bitte lass mich wissen, dass es dir gut geht, dass wir das Richtige getan haben. Dass er dir das gute Leben geschenkt hat, das ich mir für dich erträumt habe. Diese Stille zwischen uns dehnt sich ins Unendliche aus.

Der in Schreibschrift geschriebenen Bitte folgte eine Adresse, die in Druckbuchstaben notiert war:

STALINALLEE BLOCK C, FRIEDRICHSHAIN 502, BERLIN, DDR.

Karen wusste sofort, dass Michael, dessen Name unter dem Text stand, der junge Mann auf dem Foto war. Aus den dichtgedrängten Zeilen auf der Karte wie aus den Worten zwischen den Zeilen ging klar hervor, dass er ihre Mutter liebte. Die Worte »dass wir das Richtige getan haben« ergaben für Karen jedoch keinen Sinn.

Sie dachte immer noch darüber nach, als die Uhr sechs schlug und ihr klar wurde, dass sie ihren Besuchstermin für den Nachmittag verpasst hatte.

Ich sollte im Krankenhaus anrufen und nach ihm fragen, bevor Mrs Hubbard herkommt und herumschnüffelt.

Sie rief an, legte die Postkarte dabei aber nicht ab. 1953. Karen fuhr mit dem Finger über den Stempel und über den Rand des Fotos. Fünfunddreißig Jahre. Michael konnte noch am Leben sein, vielleicht sogar noch unter derselben Adresse wohnen. Ihr Vater hatte noch länger in diesem Haus gewohnt. Schön und gut, aber Aldershot war auch nie aufgeteilt worden wie Berlin. Was vor fünfunddreißig Jahren hier gestanden hatte, stand auch jetzt noch hier. Gab es in Berlin dafür auch eine Garantie?

Karen verbrachte den restlichen Abend damit, an nichts

anderes zu denken als daran, dass es vielleicht noch andere Hinweise zu finden gab. Sie kontrollierte jedes Buch, das sie schon eingepackt hatte, und ging jeden Ordner durch auf der Suche nach jedem Schnipsel, der Licht auf diesen Mann warf und darauf, welche Rolle er für ihre Mutter gespielt hatte. Aber es gab keine weiteren Enthüllungen. Sicher war nur, dass dieser Michael in Lieses Geschichte eine wichtige Rolle spielte. Ihren Vater konnte sie in seiner derzeitigen Lage nicht fragen, aber sie konnte auch nicht einfach ignorieren, was sie gefunden hatte. Doch sie hielt nur eine alte Adresse in Händen und den Verdacht, dass Namen, die Stalin beinhalteten, vielleicht nicht mehr so beliebt waren. Das war nicht viel.

Aber immerhin keine Sackgasse.

»Wie ich mich freue, dass du dein Deutsch gepflegt hast. Das machen so wenige. Und dann auch noch ein Geheimnis, wie aufregend! Lass mich nur meine Kiste mit den Straßenkarten suchen, dann finden wir die Straße sicherlich.«

Die Zeit hatte Miss Dennisons Begeisterungsfähigkeit nichts anhaben können. Als Karen vorsichtig an die Tür des Klassenzimmers geklopft hatte, war die Lehrerin in begeisterte Rufe ausgebrochen und hatte in die Hände geklatscht. Als Karen die Postkarte vorgezeigt und ihr erklärt hatte, dass sie herausfinden wollte, ob es die Adresse noch gab, war Miss Dennisons Enthusiasmus schier übergekocht.

»Zeugin einer solchen Sache zu werden, des Mauerfalls! Ich weiß noch, wie die Mauer gebaut wurde, im August 1961. Ich war achtzehn, ein richtiger junger Hitzkopf. Es passierte ohne jede Vorwarnung. An einem Tag gab es noch keine Mauer, am nächsten Tag war sie da, und egal, auf welcher Seite man aufwachte, war man dahinter gefangen. So viele Menschen waren verzweifelt und wollten aus dem Osten flüchten, und meine Freundinnen und ich haben gedroht, uns der

»großen Revolution« anzuschließen. Wie verrückt wir wohl geklungen haben. Meine Eltern müssen entsetzt gewesen sein.«

Karen starrte sie an, von der Enthüllung kalt erwischt. »Warum um alles in der Welt wollten Sie das tun?«

Miss Dennison lachte. »Könntest du nur dein Gesicht sehen. Weil wir Sozialistinnen waren, jung und naiv, und wir dachten, die DDR würde das Nirvana versprechen.«

Sie hat so ein verschmitztes Glitzern im Augenwinkel. Das war Karen früher nie aufgefallen, genauso wenig wie das hübsche kastanienbraune Haar ihrer Lehrerin.

»Sie waren Sozialistin? Das hätte ich nie gedacht.«

»Nein, das hätte wohl nicht in die Schublade gepasst, in die ihr mich gestopft habt. Schau nicht so peinlich berührt; das macht mir nichts aus. Welche Schüler betrachten Lehrerinnen schon als Menschen mit einem eigenen Leben? Ich habe das nie getan. Wir sind für unsere Schüler wie Eltern: irgendwie *anders*, keine normalen Menschen. Na, Karen Cartwright, da wir jetzt alle erwachsen sind, darf ich mich richtig vorstellen: Ich war nie eine Miss, sondern ich habe einen Mann und zwei Kinder, und trotz all ihrer Makel fasziniert mich die DDR noch immer.«

Sie kippte eine ganze Kiste Landkarten auf dem Tisch aus und begann, sie durchzusehen. »Und jetzt Ruhe. Schauen wir mal, was wir hier haben. Hier, die beiden sollten passen.«

Sie zog zwei Stadtpläne hervor und breitete sie aus. Beide waren von Berlin. Der ältere war angegilbt, und quer durch die Stadt war so sorgfältig eine leuchtend rote Mauer gemalt, dass sie fast dreidimensional wirkte. Auf dem zweiten fehlte Westberlin komplett, nur ein klaffender weißer Fleck war dort, wo die Straßen des Sektors hätten sein müssen.

»Beide sind aus der DDR. Die mit der roten Mauer ist von 1961, die andere von vor ein paar Jahren. Ein Kollege hat sie als Souvenirs von einer Konferenz mitgebracht. Schau, da haben wir sie: die Stalinallee.«

Sie zeigte auf eine breite Straße auf der Ostseite des älteren Stadtplans. »Lass mich mal die Postkarte sehen. Ja, das dachte ich mir. Diese Straße ist bekannt, zumindest dort. ›Vorzeigewohnungen für Vorzeigearbeiter‹, so wurde sie meinem Kollegen beschrieben.« Sie legte den neueren Plan darüber. »Du hattest recht mit deiner Annahme, dass sie umbenannt wurde, nachdem Stalin gestorben ist. Hier: Karl-Marx-Allee, siehst du?«

Karen nickte.

Die Lehrerin nahm die Postkarte zur Hand. »Warum ist es so wichtig, diesen Mann aufzuspüren, Karen? Sag nicht, wegen der Arbeit – der Text auf dieser Karte ist sehr persönlich. Hat es etwas mit deiner Mutter zu tun?«

Die Frage kam so unerwartet, dass Karen nach einem Stuhl tastete, unfähig zu antworten.

Mrs Dennison redete weiter. »Wir wissen natürlich alle, was passiert ist. Es stand ja in deiner Akte. Aber dein Vater wollte nicht, dass jemand darüber sprach. Er war so gebrochen und versuchte so verzweifelt, dir einen Neuanfang zu ermöglichen. Und du warst so ein widerborstiges kleines Ding, ein richtiges Stachelschweinchen. Heute würde man es anders handhaben, aber damals …«

»Es heilt am schnellsten, wenn man nicht drüber spricht?«

Mrs Dennison nickte und hielt Karen ein Taschentuch hin. Karen wischte sich über die Augen und fuhr mit dem Finger die Umrisse des leeren Flecks auf der neueren Karte nach. »Es ist schlimm, das einzugestehen, aber mir ist nie in den Sinn gekommen, dass es meinem Vater besonders zugesetzt haben könnte, als sie gestorben ist. Er war so, ich weiß nicht, stoisch. Ich kannte ihn damals kaum. Ich glaube, ich habe ihn gehasst; jedenfalls habe ich mich so benommen. Und jetzt ist er sehr krank, und ich habe so viele Fragen, und selbst wenn es ihm gut genug ginge, dass ich sie ihm stellen könnte – wir beide wissen nicht, wie wir miteinander umgehen sollen.«

Sie streckte die Hand nach der Postkarte aus und drehte sie um, um die Unterschrift zu betrachten. »Ich weiß nicht, warum meine Mutter es getan hat, und alles, was ich seitdem über sie erfahren habe, vergrößert das Durcheinander nur noch mehr. Deshalb hat es sich angefühlt, als wäre ich auf ein Zeichen gestoßen, als ich die Postkarte gefunden habe. Dieser Michael ist wichtig, da bin ich sicher. Ich glaube, dass er sie geliebt hat, auch wenn ich außer einem Blick auf einem Foto und einer kryptischen Nachricht nichts habe, um das zu untermauern. Er war auf ihrer Hochzeit und hat sich Jahre später immer noch um sie gesorgt, deshalb weiß ich, dass er ein wichtiger Mensch in ihrem Leben gewesen sein muss. Aber ich weiß nicht, inwiefern. Deshalb will ich ihm schreiben, will herausfinden, ob er immer noch dort in Berlin ist. Vielleicht führt es zu nichts, aber dann habe ich es wenigstens versucht. Ich habe zu viel Zeit damit verbracht, nichts zu unternehmen.«

»Willst du es deinem Vater sagen?«

Karen schob die Karte in ihre Handtasche. »Dass ich Michael aufspüren will? Nein, ich glaube nicht. Vielleicht hinterher. Wenn es etwas zu erzählen gibt.«

Sie konnte nicht eingestehen, dass sie befürchtete, Andrew könnte versuchen, sie aufzuhalten, wenn sie es ihm sagte.

Sie hätte nicht herkommen dürfen. Sie wusste es schon, bevor die Krankenpflegerin sie verscheuchte. Sie hatte ihn nicht aufregen wollen. Nachdem sie eine Antwort aus Berlin erhalten hatte, hatte sie nur ihre Aufregung mit ihm teilen und ihm den Brief zeigen wollen. Wie hätte sie ahnen können, dass ihr Vater eine Panikattacke haben würde, als sie ihm den Brief zeigte? Sie wusste, dass er noch nicht sprechen konnte. Seine Kehle war von all den Schläuchen noch wund und geschwollen. Sie hatte nicht gedacht, dass er so sehr versuchen würde, etwas zu rufen, wie es sein verzerrtes Gesicht ihr verriet. Oder dass sein Blutdruck so in die Höhe schießen würde, dass das Notfallteam angerannt käme. Sie fühlte sich wirklich furchtbar, aber niemand wollte ihr glauben.

»Ihr Vater war ernsthaft krank, er hat sich noch nicht ganz erholt, und Sie haben ihn trotz aller Warnungen furchtbar aufgeregt.«

Der Heimleiter von Mountbank kämpfte sichtlich um Beherrschung. Karen konnte ihm kaum in die Augen schauen.

»Wir waren voller Hoffnung. Die Verlegung vom Krankenhaus hierher ist sehr gut verlaufen. Wir waren auf einem guten Weg, ihn vom erhöhten Pflegebedarf in sein eigenes Apartment zu verlegen, etwa in einem Monat. Es wäre ein selbständigeres Leben, nach dem er sich naturgemäß auch sehnt. Nun befürchte ich, dass Sie seine Rehabilitation um Monate zurückgeworfen haben. So etwas können wir nicht zulassen, Miss Cartwright. Wenn Ihre Besuche ihn so sehr aufregen, sollten Sie vielleicht erwägen, sie einzuschränken.«

Karen stand wieder draußen im Freien, bevor sie sich rechtfertigen konnte. Sie hielt noch immer den Brief in der Hand, der all den Aufruhr verursacht hatte. Andrew war vor dem Brief zurückgeschreckt, als wäre er vergiftet, nachdem sie ihm gesagt hatte, von wem er war.

»Was hast du jetzt wieder angestellt?« Mrs Hubbard walzte zwischen den Blumenbeeten heran wie ein schlecht gelaunter Rammbock und zog eine Frau mit dünnem Haar hinter sich her, die Karen als eine größere Version einer der Enkelinnen wiedererkannte, die sie gequält hatten, als sie noch klein war.

»Er ist derzeit in einem schlechten Zustand. Ich musste Sandra aus der Mittagspause holen, damit sie mich herbringt.«

»Wieso haben die nach Ihnen geschickt?«

Karen hatte schon eine Strafpredigt über sich ergehen lassen und war nicht in der Stimmung für eine zweite. Aber sie hörte auf, sich zu sträuben, als Mrs Hubbard das Gesicht verzog. »Weil er in schlechtem Zustand ist und ich sein Notfallkontakt bin. Wie eine Verwandte ersten Grades. Was denn? Dachtest du wirklich, du wärst die Person, auf die er sich im Notfall verlassen würde?«

Bevor Karen darauf reagieren konnte, explodierte Mrs Hubbard. »Du hast ja keinen Schimmer. Als ob er sich an dich wenden würde, nachdem du ihn so behandelt hast – ihn vernachlässigt hast, um ehrlich zu sein. Und es ist höchste Zeit, dass ich die Wahrheit ausspreche. Du warst immer die kleine Madame auf ihrem hohen Ross. Nichts war dir gut genug. Du warst deinem Vater gegenüber so grausam, dass ich dich am liebsten geschlagen hätte. Ich hatte gehofft, seine Krankheit würde eine weichere Seite an dir hervorbringen, aber nein. Es geht immer nur um dich, oder? Sag nichts, ich kann es mir denken: Du bist wieder zu deinen alten Tricks übergegangen. Mischst alles auf, kannst nie etwas auf sich beruhen lassen.«

Sie war rot angelaufen vor Anstrengung, und über ihrer Oberlippe hatte sich trotz der frostigen Februarluft ein Schweißfilm gebildet. Ihre Enkelin schoss Giftpfeile aus zusammengekniffenen Augen.

Karen wusste, dass sie Würde bewahren und einfach weggehen sollte, aber die Heftigkeit dieser Attacke zusätzlich zur Wut des Heimleiters brachte ihr Blut zum Kochen. »Wie können Sie es wagen, so mit mir zu sprechen. Überall stecken Sie Ihre Nase hinein. Immer schon. In unser Haus, in unsere Angelegenheiten. Für mich war es auch nicht gerade angenehm, nach dem Tod meiner Mutter allein mit ihm weiterzuleben. Und ich musste alles *aufmischen*, wie Sie es ausdrücken, weil mir ja keiner irgendwas sagte. Hier also ein Gedanke: Warum tun Sie zur Abwechslung nicht mal etwas Sinnvolles und erzählen mir etwas Wahres über meine Mutter, anstatt nur Geheimniskrämerin zu sein, wie er?«

Mrs Hubbard streckte das Kreuz durch. »Etwas *Wahres* erzählen? Was ist das denn für ein Kummerkastenschwachsinn? In deine Angelegenheiten eingemischt? Na, dank dem lieben Gott dafür, dass es überhaupt jemand getan hat. Du willst also etwas *Wahres*? Wie wär's damit: dass ich immer auf dich aufgepasst habe, wenn sie nicht konnte, was oft vorgekommen ist. Oder dass ich euren Haushalt zusätzlich zu meinem eigenen geführt habe, wenn dein armer Vater verzweifelte? Das war sehr *wahr* – es hat meinen Bob in die Demenz getrieben. Aber welche Wahl hatte ich denn, wo dein armer Vater versucht hat, sich um dich *und* um sie zu kümmern und seinen Beruf auszuüben? Er ist unter all der Last fast zusammengebrochen. Kein Mann hätte das bewältigen können.«

Sie holte tief Luft; Karen nutzte die Atempause: »Aber warum mussten Sie das tun? Warum konnte meine Mutter es nicht selbst?«

»Fragst du das wirklich? Bist du so blind gegenüber der Vergangenheit, dass du sie aus dem Gedächtnis getilgt hast? Weil sie krank war, du dummes Mädchen. Nicht ganz richtig im Kopf. Sie hat Dinge gesehen, hatte Angst vor ihrem eigenen Schatten, und sie hat so oft mit Selbstmord gedroht, dass Andrew dachte, unter diesem Druck würde er wahnsinnig werden. Ich schwöre bei Gott, er hätte sie besser in Deutschland gelassen und uns allen dieses Übel erspart.«

Es war keine feste Ohrfeige, aber Mrs Hubbard schrie, als wäre sie mit einem Messer aufgeschlitzt worden.

Karen stürmte davon, fuhr den Wagen aus der Einfahrt und legte erst eine Vollbremsung hin, als sie bemerkte, dass sie eine rote Ampel überfahren und beinahe einen Zusammenstoß verursacht hätte. Sie fuhr an den Straßenrand. Ihre Hände zitterten, und nicht nur, weil sie eine alte Dame geohrfeigt hatte. So konnte sie nicht weitermachen, das war klar.

Vielleicht gab es schreckliche Dinge in ihrer Vergangenheit, mit denen sie nicht mehr leben konnte und über die Ihr Vater nicht sprechen kann.

Hätte doch nur jemand zu sprechen angefangen, denn dass

sie immer noch herumsuchen musste, um die Wahrheit herauszufinden, machte alles schlimmer.

Karen nahm den Brief vom Beifahrersitz, auf den sie ihn geworfen hatte, und strich das dünne Papier glatt. Nach sechs Wochen Wartezeit hatte sie sich schon selbst überzeugt, dass ihr Brief mit der geratenen Adresse und ohne Nachnamen gar nicht hatte ankommen können. Dann hatte eine Antwort im Briefkasten gelegen, nicht von Michael, sondern von seinem Sohn, Markus Wasserman. Er antwortete auf Karens vorsichtige Bitte um Informationen, die sie in überformellem Deutsch formuliert hatte, auf perfektem Englisch.

Es war kein langer Brief, und er ging auch nicht direkt auf ihre Fragen ein. Er drückte das tiefe Beileid seines Vaters aus, dass Liese gestorben war. Er schrieb nichts von einem früheren Briefwechsel oder unbeantworteten Briefen. Er schrieb, dass Karens Brief Michael »durcheinandergebracht« habe, dass es ihm danach schlecht gegangen sei und er seinen Sohn »bestürzt« habe, weshalb er, Markus, jetzt auch antworte. Der Tonfall war knapp, nicht unhöflich, aber auch nicht einladend. Karen hatte eine Zurückweisung daraus gelesen, bis sie zu den letzten Zeilen gekommen war.

Mein Vater hat nur wenig gesagt; tatsächlich weigert er sich, überhaupt viel über Ihre Mutter zu sagen, aber es ist eindeutig, dass sie ihm sehr viel bedeutet hat. Ihr Tod hat ihn tief berührt. Trotz dieses großen Schocks möchte er mit Ihnen in Kontakt bleiben. Schriftlich oder, wenn Sie je in Berlin sein sollten, auch persönlich. Ich überlasse Ihnen die nächsten Schritte, wie Sie sich auch entscheiden mögen.

Karen schloss die Augen, als Regen auf die Windschutzscheibe prasselte.

Wenn Sie je in Berlin sein sollten. An diesem Satz war sie hängen geblieben. Vielleicht meinte Michael es gar nicht so, sondern es war nur eine höfliche Floskel. Falls er nicht redefreudig war, würde sie aus ihm auch nicht mehr herausbekommen als aus ihrem Vater. Aber das wollte sie nicht glauben. Warum würde Michael sonst in Kontakt bleiben wollen, wenn der Brief den Eindruck erweckte, dass seinem Sohn das alles nicht so ganz gefiel?

Sie startete den Motor wieder und fädelte sich in den Verkehr ein, um über den Zubringer zur M3 und nach London zu fahren. Sie war so müde. Sie war es leid, falsch zu liegen, Schmerz zu verursachen und Schmerz zu spüren, dem Geheimnis ihrer Mutter in zwanzig Jahren keinen Schritt näher gekommen zu sein. Berlin war nicht mehr abgeschottet, und Michael war nicht mehr nur ein Gesicht auf einem Foto. Das hatte doch etwas zu bedeuten. Das musste doch bedeuten, dass sie ihrer Mutter jetzt näher war.

Karen fuhr auf die Autobahn auf und beschleunigte. Sie war es vor allem leid, darauf zu warten, dass sie über Antworten stolperte.

Wenn Sie je in Berlin sein sollten.

Karen lockerte den Griff ums Lenkrad, als ihr schlagartig klar wurde, was sie tun musste. Es war nicht direkt eine warmherzige Einladung; es war überhaupt keine Einladung, aber das war ihr egal. Nach dem Zufallsprinzip in der Vergangenheit zu wühlen, reichte nicht mehr. Es war Zeit, damit aufzuhören. Es war Zeit, die Kontrolle zu übernehmen, die Ärmel hochzukrempeln und loszugraben.

KAPITEL 12

KAREN

BERLIN, MAI 1990

Ich erwarte Sie morgen um 14:30 h am Grenzübergang Schillingbrücke. Ich würde es vorziehen, mit Ihnen Ihre Lage zu besprechen, bevor Sie meinen Vater treffen.

Markus Wasserman

Seine Nachricht war im Hotel hinterlegt worden und hatte Karens Konzentrationsfähigkeit während eines langen Geschäftsessens mit einem möglichen zukünftigen Firmenkunden auf die Probe gestellt. Was für eine irritierende Wortwahl. *Ihre Lage*, als wäre sie ein Problem. *Ich würde es vorziehen*, was den Eindruck erweckte, sie hätte ein Mitspracherecht, um es anschließend schlicht zu ignorieren.

Wie nach der ersten Kontaktaufnahme vor drei Monaten hatte Markus, nicht Michael, weiterhin die Briefe beantwortet, die Karen geschickt hatte. Seine Antworten waren immer knapp und nach demselben Muster gestrickt: kurz, faktenbasiert und unpersönlich. Er hatte nichts Privates gefragt oder auf die Einzelheiten reagiert, die sie mitgeteilt hatte. Er hatte wenig über Michael geschrieben und fast gar nichts über sich selbst preisgegeben. Sein einziger Kommentar zu ihrem Besuch in Berlin lautete, dass das »schneller als erwartet« sei. Karen wusste nicht, ob er uninteressiert, viel beschäftigt oder einfach unhöflich war. Zuletzt war sie seinem Beispiel gefolgt, und ihr letzter Brief hatte nur die Hoteladresse, die Flugdaten und ihren Zeitplan enthalten.

Ein Mann mit Geheimnissen, das war das Letzte, was sie brauchen konnte. Selbst seine Wahl des Treffpunkts war, wie der Rezeptionist beim Suchen auf dem Stadtplan sagte, »ungewöhnlich«. Vielleicht wollte er einfach keinen Trubel, und in Berlin gab es haufenweise Trubel. Die mit Kameras bewaffneten Menschenmassen am Checkpoint Charlie hatten das bewiesen.

Ihr erster Tag in der Stadt war voller Gegensätze. Die Geschäftstreffen, die ihr Architekturbüro in dem Bestreben, in diesem sich rasant verändernden Berlin einen Fuß in die Tür zu bekommen, für sie arrangiert hatte, führten sie in auf Hochglanz polierte Restaurants und blitzsaubere Büros, die so gar nicht zu den Graffiti-besprühten Fassaden passten, auf die sie hinausschauten. Jedes Gespräch begann mit dem offiziellen Abbau der Mauer, der in einem Monat bevorstand, und den Möglichkeiten, die das mit sich bringen würde, aber niemand konnte genau sagen, worin die bestehen würden. In Karens Wahrnehmung schien die Stadt nach und nach wieder zusammenzufinden, ohne Sinn für Stimmigkeit, aber aus einer drängenden Hoffnung heraus. Sie gewann immer mehr den Eindruck, dass dieses neue Berlin nicht genau wusste, wohin es sich entwickeln wollte.

Die Leute strömten in beide Richtungen durch die Checkpoints. Sie lächelten und wurden nicht aufgehalten, aber ihre Kleidung und die Frisuren markierten deutlich, wer aus dem Osten und wer aus dem Westen kam, und trotz der Rede vom

Wiederaufbau war ein großer Teil der Stadt immer noch Brachland.

Mitten auf der Schillingbrücke blieb sie stehen und schaute über das Wasser zum Fernsehturm, der wie eine schöne und zugleich hässliche graue Nadel in den Himmel ragte. Wie zwiespältig die Stimmung in der Stadt auch sein mochte – es fühlte sich gut an, wieder hier zu sein, nicht aufgegeben zu haben. In wenigen Minuten wäre sie am Grenzübergang und dann endlich im Osten. Es schien ein bedeutungsschwerer Moment zu sein, den sie auf irgendeine Weise markieren müsste. Der einzige diensthabende Wachtposten winkte sie ohne Worte durch und sah kaum auf ihren Pass.

»Sie sehen enttäuscht aus. Wie die meisten. Jetzt, wo es sicher ist, will jeder mit ein bisschen Drama über die Grenze.«

Weder die Begrüßung noch der Mann waren so, wie sie sie erwartet hatte.

Karen hatte sich aus seinen Briefen ein Bild von Markus gebastelt: steif und streng, mit zugeknöpfter Anzugjacke und missbilligendem Gesichtsausdruck. Die Gestalt, die am Geländer lehnte, konnte nur ein oder zwei Jahre älter als sie selbst sein. Der junge Mann sah aus, als fühlte er sich in der Welt viel wohler, als seine Briefe hatten vermuten lassen. Ihre Geschäftskollegen hatten beim gestrigen Abendessen über die Kleidung gelästert, die die »Ossis« trugen, und sich einen Spaß daraus gemacht, die billigen Anzüge und gefälschten Levi's herauszupicken. Markus war in eine braune Cordhose gekleidet, die locker genug für seine langen Beine auf seiner Hüfte saß, dazu trug er ein cremefarbenes Hemd mit zu den Ellbogen hochgekrempelten Ärmeln. Mit dem Dreitagebart und den karamellfarbenen Augen war Markus Wasserman so attraktiv wie ein Filmschauspieler. Karen war sich noch nicht sicher, ob er sich dessen bewusst war.

»Als ich letztes Mal in Berlin war, zog sich hier der Todesstreifen entlang, und überall waren Gewehre. Ich brauche ein bisschen, um die Veränderung zu verarbeiten.«

Er lächelte. »Gut ausgedrückt. Wollen wir?«

Er deutete auf eine viel befahrene Straße, die an einer Baustelle mit zahlreichen Gruben entlangführte, und runzelte die Stirn, als Karen die Nase rümpfte.

»Es ist ganz sicher.«

»Das ist es nicht, sondern die Luft. Es klingt vielleicht verrückt, aber hier riecht es anders. Schärfer, durchdringender.«

Sein Arm schwebte neben ihrem Ellbogen, wie die Hand seines Vaters auf dem Foto fast den Ellbogen ihrer Mutter berührte.

»Weil es so ist. Was Sie hier riechen, ist schmutzigeres Benzin, billigeres Speiseöl, Reinigungsmittel, dem nie blumige Düfte beigemischt wurden. Über den Geruch kann man das kommunistische Berlin von seinem kapitalistischen Bruder unterscheiden. Und über die halb fertigen Bauprojekte.«

Er deutete mit der Hand auf die Bauarbeiten – es war ein großer, rechteckiger Bahnhof, und Karen hätte nicht sagen können, ob er aufgebaut oder abgerissen wurde.

»Das ist oder war, ich bin mir nicht mehr sicher, der Hauptbahnhof von Ostberlin. Er wurde für Staatsbesuche sowjetischer Würdenträger pompös umgestaltet. Es ist jetzt ein bisschen peinlich, wo wir nicht mehr zugeben dürfen, wie sehr wir unsere Herren in weiter Ferne geliebt haben.«

Karen konnte nicht sagen, ob er ärgerlich oder amüsiert war oder ob er nur etwas vorspielte. Ihre Verwirrung war wohl zu erkennen.

Markus blieb stehen und deutete eine seltsame halbe Verbeugung an. »Es tut mir leid. Ich glaube, ich habe das Konzept der Redefreiheit noch nicht ganz verinnerlicht, deshalb fällt mir Ironie leichter. Lassen Sie mich noch mal von vorn anfangen …«

Er begann, die Geschichte des Hauptbahnhofs von

Ostberlin zu erklären und zeigte auf die Graffiti, die sich auf der Westseite über lange Teile der Mauer erstreckten, die noch immer am Fluss stand. Er erläuterte die Bedeutung, die ihr Bau und ihr Fall für die Gegend gehabt hatte. Sein gesprochenes Englisch war genauso sorgfältig formuliert wie seine Briefe. Seine Satzmelodie erinnerte Karen an die Art, wie ihre Mutter manchmal gesprochen hatte. Er war witzig, gebildet und ein angenehmer Zeitgenosse, aber sie war sich sicher, dass er mit den unzähligen Anekdoten eine Barriere errichtete. Dann bogen sie um eine Ecke und standen plötzlich auf einem Platz mit einem hohen Springbrunnen, und was Markus sagte, wurde vom Verkehr übertönt.

»O mein Gott, ist sie das? Ist das die Karl-Marx-Allee? Das ist unglaublich – die Postkarte lässt die Ausmaße nicht erahnen.«

Sie stand im Bild, zwergenhaft vor den Ausmaßen des Boulevards. »Wie lang ist sie?«

»Fast zwei Kilometer, vom Strausberger Platz, auf dem wir gerade stehen, bis zum Frankfurter Tor.«

Als sie zu Markus aufsah, lächelte er.

»Es gefällt Ihnen, nicht?« Er lachte. »Natürlich – wem auch nicht? Sie sagten, Sie sind Architektin, deshalb habe ich Sie hierhergebracht. Um Ihre Reaktion zu sehen.«

Karen wollte fragen, ob sie den Test bestanden hatte, aber mit seinem Lächeln hatte sich sein Gesicht geöffnet, und sein Charme verschlug ihr die Sprache. Sie fühlte sich plötzlich viel zu jung und lief voraus, griff nach ihrer Kamera und begann, die säulengerahmten Eingänge und die aufwendig gestalteten Fassaden der hohen Gebäude zu fotografieren, mit denen die hohen Gebäude versehen waren.

Markus ließ sie eine Weile gewähren, dann geleitete er sie unter einem gelben Schild hindurch in ein Café, das den pragmatischen, sauberen Charme einer Arbeiterkantine ausstrahlte. Sie saßen kaum, da verwandelte sich sein Gesicht wieder in die Maske eines Fremden. »Warum sind Sie wirklich hier?«

Wenn ich die Wahrheit will, muss ich sie auch selbst sagen.

»Weil meine Mutter sich umgebracht hat, als ich elf war, und ich herausfinden will, warum.«

Er zuckte zurück, als hätte sie ihn geschlagen. »Und denken Sie etwa, mein Vater ist schuld?«

Der Gedanke war ihr nie in den Sinn gekommen. »Natürlich nicht! Aber ich weiß gar nichts, Markus, außer ihrem Tod und dass sie Deutsche war, was vor mir allerdings geheim gehalten wurde, wie alles andere in ihrem Leben. Ich muss herausfinden, wer sie war und warum sie es getan hat.«

Karen hielt inne, um ihre Gedanken zu sammeln und war dankbar, dass er nicht in die Stille hineinplatzte.

»Ich habe versucht, so zu tun, als ob es keine Rolle spielt, dass es Selbstmord war, aber das tut es eben doch. Sie hat mich verlassen, als ich noch ein Kind war, und meine Sehnsucht nach ihr hat nie aufgehört. Es hat sich angefühlt – fühlt sich an –, als hätte sie mich ausgesetzt. Es ist schwer, sich dem zu stellen und einen Sinn zu finden, aber es hat mich mit meinem eigenen Leben überfordert. Mein Vater und ich …« Sie hielt erneut inne. Sie kannte diesen Mann nicht, dem sie gerade ihr Herz ausschüttete; sie musste etwas Distanz wahren. »Er ist krank. Vielleicht habe ich die Dinge mit ihm zu lange laufen lassen. Ich muss nach vorne schauen, deshalb bin ich hier. In der Hoffnung, Ihr Vater hat vielleicht ein paar Antworten.«

Sie unterbrach sich und hob ihre Tasse an die Lippen. Der Kaffee war dünn und schwach, aber es beruhigte zumindest ihre Atmung, daran zu nippen.

Zu ihrer Überraschung, wenn man bedachte, wie formell sie die ganze Zeit miteinander umgegangen waren, griff Markus nach ihrer Hand. Er hielt sie nur ganz kurz, und sie bedauerte es sofort, als er sie wieder losließ.

»Das tut mir sehr leid. Ein solcher Verlust ist schrecklich.

Als meine Mutter gestorben ist, hat es mich Monate gequält, und dem war eine lange Krankheit vorausgegangen, die mir Zeit gegeben hatte, mich darauf einzustellen. Ich habe mich dir gegenüber distanziert verhalten, das weiß ich. Meine Briefe waren vielleicht nicht besonders einladend. Das alles ist für mich schwer zu erklären und zu begreifen, also versuche ich, genauso direkt zu sein wie du. Als dein Brief kam und mein Vater erfahren hat, dass deine Mutter tot ist, war er am Boden zerstört. Ich hätte nie gedacht, dass ich solche Worte benutzen würde, um ihn zu beschreiben. Ich glaube, wenn ich ganz ehrlich sein will, muss ich zugeben, dass ihr Tod ihm mehr zugesetzt hat als der meiner Mutter.«

Er griff nach seiner Tasse. Karen widerstand dem Drang, ihn zu trösten. Er blickte eine Weile auf die Tischplatte, dann sah er auf und sprach genauso bedacht weiter. »Bevor du ihn kennenlernst, sollst du verstehen, wer mein Vater ist, auch wenn das für jemanden, der nicht in unserem System aufgewachsen ist, schwer zu begreifen ist, und das meine ich nicht herabsetzend. Für die Menschen hier ist Michael Wasserman ein Held. Jeder kennt ihn – deshalb ist dein erster, eigenartig adressierter Brief angekommen. Er hat im Krieg für den kommunistischen Widerstand gegen den Faschismus gekämpft und ist der Sache immer treu geblieben. Er ist Schriftsteller und Lehrer. Er ist stark und unbeirrbar. Seine Überzeugungen sind so starr, dass er in vielerlei Hinsicht als Vater nicht ganz einfach war. Aber ich wusste, wer er war. Dann ist dein Brief gekommen und hat ihn plötzlich schwach gemacht. Er hat geschluchzt. Es klingt vielleicht lächerlich, aber in dem Moment, als er den Brief gelesen hatte, wurde er zu einem Schatten seiner selbst. Das war für uns beide schwer, und ich will nicht, dass sich so etwas wiederholt.« Er unterbrach sich.

Karen spürte seinen Wunsch, Michael zu beschützen. Das bedeutete, dass sie vorsichtig vorgehen musste.

»Wolltest du deshalb nicht, dass ich komme? Du hast es

zwar nie ausgesprochen, aber ja, ich habe deine Zurückhaltung gespürt.«

Als er ihr in die Augen sah, wusste sie, dass er ein Mann war, für den Wahrheit das höchste Gut war. Darin lag eine gewisse Herausforderung, aber auch Hoffnung.

»Ich war nicht begeistert, als du beschlossen hast, herzukommen. Es ging so schnell. Dein Brief hat ihm Angst gemacht, und das hat mir Angst gemacht. Ich glaube, er hat Geheimnisse.« Sein plötzliches Auflachen überraschte Karen. »Was für eine dumme Aussage. Jeder hier hat Geheimnisse. Unsere verkabelten Wände und verwanzten Telefone haben die DDR über die letzten vierzig Jahre zusammengehalten. Aber das mit meinem Vater ist etwas anderes. Das ist persönlicher als die Bespitzelung und Erpressung, die in diesem Land wie Devisen benutzt wurden. Ich sagte vorhin, dass ich wusste, wer er war. Aber das stimmt nicht ganz. Ich weiß, wer er heute ist, was andere über ihn sagen. Er spricht nie über sein früheres Leben. Niemand aus seiner Generation tut das. Ich weiß nichts über seine Kindheit oder meine Großeltern.«

Sein Gesicht zeigt alles, was er fühlt.

»Mein Vater ist auch so. Abgesehen von dem einen Foto seiner Eltern, das ich gesehen habe, und der Tatsache, dass er immer schon in der Armee war, weiß ich über ihn fast genauso wenig wie über meine Mutter. Am wenigsten weiß ich über seine Gefühle.«

Karen hielt inne. Jetzt gerade kannte sie die Gefühle ihres Vaters nur zu gut. Er war wütend, empört und enttäuscht von ihr. Ungefähr eine Woche nach ihrem letzten Besuch hatte er seine Stimme wiedergefunden, hatte sie aber nicht sehen und nicht mit ihr sprechen wollen. Sie hatte im Krankenhaus die Nachricht hinterlassen, dass sie nach Berlin fahren wollte, um Markus und hoffentlich auch Michael zu treffen. Er hatte nicht geantwortet – sie hatte es auch nicht erwartet. Seit ihrem vorherigen, katastrophalen Besuch war sie gezwungen gewesen, Infos über seine fortschreitende Genesung vom Pflegepersonal zu erhalten, wann immer eine überarbeitete Schwester etwas Zeit für ihre Anrufe erübrigen konnte.

Sie sah auf, weil sie den Faden verloren hatte. Markus lächelte. Er sah um Jahre jünger aus. »Unsere Systeme sind sich wohl ähnlicher, als ich dachte, zumindest auf unsere Eltern bezogen. Ich wurde früher immer so wütend über die Verschlossenheit meines Vaters, darüber, wie schnell er ein Gespräch beendete, das er nicht führen wollte. Meine Mutter ist immer zu seiner Verteidigung gesprungen. Sie sagte, sein Schweigen wäre normal. Dass keiner, der den Krieg erlebt hat, sich gern an das Elend dieser Zeit oder danach erinnerte. Sie sagte, die Art, wie er lebte, wäre die richtige: die Vergangenheit zu vergessen und sich auf das zu konzentrieren, was die DDR uns bot und was er der DDR zu bieten hatte. Das war unsere Linie, es war die Parteipropaganda, mit der wir alle gefüttert wurden. Ich habe ihr um des lieben Friedens willen nachgegeben, aber jetzt, wo du da bist ...«

»Die Vergangenheit ist in Bewegung geraten, und dir wäre lieber, das wäre nicht so.«

Er nickte. »Vielleicht ist es Zeit. Für uns, die im Osten aufgewachsen sind, bewegt sich die Vergangenheit nicht nur, sondern sie stürzt in sich zusammen. Alle Werte, mit denen wir aufgewachsen sind, verschwinden. Es bleibt nicht viel übrig, worauf man noch zählen kann, außer der Familie. Und nun finde ich heraus, dass mein Vater nicht der stabile Mann ist, für den ich ihn gehalten habe. Ich weiß nicht, ob ich das brauchen kann. Aber erst recht bin ich mir nicht sicher, ob er es brauchen kann, dass sein Leben hinterfragt und auseinandergenommen wird.«

Das Lächeln verschwand, und Markus' Gesicht wurde plötzlich ernst. »Ich lasse nicht zu, dass du ihm wehtust, Karen. Wenn irgendetwas von deiner Suche ihm wehtut, stoppe ich dich, egal, was du brauchst.«

Karen schaute in ihre Tasse, wo sich auf dem kalten Kaffee eine feine Haut gebildet hatte. Der Michael, den er beschrieb, ihre Beziehung zueinander, das klang so vertraut, als hörte sie ihre eigenen Gedanken über Andrew. Es war richtig gewesen herzukommen; hier gab es Antworten. Sie spürte es an Markus' Nervosität und an den Regeln, die er aufstellen musste.

Sie nickte, als würde sie zustimmen, sagte jedoch nichts. Sie hatte nicht die Absicht, jemandem wehzutun. Aber sie hatte auch nicht die Absicht, Fragen zu vermeiden, die sich als unangenehm für Michael herausstellen konnten. Wenn das eine das andere nach sich zog, würde sie damit leben müssen.

Bei all seinem Charme und seiner offenkundigen Empathie für ihre Situation durfte es nicht ihr Problem sein, wie sehr Markus seinen Vater beschützen wollte.

Das Gebäude, in dem Michael lebte, war wie aus der Zeit gefallen. Die blassblauen und seetanggrünen Fliesen im Korridor boten einen stillen Rückzugsort von der Betriebsamkeit draußen. Briefkästen in der Form kleiner Häuser reihten sich entlang der einen Seite des Eingangsbereichs auf. Der Lift knarzte hinter einer dicken Doppeltür.

»Ich hoffe, du bist fit. Der Lift sieht zwar beeindruckend aus, aber die Treppe ist immer die sicherere Wahl.«

Karens erster Eindruck von Michaels Wohnung, als sie in den Flur trat, war Weitläufigkeit, aber das Interieur war sichtlich in die Jahre gekommen. Markus sah wohl ihr Stirnrunzeln, denn er führte sie den Flur hinunter zum Wohnzimmer, in dem Michael wartete, wie er sagte.

»Er dekoriert die Wohnung nicht. Er hängt den Parteirichtlinien zu sehr an. Das war das Beste, was 1953 zu bekommen war, also ist es noch immer das Beste. Seine Starrköpfigkeit hat meine Mutter wahnsinnig gemacht.«

Die früher cremefarbenen Wände waren nikotingelb. Die

türkisfarbenen Einbauschränke, die Karen sah, als sie an der offenen Küchentür vorbeiging, waren abgestoßen und schäbig, und die spärliche Möblierung im Wohnzimmer erweckte den Eindruck, die Wohnung wäre erst halb bezogen. Als sie eintraten, erhob sich Michael von einem Stuhl beim Fenster. Er war groß und gut gekleidet, und abgesehen von der Anspannung um Augen und Mund herum wirkte er aufgeräumt.

»Sie sind ein Abbild Ihrer Mutter. Sie können nur Lieses Tochter sein.«

Er sprach Englisch mit starkem Akzent, das ihm nur schwer über die Zunge kam. Als Karen ihm auf Deutsch dankte, legte sich sein Gesicht in sanfte Falten.

»Abgesehen von Russisch habe ich nicht die Sprachkenntnisse meines Sohnes. Dass er so gut Englisch spricht, ist seiner Mutter zu verdanken. Sie hat Sprachen geliebt – sie hat es selbst fließend gesprochen, und sie hat die englische Literatur geliebt. Sie war nie der Meinung, dass Russisch und Deutsch einen ausreichend weiten Blick auf die Welt geben. Das war hier nicht gerade ein beliebter Standpunkt, aber darüber ließ sie nicht mit sich streiten.«

Er umarmte Markus und führte sie in ein Zimmer mit Bücherregalen und zwei durchgesessenen Armsesseln. Mitten auf dem Bücherschrank stand das Foto einer lächelnden Frau mit einem lachenden kleinen Jungen auf dem Arm.

»Möchten Sie Kaffee und Apfelkuchen? Ich habe ihn selbst gebacken – eine meiner neueren Fertigkeiten.«

Ich hatte recht. Er sieht aus, als hätte er alles unter Kontrolle, ist aber genauso nervös wie ich.

Karen setzte sich ohne Umschweife hin, während Michael in der Küche zu tun hatte und Markus einen Plastikstuhl und einen kleinen Tisch herbeiholte.

»Lass mich allein mit ihm sprechen, um ihm zu erzählen, was du mir über den Tod deiner Mutter gesagt hast, damit das erledigt ist.«

Er ging hinaus. Karen hörte unterdrücktes Gemurmel, dann einen Aufschrei und das Klirren von zerbrochenem Porzellan, und sie war froh, dass Markus ihr den Anblick der Einzelheiten erspart hatte.

Als Michael wiederkam, war sein altersmildes, aber immer noch attraktives Gesicht verzerrt und seine große Gestalt gebeugt. Markus führte ihn zu einem Sessel, brachte ihm Kaffee und setzte sich neben ihn, während er trank.

»Ich habe ihm gesagt, dass du Fragen hast und unsere Sprache ausreichend gut verstehst. Wir haben uns darauf geeinigt, dass er Deutsch spricht und ich übersetze, wenn es nötig ist. Ich habe ihm auch gesagt, dass wir jederzeit aufhören, wenn er möchte.«

Karen nickte, obwohl Markus' bestimmende Art sie störte.

»Es tut mir so leid.« Michaels Stimme klang rau und gebrochen. »Dass sie so etwas getan hat, ist meine Schuld – ihr ganzes Elend war meine Schuld.«

Markus übersetzte, während Michael sprach, und richtete sich auf, als er verstand, was gerade gesagt worden war.

Karen beugte sich vor, zog Michaels Aufmerksamkeit ganz auf sich, bevor Markus die Unterhaltung sofort beenden konnte.

»Wie sollte das möglich sein? Markus sagte, sie hat nie auf Ihre Karte geantwortet. Wenn Sie gar nicht in Kontakt standen, wie hätten Sie dann wissen können, was sie tun wollte?«

Michaels Blick war so intensiv, dass Karen sich wünschte, er würde wegschauen. »Ich habe es immer gewusst. Nachdem Lottie verloren war, wusste ich, dass Liese ihr eines Tages folgen würde.«

Die Vorhänge flatterten am offenen Fenster. Karen sah die Bewegung im Augenwinkel und fühlte sich, als würden die Wände schwanken. »Wer ist Lottie?«

Michael fuhr zusammen. »Sie wissen es nicht?«

Sie ist nicht da, sie wird nicht antworten.

Karen ballte die Hände zu Fäusten, als könnte sie die Antwort abwenden, von der sie instinktiv wusste, dass sie nun kam.

»Lottie war Lieses erstes Kind, Liebes. Sie war Ihre Schwester.«

Der Himmel vor dem Fenster hatte nichts von seinem strahlenden Blau verloren. Die Zeiger auf der Uhr waren kaum mehr als eine Stunde weitergerückt. Wieso war nicht ein ganzes Leben vorübergegangen?

Michael hatte die Augen geschlossen und atmete schwer. Karen fror bis auf die Knochen, ihre Zähne klapperten. Sie wusste nicht mehr, wie sie die Enge ihrer eigenen Haut ertragen sollte. Sie wollte laut weinen. Um ihre Mutter, um ihre verlorene kleine Schwester. Aber die Tränen waren zu Eis gefroren und kamen nicht.

»Ich war zu spät, um sie abzuholen. Die unverzeihliche Sünde.« Seine Stimme war so leise, dass Karen ihn kaum verstand. »Ich wurde bei einer Razzia aufgehalten, bei der Druckerei, wo wir den nächsten Stapel Flugblätter abholen sollten, ich steckte stundenlang in einem Kriechkeller fest. Als die Soldaten endlich verschwanden und ich zur Wohnung konnte, waren Liese und Lottie weg. Es tut mir so leid.«

Er sagte es immer wieder. Er musste aufhören.

»Du hast einen Schock. Atme langsam und tief ein und aus. Schau mich an.« Markus hielt ihre zitternden Hände mit einer Hand fest und hob ihr Kinn an, sodass sie ihm in die Augen schauen musste. »So ist es gut. Langsam – gut.«

»Es tut mir so leid.«

Warum sagte er das immer wieder? Wollte er, dass sie ihm verzieh? Sie wusste nicht, was sie sagen oder tun sollte. Sie wusste, dass nichts davon Michaels Schuld war, aber sie brauchte dringend ein Gegenüber, das sie anschreien konnte. Wieso hatte sie bloß gedacht, es könnte helfen, die Vergangenheit aufzudecken? Wie sollte sie jemals das Bild vom Mord an ihrer Schwester, von den Qualen ihrer Mutter aus dem Kopf bekommen?

Sie sah an Markus vorbei zu Michael, der zusammengesunken dasaß und die Arme um seinen Oberkörper geschlungen hatte. Wie er sie ansah – es war noch nicht die ganze Geschichte. Sie wusste es. Sie erkannte es an seinen tränenerfüllten Augen, an seinem plötzlich fest verschlossenen Mund.

»Es gibt noch etwas, das Sie noch nicht ...«

Dann schwemmte Übelkeit ihre Worte weg. Die Wände rückten näher. Sie konnte nicht bleiben – zu viele Schrecken lauerten in diesem Raum.

Sie sprang auf, rannte an Markus vorbei aus der Wohnung. Nur raus hier.

»Was machst du?« Markus zog ihre Hände von den Liftknöpfen weg, die sie wie eine Wilde drückte.

»Ich muss zurück in mein Hotel.« Sie wirbelte herum und lief zur Treppe.

»Karen, halt! Ich verstehe dich! Aber du kannst nicht allein gehen. Nicht nur, dass du dich verlaufen könntest; es ist auch zu gefährlich. Und allein wirst du auf dieser Seite der Stadt kein Taxi finden. Du hast einen furchtbaren Schock erlitten, das haben wir alle. Ich muss etwas trinken, und du auch. Komm.«

Unten angekommen nahm er ihren Arm und führte sie in eine Kneipe, die genauso schlicht war wie das Café. Eine Theke, an der derbe Hocker standen, eine Handvoll schlichter Holztische; weniger Flaschen mit Alkohol, als sie je im Westen gesehen hatte. Markus führte sie zu einem Tisch und holte einen Krug Rotwein und zwei Gläser, die zur Hälfte mit einer klaren Flüssigkeit gefüllt waren.

»Trink das; dann wird es leichter. Wenn du mehr brauchst, es ist genug da.«

Karen kippte den Wodka herunter und keuchte, als der scharfe Alkohol ihr im Rachen kratzte.

»Erteilst du immer so viele Befehle?«

Er schenkte den Wein ein und schob ihr ein volles Glas hin. »Ja. Ich bin Arzt. Meistens ist das der Großteil meiner Arbeit. Ich dachte, ich hätte es dir erzählt.«

»Du hast mir gar nichts erzählt, aber keine Sorge, das bin ich gewohnt.«

Dann verging der Schockzustand, und Karen brach in Tränen aus.

»Gut. Lass es raus.« Er zog seinen Stuhl bei und ihren Kopf an seine Schulter. »Das stört niemanden. Hier haben schon so viele Menschen geweint, dass es auf eine mehr nicht ankommt.«

Er ließ sie schluchzen, bis sie fertig war, dann gab er ihr ein Taschentuch. »Karen, ich schwöre, dass ich nichts von Lottie wusste. Sonst hätte ich dich vorgewarnt. Er hat nie ein Wort darüber verloren. Ich kann mir nicht vorstellen, wie es sich für dich angefühlt haben muss, das zu hören, oder für ihn, es zu sagen. So viel Schmerz und so viel Schuld, die sie beide mit sich herumgetragen haben, und die jetzt auch auf dir lastet. Und diese Geheimnistuerei. Wut ist okay; falls du sie jetzt empfindest.«

Karen errötete.

»Er sagte immer wieder, dass es ihm leidtut, das habe ich nicht ertragen. Ich weiß, dass es nicht Michaels Schuld ist, und dass er leidet. Er wurde fast selbst geschnappt – was hätte er denn tun können? Wie hätte er wissen sollen, was passiert ist? Niemand anders als die Polizisten haben Schuld, das weiß ich. Aber ich wollte ihn schlagen, wirklich, und das ist furchtbar. Und den Schmerz meiner Mutter kann ich mir gar nicht ausmalen; ich will nicht …«

Sie nahm noch einen großen Schluck. »Das Leid ist unvorstellbar. Das mitzuerleben; so machtlos zu sein, es nicht verhindern zu können. Was hat Michael gesagt? ›Liese hat Lotties ganzes Leben lang nichts anderes getan, als dafür zu sorgen, dass sie in Sicherheit war, aber am Ende hat sie versagt.‹ Wir wissen, dass es nicht ihre Schuld war, aber hat sie es auch gewusst? Hat sie ihr ganzes Leben lang Schuldgefühle mit sich herumgetragen? Gott helfe ihr. Man kann gar nicht ermessen, was das angerichtet hat.«

»Vielleicht hast du hier deine Antwort. Etwas so Schreckliches würde ihren Selbstmord erklären.«

Karen stellte ihr Glas ab. Sie wollte einen klaren Kopf behalten, und auch nicht. »Vielleicht. Ich würde gern glauben, dass es so klar ist. Aber dein Vater sagte auch, dass er immer wusste, meine Mutter würde Lottie folgen. Wenn das stimmt, warum hat sie dann so lange gewartet, bis sie es tat?«

Ihre Stimme brach, als die Frage, die durch die letzten achtzehn Jahre gegeistert war, an die Oberfläche stieg. »Lottie war lange tot, als meine Mutter sich umbrachte, aber ich war lebendig. Ich habe sie gebraucht. Wie konnte sie es tun, wenn sie doch mich zum Lieben und Umsorgen hatte? Erklär mir das mit all deiner medizinischen Ausbildung. Sie hat ein Kind verloren und dann beschlossen, das andere zu verlassen. Warum?«

Sein Arm war das einzige, das ihr auf dem Stuhl Halt gab.

»Ich kann es nicht erklären. Ich wünschte, ich könnte es. Ich bin nicht so ein Arzt, obwohl ich es immer werden wollte. Aber hier war es sicherer, sich um gebrochene Gliedmaßen zu kümmern; es gab weniger behördliche Vorschriften.« Er schwieg.

Karen nahm einen tiefen Atemzug und hoffte, er traute ihr noch zu, dass sie das Richtige tat. »Ich muss noch mal mit ihm sprechen, Markus. Ich werde mich dafür entschuldigen, dass ich einfach so weggelaufen bin, aber ich muss noch mal mit ihm sprechen. Meine Mutter hat weitergelebt. Sie hat meinen Vater geheiratet und ist nach England gegangen. Lotties Tod ist ein Grund für ihren Selbstmord, aber das ist noch nicht das Ende der Geschichte.«

Er rieb sich die Augen und nickte. »Ich glaube, du hast recht, wirklich. Aber nicht heute. Warte bis morgen, bitte. Gib ihm einen Tag, um sich zu erholen und zu verstehen, dass du noch mehr von ihm brauchst. Nach deinen Geschäftstreffen und meiner Schicht komme ich dich abholen. Ist das okay?«

Es war eine Frage, keine Entscheidung, die er ihr aufdrückte. Sein Ton war besorgt, nicht befehlend.

Karen gelang es zu lächeln und ihn anzuschauen. Er hatte ein freundliches Herz; das konnte sie spüren.

»Ja. Ja, das bekomme ich hin.«

Markus hielt sie kurz, bevor sie in das Taxi stieg, das er für sie gerufen hatte. Es war kaum eine Umarmung zu nennen, aber in seiner Wärme lag eine Zusicherung, die Karen in der langen, schlaflosen Nacht warm umhüllte.

Am Nachmittag des folgenden Tages wartete Markus schon in der Hotellobby, als Karen sich von ihrem letzten Arbeitstermin losgeeist hatte. Sein kastenförmiges, blaues Auto parkte davor. Sie berührten sich nicht. Sie redeten auch nicht nach der Begrüßung, bis sie Checkpoint Charlie hinter sich gelassen hatten.

»Heute ist er anders. Mehr er selbst, gefasster. Mehr wie der Vater, den ich gewohnt bin und der immer planmäßig vorgeht.«

»Was bedeutet das? Willst du mich vorwarnen, dass er mir nicht alles sagen wird?«

Markus brauchte so lange, um zu antworten, dass Karen schon dachte, er hätte sie nicht gehört.

»Niemand, der in der DDR gelebt hat, erzählt irgendjemandem alles. Wir sind zu gut trainiert. Ein Teil von mir fragt sich gerade, ob ich einen riesigen Fehler mache. Ob mit dir zu reden Konsequenzen hat, die ich nicht ahnen kann und vermeiden sollte.«

»Das hört sich an, als hieltest du mich für eine Spionin!«

Markus' Lächeln war warm genug, um sie zu beruhigen. »Ich weiß. Ich meine es nicht ganz ernst. Aber einfach ist es nicht. Wir denken hier nach, bevor wir etwas sagen. Wir benutzen eine Sprache, die in die Parteiparameter passt – wir wissen, dass immer jemand mithören könnte. Die Mauer, die unser Leben sichtbar eingrenzte, ist vielleicht gefallen, aber ich bin mir nicht sicher, ob das die richtige Mauer war. Ich will nicht mehr mit diesen Einschränkungen leben, deshalb versuche ich sie abzuschütteln. Aber mein Vater? Er wird dir die Version der Vergangenheit erzählen, von der er annimmt, dass du sie brauchst, aber nein, alles wird er dir nicht erzählen. Ich bin mir nicht sicher, ob er dazu überhaupt in der Lage wäre.«

In Karen zog sich alles zusammen. »Er muss. Ich bin früher schon einmal nach Berlin gekommen und war danach so durcheinander wie zuvor. Ich kann nicht noch einmal ohne die Antworten, die ich brauche, nach Hause fahren.«

»Vielleicht musst du das aber. Mein Vater ist starrköpfig. Er entscheidet etwas, und dabei bleibt es.«

Markus schüttelte den Kopf, als Karen widersprechen wollte. »Wie ich gestern sagte: Du musst versuchen, ihn zu verstehen, sonst erreichst du gar nichts bei ihm.«

»Dann erklär ihn mir besser.«

Nach kurzem Schweigen nickte Markus. »Okay, ich tue, was ich kann. Stell dir vor, du begegnest ihm auf andere Art und versuchst, wie alle derzeit, über die Wiedervereinigung zu sprechen. Er würde sich auf kein Gespräch einlassen; er würde weggehen oder denselben Vortrag über das Übel des Kapitalismus halten, den er seit Jahren hält. Er wird nicht in den Westen gehen, obwohl er längst im Rentenalter ist und es niemanden interessieren würde. Er nennt die Absperrung zwischen den Sektoren auch immer noch nicht Mauer. Jedes Mal, wenn er diese Bezeichnung hört, korrigiert er es und sagt »der antifaschistische Schutzwall«, wie ein DDR-Roboter. Als ich noch ein Kind war, ließ er mich der Mauer den Rücken zudrehen, und ich sollte so tun, als wäre dahinter nichts, nur noch mehr Ostdeutschland. Das war lächerlich, aber darin war er unerschütterlich.«

Karen lachte bei der Vorstellung des kleinen Jungen, der den Westen leugnete – sie konnte nicht anders – und entspannte sich, als Markus einstimmte.

»Genau. Dickköpfig bis hin zur Verrücktheit. Er lebt sein Leben innerhalb fest definierter Grenzen und Glaubenssätze, das hat er immer schon. Auch deine Bedürfnisse werden sie ihm nicht austreiben.« Markus bog in die breitere Karl-Marx-Allee ein und parkte das Auto vor Michaels Block. Er wurde wieder ernst. »Es tut mir leid, Karen, aber ich würde lügen, wenn ich dir einen anderen Mann ankündigen würde.«

»Und wenn das, was er mir erzählt, nicht reicht?« Karen blieb zögerlich auf dem Bürgersteig stehen. Ihre Energie für diesen nächsten Schritt schwand bereits. »Was, wenn es nie reicht?«

Markus hätte sie mit Plattitüden abspeisen können; Karen wusste, dass andere Männer es getan hätten. Doch er nahm einfach ihre Hand, als er auf die Klingel drückte.

Sein Schweigen war überraschend tröstlich.

KAPITEL 13

LIESE

KONZENTRATIONSLAGER RAVENSBRÜCK, SEPTEMBER 1943 BIS MAI 1945

Die Wärterin wischte sich die Hände ab und ging weg, während alle außer Liese schrien. Sie konnte sich nicht rühren. Sie konnte nicht weinen. Sie konnte nicht glauben, dass ihr Herz nicht sofort aufgehört hatte zu schlagen. Sie stand in den Schreien und Rufen um sie herum und wartete auf das Ende, das doch kommen musste.

»Liese Elfmann. Sind Sie das wirklich?«

Die Stimme schnitt so klar und kalt durch den Lärm und war so voller Freude, als würde ihr Besitzer sie über eine Tanzfläche hinweg begrüßen. »Kommen Sie her.«

Alle machten Platz; ein Pfad öffnete sich. Als sie sich nicht rührte, stieß eine Wärterin sie nach vorn.

»Sachte, sachte, besonders mit diesen schönen Händen.«

Der Mann, der mit dem Fuß trommelte, während er auf sie wartete, war groß, blond und in eine schwarze Uniform gekleidet, die so hervorragend geschneidert war, dass er aussah, als wäre er einem Magazin entstiegen.

»Ich hatte recht, ich wusste es doch. Ich würde Sie überall wiedererkennen, trotz der wirklich seltsamen Haarfarbe. Aber Sie runzeln die Stirn: Erinnern Sie sich denn nicht an mich?« Er lächelte. Dadurch sah er noch kälter aus. »Fritz Suhren? Inzwischen *Kommandant* Suhren, um genau zu sein. Nein? Nicht schlimm. Sie waren bei unserer letzten Begegnung ziemlich angetan von diesem jungen französischen Kaufmann, wenn ich mich recht erinnere. Die Elfmanns, so extravagante Gastgeber – immer nur das beste Essen, der beste Champagner.« Er klatschte so plötzlich in die Hände, dass die Wärterin neben ihm auffuhr. »Deshalb hatte ich eine Idee, als ich Sie dort stehen sah. Ehrlich gesagt konnte ich kaum glauben, dass Sie das sind, aber heutzutage tauchen die eigenartigsten Menschen hier auf. Wie auch immer, das kleine Reich, in dem Sie hier stehen, ist meines. Nun also zu meiner Idee: Warum soll ich nicht die Gastfreundschaft erwidern, die Ihre Familie mir gewährt hat? Was meinen Sie?«

Liese konnte in seinem Benehmen oder seinen Worten keinen Sinn erkennen. Sie konnte nicht sprechen. Sie konnte an gar nichts denken, außer an die Wärterin. An ihre bösen, kleinen Augen und die riesige Hand mit der Narbe, die Lotties wertvolles Leben einfach ausgelöscht hatte. Was dieser Suhren sagte, wurde von dem Lärm verdrängt, den sie nicht aus ihrem Kopf herausbekam. Der Schrei, der fast sofort unterbrochen wurde, das Knacken und das Platschen, die ihr ihr Kind weggenommen hatten. Nichts sonst war für Liese real, also starrte sie den Kommandanten mit seinem strahlenden Gesicht an und fragte sich, was er von ihr wollte und wie schnell er damit, was es auch sein mochte, aufhören und sie umbringen würde.

»Sie ist ganz sprachlos vor Glück, wie charmant! Nun, das nehme ich als ein Ja. Und nun los, meine Liebe, los.«

Suhren drehte sich um, bevor Liese zu ihm aufschließen konnte, etwas anderes hatte bereits seine Aufmerksamkeit geweckt.

»Den Hügel rauf. Mach, was der Kommandant gesagt hat. Beweg dich.«

Da sie nicht wusste, was sie sonst tun sollte, stolperte Liese den Hang hinauf zu einer Reihe Häuser, die auf den See hinunterblickten. Eine andere Wärterin kam ihr keuchend hinterher.

»Warum macht er das?«

Eigentlich wollte sie fragen: *Warum lebe ich noch, wenn meine Tochter tot ist?*, aber die Worte bekam sie nicht heraus.

»Woher soll ich das wissen? Der Kommandant denkt, er kennt dich. Er denkt, dass du was wert bist. Du solltest dankbar sein: Wahrscheinlich hat er dir das Leben gerettet.«

Und dann schlug der Schmerz zu, roh und rot, und er hatte Lotties Gesicht.

»Noch nichts Neues. Wir suchen weiter.«

Kommandant Suhren machte mindestens zweimal monatlich die gleiche feierliche Verkündigung und wartete darauf, dass Liese nickte und auf die von ihm bevorzugte, dankbare Art lächelte. Bis Februar 1945 musste sie diese Worte mindestens vierunddreißig Mal gehört haben. Sie hatte schon längst aufgehört, zu glauben, dass sie *suchten*, aber er log immer weiter. Liese fragte sich kaum noch, warum er das überhaupt tat. Wahrscheinlich war es einfach Teil des Spiels, das er so gern spielte. Oder vielleicht dachte er immer noch, sie könnte ihre Schere als Waffe benutzen und sein schönes Haus in Chaos verwandeln.

Das war tatsächlich ihr erster Gedanke gewesen, vor siebzehn Monaten, als sie von dem Horror, der sie vor den Toren des Lagers übermannt hatte, weg und den Hügel hinauf in Suhrens Villa geführt worden war. Er war kurz darauf erschienen und hatte sie von oben bis unten taxiert, als wäre sie eine Preiskuh.

»Liese Elfmann. Was für ein Vergnügen. Endlich bekomme

ich Ihre ungeteilte Aufmerksamkeit. Ich habe Ihren Vater einst gefragt, ob ich Ihnen den Hof machen darf, wussten Sie das? Er hat nur gelacht. Können Sie sich vorstellen, wie sehr das meine Gefühle verletzte? Er nahm zwar gern die Textillieferungen meiner Familie an das große Haus Elfmann an, aber einen Ehemann für seine Erbin? Das war ›unerhört‹. Was für ein Glück für mich, wenn man darüber nachdenkt: Was für eine Horrorvorstellung, eine schmutzige, kleine Jüdin als Frau zu haben! Das Pendel des Schicksals ist schließlich zu meinen Gunsten ausgeschlagen, und nun schau nur, wie sich alles gewendet hat: Liese Elfmann, meine persönliche kleine Schneiderin. Oh, wir werden dir Arbeit geben. Kleider für meine Frau und ihre Freundinnen; Uniformen für mich. Du wirst Kunden haben wie in einem Salon. Ist das nicht ein großes Glück?«

Er redete immer weiter mit seiner lauten Stimme, die um sie herumwogte. Dann sah Liese die Schneiderschere, die er in der Hand hielt, und etwas wie Leben kehrte in sie zurück. Sie hatte sie genommen, die Klingen gegen ihre Haut gedrückt und sich vorgestellt, wie ihr Blut herausfloss.

»Ich frage mich, ob du über deine Eltern nachdenkst?«

Was für eine seltsame Frage. Dachte er wirklich, sie würde über irgendetwas nachdenken außer über ihr Kind und wie viel Leid es in den letzten, angsterfüllten Sekunden seines Lebens hatte ertragen müssen?

Sie antwortete nicht; und nach und nach verstand sie, dass es ihm egal war. Suhren war das Schauspiel und sie nur Teil des Publikums.

»Wenn du gut arbeitest, könnte ich sie für dich finden. Wäre es ein Trost, zu wissen, dass du deiner Familie das Leben rettest?«

Die Dummheit dieser Frage hatte sie irritiert. Oder genauer gesagt, die Grausamkeit darin.

In den folgenden Monaten, in der eng umgrenzten Wirklichkeit, in der Liese plötzlich existierte, begriff sie, dass die

Fähigkeit der Nazis zu Grausamkeit viel weitreichender war als alles, was sie sich vor langer Zeit in Berlin hätte ausmalen können; sie ging über offensichtliche Brutalität hinaus. Liese wusste, dass Suhren beobachtet hatte, was mit Lottie passiert war, aber er kam nicht einmal darauf zu sprechen oder benahm sich so, als ob der Tod ihres Kindes die geringste Rolle spielte. In den ersten, verwirrten Tagen in diesem Haushalt hatte sie sich gefragt, ob Suhren sie aus sexuellen Motiven herausgepickt hatte. Ob er vorhatte, sich einfach zu nehmen, was ihm früher verwehrt worden war. Das war nicht schwer vorzustellen. Die blassen Gesichter der Dienstmädchen und die aufmerksamen Augen seiner Frau zeigten rasch, dass er sich an seinem weiblichen Personal bediente. Es wurde ihr aber genauso rasch klar, dass seine Geringschätzung ihrer jüdischen Abstammung seine Lust immer ersticken würde.

Liese war eine Trophäe, die Suhren nicht anfassen wollte. Der Kommandant und die Mitglieder seines Haushalts betrachteten Liese also so vollkommen *anders*, als würde sie in den Spottpostern und judenhassenden Zeitungen leben, auf die sie so viel Wert legten. Sie traten einen Schritt zurück, wenn sie an ihnen vorbeikamen, und streckten die Hände wie einen Schutzschild vor. Sie redeten in ihrem Beisein über sie, als spräche sie eine Fremdsprache oder hätte gar keine Sprache. Als könnte sie keine feineren Gefühle haben als die Katze, die die Essensreste in der Küche durchwühlte und die nicht mal mehr den Kopf wandte, wenn ihr letzter Wurf beseitigt wurde. Nicht dass es sie kümmerte. Nicht dass irgendetwas von dem, was ihr widerfuhr, sie kümmerte.

»Ich schütze dein Leben, du bist eine der Glücklichen!« Noch einer von Suhrens Lieblingssätzen, mit Stolz auf die Großzügigkeit erfüllt, die ihre »Sonderposition« bedeutete, und den er in ihr widergespiegelt zu sehen erwartete.

Ein Teil von Liese wusste, dass sie dankbar sein sollte. Dass jede Frau, die in diesem Lager landete und jeden Tag mit der

Brutalität der Wärterinnen konfrontiert war, sofort mit ihr tauschen würde. Das zu wissen und gleichzeitig zu spüren, dass ihr eigenes Leben ihr nichts bedeutete, erfüllte sie mit noch mehr Schuldgefühlen. Sein Trick hatte funktioniert: Das Versprechen, die deportierten Eltern zu finden, hatte die Unwirklichkeit von allem, das geschah, noch gesteigert. Deshalb hatte sie an den ersten Tagen, die sie wie eine Schlafwandlerin durchlebte, die Schere nicht benutzt, um sich die Handgelenke aufzuritzen. Dann hatte Liese irgendwann hochgeschaut und den glänzenden See zu Füßen des Hauses gesehen, in das Suhren sie gesteckt hatte, und begriffen, warum sie noch am Leben war. Dort unten war Lottie und wartete.

Es war, als wäre ihr eine Augenbinde weggerissen worden: *Lottie wartete*. Eines Tages, wenn das alles vorbei wäre, würde Liese zum See hinuntergehen und sich zu ihrem Kind gesellen. Sie würde sich in das Wasser legen, die Arme um ihr Kind schließen und es nie wieder loslassen. Bis dahin war es ihre Aufgabe als Mutter, Wache zu halten.

Jeden Abend nach dieser Erkenntnis saß Liese in der winzigen Dachkammer, in die sie eingesperrt war, am Fenster und hielt hinter den grünen Läden Wache. Ob das Wasser ruhig oder glatt, aufgewühlt von Regen oder gefroren war, Liese sang Lotties liebste Lieder, erzählte der Dunkelheit ihre Lieblingsgeschichten und hielt an dem Band fest, das sie noch immer miteinander verband.

Und als sie erst einmal ihren Lebensinhalt erkannt hatte, begann es doch eine Rolle zu spielen, dass sie nützlich blieb. Liese sah die schweren Befestigungen rund um das Lager und die grellen Lichter, die es beleuchteten, genauso klar, wie sie das Seeufer sah. Als die Monate verstrichen, sah sie auch den Rauch, der in dünnen Fahnen hinter der langen Reihe der Baracken aufstieg. Sie roch den Gestank nach Verbranntem, den nicht mal ein Wolkenbruch aus der Luft waschen konnte. Gerüchte im Haus besagten etwas so Monströses über diesen

Rauch, dass man es nicht glauben konnte. Für die Aufgabe, die Suhren ihr zugewiesen hatte, unnütz zu sein und wieder ins Lager geschickt zu werden, in Ravensbrück gefangen zu sein – das würde sie dem See und ihrer Rückkehr zu Lottie nicht näher bringen.

Liese hörte auf, einen Tag nach dem anderen durchzustehen, und eignete sich stattdessen eine Überlebensroutine an. Sie hielt ihre Wache, zwang sich aber auch zu schlafen. Sie lernte, die nächtlichen Albträume zu akzeptieren. Und sie lernte, dass sie sie lang genug aushalten konnte, um jede Nacht ein paar Stunden zu schlafen, sodass ihr tagsüber nicht die Augen zufielen und die feinen Stickarbeiten, die Frau Suhren so liebte, nicht verdorben wurden. Liese zwang sich, die dünne Suppe und das altbackene, schwarze Brot zu essen, das für sie übrig blieb, wenn der ganze Haushalt gegessen hatte, damit ihre Finger eine Naht hinbekamen, ohne zu zittern. Ihre Welt schrumpfte auf ein Atelier und ein Fenster zusammen. Auf das, was sie brauchte, um zu Lottie zurückzukönnen.

Die Monate verstrichen, und Gerüchte erreichten das Haus über die sich verschlimmernden Bedingungen im Lager. Es wurde über Verhungerte, ganze Leichenhaufen, das Zusammenbrechen der Ordnung und die wachsende Grausamkeit der Wärterinnen geflüstert. Das Ende von 1943 brachte keine Atempause. 1944 brach kalt und hart herein und fügte den Gerüchten neue Wörter hinzu: *Sonderzüge, Auswahl, Vergasung*. Der bestialische Geruch nach Verbranntem in der Luft wurde immer schlimmer. Liese lag sicher in ihrem Bett und spürte, wie ihr das Herz in der Brust zusammenschrumpfte, während die Schuld an ihr nagte. An manchen Morgen drückte sie die Schere wieder gegen ihre Haut und wusste, wie schnell alles vorbei sein könnte. Dann stellte sie sich ihre Tochter vor, kalt und allein, und sie wusste, dass das Wasser die einzige Möglichkeit war.

Liese hörte auf nichts mehr außer ihren direkten Anweisungen. Sie hielt den Kopf bei Anproben gesenkt und blendete das Geplauder aus. Sie hielt den Mund und ging weg, wenn geredet wurde. Sie benahm sich jeden Tag »wie eine beispielhafte Gefangene«, mit den Worten des Kommandanten ausgedrückt. An manchen Tagen wachte sie auf und hasste sich allein dafür. Es spielte keine Rolle.

Denn eines Tages ist das alles vorbei. Eines Tages gehe ich zum See und sorge dafür, dass alles vorbei ist.

Jeden Tag wiederholte sie dieses Versprechen wie ein Gebet, bei der Arbeit, beim Warten.

Die Monate verstrichen gleichförmig, und dann kam der April 1945. Ein Morgen begann falsch, er erwachte zu schnell zum Leben.

Draußen auf dem Kies hörte man Automotoren. Das Haus erzitterte, als Türen geschlagen wurden. Menschen, die noch nicht einmal wach sein sollten, trampelten durch die Flure. Liese rappelte sich noch verschlafen auf, als die Tür zu ihrer Dachkammer aufgestoßen wurde.

»Zieh diese Uniform an. Wir sollen in fünf Minuten in der Küche sein.«

Hilde, die andere Gefangene, die im Haus des Kommandanten zur Arbeit gezwungen worden war, stand in der Tür. Sie hielt ihr ein blau-weißes Bündel hin. Hilde war eine politische Gefangene und betrachtete sich selbst als mehrere Stufen über Juden stehend. Sie hatte nie mit Liese gesprochen und sie nie angesehen, wenn es sich vermeiden ließ. Jetzt war Hildes stolzes Gesicht blass, und ihre Hände zitterten wie Espenlaub.

»Beweg dich. Ich lasse mich wegen dir nicht schlagen.«

Liese schüttelte das gestreifte Kleid und die Jacke mit der aufgenähten Nummer und den zwei gelben Dreiecken, aus denen ein Stern geformt war, aus. Der dünne Stoff roch sauer nach altem Schweiß, das blau-weiße Muster war mit Dreck und rostfarbenen Flecken gesprenkelt. Man hatte ihr ein schwarzes Kleid gegeben, als sie ins Haus gekommen war, und sie hatte die Lageruniform nie getragen. Beim Gedanken, sie anzuziehen und was das bedeutete, verkrampften sich ihre Finger.

»Was ist denn los?«

Hilde trommelte mit den Fingern am Türrahmen. »Weißt du es wirklich nicht? Hast du nicht die Schüsse gehört?«

Das Donnern, das die letzten paar Nächte über den See geklungen war – waren das Schüsse gewesen? Liese hatte gedacht, ein Gewitter zöge heran, und auf den Regen gewartet, der den See aufwühlen würde. Als er nicht kam, hatte sie es ignoriert.

»Ich dachte, es wäre ein Gewitter.«

Hilde zog die Schultern hoch. »Donner, der tagelang dauert, ohne dass es losbricht? Wirklich? Ich weiß wirklich nicht, wie du das machst. Kapselst dich einfach ab und nähst deine dummen Kleider, als ob sonst nichts von Bedeutung wäre. Weißt du was, ist mir egal. Der Krieg ist vorbei, oder fast, und Deutschland hat ihn nicht gewonnen. Ah, *jetzt* reagiert sie endlich. Die Russen sind schon fast hier. Hör auf, mich wie ein Dummkopf anzuglotzen, und zieh dich an.«

Hilde ballte die Hände zu Fäusten.

Liese zog das Nachthemd aus und die gestreifte Uniform an. Sie war so lang, dass der Saum ihr bis an die Knöchel reichte, und so weit, dass ein zweiter Mensch hineingepasst hätte. Sie wusste, dass ihr Kopf zu langsam arbeitete und Hilde nicht in der Stimmung war, Fragen zu beantworten, aber ihr entging irgendetwas. Wenn der Krieg zu Ende ging, würden die Gefangenen doch befreit werden?

»Warum sollen wir das anziehen? Frau Suhren erlaubt diese Uniformen doch nicht im Haus. Und wenn die Kämpfe aufhören, lassen sie uns doch sowieso alle gehen?«

Hilde warf Liese ein schmutziges, weißes Vierecktuch zu,

das so aussah wie das, das sie sich selbst um den Kopf gebunden hatte.

»Der Hexe ist es egal, was wir tragen. Sie ist nicht hier. Sie ist mit den Kindern längst geflüchtet. Und natürlich lassen sie uns nicht gehen. Ich bin immer noch eine Kriminelle und du immer noch Jüdin. Und die Nazis wollen Deutschland immer noch von uns säubern. Die Villen werden alle geräumt und die Gefangenen zurück ins Lager geschickt. Und ich versuche lieber dort mein Glück, als erschossen oder für die Russen am Leben gelassen zu werden, das wäre noch schlimmer. Komm jetzt, beweg dich. Und schneid dir den Zopf ab.«

Liese hörte auf, das Kopftuch zusammenzubinden. »Was? Warum?«

»Weil die Insassinnen sofort wissen, dass du neu bist, wenn du mit dem baumelnden Zopf ankommst. Sie halten dich vielleicht für eine Kollaborateurin und hängen dich als Nazi. Mir ist das egal, aber ich will nicht, dass sie mich unter die Lupe nehmen, nur weil ich dich kenne.«

»Gefangene, die Treppe runter!«

Hilde griff nach Lieses Schneiderschere und metzelte ihr grob den Zopf ab, dann drängte sie Liese zur Tür hinaus, bevor sie protestieren konnte.

Im Flur standen zwei Soldaten mit den Gewehren im Anschlag. Sie scheuchten Hilde und Liese aus dem Haus zu einer Gruppe blassgesichtiger Frauen, die aus den anderen Wohnhäusern zusammengetrieben worden waren.

»Den Hügel runter. Marsch.«

Liese stolperte mit ausgestreckten Armen, um das Gleichgewicht zu halten, über das rutschige Gras. Frühlingsblüten überzogen die Bäume mit Zuckerguss. Die Luft sollte nach süßen Äpfeln duften, doch darin lagen beißender Rauch und Dieselabgase, und sie schmeckte nach Verbranntem und Öl. Die Straßen entlang des Lagers standen voller Lastwagen. Gefangene sammelten sich zu beiden Teilen der Tore. Soldaten, aber nicht die mit den schwarzen Mützen aus Lieses Albträumen, drängten hastig die Gruppen hinein und hinaus.

Liese wurde den Hügel hinunter, durch das Gatter und auf einen Paradeplatz geführt, der schon voller Menschen war. Dieses Mal blieben sie nicht auf dem Sand stehen, und sie hatte keine Gelegenheit, sich zum Wasser davonzustehlen. Sie hatte keine Gelegenheit, irgendetwas zu tun – zu sehr kämpfte sie darum, nicht loszuschreien.

Die Frauen, die wie sie in die Villen der SS-Leute geschickt worden waren, waren dünn und blass, aber im Vergleich zu denen, die sie jetzt umringten, waren sie Schönheiten. Der Platz stand voller ausgemergelter Frauen, die in zerrissenen Kleidern vor sich hin zitterten – oder zu Lieses Horror sogar nackt und vom Leid zu sehr aufgezehrt, um ihre Haut, die wie Trommelfell gespannt war, noch zu bedecken. Manche hatten rasierte, stoppelige Köpfe, bei anderen war das nachwachsende Haar filzig und verklebt. Sie sahen alle grau aus und alt.

»Vorwärts.«

Ihre Gruppe musste weitermarschieren.

Liese schaute stur geradeaus, ohne dass man es ihr sagen musste. Verzweifelt bemühte sie sich, die klapperdürren Gestalten auszublenden, die ihr wie geknickte Marionetten folgten. Große Feuer flackerten. Fetzen verbrannten Papiers flogen wie graue Schneeflocken durch die Luft. Die roten Blumen waren verschwunden. Manche der Barracken waren halb eingerissen; nach dem Geruch zu urteilen, waren die anderen übervoll.

Harte Befehle hallten durch die Luft. »Bewegt euch, links, bleibt zusammen, bleibt auf den Füßen, sonst schießen wir.« Liese lief weiter, weigerte sich nachzudenken, bis der Ruf »Halt!« ihre Kolonne zwang, schwankend stehen zu bleiben.

»Da hinein.«

Einer der Soldaten trat mit dem Fuß eine Tür auf, die

anderen drängten sie in eine Baracke, in der es dunkel war und übel roch.

»Sterben alle, die hier drinnen sind?« Die Frau hinter Liese zog ihr Kopftuch herunter und band es sich um Mund und Nase.

»Jeder im Lager stirbt. Wenn du Glück hast, verreckst du nur zu deinen eigenen Bedingungen.«

Der Körper, der zur Stimme gehörte, war zu dünn, um ihn einem Alter oder Geschlecht zuzuordnen. Nur das dreckige Kleid gab ihn als weiblich zu erkennen.

»Hereinspaziert, nur nicht schüchtern. Kuschelt euch dicht aneinander und wählt euer Gift: TB, Cholera, Ruhr – wir bieten alles.«

Die Frau kletterte von ihrer Pritsche und versuchte, eine Kirmesansagerin zu spielen, aber die Anstrengung war zu viel, und ihr dürrer Arm sank herunter. Die Neuankömmlinge blieben dicht an dicht auf der Schwelle stehen.

»Macht's euch gemütlich, sucht euch 'ne Pritsche oder lasst es. Ihr seid wahrscheinlich eh nicht lang genug hier, so schnell, wie sie jetzt aussortieren.«

Die Gefangene humpelte zu den desorientierten Frauen. Ihr linkes Bein war schlimm verdreht und rundherum von Narben übersät. »Ich bin ein Kaninchen.«

Sie wartete offensichtlich auf eine Reaktion und verengte die Augen, als keine kam. »Ihr wisst nicht, was ich meine, oder? Oder habt ihr euch versteckt? Jeder in Ravensbrück weiß über die Kaninchen Bescheid, es ist das am schlechtesten gehütete Geheimnis. Wisst ihr etwa nichts über die Experimente?«

Sie kam näher und verschränkte die Hände. Ein bestialischer Gestank ging von ihrer kraterübersäten, sich schälenden Haut aus. Zwischen Haut und Knochen war keine Spur Fett zu erkennen. Sie sah aus, als würde sie bei einer zu hastigen Bewegung auseinanderfallen. Liese musste kämpfen, um nicht wegzurennen.

»Natürlich wissen wir das.«

Hilde drängelte sich vor die Gruppe und streckte die Schultern durch.

»Die Nazis benutzen die Frauen hier für medizinische Experimente. Sie haben euch die Beine gebrochen und die Knochen freigelegt. Dann haben sie Splitter und Glasstücke in die Wunden gesteckt und sie mit Bakterien infiziert. Und ihr hoppelt herum, bis ihr geheilt seid – oder was man als geheilt bezeichnet. Deshalb nennt ihr euch Kaninchen. Es ist nur ein Unterschied, ob man es weiß oder mit eigenen Augen sieht, das ist alles.«

Liese hatte das Gefühl, sich übergeben zu müssen. Die Frau bewegte sich nicht; aber sie tat auch nicht, was Liese hoffte, nämlich Hilde zu sagen, dass sie verrückt war – oder fehlinformiert.

»Dann wisst ihr also über die Spielchen Bescheid, die hier gespielt werden, oder du bist einfach schlau genug, die richtige Antwort zu kennen. Aber das erklärt noch nicht, wer euch gefüttert hat oder woher ihr gekommen seid. Seid ihr Bordellfrauen?« Ihre Stimme wurde schärfer. »Oder etwa diese Drecksweiber, die für die SS-Haushalte ausgesucht wurden, während wir hier verrotten mussten?«

Liese erstarrte. Hilde zuckte nicht mit der Wimper. »Wir waren in der Siemens-Fabrik außerhalb vom Lager. Sie haben uns zu essen gegeben, weil sie unsere beweglichen Finger gebraucht haben. Vielleicht hat es dort mehr Essen gegeben als hier.«

»*Vielleicht?* Meinst du?«

Aber schließlich gab die Frau auf und hoppelte davon in eine Ecke, in der die Pritschen nur von zwei Insassinnen belegt waren, nicht von dreien.

Die Neuankömmlinge schoben sich in die Baracke. Liese versuchte, hinter Hilde in Deckung zu gehen, doch die zischte sie an. »Häng dich nicht an mich ran. Ich habe genug Gerüchte aufgeschnappt, um uns in einem Stück durch die Tür zu lotsen, aber jetzt bist du auf dich selbst gestellt.«

Sie verschwand in dem Wald aus Pritschen und überließ es Liese, sich selbst einen Weg durch das Gestöhne zu bahnen. Streichholzdünne Arme griffen nach ihr, flehende Augen folgten ihr.

So will ich nicht sterben. Sie fiel zu Boden, weil ihr die Knie wegsackten, als die Wahrheit zuschlug. Natürlich wollte sie sterben – sie träumte von nichts anderem, seit ihr Lottie genommen worden war – aber sie hatte sich einen stillen Tod ausgemalt, bei dem das Wasser ihren Schmerz wegspülte, während sie zu ihrem Kind ging. Nicht diesen brutalen Stoß in die Krankheit oder Aussonderung.

Tod ist Tod, was bedeutet es schon? Liese wusste nicht, warum, aber es bedeutete doch etwas.

»Steh auf.«

Liese schaute auf einen Fuß, der sie trat. »Bist du taub? Weißt du gar nichts? Die Pfeifen und der brüllende Mann bedeuten, es ist Appell. Wenn die reinkommen und sehen, dass du gehen kannst, aber ihre Befehle ignorierst, gibt's eine Kugel zwischen die Augen, oder du kommst in den Ofen.«

Liese schaute die wütende Frau an, die immer noch nach ihr trat, und fragte sich, warum es sie überhaupt juckte.

Die Frau, die Deutsch mit starkem Akzent sprach, knurrte: »Nicht nur für dich, dumme Kuh. Für uns alle. In der Nähe vom Tor sind Busse gesehen worden. Weiße, nicht die grünen, die sie zum Vergasen benutzen. Ein paar Länder haben endlich den Mut gefunden, ihre Leute herauszuholen. Die Chance lasse ich mir nicht nehmen, nur weil du in irgendeiner Traumwelt lebst.«

Sie zerrte Liese hoch, aus der Baracke heraus und zurück zu dem jetzt noch volleren Appellplatz. Liese wusste schon genug, um nicht zu fragen, warum sie das nicht gleich gemacht hatten. Warum hatten die Wärter die Frauen zuerst in die

Baracken geführt, nur um sie gleich darauf wieder herauszuzerren? Sie begriff, dass das einfach im Lager als normal galt. Eine weitere Möglichkeit, Angst und Verwirrung zu stiften, den Inhaftierten ihre Menschlichkeit zu rauben und sie auf Kreaturen ohne Verstand und ohne Fähigkeit zur Reaktion zu reduzieren.

»Bringen sie denn noch Leute um, obwohl der Feind schon so nah ist?«

Die Gefangene, die sie immer noch grob am Arm gepackt hielt, schnaubte. »Dein Ernst? Genau das ist der Grund, weshalb sie uns umbringen.«

Liese schaute an ihr vorbei und sah, dass die dicht gedrängten Menschen auf dem Platz Erwachsene waren.

»Die Kinder auch?«

»Welche Kinder? Wovon sprichst du? Die sind alle weg. In andere Lager verlegt, wenn sie die Geburt, die Kälte oder den Hunger überlebt haben. Wieso denkst du, dass es hier Kinder gibt?«

Auf dem Appellplatz wurde zur Ordnung gerufen, bevor Liese eine Antwort geben konnte. Ziffern flogen durch die Luft wie das brennende Papier. Frauen wurden in die eine oder die andere Reihe gezogen, manche mussten sich ausziehen, manche nicht. Liese nahm kaum Notiz davon. Sie hatte sich nie vorstellen können, dass es ein noch schlimmeres Schicksal für Lottie hätte geben können – jetzt waren es gleich zu viele.

»Das bist du. Das ist die Nummer auf deiner Jacke. Beweg dich, wenn du nicht willst, dass die ganze Reihe erschossen wird.«

Eine Frau mit knurrender Stimme, die eher den Gepflogenheiten des Lagers entsprach, schob Liese in eine kleinere Gruppe, die vom Rest abgesondert wurde. Alle blickten stur geradeaus.

Liese wartete auf den Befehl, sich auszuziehen, was sicherlich den Tod bedeutete. Die öffentliche Demütigung, die den Worten *Vergasen* und *Aussondern* Bedeutung verlieh, und die die dünnen Rauchwolken erklärte. Der Befehl kam nicht.

»Bewegung.« Noch mehr Laufen, Rufen, Stehenbleiben, Loslaufen. Zwei Frauen wurden vor einem Block mit medizinischem Symbol abgestellt, drei vor einem anderen, vor dem ein Haufen verschrumpelter Steckrüben lag. Und dann war nur noch Liese übrig. Sie stand vor einem anderen, grauen Gebäude.

»Rein mit dir.« Die Wärterin schob sie durch eine Tür in einen Raum, den sie zunächst für leer hielt.

»Gut – sie haben dich gefunden.«

Sie brauchte nicht aufzuschauen, um zu wissen, dass es Suhren war.

»Keine Begrüßung für mich? Na, egal. Gott sei Dank brauche ich dein Schweigen und nicht deine kaum anregende Konversation.«

Er saß hinter einem mit Papier übersäten Schreibtisch. Seine Uniform war so makellos wie immer, jedes silberne Abzeichen, jeder Silberknopf glänzte. Liese starrte ihn mit offenem Mund an und fragte sich, wofür er möglicherweise noch eine Näherin brauchen könnte.

»Listen.« Er wedelte mit der Hand zu den Papierstapeln. »Unzählige, lächerliche Listen. Der Himmel möge verhindern, dass wir sie durcheinanderbringen. Alle müssen kontrolliert und den richtigen Bescheiden zugeordnet werden. Egal, wie nah wir dem Ende schon sind, die Maschinerie muss am Laufen gehalten werden.«

Liese konnte nicht sagen, ob er von der Aufgabe erledigt oder darüber amüsiert war. Sie hatte vor allem keinen Schimmer, welche Rolle sie dabei spielen sollte.

»Ich habe die meisten meiner Männer an die Front und meine Frauen an die Evakuierungsmärsche verloren, aber die Arbeit hier muss weiterhin getan werden. Ich brauche dafür jemanden mit gutem Auge und flinken Fingern, der schlau genug ist, nicht nachzufragen. Mit anderen Worten: dich.«

Er deutete auf einen Tisch und einen Hocker in der Ecke. »Setz dich dort hin. Dort schläfst du auch. Wenn irgendwas zu essen übrig bleibt, bringt es vielleicht jemand vorbei. Du verlässt dieses Gebäude nicht. Vielleicht noch etwas, wofür du mir eines Tages danken wirst, hm? Falls je einer fragt. Am Ende des Tages bin ich kein so schlechter Chef.«

Liese sah ihn unverwandt an und fragte sich, ob er auf einen Gefallen oder eine Art Leumundszeugnis von ihr hoffte. Die Situation war so absurd, dass sie lachen musste; sie konnte nicht anders. Es war zugegebenermaßen eher ein ersticktes Keuchen, weil sie so lange schon außer Übung war, aber trotzdem war es unverkennbar Belustigung.

Suhren stand auf. Sie sah die Pistole an seiner Hüfte und fragte sich, ob es jetzt so weit war. Er sah sie an, er sah auf die Papiere auf seinem Schreibtisch. Er setzte sich wieder.

»Worauf wartest du? Fang an.«

Sie verlor das Zeitgefühl. Die Stapel der Blätter, die sie abgleichen musste, schienen einfach nicht kleiner zu werden. Die Lust zu lachen verging ihr, sobald sie sah, worum es sich handelte.

Es gab mehr Tage ohne Essen als mit. Es gab eine Toilette, die Suhren nie betrat, ihr aber anbot, als wäre es eine Art Palast. Anders als im Büro, in dem Suhren darauf bestand, dass Liese die Messingarmaturen und den Webteppich sauber hielt, waren die Armaturen in der Toilette angelaufen und fleckig, und das dünne Gerinnsel Wasser, das der Hahn ausspie, war braun und ungenießbar. Es gab keine Matratze, auf der sie schlafen konnte, keine Decke, um die Kälte abzuhalten, die durch die dünnen Fenster hereindrang.

Suhren kam jeden Morgen kurz nach der Dämmerung.

Wenn er wieder ging, schloss er den Raum mit der stickigen Luft hinter sich ab. Nach dem ersten Tag hörte Liese auf, sich die getippten Seiten mit Barackennummern und Gefangenennummern und Orten, von denen sie noch nie gehört hatte, genauer anzuschauen. Sie wusste, was sie bedeuteten; sie wusste, dass sie das, was geschah, nicht aufhalten konnte. Sie hoffte, dass die weißen Busse gekommen waren und dass die Bescheide, die sie für Verlegungen ausfüllte, nicht für die grünen Busse gedacht waren. Sie hatte kaum Hoffnung, dass es so war. Sie dachte nicht weiter als: *Noch diese Aufgabe, dann bekomme ich mein Ende.*

Durch die verschmierten Fenster konnte sie kaum etwas erkennen. Nachts verschloss sie die Ohren vor dem Heulen und Schreien und vor der Stille, die hereinbrach, wenn das Gewehrfeuer erlosch. Stattdessen beschwor sie den See vor ihrem inneren Auge herauf, stellte sich vor, sie hörte das leise schwappende Wasser. Sie sang und erzählte, schlief ein bisschen, ihre alte Gewohnheit. Tag und Nacht verbrachte sie schweigend, ihr Geist war weit weg von dem Raum, sie war in dieser fremden Welt erstarrt, die sie sich nicht ausgesucht hatte, und die sich für immer weiterdrehte. Doch dann, eines Morgens, tauchte Suhren nicht auf.

Liese saß an ihrem Tisch und wartete.

Das Lager war still. Keine Motoren ratterten, keine Rufe waren zu hören. Die Sonne stieg so hoch, dass sie den Raum fast bis in die Ecken hinein ausleuchtete, aber der Tag dort draußen gab sich immer noch so, als wäre tiefste Nacht.

Liese stand langsam auf und strengte die Ohren an, um Gewehrschüsse oder Schreie auszumachen. Nichts. Vielleicht waren sie abgehauen. Vielleicht war das ihre Chance, dieser Moment zwischen dem Abzug der einen Seite und dem Ankommen der anderen. Sie drückte gegen die Tür. Noch mal. Sie hätte über ihre Schwäche geweint, wenn sie den Luxus von Zeit gehabt hätte. Aber die Tage, an denen sie nur von Wasser und kaum einem Bissen Brot gelebt hatten, hatten ihre Arme schwach gemacht. Sie musste das Schloss aus dem Holz lösen. Sie suchte den Raum nach etwas ab, das sie als Werkzeug benutzen konnte und fand nur eine Gabel, die hinten in Suhrens Schreibtischschublade vergraben lag. Die Aufgabe erschien grotesk, wie etwas, das eher zu sagenumwobenen Helden passte, aber das Holz war weich und wurmzerfressen und zerbröselte wie trockener Kuchen, als sie daran herumhantierte.

Das Lager, das sie betrat, als die Tür endlich nachgab, verlieh dem Wort *Ödland* eine neue Bedeutung.

Sie hatte gedacht, Ravensbrück wäre ein grausamer Anblick, als sie sie dorthin zurückgezwungen hatten; sie hatte ja keine Ahnung gehabt. Es war, als würde sie die Hölle betreten, deren Teufel gerade satt waren und nach einer Gewaltorgie ein Schläfchen hielten. Sie empfand die Stille wie eine Pause. Sie war spannungsgeladen, als ob die Zeit sich ausdehnte, bis der nächste Wahnsinn Gestalt annehmen würde. Es waren keine Soldaten oder Hunde zu sehen. Die Feuer waren zu Aschehaufen heruntergebrannt. Der stinkige Rauch von der Rückseite des Lagers war schwach genug, um zu einer Erinnerung zu werden. Der Schrecken dieser neuen Unterwelt brüllte und stampfte nicht; er schlängelte sich heran. Kam aus den aufgehäuften Leichen, die Liese auf den ersten Blick für glimmende Haufen gehalten hatte. Aus den Lumpen, die sich wanden und anfingen zu kriechen, als sie sich den Weg hindurchtastete.

Schau nicht hin. Geh zum Tor – geh zum See und zu Lottie.

Liese schaffte kaum die Hälfte eines Blocks, bevor das Wimmern und die Körper und die Verwesungssüße in der Luft sie dahinrafften. Ihre Knie gaben nach, sie fiel auf alle Viere und würgte, bis ihr Magen leer war und nur noch Galle kam. Zusammengekrümmt und verausgabt lag sie an einer Barackenwand. Sie hatte vergessen, was sie hatte tun wollen. Sie wusste nicht, ob sie der letzte noch atmende Mensch im Lager war, und hatte zu große Angst nachzusehen.

»Was zur Hölle machst du hier?«

Vibrationen erschütterten den Boden; sie war zu schwach gewesen, sie zu bemerken. Sie fuhren ihr durch die Beine, durchs Rückgrat bis in die Zähne, die anfingen zu klappern.

»Der Krach, den du so gekonnt ignorierst, kommt von den russischen Panzern. Sie sind fast schon am Tor.«

Ein Arm wurde um ihre Taille geschlungen; sie wurde hochgezogen.

»Das bedeutet Soldaten. Russische. Weißt du nicht, was sie mit dir machen, wenn sie dich schnappen?«

Der Arm zog sie weiter. Die Stimme wartete nicht auf eine Antwort. »Wir waren da draußen. Als die Deutschen endlich abgehauen sind, sind wir geflüchtet. Was wir in den Wäldern gefunden haben, war genauso schlimm wie hier und hat uns wieder zurückgetrieben. Dort sind Frauen zum Verrecken zurückgelassen worden, sie sind von den Scheißkerlen so missbraucht worden, dass sie den Verstand verloren haben. Kranke Frauen, ihre eigenen Frauen, Frauen, die kaum noch Frauen sind. Den Russen ist alles egal, solange sie sie nur flachlegen können.«

Der Mensch, zu dem die Stimme gehörte, stieß eine Tür auf und zog Liese in einen Bau, der nach feuchter und verrottender Erde roch.

»Wenn du da draußen liegst, so offensichtlich noch am Leben, ziehst du sie an wie ein Scheißhaufen die Fliegen, weil sie auf Körper hoffen, in denen noch Leben ist. Sie werden hier alles absuchen. Wir können das nicht riskieren.«

Liese sah nie ein Gesicht. Hände schoben sich durch lose Bretter hindurch in einen Hohlraum unter dem Dach. Andere Hände zogen sie in ein Loch, das so eng war, dass sie sich zusammenkrümmen musste.

»Sei still, bleib ruhig. Bete, dass die Russen schnell weiterziehen. Es heißt, hinter ihnen kommen die Amerikaner. Bete darum. Die sind zu gottesfürchtig, um uns wie Tiere zu behandeln.«

Es dauerte drei Tage, bis die Russen weg waren und die Amerikaner ankamen. Liese und die anderen Frauen krochen aus dem Versteck über der Küche, als sie hörten, dass der Akzent sich änderte. Die meisten von ihnen waren zu schwach, um stehen zu können. Sie wurde in ein Bett gepackt. Entsetzte Jungen, die zu jung für das waren, was sie gesehen hatten, trugen sie dorthin. Dann übernahmen Rot-Kreuz-Schwestern, denen der Anblick nur allzu vertraut geworden war.

»Ich muss zum See.«

»Aber sicher, wer würde nach dem hier nicht gern etwas Hübsches sehen?« Lächeln, Tätscheln, nicht Zuhören.

»Ich kann hier nicht weg. Zwingt mich nicht.« Beruhigungsmittel, Händedruck, immer noch kein Zuhören.

Dann kam ein älterer Mann mit Sternen am Kragen und müden Augen, der wartete, als sie darum bat, bleiben zu dürfen. Er sah sie so ernst an, dass Liese dachte, er verstünde sie. Bis er wie die anderen den Kopf schüttelte.

»Das kommt vor, es wird vorbeigehen. Sie sind schon so lange eine Gefangene, dass Sie sich daran gewöhnt haben. Sie haben gelernt, hier zu überleben, und Sie vertrauen nicht darauf, dass die Welt dort draußen nicht mehr so schlimm ist, wie sie war, als Sie hier hergekommen sind. Aber machen Sie sich keine Sorgen. Hitler ist tot, die Nazis sind am Ende. Es ist sicher, wieder in Ihr Leben zurückzukehren. Hier wüten Krankheiten, und es gibt keine Sanitäranlagen – wenn Sie bleiben, sind Sie in größerer Gefahr. Wir haben Züge, die zurück nach Berlin fahren; wir bringen alle hinaus. Vielleicht haben Sie Glück und werden dort schon von Familienmitgliedern erwartet.«

»Sie verstehen nicht – meine Familie ist hier.«

Sie griff nach seinem Arm, aber er schüttelte sie ab. »Seien Sie brav.«

Nichts zu machen. Es ging ihr gut genug, um zu arbeiten, gut genug, um abzureisen. Schwach und verängstigt zu sein galt nicht; das waren alle. Noch am selben Nachmittag wurde Liese zu einem Zug gebracht und mit Frauen, die gar nicht mehr aufhören konnten zu lächeln, in einen Waggon gestopft. Frauen, die voller Hoffnung zu dem zurückkehrten, was sie liebten, während Liese von allem, das ihr wichtig war, weggebracht wurde.

Sie konnte es nicht. Sie würde es nicht zulassen. Sie würde nicht wieder ein Leben von vorn anfangen, das kein Leben war. Als der Zug anhielt, blieb sie zurück und wartete darauf, dass der Bahnsteig sich leerte. Als sie schließlich ausstieg, drückte sie sich in den Schatten, bis die Lok wieder anlief, um auszufahren.

Sie war bereit. Sie trat an eine Stelle, an der sie den richtigen Moment erwischen konnte, wenn der Zug wieder Fahrt aufnahm. Sie schloss die Augen und beschwor Lottie herauf, streckte die Arme aus und fühlte ihr Kind daran ziehen.

»Woah there, Miss!«

Der Schrei zog sie zurück, sie wirbelte herum.

Ein Mann stürmte auf sie zu, ein Soldat in brauner Uniform, er schrie, als riefe er einem scheuenden Pferd hinterher.

»Noch einen Schritt, und Sie stürzen. Das wollen Sie jetzt doch nicht.«

Er sprach Deutsch, aber mit abgehacktem, ungewohntem Akzent. Seine Hand lag an ihrer Schulter. Liese wand sich, aber es war zu spät; der Zug war schon neben ihr und dampfte davon.

»Was tun Sie da? Was geht Sie das an?« Sie wollte schreien und treten und den Bahnsteig hinunterlaufen, bis sie die Lok einholte, aber er hielt ihren Arm zu fest, und seine Augen waren so freundlich, dass sie es nicht über sich brachte, um sich zu schlagen.

»Es wäre schrecklich für den Lokführer, was Sie da versucht haben, und erst recht für Sie selbst.«

»Der Lokführer ist mir egal.« Aber ihr Körper war zusammengesackt, und sie wussten beide, dass sie log. »Ich muss es tun. Dass Sie mich jetzt abgehalten haben, wird meinen Entschluss nicht ändern. Nur der Zeitpunkt wird ein anderer sein.«

Sie knurrte es. Er wich nicht zurück. »Es tut mir leid, dass Sie sich so fühlen, wirklich. Ich nehme an, viele Menschen fühlen sich genauso schlecht, was Ihren Schmerz nicht mindern soll. Aber es sind schon so viele gestorben, finden Sie nicht auch? Können wir nicht noch etwas warten, bis Sie dran sind?«

Die Freundlichkeit in seinen Augen und seiner Stimme war zu sanft, als das Liese hätte dagegen ankämpfen können. »Ich verdiene das hier nicht, sondern das.« Sie deutete auf die Gleise und riss sich so heftig los, dass sich ihr der Kopf drehte und ihre Knie nachgaben. Er fing sie auf, als sie fiel.

»Vielleicht nicht, vielleicht doch. Ich bin hier kein Richter. Aber ich könnte ein Freund sein. Können wir uns darauf einigen?«

Ich brauche nicht noch einen Mann in Uniform, der mir nicht zuhört und sich in Angelegenheiten einmischt, die ihn nichts angehen.

Aber in ihrem Kopf drehte sich alles und der Bahnsteig auch, und sie fand nicht die Worte, mit denen sie ihn hätte wegschicken können.

KAPITEL 14

KAREN

BERLIN, MAI 1990

Michael hieß Karen genauso höflich wie am Tag zuvor in seiner Wohnung willkommen. Er erwähnte ihre letzte Unterhaltung nicht, also verzichtete auch Karen darauf. Er schenkte den Kaffee ein, der schon bereitstand, schnitt ein Stück von dem frisch gebackenen Kuchen ab und redete ohne Punkt und Komma.

»Liese hat mir ihre Geschichte erzählt, weil ich sie dazu gedrängt habe. Ihr Bericht war emotionslos und voller Lücken, als wäre das alles jemand anderem passiert. Ich sehe Ihnen an, dass Sie sich mehr erhofft haben, Fräulein Cartwright. Ich versichere Ihnen, das hatte auch ich. Was ich Ihnen gesagt habe, ist alles, was ich weiß. Ihr Schmerz war zu groß, sie hatte jegliches Vertrauen in die Welt verloren. Sie wollte in Ruhe gelassen werden. Ich war derjenige, der wollte, dass sie bleibt, und der sie brauchte.«

Markus dolmetschte weiterhin für seinen Vater, so wie zuvor, und beobachtete Karen. Ihr wurde klar: Er wartete darauf, dass sie tat, was sein Vater bei ihrer Mutter offenbar nicht über sich gebracht hatte: sich zu widersetzen. Michael hatte ihr so wenig Information gegeben, dass sie kaum wusste, wo sie anfangen sollte. Er hatte ihr sozusagen eine Bleistiftzeichnung hingelegt, auf der nur die Konturen zu sehen waren und nichts ausgefüllt war.

Lieses Nähkünste hatten sie aus Ravensbrück herausgeholt und der Rückzug der Nazis vor der russischen Armee hatte sie wieder hineingebracht. Sie war allein nach Berlin zurückgekehrt, krank und schwach. Andrew hatte sie am Bahnhof gefunden, wo er als eine Art Verbindungsoffizier für Flüchtlinge und Heimkehrer fungierte. Er hatte sie in ein Krankenhaus gebracht, und Michael hatte sie dort aufgespürt. Zwei Jahre später hatten Andrew und sie geheiratet. Das war im Grunde alles, was Michael erzählt hatte, aber er wusste mehr – Karen konnte es sehen. Er war auf der Hut, auf einen Angriff eingestellt und darauf, sich zu verteidigen.

Markus hatte recht: Sein Vater war schlau. Nun, sie aber auch. Er war vielleicht bereit, nur Fragen zum Ende des Krieges zu beantworten, aber das hieß nicht, dass sie nur solche stellen musste.

»Wie war sie vor alledem, als sie jung war? Hattet ihr eine innige Beziehung?«

Aus dem Nichts legte sich ein Lächeln auf Michaels Gesicht, und plötzlich war der junge Mann von der Fotografie da. Karen musste ein Keuchen unterdrücken.

»Innig scheint als Wort nicht auszureichen. Wir hatten ein stärkeres Band als Geschwister. Ihre Mutter und ich sind zusammen aufgewachsen, unsere Väter waren alte Freunde und haben wie Brüder im Salon zusammengearbeitet. Sie hatten denselben Plan für uns: Liese sollte Pauls Position als Chefdesignerin übernehmen, ich die Position meines Vaters als Techniker. Und dann haben die Nazis alles zunichtegemacht. Der Salon litt, unsere Familien litten und auch die Beziehung zwischen Liese und mir. Aber ob wir nun die gleichen

Ansichten hatten oder nicht; die Liese, die ich kannte, war immer entscheidungsfreudig. Sie hat Haus Elfmann fast allein geleitet, noch bevor sie achtzehn war. Sie hat Lottie mit Zähnen und Klauen beschützt und war fest entschlossen, eine gute Mutter zu sein – von der Art, die sie selbst nie gehabt hatte. Ihre Beziehung zu ihren Eltern war distanziert und unglücklich. Liese war erpicht darauf, dass ihre Tochter es besser haben sollte.«

Er schwieg. Karen wollte weinen und wusste nicht, um wen am meisten: das kleine Mädchen, das gestorben war, bevor Liese sie auf die Weise bemuttern konnte, wie sie wollte, oder um das kleine Mädchen, das Liese zurückgelassen hatte.

Sie brauchte einen Moment, bis sie bemerkte, dass Michael den Faden wieder aufgegriffen hatte.

»... die junge Frau, die ich 1945 in dem Krankenhaus vorfand, war verändert. Sie war zerbrechlich und zornig und hatte eine Mauer um sich herum errichtet. Ich vermutete, dass Lottie etwas passiert sein musste, hatte aber keine Ahnung davon, wie sie gestorben war. Wie auch? Trotz der Gräuel, von denen wir damals erfuhren – wie hätte ich mir vorstellen können, das einem kleinen Mädchen etwas so Brutales widerfahren war?«

Er unterbrach sich, blinzelte rasch, dann schüttelte er sich und fuhr fort. »Ich dachte wohl, dass Liese unter Schock stand, wie so viele der Überlebenden. Sie müssen verstehen, was für eine schreckliche Zeit das war – die ersten Nachkriegsmonate. Die Leute versuchten, aus zerbombten Häusern und überall verstreuten Familien ihr Leben wieder zusammenzusetzen. In jeder Familie gab es vermisste Personen, jeder suchte nach jemandem. Und nur wenige fanden zu einem glücklichen Ende.«

Er schluckte. »Als Liese zurück nach Berlin kam, muss sie angenommen haben, dass ihre Eltern tot oder bestenfalls irgendwo weit weg von Deutschland gestrandet waren. Da ich im Widerstand gearbeitet habe, hat sie wohl auch nicht erwartet, dass ich überlebt hatte. Bei mir war es das Gleiche. Ich suchte nach ihr, aber ohne große Hoffnung. Ich hatte eine ganze Liste von Kameraden, die ich nicht aufspüren konnte, und von den meisten kannte ich nicht einmal die richtigen Namen. Ich hatte nicht viel Hoffnung, irgendjemanden zu finden. Und dann habe ich am Bahnhof Lieses Foto gesehen; darunter standen Andrews Name und Telefonnummer. Ich habe nie an Gott geglaubt, aber das war fast ein Wunder.«

»War sie froh, dass sie am Leben war?« Die Frage kam Karen plötzlich in den Sinn und stolperte aus ihrem Mund, und sie überraschte Michael, vielleicht, weil es ihr so leichtfiel, sie ihm einfach zu stellen.

»Nein, war sie nicht.« Er hielt inne, versuchte, den Satz wieder aufzunehmen, hielt erneut inne und verzog das Gesicht vor Schmerzen. Er schloss die Augen und schien davonzudriften.

»Michael ...«

»Lass ihn gehen, wohin er muss, Karen. Gib ihm etwas Zeit.« Markus beugte sich vor und griff nach ihrer Hand. »Ich weiß, du brauchst Antworten. Lass ihn sie auf seine Weise finden.«

Michael sah aus, als wäre er eingeschlafen, aber seine Augenlider flatterten, und er hatte die Hände verkrampft. Er wirkte plötzlich besorgniserregend zerbrechlich.

Karen wusste, dass sie keine andere Wahl hatte als zu warten.

»Hast du Suhren erkannt, als er dich ansprach?«

Liese wusste, was Michael hören wollte: *Ja, ich erkannte ihn, und er mich, und deshalb hat er mich gerettet.* Das hätte Freundlichkeit impliziert und die Anerkennung des Schrecklichen, das ihr angetan worden war, und den Wunsch, es irgendwie wiedergutzumachen. Es wäre die einfachere Antwort, viel einfacher zu erklären als: *Ich hatte ihn vollkommen vergessen, und er hat mich aus einer bloßen Laune heraus gerettet, als Schub für sein monströses Ego.* Sie konnte die komplizierten Einzelheiten nicht auseinanderdröseln und entwirren, also gab sie Michael das Ja, auf das er wartete.

Sie war erschöpft. Von seinen Fragen, von seinen Entschuldigungen, von seiner Bedürftigkeit genauso wie der von Andrew. Sie beide wollten so viel mehr, als Karen zu geben fähig war. Andrew hoffte auf ihr Lächeln, Michael wartete verzweifelt auf ihre ganze Geschichte, und beide warteten sehnsüchtig auf ein Zeichen ihrer Zuneigung. Liese wollte einfach nur Ruhe. Nichts fühlte sich wirklich an; nichts war wichtig. Beim Versuch, den Mord an Lottie in Worte zu fassen, wäre sie beinahe erstickt. Aber Michael hörte einfach nicht auf, nach dem Lager zu fragen, sich zu entschuldigen und um ihre Vergebung zu betteln.

Liese gab ihm keine Schuld, wirklich nicht. Diese Worte hatte sie zu ihm gesagt, »Ich gebe dir keine Schuld«, und sie hatte sie ernstgemeint. Sie konnte diesen Satz nicht fortführen; sie konnte ihm nicht sagen, dass sie die Einzige war, der man Schuld geben musste, denn wessen Aufgabe, wenn nicht die der Mutter, war es, Lottie zu beschützen? Sie verstand nicht, wieso Michael immer noch Fragen haben konnte. Warum ihm »Sie haben ihr das Genick gebrochen und sie in den See geworfen« nicht reichte. Wieso er nicht begriff, dass dort, an den Toren, alles aufgehört hatte. Es war ja nicht so, als könnte er die Wahrheit ertragen.

Nein, sie war Suhren nicht dafür dankbar gewesen, ihr das Leben gerettet zu haben, sondern sie hatte ihn gehasst. Sie hatte nur sterben wollen, wie also hätte sie dafür dankbar sein sollen, dass er ihr das Leben aufzwang? Als sie Michael das sagte, hatte er geschluchzt. Und sie hatte nicht genug Energie gehabt, ihn zu trösten.

Ein Teil von ihr wollte ihm helfen, um dessentwillen, was sie früher gewesen waren. Ein größerer Teil von ihr war jedoch zornerfüllt, weil sie noch lebte und ihr Kind nicht, und das überschattete jede Emotion. Sie spürte die Wut wie Feuer, das in ihrem Magen vor sich hin schwelte und nur auf den Funken wartete, der es auflodern ließ. Sie wusste, dass sie diese wutbebende Liese hervorholen konnte, um sie gegen diese emotionslose Liese auszutauschen, die im Bett saß und Michaels Hand hielt. Es wäre keine große Mühe nötig. Jene Liese wäre fähig, die ganze Wahrheit auszukippen und zuzuschauen, wie Michael zurückweichen und nach den leeren Worthülsen suchen würde, die er ihr wie Pflaster anbieten würde. Sie könnte das schon tun ... allerdings würde es ihre Wut nur befeuern und auf ein Ziel lenken, das diesen Zorn nicht verdient hatte, also schluckte sie die Worte stattdessen hinunter.

Sie hatte ihn beobachtet, als er schluchzte, und sich wie immer gewünscht, dass die Schwester käme und ihm sagte, dass die Besuchszeit um sei. Dass sie sie von der Verantwortung befreite, für das Leid anderer auch noch zuständig zu sein, nicht nur für ihr eigenes. Wäre er nicht Michael gewesen, hätten sie ihn fortgejagt, aber gut aussehende, unversehrte und charmante Männer waren offenbar ein seltenes Gut im kriegszerstörten Berlin. Vom ersten Tag an hatten die Pflegerinnen ihn wie trunkene Schmetterlinge umflattert, und alle Regeln waren vergessen. Also hatte Liese schweigend dagesessen – seine Tränen nützten ihr nichts –, und dann hatte er aufgeschaut. In sein gequältes Gesicht stand immer noch die Liebe gezeichnet. Doch Lieses Herz war nicht mehr heil genug, um sie annehmen zu können.

»Ein Mal.«

Er hatte sich mit dem Ärmel über das Gesicht gewischt und ihre Hand gedrückt.

»Ein einziges Mal erzähle ich dir alles, was passiert ist, dann sind wir fertig. Keine Fragen mehr, keine Bitten um Verzeihung. Hörst du?«

Er hatte genickt. »Was ist mit Andrew? Soll ich es ihm erzählen, oder machst du es selbst?«

»Du. Vielleicht hört er dann auf, mich heilen zu wollen.«

Andrews Besuche waren genauso anstrengend wie die von Michael. Sein britisches »Egal was, wir bringen es in Ordnung«-Strahlen und seine Entschlossenheit, den Ritter zu spielen, waren genauso unerträglich wie Michaels Leid.

»Er meint es nur gut ... Es ist das Ratenmüssen, Liese, der Versuch, sich vorzustellen, was du hast durchmachen müssen. Erzähl mir die Fakten, und ich verspreche, dass zumindest ich nicht mehr drängen werde.«

Die Fakten. Michael glaubte immer noch, dass Fakten der Welt einen Sinn verleihen konnten. Das machte es für Liese noch schwerer, den Schmerz in seinem Gesicht zu ertragen. Liese musste wegschauen und konzentrierte sich auf einen Wasserfleck an der Decke. Vielleicht konnte sie es durchstehen, wenn sie sich an seine heiß geliebten Fakten hielt. Wenn sie alles andere ausblendete. Die Pein, die sie erfüllt hatte und die ihr Abend für Abend die Energie gegeben hatte, weiterzuleben und über dem ruhigen Wasser des Sees Wache zu halten. Den Hass, der sie immer noch durchflutete. Gegen die Nazis, die beschlossen hatten, dass Lotties Leben wertlos war. Gegen die Wärterin, die ohne hinzublicken ein Kind töten konnte. Gegen die Soldaten der Alliierten, die sie von dem Ort weggeschleppt hatten, an dem Lottie auf sie wartete, und sie in eine Welt verbannt hatten, in der für sie nichts von Belang war.

Michael liebte sie und wollte, dass sie seine Liebe erwiderte. Das konnte sie ihm nicht geben; sie war zu leer. Er wollte ihr den Schmerz abnehmen. Den konnte sie ihm auch nicht geben; er war das Einzige, was sie atmen ließ. Aber wenn sie alles, was sie jetzt fühlte, hinunterschluckte in die Stille, die sie ausfüllte, könnte sie ihm vielleicht geben, was er brauchte, um zu gehen.

Liese richtete sich im Bett auf, lehnte sich gegen ihr Kopfkissen und schob sanft Michaels Hand weg. Langsam und beherrscht, ohne ihn anzusehen, begann sie, die Fakten vor ihm auszubreiten.

Die Minuten verstrichen; Michael schwieg weiterhin. Das Warten überspannte Karens Nerven, aber sie wollte nichts tun, das ihn daran hinderte, aus den Erinnerungen, die ihn eingeholt hatten, wieder aufzutauchen. Sie sah Markus an, der knapp lächelte und nickte. Kleine Gesten, aber sie ermutigten sie. Als Michael schließlich wieder anfing zu sprechen, musste sie sich beherrschen, um nicht »Gott sei Dank« zu sagen.

»Keiner von uns war noch derselbe Mensch wie vor dem Krieg. Wir hatten alle zu viel gesehen und zu viel verloren. Und das Kriegsende war nicht die große Heilung, sondern das große Durcheinander. Chaos hatte ganz Berlin verschluckt. Andrew hat Ihre Mutter davon abgehalten, darin zu verschwinden. Er hat seine Armeeverbindungen genutzt und sie im Krankenhaus Bethel untergebracht anstatt in einem Heim für Vertriebene. Er sagte ihnen, er befürchte, dass sie TB habe. Sie war ausgemergelt, unterernährt und aus einem Konzentrationslager gekommen, also schien das glaubhaft. Selbst da war er so fürsorglich, dass er wie ein Wachhund an ihrem Bett wachte. Aber er freute sich, als ich auftauchte, da bin ich mir sicher. Liese hatte sich ins Schweigen geflüchtet, und er hoffte auf jemanden, der die Lücken füllen und sie vielleicht zum Reden bringen konnte. Es war ... schwer, als ich sie sah. Sie war so dünn in dem Bettgestell. Ihr Haar kurz geschoren, ihre Augen viel zu groß im Gesicht. Sie war klein und alt geworden, es hat mir das Herz gebrochen.«

»Sie muss sich doch gefreut haben, Sie zu sehen?« Karen bereute die Frage, sobald sie sie ausgesprochen hatte.

Michaels Stimme ging von dem gemessenen Tonfall, den er die ganze Zeit hatte wahren könnte, in ein abgehacktes Sprechen über. »Nein. Ich glaube nicht, dass ich das behaupten kann. Sie hat nicht mehr geschwiegen, das ja. Sie war zuerst geschockt, und dann so wütend, dass ich dachte, sie würde mir die Augen auskratzen. Aber dann hörte es auf, alles hörte auf.« Er hielt inne und fuchtelte mit den Händen, als würde er die Erinnerungen zurückkämpfen. »Sie hatte kein Gefühl mehr für mich. Da verstand ich, dass etwas Schreckliches passiert sein musste. Sie müssen wissen, dass ich erlebt hatte, wie Menschen wieder zueinanderfanden, manche von ihnen habe ich sogar zusammengebracht. Ich hatte Tränen und Freude gesehen, auch viel Schmerz und Wut, wenn es so aussah, als hätte der eine den Krieg leichter überstanden als die andere. Mit alledem hätte ich umgehen können. Aber nach dieser ersten zornigen Reaktion war einfach nichts mehr da. Sie sagte all die richtigen Dinge: dass sie mir verzieh, dass sie mir nicht die Schuld gab. Es war, als würde man einer Maschine zuhören.«

Er verstummte, und Markus mit ihm, dann sah er Karen in die Augen.

»Ich habe sie geliebt. Ich habe sie wirklich geliebt. Im Krieg gab es einen Zeitpunkt, da war ich mir sicher, dass auch sie mich liebte. Aber dann? Sie hat nichts mehr für mich empfunden. Nicht einmal den Hass, den ich verdient hatte. Ich war für sie einfach nicht mehr wichtig.«

Noch ein Puzzlestück, doch Karen wusste nicht, was sie damit anfangen sollte. Michael und ihre Mutter hatten sich geliebt. Sie hatte seine Gefühle wegen des Hochzeitsfotos schon vermutet, hatte aber nie in Betracht gezogen, dass die Liebe, die sie dort sah, erwidert worden war.

»Es tut mir leid.« Die Worte klangen viel zu leicht, unzureichend. Karen zwang sich, es besser auszudrücken. »Ich kann mir kaum vorstellen, wie schwierig das für Sie gewesen sein muss. Aber Sie müssen es verstanden haben, als sie Ihnen von Lottie erzählte. Und sie hat Ihnen keine Schuld gegeben, also mussten Sie denken, dass die Zeit die Wunden zwischen Ihnen heilen würde. Besonders, als Sie sie mit meinem Vater gesehen haben. Sie muss in seiner Gegenwart anders gewesen sein, lebendiger.«

Markus hatte mit seinen Worten über den Michael, der sie heute Abend empfangen hatte, recht behalten. Dieser Michael hatte das Gespräch gelenkt und das, was er berichtete, ruhig und methodisch erzählt. Selbst als ihre Fragen ihn überraschten und in alten Wunden gestochert hatten, waren seine Antworten wohlüberlegt geblieben. Aber jetzt stolperte er über seine Worte und konnte ihrem Blick nicht standhalten.

»Sie hat nicht aufgehört, mich zu lieben, weil sie sich in ihn verliebt hatte, falls Sie das meinen. Sie war Andrew gegenüber genauso verschlossen wie mir gegenüber. Nein, das stimmt nicht ganz: Es waren Gefühle vorhanden, allerdings nicht so, wie er es sich gewünscht hätte. Ihr Vater war freundlich, ein wahrer Gentleman. Liese hat das erkannt. Als er ruhig bei ihr saß oder ihr vorlas, lächelte sie und wurde ruhiger als bei mir. Aber sie war so oft wütend auf ihn. Manchmal hat sie regelrecht gebebt. Sie versuchte es zu verbergen, und ich bezweifle, dass Andrew es so bemerkt hat wie ich. Sie hat ihm etwas bedeutet, und er wollte, dass sie ihn mochte. Ich weiß nicht, wie viel Erfahrung Andrew mit Frauen hatte, aber er hatte sich offensichtlich so sehr in Liese verliebt, dass da kein Platz für irgendwelche Makel war. Und Liese? Sie hatte für ihn keine stärkeren romantischen Gefühle als für mich. Ich glaube, sie konnte nicht.«

Das stieß er so schnell hervor, dass Karen Markus bitten musste, seine Übersetzung zu wiederholen, um sicher zu sein, dass sie ihn richtig verstanden hatte. »Ich kann nicht folgen.

Vater war freundlich und hat ihr geholfen, also weshalb sollte sie böse auf ihn gewesen sein?«

Michael verschränkte die Finger; Karen spürte, dass er sich zurückzog. »Sie fragen nach etwas, worüber nie gesprochen worden ist.«

»Aber Sie müssen doch eine These haben? Sie müssen sich doch gewundert haben. War er vielleicht anders, wenn Sie nicht dabei waren? Hat er sie vielleicht zu sehr über ihre Vergangenheit und Lottie ausfragen wollen? Hat er Ihnen je einen Grund gegeben, ihn nicht zu mögen?«

»Nein! Gar nicht! Ihr Vater war ein sehr guter Mann. Ich habe ihn nie für fähig gehalten, sie oder sonst jemanden schlecht zu behandeln. Selbst später, bei allem, was er hat durchmachen müssen ...«

Michael rieb sich über das Gesicht und schüttelte ab, was er hatte sagen wollen. »Keiner von uns wusste, wie tief ihr Leid ging, *wie* zerstört sie war. Als wir es erkannten, war es schon zu spät. Oder vielleicht hatte Andrew es vermutet und für sich behalten, weil er dachte, er könnte die Dinge in Ordnung bringen.«

Sätze hallten in Karens Kopf wider. *Selbst da so fürsorglich. Bei allem, was er hat durchmachen müssen. Wie zerstört sie war. Als wir es erkannten, war es schon zu spät.* Sie fühlten sich wie eine Fährte an, aber Karen hatte keine Ahnung, wonach sie Ausschau halten sollte.

Markus sah sie nicht mehr an, sondern betrachtete seinen Vater, dem zunehmend unwohler war. Karen spürte, wie er ihr entglitt. Markus sah aus, als wollte er aufhören zu übersetzen; sie würde sich darauf verlassen müssen, dass ihr Deutsch ausreichte.

»Wie war Liese, als Vater sie am Bahnhof fand?«

Michael schüttelte den Kopf. »Das hat er nie genau gesagt. Nur, dass sie schwach war und zitternd auf dem Bahnsteig stand, und dass sie anscheinend nicht wusste, was sie tat.«

Er knetete die Hände. Karens Bauch verknotete sich. »Um ehrlich zu sein, ich habe ihm nicht geglaubt. Ich glaube ... ich glaube, sie wollte sich vor einen Zug werfen, und Andrew hat beschlossen, es mir nicht zu sagen. Er hätte nicht darüber sprechen wollen, wenn es so war. Er war nicht der Typ Mann, der sich ausgiebig mit Emotionen befasste, die außerhalb seiner Kontrolle lagen.«

Die Beschreibung ihres Vaters war so zutreffend, dass Karen nicht widersprechen konnte. Den Satz über ihre Mutter, die sich hatte vor einen Zug werfen wollen, hätte sie am liebsten nicht gehört.

»Ist es nur geraten, dass sie suizidgefährdet war? Wegen Lottie? Oder wussten Sie es?«

Michael seufzte und sprach langsamer weiter. »Wissen ist ein starkes Wort. Wie kann jemand etwas so Persönliches wirklich wissen? Aber diese entschieden abwesende Art, wie sie sich im Krankenhaus gab, entsprach Liese so gar nicht. Unter ihren nichtssagenden Worten brodelten die Emotionen, aber sie ließ keine davon heraus. Nur eine einzige. Als sie von dem Tag redete, an dem Lottie gestorben ist und Suhren sie wiedererkannte. Sie sagte, man hätte sie nicht tun lassen, was sie wollte – sterben. Das wiederholte sie aber nie; sie weigerte sich, noch einmal über jenen Tag wieder zu sprechen. Aber ich habe nie vergessen, was ich gehört habe.«

Er schwieg, als wäre er außer Atem. Seine Hände wurden ruhig, sein Körper erstarrte. Dieses Mal war klar, dass er nicht vorhatte weiterzumachen.

Lieses Leid stand zwischen ihnen. Karens Herz hämmerte. Sie wollte gehen und Michael nie wiedersehen, nie wieder ein Wort von der grausamen Geschichte ihrer Mutter hören, aber es klaffte noch immer eine Lücke, ein Puzzleteil lag noch immer außerhalb ihrer Reichweite. Ihr Mund war so trocken, als wären ihre Lippen voller Sand, aber sie konnte nicht riskieren, um Wasser zu bitten und Michael damit die Möglichkeit bieten, sich aus dem Raum zu entfernen.

»Meine Mutter wollte im Lager sterben, und sie wollte am Bahnhof sterben. Aber etwas, einschließlich meinem Vater, ist immer dazwischengekommen. War sie deshalb wütend auf ihn?«

Michael schwieg; seine Miene war undurchdringlich.

»Warum fehlt immer ein Teilchen? Es muss ihr doch besser gegangen sein. Sie hat danach nicht mehr versucht, sich umzubringen, oder Sie haben nichts davon gesagt. Also kann sie nicht immer so geblieben sein – zornig auf ihn, weil er sie aufgehalten hat, und ohne Lebenswillen? Bitte, Michael, das ergibt doch keinen Sinn. Wenn sie weiter so gelebt hätte, hätte sie sich doch sicherlich schon eher umgebracht, oder sie hätte ihn nicht geheiratet?«

Als Michael antwortete, war jegliche Emotion aus seiner Stimme verschwunden. Er hätte über eine Fremde sprechen können. »Es ist nicht meine Sache, darüber zu spekulieren, was sie getan und gelassen hat, oder wie sie als Paar waren.«

Karen brauchte keine Übersetzung von Markus.

»Aber Sie wissen es. Sie waren auf dem Hochzeitsfoto; Sie waren Teil ihres Lebens. Sie haben mir gesagt, dass sie beide sich liebten. Mein Vater hat sie gerettet, aber sie wollte das nicht, das haben Sie gesagt. Was geschah dann? Wenn sie angefangen hätte, ihn zu lieben, hätten Sie es mir gesagt. Das haben Sie nicht. Aber sie ist am Leben geblieben und hat ihn geheiratet und ist in ein Land gezogen, in das sie nicht gehörte, ein Land, in dem Deutsche es nicht leicht hatten. Warum? Was hat sich geändert?«

Ihre Stimme war so schrill, dass Markus sich auf die Armlehne ihres Sessels setzte. Michael blieb unbeeindruckt. Er hatte sich wieder in den steifen Mann mit dem festen Handschlag und den ebenso fest gesetzten Grenzen verwandelt.

»Ihre Mutter hatte einen schrecklichen Verlust erlitten. Sie hat gekämpft, um darüber hinwegzukommen. Ihr Vater hat Ihre Mutter geliebt und hat viel auf sich genommen, um sie zu beschützen. Das weiß ich alles. Es steht mir nicht zu, über ihre Ehe und die Gründe dafür zu sprechen.«

»Bitte, Michael, helfen Sie mir, es zu verstehen.«

Er wischte ihre Not beiseite.

»Ich habe Ihnen alles gesagt, was ich konnte. Wenn Sie glauben, da ist noch mehr, dann ist es etwas zwischen Ihnen und Ihrem Vater. Sie müssen mit ihm sprechen.«

»Glauben Sie, das hätte ich nicht versucht? Denken Sie, ich wäre hier, wenn er mir Antworten gegeben hätte ...?«

Michael stand so schnell auf, dass Karen den Faden verlor.

»Dies war für uns beide keine leichte Unterhaltung, aber ich hoffe, es hat Ihnen weitergeholfen. Wenn Sie irgendwann wieder nach Berlin kommen, hoffe ich, dass wir uns unter glücklicheren Umständen wiedersehen.« Er hörte sich an, als hätte er seinen Text auswendig gelernt.

Karen sah ihn mit offenem Mund an, da bedeutete er ihr aufzustehen und brachte sie zur Tür.

»Auf Wiedersehen, Fräulein Cartwright. Bitte grüßen Sie Ihren Vater von mir. Es wird spät. Es ist Zeit, dass ich mich für die Nacht fertig mache. Markus begleitet Sie hinaus.«

Karen war schon aus der Wohnung hinaus und im Flur, die Haustür hinter ihr geschlossen, als sie wieder Atem holen konnte.

»Was ist da gerade passiert?«

»Er hat dich gemanagt.« Markus lehnte sich an die Wand und griff in die Tasche nach den Zigaretten. »Darin ist er Meister.«

Er bot Karen eine Zigarette an; sie nahm eine, konnte aber die Hand nicht ruhig genug halten, um sie anzuzünden.

»Ich habe vermutet, dass er vorsichtig sein würde, und recht behalten. Er wusste genau, wie viel er preiszugeben bereit war, und als es dir gelungen ist, zu nahe heranzukommen, und er merkte, dass er aus Versehen seine Linie überschritten hatte, hat er dich wieder ausgesperrt.«

Karen wartete, während Markus noch ein Streichholz anzündete, und nahm dann einen tiefen Zug an der Zigarette. Sie war aus der Übung: Das Nikotin machte sie sofort schwindlig im Kopf.

»Das habe ich mir doch nicht nur eingebildet, oder? Er hat Dinge gesagt, die darauf hindeuten, dass nach Lotties Ermordung noch etwas passiert ist. Etwas, das meine Mutter dazu brachte, einen Mann zu heiraten, den sie, zumindest zeitweise, nicht sehr zu mögen schien.«

»Nein, du hast es dir nicht eingebildet.«

Karen ließ die Zigarette fallen und trat sie wütend auf dem Holzboden aus.

»Und was mache ich jetzt? Ich fahre morgen Abend ab. Hier gibt es nichts mehr, womit ich meinen Vater zum Reden bringe. Ich werde ihm sagen, dass ich alles über Lottie weiß, und er wird sagen, dass ich dann ja alles gehört habe. Aber das habe ich nicht.«

Dieses Mal zog Markus sie in die Arme, als ihre Stimme laut wurde. Sie ließ den Kopf gegen seine Schulter fallen und war sich fast sicher, dass sie seine Lippen im Haar spüren konnte.

Das wäre einfacher. Mit Markus zu schlafen und alles zu vergessen. Mit einer schönen Erinnerung nach Hause zu fahren und weiterzuleben.

Sie sah zu ihm auf. In seinem Gesicht entdeckte sie seine große Freundlichkeit, und noch etwas. Wenn sie ihn jetzt küsste, wüsste sie, wie die Nacht sich entwickeln würde …

»Ich kann nicht.« Sie trat zurück, entzog sich seiner Umarmung. »Ich möchte gern, aber ich kann nicht. Ich muss wieder hineingehen, Markus, ich muss es noch einmal probieren.«

Es dauerte etwas, bis er antwortete. »Ich weiß. Aber heute Abend wird er die Tür nicht mehr aufmachen.«

»Also, was soll ich tun?«

»Lass mich es versuchen.« Karen wollte schon ablehnen, aber er ließ sie nicht zu Wort kommen. »Ich reiße es nicht an mich; ich halte dich nicht auf Abstand. Aber vielleicht schaffe ich es, allein noch etwas aus ihm herauszubekommen. Vertraust du mir?«

Vertrauen. Das schwerste aller Gefühle, und sie brauchte nicht nachzudenken, bevor sie antwortete.

Sie nahm seinen Arm und ging die Treppen hinunter auf die Straße, damit er ihr ein Taxi rufen konnte.

Als sie zurück ins Hotel kam, krabbelte sie erschöpft ins Bett und rechnete damit, schlaflos über jedes einzelne Wort und jede Nuance der halben Enthüllungen des Abends nachzugrübeln. Sie schloss die Augen und wartete darauf, dass sich der See und Lieses entsetztes Gesicht abzeichneten, wartete darauf, Lotties Angstschrei zu hören. Stattdessen sah sie Markus und spürte die Wärme seiner Arme wie einen Anker.

Die Welt wurde etwas stabiler.

Sie schlief traumlos bis zum Morgen.

»Also ist es gestern Abend nicht gelaufen wie erhofft?«

Markus brauchte nicht zu antworten. Sein Gesicht war genauso zerknittert wie sein Hemd, die Stirn gerunzelt. Karen schob ihren Arm unter seinen und führte ihn in den Speisesaal.

»Jetzt füttern wir dich erst mal, dann kannst du es mir erzählen.«

Sie holte warme Brötchen vom Buffet und bestellte starken Kaffee. »Hast du überhaupt geschlafen?«

»Ich bin mir nicht sicher.« Markus verteilte Honig auf dem Brötchen und schlang es mit zwei Bissen hinunter. »Ich glaube, ich habe im Korridor an die Wand gelehnt ein bisschen gedöst, während ich darauf wartete, dass er schlafen ging, bin dann nach Hause gefahren und war zu aufgedreht, um es überhaupt zu versuchen.«

Ihm schien gar nicht aufzufallen, dass das keinen Sinn ergab. Karen wartete, bis der Kellner ihnen Kaffee eingeschenkt hatte. Markus trank ihn geistesabwesend.

»Ich kann dir nicht folgen. Vielleicht solltest du von vorne anfangen. Was ist passiert, als du zurück in die Wohnung gekommen bist?«

»Wir haben gestritten. Mein Vater ist ein sturer, unmöglicher Mensch und ich ein undankbarer Sohn. Das war das Ergebnis, auch wenn es länger gedauert hat, es zu sagen.«

Karen schob ihren Teller weg, ihr war der Appetit vergangen. »Das tut mir leid. Ich wollte mit den Nachforschungen in meiner eigenen Familie nicht einen Keil zwischen euch beide treiben.«

Markus seufzte. »Hast du nicht. Das ist nichts, was wir nicht schon früher gesagt hätten oder nicht wieder sagen werden, und es beginnt jedes Mal gleich: mit etwas Persönlichem, das seinem politischen Dogma zum Opfer fällt. ›Der Staat hat dir ein gutes Leben ermöglicht, also sei froh darüber.‹ ›Der Staat wühlt nicht in der Vergangenheit herum, weil das Schwäche bedeutet und nicht produktiv ist. Es ist deine Pflicht, das zu akzeptieren.‹ Immer so weiter, wie eine Schallplatte mit einem Sprung. Ich liebe und bewundere ihn, wirklich, aber der Mann ist ein Dinosaurier. Wenn es nach ihm ginge, hätte die DDR den Westen verschluckt, nicht umgekehrt. Er meint, unser Leben unter dem alten Regime wäre geregelt gewesen; ich meine, dieses Leben hatte keinerlei Substanz. Wir lieben uns sehr, aber diese Kluft können wir nicht überwinden.«

Karen sah den Schmerz in seinem Gesicht und wusste, dass sie zum Teil daran schuld war, egal, was er sagte. In seinem Leben gab es genauso viele Schichten wie in ihrem, auch wenn seine Kindheit wohl komplizierter zu bewerkstelligen gewesen war als ihre, vermutete sie.

»Hast du nie daran gedacht zu gehen? Ich meine nicht zu flüchten, sondern einen Ausreiseantrag zu stellen. Leute haben das gemacht, wir haben Berichte darüber gesehen.«

Markus schloss die Augen. Kurz dachte sie, die Frage würde ihn ärgern, dann sah er sie mit einem sanften Lächeln an und sie erkannte, dass er nur versuchte, seine Antwort auf eine Weise zu formulieren, die ihr nicht das Gefühl gab, eine dumme Frage gestellt zu haben.

»Ich vermute, in diesen Berichten wirkte es so, als wäre die Ausreise einfach gewesen. Das war sie nicht. Es war genauso gefährlich wie durch einen Tunnel zu kriechen oder über die Mauer zu klettern. Hier gab es keine einfachen Wahlmöglichkeiten. Alles hatte zwei Seiten: einen Ausreiseantrag zu stellen hieß, dass man den Osten ablehnte, eine bewusste Entscheidung, die dich sofort kennzeichnete. In dem Moment, in dem jemand einen Antrag stellte, hat der Staat die Gitter runtergelassen. Keine Universität, kein guter Job, keine Krankenversicherung, und zwar für den Antragsteller und seine ganze Familie. Und in neun von zehn Fällen wurde der Antrag abgelehnt. Und danach, wenn man nicht wegen einer erfundenen und nicht widerlegbaren Anklage im Gefängnis landen wollte, konnte man nur Arbeit bekommen, die einem die Regierung, der man ja den Rücken zugewandt hatte, großzügigerweise zugestand. Für den Staat zu arbeiten, war für zu viele gute Menschen das Ende: Sie wurden zu Spionen umgedreht, die das System fütterten.«

»Also hattest du das Gefühl, keine andere Wahl zu haben, als zu bleiben? Vor allem, wenn man Michaels Position bedachte?«

»Genau. Hätte ich versucht zu gehen, hätte ich meinem Vater das Herz gebrochen und sein Leben ruiniert, von meinem ganz zu schweigen. Dass ich raus wollte, wäre gleichbedeutend gewesen damit, dass er versagt hätte. Also habe ich es nie in Betracht gezogen. Mir war es wichtiger, ein guter Sohn zu sein, auch wenn er das gerade nicht glaubt.« Als sie ihm die Hand hinstreckte, nahm er sie.

»Was ist gestern Abend passiert, Markus?«

»Ich habe versucht, mit ihm zu diskutieren. Ihm verständlich zu machen, dass das, was mit Liese passiert ist, immer noch Schaden anrichtet. Dass du ein Recht hast, es zu wissen, und er verpflichtet ist, es zu sagen. Ich hätte es mir sparen können. Er denkt, ›dieses ständige Reden ist eine westliche Krankheit‹. Also habe ich die Beherrschung verloren. Verlorene Liebesmüh. Diskutiere nie mit einem Mann, der sechzig Jahre vom Kommunismus durchdrungen gelebt hat. Ich schwöre, er könnte sogar eine Debatte mit dem Tod gewinnen. Egal, ich habe nichts erreicht. Er bat mich zu gehen, und ich bin gegangen.«

Karen formte aus den Krümeln auf ihrem Teller eine Kugel und kämpfte gegen die Tränen an. »Du hast es versucht. Ich danke dir. Du hast mehr für mich getan, als du musstest, und ich weiß mehr als vorher. Lotties Tod war schon Grund genug für den Selbstmord meiner Mutter, was auch immer sonst noch passiert sein mag. Leute heiraten aus allen möglichen Gründen. Vielleicht ist es Zeit zu akzeptieren, dass ich keine Antworten finde, die nicht gefunden werden wollen.«

»Karen, schau mich an.«

Als sie es tat, wischte er die Tränen weg, die sich trotz ihres heftigen Wegblinzelns gelöst hatten.

»Du machst ein tapferes Gesicht, aber du glaubst nicht, was du da sagst, und ich auch nicht. Deshalb bin ich zurückgegangen.«

Er griff in die Jacke und zog zwei zusammengefaltete Stücke Papier heraus.

»Was ist das?«

»Zeitungsartikel aus einem Ordner meines Vaters. Michael ist ein Archivar.«

Er grinste, als sie die Stirn runzelte.

»Nicht im schlechten Sinne – er ist kein Stasimitarbeiter, auch wenn ich mir sicher bin, dass sie ihn zu gern rekrutiert hätten. Ich sagte dir, dass ich nicht viel über seine Vergangenheit wusste. Wie du bei Liese, musste ich sie aus Schnipseln zusammensetzen. Ich wusste, dass er bei Kriegende geschnappt wurde, als die Russen Berlin eingenommen haben, und er hat es überlebt, weil er Jude war und weil er ihre Sprache sprechen konnte. Und dann natürlich, weil er ihnen sagte, dass er Kommunist war und für den Widerstand gearbeitet hatte. Er ist damit durchgekommen. Viele seiner Genossen hatten nicht so viel Glück; sie sind gestorben oder galten als vermisst. Ich hatte aber, bis du gekommen bist, vergessen, dass Vater immer noch nach ihnen suchte und alles aufbewahrte, was irgendwann zu einer Spur führen könnte. Er hat immer Zeitungsartikel ausgeschnitten – Berichte über Gerichtsverhandlungen und polizeiliche Erkenntnisse. Also habe ich gestern Abend gewartet, bis ich sicher war, dass er schlief, bin wieder in die Wohnung gegangen und habe seine gesammelten Unterlagen durchgesehen.«

Markus hielt ihr die angegilbten Schnipsel hin. »Was soll ich sagen? Du hast mich letztlich in einen Spion und damit in einen guten DDR-Bürger verwandelt, auch wenn ich nicht sicher bin, ob ich darauf stolz sein soll. Jedenfalls ist das alles, was ich für die Zeit zwischen der Rückkehr deiner Mutter und der Hochzeit finden konnte. Es ist weniger, als ich gehofft hatte. Vielleicht ist er damals mit dem Archivieren noch nicht so systematisch vorgegangen.«

Karen glättete das brüchige Papier.

Das älteste der beiden war auf den 2. Dezember 1946 datiert. Der Text war kurz, kaum eine Handvoll Zeilen, und vermeldete das Verschwinden von Kommandant Fritz Suhren aus seiner Zelle in Hamburg nur wenige Tage, bevor die Ravensbrück-Prozesse beginnen sollten. Suhrens Name war dick unterstrichen.

Karen las die Zeilen und wusste nicht, was sie damit anfangen sollte.

»Meinst du, Michael hat wegen Liese die Verhandlungen verfolgt, oder zumindest Suhrens Flucht? Er hat immer wieder erwähnt, dass er sie beschützte, und immer betont, was er und Andrew durchmachen mussten. Meinst du, sie haben versucht, Suhren zu finden? Ihn der Justiz zuzuführen?«

Markus bestellte noch Kaffee.

»Vielleicht. Das ist mir in den Sinn gekommen. Aber es ist ein seltsames Paar, um Nazis zu jagen – ein britischer Soldat und ein deutscher Kommunist.«

Karen wartete, bis der Kellner wieder gegangen war. Ihr schwirrte der Kopf.

»Vielleicht ist es nicht so unwahrscheinlich, wie es klingt? Mein Vater war bei der Royal Military Police, und Michael hatte viele Beziehungen.«

Je länger sie die unterstrichenen Wörter ansah, desto schneller formte sich in ihrem Kopf ein Zusammenhang. »Und wir wissen, dass mein Vater gern den Ritter in schimmernder Rüstung spielte, wenn es um meine Mutter ging. Vielleicht war es eine Art Angebot, Suhren zu finden? Oder vielleicht haben sie gehofft, Suhren würde bei der Verhandlung um die Wache, die Lottie umgebracht hatte, als Zeuge aussagen. Er muss dort gewesen sein, wenn es stimmt, was Michael sagte, und er Liese unmittelbar, nachdem es passiert war, aus der Gruppe der Frauen herausgeholt hatte. Er musste gewusst haben, wer es war: Sicher wäre etwas so Brutales sogar an so einem Ort aufgefallen? Sie haben vielleicht gehofft, den Täter zu identifizieren und Gerechtigkeit walten zu lassen. Wenn man es recht bedenkt, ergibt das tatsächlich Sinn.«

Karen griff nach dem anderen Ausschnitt, überflog ihn rasch nach einem Zusammenhang mit Ravensbrück oder einem Hinweis auf die Herausforderung, der sich ihre Väter, wie sie plötzlich begriffen hatte, damals gestellt hatten. Dann las sie den Text langsam ein zweites Mal, aber die Enttäuschung blieb.

»Ich verstehe nicht, was dieser Ausschnitt mit dem anderen zu tun haben soll.«

Der zweite Artikel aus dem Februar 1947 war länger – ein Hilfeaufruf der Berliner Polizei zur Identifizierung einer Leiche, die aus der Spree geborgen worden war. Karen las ihn laut vor in der Hoffnung, dass Markus sie an irgendeiner Stelle mit der Erkenntnis eines möglichen Zusammenhangs unterbrechen würde.

»›Die Frauenleiche, die bei Tauwetter im Riedgras geborgen wurde, war in Sackleinen gewickelt und mit einem schweren Stein beschwert worden. Die vorläufige Identifizierung wurde erschwert durch ›beträchtliche Gesichtsverletzungen‹, wie die Berliner Polizei meldet. Die Autopsie ist für nächste Woche angesetzt, um hoffentlich die Todesursache zu klären und Hinweise auf die Identität der Leiche zu finden. Das Opfer war gut gekleidet und trug einen Ehering. Für sachdienliche Hinweise, die zur Klärung führen, ist eine Belohnung ausgesetzt.‹«

Sie hielt inne, doch Markus sagte nichts.

»Ich versteh's nicht, sorry. Was hat das mit der Verhandlung über Ravensbrück oder mit meiner Mutter zu tun? Außer, wenn etwas passiert ist – vielleicht ist meine Mutter verschwunden? Meinst du, das könnte es sein: Sie war verschwunden, und Michael dachte, sie wäre die Leiche?«

Beinahe zerknüllte sie das Papier. Markus nahm die Artikel wieder an sich, faltete sie zusammen und legte sie in einen Umschlag.

»Möglich. Oder er dachte, beim bevorstehenden Gerichtstermin über Ravensbrück, bei dem alle möglichen Geheimnisse ans Licht kommen würden, dass sie eine andere Gefangene aus dem Lager war, die man einfach hatte loswerden wollen, und wollte deine Mutter irgendwie schonend darauf vorbereiten.

Ich habe wirklich keinen Schimmer, wo da der Zusammenhang liegt. Ob es überhaupt einen gibt. Aber wie dem auch sei, ich glaube, du solltest sie mit nach England nehmen. Zeig sie deinem Vater und schau, ob es irgendwohin führt, und wenn ja, wohin. Ich forsche inzwischen mal ein bisschen nach. Vielleicht existiert die Zeitung, in der der zweite Artikel stand, noch, und es gibt Archive. Das ist nicht allzu viel, aber sicher immerhin etwas Neues, womit du Andrew einen Impuls geben kannst.«

Karen war nicht überzeugt, schob den Umschlag aber in ihre Tasche. »Und wenn Michael merkt, dass sie fehlen?«

Zum ersten Mal an diesem Tag lächelte Markus. »Dann wissen wir, dass sie wichtig sind.«

Der Speisesaal hatte sich geleert, während sie redeten; sie saßen am letzten Tisch, der noch nicht abgeräumt war. Karen sah auf die Uhr. Zehn. Vor ihrem Flug hatte sie noch ein paar Stunden Zeit. Die Reise war anstrengend gewesen – die Anforderungen der neuen Kunden und die alten Geheimnisse hatten sie ausgelaugt. Sie fühlte sich alt, von den Emotionen anderer Menschen übermannt. Sie sah Markus an, der so sympathisch wie attraktiv war. Als sie angekommen war, hatten seine Gefühle für sie noch keine Rolle gespielt; das stimmte jetzt nicht mehr. Es gab eine Verbindung zwischen ihnen, die sie sich nicht hätte vorstellen können. Es konnte etwas Gutes daraus hervorgehen, wenn sie mutig genug war, es zu versuchen.

»Wollen wir heute einfach Karen und Markus sein?«

Er lehnte sich zurück und sah sie aufmerksam an. »Erklär das genauer.«

»Zwei Menschen, die sich gerade erst kennengelernt haben und ... interessant finden. Die genug von der Vergangenheit haben, aber nicht von der Gegenwart.«

Er grinste. »Die im Westen leben und nie etwas vom Osten gehört haben? Die Musik hören, die andere vielleicht dekadent nennen würden? Die Geld leichtsinnig ausgeben, ohne darüber nachzudenken, und sich einfach so in der Straße küssen?«

»Wenn du magst.«

Er sprang auf und griff nach ihrer Hand. »Ja, mag ich, Karen Cartwright. Das mag ich sogar sehr.«

Dieses Mal zögerte sie nicht, als er sie in die Arme zog und küsste.

Er sieht glücklich aus und sogar besser, als die Pflegerinnen gesagt haben.

Auf dem Rasen hinter dem Mountbank fand gerade ein Krocketspiel statt, und Andrew war mittendrin – er lachte über einen Fehlschlag und verbeugte sich in gespieltem Respekt vor einem geschickteren Spieler.

Vielleicht ist er so, wenn ich nicht dabei bin, beliebt und umgänglich.

Der Gedanke war ernüchternd.

Jemand musste sie gesehen und ihn gewarnt haben. Andrew drehte sich zum Rand des Grasplatzes um, wo Karen stand, und legte seinen Schläger ab. Karren winkte und war traurig, aber nicht überrascht, als er zögerte und sich dann Zeit damit ließ, zu ihr zu kommen.

»Ich bin lange nicht hier gewesen, weil anscheinend alle dachten, es wäre besser so, aber ich habe mich auf dem Laufenden halten lassen. Du siehst sogar besser aus, als ich dachte – du siehst wirklich gut aus.«

Das meinte sie ehrlich. In den fast zwei Monaten, seit sie ihn zum letzten Mal gesehen hatte, waren seine hohlen Wangen wieder fülliger geworden, und er hatte wieder Farbe im Gesicht.

»Ich weiß. Danke. Und ja, ich werde zwar schneller müde, als es mir lieb ist, und ich muss aufpassen, aber der Arzt ist mit meinen Fortschritten zufrieden. Ich habe jetzt eine eigene Wohnung in der Anlage. Das ist angenehm.« Er unterbrach sich, gab ihr jedoch keine Zeit, nachzuhaken. »Ich nehme an, dein Besuch in Berlin ist verlaufen wie erhofft?«

Seine Augen wirkten wachsam, seine Haltung formell. Sie hatte das Gefühl, er würde sie mit einem Winken verabschieden, wenn sie es zuließe.

Karen wappnete sich mit einem tiefen Atemzug; es sollte nicht überstürzt und ganz falsch herauskommen. »Ich bitte dich um Verzeihung. Für alles. Dass ich nicht netter war. Für die Dinge, die ich dir vorgeworfen habe. Dafür, dass ich keine bessere Tochter war.«

Andrew machte einen Schritt zurück und fuhr sich durch die Haare.

Karen wusste nicht, was sie sonst tun sollte, also sprach sie weiter. »Ich dachte immer, du wolltest Mutter kontrollieren. Jetzt weiß ich, dass du sie beschützen wolltest. Ich hätte dir mehr vertrauen müssen.«

Ein paar Schritte entfernt stand eine geschnitzte Holzbank. Er ließ sich schwer darauf nieder. Zu Karens Erleichterung rückte er für sie zur Seite.

»Dann hast du Michael gefunden?«

Sie nickte.

»Weißt du über Lottie Bescheid?«

Als sie wieder nickte, ließ er sich gegen die Lehne sinken und schloss die Augen. Karen bekam Angst. »Geht es dir gut? O nein! Wieder das Herz?«

»Ich brauche nur einen Moment.«

Karen war schon halb aufgesprungen, um Hilfe zu holen, da spürte sie seine Hand an ihrem Arm. Er richtete sich auf, ließ die Hand aber liegen. Karen saß so still, als wäre ein Schmetterling auf ihr gelandet.

»Was hat er dir noch erzählt?«

»Nicht viel. Er sagte, du hast Mutter an einem Bahnhof

gefunden, als sie vom Konzentrationslager zurückkam. Dass du sie ins Krankenhaus gebracht hast. Dass du ... Michael sagte, du hättest dich in sie verliebt.«

Ihr Vater lächelte. »Das klingt, als wären wie Teenager gewesen. Ich glaube, gewissermaßen war es wohl so. Sechs Jahre Krieg hatten uns die Jugend gestohlen. Wie alt war ich 1945? Neunundzwanzig? Klingt alt genug, um haufenweise Freundinnen gehabt zu haben, hatte ich aber nicht. Ich hatte vorher nie eine Frau getroffen, die so bezaubernd war wie deine Mutter. Und ich war ein Romantiker, habe mich als Ritter in schimmernder Rüstung aufgeführt. Nicht dass sie mich je darum gebeten hätte. Ich glaube, wenn ich ehrlich bin, was ich damals eher nicht war, hat sie es verabscheut, dass ich sie so gesehen habe, als jemanden, der gerettet werden musste. Jedenfalls hat sie sich selbst sicher nicht so gesehen. Manchmal habe ich es zu weit getrieben, und in ihren Augen blitze etwas auf. Ich mochte das.«

Seine Wangen waren nass. Karen zwang sich, ihn weiter anzuschauen.

»Aber sie hatte furchtbar gelitten. Sie wollte mir nicht viel erzählen, aber sie hat Dinge erlebt, die außerhalb meiner Vorstellungskraft lagen. Ich wusste von den Lagern – zu dem Zeitpunkt wussten es alle –, aber ich war nie in einem gewesen. Und was mit ihrer Tochter passiert ist ...«

Er schüttelte seufzend den Kopf. Es erinnerte Karen daran, wie Michael sich wieder gefasst hatte. »Ich hätte dir von Lottie erzählen sollen, als du alt genug warst. Das tut mir leid. Jetzt weißt du wenigstens, warum sie es getan hat. Du kennst die ganze Geschichte.«

»Aber das tue ich doch gar nicht.«

Er zog die Hand weg.

Karen tastete sich so vorsichtig wie auf dünnem Eis voran. »Es gibt noch Lücken. Ich spüre sie.«

»Ich weiß nicht, was Michael dir erzählt hat, aber das alles ist vor langer Zeit passiert. Seine Erinnerungen sind zweifellos verschwommen.«

Er driftete davon; sie spürte, dass er gleich aufstehen wollte.

»Er hat es mir nicht erzählt, darum geht es ja. Michael war sehr vorsichtig. Über dich und sie wollte er nichts sagen; er sagte, das stehe ihm nicht zu. Aber eines ist ihm doch rausgerutscht: Er hat gesagt, dass Mutter wütend war, als er zum Krankenhaus gekommen ist. Nicht auf ihn – er sagte, für ihn hätte sie nichts empfunden –, sondern auf dich. Er wollte nicht erklären, wieso, oder wie sich das geändert hat und ihr dann sogar geheiratet habt.«

»Weil es nichts zu erklären gab.«

Als Andrew sich aufrappelte, war Karen darauf vorbereitet.

»Bitte, Dad, tu das nicht.«

Ihre unerwartete Sanftheit und das Wort, das sie als Kind fast nie benutzt hatte, hielt ihn mehr zurück als ihre Hand.

»Ich schwöre, ich will dir nicht mehr wehtun. Wenn du mir sagst, dass ich das falsch verstanden habe und Mutter nur wegen Lottie und dem Schmerz, den sie verständlicherweise nie hat abschütteln können, Selbstmord begangen hat, dass sie dich aus Liebe geheiratet hat und es keine weiteren Geheimnisse mehr gibt, dann glaube ich dir, das verspreche ich.«

Karen ließ die Hand sinken und schwieg. Sie bot ihm die Gelegenheit zu gehen. Als er sie nicht ergriff, sondern still sitzen blieb, zog sie die Artikel aus ihrer Handtasche. »Würdest du dir die hier mal anschauen? Michael hat sie aufbewahrt. Sein Sohn Markus und ich dachten, sie könnten wichtig sein. Michaels Sohn ist ein guter Mann. Er gibt sich große Mühe, uns allen durch diese Sache zu helfen.«

Andrew nickte, auch wenn Karen sehen konnte, dass er zögerte. Sie gab ihm zuerst den Ausschnitt über Suhrens Flucht und wartete, während er ihn las.

»Wir haben uns gefragt, ob ihr versucht habt, Suhren zu finden und Mutter Gerechtigkeit widerfahren zu lassen.«

Mit einem Schulterzucken und einem Blick, den Karen nur als erleichtert auffassen konnte, gab er ihr den Ausschnitt. »So fantasievoll war ich nie. Michael hat vielleicht darüber nachgedacht – er hatte ein Netzwerk an Beziehungen, mit denen ich nie näher zu tun hatte –, hat es mir gegenüber aber nie erwähnt. Die Franzosen haben Suhren jedenfalls am Schluss geschnappt und 1950 hingerichtet. Von Michaels Absichten weiß ich nichts, aber mir sagt das nichts. Ich habe den Prozess gemieden und versucht, nichts davon zu deiner Mutter durchdringen zu lassen. Noch einmal zu durchleben, was dort passiert war, hätte ihr nicht gutgetan. Es tut mir leid, aber was auch immer das ist, da kann ich dir nicht weiterhelfen.«

Seine Antwort war enttäuschend, aber Karen hatte genug Erfahrung mit ihrem Vater, um zu erkennen, wann er die Wahrheit sagte.

»Also gut, aber was ist mit diesem hier?«

Als Andrew den zweiten Artikel las, änderte sich seine Haltung sofort. Seine Gesichtszüge entglitten ihm, als könnte er sich nicht mehr kontrollieren. Er schob ihr den Ausschnitt hin, als wären die Worte in Säure geschrieben. »Warum um Himmels willen soll er das aufbewahrt haben? Karen, bitte. Ich kann nicht …«

Sein Gesicht verzerrte sich vor Schmerz. Es drehte Karen den Magen um, ihn so gehetzt zu sehen, aber endlich war der Riss erschienen, auf den sie gewartet hatte, und sie hatte keine andere Wahl, als ihn weiter zu öffnen.

»Habt ihr gedacht, die Leiche wäre Mutter? Hatte sie über den Prozess gelesen, ist sie weggelaufen, und ihr hattet Angst, jemand hätte ihr etwas angetan? Waren die Überlebenden der Lager in Gefahr? Hat Michael deshalb diesen Ausschnitt aufbewahrt?«

»Herr im Himmel, nein! Nichts Derartiges.« Er zitterte.

Nicht, dass ich ihn wieder krank mache! Ich muss aufhören.

Aber sie wusste, dass sie nicht konnte.

»Was war es dann? Wieso war eine ertrunkene Frau von Bedeutung? War sie eine Freundin von Mutter? Eine Frau, mit der sie im Lager war? Hattet ihr Angst, was sie tun könnte, wenn sie es herausfand? Michael hat mehr als einmal gesagt, dass du sie unbedingt beschützen wolltest.«

»Eine Freundin?« Er gab ein Geräusch von sich, das zwischen einem Auflachen und einem Schluchzer lag. »Du gibst nicht auf, oder? Also ja, ich wollte sie unbedingt beschützen, das wollten wir beide. Und ja, es war jemand aus dem Lager. Oh, meine liebe Karen, du verstehst es nicht – wie auch? Ravensbrück war ein Lager für Frauen. Das gesamte Wachpersonal bestand aus Frauen.«

Ihr Vater, der Soldat, der den Ritter in schimmernder Rüstung spielte; Michael mit einer Ausbildung, die nur der Himmel kannte, hinter sich.

Karen starrte ihren Vater an, als hätte sie ihn noch nie zuvor gesehen.

»Das war die Wärterin, dort im Fluss. Diejenige, die Lottie ermordet hat. Du und Michael, ihr habt sie umgebracht.«

Andrew hob den Kopf und sah seiner Tochter in die Augen. Sein Gesicht war so fahl wie das eines Toten.

KAPITEL 15

LIESE

BERLIN, NOVEMBER 1946 BIS APRIL 1947

Im Laden war es ruhig.

Der frostige Novemberwind hatte die Fußgänger zurück an die Öfen getrieben, um den Freitagabend drinnen zu verbringen. Herr und Frau Herber waren schon gegangen; sie wollten ihre Tochter auf dem Land besuchen, um sich dort mit ihrer geliebten Butter und mit Käse zu versorgen.

Liese war froh um die Atempause – das Geschäft und die zugehörige Nähstube waren ohne die beiden einfacher zu regeln. Die Herbers waren gute, großzügige Menschen, aber sie tratschten auch gern und waren neugierig, und manchmal kippte die Waage zur falschen Seite.

Sie sah auf die Uhr. Fünf, und draußen wurde es schon dunkel. Es war nur noch eine Bestellung vorzubereiten, die am Montag fertiggestellt würde, dann konnte sie abschließen und verschwinden, bevor einer ihrer üblichen Begleiter auftauchte. Sie war an diesem Abend zu müde, um eine gute Gesellschafterin zu sein.

Liese breitete den Stoff auf dem Zuschneidetisch aus und

markierte mit der Schneiderkreide die Länge. Sie konnte sich stundenlang in dieser Arbeit verlieren, selbst wenn ihre Augen und Schultern wehtaten; zumindest das hatte sich nicht geändert. Selbst in ihrer Zeit als Suhrens Näherin hatten die Handgriffe, mit denen sie ein neues Kleid zusammenstellte, nie die Macht verloren, sie völlig einzunehmen und zu beruhigen. Nie ihren Zauber verloren. Lange, gerade Bahnen in komplizierte Teile zu zerlegen, aus etwas Flachem etwas Dreidimensionales zu schaffen, sodass das fertige Kleidungsstück sich anschmiegte und schwang und selbst den dünnsten Körper veränderte. Das blieb magisch, denn *so ist es nun mal im Theater*. Auch wenn das nicht mehr ganz stimmte, oder zumindest nicht in dem Sinne, wie ihr Vater es damals gemeint hatte.

Liese übertrug das Muster auf den Stoff und versuchte, sich vorzustellen, wie Paul seine Zaubersprüche in der wiederbelebten, aber ramponierten und von Engpässen geprägten Modebranche webte. Er würde nur wenig wiedererkennen, und sie konnte sich kaum vorstellen, dass er gern Teil davon wäre. Keiner der Namen, die die Welt der Mode einst beherrscht hatten, war aus dem Exil oder der Hölle, in die sie verbannt worden waren, zurückgekehrt. Die extravaganten Kleider, für die Haus Elfmann früher berühmt gewesen war, waren heute Museumsstücke, und die Modenschauen von einst ein Mythos. Trotz der extravaganten Versprechen der Magazine, mit denen sie Zuversichtlichkeit wecken wollten, waren Seide, Taft und Crêpe de Chine die Stoffe geworden, aus denen Träume waren, genauso wie unendliche Blumenmeere, parfumgeschwängerte Luft und Spektakel.

Nachkriegsberlin war eine geteilte Stadt, 1945 von den alliierten Siegermächten in vier Sektoren zerlegt, und eine noch härtere und offensichtlichere Spaltung wurde durch das Geld, oder genauer gesagt den Mangel daran verursacht.

Die Armen, eine schnell wachsende Klasse, hungerten und froren. Sie standen in Schlangen an, überlebten von Tag zu Tag mit einem Minimum an Essen und winzigen Rationen Kohle, und für sie fühlte es sich nicht so an, als hätte der verlorene Krieg wirklich geendet. Die Reichen hingegen, die ihr Vermögen vorausschauend beiseitegeschafft hatten, und denen der Zustrom der Amerikaner mit ihren Dollars in die Stadt zusätzlichen Reichtum bescherte, hatten sich wieder ins gesellschaftliche Leben gestürzt. In den Botschaften und instandgesetzten Hotels strahlten Partylichter, und die Feiernden waren ganz wild auf den Glamour jener Modehäuser, die wieder auf die Füße kamen und entsprechende Kleidung liefern konnten. Der Wettbewerb war mörderisch, die Kunden waren launenhaft, Ressourcen begrenzt, und Erfindergeist wurde belohnt. Die letzten Tage des Hauses Elfmann, die von Liese eine Kreativität gefordert hatten, die die Modeschöpfer der alten Schule grässlich gefunden hätten, hatten sich für sie als lehrreicher erwiesen als alle Lektionen über Haute Couture, die sie hätte lernen können.

In den Jahren, seit sie sich die Arbeit in Herbers Schneiderei hatte sichern können, hatte Liese ihre Hände und Augen geübt, um die Sprache der neuen Materialien zu erlernen. Schlüpfriges Acetat rutschte unter der Nadel weg; Wollmischgewebe war zu steif, um es zu falten und unter der Nadel zu führen. Sie hatte auch gelernt, ihre Entwürfe anzupassen. Kleider wurden nicht mehr mit messerscharfen Falten oder innen liegendem Faltenband entworfen; dazu fehlten die Rohstoffe. Frauen, deren Alltag von neuer Verantwortung und weniger Sicherheiten bestimmt wurde, brauchten keine Morgen- und Nachmittagskleider und Abendgarderoben für eine ganze Woche. Außer für die Wohlhabendsten waren die Tage des Überflusses vorbei. Liese weinte ihnen nicht nach. Die Herbers allerdings schon, und ihr Ehrgeiz ging über den kleinen Laden, der ihnen im Krieg in die Hände gefallen war, nachdem die Eigentümer ihn verlassen hatten, weit hinaus.

Liese brauchte nicht einmal eine Woche, um zu erkennen,

dass die Herbers, obwohl sie es anders vorgaukelten, zu kämpfen hatten und die Existenz des Geschäfts bedroht war. Froh, etwas zu tun zu haben, das ihre Tage ausfüllte und ihr nichts weiter abverlangte als das, worin sie Expertin war, hatte Liese sich der Herausforderung gestellt.

Sie hatte die schwindenden Stofflager geplündert, falsch zugeschnittene Stoffreste zusammengetragen und daraus Röcke und Blusen geschneidert, die manch einer als Stückwerk bezeichnen würde, denen sie aber den Namen »Regenbogenmodelle« gab. Sie ermutigte Herrn Herber, das bedrückend gestaltete Schaufenster mit Farben zu füllen. Frauen, die der Grautöne müde waren und in schmalen Röcken, die ihre Knie einengten, nicht mehr laufen wollten, fanden nach und nach den Weg in die Budapester Straße. Liese sah, wie sie vor den Fenstern seufzend mit den Händen ihre Körper entlangfuhren, die durch die Essensrationierungen jungenhaft geworden waren. Sie nähte Überröcke aus Reststücken, die sie mit Raffungen versah und denen sie mit Polstern zu Rundungen verhalf, um die vom Krieg ausgezehrten Hüften und Taillen wiederherzustellen, und sie benutzte Einlagen und Abnäher in Blusen, die die Illusion von Volumen erzeugten. Frauen verließen das Geschäft und fühlten sich wieder wie Frauen.

Herr Herber sah, wie sich das Auftragsbuch füllte, und begann, Liese als »Rumpelstilzchen« zu präsentieren. Er lud die Kundinnen ein, ihr jeden Stoff, den sie auftreiben konnten, zu bringen, denn »unser liebes Fräulein Ettinger kann wahrhaftig Stroh zu Gold spinnen«.

»Wieso nennt er dich so? Er weiß doch sicher, dass dein Name Elfmann ist?«

»Nein. Warum sollte ich einen jüdischen Namen benutzen, wenn ich nicht muss? Deutschland wurde besiegt, das heißt nicht, dass es sicher ist.«

Es war eine kluge Antwort auf Andrews verwirrte Frage, aber nicht die Wahrheit.

Liese hatte keine Angst, weil sie Jüdin war. Sie hatte vor gar nichts mehr Angst, außer vor ihren Erinnerungen. Sie konnte überall eine Elfmann sein, aber nicht in der Modebranche. Dort war es unmöglich, den Namen ihrer Eltern zu nennen. Entweder würde niemand in dieser Branche den Namen erkennen, obwohl sie es sollten, oder – und das wäre noch schlimmer – sie würden ihn wiedererkennen. Und dann würde jemand, der es nur gut meinte, das Undenkbare enthüllen und das letzte Bild, das sich Liese von ihren davongehenden Eltern in der Seele bewahrt hatte, um den Namen eines Lagers erweitern und durch einen allzu detaillierten Albtraum ersetzen. Deshalb war sie auf der Arbeit Fräulein Ettinger.

Andrew akzeptierte ihre Gründe, wie sie vorausgesehen hatte, denn er war von den Konzentrationslagern so entsetzt, dass er nicht anders konnte. Sie wünschte, sie könnte auch seine anderen Fragen so leicht abwenden. Jetzt, da sie nicht mehr im Krankenhaus war und selbstsicherer wirkte, wollte er unbedingt ihre Geschichte herausfinden. Wollte jede Einzelheit über ihre Familie und ihr Leben vor dem Krieg, über ihre Träume von damals erfahren. »Damit ich dich besser kennenlerne.« Als ob die Liese von damals und die von heute ein- und dieselbe Person wären.

Er meint es gut. Er sorgt sich um dich. Das tun sie beide.

Sie griff nach der Schere, als das Gewissen sie zwickte.

Michael und Andrew: Selbst anderthalb Jahre nach ihrem Krankenhausaufenthalt hatte sie die beiden noch nicht abschütteln können. In Wahrheit wollte sie es auch nicht. Irgendwann hatte die Sorge der beiden um ihr Wohlergehen aufgehört, sie zu belasten, und sie hatte beide schätzen gelernt, obwohl oder vielleicht gerade weil sie so unterschiedlich waren.

Andrew war der einfachere von beiden, und seine Gesellschaft konnte man nur genießen. Er war belesen, hatte ein Auge für Kunst, was ihr gefiel, und eine Art, die Welt ohne Vorurteile zu betrachten, die von Herzenswärme zeugte. Sie hatten sich angewöhnt, an den Wochenenden gemeinsam auszugehen, beim Umbau Berlins zuzuschauen, manchmal zu reden, manchmal zu schweigen, oder in einem der Dutzenden Kinos zu sitzen, die wieder aus dem Boden geschossen waren, und dann waren sie beide froh, sich in den Geschichten anderer Leute zu verlieren.

Liese mochte Andrew sehr. Sie wusste, dass er sich in sie verliebt hatte. In einer anderen Welt wäre es nicht ausgeschlossen gewesen, dass sie sich auch in ihn verliebt hätte. Er war gut, freundlich und geduldig. Liese wusste, dass er alles tun würde, was in seiner Macht stand, um sie glücklich zu machen, und dass er im Gegenzug ganz leicht glücklich zu machen wäre. Er wusste, dass sie ein gebrochener Mensch war, dass sie viel weniger zu geben hatte, als er verdiente, aber das spielte für ihn keine Rolle. Was hatte er zu ihr gesagt? »Du magst mich – ich weiß es. Und du vertraust mir. Das könnte reichen, wenn du es zulässt, um ein gutes Leben aufzubauen. Im Moment reicht meine Liebe für uns beide; eines Tages, wenn du es dir nur erlaubst, holst du mich vielleicht ein.«

Bei jedem anderen hätte das bedürftig geklungen oder schwach. Bei Andrew tat es das nicht, und das war das Problem. Er war so ehrenhaft. Er verdiente so viel mehr als eine Frau, die nicht begreifen konnte, weshalb sie immer noch am Leben war.

Was Michael anging … Er liebte sie auch, und das konnte sie viel weniger ignorieren. Sie hatten eine lebendige gemeinsame Vergangenheit, im Guten wie im Schlechten. Liese hatte versucht, ihn zu vergrämen, aber er kam immer wieder zurück. Sie konnte nicht länger so tun, als bedeutete er ihr nichts. Manchmal dachte sie, dass sie vor allem deshalb Andrews Gesellschaft suchte, weil sie sich selbst nicht trauen konnte, wenn sie zu lang mit Michael allein war. Er sah sie auf eine Weise an, die direkt in ihr Herz drang, aber ihr Herz war immer noch viel zu kaputt, um dafür einen Platz freizumachen.

Eine Welle der Erschöpfung überkam sie, wie so oft, wenn

sie versuchte, sich ihre Zukunft vorzustellen. Sie legte die Schere ab und fuhr mit der Hand über den blauen Wollstoff, den sie bereits zugeschnitten hatte, und während sie das tat, bemerkte sie, dass die Farbe denselben dunklen Ton hatte wie das Hemd, das der Arzt unter seinem weißen Kittel getragen hatte, als er sie entlassen hatte.

»Es geht Ihnen gut genug, um uns zu verlassen, und wir brauchen das Bett.«

Es war wieder wie in den letzten Tagen der Befreiung von Ravensbrück. Sie hätte dagegen angeredet, wenn sie auch nur einen Moment lang geglaubt hätte, er würde etwas mehr auf sie hören als die amerikanischen Ärzte seinerzeit. Oder wenn sie etwas Überzeugenderes hätte sagen können als: »Ich will nicht hier weg; ich komme mit der Welt nicht zurecht.« Niemand kam zurecht mit der Welt, die der Krieg hinterlassen hatte, und sie war im Vergleich zu den meisten armseligen Gestalten im Krankenhaus ein Inbild von Gesundheit. Der Arzt wusste, was ihr passiert war, und er konnte nichts weiter als Mitleid anbieten, um diese Wunde zu versorgen. Liese wollte kein Mitleid von ihm, von niemandem. Mitleid stocherte nur in der Wut herum, die immer noch in ihrem Bauch lauerte.

So viel Zorn, der in ihrem Innern permanent schwelte. Liese schaute auf den Tisch, auf ihre Schere und die Nadeln, die säuberlich aufgereiht auf sie warteten, und fragte sich, warum die Wut, wenn sie sich regte, sie nicht rot glühen ließ oder alles verbrannte, was sie anfasste. Andrew sah ihre Wut nicht, oder er wollte sie nicht sehen, Michael aber schon. Das war auch die Gefahr bei Michael – er sah alles an ihr. Und schrak nicht davor zurück, es ihr zu sagen.

»Vielleicht ist die Wut gut – vielleicht hält sie dich am Leben?«

Als ob sie am Leben bleiben wollte.

Warum tust du es dann? Warum setzt du ihm kein Ende, wie geplant?

Da war sie wieder, die Frage, die sie nie wirklich beantworten konnte. Sie verwandelte sich anschließend immer in: *Es muss nicht der See sein; man kann vor ein Auto laufen, sich mit der Schere die Handgelenke aufschneiden – es gibt ein Dutzend Möglichkeiten.*

Es war zwei Jahre her, dass sie zum letzten Mal ihre Wache über dem Wasser gehalten hatte und die Rückkehr zu Lottie ihr einziges Ziel gewesen war. Zwei Jahre, seit sie schwankend auf dem Bahnsteig gestanden hatte, und doch war sie immer noch da und lebte. Irgendetwas trieb sie an, weiterzuatmen, aber so sehr sie es auch versuchte, konnte sie nicht herausfinden, was das war.

Als sie aus dem Krankenhaus entlassen wurde, hatten Michael und Andrew schon auf sie gewartet. Sie ließ nicht zu, dass sie sich nun um sie kümmerten. Sie hatte Michael erlaubt, mit seinen Beziehungen eine Wohnung für sie zu finden, sich aber geweigert, in sein Viertel zu ziehen. Sie hatte abgewunken, als Andrew seine Sorge äußerte, dass sie noch zu schwach sei, sich eine Arbeit zu suchen. Sie hatte sich in das neue Modeviertel geschleppt, das am Kurfürstendamm entstand, und den Herbers ihr Können mit deutlich größerem Erfolg verkauft, als es ihr im Krieg gelungen war, wo man sie einfach davongejagt hatte. Sie hatte sich ein Leben erschaffen und war noch dabei, sich darin einzurichten. Sie hatte bloß noch immer nicht begriffen, wo der Sinn lag, dieses Leben zu leben.

Vielleicht für Andrew und Michael?

Das war ein Teil der Antwort, konnte aber nicht alles sein, so sehr sie ihre Zuneigung auch schätzte. So sehr sie auch wusste, dass die Liebe, mit der die beiden sie umgaben, mehr war, als viele Menschen hatten.

Nachkriegsberlin war ein ramponierter Ort, das Herz von Bomben zerfetzt, die Straßen voller einsamer und verzweifelter Menschen. Liese kam an ihnen vorbei, wenn sie von ihrer neuen Wohnung in der Seydlitzstraße zum Laden in der Budapester Straße ging. Hungernde Kinder, deren Füße bei jedem Wetter in Streifen aus Leinenstoff steckten, und deren Gesichter so spitz wie die von Wieseln waren. In Lumpen gekleidete Frauen standen in Reihen und lasen Trümmer von den zerstörten Gebäuden Berlins auf, um die Keller herum, in denen zu viele immer noch wohnten. Frauen, die zu hungrig waren, um solche physisch anstrengende und bedauernswert schlecht bezahlte Arbeit zu tun; die zu hungrig waren, sie nicht zu tun. Die niemanden mehr hatten, den sie lieben konnten oder von dem sie geliebt wurden. Frauen, die Liese ihr Leben genauso neiden könnten wie die armseligen Gestalten im Lager, aus denen Suhren sie herausgepickt hatte.

Liese wusste, welches Glück sie hatte, aber es war schwer, Dankbarkeit zu empfinden, wenn sie sich so schuldig fühlte.

»Entschuldigung, ist noch geöffnet?«

Sie war so davon beansprucht gewesen, über ihr Leben nachzugrübeln, dass sie die Glocke nicht hatte läuten hören. Wenn Herr Herber das herausfände, würde sein blasses Gesicht sich dunkelrot färben.

Liese streckte den Rücken durch und lächelte der dunklen Gestalt zu, die die Kälte hereinließ.

»Ja, noch eine halbe Stunde.«

Dränge nie eine Kundin, meine Liebe; es gibt nicht genug Wohlstand in der Welt, als dass wir uns auf unseren Lorbeeren ausruhen könnten.

Frau Herbers Lektion läutete lauter in ihrem Kopf, als es die Glocke vermocht hatte.

»Und wenn nötig, natürlich auch länger.«

Die Frau kam herein und verteilte auf dem ganzen Boden halb gefrorene Regentropfen. »Perfekt. Ich bin erst in mehreren Wochen wieder in der Stadt, und ich wollte mal sehen, ob ich einen Auftrag aufgeben kann.«

Sie hielt Liese ihren nassen Schirm hin und bedankte sich nicht, als diese ihn nahm.

»Was für ein riesiges Glück, dass ich Sie gefunden habe. Ich war gerade im süßesten Café am Kurfürstendamm und habe es mir gutgehen lassen, da kommt eine Frau im schönsten, rubinroten Mantel herein. Ich musste sie sofort fragen, woher sie ihn hatte, und sie war natürlich ganz aufgeregt, dass ich sie fragte. Und dann herauszufinden, dass die Schneiderin, die ihn gemacht hat, nur fünf Minuten entfernt ist und mein lieber Henkie so sehr will, dass ich für den Winter etwas Besonderes bekomme. Na, das musste sich einfach so fügen.«

Und so ging es weiter, in einem Tonfall, der offenbar charmant sein sollte, aber genau das Gegenteil bewirkte.

Liese hörte kaum hin. Seit die Frau von der Türschwelle in das dämmrige Licht des Ladens getreten war, musste sie sich anstrengen, um auch nur ein Wort zu verstehen. Ihr Hals war so zugeschnürt, dass sie nicht einmal hätte sprechen können, wenn die Frau es von ihr erwartet hätte. In ihrem Kopf formte sich nur ein Gedanke: *Wie kann sie so normal aussehen?*

Die Kleidung war anders. Der Mantel, den die Frau trug, war lodengrün und der Gürtel nachlässig gebunden; sie trug kein fließendes, schwarzes Cape. An ihrem Hut prangte eine Feder in der Mitte, kein Hakenkreuz. Aber nichts an der schwerfälligen Figur hatte sich in den letzten vier Jahren verändert. Das quadratische Gesicht strahlte immer noch Gesundheit aus, die Wangen waren vom Novemberwind genauso rot gefärbt wie in jenem bitterkalten Februar. Die Augen saßen trotz aller Versuche, sie mit Lidstrichen größer scheinen zu lassen, wie Rosinen im teigigen Gesicht. Das Haar war in Wellen gelegt und nicht so straff nach hinten gekämmt, aber noch genauso messingblond wie die Strähnen, die damals unter dem scharf geschnittenen Schiffchen herausgelugt hatten. Sie war das Abbild einer Arierin, auch ohne Uniform, und jeder Zentimeter ihres Gesichts und ihrer Gestalt hatte sich vor drei Jahren wie ein Bildnegativ in Lieses Erinnerung eingeprägt.

Liese konnte nichts sagen; sie konnte kaum atmen, aber die Wärterin machte weiter, merkte nichts.

»Und ich brauche so dringend einen neuen Mantel, der richtig geschneidert ist. Ich liebe meine Kinder wirklich, aber …« Sie tätschelte mit ekelerregend neckischem Lächeln ihren Bauch. »Nun, für meine Taille waren sie nicht gut.«

»Kinder?«

Das Wort zerfaserte, als sie es sagte.

Die Wärterin antwortete mit stolzgeschwellter Brust: »Zwillinge – zwei Mädchen, können Sie das glauben. Was für ein Schock und so viel Arbeit. Natürlich sind sie Papas Lieblinge. Für die meisten Leute wäre es viel Arbeit, aber mein Henkie ist so ein guter Ernährer. Er ist der Bürgermeister unserer Stadt und hoch angesehen. Fürstenberg, dort wohnen wir. Ein schrecklich schöner Ort, vielleicht eine Stunde stadtauswärts, aber wahrscheinlich haben Sie noch nicht davon gehört.«

»Die Stadt liegt im Wald, in der Nähe des Sees. Ich habe schon davon gehört.«

Die Wärterin war zu sehr von sich selbst eingenommen, um Lieses zitternde Stimme zu bemerken. »Nun aber zum Geschäftlichen. Wie funktioniert das? Haben Sie ein Musterbuch, ein paar Entwürfe, die ich anschauen könnte?«

Die Vorstellung, Liese könnte etwas so Normales wie einen Mantel für diese Frau machen, war so grotesk, dass sie so handelte, wie sie es bei jeder Kundin getan hätte. Sie nickte und winkte die Frau zu einem Stuhl neben einem kleinen Tisch. Sie deutete auf den Stapel Modemagazine, die darauf lagen, als wäre sie eine Schauspielerin, die eine so gründlich gelernte Rolle spielte, dass sie ihr Gehirn dafür nicht mehr anzustrengen brauchte.

»Was für eine schöne Auswahl – perfekt.«

Schon wieder dieses Wort und die Erwartung, dass die Welt genau so funktionierte, wie sie es brauchte. Wie sie offenbar für sie auch weiterhin funktioniert hatte – und zweifellos auch für all die anderen, die mit ihren Hunden und ihren Peitschen die Macht innegehabt hatten und einfach abgehauen waren, als der Krieg vorbei war, als hätte nichts von dem Horror, den sie orchestriert hatten, irgendwie mit ihnen zu tun gehabt.

Liese hatte die Berichterstattung über den Ravensbrück-Prozess trotz der Versuche von Andrew und Michael, sie davon fernzuhalten, gesehen. Die Zahl der Verhaftungen war lächerlich. Eine Handvoll, stellvertretend für den gesamten Mob.

Sie trat einen Schritt heran und sagte ihre nächsten Zeilen auf: »Darf ich Ihnen einen Kaffee oder Tee anbieten, während Sie die Entwürfe durchgehen?«

Die Frau öffnete eins der Magazine und begann, sich die Handschuhe auszuziehen. »Kaffee wäre ganz wunderbar, wenn es kein Ersatz ist. Und Sie Zucker haben.«

Sie erkennt mich nicht. Ich bezweifle, dass sie mich je gesehen hat.

Liese stand regungslos da und beobachtete, wie das Leder von der Haut glitt und die weißen Hände sichtbar wurden. Sie waren zu groß, um elegant zu sein, und die rechte war zu vernarbt, um sie vorzuzeigen.

Das Schreien. Der Griff. Das Platschen.

Liese rührte sich nicht. Sie hatte nicht erwartet, etwas anderes als die Narbe zu sehen. Sie beobachtete schweigend weiter, bis die Handschuhe zusammengelegt und in der glänzenden, schwarzen Handtasche verstaut waren. Bis die Aufmerksamkeit der Frau ganz auf die Modelle und ihre leeren, hochmütigen Gesichter gerichtet war.

Es gab kein Alarmsignal, als sie die Entscheidung traf. Es war nicht nötig, einen Plan zu fassen, oder zu durchdenken, was sie tat. Jede nötige Bewegung war schon bekannt und in der Sekunde angestoßen worden, in der sich die Tür geöffnet hatte. Jetzt spielten sich die Geschehnisse nur noch ab, und Liese empfand sie als so sehr Teil von sich selbst wie ihren Herzschlag. In ihrem Kopf schrie keine Stimme: *Halt.* In ihrem Kopf erklang nichts außer: *Das ist die Bestrafung, schlicht und einfach.* Die Tat, die nun folgte, war ebenso sehr Lieses mütterliche Aufgabe wie ihre damaligen Nachtwachen über dem See.

Das ist es, was mich am Leben erhalten hat.

Die Erkenntnis durchlief sie wie ein Stromstoß und machte den Rest leicht. Vier Schritte zum Zuschneidetisch, vier Schritte zurück. Der aufgestaute Zorn wurde jetzt, da er endlich sein Ziel gefunden hatte, zum Treibstoff.

»Bitte schön.«

»Ui, sind Sie schnell.«

Es war überraschend leicht. Und überraschend leise.

Der blonde Kopf hob sich. Die schwarzen Augen suchten nach ihrer süßen Nascherei. Wenn die Wärterin sah, was auf sie zukam, hatte sie jedenfalls keine Zeit zu reagieren.

Eine schnelle Bewegung: Schere hoch, Schere runter. Glänzende Schneiden fanden ihren Weg von fleischigen Ohrläppchen zur sehnigen Kehle. Ein rotes Tuch flog in die Luft, beschrieb eine Kurve, als wäre ein Windstoß hineingefahren, und fiel dann herunter, legte sich um den schlaffen Hals.

Der Körper sackte in sich zusammen. *Augen auf, Augen zu.*

In Sekunden war alles vorbei.

»Wo ist der Schlüssel, Liese? Schau mir in die Augen: Wo ist der Türschlüssel?«

Das Geschäft lag im Dunkeln, die Jalousien der Schaufenster waren heruntergelassen, obwohl Liese sich nicht erinnern konnte, daran gezogen zu haben. Die Zeit musste schneller als gedacht verlaufen sein, denn Andrew war da und wartete, wie sie vermutete, um sie nach Hause zu begleiten und ihr Abendessen anzubieten. Er stand näher bei ihr als sonst, und sein Gesicht war so blass, dass sie sich fragte, ob er krank war.

»Gib mir die hier, und dann sagst du mir, wo der Schlüssel ist. Es ist für alle am besten, wenn ich die Tür abschließe.«

Das ergab Sinn. Es wurde offensichtlich spät, und an einem so unwirtlichen Abend käme niemand mehr. Außerdem war die Schere, die sie, ohne es zu bemerken, immer noch in der Hand hielt, glitschig und klebrig.

Sie sah darauf hinunter. Warum war sie so zugerichtet?

»Liese ...«

Sie ließ die blutigen Schneiden fallen und wirbelte herum. Die Wärterin saß immer noch auf dem Stuhl. Ihr Mantel war steif geworden und roch metallisch, und unter dem Stuhl hatte sich ein Fleck ausgebreitet, wie ein Tintenfleck.

»Was habe ich gemacht?«

Liese erinnerte sich so lebhaft daran, dass die Tür aufgegangen und die Frau hereingekommen war, als wäre es gerade erst passiert. Und an den schrecklichen Moment der Erkenntnis. Und diese Stimme, die ununterbrochen redete. Der Rest war verwischt, eine Folge Schnappschüsse, von denen sie einige nicht scharf sehen wollte.

»Kinder. Ach du lieber Gott, sie hatte Kinder.«

Als sie zuließ, dass die Bilder zurückkamen, hörten sie nicht mehr auf. »Ich habe sie umgebracht, und sie hatte Kinder. Außer, bitte, lieber Gott, sie ist gar nicht tot?«

Liese lief zu dem Körper, griff nach den Handgelenken und begann, den Puls zu suchen. »Ist es möglich, dass sie nicht tot ist?«

»Nein, das ist nicht möglich.« Andrew löste ihre Hände von der kalten Haut, die sie umklammerte. »Schau dir das Blut an, Liese. Das könnte niemand überleben.«

Er hatte recht. Es war zu viel Blut, auf ihr selbst und auf der Leiche. Liese ging in die Hocke und starrte die blutroten Flecken auf ihrer Hand an. Das Bedürfnis, sich zu erklären, um es irgendwie zu rechtfertigen, überwältigte sie.

»Sie war die Wärterin. Diejenige, die Lottie getötet hat. Sie ist wie eine Kundin reingekommen, wollte einen Mantel. Sie hat mich gar nicht gekannt. Ich habe nicht gedacht, nur gehandelt. Ich habe mich so gesehnt, es zu tun. Großer Gott, ich habe mich die ganze Zeit danach gesehnt. Ich wusste es nur nicht.« Sie rieb an ihren Händen, aber das Blut ging nicht ab. »Jetzt ist es passiert, und wir müssen die Polizei rufen.«

Andrew zog sie mit einer Grobheit auf die Füße, die sie ihm gar nicht zugetraut hätte. »Bist du verrückt? Die können wir nicht rufen. Schau sie dir an: Du kannst das kaum als Notwehr bezeichnen.«

»Warum sollte ich das?«

»Weil sie dich sonst hängen! Und wag ja nicht, mir zu sagen, dass du das willst. Wag es nicht. Wo ist der Schlüssel?«

»Was?«

Sein Griff war so fest, dass sie spürte, wie sich auf ihren Armen Hämatome bildeten.

»Wo ist der *Schlüssel*, Liese? Für die Eingangstür?«

»Lass mich gehen, und ich hole ihn.«

Er ließ sie los. Sie nahm den Schlüssel vom Haken, gab ihn Andrew und drehte sich wieder zum Telefon um. Er zog sie weg, bevor sie den Hörer abheben konnte.

»Lass los. Sobald die Tür abgesperrt ist, müssen wir hier sauber machen. Dich auch.«

»Nein. Ich habe es dir doch gesagt: Wir müssen die Polizei rufen. Das ist ein Verbrechen, ein schreckliches Verbrechen.«

Andrews Augen waren so dunkel, dass es ihr Angst einflößte. »Und ich habe dir schon gesagt, dass wir das nicht machen. Geh dir die Hände waschen, ich kümmere mich um den Boden.«

Er schob sie durch den Samtvorhang in die Küche und griff sich einen Lappen und Seifenflocken. »Beeil dich. Und dann hol mir irgendeinen robusten Stoff und ein Seil.«

Er war zu kurz angebunden, um ihm Widerworte zu geben. Liese schrubbte ihre Hände, bis sie ganz wund waren, dann holte sie einen Haufen alte Kartoffelsäcke und Knäuel Zwirn. Als sie wieder in den Laden kam, bereit, sich Andrew zu stellen, sah sie dankbar, dass er zu Sinnen gekommen war und am Telefon sprach.

»Ich werde ihnen sagen, wer sie war. Ich werde erklären, was sie getan hat. Sicher werden sie es verstehen.«

Er knallte den Hörer auf, als er Liese hereinkommen sah, und griff nach dem Sackleinen, das sie ihm hinhielt.

»Danke, dass du den Anruf gemacht hast. Ich bin froh, dass du eingesehen hast, dass wir keine andere Wahl haben.«

Liese streckte die Hand nach seiner aus, aber er zuckte nur die Achseln. »Man hat immer eine Wahl. Ich habe nicht die Polizei angerufen, sondern Michael. Er hat einen Kleinlaster, und den brauchen wir jetzt.«

Nicht Michael – er darf das nicht mitbekommen.

Plötzlich erschien es ihr viel wichtiger, ihr Verbrechen vor Michael zu verheimlichen, als es vor der Polizei zuzugeben. »Andrew, nein. Zieh ihn da nicht rein, ich flehe dich an!«

Sein Gesichtsausdruck änderte sich; seine Stimme klang nicht mehr wütend, sondern eher nach Angst. »Tu das nicht, Liese. Mach dich nicht selbst zu einer Art Opfer. Damit kann ich nicht leben. Michael wird damit nicht leben können. Bitte, bitte, wenn ich dir irgendetwas bedeute, tu einfach, was ich sage.«

Er sah so gebrochen aus, so verzweifelt. Welche Kraft auch immer Liese angetrieben hatte, seit sie die Schere gegriffen hatte, verschwand. Sie tat in den folgenden Minuten nur das, was er sagte. Half ihm, die Leiche auf das Sackleinen zu rollen und die Putzlappen auf die Brust der Wärterin zu legen. Aber als es an der Tür klingelte, ließ sie Andrew nicht hingehen, und sie ließ Michael kaum eine Sekunde, die Szenerie zu begreifen. Sie musste ihn sehen und sich ihren Taten stellen, bevor Andrew ihm eine geschönte Geschichte erzählen konnte.

»Das ist die Wärterin, die Lottie umgebracht hat. Ich habe ihr die Kehle durchgeschnitten.«

Michael starrte sie an. Er breitete die Arme aus. Sie wollte sich nur hineinfallen lassen, aber stattdessen griff Andrew nach ihm. »Und wenn wir das hier nicht in Ordnung bringen, wird sie sich der Polizei stellen und erhängt werden. Also hilf mir. Hörst du mich, Michael? Hilf mir, oder sie ist verloren.«

»Michael, nein! Hör nicht auf ihn, sondern auf mich.«

Aber Michael wandte sich von ihr ab und sprach nur mit Andrew. »Ich brauche etwas Schweres. Ich muss ihr Gesicht entstellen, damit niemand sie wiedererkennen kann.«

Er suchte den Laden ab und griff sich eine Nähmaschine.

Liese sprang vor. »Das ist falsch! Es wird nicht funktionieren!«

Sie wollte alles erklären, aber die beiden Männer gingen um sie herum.

»Schau nicht hin, wenn du es nicht aushältst, aber lass uns tun, was wir tun müssen.«

Sie war erschöpft, ihre Glieder zitterten. Angesichts von Andrew und Michael, die nicht auf sie hörten, die gemeinsam so fest entschlossen waren, zu tun, was ihrer Meinung nach zu Lieses Bestem war, war es leichter, nachzugeben und sich einzureden, dass sie die Angelegenheit auch später noch richtigstellen konnte. Sie hielt sich zurück. Sie zwang sich, zuzuschauen und keine Einwände zu erheben.

»Wir müssen sie zur Spree bringen.«

Sie redeten so leise, dass sie nicht sicher war, wer von beiden es gesagt hatte – nicht dass es von Bedeutung gewesen wäre. Michael und Andrew konzentrierten sich nur aufeinander und auf das fest geschnürte Bündel, das sie zwischen sich balancierten.

»Ihr versteht nicht …«

»Du musst mitkommen. Du kannst nicht allein hierbleiben.«

Sie hörten nicht auf sie. Es war klar, dass sie noch immer glaubten, sie würde die Polizei rufen. Sie packten die Leiche und Luise in den Transporter und konzentrierten sich nur darauf, wohin sie fahren wollten.

»Sagt mir wenigstens, wohin wir sie bringen.«

»Gegenüber von Schloss Charlottenburg gibt es eine Stelle, an der der Fluss schneller fließt. Die Strömung sollte die Leiche von dort aus in die Havel tragen und dann weiter in offenes Gewässer. Es ist besser, der Fluss bringt sie weg, als wir.«

Nachdem Michael ihr geantwortet hatte, ohne sich umzudrehen, sprach niemand mehr etwas; Andrew warnte Michael nur, dass er langsam fahren solle oder es riskiere, von einer Armeepatrouille angehalten zu werden. Als der amerikanische Militärjeep vorbei war, blieb die Berliner Straße leer. Auf der Schlossbrücke und in dem Straßenlabyrinth am Flussufer wurden sie nicht durch Verkehr aufgehalten. Liese wusste, dass es sinnlos war zu sprechen, dass die beiden auf die gleiche Weise automatisch handelten, wie es zuvor bei ihr gewesen war. Als sie sich einer eng stehenden Baumreihe näherten, hielt Michael an.

»Hier sollte es ruhig genug sein, solange wir schnell machen. Wenn hier jemand herumlungert, wird er zu besoffen sein, um zu wissen, was er gesehen hat, und keiner wird ihm glauben, wenn er versucht, es zu beschreiben.«

Er sprang aus dem Wagen, gefolgt von Andrew. Sie zerrten die Leiche aus dem hinteren Teil und sagten Liese, dass sie warten solle. Sie konnte nicht. Das Licht auf dem Wasser zog sie an wie ein Sog. Sie folgte ihnen, als sie über den matschigen Grund stolperten und darum kämpften, aufrecht zu bleiben. Es hatte fast den ganzen November geregnet, und der Fluss war voll. Am Ufer trieben Zweige, die umeinanderwirbelten.

Sie wird nicht so friedlich wie Lottie ruhen.

»Ich zähle. Auf drei.«

Michaels Flüstern klang laut in der Stille.

Das Bündel rollte zum Wasser. Dieses Mal war es weniger ein Bogen, sondern mehr ein Untertauchen. Und das Wasser perlte nicht hoch, sondern es toste, als es sich öffnete. Ein gieriges Fauchen, das Liese bis ins Mark drang und die Stille verscheuchte, die sie ihr im Geschäft aufgezwungen hatten.

»Das ist alles ganz falsch. Warum hört ihr denn nicht auf mich?«

Sie unterbrach sich, atmete tief ein, und die Luft kam als Schrei wieder heraus. »Wie konnte ich nur so dumm sein? Ich hätte nur die Tür abschließen müssen, um euch fernzuhalten. Das hier war mein Kampf, nicht eurer, und jetzt hängt ihr mit drin.«

Michael und Andrew liefen los und fingen sie zwischen sich auf, als ihr die Beine wegglitten.

»Das macht nichts. Keiner wird sie finden. Schau dir den Fluss an: Er wird sie kilometerweit tragen und in Stücke zerfetzen.« Sie stieß und schubste sie, doch sie ließen sie nicht los.

»Nein. Sie wird nicht friedlich ruhen – wie könnte sie? Es ist damit nicht zu Ende. Seht ihr es denn nicht? Ich habe sie umgebracht, aber damit ist es nicht zu Ende. Sie hatte Kinder. Eigene Kinder – zwei kleine Mädchen. Eins mehr, als sie mir weggenommen hat. Sie wird gefunden und identifiziert werden. Und dann zahlt ihr einen Preis, den nur ich zahlen sollte.«

Sie flüsterte schon lange nicht mehr. Ihre Stimme hallte zwischen den Bäumen wider wie ein Trompetensignal.

»Liese, halte mal die Luft an. Ich habe ihr Gesicht unkenntlich gemacht, das weißt du doch. Niemand wird sie erkennen.«

Michaels Arm legte sich fester um ihre Schultern, als wären seine Worte beschwichtigend.

»Nein. Das wollte ich euch ja sagen. Ihr irrt euch. Es ging gar nicht um ihr Gesicht, das ist nicht wichtig, sondern um ihre Hand. Die Narbe darauf. Daran werden sie sie erkennen und auf Lottie kommen, und dann auf mich.«

Michael ließ den Arm sinken.

»Und jetzt seid ihr beide in Gefahr. Meinetwegen. Was ich getan habe, macht mich zu einer ebenso grausamen Frau wie sie. Ich bin sogar noch schlimmer.«

Sie wirbelte herum und schlug ihren verzweifelten Weg zum Wasser ein. Michael hastete vor, um sie aufzuhalten. Liese spürte seine Hand an ihrem Ärmel, zog aber zu fest, als dass er sie festhalten konnte, und so stolperte er im Matsch herum.

»Andrew, um Gottes willen, halt sie auf.«

»Lasst mich los! Ihr müsst mich gehen lassen. Ihr müsst es mich in Ordnung bringen lassen.«

Sie war schnell, aber nicht so schnell wie Andrew. Als er sie erreichte, war sein Griff so fest, dass sie sich nicht losreißen konnte. »In Ordnung bringen? Bist du verrückt? Wie soll irgendwas in Ordnung kommen, wenn du ins Wasser gehst?«

Er umklammerte ihre Arme so fest, dass sie sich nicht wehren konnte. »Das lasse ich nicht zu, Liese. Ich kann das alles nicht gemacht haben, um dich dann sterben zu sehen. Und Michael auch nicht.«

Die Kraft verließ sie. Sie wollte laufen und doch in seinen Armen bleiben. Nein, sie wollte in Michaels Armen sein.

»Komm zum Transporter zurück, bitte. Wir finden einen Weg.«

Es war leichter, ihm zu gehorchen, als dagegen anzukämpfen. Sie stieg neben Andrew ein. Ihre Zähne klapperten. Sie konnte Michael nicht anschauen, der das Lenkrad so fest umklammerte, dass seine Hände wie Klauen aussahen.

»Was habe ich getan?« Sie konnte nicht aufhören, die Frage zu wiederholen, als sie durch die Dunkelheit zurückfuhren, obwohl beide sie anflehten, damit aufzuhören. »Was habe ich getan?«

»Du hast getan, was du tun musstest, und jetzt müssen wir damit leben.« Die Antwort kam von Michael. Dieses Mal klang seine Stimme genauso gebrochen wie ihre.

Hiermit erkläre ich, daß ich, Andrew James Cartwright, geboren am 13. März 1916 in London, gewillt bin, Liese Wilhelmine Elfmann, geboren am 15. Juni 1920 in Berlin, zu heiraten.

Liese las den getippten Text ganz durch, während Andrew still neben ihr saß.

»Es ist eine Heiratsabsichtserklärung. Britische Soldaten, die deutsche Bürgerinnen heiraten wollen, müssen sie abgeben.«

»Ich weiß, was das ist. Es sind nicht die Worte, die ich nicht verstehe.« Ihre Stimme zitterte. Sie konnte es nicht verhindern. Auch nicht, dass ihre Hände zitterten. Herr Herber hatte sie am Montag und Dienstag nach Hause geschickt, weil er befürchtete, dass sie Fieber bekäme. Wenn sie ihm von den Schwindelanfällen, Halluzinationen und der kompakten Gestalt erzählte, die in dem Geschäft auftauchte und wieder verschwand, sobald sie sich umdrehte, wäre er überzeugt davon. Wenn sie zusammenbräche, wie sie es gern täte, und ihm sagte, was sie getan hatte, wie viele Menschen würde sie dann noch an den Galgen bringen?«

»Es ist eine Versicherungspolice.«

Liese kämpfte darum, aus den Schreckensbildern des Ladens aufzutauchen. Andrews Stimme hatte sich in die von Michael verwandelt. Immer öfter stellte sie fest, dass sie die beiden Männer nicht mehr voneinander unterscheiden konnte.

»Für den Fall, dass die Leiche gefunden wird. Was nicht passieren wird. Aber falls doch, sind wir damit sicher.«

Sie nahm das säuberlich beschriebene, cremefarbene Blatt. Andrew hatte es unterzeichnet, Michael bezeugt, und es war offiziell abgestempelt. Es wirkte schwer, als trüge es schon ihre Gelübde. Irgendetwas entging ihr doch.

»Entschuldigung, ich verstehe nicht ganz. Wie würde eine Hochzeit mich in Sicherheit bringen? Wenn sie gefunden und identifiziert wird, wenn irgendwie die Verbindung zu mir hergestellt wird, dann spielt eine Namensänderung doch keine Rolle.«

So viele Wenns. Und so viele Versprechungen.

Es wird alles nach Plan gehen, keine Angst. Die Verbindung zwischen dir und ihr ist so dünn, die werden die nicht finden. Geh am Montagmorgen wieder zur Arbeit, egal, wie unmöglich das klingt. Verhalte dich normal, dann geht es vorbei. Du musst das nicht allein durchstehen.

Michaels Behauptungen klangen genauso zuversichtlich wie die von Andrew. Sie waren beide überzeugt davon, dass sie an ihre Wünsche einer sicheren Zukunft glaubte. Verstanden sie denn nicht, dass sie ein Menschenleben genommen hatte? Dass so schreckliche Verbrechen wie dieses einen tiefen Abdruck hinterließen und bestraft werden mussten? Sie unterdrückte mit Gewalt ihr Zittern und konzentrierte sich darauf, diese letzte Änderung in ihren Plänen zu verstehen.

»Ihr habt gesagt, dass selbst im schlimmsten Fall, wenn der Ehemann gefunden würde, er wissen müsste, dass seine Frau Nazi war und er nicht wollen würde, dass das herauskäme. Wenn das stimmt, würde er sicherlich keine öffentliche Aufmerksamkeit erregen wollen. Also, was hat sich geändert?«

Andrew zog ihr das Zertifikat aus den Händen und strich es glatt. »Nichts, nur dass wir mehr Zeit hatten, nachzudenken. Der Ravensbrück-Prozess hat die Aufmerksamkeit auf die Verbrechen gelenkt, die in den Lagern begangen worden sind. Ja, der Ehemann wäre ein Narr, wenn er sich melden und über ihren Tod Aufhebens machen würde. Aber andere könnten noch Groll hegen und die Frau auf alten Fotos erkennen, falls sie veröffentlicht werden. Und Suhren hat im Lager deinen Namen gerufen, Liese. Er hat dich mit dem Mord an Lottie in

Verbindung gebracht, auch wenn das nicht seine Absicht war. Das könnte sich jemand gemerkt haben.«

Sie verstand die Logik, aber das war keine Antwort auf ihre Frage, woher die Idee einer Heirat plötzlich gekommen war. Sie blickte zwischen den beiden hin und her, und zum ersten Mal, seit sie die Wärterin getötet hatte, sah sie zwei separate Männer. »Ich verstehe es nicht. Wozu eine Heirat? Und wieso mit dir?«

Wieso nicht mit dem Richtigen?

Es hing in der Luft, obwohl sie es nicht ausgesprochen hatte.

Andrew sah zur Seite.

Michael beantwortete schließlich ihre Frage, wobei er klang, als läse er Anweisungen vor.

»Wenn du Andrew heiratest, kann er dich mit nach England nehmen. Wenn es so käme, wie Andrew sagt, dann wärst du in Deutschland nicht sicher.«

»England?«

Die Idee war so grotesk, dass sie keine richtige Frage formulieren konnte.

Michael lehnte sich zurück und überließ Andrew das Feld. Der versuchte zu lächeln, aber sein Gesicht sah genauso erschöpft aus wie das von Michael. »Es ist der sicherste Ort. Du hast eine Mutter getötet, Liese. Du hast es uns selbst erzählt: Sie hatte zwei Kinder. Wenn sie dich fassen, wirst du hingerichtet. Wir würden mindestens eingesperrt werden, aber du würdest hingerichtet. Ich weiß, dass du nicht an deinem Leben hängst, aber wir könnten nicht mit deinem Tod leben. Ob vom Staat zugefügt oder von dir selbst. Wenn wir deshalb egoistisch sind, dann ist es eben so.«

Es war das erste Mal, dass Andrew anerkannt hatte, wie tief ihr Schmerz ging oder wozu er führen könnte. Liese konnte ihm nicht in die Augen schauen.

»Es tut mir leid ...« Sie wusste nicht, wie sie den Satz beenden sollte. Es tat ihr leid, dass sie eine Frau mit zwei

Kindern getötet hatte. Es tat ihr leid, dass ihre Tat unweigerlich so großes Unglück nach sich zog. Es tat ihr leid, dass sie Michael und Andrew in Gefahr gebracht hatte. Es tat ihr nicht leid, dass die Frau tot war. Sie wusste nicht, wie sie all das in Worte fassen sollte. Wie immer ersparte Andrew ihr die Mühe.

»Keine Sorge. Wir machen nur Pläne für jede Eventualität, die eintreten könnte.«

Pläne, mehr nicht; wir müssen sie nicht umsetzen.

Liese zwang sich, Andrew richtig anzuschauen. Er war so solide. Seine Worte mochten ein Echo der Worte von Bardou damals sein, aber sonst hatten die beiden Männer nichts gemeinsam. Sie konnte sich auf ihn verlassen, auf seine ruhige Zuversicht, und darauf vertrauen, dass er im Gegensatz zu allen anderen – ob willentlich oder unwillentlich – sie nie im Stich lassen würde. Darin lag so viel Trost. Aber lieben konnte sie ihn nicht, nicht auf die Art, die er verdiente, und das bedeutete, dass sie ihn nicht heiraten konnte. Sie hatte gedacht, ihr Schweigen bei jedem Mal, wenn er über ihre Zukunft gesprochen hatte, hätte ihm das verraten. Sie hatte ihm nie wehtun wollen.

Aber vielleicht habe ich es doch getan, indem ich ihm seine Hoffnung nicht genommen habe.

»Andrew, bitte. Du weißt, wie viel du mir bedeutest, aber das? Ich kann dich nicht …«

Andrew schüttelte den Kopf. »Du brauchst nicht auszusprechen, was nicht ausgesprochen werden muss.«

Er nahm die Heiratserklärung und schob sie in seine Tasche. »Es ist nur zur Sicherheit, damit wir unbesorgt sein können. Wir werden es gar nicht brauchen.«

Solange, bis sie es eben doch brauchten, und Liese wusste, dass es unausweichlich so kommen würde.

· · ·

»Zwei Besucher heute, Fräulein Ettinger? Ein Glück, dass der Schnee unsere Kunden heute ferngehalten hat, sonst müsste ich Sie schelten.«

Liese brauchte gar nicht aus der Küche hinauszugehen, als Frau Herber sie mit ihrer strengen Stimme rief. Sie brauchte auch nicht die blassen Gesichter der beiden Männer zu sehen, um zu wissen, dass der Leichnam gefunden worden war.

Sie holte ihren Mantel. Sie gingen schweigend zu dritt zu einem Café am Kurfürstendamm.

Michael wartete, bis sie einen Platz gefunden und ihren Kaffee hatten, erst dann verkündete er die Neuigkeiten.

»Sie haben sie gestern am Lindenufer herausgefischt, kurz hinter Spandau, wo die Spree in die Havel fließt. Einer meiner Kontakte bei der Polizei dort hat es mir heute Morgen gesagt. Wir vermissen immer noch einige Genossinnen, und er dachte, sie wäre eine von ihnen. Es ist sogar in Berlin ungewöhnlich, eine ermordete Frau zu finden, deren Kleider auf Wohlstand hinweisen. Morgen werden die Zeitungen voll davon sein.«

Liese rührte wie wild in ihrem Kaffee und wartete darauf, dass Andrew etwas sagte. Sie ging davon aus, dass sie ihr abwechselnd berichten wollten.

»Die Leiche hatte sich im Riedgras verfangen und ist mit dem Januartauwetter aufgetaucht.«

Andrew hielt den Blick auf die Kellnerin geheftet, die zwischen den halbleeren Tischen umherging, während er sprach. »Es war einfach Pech. Noch zwei Kilometer weiter, und wir wären sicher gewesen.

Einfach Pech. Es fühlte sich eher wie ein Urteilsspruch an.

»Die ganze Zeit war sie noch nah. Kaum zwanzig Kilometer weit weg.«

Liese sah den Blick, den die beiden wechselten, sie sah, wie sie sich wappneten, falls sie zusammenbrechen sollte. Stattdessen fühlte sie eine seltsame Ruhe und war tatsächlich erleichtert, weil die Warterei ein Ende hatte. Acht Wochen und ein Tag. Siebenundfünfzig Mal Morgen, sechsundfünfzig Mal Abend. Sie hatte so große Willenskraft aufbringen müssen, um sie zu überstehen. Sie bewegte den Kopf auf den Schultern. Sie wusste, dass sie an diesem Abend, so verrückt es auch klingen mochte, gut einschlafen würde.

»Sie werden sie zu mir zurückverfolgen, oder? Zu guter Letzt?«

Michael sah zur Seite; Andrew nickte. »Nicht unbedingt, aber die Wahrscheinlichkeit ist größer geworden. Beim Prozess wurde so viel über die Grausamkeit der Wärterinnen berichtet; über die Brutalität, die sie so leichtfertig gegen die Gefangenen eingesetzt haben. Es gibt große Wut darüber, wie viele dieser Frauen davongekommen sind. Selbst an einem so grässlichen Ort wie Ravensbrück muss Lotties Mörderin noch herausgestochen haben. Und du sagtest, dass sie eine auffällige Narbe an der Hand hatte. Damit wird man sie identifizieren. So sehr ihr Ehemann auch versuchen wird, herunterzuspielen, was für ein Mensch sie war, wird sich jemand an sie erinnern und auspacken.«

Michael setzte seine Kaffeetasse fest auf und fluchte, als der Inhalt auf den Tisch spritzte. »Die sollten dir eine Medaille verleihen.«

Die Kellnerin sah herüber, hielt es aber offenbar für klüger, nicht herzukommen.

Liese schob die Hand über seine. Seine Finger waren steif und kalt. Er sprach mit erstickter Stimme weiter, die ihn wieder in den Jungen zurückverwandelte, den sie im Salon immer geneckt hatte. »Wir beide hätten es werden sollen, Liese. Hochzeit, eine gemeinsame Zukunft. Lottie Brüder und Schwestern schenken, so wie wir es geplant hatten. Das alles, jede grausame Wendung, ist nur meine Schuld.«

Damit irrte er sich, aber die Zeit, darüber zu sprechen, war längst vorbei.

Sie drückte seine Hand, so fest sie konnte. Sie konnte nicht bleiben und riskieren, dass er dadurch in Gefahr geriet. Sie konnte ihn nicht länger leiden sehen. Sie wusste, dass er sie nie verlassen oder aufhören würde, sie zu beschützten, wenn sie ihn nicht dazu zwang. Deshalb musste sie ihn dazu bringen, zu gehen, so weh es auch tat.

»Wenn sie mich holen kommen, finden sie euch beide auch. Es wird herauskommen, was ihr getan habt. Ich ertrage es nicht, wenn ihr auch noch bestraft werdet. Nur deshalb mache ich weiter. Deshalb habe ich nichts getan, das Aufmerksamkeit erregen könnte, bei der Polizei, bei Ermittlungsbehörden.« Sie sprach weiter, als Michael zuckte. »Ich selbst bin nicht so wichtig, das weißt du. Aber ich kann nicht zulassen, dass euch oder einem von euch etwas zustößt.«

»Dann wähle mich.«

Sie hörte Andrews ersticktes Keuchen, konnte sich darüber aber keine Gedanken machen; sie durfte sich nicht ablenken oder ihn mitreden lassen. Stattdessen konzentrierte sie sich auf Michaels Gesicht. Das Leid in seinen Augen nahm ihr den Atem, aber sie zwang sich, standhaft zu bleiben.

»Ich bin gut im Verstecken, Liese, das weißt du. Vielleicht brauchen wir uns auch gar nicht zu verstecken. Mit meinen Verbindungen könnten wir nach Russland gehen und dort neu anfangen. Ich kann dafür sorgen, dass du in Sicherheit bist. Ich liebe dich. Ich kann für dich sorgen, das verspreche ich.«

Das verspreche ich. Diese drei Wörter brauchte Liese, um ihn entschlossen von sich zu schieben.

Sie hielt seine Hand weiter fest und log, um ihrer aller willen. »Ich liebe dich nicht, Michael. Ich kann nicht. Zwischen uns gibt es schon zu viele gebrochene Versprechen. Zu viele Schatten.«

Es funktionierte. Michael stand auf und stürmte davon; Liese ließ ihn gehen. Sie blieb aufrecht sitzen, mit trockenen Augen – sie durfte sich keine Empfindungen erlauben. Aus dem Wissen, dass sie Michael so vor dem Gefängnis und einer drohenden Hinrichtung schützte, zog sie Trost. Er würde in Sicherheit sein – und frei, um ein neues Leben zu beginnen.

Sie verbarg die zitternden Hände unter dem Tisch und wandte sich Andrew zu. Er beobachtete sie und saß so regungslos da, als wäre sein Körper eingefroren. Wenn er die Wahrheit begriff, was gerade passiert war, das Opfer, das sie gerade erbracht hatte, gab er es nicht zu erkennen.

»Wie lang werden wir für die Vorbereitungen der Hochzeit und unserer Abreise brauchen?«

»Höchstens einen Monat. Es wird mindestens zwei Wochen dauern, dir einen Führerschein und einen Reisepass zu besorgen. Die Genehmigungen haben wir schon, das beschleunigt alles. Ich soll Deutschland bald verlassen; da kann ich einen Antrag stellen, um es zu beschleunigen. Und ich habe auch schon eine passende Kirche für die Hochzeit gefunden. Falls das in Ordnung ist? Ich kann es auch ändern, wenn ich voreilig war.«

Plötzlich klang er zögerlich wie ein Schuljunge.

Liese beschwor ein Lächeln herauf. »Ich bin sicher, sie ist in Ordnung. Leite alles in die Wege. Es wäre nicht sinnvoll, es aufzuschieben. Ich kündige morgen. Dann bin ich so weit.«

Die Erleichterung in seinem Seufzer wirkte beinahe befreiend auf sie. Ebenso das Leuchten in seinen Augen, das er zu verstecken versuchte, indem er sich mit der Rechnung beschäftigte. Er war glücklich. Er war sich der Gefahr, die immer noch drohte, zu sehr bewusst, und auch ihrer Befindlichkeit, um es zu zeigen, aber Andrew war glücklich.

Liese wartete, während er mit dem Wechselgeld und der richtigen Menge Trinkgeld hantierte, und zwang sich, langsam und ruhig zu atmen. Sie wollte ihn nicht beleidigen, indem sie zögerte.

Welche Risiken die beiden Männer eingegangen waren. Sie hatte sie nicht darum gebeten, und sie hatte es nicht gewollt. Sie hatte von ihnen gewollt, dass sie sie ihre Geschichte auf ihre Weise zu Ende bringen ließen.

Dafür hättest du sorgen können. Du hättest sie beide abweisen können. Aber das hast du nicht.

Sie hatte sich an sie geklammert, weil sie sie gebraucht hatte und sich auch auf jeweils unterschiedliche Weise um sie gesorgt hatte. Jetzt musste sie diese Schuld begleichen.

Sie standen vom Tisch auf; Andrew half ihr in den Mantel.

Das tut er aus Liebe. Weil er glücklich und voller Hoffnung ist.

Liese schob die Hand in seine und beschloss, darüber froh zu sein.

Sie konzentrierte sich auf Andrews Güte und klammerte sich in den wirbelnden Wochen der Vorbereitungen, die folgten, an diesen Gedanken.

Als in der Presse nichts über die Leiche auftauchte, außer dass sie gefunden worden war, wandelte sie diesen Gedanken in ein Versprechen um, in eine Beschwörung. In diese Hoffnung hüllte sie sich wie in einen Mantel und versteckte sich dahinter. Vor Michaels Leid, als er bei der spärlich besuchten Hochzeit auftauchte, obwohl sie ihm gesagt hatte, er solle nicht kommen. Sie wappnete sich mit ihrer Hoffnung gegen den Schock der Überfahrt über das windgepeitschte Meer, das grauer als jeder See war. Gegen die einsamen Tage in einem feindseligen Dorf, in dem ihr Akzent ausreichte, dass die Leute ihr den Rücken zuwandten.

Andrew ist glücklich. Ich entscheide mich, darüber froh zu sein. Andrew verdient es, das genügt.

Ein Versprechen, eine Beschwörung, ein Zauberspruch. Nach einem Jahr in England hatten diese Worte sich abgenutzt, aber sie wiederholte sie immer weiter und betete darum, dass sich eines Tages jedes davon als wahr erweisen würde.

KAPITEL 16

KAREN

ALDERSHOT, MAI 1990

Er schaute sie nicht an. Er rückte auf der Bank ein Stück weg, sodass sie sich nicht berührten. Er sprach kontinuierlich und in einer Geschwindigkeit, die keine Pausen zuließ, um nachzufragen. Die Knappheit und Effizienz des Berichts ihres Vaters war genauso ausgeprägt wie bei Michael.

»Die Wärterin ist in die Schneiderei gekommen, in der deine Mutter gearbeitet hat. Sie erkannte Liese nicht. Liese hat sie umgebracht. Es passierte ungeplant. Michael und ich ließen die Leiche verschwinden, aber nicht gut genug. Sie wurde gefunden und identifiziert. Wir dachten, dass Deutschland danach für Liese nicht mehr sicher war, deshalb habe ich sie geheiratet und nach England gebracht. Am Ende war die Last all dessen zu schwer für sie.«

Als er fertig war, brach ein Geräusch aus ihm heraus, das sie beide als Schluchzer erkannten. Er überspielte es mit einem Husten und wich Karens Blick aus.

»Glaub mir, ich wollte dir das nie erzählen. Ich wollte dir

nicht einmal von Lottie erzählen. Aber so? So war deine Mutter gar nicht. So war sie wirklich nicht.«

Der knappe Bericht hatte nicht lang gedauert. Das Spiel auf dem Rasen hinter ihnen war noch in vollem Gange. Die Sonne schien am Himmel nicht weitergewandert zu sein. Nichts an der Sommerstimmung des Tages hatte sich geändert, wie es doch eigentlich hätte geschehen müssen. Keine Wolken waren aufgezogen, keine Schatten streckten ihre kriechenden Finger über das Gras; selbst die Temperatur war nicht gesunken, seit Andrew angefangen hatte, zu erzählen.

Dabei hat mein Vater mir gerade gesagt, dass meine Mutter eine Mörderin war.

Keine der Theorien, die Markus und sie sich ausgemalt hatten, war auch nur in die Nähe der Wahrheit gekommen. Das Bedürfnis, seine starken Arme zu spüren, überwältigte sie und beschwor Erinnerungen an Berlin herauf. Zuerst an Markus, gleich darauf eine ältere. Ein Laden, der wie aus einer anderen Zeit aussah, und eine sauertöpfische alte Frau.

»Ich war dort. In der Schneiderei. Sie heißt jetzt Richter. Ich habe sie 1978 in Berlin gefunden, als ich mit der Schule da war. Ich habe dort gestanden, wo es passiert ist.«

Er reagierte nicht. Er wirkte zu ausgelaugt, um auf irgendetwas zu reagieren. Er sah aus, als würde er am liebsten weglaufen.

»Warum hat sie die Wärterin umgebracht?«

Es war die unpassendste Frage. Karen war sich nicht einmal sicher, weshalb sie sie gestellt hatte oder welche Antwort außer »Lottie« sie erwartete. Aber sie musste etwas sagen, denn wenn sie das nicht tat, wenn ihr Vater – der ganz an den Rand der Bank gerückt war – wegginge, würde diese Enthüllung in demselben Schweigen enden, in dem sie sich so praktisch eingerichtet hatten. Also hatte sie den Mund geöffnet und das Erste gesagt, was ihr in den Sinn kam. Wie bei Michael funktionierte ihre schlichte Direktheit auch bei Andrew.

»Rache.« Andrew lehnte sich weit genug zurück, damit es aussah, als würde er bleiben, und öffnete die geballten Fäuste. »Das hat sie mir am Anfang gesagt, und ich habe ihr geglaubt. Es war offensichtlich genug. Dann später, als sie ...« Er unterbrach sich. »Das ist nicht leicht für mich. Es ist kein Gespräch, das ich je mit dir führen wollte. Oder mit ihr. Lange Zeit haben wir über die ganze ... Sache ... nicht gesprochen. Ich habe es nicht ertragen; ich dachte auch nicht, dass deine Mutter es aushalten könnte. Dann, als die Last zu schwer für sie wurde, hat sie angefangen zu sprechen ... es war vielschichtiger. Sie redete vom Tod der Wärterin, als hätte sie eine Strafe vollzogen. Sie nannte es die ›Aufgabe einer Mutter‹. Aber das hörte sich an, als wäre es Vorsatz gewesen, gut durchdacht, und ich bin mir nicht sicher, ob es das war. Das Einzige, worin ich mir sicher bin, ist, dass der Tag ihr keinen Frieden brachte. Wenn überhaupt, hat er ihr Leid noch vergrößert.«

Karens Haut kribbelte. »Du hast gesagt, dass du sie mit der Leiche gefunden hast?«

Er nickte. »Ich wollte sie nach Hause bringen. Wir, Michael oder ich, haben das oft gemacht, besonders am Wochenende. Ich glaube, ich wollte ihr vorschlagen, ins Kino zu gehen. Das haben wir beide gemocht. Sie hat einfach dagestanden, und überall war Blut.« Er hustete und schluckte mühsam. »Ich habe Michael mit reingezogen. Ich hätte es allein nicht hinbekommen.«

Karen hatte gedacht, es würde die Geschichte realer werden lassen, wenn sie mehr Einzelheiten über die Geschichte von Andrew beziehungsweise Michael erführe, aber das war nicht der Fall. Sie konnte die Geschehnisse noch immer nicht fassen. Ihre stille und sanfte Mutter, die nie die Hand erhoben hatte, sollte eine Mordwaffe umklammern. Der Vater, den sie kannte, der Militärpolizist, der ein Leben voller Disziplin führte, und Michael, der kontrollierte Mann, den sie in Berlin kennengelernt hatte – die beiden sollten einen Mord vertuscht haben und eine Leiche verschwinden lassen? Zwei Männer, die nach strikten Regeln lebten, eine Frau, die keiner Fliege etwas zuleide tun konnte, und sie alle handelten völlig anders, als es ihrem Charakter entsprach? Dann fiel Karen die einzige Wahrheit ein, die für Andrew und Michael wichtig gewesen sein musste: Das Leid, das Liese durch Lotties Tod hatte ertragen müssen. Und sie wusste: So unmöglich es auch klang, war es doch auf schreckliche Weise die Wahrheit.

Andrew verlagerte das Gewicht und sah über den Rasenplatz, als hoffte er auf Rettung. Karen wollte ihn loslassen. Sie wollte alles loslassen. Sie wollte sich zu einer Kugel zusammenrollen, sich verstecken und nie wieder über die Angelegenheit sprechen. Sie hielt sich an der Bank fest, um damit aufzuhören, sich vor und zurück zu wiegen, und zwang sich zum Weitermachen.

»Wie hast du dich dabei gefühlt, es zu vertuschen?«

Er wandte sich ihr zu, und Überraschung trat auf seine erschöpfte Miene. »Wie ich mich gefühlt habe? Ich habe keine Ahnung. Ich habe nicht darüber nachgedacht, jedenfalls damals nicht. Sie war mir wichtig, und Michael war sie auch wichtig. Sie hat unsere Hilfe gebraucht. Was hätten wir sonst tun sollen? Die Behörden kontaktieren? Dabei zuschauen, wie sie eine gute Frau abführen und hängen?«

»Nein! Natürlich nicht.«

Seine Stimme wurde weicher, als ihre lauter wurde. »Wir haben alle dafür gezahlt, Karen. Alle drei. Keiner von uns ist aus dieser Nacht unverändert hervorgegangen. Aber wenigstens *ist* Liese daraus hervorgegangen. Was wir in dem Laden getan haben und was ich getan habe, als ich deine Mutter hierherbrachte, war das Richtige. Das einzig Richtige.«

Da hörte sie das Beben in seiner Stimme, das seine Unsicherheit verriet.

Hat sie dich nicht genug geliebt? Das hatte sie ihm vor Jahren entgegengeschleudert, nichts anderes im Sinn als der

Schmerz, den sie ihm zufügen konnte. Als sie sein erschöpftes Gesicht jetzt betrachtete, begriff Karen, dass ihr Vater seine ganze Ehe hindurch von derselben Frage verfolgt worden war.

»Es tut mir leid – so, so leid, Karen –, dass ich dir das sagen musste. Und um alles andere, das ich dir hätte sagen müssen und wofür ich nie den Mut fand.«

Die Entschuldigung traf sie unvorbereitet. Wie lange hatte sie darauf gewartet? Jetzt wünschte sich Karen, sie hätte ihre Rolle besser gespielt und ihn nicht bekämpft, sodass von beiden Seiten eine Entschuldigung nie nötig gewesen wäre. Sie wünschte, sie würde ihn gut genug kennen, um ihn in den Arm zu nehmen. Stattdessen entschied sie sich für Ehrlichkeit.

»Bitte nicht. Ich bin genauso schuld wie du. Du hast versucht, mich zu beschützen, wie du sie beschützen wolltest. Ich war zu wütend, zu sehr mit mir selbst beschäftigt, um es zu sehen.«

Dieses Mal wandte er sich nicht ab, als sich seine Augen mit Tränen füllten.

»Danke, dass du das sagst, aber die Schuld ist nicht gleich verteilt, und ich lasse nicht zu, dass du das weiterhin denkst. Ich bin dein Vater. Ich sollte für dich sorgen, aber ich habe es so schlecht gemacht. Deine Mutter ist gestorben, und dann habe ich die Erinnerung an sie von dir ferngehalten. Sie wollte, dass ich dir von deiner Schwester erzähle. Sie hat mir gesagt, dass ich es tun soll. Sie wusste, dass du es hören musst. Ich wusste aber nicht, wie. Ich dachte, du wärst noch zu klein, als sie gestorben ist. Danach warst du nicht mehr zu klein, aber ich war ein Feigling und habe den Moment verpasst, mutig zu sein. Ich habe sie im Stich gelassen und dich auch. Damit zu leben war genauso schwer wie mit ihrem Tod zu leben.«

Das war die längste und persönlichste Rede, die sie je von ihm gehört hatte. Aber bevor Karen das anerkennen konnte, schüttelte Andrew den Kopf, als müsste er die Erinnerungen abschütteln, und stand auf. Karen spürte, wie sich die gerade erst geschlossene Kluft zwischen ihnen wieder öffnete, und bekam Panik.

»Bitte, lass es nicht dabei bewenden, mit noch mehr Lücken. Was hat sie dir gesagt? Wie und wann? Warum war es für sie wichtig, dass ich erfahre, was passiert war? Verstehst du es nicht? Ich kenne sie nicht, und ich muss sie so dringend kennenlernen.«

Die Worte kamen in einem Schmerzensschrei heraus, den sie nicht aufhalten konnte. »Das ist das Schlimmste. Seit sie gestorben ist, entgleitet sie mir. Alles, was ich erfahre, bringt sie in weitere Ferne. Und ich weiß, dass da Gutes war, aber es ist unter dem Schlimmen verloren gegangen. Ich brauche meine Mutter zurück, Dad. Ich brauche sie wirklich zurück.«

Schließlich machte Andrew den Schritt, nach dem sie sich beide sehnten. Er streckte die Hand aus und zog sie in eine Umarmung. Sie war so fest, wie sie beide es hinbekamen.

»Ich weiß. Ich lasse nichts im Unklaren. Dieses Mal nicht. Komm, Karen. Ich tue das, was ich vor Jahren hätte tun müssen. Ich werde dir helfen, deine Mutter zu finden.«

Seine Wohnung war heller und persönlicher eingerichtet, als Karen es sich vorgestellt hatte. Sie wanderte durch die Zimmer, froh über eine Ablenkung. Die Wände waren zitronengelb gestrichen, die Fenster mit fröhlich gepunkteten Vorhängen dekoriert. Auf dem Sofa im Wohnzimmer lagen Kissen mit Gänseblümchen, die ihrer Mutter gefallen hätten.

»Du hast Fotos aufgestellt.«

Drei elegante silberne Rahmen standen auf dem Hauptbuchregal. Das Passfoto ihrer Mutter und ein Babyfoto von Karen waren neu gerahmt worden und flankierten ein größeres Bild von Karen, die in ihrem Graduiertentalar ein wenig unbehaglich dreinschaute.

»Als deine Mutter noch lebte, wäre es nicht nett gewesen,

Fotos aufzustellen, und danach … na ja, danach hatte ich mich daran gewöhnt. Mrs Hubbard meinte, dass eine neue Wohnung auch neue Gewohnheiten erfordere.«

»Wie meinst du das, es wäre nicht nett gewesen?«

Andrew schob Lieses Bild zurecht, bevor er antwortete. »Genau das. Liese machte es Angst, wenn sie Bilder von sich selbst anschauen musste, und welche von meiner Familie aufzustellen, hätte sie nur daran erinnert, dass alle Spuren ihrer Familie verloren waren.«

Karen brannten so viele Fragen auf der Zunge, aber dieses neu gefundene Vertrauen fühlte sich zu zerbrechlich an, um es zu schnell überzustrapazieren. Sie wartete, während er sich um den unvermeidbaren Tee und den Früchtekuchen kümmerte, auf den er heimlich stolz war. Die Ähnlichkeiten zwischen ihm und Michael nahmen immer weiter zu. Karen konnte langsam nachfühlen, warum sie beide Liese geliebt hatten, und warum ihre Leben zuletzt miteinander verwoben worden waren.

»Dann hat Mutter ihre Eltern also nie gefunden?«

»Es gab nichts zu finden. Nur ihre Namen auf den Listen der Toten. Sie waren direkt nach Auschwitz deportiert worden; sie wurden fast sofort umgebracht. Sie konnte nie aufhören, sich die Schuld daran zu geben.«

Noch mehr Schuld wurde in dem Puzzle, das ihre Mutter war, sichtbar. Die Abgründe darin waren zerstörerisch und unerträglich. »Warum hat sie das gemacht? So viel Schuld auf sich genommen? Markus sagte, dass sie Lotties Tod auch so empfunden hat, obwohl sie definitiv nichts hätte tun können. Das hat mir das Herz gebrochen, obwohl ich wusste, dass er recht hatte.«

Ihr Vater sah auf und lächelte. »Dieser Markus klingt wie jemand, dessen Meinung du zu schätzen weißt.«

Karen nickte. »Stimmt.«

Sie sah, dass er interessiert war, doch jetzt war nicht der richtige Zeitpunkt. »Aber ich verstehe nicht, wieso Mutter sich die Schuld an dem geben konnte, was ihren Eltern zugestoßen ist. Sie hätte doch nicht verhindern können, dass sie deportiert werden.«

»Ich weiß. Sie hätte nichts tun können. Genauso wie sie auch nichts für Lottie hätte tun können. Ich hasse es, dass sie die Last all dieser fehlgeleiteten Schuldgefühle mit sich herumtrug, genauso wie du, aber ich konnte ihr die Last nie nehmen. In den letzten Jahren ihres Lebens war Liese immer überzeugter von einigen Dingen, die unmöglich stimmen konnten. Dass sie ihre Eltern in den Tod geschickt hätte, weil sie die Idee gehabt hatte, dass sie arbeiten gehen sollten, war eines davon. Dass sie im Lager etwas Schreckliches getan hätte, das sie nicht hätte tun dürfen, das sie nicht erklären konnte oder wollte, war ein anderes. Dann war sie überzeugt, dass das in den Sechzigerjahren neu erwachende Interesse, Nazis aufzuspüren, zu ihrer Entdeckung und Gefangennahme führen würde, und dass sie für den Mord der Wärterin oder etwas, das sie in Ravensbrück getan hatte, zur Rechenschaft gezogen würde. Ich weiß es nicht. Nichts von dem, wovor sie solche Angst hatte, ergab viel Sinn, aber dass ich ihr das immer wieder sagte, änderte nichts an ihren Gefühlen.«

Die Angst vor Fotos. Ihr abgewandtes Gesicht bei ihrer Hochzeit, die Aufregung auf dem Pier in Brighton. War das alles eine Folge dieser verworrenen Schuldgefühle und der Angst vor Entdeckung gewesen? Wie hatte Liese so lange weitermachen können, wenn ihr Leben daraus bestanden hatte?

Karen pickte die Sultaninen aus ihrem Kuchen und legte sie wie Kirschkerne in eine Reihe. »War das der Grund für ihr nächtliches Umherwandern ?«

Andrew nickte. Karen konnte sich kaum vorstellen, unter welchem Druck er gelebt hatte, den er über Jahre vor ihr versteckt hatte, und den sie unwillentlich noch erhöht hatte.

»Ich erinnere mich, wie sie war. An die Kopfschmerzen, die

sie für Tage ins Bett zwangen, und ihre Energieschübe, bei denen sie nie zu schlafen schien. Wie du in der Küche versucht hast, sie zu beruhigen. Und wie überfürsorglich sie war. Mit mir, bei ihrem seltsamen Umgang mit den Fenstern. So war sie doch sicherlich nicht von Anfang an? Hat es sich verschlechtert? Bekam sie Hilfe?«

Ihr Vater brauchte so lange, um zu antworten, dass Karen sich fragte, ob er immer noch befürchtete, dass sie ihn angreifen oder verurteilen würde. Als er sprach, tat er es langsam und fast schmerzhaft überlegt.

»Sie war oft abwesend. Sie hatte immer seltsame Vorstellungen, die sie nicht erklärte. Mit den voranrückenden Jahren war sie sich immer unsicherer, was Vergangenheit und was Gegenwart war. Sie hat Schmuck geliebt, aber sie hat die Stücke, die ich ihr gekauft habe, nur im Haus angeschaut, und sie draußen nie getragen aus Angst, jemand könnte uns für vermögend halten. Das kam wohl davon, wie ihre jüdische Familie behandelt wurde, aber als ich sie danach fragte, wollte sie nichts sagen. Und in Gedanken war sie immer bei Lottie.«

Die Art, wie er das sagte, trieb Karen die Tränen in die Augen, aber sie bedeutete ihm, weiterzusprechen, als er innehielt und sie trösten wollte.

»Als ich sie damals am Bahnhof gefunden habe, wusste ich, dass sie nicht mehr leben wollte. Michael wusste es auch. Aber irgendetwas hielt sie am Leben, und wir hatten nie den Mut, sie zu fragen, was das war. Wir hätten mit ihrem Tod nicht leben können, weißt du. Wir dachten, wenn wir uns weigerten zu akzeptieren, dass es dazu kommen konnte, dann würde es auch nicht passieren. Vielleicht war es wirklich eine Art Hoffnung auf Rache, die sie am Leben hielt, auch wenn ich bezweifle, ob sie das wusste. Und dann, nachdem sie die Wärterin ermordet hatte, blieb sie für uns am Leben, für mich. Sie hat es nie gesagt, aber ich wusste, dass sie durch die Hilfe von Michael und mir das Gefühl hatte, noch eine Schuld mehr begleichen zu müssen. Ich wusste immer, dass meine Zeit mit ihr irgendwann ablaufen würde; dass ihre Narben uns eines Tages einholen würden. Unsere Ehe ... Vielleicht war es nicht die große Liebesgeschichte, die ich uns so verzweifelt wünschte, aber von meiner Seite war es Liebe und von ihrer Seite echte Zuneigung, vielleicht sogar Liebe, das verspreche ich dir. Es war auch eine echte Ehe, denn sie wollte sie auch ...« Er stotterte, errötete und konnte Karen nicht in die Augen schauen.

Karens Herz flog ihm zu, weil er sich solche Mühe gab, so ungewohnt offen zu sein. Sie begann auch zu verstehen, was die Würde, die sie als Kälte missverstanden hatte, ihn gekostet haben musste.

»Schon gut, Dad. Manches muss privat bleiben.«

Er nickte und gewann seine Fassung zurück. »Ich hätte nie gedacht, dass wir noch ein Kind bekämen, nach so vielen Jahren. Und dann kamst du. Ein Wunschkind.« Sein Gesicht leuchtete plötzlich so sehr, dass er ein Dutzend Jahre jünger aussah. »Die erste Nacht, in der ich dich im Arm hielt, war ein Wunder.«

»Und für Mutter?«

Karen wollte es eigentlich nicht fragen. Als er antwortete, hörte sie die gefürchtete Antwort zwischen den Zeilen.

»Sie hat dich geliebt. Als die Schwester dich ihr nach der Geburt in die Arme legte, hat sie vor Freude gelacht. Ich hatte sie nie zuvor richtig lachen gehört. Es war wunderschön.«

Er hielt inne.

»Aber?«

Andrews Stimme war so leise, dass Karen sich vorbeugen musste.

»Sie wurde traurig. Sie nannten es Heultage, nicht weiter tragisch, das lege sich nach ein paar Tagen. Nur tat es das nicht. Sie hatte gute und schlechte Phasen, und die schlechten wurden länger.«

»Also ist sie nicht wegen Lottie gestorben oder wegen des Mords an der Wärterin, sondern meinetwegen?«

Und das war sie, die Frage, die sie so lange beantwortet haben wollte. Nun war sie heraus. Nicht mit Vorwürfen gespickt, auch nicht gekränkt oder voller Wut ausgestoßen, sondern schlicht und herzzerreißend in Worte gefasst. Es kostete sie so viel, die Frage zu stellen, und auch wenn die Pause wehtat, war sie dankbar, dass ihr Vater sich Zeit ließ, die Antwort zu finden.

»Nein, Karen, so war es nicht. Du hast zu lange mit einer Schuld gelebt, die nie deine war. Vielleicht hat deine Geburt tatsächlich als Auslöser gewirkt für das, was kam, aber das haben auch der Krieg, mein Zur-Rettung-Eilen und die Hochzeit, dass ich deine Mutter hierher gebracht hatte und ein Dutzend anderer Dinge, die sie vermutlich nicht einmal selbst alle hätte nennen können. Deine Mutter war vom Leben schwer gezeichnet. Sie war krank. Aber sie hat dich mit jeder Faser ihres Körpers geliebt, so gut sie konnte. Das ist die Wahrheit.«

Er stand auf und ging hinaus, bevor sie ihre Gedanken ordnen konnte, um zu sprechen. Als er zurückkam, hielt er ein blaues Buch mit Stoffeinband in Händen.

»Sie war tapfer, Karen. Sie hat so viele Kämpfe ausgefochten und doch länger durchgehalten, als es die meisten Menschen, die ich kenne, geschafft hätten. Auch Soldaten. In den Fünfzigern und Sechzigern sprach niemand von Depressionen. Man hat sich zusammengerissen und weitergemacht. Das war die Sprache, die mir zur Verfügung stand. Und auch den meisten Ärzten. Oder sie haben Tabletten verschrieben. Deine Mutter hat sie gehasst und nicht richtig eingenommen. Wenn sie sie nahm, funktionierte sie nicht mehr richtig und wurde paranoid. Nahm sie sie nicht, war es, als müsste sie all ihre Erinnerungen an einem einzigen Tag durchleben. Es war anstrengend für uns beide. Ich wusste nie, welche Liese mich erwartete, wenn ich nach Hause kam. Oder welche du gesehen hattest.«

»Deshalb griff Mrs Hubbard ein.«

Sie erinnerte sich an die Ohrfeige und zuckte zusammen. Wenn ihr Vater davon wusste, was er sicherlich tat, hatte der das Herz, es nicht zu erwähnen.

»Ich weiß, sie mischt sich ein, aber sie war – und ist – eine Rettung. Aber um sie geht jetzt es nicht.«

Er hielt ihr das Buch hin. »Das habe ich gefunden, als deine Mutter gestorben war. Ich bin mir nicht sicher, wie ich es bezeichnen soll. Ein Tagebuch vielleicht, oder ein Album. Sie muss es kurz nach deiner Geburt begonnen haben. Vielleicht hat ihr einer der Ärzte den Vorschlag gemacht, um ihre Ängste in den Griff zu bekommen, oder sie ist selbst darauf gekommen, mit dem gleichen Ziel. Ich weiß es nicht. Ich kann mir nicht vorstellen, dass sie je die Absicht hatte, es einen von uns lesen zu lassen, aber es hat mir geholfen. Letztendlich. Ich glaube, dir könnte es den gleichen Dienst tun.«

Karen öffnete den dünnen Buchdeckel und begann, die Seiten umzublättern. Ausschnitte waren hineingeklebt, dazwischen standen Anmerkungen und längere handschriftliche Einträge auf Englisch und Deutsch.

Ihr Vater hielt sie auf, als sie bis zum Ende durchblätterte.

»Du musst dir Zeit dafür nehmen und es der Reihenfolge nach durchgehen. Mein Wörterbuch steht im Regal, falls das Deutsch zu schwer für dich ist. Ich habe meine Sprachkenntnisse auf Vordermann bringen müssen.«

»Wieso habe ich ihr Buch nicht gefunden, als du im Krankenhaus warst und ich das Haus ausräumen musste?«

Sie wusste die Antwort, bevor er sie aussprach.

»Du hast es Mrs Hubbard zur Aufbewahrung gegeben.«

»Das musste ich. Es ist nichts, worüber man stolpern sollte. Und du hättest es auf jeden Fall bekommen, egal, was aus mir wird. Ich habe einen Brief dazu geschrieben, falls meine Behandlung nicht anschlägt.«

Er stand wieder auf.

»Nimm dir so viel Zeit, wie du brauchst. Ich bin im Garten, wenn du fertig bist. Ich möchte, dass du dann zu mir kommst. Es ist keine leichte Lektüre. Aber da drin findest du deine Mutter, Karen. Und ich hoffe, du findest einen Weg, zu verzeihen. Dir selbst, mir, wenn du es willst. Und ihr.«

Lange, bevor sie fertig war, hatte sie den Küchentisch über den Boden kratzen und den Kessel pfeifen gehört. Draußen war es dunkel geworden, sodass Andrew wieder hereingegangen war. Er störte sie nicht. Sie hatte mehrere Anläufe nehmen müssen, um in dem Album zu lesen. Die Einträge waren durcheinander, ohne logische zeitliche Abfolge oder roten Faden. Es kostete Karen viel Zeit, einen Weg zu finden und eine Stimme zu erkennen, der sie folgen konnte.

Die eingeklebten Ausschnitte schienen alle aus den frühen bis späten Sechzigerjahren zu stammen. Die Themen darin hätten disparat gewirkt, hätte sie Andrews kurze Beschreibung der Dinge, von denen Liese besessen gewesen war, nicht gehört. Sie wechselten zwischen klugen Ratschlägen zu allen Aspekten der Mutterschaft und Kindeserziehung – die sehr normativ klangen – und einer ganzen Serie von Artikeln, die die Prozesswelle der frühen Sechziger behandelten, in der NS-Kriegsverbrechen vor Gericht kamen. Zu jedem Artikel hatte sie Gedanken und Fragen an den Rand geschrieben; dazu, was eine gute Mutter ausmachte oder wodurch jemand zum Mörder wurde. Was die persönlicheren, undatierten und nicht gekennzeichneten handschriftlichen Partien anging, wurde der Tonfall immer verzweifelter, je weiter Karen sich vorarbeitete.

In ihren Ängsten war ein Muster zu erkennen, aber kein System, nach dem die Stücke zusammengesetzt worden waren.

Manchmal waren Artikel über- und untereinander aufgeklebt, in denen es um schreiende Babys und neue Medikamente ging, als wäre ihre Mutter von widerstreitenden Ängsten überwältigt worden. Manch andere Zusammenstellung erweckte den Eindruck, dass eine bestimmte Angst gerade vorherrschte. Zeitungsartikel über die Auschwitzprozesse von 1963 bis 1965 zogen sich über ein halbes Dutzend Seiten hin. Die einzelnen Anklagepunkte und die Stellungnahmen der Verteidigung waren dick unterstrichen; und immer wieder stand daneben dieselbe Frage, nämlich wo die Schuld liege.

Karen fand die längeren Einträge, in denen Liese ihre Seele offenbarte, am schwersten zu lesen. In endlosen Spiralen drehten sie sich immer wieder um dasselbe, und der ruhelose Geist, der sich darin zeigte, brachte sie beim Lesen immer wieder zum Weinen. Obwohl sie es versuchte, schaffte Karen es nicht, alle zu lesen. Das Leid in den Endlosschleifen, aus denen Liese offensichtlich nicht hinausfand, war unerträglich. Immer war der Schatten des Versagens präsent. Die Unfähigkeit, sich als Mutter etwas zuzutrauen, Lieses Gefangensein in den Lektionen der Vergangenheit, aufgrund derer ein laut schreiendes Kind immer noch Gefahr bedeutete. Zu wissen und doch nicht zu wissen, dass sie in Sicherheit war, ihre Unfähigkeit, in Soldaten etwas anderes zu sehen als eine Bedrohung. Es war kein großes Wunder, dass sie sich immer davor gefürchtet hatte, zum Stützpunkt zu gehen. Dass es ihrer Mutter gelungen war, Andrew aus der Gruppe seiner Kameraden zu lösen, sagte viel über die Güte ihres Vaters und über die Stärke ihrer Ehe aus, wurde Karen klar.

Zu Karens Erleichterung waren nicht alle Seiten so düster. Immer mal wieder sah sie einen Hinweis auf einen fröhlicheren Tag. Wenn ihre Mutter Entwicklungsschritte aufschrieb und feierte.

Mein kluges Baby hat seine ersten Schritte gemacht. Mein wundervolles Mädchen hat gelächelt und mir die Arme entgegengestreckt, als es mich gesehen hat.

Sie kann schon so viele Worte – jeden Tag lernt sie einen ganzen Haufen neue hinzu – sie purzeln nur so aus ihr heraus. Sie ist so ein schlaues kleines Ding.

Wie soll ich je mit ihr schimpfen können? Sie ist so ein kleines Kletteräffchen, krabbelt überallhin, und dann schaut sie mit diesem Lächeln zu mir auf, das mein Herz dahinschmelzen lässt.

Diese Momente hatte sie in Schreibschrift aufgeschrieben und ihre Freude mit Girlanden aus wunderschön gezeichneten Rosen untermalt. Karen fing an, diese Einträge gezielt aufzuspüren, um die Seiten mit Streiflichtern von sich selbst und glücklichen Augenblicken zu finden.

Die hilfreichen, vorsichtig gewählten Ratschläge ihres Vaters erwiesen sich als richtig. Das Album war von Schmerzen durchtränkt und nur schwer zu lesen. Es war deutlich zu erkennen, dass ihre Mutter geglaubt hatte, ihre Taten hätten die Welt aus den Angeln gehoben, auch wenn sie es nicht so ausdrückte und vielleicht auch nicht gekonnt hätte. Sie hatte geglaubt, dass sie für ihre Tochter eine Gefahr sei. Dass ihre Tat und diejenigen Taten, für die sie sich auch schuldig hielt, einen Preis hatten, dessen Begleichung das Universum ihr eines Tages abverlangen würde. In jedes Blatt waren Angst und Paranoia eingeprägt. Es war eine Seite ihrer Mutter, von deren Existenz Karen gewusst hatte, die sie jedoch nie hatte sehen wollen. Auch wenn sie ihr die wahre Liese viel näher brachte.

Es war auch nicht die ganze Geschichte. Karen fand in den Texten noch eine andere Frau. Eine mit einer schnellen Auffassungsgabe und einem großen Herzen. Eine, die entschlossen war, die Ursachen des Horrors zu begreifen, in den sie hilflos hineingeraten war, und der das glückliche Leben, das sie hätte leben sollen, komplett umgeschrieben hatte. Ihre Mutter wurde von Dämonen geplagt, aber sie war ebenfalls entschlossen und tapfer, so wie ihr Vater es gesagt und Karen es gespürt hatte, als sie Lotties Geschichte zum ersten Mal hörte.

Kann ich verzeihen?

Karen schaute aus dem Fenster auf die im Dunkeln liegenden Kanten eines Rasens, der so makellos war wie der ihrer Kindheit. Sie wusste, dass ihr Vater, der immer noch still in der Küche wartete, bis sie fertig war, hoffte, die Antwort auf diese Frage lautete »Ja«, aber die Wahrheit war viel komplexer.

Für ihre Mutter, die im Angesicht solch großen Leids immer weitergekämpft hatte, konnte es keine andere Antwort als »Ja« geben. Karen wurde von dem Gefühl überwältigt. Allerdings nicht ganz vorbehaltlos. Wenn sie ehrlich war – und im Angesicht der Enthüllungen dieses Tages ging es gar nicht anders –, blieb eine kleine, unlogische Stimme in ihrem Kopf, die sich wünschte, dass sie, die Tochter, die ihre zweite Chance gewesen war, genügt hätte, um das Ende, das Lotties Tod letztlich verursacht hatte, umzuschreiben.

Diese Stimme würde sie niemals ganz zum Schweigen bringen können, das wusste Karen, aber sie hatte sich beim Lesen des Buchs mehrere Versprechen gegeben. Sie würde ihrer Mutter nicht mehr vorwerfen, dass sie sie verlassen hatte; sie wollte akzeptieren lernen, dass das letzte Kapitel im Leben ihrer Mutter lange vor ihrer Geburt geschrieben worden war. Und sie wollte sich selbst verzeihen, nicht genug gewesen zu sein, und diesen Glaubenssatz für die Zukunft streichen. Sie spürte, dass Markus dabei eine Rolle spielen konnte, und sie wünschte es sich.

Also hatte sie ihrer Mutter und sich verziehen. Was ihren

Vater betraf: Die Antwort lautete nicht »Nein«, aber auch nicht vorbehaltlos »Ja«.

Karen würde seine Liebe zu ihrer Mutter und zu ihr selbst nie wieder anzweifeln. Sie wusste, dass alles, was er getan hatte, aus dem Wunsch erwachsen war, sie beide zu beschützen. Aber die kleine Stimme in ihrem Kopf mischte sich auch in diese neue Akzeptanz ein. Sie wünschte, er hätte mehr getan und wäre ehrlicher gewesen. Er hätte das tun sollen, was ihre Mutter ihm aufgetragen hatte, nämlich ihr, Karen, die Wahrheit sagen und ihnen beiden damit die zusätzlichen Verletzungen ersparen. Sein Versagen in dieser Hinsicht würde Zeit brauchen, um zu einer Narbe zu verblassen, an der sie nicht mehr herumzupfen musste. Also hatte sie ihm nicht vollends verziehen, aber sie würde ihn auch nicht mehr bestrafen.

Was die zweite Frage anging, auf die ihr Vater sich eine Antwort von ihr erhoffte – *Hast du deine Mutter gefunden?* –, so war sie auch hier zwiegespalten. Einerseits ja, andererseits nein. Lieses Album enthielt genug Details, um das Bild einer Frau aus Fleisch und Blut entstehen zu lassen, aber es gab immer noch Lücken und Schatten. Karen kannte nun Lieses Leben, aber die Tiefe und die Nuancen darin hätte nur die Frau wirklich verstehen können, die es gelebt hatte. Das war die wahre Geschichte in dem Album: Trotz allem, was Karen gesucht und herausgefunden hatte, würde das echte, gelebte Leben ihrer Mutter immer einen Fingerbreit außerhalb ihrer Reichweite bleiben.

Während Karen dabei zugesehen hatte, wie das Blau am Himmel sich in Violett verwandelte, war in ihr die Erkenntnis gewachsen, dass dieses Wissen genügte. Um ein neues Kapitel aufzuschlagen. Und um die letzte Seite des Buchs umzublättern und das aufzuschlagen, was sie beim ersten, raschen Durchblättern schon gesehen und worauf die Worte ihres Vaters sie sanft vorbereitet hatten.

Es war ein Brief. Sie nahm an, dass er ihn eingeklebt hatte.

Es war die Handschrift ihrer Mutter, aber nicht hingeworfen wie die Einträge im Tagebuch. Die Absicht dahinter ging nicht in einem Wirrwarr von Fragen unter. Er war sorgfältig und elegant mit blauer Tinte geschrieben, auf blass liniertem Papier mit einem Emblem, das eine stilisierte Abbildung des Hove Beach Hotels zeigte. Er war an ihren Vater gerichtet und von ihrer Mutter unterschrieben, und datiert auf den 10. Juli 1971.

TEIL IV

KAPITEL 17

LIESE

HOVE, ENGLAND, JULI 1971

Eins, zwei, Papagei,
drei, vier, Offizier,
fünf, sechs, alte Hex
sieben, acht, Kaffee gemacht.

Liese fuhr aus dem Schlaf hoch wie bei Fliegeralarm. Sie konnte nicht sagen, ob die Stimme in ihrem Traum ihre eigene oder die von Minnie war, aber sie war laut genug gewesen, das alberne Lied in einen Schrei zu verwandeln.

Andrew schnarchte leise; die Bettdecke um ihn herum war noch genauso ordentlich festgesteckt wie am Abend, als er ins Bett gegangen war. Er war immer schon ein guter Schläfer gewesen, der innerhalb weniger Momente einschlummerte, nachdem er sein Buch zur Hand genommen hatte. »Gestern Abend habe ich nicht einmal eine Seite geschafft«, war sein üblicher Morgengruß.

Mit dem Kinderreim, dessen fröhlicher Rhythmus sie als kleines Mädchen und danach Lottie immer aufgemuntert hatte noch im Sinn, rückte Liese von ihm weg und tastete auf dem Nachtkästchen nach ihrer Uhr.

Vier.

Die seltsame Uhrzeit zwischen Schlaf und Wachsein, die die Brücke zwischen Nacht und Tag bildete. Eine Stunde, deren Lauf sie viel zu oft Minute für Minute auf der Uhr verfolgt hatte.

Sie drehte sich unbehaglich, und der raue Nylonbezug rieb an ihren nackten Armen. Der Traum war verflogen – sie konnte ihre Träume nie einfangen, wenn sie aufgewacht war. Aber Lottie war darin vorgekommen, da war sich Liese sicher. Sie hatte gleich außerhalb ihrer Reichweite gespielt, wie ein Schauspieler, der seinen Text von hinter der Bühne rief.

Andrew hatte die dünnen Vorhänge nicht ganz zugezogen, bevor er schlafen gegangen war. Vielleicht war sie deswegen aufgewacht. Ein Streifen Mondlicht fiel in das Schlafzimmer und ließ den abgestoßenen Schreibtisch und den Stuhl viel größer erscheinen. Liese meinte sich zu erinnern, dass sich die Vorhangbahnen am Abend zuvor verhakt hatten, als er versuchte, sie zuzuziehen, und die billigen Rollen, auf denen er lief, hatten seine schon gespannten Nerven noch mehr strapaziert. Aber sie konnte sich nicht sicher sein; der gestrige Tag war verschwommen. Die fröhliche Stimmung und die Helligkeit in Brighton hatten ihr Kopfschmerzen beschert, die Karen, wie sie wusste, bitter enttäuschten.

In ihrem schlaftrunkenen Kopf machte Karen nörgelnd Aufstände, für die sie eigentlich schon zu alt war. Sie bettelte um Geld, Karussellfahrten und geradezu lächerlich viel Süßes. Andrew war ärgerlich geworden, Karen wurde noch ärgerlicher. Liese hatte sich zurückgezogen. Sie gewann immer mehr die Überzeugung, dass das die beste Strategie war, wenn die beiden, die gleich willensstark und sogar dickköpfig waren, sich in die Haare bekamen. Sie überließ es Vater und Tochter in letzter Zeit immer öfter, ihre Unstimmigkeiten selbst beizulegen. Dabei gab sie vor, sie wüsste nicht, wieso.

Sie konnte nicht mehr unter der kratzigen Decke liegen bleiben, nachdem sie erst einmal wach war.

Liese stand auf und ging zum Fenster, um den fadenscheinigen Vorhang vorsichtig zu schließen. Ihr Morgenmantel hing an der Tür – der könnte ihre Haut vor dem Bett schützen. Sie begann, am Vorhang zu ziehen, als ihr Blick auf die Aussicht fiel, und sie hielt wie gebannt inne. Der Mond hing voll wie eine trächtige Katze so tief am Himmel, dass ein zarter Schubs ihn hinter den Horizont befördern würde. Darüber hatte sich die Schwärze des Nachthimmels vom Rand her in ein dunkles Blau verwandelt, als würde sich eine Tintenlache ausbreiten. Liese stellte sich auf die Zehenspitzen und sah über den Hof und den Garten hinweg; sie hoffte, einen Blick auf die See zu erhaschen. Sie stellte sich vor, wie das Wasser sich vom Sog des Mondes befreite und sich ausstreckte, um die Sonne zu begrüßen.

Heute ist es so weit.

Auf einmal blitzte der Gedanke in ihrem Kopf auf. Liese erschauderte und wartete darauf, dass die zweite Stimme erklang. Diejenige, die den Kopf schüttelte und sich wunderte. Sie kam nicht.

»Dann also heute.«

Vor Erleichterung sank sie auf den kaum gepolsterten Stuhl unter dem Fenster. Liese schloss die Augen und ließ die Entscheidung einsinken; sie fühlte sich passend und heimelig warm an wie ein oft gewaschenes Kleid. Die nächsten Schritte waren immer schon in ihr angelegt gewesen. Liese war bereit und wusste, dass sie sich ihr enthüllen würden.

Sie stand auf und zog sich leise die Kleidung an, die sie am Abend zuvor schon über die Stuhllehne gehängt hatte. Ein einfaches Sommerkleid mit Gürtel, eine langärmelige Strickjacke, flache Sandalen. Nichts Auffälliges. Am Tag vorher die

Kleider auszusuchen, die sie tragen wollte, war für sie so untypisch, dass es sogar Andrew aufgefallen war. Liese wusste nicht mehr, was sie geantwortet hatte, als er etwas dazu sagte. Aus Gewohnheit kämmte sie sich die Haare und cremte sich das Gesicht und die Hände ein. Um Mascara und Lippenstift machte sie sich heute keine Gedanken.

Sie sah erneut auf die Uhr, dann zog sie sie ab und legte sie neben ihren Ehering auf das Nachtkästchen.

Halb fünf.

Fast drei Stunden, bevor Andrews Wecker ihn aus dem Schlaf holen würde. Es war genug Zeit, alles richtig zu machen, wie sie es immer vorgehabt hatte. Zeit, um dafür zu sorgen, dass keine Zweifel oder Fragen zurückblieben.

Liese bewegte sich nun schneller, denn nachdem die Entscheidung getroffen war, würde Herauszögern nichts bringen.

Sie kramte einen Stift aus ihrer Handtasche, wobei sie wie eine Maus durchs Zimmer schlich, obwohl Andrews tiefe Atemzüge ihr sagten, dass das nicht nötig wäre. Am hinteren Rand des abgenutzten Tischs lag ein kleiner Stapel Schreibpapier und Umschläge. Liese setzte sich und zog das eine Blatt heraus, das sie brauchen würde. Der Brief musste nicht lang werden – sie konnte Andrew keine Erklärung anbieten, die er nicht längst kannte –, aber schreiben musste sie ihn. Um Karens willen. Um alles so gut und richtig zu machen, wie sie konnte.

Mein lieber Andrew,

Sie hielt inne. So hatte sie ihn nur selten angesprochen, obwohl sie wusste, wie gern er es hörte. Oder ein Kosewort. Noch ein Punkt, den sie bedauerte, und wofür sie mit diesem letzten Akt hoffte, Abbitte leisten zu können. Die nächste Zeile, die ihr nun so leicht aus den Fingern floss, hätte sie ihm so gern persönlich gesagt. Verlangte sie zu viel, wenn sie sich erhoffte, dass sie ihr Schweigen wiedergutmachte, wenn er die Worte nun auf dem Papier las?

Du warst ein guter Ehemann und gütiger, als ich es verdient habe. Ich will, dass Du das weißt. Und ich will, dass Karen weiß, dass sie immer das Beste von uns beiden war – zumindest ist sie das Beste in meinem Leben. Sag ihr das bitte. Bevor Du der Trauer nachgibst, in die Du stürzen wirst, wenn ich gegangen bin (das weiß ich ja), möchte ich, dass Du Karen sagst, wie sehr ich sie geliebt habe, und dass meine Entscheidung nichts mit ihr zu tun hat. Dass ein Teil von mir immer bei ihr bleiben wird. Tust Du das für mich? Versprichst Du es?

Ich kann nicht mehr bleiben. So einfach ist es. Und ich will nach meinem eigenen Wunsch gehen, an einem guten Tag, an dem die Welt klar ist und ich weiß, in welchem Jahr ich lebe und welche Stimmen nicht eingebildet sind. Der heutige Tag fühlt sich so an. Ich weiß, dass Du meine Tat erwartet und gefürchtet hast. Ich hoffe, dass Du verstehst und mir vergibst.

Erzähl Karen von Lottie. Das wird schwer – Du wirst es nicht tun wollen, aber es ist wichtig. Ich kann Dir die richtigen Worte nicht vorgeben; Du musst sie selbst wählen. Aber Du musst ihr die Wahrheit erzählen. Von ihrer Schwester, die ermordet wurde, und dass deswegen so vieles falsch gelaufen ist. Wenn Du das nicht tust, wird sie glauben, mein Tod wäre ihre Schuld. Das ertrage ich nicht; diesen Schatten kann ich nicht über sie werfen. Warte nicht damit, Andrew; glaub nicht, dass sie älter sein muss. Du hast für mich schon so vieles getan, und ich habe Dir nie Danke gesagt, aber bitte: Das musst Du tun.

Du sollst auch wissen, falls Du es nicht schon weißt, dass Du genauso wenig schuld bist wie Karen. Und dass ich Dich geliebt habe. Versuch, es zu glauben und nicht daran zu zweifeln. Ich weiß, ich hätte es vor langer Zeit sagen müssen. Und bitte glaub mir, dass das, was ich tue, ein Akt der Liebe ist. Ich begleiche eine Schuld, die auf uns allen lastet.

Liese legte den Stift hin. Sie war so müde. Wenn sie mit dem Aufschreiben dieser Gedanken weitermachte, würde sie zu müde, um das zu tun, was sie als nächstes tun musste.

Nimm Karen für mich in den Arm. Sag ihr, dass ich sie liebe. Erinnere sie jeden Tag daran.

Mehr war nicht zu sagen.

Sie unterschrieb rasch und schob den Brief in einen Umschlag, den sie auf ihr Kopfkissen legte. Sie hielt inne, schaute auf das Gesicht hinunter, das so lang Teil ihres Lebens gewesen war. Andrew schnarchte noch leise, immer noch auf irgendeiner Ebene zufrieden. Liese streckte die Hand aus, um seine Schulter zu berühren, dann hielt sie inne. Wenn er aufwachte und sie hier stehen sähe, würde er es erraten und sie aufhalten. So war es schon zu oft gewesen.

Der Flur war leer, das ganze Hotel schlief und war ruhig.

Liese zog ihre Strickjacke enger um sich; ihre Schultern waren plötzlich kalt. Karens Tür war neben ihrer, nur ein paar Schritte weiter. Liese zögerte, zum ersten Mal unsicher, seit die Entscheidung zu ihr gekommen war. Karen war noch so klein, und Andrew war nicht der überschwänglichste Mann. Was, wenn sie einen Fehler machte? Was, wenn sie Karen mehr schadete, als ihr das Gute zu tun, das sie geplant hatte? Vielleicht wüsste sie es, wenn sie hineinschlich, kurz auf das geliebte Gesicht hinunterblickte und es küsste. Der Impuls wurde zu einem Sehnen, ließ ihre Finger über der Türklinke schweben. Dann hielt Liese inne.

Beim kleinsten Laut wird sie aufwachen, und dann ist es nicht mehr meine Entscheidung.

Karen hatte den gleichen leichten Schlaf wie ihre Mutter,

was Liese gerade vor ein paar Monaten erst bemerkt hatte, als sie einen Blick auf das weiße Gesicht ihrer Tochter hinter dem Treppengeländer erhaschte, obwohl sie längst hätte schlafen sollen. Da hatte Liese begriffen, dass ihr Kind beobachtet hatte, wie Andrew versuchte, die Wogen einer albtraumhaften Nacht zu glätten, in der sie auf die Suche nach Lottie gegangen und dann zur Gejagten geworden war. Liese hatte keine Ahnung, wie viele andere Episoden Karen mitbekommen hatte. Aus der Art, wie das Kind erstarrt dasaß, anstatt die Treppe herunterzukommen und zu fragen, was los war, hatte sie geschlossen, dass das bei Weitem nicht das erste Mal gewesen war. Liese hatte Andrew warnen wollen, ihm sagen wollen, dass Karen dort war. Sie hatte mit Karen sprechen und eine Erklärung anbieten wollen, um sie zu beschwichtigten, als ihre Blicke aus weit aufgerissenen Augen sie am nächsten Morgen verfolgten. Sie hatte es nicht getan. Sie hatte sich wieder in die Sicherheit des Schweigens verkrochen und danach nicht mehr hochgeschaut, wenn andere fürchterliche Nächte folgten.

Und jetzt ist sie genauso empfänglich für meine Stimmungen wie Lottie damals.

Sie trat einen Schritt zurück.

Es ist deine letzte Chance, sei kein Feigling.

Liese öffnete leise die Tür. Karen schlief auf dem Rücken, die Arme ausgestreckt. Eine Erinnerung überkam sie: Lottie, die wie ein Seestern ausgestreckt dalag, und Liese musste sich die Faust gegen die Lippen pressen.

Nur ein paar Schritte hin und wieder zurück. Das schaffst du.

Sie ging so schnell sie konnte zum Bett, bevor ihre Knie sie im Stich ließen oder die Tränen sie verrieten. Karen bewegte sich leicht und lächelte im Traum. Liese beugte sich vor, berührte mit den Lippen Karens weiches Haar, dann floh sie aus dem Raum, bevor der Drang, ihre Tochter in den Arm zu nehmen, stärker wurde als der Drang, sie zu beschützen.

Ich bin nicht gut für sie. Ich bin ihr im Weg; ich stehe zwischen ihr und der Welt.

Sie schlich die Treppe hinunter und zwang sich, sich nicht umzudrehen.

Zwillinge – zwei Mädchen. Sie erreichte das Erdgeschoss und konzentrierte sich auf zwei Kinder, die sich nie an ihre Mutter erinnern würden. Auf die Erinnerung an Paul und Margarethe, die davongingen, in einen unvorstellbaren Tod, den sie nur erlitten hatten, weil Liese sie zu einer Arbeit gezwungen hatte. Konzentrierte sich auf die Frauen, deren Nummern sie auf Listen notiert und in dasselbe Schicksal geschickt hatte. Auf eine Wärterin, die eine Bestie war, deren Kinder aber unschuldig waren. Die Waage war noch nicht im Gleichgewicht. Und der Preis, der dieses Mal für ihr Unvermögen gezahlt werden musste, durfte nicht Karen sein.

Jetzt muss ich mich auf Andrew verlassen.

Sie musste daran glauben, dass Andrew seine Tochter mit der gleichen Entschlossenheit beschützen würde, die er immer für sie selbst an den Tag gelegt hatte. Sie musste daran glauben, dass Karen eines Tages verstehen würde, dass sie ohne eine Mutter, die zu verängstigt war, sie ins Leben eintauchen zu lassen, glücklicher wäre. Ohne eine Mutter, deren Sünden sich wie ein Mal ausbreiteten und die Leben derjenigen ruinierten, die sie doch beschützen sollte. Sie liebte Karen genauso sehr, wie sie Lottie geliebt hatte. Liese hatte während der gesamten Schwangerschaft Ängste ausgestanden, dass sie keine Liebe mehr zu geben hätte, dass sie ihr Baby anschauen und nur Schatten sehen würde. Dann hatte sie Karen im Arm gehalten und eine so tiefe Bindung gespürt, dass die Reinheit und Neuheit sie verblüfften. Sie verabscheute es, dass Schmerz auf ihre Tochter wartete. Das war schrecklich, aber Karen war noch jung, und Liese musste daran glauben, dass der Schmerz vorübergehen würde.

Ich kann nicht zurück. Ich kann den Brief nicht wegnehmen, bleiben und so tun, als ob alles besser werden würde.

Das würde nur eine wirklich herzlose Mutter tun.

Der Riegel an der Eingangstür war schwer, aber leichter zu öffnen als andere, die sie schon hatte wegschieben müssen. Liese trat hinaus in die frische, grüne Umarmung des langsam erwachenden Tages. Die Dunkelheit am Himmel verschwand, Schwarz wurde von dunklem Blau vertrieben, in das sich bereits zartes Rosa mischte. Die Bäume in den Gärten zwischen den Zuckerbäckerhäuschen wurden weichgezeichnet, verloren ihre nächtlichen, gezackten Formen. Niemand war unterwegs. Es war noch zu früh, nur die Vögel sangen.

Heute ist es so weit.

Der Satz trug Liese über den kurzen Weg durch das taunasse Gras zum Kies hinunter. Die See breitete sich sanft wie französische, marineblaue Seide vor ihr aus, mit cremefarbener Spitze an den Stellen gekräuselt, an denen sie in sanften Wellen ans Ufer schwappte.

Wenn ich mich irre und ich damit nicht die Schuld begleiche, dann wird das Wasser mich nicht wollen.

Sie wusste aber, dass das Wasser sie aufnehmen würde.

Das Salz tanzte in der Luft und prickelte auf ihren Lippen. Gerade dämmerte der Morgen herauf. Liese atmete den neuen Tag ein und betrat den Strand.

KAPITEL 18

KAREN

BERLIN, OKTOBER 1990

Jeder, der Andrew Cartwright ansah, konnte noch immer den Soldaten erkennen, der er einst gewesen war, auch mit vierundsiebzig Jahren noch. Obwohl er vom frühen Aufbruch müde und, wie Karen vermutete, wegen der bevorstehenden Reise nervös war, war sein Rücken durchgestreckt. Seine Schultern waren breit, und sein Gang war immer noch zackig. Für den Anlass, seinen ersten Flug, hatte er einen Tweedanzug und einen Mantel gewählt und zog bewundernde Blicke auf sich, als er durch Heathrow ging. Innerhalb von fünf Minuten hatten seine Haltung und seine unfehlbaren Umgangsformen das Bodenpersonal von British Airways so beeindruckt, dass er ein Upgrade in die erste Klasse bekommen hatte. Karen war das noch nie angeboten worden. Sie war stolz auf ihn und sagte es ihm auch. Sein Erröten bereitete ihr stille Freude.

»Möchtest du etwas für den Flug? Eine Zeitung oder ein Magazin?«

»Mein Buch reicht mir vollkommen, aber danke.«

Seit den Enthüllungen im Mai hatte wieder eine gewisse Formalität zwischen ihnen Einzug gehalten, auch wenn sie sich dieser Tage regelmäßiger trafen und ihre Unterhaltungen immer in bedachtem Tonfall geführt wurden.

Durch Lieses letzten Brief und Andrews darauffolgenden Bericht darüber, wie er am Tag ihres Todes zusammengebrochen war, waren in Karen alte Erinnerungen wach geworden und hatten sie mehr aus dem Gleichgewicht gebracht, als sie sich zunächst hatte eingestehen wollen.

Nein, ich kann nicht kommen; ruf mich nicht.

Seine wütende Antwort an Lieses Todestag auf Karens Bitte, zu ihr zu kommen und ihr zu helfen, einen Sinn in ihrem Verlust zu sehen, war wieder an die Oberfläche gestoßen. Sie hatte vergessen, wie sein Ruf durch das ganze Hotel gehallt war, oder vielmehr hatte sie hart dafür gearbeitet, es zu vergessen. Er hatte seine Erinnerungen an damals noch am selben Tag hervorgeholt, an dem er Karen das Album gegeben hatte, hatte sie ehrlich und mit zahlreichen Entschuldigungen erzählt. Wie er Lieses Leichnam hatte identifizieren müssen und dann allein am Strand zurückgeblieben war. Er hatte so laut geweint, dass niemand in seine Nähe kam. Wie er zurück ins Hotel gegangen war, von seinem Verhalten schockiert und in der festen Absicht, es wieder gutzumachen. Wie er zu schnell nachgegeben hatte, als man ihm sagte, dass Karen schlafe und er sie am besten in Ruhe lasse. Als Karen später am Abend nach Hause gefahren war, hatte sie Mitleid mit ihrem Vater gehabt, aber noch mehr mit dem kleinen Mädchen, dessen Wunden sie niemals ganz loszuwerden befürchtete. Sie war in den darauffolgenden Wochen jeden Morgen aufgewacht und hatte den Schock wieder und wieder durchlebt, dass er nicht der Vater gewesen war, den sie gebraucht hatte. Dass er nicht das getan hatte, worum Liese ihn gebeten hatte.

»Hast du es ihm gesagt?«

»Nein. Ich habe ihm das Buch zurückgegeben und gesagt, dass ich müde wäre und nachdenken müsste. Seitdem habe ich es nicht mehr erwähnt, und auch sonst nichts.«

»Ich verstehe deine Beweggründe, Karen.« Markus war in seiner Antwort so direkt wie immer gewesen. »Das Lesen und die Erinnerungen müssen dich erschöpft haben. Aber ich dachte, du hättest die alten Muster abgelegt. Wird das Schweigen euch beide nicht wieder dorthin zurückbringen, wo ihr wart, als du mit deinen Nachforschungen angefangen hast?«

Das Telefonat mit Markus war knapp und hastig gewesen, und Karen hatte ihm so viele Informationen an den Kopf geknallt, dass sie sich zwischenzeitlich fragte, ob sie durchgedreht klang. Als sie fertig war, war der Anruf bereits unfassbar teuer geworden. Sie hatte ihn eilig beendet und Markus kaum genug Zeit gelassen, ihr mehr als diese wenigen Worte als Ratschlag mitzugeben, dazu ein »Ich bin hier« und ein »Ich denke an dich«. Als sie es endlich konnte, hatte sie sich seinen Rat zu Herzen genommen, und nun war sie froh, dass sie ihm gefolgt war.

Liese beobachtete ihren Vater, der sich von der Crew der ersten Klasse umsorgen ließ. Ihm ihre Wut und das Gefühl der Vernachlässigung zu erklären, war schwerer gewesen als erwartet gewesen, wenn auch einfacher, als es sechs Monate zuvor der Fall gewesen wäre. Sie hatte sich überlegt, wie sie es sagen konnte, ohne ihn mit Vorwürfen zu überhäufen. So dass sie vorsichtig das Misstrauen erklären konnte, das sich um das, was sie als Lügen ihres Vaters betrachtet hatte, gelegt hatte, und wie es mit den Jahren immer größer geworden war. So dass er erkennen konnte, wie der Schmerz, den dieses Misstrauen verursachte, sie um sich schlagen wollen ließ, und dass dieser Schmerz auch jetzt noch tiefer ging, als sie es sich wünschte.

Sie hatte es geschafft, alles ruhig vorzutragen; ihr Vater hatte mit gewissenhafter Aufmerksamkeit zugehört. Er hatte alles angenommen und sich entschuldigt, womit er ihr ermöglichte, das auch zu tun. Sie hatten sich geeinigt, dass es auf beiden Seiten Verletzungen gegeben hatte und keiner von beiden den Wunsch hatte, auf die gleiche, konfliktgeladene Weise miteinander umzugehen. Sie waren sich einig, dass sie sich wirklich bemühen wollten, Teil des Lebens des jeweils anderen zu sein. Andrew rief sie jetzt einmal pro Woche an und stellte Fragen über ihre Arbeit. Karen besuchte ihn wenigstens jedes zweite Wochenende. Sie gingen behutsam miteinander um, aber sie kamen in kleinen Schritten voran und erkannten, dass sie sich ähnlicher waren, als die Vorbehalte der Vergangenheit hätten vermuten lassen. In letzter Zeit hatten sie Liese in ihre Unterhaltungen einfließen lassen und teilten Erinnerungen an ihre guten Tage miteinander wie neue Freunde, die einander vorsichtig kleine Geschenke machten. Seit Kurzem ließ Karen zu, dass er gelegentlich nach Markus fragte.

Markus. In wenigen Stunden wäre sie wieder in derselben Stadt wie er. Seit fünf Monaten sehnte sie sich schon danach, und jetzt wurden Karens Hände feucht bei dem Gedanken, ihn wiederzusehen. Andrew war beschäftigt, er führte ein angeregtes Gespräch über Kricket, für das Karen sich nicht interessierte. Sie ließ sich noch einen Kaffee bringen und zog Markus' letzten Brief aus der Tasche.

Bei seinen Arbeitsschichten und den Kosten fürs Telefonieren war es nicht leicht, miteinander zu sprechen, also waren Briefe ihr Hauptkommunikationsmittel geblieben. Markus war aber nicht viel besser im Briefeschreiben geworden. Er bevorzugte immer noch Fakten und geradlinigen Informationsaustausch. Er hatte versprochen, die Details bei ihrem Wiedersehen nachzureichen. Seine Reaktionen auf dem Papier waren viel maulfauler als in echt, und die wahrscheinlich schwierigen Gespräche, die er mit seinem Vater geführt haben musste, erwähnte er kaum. Manchmal las Karen die kurzen

Briefe und fragte sich, welcher Art diese Beziehung, die sich hoffentlich zwischen ihnen entwickelte, in Wahrheit war. Ob sie nur ein Nebenstrang der Geschichte ihrer Mutter war. Aber dann stand mitten in einer knapp formulierten Nachricht eine Zeile. Plötzlich purzelten Worte übereinander, die darauf hinzuweisen schienen, dass das, was ihm durch den Kopf ging, vielleicht gar nicht so weit von dem entfernt war, was in ihren Gedanken blühte.

Ich wünschte, ich wäre bei dir und könnte dich in den Armen halten. Hoffentlich irre ich mich nicht, wenn ich mir wünsche, dass du das auch möchtest.

Du warst so tapfer und hast sie gefunden. Viele Menschen würden vor dem, was du entdeckt hast, davonlaufen oder hätten gar nicht erst danach gegraben. Du bist wirklich etwas Besonderes, Karen Cartwright.

Und ihr Lieblingssatz stand in dem Brief, den sie gerade in Händen hielt. Er brachte sie jedes Mal, wenn sie ihn las, zum Lächeln.

Versprich mir, dass du mich nach eurer Landung in Berlin anrufst, sobald du kannst. Ich zähle die Tage wie ein Schuljunge.

»Du tagträumst, Karen. Unser Flug wird aufgerufen. Offensichtlich ist er voller Journalisten, die zur Wiedervereinigungsfeier morgen fliegen. Ich bin schon zweimal gefragt worden, ob ich Schriftsteller bin. Ist wohl der Anzug.«

Die Haut um die Augen ihres Vaters kräuselte sich, und er sah zehn Jahre jünger aus.

Karen grinste. »Ich sollte ein Foto von dir machen und es Mrs Hubbard schicken. Um ihr zu beweisen, dass meine ›verrückten Ideen‹ dich nicht in den Sarg gebracht haben, wie sie vorausgesagt hat.«

Er lachte und bot ihr den Arm an. »Sei froh, dass du nicht dabei warst, als ich ihr sagte, dass ich mit dir nach Berlin fliege. Sie ist regelrecht explodiert.« Er grinste so breit, dass Karen den Schritt verhielt und ihn anstarrte. »Ihr seid aber kein … ich meine, du bist nicht mit Mrs Hubbard … oder?«

Bei seinem Lachen drehten sich die Köpfe. »Nein. Ich kann dir versichern, sind wir nicht. Aber …«

»Was?«

»Wenn es jemanden gäbe, würde es dir etwas ausmachen?«

Karen sah den Mann an, der jedes Mal, wenn sie dachte, ihn zu kennen, eine neue Seite enthüllte.

»Gäbe? Oder gibt?«

Er errötete. »Gibt. Es ist noch zu früh. Aber wenn es sich entwickelt, möchte ich, dass du sie kennenlernst.«

»Aber sicher.«

Karen streckte ihre Boardingkarte vor und gab sich keine Mühe, ihr Grinsen zu überspielen. Sie wollte nachfragen, aber ihr Vater schüttelte den Kopf. »Okay, ich werde nicht drängeln, versprochen. Jedenfalls vorerst nicht.«

Eine Stewardess reichte ihnen beiden ein Glas Sekt; Karen bemerkte, dass Andrews Hand zitterte, als er danach griff.

»Bist du nervös vor dem Flug? Bitte sag, dass du nicht krank bist.«

Er drehte sich weg und schaute aus dem Fenster, bevor er antwortete. »Nein. Weder noch. Wenn du es unbedingt wissen willst: Ich habe ziemliche Angst beim Gedanken, Michael wiederzusehen.«

Karen lockerte die Schultern. »Das ist verständlich. Es ist lange her, fast fünfzig Jahre. Das überrascht mich immer noch, weißt du das? Wie jung ihr damals wart, als es passiert ist. Ich schätze, es wird nicht leicht sein, alles wieder hervorzuzerren.«

Sein Gesicht, als er sich ihr zuwandte, war so düster, dass

Karen zusammenzuckte. »Nein, leicht wird es nicht – kein bisschen. Du arbeitest momentan noch daran, mir nicht die Schuld zu geben, dass Liese gestorben ist. Was, wenn Michael gerade erst damit begonnen hat?«

»Ich bin's. Ich bin da.«

»Endlich! Ich konnte mich den ganzen Tag nicht konzentrieren, weil ich auf deinen Anruf gewartet habe.«

Und da war die freudige Reaktion, auf die sie so gehofft hatte.

»Vater ist von der Reise und seinem ersten Blick auf Berlin nach so vielen Jahren erschöpft. Er hat sich hingelegt.«

Zuerst schwieg er, dann lachte er, dass es vom Telefon bis in ihre Zehenspitzen prickelte. Karen konnte sich kaum auf seine Worte konzentrieren, weil sie sich seine Augen vorzustellen versuchte.

»Was schlägst du also vor, Karen Cartwright? Was willst du mit dem Abend anfangen?«

Ihn mit dir verbringen. Wieder Karen und Markus sein.

Das war alles, was sie wollte. Wenn man die Wärme in seiner Stimme und seine Freude beim Annehmen des Anrufs bedachte, wusste sie nicht, weshalb sie es nicht einfach aussprechen konnte. Die Stunden, die sie bei ihrer letzten Reise damit verbracht hatten, durch Berlin zu wandern, als ob sie Urlaub von ihrem Leben nähmen, waren perfekt gewesen, romantischer als jedes Date, das sie jemals geplant hatte.

Sie hatte wohl zu lang gewartet. Seine Stimme wurde plötzlich tiefer und ernst.

»Bist du noch da? Ich möchte dich heute Abend sehen, Karen. Nur dich, abseits von allem, was uns bevorsteht. Geht das?«

Gib ihm die Zimmernummer, verschwende keine Zeit mehr.

Auch das wollte sie, aber es in ein Telefon zu sagen,

erschien ihr übereilt. Sie wollte sein Gesicht sehen, das war alles. Damit sie erkennen konnte, wie sie zueinander standen.

»Wir sind auf dem Weg hierher an einem Lokal vorbeigekommen. An der Ecke Kluckstraße und Lützowufer, gleich am Kanal. Kann ich dich dort treffen? Ich könnte jetzt losgehen und auf dich warten.«

Er war so schnell da; er musste jede Geschwindigkeitsbegrenzung überschritten haben. Das Lokal war kaum mehr als ein Keller, so dunkel und schlecht frequentiert wie das, das sie im Osten besucht hatten. Als Markus die beiden Gläser mit Wodka und den Krug Rotwein sah, die Karen bestellt hatte, grinste er.

»Kein Geheule heute Abend, ich verspreche es.«

Er tippte mit dem Glas gegen ihres, das sie hochgehoben hatte.

»Es ist nicht schlimm, wenn doch. Bei allem, was du erfahren hast, hast du jeden Grund dazu.«

Er ließ sie nicht aus den Augen, als sie tranken. »Willst du über deine Mutter oder ihren Brief sprechen? Wir haben kaum darüber geredet und gar nicht über deine Gefühle.«

Karen schüttelte den Kopf. Er sah sie noch immer an. Sie musste den Sprung wagen. Wenn er ihre Beziehung anders sah, wollte sie es wissen. Und zwar vor dem morgigen Tag, wenn ihr Vater ihn kennenlernte und es wissen wollte. Bevor sie ihr Herz noch weiter in Gefahr brachte. »Heute Abend nicht. Heute Abend soll es nur um uns gehen, Markus. Falls es ein ›Uns‹ gibt.«

Sie hatte den Wein eingeschenkt, aber keiner von beiden hatte ihn angerührt.

Wenn er mir sagt, dass ich mich geirrt habe und seine Gefühle für mich nur freundschaftlich sind, dann nehme ich den nächsten Flieger zurück, und Markus kann den Rest allein regeln.

Das Schweigen dauerte für ihre vibrierenden Nerven eine

Spur zu lang, aber dann stand Markus auf und hielt ihr die Hand hin. »Es wird immer ein ›Uns‹ geben.«

Sie wollte es nicht, aber sein Gesicht war so ernst und sein Tonfall so dramatisch, dass sie es nicht aufhalten konnte. Sie brach in Lachen aus, und als er einstimmte, verliebte sie sich in ihn.

»Das ist deine Schuld – das ist die Wirkung, die du auf mich hast. In meinen Kopf hat es sich so gut angehört, und jetzt bin ich das reine Klischee eines schmachtenden Hollywoodhelden.«

Er zog sie hoch, und dann war sie in seinen Armen und küsste ihn. Sie standen draußen, küssten sich wie Teenager auf der Straße, bis die Kälte sie daran erinnerte, dass ein Hotelzimmer auf sie wartete.

»Es wird ein ›Uns‹ geben, ich schwöre es.«

Als er es dieses Mal sagte, fielen sie aufs Bett, ihr Atem beschleunigte sich, sie waren schon halb ausgezogen. Karen lachte nicht. Sie hielt sein Gesicht dicht vor ihres und wiederholte das Versprechen. Dann küsste er sie so, dass er ihre Seele berührte, und es gab kein Zurück mehr.

Als sie ein paar Stunden später aus dem Schlaf aufwachte, in den sie beide gefallen waren, und er immer noch dalag, hätte sie am liebsten gejubelt. Dann schaute sie auf die Uhr und wurde nervös.

»Du musst los, bevor mein Vater kommt und dich hier erwischt. Ich meine es ernst – es ist schon sieben Uhr. Er wird schon auf und fertig fürs Frühstück sein, und ich bin zu alt, um hochgezogene Augenbrauen für so etwas zu ernten.«

Sie musste die Bettdecke über ihn werfen, so laut lachte er. »Ernsthaft, Markus, ich will nicht, dass ihr beide euch so kennenlernt. Mein Vater ist wegen heute Nachmittag angespannt. Nein, es ist mehr: Er hat Angst davor, Michael wiederzusehen. Das hat er tatsächlich so gesagt.« Sie unterbrach sich. Ein Teil von ihr wollte sanftere Worte finden, aber Markus war der Meinung, dass das Leben offen und direkt sein sollte, und er würde es ihr nicht danken, wenn sie die Dinge beschönigte. »Er denkt, dein Vater könnte ihm die Schuld am Tod meiner Mutter geben.«

Markus, der sich gerade die Schuhe zuband, sah auf. »Ich kann nicht garantieren, dass er das nicht tun wird. Er hat nicht viel gesagt, seit du uns geschrieben hast, dass ihr beide kommen wollt, wobei es keine große Überraschung ist, dass er seine Gedanken zurückhält. Und er ist auch nervös, obwohl er es auf die Aufregungen rund um die Wiedervereinigung schiebt. Um ehrlich zu sein, weiß ich nicht genau, wie wir mit ihrem Treffen verfahren sollen. Wenn es schiefläuft, können wir den restlichen Plan vergessen. Ich dachte, ich sollte ihnen gleich nach der Begrüßung erzählen, was ich über die Wärterin herausgefunden habe. Was meinst du?«

Karen nickte. »Das könnte funktionieren. Ich habe Vater noch nichts davon gesagt.«

»Okay, gut. Wenn wir so tun, als steckten sie noch immer unter einer Decke, werden sie vielleicht auch so handeln. Wer weiß, Vater sieht vielleicht Parallelen zwischen der deutschen Wiedervereinigung und der Wiedervereinigung zwischen Andrew und sich, und vielleicht entscheidet er sich für einen Vortrag statt für Vorwürfe. Wobei das dein Vater dann allein ausbaden müsste.« Markus griff nach seiner Jacke. »Und er hat zugestimmt, hierher zu kommen, anstatt sich in seiner Wohnung zu treffen. Er kommt in den ›gefürchteten Westen‹, wie er ihn immer nannte. Ich hoffe, er macht das heute nicht und ruiniert dadurch das Treffen. Das wäre ein Zeichen seiner guten Absichten.«

Karens Augen wurden groß. »Wie konntest du ihn dazu

bringen, die Prinzipien seines ganzen Lebens über den Haufen zu schmeißen und das zu tun?«

»Ich habe ihm gesagt, dass Andrew viel schwächer als er ist und das Reisen ihn belastet ... Was?«

Er duckte sich, als Karen mit einem Kissen nach ihm warf.

»Es hat geklappt. Für einen Kommunisten ist Vater ungewöhnlich konkurrenzorientiert. Um ehrlich zu sein, dachte ich mir, dass er leichter zu kontrollieren ist, wenn es kein Heimspiel ist. Es gibt allerdings eine Bedingung.«

Das Lachen verschwand aus Markus' Stimme. Karen wartete.

»Heute findet eine Zeremonie statt, vor den großen Feierlichkeiten, um das Ende der DDR zu begehen. Ich bezweifle, dass irgendjemand außer den Linientreuen es überhaupt registriert, aber Vater will hin, und ich habe zugesagt, ihn zu begleiten. Es würde mir sehr viel bedeuten, wenn du auch kommst.«

Karen hielt ihm seine Börse hin, weil er danach suchte, und sie fragte sich, wieso eine so einfache Bitte ihn so unbehaglich dreinblicken ließ. Aber sie wusste nicht, wie sie danach fragen sollte.

»Es ist so: Ich habe ihm von uns und meinen Gefühlen für dich erzählt. Er ist verunsichert. Eine ›dekadente, westliche Frau‹ hat er sich für mich nicht ausgemalt. Nicht dass er dich so genannt hätte; aber ich habe keine Zweifel, dass er auf irgendeiner Ebene so fühlt. Und dann die Verbindung zu Liese, die all die alten Geschichten wieder an die Oberfläche holt. Ich meine nur, wenn du heute dabei wärst, bei etwas, das so wichtig für ihn ist und ihn auch ausmacht, das würde dein Ansehen in seinen Augen sehr steigern.«

Er verstummte und sah jünger und hilfloser aus, als sie ihn je gesehen hatte.

Karen lächelte und erschrak, weil ihr plötzlich zum Weinen zumute war. »Aber klar. Warum würde ich das verpassen wollen?«

»Danke, das freut mich. Und ich hoffe, dass es bei ihm die gleiche Wirkung hat.«

Markus schrieb die Details auf, küsste sie und war schon halb zur Tür hinaus, bevor er sich noch einmal umdrehte und grinste. »Ich hätte zuerst dir sagen sollen, was ich empfinde, anstatt meinem Vater. Das denkst du, oder?«

Karen lachte. »Ich denke gar nichts, außer, dass du es mir nicht zu sagen brauchst. Ich wusste es längst.«

Sie warf ihm einen Luftkuss zu und scheuchte ihn davon, bevor ihr Vater an ihre Tür klopfen würde. Sie wusste, dass es eine Weile dauern würde, bevor sie ihre Haltung wiedergewonnen hätte und zum Frühstück gehen konnte.

Ich wusste es längst.

Es stimmte, und jetzt war eine neue Wahrheit zu berücksichtigen: dass die Worte ›Ich liebe dich‹ nicht wichtig waren – wichtig war das, was sie in Markus' Augen gesehen und in seinem Kuss gespürt hatte. Sie hatte Jahre damit verbracht, diese drei magischen Worte als den Heiligen Gral anzusehen und mehr auf das zu achten, was sie hörte, als auf alles andere. Wie viele Beziehungen waren wegen ihrer Verzweiflung kaputt gegangen. Wie viele Beziehungen waren gescheitert, nachdem die Worte erst einmal ausgesprochen worden waren, weil es ihr danach nicht mehr wichtig gewesen war. Und nun saß sie hier, liebte und wurde geliebt und hörte endlich zu; und sie spürte, wie ihre Wunden zu heilen begannen.

»Sie haben die Abzweigung verpasst. Das hier ist der Hausvogteiplatz. Gehen Sie einen Block zurück und biegen Sie in die Markgrafenstraße ein. Zum Gendarmenmarkt ist es von dort aus nicht mehr weit.«

Der Mann wedelte mit dem Arm in die Richtung, aus der Karen gerade gekommen war, und ging davon. Sie sah ihm hinterher, unfähig sich zu bewegen, und alles, was er nach

›Hausvogteiplatz‹ gesagt hatte, lag in einem Nebel. Das düstere Innere der Schneiderei Richter und sie selbst als hoffnungsvolle, naive Siebzehnjährige auf der Schwelle des Ladens leuchteten lebhafter in ihrer Vorstellung, als es der strahlende Oktobertag um sie herum vermochte. Hausvogteiplatz: Hier hatte Haus Elfmann gestanden.

Karen wirbelte herum. Sie war sicher, dass sie ein Schild oder ein paar geisterhafte Buchstaben über dem Türsturz eines der schmalen Gebäude entdecken würde, wenn sie sich nur schnell genug bewegte. Als das nicht funktionierte, hatte sie den dringenden Impuls, von Tür zu Tür zu laufen, anzuklopfen und den Namen Elfmann laut auszurufen. Irgendjemand musste sich doch erinnern und ihr zeigen können, wo genau sich der Salon befunden hatte.

Karen stand schon mit erhobener Faust am ersten Haus an einer Ecke des dreieckigen Platzes, da fielen ihr Frau Richters verkniffener Mund, die verschränkten Arme und ihr missbilligender, entmutigender Tonfall ein. Sie ließ sich auf eine schmiedeeiserne Bank fallen, die zu einer Gruppe von Bänken gehörte, die um einen Springbrunnen auf dem kleinen Platz standen.

Sie wollte nicht mehr wie eine Getriebene nachforschen. Es wäre verrückt, es zu versuchen; zum Scheitern verurteilt, und es würde nur zu diesem hohlen Gefühl im Bauch führen, dem sie keinen Raum mehr geben wollte. Es war fünfzig Jahre her, seit Haus Elfmann an der Spitze der Berliner Modebranche gestanden hatte. Das war in einem anderen Leben gewesen; und in diesem Teil der Stadt sogar in einem anderen Land. Sie brauchte ihre Energie jetzt für die Zukunft, nicht für die Vergangenheit.

Karen ignorierte die Tauben, die sich sofort um sie versammelten, und schaute auf den höchsten von hier sichtbaren Punkten: eine sonnenbeschienene Uhr in blassem Rot und

Gold an der Giebelspitze eines Erkers, die noch Reste einer ehemals wohl feinen Schnitzerei trug.

Meine Mutter muss diese Uhr in ihren Glanzzeiten gekannt haben. Sie muss auf dem Platz gesessen, dem sprudelnden Wasser zugehört und das Licht und die Wolken um die goldenen Zeiger der Uhr tanzen gesehen haben.

Karen versuchte, sich die Liese von damals vorzustellen, die genau hier gesessen haben mochte: fünfzehn oder sechzehn Jahre alt, die Tochter einer wohlhabenden Modedynastie, ein junges Mädchen voller Träume. Sie atmete langsam ein, füllte Nase und Mund mit dem holzigen Duft der bronze- und cremefarbenen Chrysanthemen, die um den Brunnen herum angepflanzt waren, und stellte sich ihre Mutter vor, die mit Freundinnen plauderte. Sie hörte dem Plätschern des Wassers zu, beobachtete einen Schwarm Spatzen, die im Staub badeten, und malte sich Liese und Michael aus, wie sie Geheimnisse besprachen und sich kabbelten, und wie ihre komplizierte Beziehung, die er beschrieben hatte, ihre Hochs und Tiefs durchlief. Obwohl sie wusste, dass es nicht so sein konnte, wenn man die Kriegs- und Teilungsgeschichte Berlins bedachte, fühlte sich der kleine Platz unberührt und unveränderlich an.

Sie brauchte kein Zeichen und keinen Beweis. Der Salon war hier gewesen, Liese war hier gewesen, glücklich und hoffnungsvoll. Karen schloss die Augen, spürte nach und wusste, dass das reichte.

Sie ging langsam wieder durch die Mohrenstraße zurück, bog ab, wie der Mann es ihr beschrieben hatte, und nahm sich Zeit, die schmalen Gebäude mit ihren eleganten Bogenfenstern zu betrachten, die diesen Teil der Straße säumten. Hier war es viel ruhiger auf den Bürgersteigen als am Tiergarten und Potsdamer Platz, die sie hinter sich gelassen hatte. Karen war froh darüber. Wenn niemand sonst da war, konnte sie in der Zeit zurückreisen und Liese finden, die einen Schritt vor ihr ging, lachend hinter ihr herkam, herumlief und wirklich wurde. Sie sah den Rock ihrer Mutter schwingen, die gerade um eine Ecke ging, und zwischen dem Vogelgezwitscher hörte sie ihr Lachen.

Als Karen auf die marmorierten Steinplatten trat, die den weitläufigen Gendarmenmarkt bedeckten, fühlte sie sich leichter als seit vielen Monaten.

Es waren so wenige Leute zusammengekommen, dass Markus sie fast sofort entdeckte. »Geht es dir gut? Du bist etwas später dran, als ich dachte; du hast dich doch nicht verlaufen?«

Karen schüttelte den Kopf und zog die imaginäre Liese noch dichter an sich. »Wo sind denn alle?«

Sie sah ein Grüppchen von Menschen, die um den Fuß einer Treppenflucht zusammenstanden, die zu einem klassizistischen Gebäude mit Kolonnaden führte. Davon abgesehen war der riesige Platz, zu dessen beiden Seiten zwei anscheinend identische Kirchen standen, leer. »Ich dachte, hier soll eine Zeremonie stattfinden. Ich habe es mir belebter vorgestellt, eher wie das, was für heute Abend geplant ist.«

»Nein. Heute Abend geht es um einen Neuanfang, den die Menschen gern bezeugen und an dem sie teilhaben wollen. Was du hier siehst, ist das Gegenteil.«

Markus nahm ihre Hand und führte sie zu der Treppe. »Hier siehst du die Linientreuen des Ostens, die herkommen, um zu trauern. Alle anderen haben ihr Gesicht gen Westen gewandt.«

Er sprach in gemessenem Tonfall, aber in seiner Miene lag eine Anspannung, die Karen noch nicht bei ihm gesehen hatte. Sie wollte ihn fragen, wie er sich fühlte und was dieser Abschied für ihn bedeutete, aber er drehte sich schon zu Michael, der starr an der Seite des Gebäudes stand. Er stand da, als hätte er einen Stock verschluckt, und beobachtete sie, als sie auf ihn zugingen. Gekleidet war er in einen schwarzen Mantel mit einer ganzen Reihe Medaillen an Bändern über der Brusttasche. Eine Handvoll Zuschauer stand um ihn herum. Keiner von ihnen sah jünger aus als vierzig. Die Treppe, neben der er stand, war breiter, als sie zunächst gesehen hatte – davor war Platz für hundert oder mehr Menschen, die sich dort tummeln konnten, ohne dass es voll wirkte. Es standen aber nur vier Gestalten dort; uniformierte Männer mit spitzen Offiziersmützen bildeten am Fuß der Treppe eine Gruppe und sahen eigenartig klein und deplatziert aus. Es standen keine Wartenden herum, keine ausländischen Würdenträger oder Staatsoberhäupter, obwohl Karen doch wusste, dass viele sich in Berlin befanden, um an der Wiedervereinigungsfeier teilzunehmen, die für Mitternacht am Brandenburger Tor geplant war.

»Danke, dass du gekommen bist.«

Karen schüttelte Michaels Hand, die er ihr steif entgegenstreckte.

»Hat Andrew keine Einwände erhoben, als Markus dich entführt hat?«

»Natürlich nicht. Wir haben heute Morgen den Reichstag und das Brandenburger Tor besucht, bevor es zu voll wurde. Er war froh, wieder ins Hotel zurückzukehren und …«

Der Rest ihrer zu hastig vorgetragenen Antwort ging verloren, als eine Kapelle auf den Platz marschierte und vor der Fahnenstange stehen blieb, an der noch die Flagge mit Hammer und Zirkel flatterte. Als sie aufspielten, stockte Karen der Atem, so eindringlich war das Stück.

»›Auferstanden aus Ruinen‹ ist die Nationalhymne der DDR. Das ist wohl das letzte Mal, dass sie gespielt wird.«

Michaels Stimme klang erstickt, und er verstummte. Markus griff nach seiner Hand und hielt sie fest, während die Musik weiter anschwoll. Karen beobachtete, wie sie vereint dastanden, als die Zeremonie begann, geeint durch Liebe und gegenseitigen Respekt, die stärker waren als ihre Differenzen, und sie musste sich die Augen reiben.

Alle um sie herum blickten geradeaus und formten mit den Lippen die Worte der Hymne, aber niemand sang laut.

Die beiden Reihen Soldaten, die der Kapelle gefolgt waren,

standen steif hinter dem Fahnenträger. Manche von ihnen salutierten, manche behielten die Arme unten und wirkten unangenehm berührt, andere blinzelten die Tränen weg. Als die Musik endete und es still wurde, trat einer der gebeugt auf der Treppe wartenden Offiziere steif vor und hielt eine kurze, leise Rede, in der die Worte »Kameradschaft« und »Treue« großes Gewicht erhielten. Niemand applaudierte, als er fertig war. Mit hängendem Kopf marschierte der Fahnenträger mit seinem farbenprächtigen, mit Fransen versehenen Banner davon. Die schwarz-rot-goldene Flagge wurde in einer fließenden Bewegung eingeholt und gleich zusammengefaltet, mit der Rückseite nach außen, sodass man die Farben nicht mehr sehen konnte. Die Kapelle wechselte zum »Deutschlandlied«, das nun ganz Deutschland repräsentieren würde. Auch dazu applaudierte niemand. Als es zu Ende war, marschierten Kapelle und Soldaten davon, und die Zuschauer gingen ebenfalls schweigend auseinander. Weniger als zehn Minuten hatte es gedauert, und das Land, das vierzig Jahre lang Generationen von Menschen hervorgebracht hatte, die nichts außer der DDR gekannt hatten, war Geschichte. Es war eine der traurigsten Veranstaltungen, die Karen je miterlebt hatte.

»Das muss Ihnen verrückt vorkommen. Mein Bedürfnis, einem Regime Lebewohl zu sagen, über dessen Ende die meisten Menschen sich freuen.« Michael blickte in die Ferne. Sein Gesicht wirkte starr.

Karen wusste nicht, wie sie reagieren sollte. »Sie müssen sich nicht entschuldigen …«

Er drehte sich so unverwandt zu ihr um, dass sie aufschrak.

»Ich entschuldige mich nicht. Warum sollte ich? Ich bin stolz darauf, was mein Land repräsentierte. Ich bin ohne alles aus dem Krieg hervorgegangen: keine Familie, kein Heim. Nichts außer meinem Glauben an eine gerechtere Gesellschaft, und die DDR hat diesen Glauben und mich selbst genährt. Hier war ich kein Außenseiter; das tolerante, gleichberechtigte

Leben, das ich für die Zukunft wollte, haben hier alle ersehnt. Wir hatten Ideale und haben uns umeinander gekümmert. Wir haben uns nicht so leicht mit Tand einfangen lassen wie der Westen. Warum sollte ich es bereuen, Teil einer so ehrlichen Absicht gewesen zu sein?«

Er klang ärgerlich, aber es war die Trauer; Karen spürte sie aus jeder Faser seines Körpers strömen. Ihr Deutsch war inzwischen gut genug, um zu verstehen, was Michael sagte, aber sie winkte Markus herbei, falls ihr die Ruhe oder die Worte abhandenkommen sollten. Wenn sie Michaels Respekt gewinnen wollte, hatte sie nur eine Chance: sich ihm stellen und aus dem Herzen antworten.

»Sollten Sie auch nicht. Sie haben mich missverstanden. Ich dachte tatsächlich, dass diese Zeremonie sich zu klein angefühlt hat. Das ist ein Ende – ein Begräbnis, stelle ich mir vor. Sicherlich hat es mehr als dieses einsame Schauspiel verdient, ganz egal, wie man die Politik der DDR sieht. Mehr als dieses Gefühl von, ich weiß nicht: Peinlichkeit?«

Michaels Züge wurden weich, dann lächelte er. Nicht zum ersten Mal an diesem Tag spürte Karen Tränen aufsteigen.

»Es scheint, ich sollte mich bei Ihnen entschuldigen. Ich habe Sie falsch eingeschätzt.« Er hielt inne, während die Soldaten den Platz verließen. »Peinlichkeit. Leider muss ich sagen, dass das Wort gut gewählt ist. Denn das wird die DDR in dieser wiedervereinigten Welt sein. Sie wird als Relikt in die Geschichte eingehen, ein Museumsstück, das nur noch als real erinnert wird, solange die alten Frauen und Männer noch leben.«

»Bloß der Schaden, der im Namen der DDR so vielen Menschenleben zugefügt wurde.« Markus beobachtete ebenfalls die letzten Soldaten. »Der wird immer wieder aufgewärmt werden, und er wird zweifellos viel länger bestehen bleiben als das Land.«

Die beiden Männer sahen einander an. Karen wusste, dass

Markus eine Frage stellen musste, es aber nicht recht schaffte. Sie schob ihre Hand in seine. »Halten Sie das für etwas Schlechtes? Dass man sich an die Sünden erinnert?«

Sie freute sich für seinen Sohn, als Michael antwortete. »Nein, Karen. Ich bin der Ansicht, dass Menschen für das zur Rechenschaft gezogen werden müssen, was zu schnell daraus entstanden ist, unseren Idealen gefolgt zu sein. Und ich glaube, dass es Menschen gibt, die dringend Antworten brauchen. Die jede Hilfe verdient haben, um sie zu finden. Was auch immer Sie nach unserer letzten Begegnung oder seitdem Sie erfahren haben, was Ihr Vater und ich getan haben, über mich denken, so haben Sie mich zumindest das gelehrt.«

Er bot ihr seinen Ellbogen an. »Und nun, nachdem dieser Teil der Vergangenheit zur Ruhe gebettet ist, wollen wir unsere eigene anpacken?«

Karen zögerte, bevor sie sich bei ihm unterhakte. »Mein Vater hat Angst, dass Sie ihm die Schuld an Lieses Selbstmord geben.«

Michael nickte, als sie über den Platz gingen. »Vielleicht stimmt das sogar, solange ich sein Gesicht noch nicht gesehen und seine Geschichte noch nicht gehört habe.«

Die Fahrt zum Hotel verlief in gedrückter Stimmung: Sie waren alle in ihren Sorgen um die bevorstehende Begegnung versunken.

Karen hatte gehofft, ein paar Momente mit ihrem Vater allein zu haben, um ihm zu erklären, woran Michael gerade teilgenommen hatte, und wie traurig es ihn gemacht hatte, aber Andrew wartete bereits in der mit Sofas ausgestatteten Hotellobby. Er trug seinen Tweedanzug und hatte eine Tasse Tee neben sich auf der einen Seite stehen, auf der anderen lag eine Zeitung, die beim Kreuzworträtsel aufgeschlagen war. Nie hatte er britischer ausgesehen.

Die Begrüßung war linkisch. Hände wurden ineinander gestoßen, und steife Worte überlappten und vermischten sich, als Karen und Markus beisprangen, um die Situation aufzulockern. Auch wenn Karen wusste, dass Andrew Deutsch geübt hatte und besser sprach, als sie erwartet hatte, tat er es doch sehr langsam, weil er es einfach zu selten brauchte. Michael gab vor, weniger zu verstehen als er tatsächlich tat, und drehte sich demonstrativ zu Markus um, bis dieser die Hände in die Luft warf und sich weigerte, Dinge zu übersetzen, die nicht übersetzt werden mussten. Andrew bestellte Tee für alle; Michael bestand auf Kaffee. Karen wollte schon verzweifeln, weil sie keinen gemeinsamen Nenner fanden, aber dann setzten sich alle, und die Ähnlichkeiten zwischen den beiden Männern überwältigte sie.

Nicht nur ihr Äußeres, sondern auch ihre Manieren waren wie aus einem Guss. Sie waren beide groß, breitschultrig und mit ausgeprägten Gesichtszügen, und das graue Haar und die Zeichen des Alters, die zugleich schärfer waren und weicher zeichneten, hatten sie einander viel ähnlicher werden lassen, als sie es auf dem Hochzeitsfoto gewesen waren. Selbst ihre Stimmen klangen wie ein Echo der jeweils anderen. Ihre Tonlage war tief und nachdenklich und passte besser zu ernsthaften Gesprächen als zu leichten Scherzen. Und die Augen von beiden funkelten vor Wärme, Wehmut und Trauer, wenn Liese erwähnt wurde.

»Habt ihr denn keinen Kontakt gehalten?«

Wie beabsichtigt unterbrach Karen mit ihrer Frage ein möglicherweise peinlich werdendes Schweigen, und sie überraschte beide Männer damit.

»Nein«, antwortete ihr Vater. »Wir waren nie der Auffassung, dass wir das sollten. Außer einem Brief, dass wir gut in England angekommen waren, habe ich es, glaube ich, nie in Erwägung gezogen.« Er verstummte. Karen sah, dass er nach Worten suchte. Er bahnte sich seinen Weg durch eine Sprache, die er seit Jahren nicht mehr richtig gesprochen hatte, fest entschlossen, sich davon nicht abbringen zu lassen. »Im Rückblick würde ich sagen, es war beabsichtigt, nicht, Michael? Keiner von uns wollte eine größere Rolle im Leben des anderen spielen, als wir es bereits getan hatten.«

Michael nickte. »Bei dir, ja. Ich habe dennoch an Liese geschrieben, wenn auch nicht so regelmäßig, wie ich es wollte. Es war nicht leicht, vor allem, als die Uneinsichtigkeit des Westens Russland 1948 zur Berlinblockade zwang und es von der restlichen Welt isolierte. Aber als die wieder aufgehoben war, tat ich mein Bestes, um Kontakt zu halten. Hat sie dir meine Briefe gezeigt oder dir davon erzählt?«

Andrew schüttelte den Kopf. Michael seufzte. Es klang, als ließe er eine Hoffnung fahren, an der er lange festgehalten hatte. »Dann ist es so, wie ich befürchtet habe: Meine Briefe haben ihr nichts bedeutet. Sie hat keinen einzigen davon beantwortet. Am Anfang redete ich mir noch ein, dass ihre Antworten mich nicht erreichten, weil ich in den ersten Jahren nach eurer Abreise so oft umgezogen bin. Aber dann kam auch keine Antwort auf eine Karte, die ich 1953 mit meiner festen Adresse schickte, und ich konnte mir nicht länger vormachen, dass es ihr egal war. Danach habe ich aufgehört zu schreiben.«

Andrew füllte seine Tasse wieder auf. »Vielleicht habe ich eine Rolle dabei gespielt. Ich habe sie ermutigt, Deutschland ganz hinter sich zu lassen. Ich habe dich da nicht ausdrücklich mitgemeint, aber …«

»Aber es tut dir auch nicht leid, falls sie es so aufgefasst hat.«

Andrew zuckte die Achseln. »Es ist nicht so, als hätte es ihr gutgetan, wenn sie sich zurückerinnerte. Also nein, es hat mir nicht leidgetan.«

Karen beobachtete mit wachsendem Unbehagen, wie die beiden Männer einander umkreisten. Sie waren beide stur und so entschlossen zu beweisen, dass sie das Beste für Liese im

Sinn gehabt hatten. Sie wollte nicht, dass das Treffen endete, bevor sie ihnen ihren Plan für die restliche Reise dargelegt hatte, aber sie hatte das ungute Gefühl, dass die Unterhaltung sich gerade in diese Richtung entwickelte. Sie blickte zu Markus hinüber, der nickte und sich ins Gespräch einschaltete, bevor Michael antworten konnte.

»Vielleicht war es nicht Ihr Einfluss, der sie davon abgehalten hat zu schreiben, Mr Cartwright. Es könnten auch Schuldgefühle oder Angst gewesen sein.«

Michael, der seinen Zorn nur mühsam beherrschte, wandte sich von Andrew ab und seinem Sohn zu. »Wovon sprichst du?«

Markus drehte sich zu seinem Vater und sprach langsam genug, damit Andrew ihm folgen konnte, als hätte er Michaels scharfen Ton gar nicht bemerkt. »Karen hat mir von den Problemen erzählt, die Liese in ihrem letzten Lebensjahr hatte. Wir konnten noch nicht ausführlich darüber sprechen, aber soweit ich verstanden habe, zeigt sich in ihrem Album eine Angst, geschnappt zu werden, und dazu Schuldgefühle wegen mehrerer Dinge, die sie sich vorwarf. Manche ihrer ›Verbrechen‹ ergeben mehr Sinn als andere, aber die Geschehnisse um den Tod der Wärterin stechen heraus.« Er wartete kurz ab, ob Karen ihrem Vater helfen musste, dann fuhr er fort. »Vielleicht hatte Liese das Gefühl, euch in zu große Gefahr gebracht zu haben. Und du warst schließlich derjenige, der immer noch im Lande war, falls die Dinge ans Licht kämen. Vielleicht war sie einfach damit überfordert, den Kontakt zu halten.«

»Markus könnte recht haben.«

Zu Karens Erleichterung war der streitsüchtige Ton aus der Stimme ihres Vaters verschwunden. Er rieb sich die Augen und hustete, sein Ton wurde versöhnlich. »Sie hat dich vermisst, Michael. Wenn sie deine Briefe bekommen hat, müssen sie ihr viel bedeutet haben. Sie erwähnte dich manchmal nach Karens Geburt und fragte sich, ob es dir gut ginge. Mir kam in den Sinn, dass ich versuchen sollte, dich zu finden, aber ich wusste nicht, wie. Ich wusste nichts von der Postkarte, bevor Karen sie gefunden hat. Liese kann auch vergessen haben, dass sie sie überhaupt besaß.«

Plötzlich unterbrach er sich und setzte sich aufrechter hin. »Es tut mir leid, Michael. Ich wäre dir mehr schuldig gewesen. Die Wahrheit ist, dass ich Angst hatte. Dass sie mich eines Tages trotz ihrer Entscheidung beim Fund der Leiche doch noch verlassen und dich wählen würde. Davor hatte ich unsere gesamte Ehe Angst.«

Er sackte zusammen, als hätte das Geständnis ihn erschöpft.

Michael brauchte ein paar Anläufe, bevor er anfing zu sprechen. Karen griff nach Markus' Hand, um ihn davon abzuhalten, seinem Vater Worte in den Mund zu legen. Als Michael sich wieder gefasst hatte, war seine Stimme genauso versöhnlich wie die von Andrew. »Da irrst du dich gewaltig. Das hätte sie nie gekonnt. Du hast sie doch gehört: Immer wenn Liese mich angesehen hat, hat sie Lotties Schatten gesehen. Das zu hören hat mehr wehgetan, als ich sagen kann, aber ich habe nie bezweifelt, dass es ihr ernst war. Sie hat sich für dich entschieden, und das war richtig. Lieses einzige Chance auf Glück und auf Sicherheit lag darin, dich zu heiraten.«

Andrew schüttelte schon den Kopf.

Karen wiederholte Michaels Worte auf Englisch für den Fall, dass Andrew ihnen nicht ganz hatte folgen können, aber das war eindeutig nicht das Problem. Er verstand, was Michael gesagt hatte, akzeptierte es aber nicht. Karen ertrug es nicht, sie beide in dieser Schleife aus Schuld und Verleugnung zu sehen. Sie wandte sich Markus zu. »Sag ihnen, was du weißt.«

Auf ihr Stichwort breitete er die Fakten aus. »Es gab eine Mordermittlung in dem Fall.«

Seine Unvermitteltheit riss Andrew und Michael aus dem Nebel, der sie umgab, genau wie Karen es sich erhofft hatte. Ihre Köpfe ruckten nach oben, als wären sie mit demselben Seil hochgezogen worden. Markus drehte sich zu seinem Vater. »Der Originalartikel über die gefundene Leiche, den du aufgehoben hast, war aus der *Berliner Morgenpost*. Ich bin zu den Büroräumen gegangen und durfte ins Archiv. Es waren mehr Artikel erschienen als der, den du aufgehoben hast. Hast du nie einen davon gesehen?«

»Nein.«

Der Schock in Michaels Gesicht zeigte, dass er die Wahrheit sagte. »Als Liese weg war, habe ich mich in die Arbeit gestürzt. Damals habe ich geschrieben, und ich war immer öfter im russischen Sektor in Berlin und den Doktrinen verbunden, die schließlich, 1949, den Osten vom Westen abschnitten. Eine solche Zeitung ist sicher rasch von meinem Radar verschwunden. Und die Zeitungen, die ich gelesen habe, hätten den Tod eines Nazis nicht erwähnt, wenn es keinen besonderen Bezug zu Russland oder dem kommunistischen Kampf gab.« Er zuckte die Schultern. »Ich habe mein Leben in einer eng begrenzten Welt gelebt, und ich bin zu alt, um mich dafür zu entschuldigen.«

»Das musst du auch nicht. Wichtig ist nur, dass ihr beide die Wahrheit jetzt erfahrt.«

»Dann wurde die Wärterin identifiziert? Ich nehme an, wegen der Narbe auf ihrer Hand?«

Ihr Vater klang so müde, dass Karen ihre Finger zwischen seine schob und seine Hand drückte.

Markus nickte. »Ja. Nach allem, was ich gefunden habe, hat es fast sechs Wochen gedauert, bis die Autopsie stattfinden und die Leiche mit den Vermisstenanzeigen abgeglichen werden konnte. Ihr Name war Hilda Grieff, und sie war vierunddreißig. Sie hatte ihr ganzes Leben in Fürstenberg gewohnt. Es gab nichts Besonderes über sie, außer ihrer Berufswahl, aber wenn es stimmt, was in der Zeitung steht, war der halbe Ort, genau wie sie, dort im Lager angestellt. Zuerst hat ihr Ehemann auf den Putz gehauen und gefordert, ihr Mörder müsse gefunden und zur Rechenschaft gezogen werden. Dann verstummte er plötzlich, und das hat die *Morgenpost* interessiert. Sie haben nicht lang gebraucht, um herauszufinden, dass sie eine Wärterin gewesen war, zumal die Ravensbrück-Prozesse noch nicht zu Ende waren. Die Redakteure haben sogar ein Foto von ihr in Uniform ausgegraben. Das hat dem einen oder anderen Gedächtnis auf die Sprünge geholfen. Jemand hat sich an sie erinnert.«

»Also ist das eingetreten, wovor wir die größte Angst hatten.«

Karen war sich nicht sicher, wer von den beiden das gesagt hatte.

Markus korrigierte sich rasch. »Ja, aber es war nicht so eindeutig, wie es sich anhört. Irgendwer erinnerte sich daran, dass am See ein Kind getötet worden war, aber keiner kannte den Namen, und das Datum war auch unklar. Aber die Zeitung hat damals voller Entsetzen darüber berichtet, und wenn Liese in Berlin gewesen und das gesehen hätte …«

»Hätte sie vielleicht Panik bekommen und sich gestellt.«

Michael saß auf der Sofakante und starrte Andrew an. »Wir haben das Richtige getan, sie wegzubringen. Siehst du, das ist der Beweis. Was auch dabei herausgekommen ist, unser, nein, dein Instinkt war richtig.«

Karen und Markus lehnten sich zurück, als Andrew nickte. »Gott sei Dank. Gott sei Dank. Ich war mir nie sicher. Ich hatte immer die Sorge, dass ich vielleicht nur aus Eigeninteresse gehandelt hatte.«

Die Stimmung zwischen den beiden Männern veränderte sich. Michael streckte die Hand aus. Andrew ergriff sie. Sie saßen schweigend, mit gesenkten Köpfen und verschränkten Händen da, so reglos, als wären sie in Stein gemeißelt.

Als Markus weiterredete, war seine Stimme belegt. »Nach dieser Erkenntnis scheint die Ermittlung im Mordfall Grieff einfach im Sande verlaufen zu sein. Der letzte Bericht, den ich finden konnte, sagte lediglich, dass es keine Verdächtigen gab. Ich bezweifle, dass irgendjemand noch Lust auf die Sache hatte, denn immerhin war der Gerechtigkeit genüge getan worden, und zwar hatte es die richtige Person erwischt. Die Spur endet dort.«

»Danke.«

Sie ließen die Hände los und wurden wieder zu den Einzelpersonen Andrew und Michael.

Markus nickte Karen zu, die um eine feste Stimme kämpfte. »Nun wisst ihr es also. Ihr habt ihr so gut geholfen, wie ihr konntet. Ihr habt sie gerettet und euch auch, was meiner Meinung nach Lieses Absicht war. Daran will ich mich halten, und nicht mehr daran, wohin es geführt hat. Wir sollten uns alle daran halten. Und deshalb haben Markus und ich überlegt, dass es vielleicht Zeit ist, Lieses und Lotties Geschichte zu einem Ende zu bringen, jedenfalls für uns beide. Wir dachten, wir würden gern das Lager besuchen, wenn ihr euch auch danach fühlt.«

Sie ließ ihnen Gelegenheit, Einwände zu erheben, doch keiner von beiden tat das.

»Anscheinend ist es in einem schlechten Zustand, und die russischen Behörden, die es nach der Teilung Deutschlands übernommen haben, lassen nicht gern jemanden hinein. Sie haben wohl Angst, faschistische Sympathisanten anzulocken - eine bessere Bezeichnung fällt mir nicht ein –, und dort sind immer noch Soldaten stationiert. Aber Markus, na ja, er hat Ihren Namen benutzt, Michael, und uns eine Zutrittsgenehmigung zu einigen Teilen des Lagers besorgt. Und er hat eine Frau gefunden, eine ehemalige Insassin, die uns dort trifft und uns herumführen wird. Wir könnten übermorgen alle zusammen hinfahren und uns von der Vergangenheit verabschieden. Wenn ihr glaubt, es könnte hilfreich sein.«

Sie verstummte. Michael und Andrew waren so still, dass sie ihre Reaktion nicht einschätzen konnte.

»Das ist ein guter Plan, Karen, ein großzügiger und gut durchdachter. Ich verstehe, warum mein Sohn sich so zu Ihnen hingezogen fühlt.« Michael lächelte, als sie errötete. »Mir würde es helfen, und ich könnte mir denken, dir auch?« Er wandte sich zu Andrew, der nickte und erneut Karens Hand nahm.

»Gut.«

Michael richtete sich auf, klatschte in die Hände und verwandelte sich wieder in den Michael zurück, den Karen kannte. »Und jetzt ist es Zeit, dass ihr geht.«

»Was meinst du damit?«

Der plötzliche Wechsel im Tonfall von Dankbarkeit zu Entlassung erwischte Markus auf dem falschen Fuß. Karen, der vor Erleichterung fast schwindelig war, weil das Treffen so gut verlaufen war, gab sich Mühe, nicht laut zu lachen, als sie seine empörte Miene sah. Michael ignorierte es.

»Das war ein Tag voller Enthüllungen, die verdaut werden müssen. Jetzt müssen Andrew und ich Jahre aufholen und an Gespräche anknüpfen, bei denen nur wir beide nötig sind. Berlin feiert; ihr solltet rausgehen, mitfeiern und an eurer Zukunft arbeiten.«

»Aber was ist mit dir? Wie kommst du nach Hause?«

Nun übernahm Andrew den respektlosen Ton von Michael. »Wie jetzt? Glaubt ihr etwa, ein Soldat und ein Widerstandskämpfer schaffen es nicht, ein Abendessen und eine Fahrt zu managen? Oder eine Nacht mit Feuerwerk und Feierlichkeiten, falls uns danach ist?«

Er grinste, als Markus Luft holte.

»Na los, macht, was Michael sagt, ihr zwei. Lasst ihn und mich heute Abend so alt oder so jung miteinander sein, wie wir wollen.«

Karen zog Markus hoch. »Sie sind mit uns fertig. Und sie scheinen sich jetzt bestens zu verstehen. Wir sollten abhauen, bevor sie ihre Meinung ändern und uns zwingen zuzuhören, wenn sie der alten Zeiten gedenken.«

Sie warf den beiden lächelnden Vätern Kusshändchen zu und zog Markus aus dem Hotel, bevor er Einwände erheben konnte. Michael hatte recht: Es war Zeit, nach der Zukunft zu greifen, die auf sie wartete.

Draußen war es dunkel, in der kalten Luft lag schon der dichte, nach Schwefel riechende Rauch des Feuerwerks, das rosa, blau und grün am samtschwarzen Himmel erblühte. Menschengruppen strömten über den Fluss zum Brandenburger Tor, auch wenn es noch Stunden dauern würde, bis die Freiheitsglocke läutete und Berlin wieder zu einer einzigen, geeinten Stadt erklärt würde. Karen und Markus wurden sofort von einer Gruppe lachender Menschen aufgenommen. Die Leute hatten sich in die schwarz-rot-goldene Flagge gewickelt, die sie jetzt alle repräsentierte. Manche trugen ihre wie einen Poncho und hatten die Köpfe dort durchgesteckt, wo früher das DDR-Emblem gewesen war.

Der Gegensatz zwischen dem, was sich hier, im Westen, vor ihnen abspielte und zumindest noch die nächsten Stunden andauern würde, und der Zeremonie, die Karen an diesem Morgen im Osten miterlebt hatte, war so groß, dass sie erschauderte und sich an Markus drückte. »Glaubst du, dass die Wiedervereinigung so gut sein wird, wie alle hoffen?«

»Nein. Sie wird besser und schlimmer sein, aber es gibt sie, und ich bin jung genug, um mich darüber zu freuen.« Er lächelte zu ihr hinunter. »Die Mauer ist gefallen und hat Türen geöffnet, durch die ich nie zu gehen gehofft hatte. Ich könnte in den Westen ziehen und Psychologie studieren, wie ich es immer wollte, mir einen oder zwei Träume erfüllen.«

Geöffnete Türen, Träume erfüllen; nun war sie an der Reihe. »Ich könnte auch herziehen. Meine Firma eröffnet in Berlin ein Büro. Sie möchten, dass ich es leite.«

Er blieb stehen, lächelte so breit, dass seine Augen in den

Fältchen verschwanden und zog sie in die Arme. Karen lachte auf, als ihre Füße vom Boden gehoben wurden.

»Bist du bereit dafür?«

Seine Antwort ging in den Freudenrufen der Menge und der Musik, die sich aus den Fenstern um sie herum gegenseitig an Lautstärke überbot, fast unter. Fast, aber nicht ganz.

»Für alles, Karen Cartwright. Für alles.«

KAPITEL 19

KAREN

KONZENTRATIONSLAGER RAVENSBRÜCK, OKTOBER 1990

Die Fahrt von Berlin nach Fürstenberg dauerte fast zwei Stunden. Fast die gesamte Zeit über kommentierte Michael die technischen Errungenschaften der DDR.

Die holprigen Straßen mit immer tieferen Schlaglöchern, über die Markus dauernd schimpfte, waren zu militärischen und landwirtschaftlichen Zwecken angelegt worden, nicht für »müßige Tagesausflügler«, deshalb durften sie auch nicht an »Markus' wenig sachkundiger Vorstellung von höheren westlichen Standards gemessen werden«. Die riesigen Schwadmäher, die zehnmal so groß waren wie alle landwirtschaftlichen Fahrzeuge, die Karen in England je gesehen hatte, waren Gerätschaften des »Kollektivs« und »Produktionsvorbilder, von denen der Westen noch was lernen konnte«. Niemand hörte wirklich hin, stattdessen ertrugen sie es mit Geduld.

Als sie sich allerdings ihrem Zielort näherten und sich die öde Landschaft mit ihren Maschinen dann und wann in dicht bewaldetes Gebiet wandelte, das mit Flüssen und Seen durchzogen war, wurde sogar Michael still. Der Baldachin aus Baumkronen, die über ihnen in sonnendurchfluteten Schattierungen von Grün und Gold tanzten, waren zu idyllisch, um sich damit wohlzufühlen, wenn man die Horrorszenarien bedachte, die sich hier abgespielt hatten.

»Das muss der Ort sein. Wir könnten hier kurz Pause machen und einen Kaffee trinken, wenn einer von euch das Bedürfnis hat?« Karen deutete auf einen schmalen Turm, der über die Bäume hinausragte, und eine Reihe roter, moosbewachsener Ziegeldächer.

Als zwischen den Bäumen weitere Häuser mit Fachwerk sichtbar wurden, musste sie sich bremsen, sich nicht dauernd zu sagen, wie verschlafen, bezaubernd und märchenhaft schön es hier war. Andrews Bemerkung, es müsse beschämender aussehen, fasste ihre Gefühle besser in Worte.

Keiner wollte sich länger aufhalten. Spätmorgendlicher Hunger war vergessen. Sie fuhren schweigend weiter, auf einer Kopfsteinstraße verließen sie den Ort und wurden in ihrem leicht gebauten Trabi bis auf die Knochen durchgerüttelt. Nirgends an der Straße gab es ein Hinweisschild auf Ravensbrück, obwohl Karen sich die ganze Zeit suchend danach umdrehte. Schließlich musste Markus sie bitten, stillzusitzen.

»Das ist der richtige Weg, am Bahnhof vorbei. Ilse sagte, wir müssen einfach weiterfahren, und dass man eher über das Lager stolpert, als es vorher zu sehen. Um es mit ihren Worten zu sagen: ›Die Nazis haben Abgeschiedenheit bevorzugt, und das kam der Stadt entgegen.‹«

Ilse Neumann war die Frau, die drei Jahre im Lager überlebt hatte. Markus redete, seit ein Kollege von dem geplanten Ausflug nach Ravensbrück gehört und ein Treffen arrangiert hatte, ständig von ihr. »Beeindruckend« war dabei sein meistbenutztes Wort. Karen hatte sich eine grimmige, kriegerisch aussehende Frau vorgestellt, die Züge einer Amazone trug. Doch die Frau, die sie erwartete, als sie das Auto vor der hohen Mauer und dem fest verschlossenen Tor parkten, war klein, sehnig und trug Tweedkleidung, die der von Andrew glich. Als sie herüberkam, um sich vorzustellen, fiel Karen auf, dass sie stark hinkte.

»Wer von Ihnen ist Michael Wasserman?«

Ilses Blick wanderte über Michael und Andrew, als würde sie eine Kohorte enttäuschender Truppen inspizieren. Beide Männer streckten den Rücken durch.

Michael trat vor, wie um zu salutieren. Ilse verschwendete keine Zeit, indem sie ihn zu Wort kommen ließ.

»Gut. Nun, Ihr Name hat uns alle hergebracht, also kommen Sie am besten mit mir und beruhigen den Russen.«

Sie nickte den anderen knapp zu und ging dann zurück zum Tor, wobei sie Michael bedeutete, ihr zu folgen. Von dort aus, wo sie stand, konnte Karen die Ausläufer des Sees sehen. Sie drehte sich um und kämpfte den verzweifelten Impuls nieder, hinzulaufen. Sie hatten einander versprochen, gemeinsam dorthin zu gehen, und zwar zuletzt. Karen wusste, dass ihr die Knie weich werden würden, wenn sie daran dachte, wie ihre Mutter am Wasser gestanden hatte und die Wärterin sich Lottie geschnappt hatte. Stattdessen konzentrierte sie sich auf das Tor. Dort war Ilse in ein Gespräch mit einem Soldaten vertieft, der aussah, als sollte er noch zur Schule gehen.

Was auch immer sie sagte, es klappte. Sie schüttelten die Hände, klopften einander auf den Rücken und das Tor wurde geöffnet. Der Soldat winkte die restliche Gruppe herbei und zog sich zurück. Karen ging rasch über den Weg, Markus und ihr Vater kamen langsam hinterher. Sie folgten Ilse durchs Tor, um die Baumstümpfe und Wurzeln herum, die sich um die Außenmauern wanden. Der Anblick, der sie erwartete, als sie durch das schwere Metalltor getreten war, ließ sie abrupt stehen bleiben. Der Platz, auf dem sie standen, war groß und in desolatem Zustand; die Hälfte bestand aus zerbrochenem Beton, die Hälfte war wild von Unkraut überwuchert.

»Ich habe Gebäude erwartet, so wie ich sie auf Bildern

anderer Lager gesehen habe. Haufenweise Gefängnisbauten, die wie Armeebaracken verteilt sind.«

Ilse schüttelte den Kopf. »Früher gab es die. Als ich hierhergebracht wurde, lagen sie wie aufgefächert zu beiden Seiten einer breiten Straße, und an den Rändern wuchsen aus Gründen, die ich nie verstanden habe, rote Blumen. Aber die Russen haben das Lager in den Fünfzigern zu einem Panzerstützpunkt umfunktioniert und alles niedergerissen. Wo wir jetzt stehen, war früher der Appellplatz, wo die ihre Zählappelle abhielten und ihre niemals endenden Selektionen. Das war für die meisten von uns der Anfang und das Ende, wenn man so will.«

Meine Mutter war Jüdin, deshalb bin ich auch Jüdin.

Diese Erkenntnis war Karen noch nie gekommen, aber jetzt konnte sie sich ihr nicht entziehen. Was Ilse hier beschrieb, hätte auch ihr widerfahren können. Für einen Sekundenbruchteil stand sie nun gleichermaßen an diesem eingefrorenen Ort und wartete darauf, ob sie einen schnellen oder einen langsamen Tod sterben würde. Karen blinzelte, als ihr bewusst wurde, wie real das alles war und dass die Leben, die hier geendet hatten, und diejenigen, die ertragen werden mussten, wichtig waren und es verdienten, dass man von ihnen erzählte. Hinter ihr schniefte einer der Männer und hustete. Ihre eigenen Augen waren so trocken, dass sie brannten.

»Wie viele Frauen sind hierher gebracht worden?«

Ilse führte sie tiefer in das Lager und zeigte ihnen, wo die Hauptbarracken gelegen hatten.

»Die Gesamtzahl während des Krieges? Ich bin mir nicht sicher, ob irgendjemand diese Zahl mit Gewissheit kennt. Ich hörte mal hunderttausend, aber seit die Sowjets das Lager übernommen haben, hat keiner mehr nachgeforscht, und soweit ich weiß, sind keine Zahlen veröffentlicht worden. Ich weiß nur, dass die Zahl der Überlebenden viel kleiner ist als die der Internierten. Und dass wir aus ganz Europa gekommen sind – aus Frankreich, Deutschland, Polen, Russland, eine Handvoll sogar aus England. So viele verschiedene Sprachen. Wenn man noch die Roma mit ihren verschiedenen Dialekten dazu zählt, war es ein richtiger Turm zu Babel.«

»Wer war hier gefangen? Hauptsächlich Jüdinnen?«

Ilse zuckte die Schultern. »Einige schon. Am Anfang waren es mehr; zumindest habe ich es so gehört, aber die Wärterinnen haben sie sehr schnell dezimiert. Wir waren ganz verschieden: Jüdinnen, Kommunistinnen, Sinti und Roma, lesbische Frauen, Prostituierte, russische Soldatinnen. Alle Arten von ›Beleidigung echter Weiblichkeit‹, die man sich vorstellen kann. Ich glaube, das Einzige, was wir alle neben unserem Geschlecht gemeinsam hatten, war, dass die Nazis uns für abartig und überflüssig gehalten haben, im Hinblick auf ihr ›neues Deutschland‹. Und dass wir geschnappt worden sind.«

Ilse lächelte, doch es lag kein Humor darin. Sie deutete auf einen Stapel zerbrochener Balken, die von Unkraut überwuchert waren. »Hier haben die Öfen gestanden. Ich bin als Kommunistin hergekommen. Hätten die gewusst, dass ich auch Jüdin war, wäre ich sofort in einem gelandet.«

Karen fiel keine einzige vernünftige Antwort ein. Als ihr Vater etwas sagte, war sie froh, eine andere Stimme zu hören, auch wenn sie so dünn klang wie die spärlichen Grashalme auf dem Betonboden.

»Wird meine Frau gelitten haben? Soweit wir wissen, war sie nur ein paar Wochen gegen Kriegsende hier. Wir wissen von den Selektionen und den Gaskammern, und es gab Gerüchte über medizinische Experimente. Deshalb frage ich mich, ob sie hier wohl gelitten hat? So sehr wie Sie und andere Frauen, die gezwungen waren, das alles länger zu ertragen?« Er schaute zu Ilses krummem Bein. »Die grausam behandelt wurden.«

Schweigen breitete sich aus. Karen wünschte sich verzweifelt, dass Ilse mit einem schlichten *Nein* antworten würde, und wusste doch, dass sie das nicht konnte. »Ich weiß nicht, welche Antwort ich Ihnen darauf geben kann. Wieso glauben Sie, dass ich das einschätzen kann? Hinterlässt eine Woche weniger Narben als ein Monat oder ein Jahr? Ist eine kurze Dauer des Horrors schlimmer als eine lange, weil man sich dann daran gewöhnt? Es war die Hölle hier. Ein anderes Wort gibt es dafür nicht. Niemand wandert durch die Hölle und kommt ohne Verbrennungen daraus hervor. Wir haben alle gelitten. Aber das wissen Sie, sonst wären Sie nicht hier, um nach den Aspekten Ihrer Frau zu suchen, die Sie nie wirklich kannten.«

Sie stockte und sah weg. »Die einen haben hier gelitten und sind hier gestorben. Andere wurden befreit. Ich bezweifle, dass irgendjemand dem Leiden entgangen ist, oder ihm bis heute entgeht.«

»Wie meinen Sie das?«

Ilse drehte sich um und sah Karen ins Gesicht, anstatt ihre Kommentare der Gruppe hinzuwerfen. »Manche Schmerzen kann man leichter erkennen. Bei Ihrer Mutter zum Beispiel finden Sie den Schmerz in der Entscheidung, die sie getroffen hat. Bei anderen ist der Schmerz stiller, aber dennoch da. Niemand spricht darüber, wissen Sie. Niemand erinnert sich. Es gibt hier am See eine Gedenkstätte. Sie ist wunderschön. Aber sie ist russisch, für die russischen Frauen und die kommunistischen Märtyrerinnen. Ein sehr spezielles Kunstwerk. Der Rest von uns ist vergessen. In alle Lande verstreut, ohne Stimmen, ungehört. Die meisten von uns können einander auch nicht mehr finden. Wir leben mit unseren Albträumen und mit der Scham, was dieser Ort uns angetan hat, was er aus uns gemacht hat. Wie ich schon sagte: Was auch immer aus uns geworden ist, unser Leben ist noch immer überschattet von dem, was uns hier widerfahren ist.«

Karen hatte erwartet, Schmerz in Ilses Stimme zu hören. Die Resignation war noch schlimmer.

»Was wünschen Sie sich? Was könnte helfen, falls überhaupt etwas hilft?«

Zum ersten Mal, seit sie angekommen waren, schlich sich

etwas Wärme in Ilses resolute Haltung, als sie Karens zögerliche Frage beantwortete.

»Das hat mich noch nie jemand gefragt.« Sie beugte sich vor und hob ein Stück Geröll auf. »Wir sind alle durch einen Ort zusammengebracht worden. Jetzt brauchen wir unterschiedliche Orte für unsere Geschichten. Orte, an denen wir in Erinnerung bleiben.«

Karen nickte. Durch ihren Kopf wirbelten Gedanken, die sie nicht aussprechen konnte.

Danach hatte niemand mehr Fragen.

Andrew und Michael waren erschöpft, das konnte Karen erkennen. Markus hielt sich um sie herum auf, stützte einen Ellbogen, wenn sie über unebenen Boden gingen, flüsterte ermutigende Worte, wenn die beiden alten Männer strauchelten. Ilse führte sie wieder aus dem Lager hinaus und zum See, an dem das russische Denkmal stand. Es war, wie sie gesagt hatte, herzzerreißend schön. Eine ausgemergelte Frau stand auf einem Sockel, den Kopf zum Himmel gestreckt, und wiegte in den Armen den gebrochenen Körper einer zweiten Frau, die sichtlich dem Tod nahe war.

Ilse bot an, ihnen die Geschichte der Statue zu erzählen, aber keiner von ihnen wollte sie hören. Sie alle hatten eine eigene Version dazu.

Als Ilse zurücktrat, bildeten die vier eine Reihe und blickten über den See mit seinen lang verschluckten Geheimnissen hinweg. Niemand sagte etwas; es war nicht mehr nötig.

Einer nach dem anderen küssten sie die zwei weißen Rosen, die jeder von ihnen mitgebracht hatte. Eine für Liese und eine für Lottie.

Einer nach dem anderen warfen sie die Blumen in das still liegende Wasser.

Es platschte nicht, und kein Wasser spritzte auf.

Jede Rose landete sanft auf der Oberfläche, in ihrer Schönheit so vollkommen wie die Liebe, für die sie stand.

EPILOG

BERLIN, SEPTEMBER 2001

Wir brauchen Orte. Für unsere Geschichten. Um in Erinnerung zu bleiben.

Karen sah zu, wie die Sonne auf den glatten, silberfarbenen Wänden des kürzlich fertig gebauten Jüdischen Museums spielte.

Das ist ein solcher Ort, und es werden mehr.

»Das ist aber groß. Hast du das ganze Ding gebaut?«

Karen bemerkte, dass Lottie an ihrer Hand zog, und richtete ihre Aufmerksamkeit vom Museum auf ihre Tochter. »Nein, Mäuslein. Ich bin nur ein kleiner Teil eines sehr großen Teams. Komm, lass uns hineingehen. Daddy und ich wollen dir etwas Besonderes zeigen, bevor das Museum morgen für alle eröffnet wird und wirklich voll wird.«

Sie lächelte Markus zu, der das kleine Mädchen auf den Arm hob und Karen durch die riesige Eingangshalle hinein und in die unteren Stockwerke und die Hauptausstellungsräume folgte.

»Wir sind da.«

Sie brauchte nicht mit dem Finger darauf zu zeigen. Lottie hatte sich schon aus den Armen ihres Vaters gewunden und war schnurstracks zu dem Schaukasten gelaufen, dessen Inhalt wie eine Wolke leuchtete, obwohl die Hauptbeleuchtung noch nicht eingeschaltet war. Als Karen und Markus zu ihr kamen, stand Lottie mit Nase und Händen ans Glas gepresst da.

»Ist es nicht schön?«

Lottie nickte, drehte sich aber nicht um.

Das Kleid, in dessen Bann das kleine Mädchen geraten war, war aus Goldlamé und floss an der Modepuppe herab. Es hatte eine wallende Schleppe und war in der Mitte von einem Strassgürtel zusammengehalten. Am auffälligsten waren jedoch die Ärmel. Sie schienen aus Spiralen und Falten zu bestehen, die ihrerseits so geschickt gedreht und gezwirbelt worden waren, dass sie sich wie Weinreben um den Arm schlängelten. Es war die Art Kleid, die im Kopf der Besucherinnen sofort lebendig werden würde, wenn sie ihm den Rücken zudrehten, das wusste Karen.

»Siehst du die Karte, Lottie? Dieses Kleid wurde in Haus Elfmann gemacht, dem Modehaus, das den Eltern von Grandma Liese gehörte und in dem sie aufgewachsen ist. Weißt du noch, wie ich dir davon erzählt habe? Und davon, wie geschickt deine Grandma mit der Nähnadel war? Opa Michael sagt immer, die Ärmel waren ihre Spezialität. Dieses Kleid könnte eins von ihren sein.«

Lottie lächelte bei der Erwähnung ihres Großvaters. Sie himmelte sowohl Opa England als auch Opa Michael an, wie sie die beiden nannte. Bei der Geburt des kleinen Mädchens hatten die beiden die Jahre und die letzten Reste ihrer Vorbehalte abgelegt.

»Warum ist die da drin?« Lottie zeigte auf eine Porzellanpuppe, die in einer Ecke des Schaukastens saß. Sie trug eine Miniatur des goldenen Kleids.

»Das ist tatsächlich das Besondere an diesem Kasten. Die

Museumsleitung hat mir erlaubt, die Puppe hineinzusetzen. Sie ist für die andere Lottie – die, nach der du benannt worden bist.«

Lottie tätschelte das Glas, als wollte sie das blonde Haar der Puppe streicheln. »Deine große Schwester, die im Himmel ist?«

Karen nickte. »Die Puppe und das Kleid sind hier, weil dieses Museum gebaut wurde, damit ihre Geschichte und die von Grandma in Erinnerung bleibt.«

Lottie drehte sich zu ihrer Mutter um, und ihre Augen funkelten im gedämpften Licht des Saals wie Diamanten. Sie kräuselte die Nase und sah so sehr wie Liese aus, dass Karens Herz einen Hüpfer machte. Je nach Stimmung ihrer Tochter konnte sie in ihrem herzförmigen Gesicht Spuren von ihnen allen erkennen: von Andrew und Liese, Michael und Markus und von sich selbst. Mehr und mehr konnte sie aber bereits den starken, einzigartigen Charakter des siebenjährigen Mädchens erkennen, zu dem es heranwuchs.

»Meinst du, ich kann so werden wie sie?«

Karen runzelte die Stirn.

»Wie Grandma Liese. Meinst du, ich kann so schöne Kleider machen wie das hier, wenn ich groß bin?«

Karen streckte die Arme im gleichen Moment nach ihrer Tochter aus, in dem Markus' Arme sie umfingen. Sie konnte kaum sprechen. Die Schmerzen der Vergangenheit waren endlich zur Ruhe gebettet; jetzt war es an der Zeit, im Blick zurück das Gute zu sehen, zu spüren, wie ihre Familie sich in die Zukunft und in die Vergangenheit erstreckte, als Teil desselben Ganzen. Und zu wissen, dass ihre Lottie die Kindheit haben würde, die Liese sich für ihre beiden Töchter erträumt hatte. Eine Kindheit, die nicht mit Geheimnissen und Schweigen gefüllt war, sondern mit Licht und Lachen und einem sicheren Ort in der Welt. Mit all den Dingen, die Karen ihrem Kind geben konnte, weil sie sie in dieser neu gewobenen Familie, die alle Stränge aus dem Leben ihrer Mutter und dem ihres Vaters und der Länder, die sie geprägt hatten, miteinander verband, endlich auch für sich selbst gefunden hatte.

Karen lehnte sich in Markus' Armen zurück und hielt ihre Tochter fest, und sie wusste, dass ihre Mutter und ihre Schwester hier waren, in ihrer Umarmung. Sie wusste, dass die Vergangenheit endlich mit der Gegenwart im Einklang stand und keine Last mehr war, sondern ein Teil von ihnen allen, der wertgeschätzt und weitergegeben werden musste. In eine Zukunft, die auf Hoffnung gründete.

MEHR VON BOOKOUTURE DEUTSCHLAND

Für mehr Infos rund um Bookouture Deutschland und unsere Bücher melde dich für unseren Newsletter an:

deutschland.bookouture.com/subscribe/

Oder folge uns auf Social Media:

facebook.com/bookouturedeutschland
x.com/bookouturede
instagram.com/bookouturedeutschland

EIN BRIEF VON CATHERINE

Hallo,

zuallererst ein riesiges Dankeschön an Sie, dass Sie *Alles, was wir nicht wissen* gelesen haben, denn das ist das Wichtigste. Ich hoffe, Sie haben das Lesen genauso genossen wie ich das Schreiben.

Wenn Sie über meine Veröffentlichungen immer auf dem Laufenden sein wollen, folgen Sie dem Link. Ich verspreche, dass Ihre E-Mail-Adresse nicht weitergereicht wird und Sie sich jederzeit vom Newsletter abmelden können.

deutschland.bookouture.com/subscribe/

Ich bin von der Mauer schon fasziniert, seit ich zurückdenken kann. Ich wurde in dem Jahr geboren, in dem sie erbaut wurde. Wie Karen habe ich Deutsch gelernt, um Zusatzpunkte für mein Studium zu bekommen, mit siebzehn Jahren Deutschland besucht und am Grenzübergang Helmstedt gestanden. Ich war von den Waffen, den Hunden und der Art, wie die Grenze eine Gemeinschaft in der Mitte zerteilt hatte, fasziniert. Und ich erinnere mich lebhaft daran, wie ich 1989 dabei zugeschaut habe, wie die Berliner Mauer fiel und die Menschenmengen hindurchströmten. Ich konnte kaum atmen, weil ich erwartete, dass die Wachen das Feuer eröffnen würden.

Ich habe das Glück, dass ich viel Zeit in Berlin verbringen kann, durch die Straßen laufen und meine Charaktere verorten kann. Wenn Sie die Gelegenheit haben, Berlin zu besuchen, würde ich Ihnen dringend die Gedenkstätte Berliner Mauer an der Bernauer Straße ans Herz legen. Betreten Sie durch das Tor den Friedhof, den die Mauer in zwei Teile zerschnitten hat, und Sie werden empfinden, wie brutal diese Trennung war. Ein Besuch in Ravensbrück wird Sie aus der Stadt hinausführen, aber auch das sollten Sie machen, wenn Sie können: Der Kontrast zwischen dem Lagergelände und der schönen Landschaft, in der es liegt, ist ernüchternd. Und bitte gehen Sie die Karl-Marx-Allee entlang. Glauben Sie mir, dass Sie genauso beeindruckt sein werden wie Karen.

Wie Sie wahrscheinlich gespürt haben, sind meine Personen für mich sehr real, deshalb danke ich Ihnen, dass Sie mit ihnen Zeit verbracht haben – ich hoffe, Sie haben es als lohnend empfunden. Wenn Ihnen das Buch gefallen hat und Sie etwas Zeit haben, wäre ich Ihnen sehr dankbar für eine Rezension. Ich würde mich freuen zu hören, was Sie darüber denken, und Rezensionen helfen uns Schreibenden immer dabei, unsere Geschichten an mehr Menschen zu bringen.

Ich hoffe außerdem, dass ich auch meinen nächsten Roman mit Ihnen teilen darf, wenn er fertig ist – eine neue Gruppe interessanter Personen wartet schon auf Sie ...

Es ist immer etwas Besonderes, von meinen Leserinnen und Lesern zu hören – bitte kontaktieren Sie mich gern über meine Facebookseite, auf Twitter, Goodreads oder meine Website.

Nochmals danke sehr für Ihre Zeit,

Catherine Hokin

www.catherinehokin.com

facebook.com/Cathokin

instagram.com/cathokinauthor

DANKSAGUNG

Wie alle fiktional schreibenden Menschen stürze ich mich in die Zeit, über die ich schreibe. Ich sehe Filme an, höre Musik und lese unzählige Bücher, während ich meine Romane schreibe. Ohne einige davon hätte ich *Alles, was wir nicht wissen* nicht schreiben können, und diese möchte ich hier eigens nennen: *Ohne Haar und ohne Namen. Im Frauen-Konzentrationslager Ravensbrück* von Sarah Helm, ein umfassender und brillant geschriebener Bericht über das Leben im Lager Ravensbrück; *Versteckt: Wie Juden in Berlin die Nazi-Zeit überlebten* von Leonard Gross; *Berlin at War* von Roger Moorhouse; *Nazi Chic?* von Irene Guenther, definitiv *die* Modegeschichte für diese Zeit; *Der Mauerspringer* von Peter Schneider und *Zonenkinder* von Jana Hensel über das Leben in der DDR; *Eine Geschichte von Liebe und Finsternis* von Amos Oz, eines der besten Bücher über die Auswirkungen eines Selbstmords der Mutter auf ein Kind, die ich je gelesen habe.

Ich schulde vielen Menschen Dank. Tina Betts und Kathryn Taussig, meiner wundervollen Agentin und Lektorin, für ihr Verständnis, ihre Geduld und ihre harte Arbeit – auch dieses Buch war wieder eine große, in gemeinschaftlicher Arbeit gemachte Erfahrung. Dem ganzen Team von Bookouture, das dahinter steht, besonders Kim Nash für ihre Energie und Leidenschaft. Claire und Daniel, denen ich meine Bücher fürs Betalesen anvertraue, für ihre unerschütterliche Liebe, ihre Unterstützung und ihre exzellente Art, Kritik zu äußern, wo nötig. Danke auch der größeren Autorengemeinschaft, deren Teil ich bin, für das Feiern jeden Erfolgs.

Und zuletzt, aber niemals als Letztes, meinem Ehemann Robert, ohne den ich keinen einzigen Schritt von alledem verwirklichen könnte.

Euch allen von Herzen meinen Dank.

Printed in Poland
by Amazon Fulfillment
Poland Sp. z o.o., Wrocław

38767659R00244